老师好美

To My Teacher with Love

［美］严歌苓 著

天津出版传媒集团
天津人民出版社

[一]

声音是检察官的。壮年的中低音，陈述过人类太多的悲欢离合、自相残杀，因而过于成熟，因而提前衰老。就是这个男中音把被告席上少年情杀者的壮烈故事讲得平铺直叙，无关痛痒，以致少年瞪着两只榆树叶形的大眼睛，似乎在听一堂他不感兴趣却至关重要的物理课。

声音在大厅里激不起丝毫回音，满场旁听者的肉体成了最好的吸音装置。“被告闯入受害人家中，拔出预先准备的西式厨刀，向受害人脊背猛刺。受害人因背后攻击转过身来，本能地伸手挡护脸部和头部，而被告却误以为对方欲夺其刀，更进一步丧失理智，向受害人腹部和胸部连刺三刀……”

听到此处，大厅的空气激灵了一下。人们看了被告席上的少年一眼：那细细的脖子，细细的手腕，臂力和腕力足够屠杀一条生命？需要多饱满的激情，多彻底的无情，才够把那一系列凶狠的动作发射出去？

少年瞪着眼，似乎无奈地陪着众人把检察官的陈述听下去。事件中的主角不叫刘畅，叫被告，所以刘畅站在这里和大家一块儿听那个被告的凶杀故事。一个妇人越来越响的呜咽都不能使他的知觉凝聚。妇人为什么呜咽他也不想知道。死静的场子被她哭活了，有人向妇人移动，递给她纸巾和安慰。妇人竟然从旁听席踉跄出来，站在过道，她要干什么刘畅也不想知道。只见她朝着法官踉跄而去，被两个警察摁住后便顺势跪倒在地。妇人破碎的嗓音混在呜咽中："请……法官……一定要为我儿子……"下面的话中空下的词句全被呜咽填满，"我家天一死得冤啊……"旁听席里许多妇人的鼻息都粗重了，一个接一个地擤鼻涕。她们不是现在的母亲就是将来的母亲。

被告席上的少年眨了眨眼。天一姓邵，同学们总是连名带姓地叫他邵天一。有时不怀好意地连他的爱好一块儿叫：诗人邵天一。这一点刘畅似乎是记得的。呜咽的妇人是邵天一的母亲无疑了。

邵家大妈被拖回她原来的席位，大厅里唏嘘和耳语形成的气流还在浮动。刘畅身边的辩护律师叹息了一声。这么多妇人陪着邵天一母亲哭丧，对赢下这个案子、赢下他客户的小命可能不利。检察官陈述完毕。最后一段话用来做结论："被告人是有预谋、有准备地故意杀人，手段残忍，情节恶劣……"这段无数次出现在谋杀案公诉报告中的语言说完后，检察官静下来。

被告的思绪在"故意杀人、手段残忍、情节恶劣"这三个词组上飘游。高三的语文课学的全是高考题，整天招架的就是主语、谓语、状语……但这三个词组是什么呢？况且被那中年的、不为所动的嗓音平铺直叙地念出来，什么意思呢？中年男声突然高了半个调门儿，刚才长长的停顿后他或许深吸了一口气，调门儿是被一股气顶上去的："在此，我不得不提到一位女教师在这个不幸事件中的角色和责任，她的名字叫丁佳心。"

"丁佳心"三个字使刘畅的心刺痛了一下。什么是心？丁老师在她获奖的教学论文中曾经写道："心，并不指心脏，心是一个生命除了肉体存在的一切存在。那个存在不跟你要吃的、要喝的，但它要除了吃喝之外的一切，连你的梦它都要，因此它是生命的生命。那就是心。心的疼痛便是生命的生命在疼痛。"过去一年，丁佳心老师就是被告刘畅肉体之外的一切存在，是他生命的生命。

少年落泪了。

[二]

你可感觉到另一个人陪你站在被告席上？就是我。畅儿，你的丁老师就站在法庭大门对面的水泥电线杆后面，看着法院森严的铁门。一点不错，我不敢露面，我必须用电线杆做掩体，因为我怕人们。我拦不住人们把我们三人的关系理解得污秽不堪，他们有足够的理由得出那种理解。我们三人的关系是否污秽，我不知道。事情早就乱了，在你第一次给我发短信的时候就开始乱了，也许更早。混乱从你父亲把你带到我面前，催你叫我一声“丁老师”那刻就开始了。你为什么不肯好好叫一声老师，一定要父亲催三催四，最后被催红了脸才开口呢？当时和事后我都没当回事，但不久你跟我解释：见到我的第一眼你想到你们小区一个女孩的妈妈，十二岁那年的暑假，她常带你和她女儿去游泳。

之后发生了没收手机事件。那是你到我班里来的第三周吧？坐在第一排第一个的是杨晴，她左边挂着市里评选的“先进班级”奖旗，金黄色流苏的侧下方，就是你那颗毛茸茸的脑袋。只要我看见你那一头浓发中心的旋涡，就知道你不在规矩地上课。这种时候你不是在读通俗英文小说就是在玩手机。

我走到你的课桌前，要你把手机交出来。你抬起头，看着我。

那是什么样的眼神，畅儿？你的眼神那么疲惫，那么痛苦。我从来没有经历过那种共感：做一个少年人的痛苦。我们这个考试大省的秘诀，就是从高二开始做高考试题。中国几千年的语文艺术，多么美妙，到此就剩下主语、谓语、宾语的对错，剩下某道题得三分或某道题失两分的算计。这样功利的课程，别说你们这些十七岁的孩子满心寡味，连我这个教学十多年的语文教师，一整堂课都找不到一个兴奋点。

你的眼睛那么透明，什么也不掩藏，痛苦就盛在那里面。我相信班里绝大部分同学都在经历同样的痛苦，所幸他们不如你敏感，不如你娇气，或者他们把悬梁刺股的古老书呆子精神太当真，当作读书人的传统美德，总之没人把痛苦像你那样摊晒出来。因此你眼神中的痛苦是全班的，是全年级的，你替不敢痛苦的同学痛苦。

我向你伸出的手在你眼前软了，失去了原先的理直气壮。我小声说，按学校规定，上课必须关掉手机。你收回目光，眼睛看着打开的书页上某个句型，要恶补刚才玩丢的时间似的。全班同学静得怪异，想看看丁老师怎么修理这个新来的狂妄同学。你后来才知道，班级里四十四个人从没想过像你这样挑衅丁老师的权威。我收回手，微笑着说："但愿是我猜错了，刘畅同学刚才没在玩手机。"就在我转身往讲台走的时候，手机被不轻不重地放在桌上。你缴械了。

全班同学都振奋起来。丁老师是他们的人，缴获了你的手机，四十四个人站在丁老师一边，打败了你。你感到了四十四个同学无声的欢呼雀跃。因此你那习惯被宠爱的一半仍然不屈，轻声咕哝一句："老师还穿假Polo！"没一个人反应过来，因为他们没听懂，只有我懂，你是指我的毛衣，它是假名牌。送我毛衣的杜老师一开始就向我道歉了，说毛衣不是真的Polo，是仿造的，不过样式颜色适合我，她买下来做我的生日礼物了。

我拿起你的手机，它还是温热的。那天下课前，我不动声色地把手机又放回你的桌上，眼睛却不看你，怕再看到你的眼神而不免联想，我就是把痛苦强加给你的人。

那天下课后，一群女同学围上来问作文竞赛的结果。我从七八个戴眼镜的姑娘缝隙中看到邵天一向你走去，脸色不太好。他后来告诉我，他是问你讨还数学课堂笔记。天一是个内向的人，以讨还笔记、收回对你的援助来惩罚你在课堂上的表现，原来他也听懂你的嘟哝了。天一对Polo和其他品牌服装的兴趣，完全出乎我意料。从那次之后我才明白他对所有品牌都倒背如流。这方面的知识，按说我们全班同学数下来，也不该数到邵天一。那时你还不知道，我和天一的那层特殊关系。全班可能只有班长杨晴知道。我虽然在跟女同学们对话，却把一部分注意力放在你和天一身上。你告诉天一，你借他的笔记本没有带在书包里。天一抱怨起来，说："笔记本怎么能不随身带呢？是人家的东西，人家随时会跟你要的嘛！"你感到天一在借题发挥，有些羞恼，说："谁让你主动借的呢？没人跟你借啊！"

谁会想得到，那一刻其实已经埋藏了一个定局：邵天一在一年后注定死在你的刀下。那天下课后，我说了天一，一个数学课代表不应该带领全班孤立新同学。第二天他跟你和解了，一段时间你们俩好成了莫逆，但定局没变，定局就是此刻：天一成了一抔灰烬，你站在被告席上生死未卜。

不久你在手机短信里开始叫我“心儿”。当时我一个三十六岁的女人，早该意识到被你这样的男孩叫做“心儿”意味着什么。我好糊涂。不，不只糊涂，更是罪过。我误了你，误了天一，也误了自己和女儿。虽然我好多次抗议，让你到同龄人中去找属于你的“心儿”，可又想到你们这个岁数的少年爱夸张，且都夸张得有些动漫感了，所以我就姑息了。我让自己不去细想我们之间的关系，那关系是多么经不起细想，我最清楚。你的高中生活需要一个模拟的“心儿”，我就暂时提供你这份需要。

没想在收缴你手机的当天晚上，你发来一条那么长的信息。

“千万别以为今天我是有意跟您怄气。我觉得全班同学都是可笑的应试虫，没有思想没有感情没有个性。但我不该跟您挑衅，尤其是当众羞辱您。请原谅我的不懂事。还在生我的气吗？”最后的落款是“畅”。我一时想不起谁的名字中带有“畅”字，便以为这是一条错发的信息，控着两只正在洗菜的湿手，回到厨房去了。一个星期有两天，我会给叮咚做两个她爱吃的菜，送到她的寄宿学校去。等我炒好菜，将菜装进饭盒，打算随便扒几口饭就去学校时，又听见手机接到一条短信。原来我在炒菜的时候，一共有三条短信进来，都来自同一个手机号——你的手机号。我这才想到叫“刘畅”的新同学。

“您真的生我气了？”

“请告诉我，怎样做您才能原谅我？”

“看来今晚我是得不到您的原谅了。但愿您那由我引起的坏心情明天会好转，那明天将是我转学以来最快乐的一天。”

你三条信息的内容大致是这样吧？

我赶紧抓起手机，按出一个句子："我有那么小心眼吗？你转学以来最快乐的一天可以早些开始。睡个好觉吧。"

等我把鞋子穿好，拎起装饭盒的布包，你又发来一条信息，说我的理解让你好感动，还说在父亲刚把你带到我面前时你就觉得这是个很酷的老师，现在知道是真的很酷。我没有回复你这条信息。等坐到我的"飞度"的方向盘前，又觉得不回复你不妥，在我收缴你手机之后，同学们已把你孤立成了四十四比一。我的回复很简单，就是"晚安"二字。我用这两个字来给我们那晚的信息往来关机。几秒钟之后，又一条短信来了。你回短信的速度太惊人了。我已经启动汽车，只好随它去了。从叮咚的学校回到家，我看见你的最后一条短信说，你转学后最快乐的一天提前来到了，并祝我做个甜美的梦。

于是我联想到你转学以来一直是不快乐的。从高二下半学期到高三，你们这些孩子都是不快乐的，只是其他人忙得顾不上不快乐。想想看，一天只睡四五个小时的少年怎么会有时间来在乎自己是否快乐？但你在乎。从那以后，我发现你早就留神到自己的成长环境，那里面什么都有，就是奇缺快乐。那是一个住着大房子坐着豪华车的家庭养出的不快乐。你转学后的第一个月，我去你家家访，你父亲因为堵车还没到家，保姆不声不响地给我倒了杯茶，我似乎能感到你有理由不快乐。那样的大房子，豪华的设施和家具，好比一台昂贵而功能极强的电脑，里面却没装软件。等待你父亲的时间里，你给我弹了一段钢琴，你告诉我是肖邦的《小狗圆舞曲》，弹到第五个乐句总是断裂，一断你就对我做鬼脸苦笑。我明白那是在没有父母关注下硬逼出来的琴技，你的苦笑和鬼脸似乎在说：他们可以逼我弹琴，但不能逼我热爱音乐。

你用一首首没头没尾的钢琴曲招待我，等待你迟到的父亲。那时我还没见过你的母亲，据说她是个让很多男人都自愧不如的女企业家，你们那个富足家庭的缔造者，因此你和父亲都习惯了见不到她，习惯她爱你们的方式。她的爱是六十英寸彩电，是德国进口的床具，是意大利进口的沙发，是你对品牌服装的鉴赏眼力。当时我说，能集中精力把一首曲子弹完吗？你突然一脸淘气，请我坐到长沙发上去，舒舒服服听一首完整的《小狗圆舞曲》。于是我坐在了离钢琴三米远的沙发上，倾听圆舞曲完美地流淌出来。我惊异眨眼间变成了大演奏家的你，有着炉火纯青的琴技和乐感。我不禁从沙发上站起，你却让我继续坐好，千万别过去，你的弹奏只能听不能看，否则你就弹不好。我说这完全是一个大师的演奏水平啊！你说当然是大师！我看你脸上的顽皮变成了诡异。不久我听出了蹊跷，琴声有一点假，似乎夹带一股极细的电流。我两步跨到琴边，看出你的手指和琴键的起伏有些脱节，再仔细看，发现它们并没有触碰琴键，原来你那架钢琴可以自己弹奏。某著名钢琴师的完美演奏被电脑复制、播放，而你是在模拟那个演奏家。这是个什么都能模拟的时代。你哈哈大笑起来，嘲笑你土头土脑的丁老师，生活中一定缺乏太多的模拟，而模拟多么美妙！你这代人什么都可以模拟——在电脑和游戏机上，甚至手机上，模拟战争、爱情、杀戮、生死……到终了，游戏和现实，不知谁模拟了谁。现在你站在被告席上，一切都真真切切，模拟结束了。在你背着藏有二十八厘米锋利厨刀的书包来到邵家大门口时，模拟世界就离你远去。你趁天一转身去厨房时抽刀刺向他脊背，此刻模拟杀手和现实杀手合二为一。可怜天一的血流了一地，你活生生的同学在你眼前变成一具尸体，你也许认识到，模拟世界对你严实地关上了门，你回不去了。

事发第三周，假如不是你亲口告诉我，我怎么也不会想到，你那双傻呵呵的大手能操起刀来，将刀锋刺进同班同学的胸膛。当你看见天一的鲜血喷溅而出的时候，该明白那不再是游戏机上“恶魔猎人”的模拟杀戮了吧？

刚听见你的供认时，我脑子断了会儿电，什么都成了漆黑的、静止的，也许那是一种心理休克。经过那阵短暂黑暗，你的声音在我耳边再次响起来，由弱渐强，词句慢慢连缀成意义，我第一个反应是拒绝相信。当时我坐在床上，你坐在矮凳子上，我叫你别胡说，这种事情是胡说不得的。你说你没胡说，邵天一是你亲手杀死的。我还是不相信，从哪一点看，你那还没长足的身体里也无法藏卧一个杀手。你不再说话了，低着头坐在矮凳上。天黑下去，我们都静默在黑暗里，谁都没想到去开灯。黑暗能让人胆怯，也能让人胆大，往往在青天白日下不敢承认的情感和罪恶，会被黑暗催生出来。你再一次说，杀害邵天一的凶手就是你，因为我是你的“心儿”，因为你爱“心儿”。你叫了我一年多的“心儿”，每回看到你短信上“心儿”两字，我都心惊肉跳。这就是我长期以来冥冥中怕的，这“心儿”，这被默认的“心儿”，危险原来全源于此。

我就那样脊背抵墙坐了一夜，你什么时候走的都不知道。第二天清早，我才知道你一夜都没走，因为担心我，你陪我坐在隔壁叮咚的小房间里。那一夜怎么过去的，我一点知觉都没有，心理休克了八个多小时，四肢也都休克了，我使唤不了它们，直到你上来拉我。你说，我好怕，我好怕……你的意思不是很明确，是怕肇事的后果，还是怕我当时的样子。因为你说怕，我猛一下子醒了。有我这个成年人在，让你一个刚满十八岁的少年怕，多可耻？我用休克的腿走进厨房，往脸上浇了两捧凉水，把水淋淋的脸使劲在衣服的肩部一蹭，蹭得生疼。然后我开始为你做早饭。你一夜未归，没有一个家人受惊扰，可见你长期以来是怎样野生荒长，你是在怎样的孤独中爱我，爱我们之间这种不伦不类的感情，爱到绝望和凶残的地步。

在我做饭的时候，我对你说，洗脸刷牙吧，马上吃早饭了，吃了饭还要上学呢。我尽量把这个早晨装扮得正常，专心操作锅里的煎蛋，对于昨晚你对我的供认，我一字不提。在我想好怎么帮你之前，我什么都不愿提。早饭我们都没有胃口，但两人都在努力吃着。煎蛋在那天早上令我作呕，因为每一口咀嚼都让我想到，这世上从此少了一份胃口，少了一个需要早餐的人。少了天一，而我还在咀嚼，这是多么恶心，多么不公平的事！从此缺少的又是怎样一个人？风华正茂，集父母、祖父母以及十几位亲戚宠爱于一身的邵天一！在他当电工的父亲看着一个八斤九两的男婴出世时，忘掉了读过大学的表弟起的一连串名字，脱口而出地管婴儿叫做天一：天下第一。你拿着刀站在天一的血泊边喘息时，那对贫穷温良的夫妇从此没了他们的天下第一，不仅如此，他们的天下也没了第二、第三、第四、第五……直到无穷无尽的一串零。而我还在这里喝牛奶。一口恶心没压住，我起身向卫生间走去。你紧跟上来，我却赶紧在身后关上门。等我从卫生间出来，你看出我吐过，也哭过。你转身往餐桌边走，跟我再次先后落座。你拿起筷子，想去夹一片榨菜，但一根筷子掉在地上。我知道你的手指在颤抖。它们已经是罪人的手了，而一年前它们还给我弹过琴。

也许在你捡起落地的筷子那一刻，你发现很多事是不可逆转的，比如邵天一的生命，比如你杀戮他的那一系列动作，都不可逆转。正如那根筷子由高而下的坠落也是不可逆转的。一切的一切，在你父亲把你领到我面前，催你叫我一声“丁老师”的时候，就是坠落的开始。现在，你众目睽睽地站在被告席上，我呢，在马路边陪伴你，冰冷的水泥电线杆是我的耻辱柱——所有事物的运行早就形成了不可逆转的坠落，只不过用了一年多时间才看到它们坠落在地。

我为你拿了一支干净的筷子。就在你接过筷子的瞬间，我决定了怎么帮你。

“必须去自首，我陪你去。我们一块儿去。”

你点点头。但我看出来，你并不完全信服我。

“自首了，他们一定会念你年轻，从轻处罚。吃了早饭我们就去。”

见我拿起手机，你一下握住我的手腕。你的样子好可怕，像是杀一个还没够。

“你要举报我？！”

“不是！我给学校打电话请假，让徐主任安排代课老师，我陪你去警察局。”

我的手腕还在你手里，那劲道可以掐断一根喉管。

你瞪着我，突然又瞪着自己的手，然后坐回椅子。

“再给我一天，让我作点准备。总要跟爸妈告一下别……”

我答应了。生离死别，总要先准备准备。没容你准备，警察已经监视了学校。下午两点你被叫进教务处办公室，我就知道你回不来了。

[三]

场子里现在是法官的声音。声音有五六十岁，从增生了小节或息肉的喉咙里出来，出得不容易，听得也不容易，但他听出那声带增生的嗓音里有一丝慈爱。原来法官在问他，被告是不是有什么要说，现在是他说话的时候。

他能说什么？从头说起？哪里是头？二〇〇九年秋天？

他从实验中学转到二中的高二（1）班。大概在第二个礼拜，他就发现自己的视线有了个固定靶心，就是班主任丁老师。丁老师三十六岁，乌发披肩，眼大脸小，课堂上说话总是由慢到快，越来越快，最激动的时候，又停住了，突然抓住了自己的毛病，不好意思地笑一下。他认定自己喜欢上丁老师是十月下旬的一个清晨，小区的流浪猫把他闹醒了。从古至今，多少个少年为成年女性神魂颠倒过？就在那天清晨，他惊讶地发现，自从进入了丁老师的班级，自己居然没去街机厅打游戏！几个星期来，他常在校园网站上寻找丁佳心老师的信息。网上有不少对丁老师的评价和形容，其中一条说："有了烦心的事，谁也不想讲，只想跟丁老师讲。丁老师比你自己还了解你。"还有一条说："有时候觉得跟丁老师交心，就是跟自己谈心，谈着谈着就懂得自己了。"一个人居然八卦说："有谁知道丁老师到底为什么离婚吗？"好几个人攻击他（她）："关你屁事！""八卦精！""因为她嫁错了人，明白了吧，Stupid（笨）！""打听这个，动机不CJ（纯洁）了吧？""BT（变态）！"……还发现了一条报道式的文字："童鞋们，有一次在琵琶街口看到丁老师和一个男的吵架，男的非要塞给丁什么东西，丁用力抽手，东西被打落在地，包装散开，里面东西滚了一地，等两人都走了之后，本人上前一看，原来地上滚的全是邵店板栗。看来可爱的丁老师发起脾气来也挺……"此人不往下说了，另一个人接着八卦一句："也挺夜叉的，是不是？""据说此人就是丁老师错嫁的那个人。""长什么样子？""马马虎虎……""据说丁老师嫁错人之前是个美女？"一个人不知从哪里弄来一张小照片，是从一张合影中裁下来的，解说为："刚分配到二中的丁佳心老师，二十三岁，迷死你吧？"

那张小照片他从来没见过。丁老师的微博里有几张照片，但从没出现过这一张。影像不太清晰，但从轮廓看是个乳臭未干的丁老师，蓬松的短发下一张瘦小的脸，两只大眼相距颇开，略小的鼻子和嘴却离得很近，看上去有种猫科动物的好奇和警觉。而现在她依然小脸一张，依然让人想到猫的五官排列，但那时候简直就是令人担忧是否能成活的小猫崽。这么一个孩子王，十三年来不知怎么招架一班一班的学生。他把照片下载到自己手机上。夜晚变成了深夜，他躺在床上打量着手机上小小的丁老师，这样的丁老师完全可以是自己的女朋友。可他突然又想到，他绝对舍不得用三十六岁的丁老师去换二十三岁的丁老师，她消耗的青春都在那些一笑就欢游的鱼尾纹里，都在她吃过感情苦果的嘴角，不经意间便显出苦的回味。他可不愿意丁老师再回到二十三岁，他宁可要这个三十六岁熟透的丁老师。这个丁老师是他的心儿。心儿是他的心上人。

他不承认那是一场三角恋。心儿是不容分享，不容肆虐的。当他发现居然有人肆虐她时，他便起了杀心。

他起杀心是在二〇一一年四月，迷上丁老师一年零五个月之后。当时他身边一个人都没有，只有四罐百威啤酒。他坐在厨房吧台的高凳子上，斜对面的电视机播放着《动物世界》，耳朵里插着iPod耳机，一个个自然界的血腥场面被泽旺多吉的歌声解说，而血淋淋的物竞天择景象又被他捧着的《英语高考模拟试卷汇编》图解——

What's the author's attitude toward the advice of “following your passion”？（对于“跟着你的激情走”作者是以下哪一种态度？）

A.Ambiguous（模棱两可）B.Supportive（赞成）

C.Cautious（谨慎）D.Disapproving（不赞成）

……

图解和诠释都是错位。他在笔记本上写出词汇：“邵天一，你死去吧！让你出血！让你去死！带上刀，到他家……假如他不同意stop harassing her（停止纠缠她），就杀了他……刀要事先磨一下，以防到时拖泥带水，让他反手就讨厌了，他个头高出八厘米！下刀时鼓足勇气和力气，要猝不及防，稳准狠，决不给他反击余地……他家隔壁邻居有条大狗，跟他很好，可以带一根火腿肠，把狗的嘴堵住……记住，不能留下指纹……”

父亲出现在他面前时，他几乎都快不认识这个胖胖的中年男人是谁。

父亲讲的话他也听不懂。现在对于这些中年人的话，他不愿听懂就可以不懂。他们早就被这代人的语言系统淘汰了。

父亲一脸教训，拿起吧台上的空啤酒罐，从他视野里消失了。他发现自己的胳膊压在笔记本上，纸张被压得微湿，小臂也沁出冷汗。他撕下那张记录了谋杀心电图的纸，然后撕碎，团了个纸团，扔进不远的垃圾桶。

不过是一场纸上厮杀。纸上厮杀并不能完全释放他的杀气。所以……

他最终是稳准狠地出击了，刀也很给力。高大的对手倒在了他的刀下才使那股杀气有所消退。灰色水泥地面一点渗透功能都没有，高大的对手抽动着，每次抽动就推出一个红色的潮汐，红色潮水不断上涨，迅速向他淹没而来，眼看要淹没他的鞋。他迅速后退，最后毫无退路了，看着红色的潮水漫过鞋底。不可能不湿鞋的差事。银发恶魔提着剑，踩着血迹从如山的尸体上跨越。他跨越到一个桌子前，用刀尖撬开那把老式的笨拙的锁，再用衣襟包住手指，拉开抽屉，把所有内容倾倒出来，户口本、失效的工作证、老病历卡、X光片……当时他无暇去想，这些垃圾也要防盗？谁会去盗窃别人的X光胸片？全是破烂，包括锁住破烂的锁。后来他回忆起来，那抽屉里有一件东西是极有价值的：邵天一的出生证，上面是初生儿摁下的血脚印。他也是在回忆时才明白自己把那个穷困潦倒的家翻得底朝天的动机：制造抢劫凶杀的假现场。那把刀可真好用啊，轻而易举就撬开了所有的锁……

他离开现场的时候没人注意他。隔壁的新星小区在迎接下班、放学归来的人，而这里没什么人下班却也跟着骚动：从菜场捡了便宜菜回来的人，收了小生意回来的人，打牌下棋暂时散伙的人……

人太多了，每个门户里进出着端盆的、捧筐的、骂老婆的、咒孩子的、吆喝老人的，没人顾得上注意一个少年鬼祟地从邵家离开，鞋底的边沿还沾有一线血——他用邵家某成员的洗脸毛巾擦过鞋底，以为擦净了，但到了外面，天光比室内光线好很多，他发现还是把邵天一的血带了出来。

那时天快黑了，他看见某家的窗台上晾晒着一双洗刷过的布鞋，一顺手就抄入怀里。同样没人注意他。他往更深的黄昏中走去，在马路边脱下沾血的鞋，换上那双圆口布鞋，鞋又大又松，黑布鞋面旧得发白，鞋膛内的衬布已经完全烂没了，简直就是制鞋业的文物。要是平常有人逼他穿这双鞋，他就死给他看；宁可赤脚也不穿这种丑毙了的鞋。原来这个居民点的人还在穿三四十年代到六七十年代的鞋。这个居民点可以整个搬进博物馆，作为人类进化的一个停滞点来展览。

他想把自己作案的凶器和鞋子一块儿，埋在河底淤泥里。四月底的天气，河水已经转暖，淤泥却仍然冰冷扎手。挖泥很难，但没关系，他有一把好刀。每憋一口气潜水，只能挖四五下；刚挖出一个一尺左右深的洞，河水很快将浮动的泥沙填进去。他听见哪里在“哒哒哒”地响，良久才明白，原来自己的上下牙可以发出如此清脆的磕碰声，像母亲打牌的声音。一嘴牙成了一副袖珍麻将，寒冷和恐惧给它们洗牌。他开始恐惧了吗？就在他试图埋藏罪证的时候，被杀害的少年的脸出现了，黑暗的河面是罪人的脑海和记忆，一波一波推出的都是那双大睁的眼睛。从来没人告诉他，瞳孔散开后的眼睛是那样的，有一丝惊诧，剩下的就是与世无争，或者也可以说，死者在最后一刹那惊诧自己的与世无争，似乎突然就想开了，所谓撒手人寰，就是这样的一双眼睛吧？撒手的太多了，太多人间认为要死死抓住不放的，包括情，包括爱。

就在他挖掘河泥一次次失败的时候，被他杀害的死者渐渐变回来，变成了叫邵天一的男孩，和他同年同月生，比他小十几天。他杀害了自己的同学？！谁说的？！喂，醒醒！从此再也没有了那个叫邵天一的十八岁男孩了？这件事真的发生了？！

他终于把鞋子埋在浅浅的淤泥坑里，河面亮起来，斜斜的一道月光照过来。他感觉自己是地球上的第一个人，又是最后一个。

他穿上放在河边的衣服，听见远处“刷刷”的声响。他远远不是地球上的最后一个人。高速公路上像以往每一天那样奔跑着车辆，车里坐着离犯罪很远的人。他开始羡慕那些人，或许其中一辆车可以把他从这里载走。然后，一辆辆陌生的车把他越载越远，最终到了一个被人们称为天涯海角的地方，在那里他是地球上的第一个人，也是最后一个人。他可以掰下一根肋骨，做成夏娃，不，做成丁佳心。

所以他是不能走的，他的生命是在此地抛下锚的，是拴在心儿身上的。离开心儿，生命就是一副皮囊。他变成刽子手，就是为了保全自己抛锚的港湾，保全它的宁静和美丽，它的唯一性，它的不受肆虐和分享。

思绪自己变奏着，跳跃着，伴他回到诞生他的城市。他回到了空荡荡的家，父母仍然以儿子的幸福为名义在外忙碌。

他想给心儿发一条短信，刚拿出手机，就发现心儿的若干条短信已经在等他。第一条短信说：“邵天一出事了！我正在往他家赶。”

出事了？不是死，是出事了……也许邵天一没有被杀死？也许他以为他死了，因为他并不懂什么叫做死，没见识过死，以为那样血流满地、两眼散光就是死。他感到一丝侥幸，假如他谋杀失手，让邵天一幸存下来，一切都可以重来。他突然不想杀他了。他的气消了，模拟游戏可以从头玩起。

他躺倒在自己的床上，满心都在爬蚂蚁。假如心儿再给他发一条短信，一定是告诉他邵受了伤，但经过抢救会脱险的。

第二条短信来了。它说："天哪，天一被抢劫的歹徒杀害了！"

所有在神经上忙忙叨叨爬行的蚂蚁一下死光了。记忆把那双散光的眼睛推近，再推近，推成了大特写。它们那么淡然，那它们干吗睁得那么大？是因为灵魂要从那里出去吗？灵魂出去之后，什么也就都看淡了。常常骂人没有灵魂，原来灵魂是什么都要的，要情，要爱，要考高分上名校，要成功买房买车娶漂亮老婆。全是灵魂的过错。灵魂走了他多恬淡啊！从未见过那么无欲则刚的眼睛，就因为看着自己的灵魂走了，那个令他什么都想要的灵魂，令他想要私家轿车要不成就撒谎的灵魂。灵魂一走，全散开了，全洒脱了。那眼睛里还有什么？有一种拒绝：我拒绝任何诱惑。什么还能诱惑他？情也好，爱也好，状元榜眼探花也好，都统统去他妈的。那种拒绝是把世界关在了门外：我不存在，世界也就不存在了。

心儿的第三条短信说："警方告诉我，他们怀疑作案者是他们住宅区的熟人。因为天一母亲很少出门，所以家里总是有人，今天例外，出门陪天一父亲看病……"

他看着那一条条短信，感觉很奇怪，就像得知一条闻所未闻的消息一样。他好像沾在别人的躯壳里，借别人的眼睛来看这一条条消息，似乎他会跟所有人一样步步跟进警方的调查，看到案情每时每刻的新发展，剥茧抽丝到最后，看到赤裸裸的真相，那时他将和所有人一块儿咏叹：原来是这样！太可惜了！天一那孩子要满十八了，是个很好的孩子，马上要参加高考了，他的志向是考入北京上海的名校呢！

他想回一条短信，手指几次抬起，又放下。没有谱子的演奏，手指不知该去哪里。过了一会儿，班长杨晴也发来一条短信："天一死了，这可能是真的吗？"

也许这是群发的。

他回复说："什么？！怎么死的？！"

他真的可以分裂为二，那一半的自己跟其他人一样局外，一样震惊。班里的同学都知道杨晴对邵天一的钟情，邵天一也并不明白拒绝她。他想杨晴现在一定在哭。杨晴这个女干部大概只有哭的时候才会完全像个女的。平常她不是个女的，只是个女干部。虽然她不难看，但她是个天生的女干部，在娘胎里就是个胎儿干部，一路成长上去，就是一系列的女干部。这话是谁说的？是邵天一说的。要是杨晴不那么女干部气十足，她赢得邵天一还是有希望的，那么邵天一活下去，考上大学，再活完一生也都是有希望的，大有希望。偏偏就是大家都没希望了。要是邵天一跟杨晴成了小两口，不再纠缠心儿，那个歹徒不就饶他一命了吗？

"天一到底怎么死的？"他短信问杨晴。

杨晴在晚上十一点回复他说："警察说，下午五点到六点之间，歹徒闯进了天一家，杀死了他。简直是噩梦！"

所有同学都在用手机短信交流消息，学了文言文的他们在此刻都在"呜呼哀哉"！

一夜间四十四个同学的邮件和短信飞短流长，奔走相告，都不相信邵天一真的死了。连杀死邵天一的他都不相信，那么健壮高大好端端一个小伙子，会那么轻易被杀害。

直到第二天上学，看见邵天一座位上的空缺，看见杨晴和丁老师红肿的眼睛，大家才认下了事实。座位不完全是空的，上面放着邵天一的一套校服，是他交给学校缝纫组去加长裤腿和衣摆的。桌面更不空，一束花插在一个茶缸里。二中这天的操场上，校旗下了半旗。早操队列里少了高三（1）班的学生，班主任丁老师带领他们在教室为邵天一布置灵堂。

警察是中午来到学校的，校长和党委书记把他们请进了教师会议室。先是班主任丁老师被叫进会议室，十分钟左右出来，再把班里同学挨个叫进去。还没进去的同学问出来的人，警察都问些什么，无非是——

“最后一次看到邵天一同学是几点几分？”

“邵天一同学最近有没有任何异常表现？”

“最近邵天一在班里、在学校里跟谁发生过冲突吗？”

全班同学成了传送带上的货物，十分钟进去一个，十分钟又进去一个。询问是从邵天一座位的前一排开始的，轮到他已经是一个小时后。

他被叫进会议室是下午四点十分。太阳在被污染的大气层后面竟然血红血红的。一进去就见两个警察坐在会议桌两边，一个三十多岁，一个四十多岁，都是此地男人的黑黄脸，年轻的那个有点娘娘腔。走近了，他看见年岁大的那个警察下巴上的胡子很难看，像插得乱七八糟的秧田。他不喜欢拔胡子的中年男人。拔胡子就像挖鼻孔抠脚丫一样是闲出来的毛病，贱毛病。中年警察开口了，他差点错过他的问题。

“你和邵天一同学的关系怎么样？”

肯定是前面进来的同学主动提供了情报。

“还好。”他听到自己回答。

“还好？”警察们相互看一眼。年轻警察埋下头开始写笔录，中年警察把录音笔向桌子边挪了一下。“‘还好’是什么意思？”

他不作声。警察们耐不住了，正要再问，他说：“昨天我跟他差点打起来。他看不惯我，我也看不惯他。”

“为什么打？”

“因为他差点把我从桌上掀下去。”

警察和录音机都等着他进一步展开话题。

“我过生日，买了一箱啤酒请同学喝，他不知哪儿来的邪火，搁在平常就过去了，我不会跟他计较的，喝了点酒，我就反应比较夸张。就这样。”

中年警察问：“平常你们俩交流得多不多？”

“不多。”

“为什么？”

“人跟人不是都能合得来。我跟他合不来，他也跟我合不来。”

“你还跟谁合不来？”

他想了想，说道：“反正我就是跟那种整天一本正经的人合不来。”

“什么叫一本正经？”

“……就说穿衣服吧。学校每周五准许自由着装，自己想穿什么就穿什么，除了短裤汗衫迷你裙之类的衣服，其他都可以穿。一到周五他就穿西装，我叫他乡镇企业家，第一次他跟我发狠，就因为那句话。其实我们男生开玩笑比那过火的有的是。”

他在心里跟自己说，好了，别再多说了，言多必失，但他控制不住。

"其实我们也没有什么实质的矛盾，我知道他学习好，本质也挺好的，就是有点虚荣。谁又没点虚荣呢？"

中年警察叫他举例，说明邵的虚荣。他已经后悔自己说多了，可是又不能不举例。

"他说他家有私家车，其实他是特困生，他爸早就下岗了。"

警察抬起脸，准确说是把黑眼珠从白眼珠上翻起，目光就这样定在他脸上。突如其来地，他关了录音笔，对他说："好了，你可以回教室了。"

他走出会议室，腿都软了。警察清楚他和邵的一切情况。两人的不合全班有目共睹，个别人怀疑他俩冲突升级是因为班主任丁老师。这会不会让警察的思路从抢劫凶杀案上另辟蹊径？接下去的一个星期，他每天夜里都在想，今晚是不是他在自己床上睡的最后一觉，要么被抓进警察局，搬到拘留所去睡，要么他连夜逃走，从此风餐露宿，也从此逃过了高考。但四天过去，他还睡在自己的进口席梦思床上。

周五那天，他在学校门口看见那个苗条的长发女孩。她总是一身乳白色风衣，一条鲜红的丝绸围巾从脖子直围到眼睛下面。校园网上说这个女孩叫石竹，三年前也是二中的学生。石竹在班里学习成绩中流，但她的中流保持得很吃力，想升为上流就基本不可能。但她是个不甘中流的女孩，喜欢世界上所有的好东西，好衣服好鞋子好皮包，包括好大学。高考的第三场考试她被监考带出了考场。石竹作弊的耳机也是好东西，仅一颗珍珠那么小，藏在耳朵眼里再用头发盖一盖，监考老师一点都看不见，差点让她混进好大学。丑闻爆出之后石竹精神失常了。两年后她出现在二中门口，水里刚捞出来一样干净，浑身素白，但谁也猜不出她为什么总是用手捂住鼻子和嘴。过了一阵，一条丝巾代替了她的双手，她成了某个穿越剧里的半蒙面的神秘女角。他发现石竹跟上来，他回过头，见她两只露在外的眼睛弯了弯，那被丝巾切掉一半的笑容似乎在说：放心，我没有告密。

见到女疯子的第二天，学校又来了警察。这次来的是不同的警察，都有着重案组的剽悍和冷血，眉宇间浮动着浓重的疑云。他们来到刚刚下了语文课的高三（1）班教室外，拦住了班主任丁老师，又喊上杨晴，带着她俩到楼下去了。学生们从楼上看，丁老师的背影像以往任何时刻那样从容。他也跻身在同学们当中，想着：现在逃还来得及吗?

下晚自习之后，他发现重案组一个英俊的警察还晃悠在楼下。他给心儿发了条短信："我晚上去你家，有重要的事告诉你。Love"

心儿回复说："我正和叮咚在父母家。一会送叮咚回校。出什么事了吗？"

他只说："一定要等着我。"

同学们都离开了，他几乎是最后一个下楼的。刚走出楼门，英俊年轻的重案组警察拦住他，说要问他几句话。警察伸出手，跟他握了握，自我介绍姓"常"。常警察单刀直入地开始询问。

第一句："你在邵天一被谋杀的前三周一直在书包里放着刀？"

第二句："在邵天一被杀的头一天晚上，你在家里面有写过什么吗？"

第三句："你那天应该去医院看你祖父的，你爸还让你买成人纸尿布。你为什么没有去？"

他针对第一个问题的回答是："刀早就被扔了。丁老师不让带，就扔了。"

针对第二个问题，他说："我那天晚上喝了啤酒，喝得迷迷糊糊，作业写了一半，后来的事记不清了。"

接下去一个回答是："我爷爷得过中风，半身不遂，老住院，又不是什么新鲜事，我想把作业做完再去。再说医院小卖部里有的是纸尿布，干吗要我在超市买了送过去？"

"那你爸爸为什么让你在超市买？"常警察问。

他耸耸肩。常警察还瞪眼等着呢，耸耸肩不是他等的回答。

"他和我妈老嫌医院小卖部的东西贵，一包纸尿布比超市贵好几毛钱。所以尽量不在那儿买东西。"

"你们家那么有钱，还怕贵？"常警察问。他说到"有钱"二字时腔调有点怪，好像调侃，又好像有点诋毁。

"他们想不开啊，老说挣钱不容易，存钱更不容易。"

常警察静下来。他够对答如流了吧？回答得句句合逻辑吧？可以放他走了吧？警察果然说："谢谢你啊。你可以回家了。这就是例行询问。以后需要你帮助的时候，希望你继续合作。"

"那是应该的。"

总算都通过了。学校门口静了，晚自习的学生都走光了，住校的也都该睡了。出了校门他就向右拐，去心儿家。但身后一声呼叫："刘畅同学！"

谁？！

回过头一看，还是那个常警察。这么一小会儿工夫，新的一次合作又要开始了？他瞪着常警察看他从后面赶上来。

"我开车送你回家吧。"

"谢谢。路不远，我习惯自己回家了。"

"这么晚了，还是送你吧。听说你们下礼拜一就要高考了，帮你节省体力。"

"谢谢！"

"怎么这么客气啊？"常警察的腔调有些古怪。好像说，别装模作样了，什么事你都干得出来，嘴上君子免了吧。

常警察开的是公家的车，就是说，营救或逮人或追逃犯，他都开它，只不过此刻警笛是哑的。

他在车上给心儿发了短信，说今天不能去她家了，有事情给耽误了。

车到他家楼下，常警察停下车。他又道了一声谢，准备拉开门，常警察叫住他。

"等一等。"

他心里咯噔一下，他的直觉很好，事情转折了。等他从车门方向转过身，车里的灯亮了，常警察在警服口袋里掏什么。纸张的窸窣停止后，他看见面前是一张被撕碎又拼兑上的笔记本纸。

"这是你写的吗？"

否认是愚蠢的。他让自己不要慌，动作要真切。他尽可能真切地把常警察手里的纸接过来，朝上面的字迹瞪着眼。醉汉就是这样瞪着镜子里的人，辨认那是不是自己。

"是你写的吗？"

他放慢动作的动机是要拖延时间，拖延到想好怎么回答。可是他拖延了那么长时间还是没有想好如何回答。这就是个没法回答的题目。死题。怎么答都是死。警察们已经到他家里去过，搜查过。可是父母怎么没有告诉他？也许他们串通了他家的保洁女工，让她把厨房的垃圾桶拿出去给他们翻拣。也许他们埋伏在小区的垃圾站旁边，保洁女工倒出的垃圾都要经过他们检查。也许……

“你认出你的字迹来了？”

他慢慢地、懵懂地点点头。懵懂的表情有点过。那张纸撕得够碎，拼接得有技巧、有耐心，还有对怀疑的大方向的肯定。他们早就怀疑他了。在他躺在席梦思床上想着逃还是不逃的时候，想着一天天侥幸相加就是真正的侥幸时，在他还来得及逃的时候，或者在他还来得及自首的时候，警察们就在拼七巧板了，同时怀疑的箭头已经准准地指向他。不过是让他多睡几天高档席梦思罢了。

“那天我喝醉了……”

常警察绝对相信他的话，眼神都能看出他的信赖。他一面点头，一面将纸张拿回去。怕他再撕一次，那又要麻烦他们再做一次七巧板游戏。

“行了，你可以回家了，”常警察说，“不要胡思乱想，你还年轻，相信你干不出那么残忍的事来。”

他心里又来一个忽悠，假如说早先忽悠到高处，悬吊在空气里，现在忽悠下来，回到心窝里了。

但他躺在床上觉得不会那么简单，逻辑不太正确。假如说警察把全班四十四个同学家的垃圾桶都海检一遍，偶然发现他家的垃圾桶扔着一堆撕烂的笔记本纸，又是无意中发现了“杀”字，才拼起七巧板来，那他们怎么可能一上来就怀疑到高三（1）班呢？连怀疑到一中都没有任何理由。假如怀疑到二中学生，怎么也应该在全部排除了邵家那个贫民窟所有邻居之后。不，怎么也该在排除全市的农民工、打工仔、绝大部分居民之后，才该轮到二中学生成为怀疑对象。那么就是说，警察的怀疑对象中最初就有他，因此他们才直奔他家的垃圾桶。也许他们已经进入过他家，警察进出谁家比风还不留痕迹。

他必须跟一个人交底，讨论他下一步该怎么办。这个人只能是他的心儿。

[四]

网上传闻——

杀人犯对肇事时间的选择似有设计

二〇一一年四月二十九日下午，高三（1）班的学生刘畅收到一份生日礼物——这天是他年满十八岁的第二天。第一节课上课之前，有人把礼物悄悄放在他的座位上。据说礼物装在一个购物袋里。刘畅看了一眼礼物上的生日贺笺，但没有当着同学的面打开包装纸，从外形上看，礼物可能是一支装在盒子里的笔。他是在上课的时候悄悄打开礼物的。他邻座的郭姓同学听见他轻轻撕开包装纸。礼物大概很合他心意，他脸上很长时间都挂着一个呆呆的笑容。由此可以推断，那礼物跟他杀人有间接关系。再进一步分析，购物袋上印有“H&M”的Logo（标志），所以送礼的人很可能是女性。事后有人推断，送礼人就是丁佳心。下午第二节是体育课，刘畅自称胃疼，向体育老师请了假，从班级里消失了四十五分钟。有人看见他出现在丁佳心的办公室门口，但丁佳心当天下午代表年级去看望两个住院的老教师。刘畅在丁的门口徘徊了一阵，脸色焦虑，不断地发手机短信。这份神秘的生日礼物和几小时后的凶杀是否有关，现在还无法确定。下午第三节课之后，刘再次来到丁的办公室门外，丁仍然不在。不久刘收到一条短信息。他告诉同班的一个女同学，高三（1）班的班长，说自己的祖父住院了，父亲要他立刻给祖父买一包成人纸尿布送到医院去，所以他想提前五分钟下课。离开教室的刘在学校大门口招手打出租车，但下班高峰期即临，出租车一辆辆从他身边开过，都是载着客人的。应该在五点左右，初中部的学生大批走出校门时，刘才招到一辆出租车。上车时，邵天一从学校大门口走出来，也许刘畅在车里看到了他。出租车开到九里街又掉头，朝西边（也就是朝邵家的方向）开去。

刘畅所乘的出租车开过新星小区入口，停在了那片简易房旁边。那几排简易平房一直是市容规划的老大难，居民们百分之八十是没有正式职业的下岗工人、闲杂人员。刘畅下了出租车，向他遇见的头一个简易房居民打听某家住址。后来那个居民证明，他打听的就是邵树稳（邵天一的父亲）家的门牌号。下岗十多年的邵师傅和老伴那天一早出门看病，只有邵家的儿子天一在家。邵天一显然对刘的来访很意外，也不欢迎，没有立刻让后者进门。两人隔着窗子小声争论一阵，都还算有修养，只是争，没有吵。刘坚持要进门谈话，邵坚持谢客。后来邵退让了一步，让刘进了家门。

据猜测，刘进了邵家的门之后，说他和班主任丁老师已经私订终身，只等他大学毕业就结婚，希望得到邵天一的祝福。邵天一说丁老师和他相爱了两年，直到现在丁老师真正爱的也还是他，而不是刘。刘拿出刚收到的生日礼物，一支包装考究的笔，盒上印着

“孔庙祈福笔”，笔帽是个塑料的卡通孔夫子，手里拿了张考卷，上面刻有两行小字“尊师敏学，考试必胜”，随着笔的动作，孔夫子会点头摇头。笔下压着一张贺笺，上面是打印的小字：“十八岁的今天，一个天使降临在我的生命中。生日快乐，我的畅！”落款就一个字：心。只有那个字是手写的。邵认识那个“心”字，在作文批语上常常出现，“心”上两点水是连笔的，连得有趣，像一对小翅膀。假如送这件礼物的真是原二中女教师丁某某，那么丁可以被认为是三角恋的始作俑者。

网上讯息——

女教师否认送笔给被告

据警方调查，刘畅在谋杀事件发生当天确实收到了一支笔，但丁某某否认是她送的生日礼物，她说她只送了一件平常的生日礼物：耐克T恤衫，深蓝色，左胸绣了金色的Logo，一个象征考试得分的对钩。生日贺卡她是这样写的：“畅儿十八岁生日快乐！愿你在高考中得到无数的‘√’！”她是在刘的生日当天就把礼物送给了他，并不是在第二天下午，趁学生们午饭时间，神秘地放在刘的座位上。

送笔的人无疑是个女性，连刘畅都不知道这个女性是谁。贺卡上的“心”经过专家鉴定是丁佳心的笔画，但是赝品；刘畅供认那是自己模仿的，为了向邵天一示威，向他证实丁和他更为亲密的关系，他照着丁在他作文本上的签名轻易就模仿了那个“心”字，心上的两点水，被连成一对小翅膀。

[五]

他现在作为同学和老师们口中念叨的名字活着：邵天一。他还作为报纸上网络上热议的已故人物，那场师生三角恋的男主角之一而活着。同时，他也作为那些没有被删除的手机信息，那些已被存档的邮件活着。比如，他被杀害的前一天，给学校诗歌小组发了一首散文诗，计划在周五的诗歌会上朗读，那篇散文诗由于他物质生命的死灭将会作为他的精神生命活下去，活很久。因为他的死，他那些莫名其妙的诗歌散文变得不那么莫名其妙了，至少不会引起哄堂大笑了。当人们得知他死在一场师生三角恋的情杀中，都懂得了一点点他那大红大绿的情感。

当然，他是以现代人不承认的形式活着。他活着却不能向人们证实他活着罢了。他的感知到处都是，此刻的法庭大厅里飘的就有。被告席上的少年在检察官一声呐喊时战栗起来。检察官喊道："被告，请你回头看看被害人的父母！"被告人不自禁地转过他年轻的脸，看着一对由于劳累和贫困而比他们实际年岁显得更老的男女，过多的泪把两张面容泡发了，泡化了，几乎看不出肯定的眉目。检察官又说：“他们痛失爱子，怎样度过余生，你想过没有？”眼泪从被告那稚气未脱的脸上流下来。

被告的眼泪让在座的旁听者再次唏嘘。

原来他和刘畅都失去了自己的名字，现在一个叫被害人，一个叫被告人。一个活着，一个被法医鉴定为“刀尖割破双侧肺叶而死亡”，他们如此生死对立，为了一个他们共同爱恋的女人，他们的女老师。而他邵天一恋上丁老师的时候，刘畅在哪里呢？那时无论丁老师还是邵天一都不知道天底下存在着一个叫刘畅的男孩。刘畅第一次出现在邵天一视野里的时候，穿着一件深蓝的Adidas（阿迪达斯），头上一顶棒球帽，帽檐俏皮地微微上斜。他感觉自己和这个叫刘畅的新同学会合得来。谁曾想到一年多后刘畅会变成杀他的凶手？他感到背上受的重重一击时，以为刘畅只是从背后偷袭了他一拳。他回过头，瞥见那把沾血的刀，都没把血和自己受的一击联系起来。紧接着他感到背上一阵滚烫，又迅速变成一摊冰凉。他这才惊呼：“你干什么？！”此刻他和持刀男孩成了面对面，他本能地伸手去挡住自己的头和胸，也许对方认为他要夺刀，便把吃奶的力气使出来挥刀了……冰冷的刀尖从肋骨缝里插进身体，竟然那么干脆利落，他已经不会动了，刘畅好像还余兴未尽，站在一边看着他……

提着血淋淋的刀大喘特喘的刘畅，是他邵天一凝视的最后一个人类成员形象。

人们不知道他作为抹不去的 缕生命记忆还活着。他的肉体生命化成了灰烬，而记忆是不会就此被删除的。就像电脑储存的信息，删除到哪里都不会完全消失，那记忆里保留着许多不为人知的事物、情景。比如那个他爱上丁老师的下午，是他人生中被复习无数遍而存入永恒的一页。谁都别想删掉它。那天刚放学，他给丁老师发了条手机短信，问她放学后做什么，假如她能跟他讲解一下她在他诗歌上的评语，那就太感谢了。她马上发出回应，说在办公室等他。

办公室摆了八张办公桌，她作为市里的优秀教师享有一点特权，就是以高大的档案柜隔出一方小格局来。丁老师侧面有一扇窗，窗外黄昏，夜色已经潜入夹竹桃的粉红油绿。办公桌上搁着十七英寸的电脑显示器，还有一张十一岁女儿的八乘五的照片。全班不少女同学知道丁老师是单亲妈妈，在女儿很小的时候就离婚了，但他是不知道的。丁老师带着女儿到班里来过，女同学们偷偷议论说小姑娘一定长得像父亲，所以没有丁老师漂亮。他是那天下午在那个小办公室里突然发现的：丁老师真的好美。丁老师有张很小的脸，有点像猫咪的脸型，短短的，敏锐的，眼睛很大，但有点无神，那么大的眼睛太有神会显得凶，真就成了猫类了。他在近处看丁老师，发现丁老师比讲台上瘦小。那淡蓝衬衫的领口是打开的，他看见了“侧成峰”般的两块锁骨，以及它们形成的两片凹陷，不知怎么的，他觉得那比脸更漂亮，而那漂亮只有他自己一个人是懂得的，他看得微微眩晕，错过了丁老师最初的开场白。

“……似乎、仿佛、宛若、如……一般，这类词句尽量少用。天一，我在你诗歌上的评语是这样写的吧？”

“嗯。”

她看着他，意思是“那么这评语你哪点还不懂呢”。

他也看着她。他从来没这样看过她，微微眼晕地。

丁老师开始跟他解释自己的评语：“太多的‘似乎’‘宛若’容易使行文花哨，你不觉得吗，天一？”

他是男同学里个子最高的，一米八，却谢绝了学校篮球队的热烈征招，挤进了诗歌朗诵小组。与其他诗歌小组成员不同的是，他从来不朗诵苏东坡、李后主、辛弃疾，或者闻一多、徐志摩、舒婷，他只朗诵他自己的诗歌。第一次上台，一句咏叹刚吐出口，几百个学生的大笑便喷薄而出。接下去是第二句，台下又笑倒一片。他倒是毫不动容，肖然地等待少见多怪的观众安静下来。他下了台之后，马上有人问他，朗诵的是谁的作品，怎么这么垃圾？他抽身便走，迈着松垮的大步，老虎不和兔子一般见识地走开了。走到后台出口，他想起什么，回过头说，他怎么会服从集体的审判呢？因为他就是那首诗歌的创作者。他对面的集体成了一堵墙壁，上面是一模一样大睁的眼睛、合不拢的嘴巴。对他们语言系统最无知的人，也会懂得他们辞典上“无语”这个词。

她还在跟他举例说明少用“似乎”“仿佛”的好处。从《史记》《红楼梦》《李商隐诗集》里找出例句。

“天一，你可以反驳我呀！”她笑嘻嘻地提醒他。

他摇摇头。

他从来不反驳谁，但他坚持自己。学校诗歌小组举办的所有朗诵会，他都朗诵自己的作品，谁爱笑就笑去。汶川地震后，他写了三首长诗，在台上引吭抒怀，动情处声泪俱下。台下没人再敢笑，也没人敢嫌他占着舞台不下去。他结束朗读后，一双单薄的巴掌先拍起来，因此率领起一片巴掌声。他朝那个率先鼓掌的方位看去，寻找到丁佳心老师的脸。等他来到礼堂侧门口，丁老师已经跟上来，问他能不能把刚才朗诵的诗歌再让她拜读一下。他从胳膊下夹着的塑料文件夹里拿出两页纸，递出去，说：“丁老师给几句批语吧。”丁老师笑着说：“批多了不要哭哦！”

第二天丁老师把他的两页诗歌还给了他，上面添了些红笔批注。他坐在丁老师的办公桌边，听丁老师轻声朗读他写的诗句，丁老师的南方普通话给了他的诗句一股阴柔，她洁净的手指尖指着一行行字，终于停在一行上，抬起头看着他：“你看，上一行刚用了个‘仿佛’，这里又出现一个‘似乎’，干脆都去掉，就是‘松涛呜咽，高山服丧’，所有景物都人格化，不是更有力量吗？”

丁老师两眼圆圆地看着他，等待他的同意。他避开她的目光，眼睛看着桌面。他不在看她的时候也能看她，在心里看她。在心里，他可以看得更自由，更大胆，近乎放肆。他点点头，向丁老师告别，拿起桌上那两页布满殷红批注的诗歌。

怎么可能不用“似乎”“宛若”“仿佛”呢？从那之后再见到丁老师，他总是满心诗意，又无法付诸语言，他对她的一连串无法言说的感觉不就是一连串的“似乎”“宛若”“仿佛”？

暮夏转为秋天。仿佛是一个深秋的早晨，雾天雾地，操场边上的竹子从每片竹叶上向下滴水。丁老师的车是到校的第一辆车。他看见她啃着一个面包下车，左肩一个包，右肩一个包。离他三尺远时才看到他，同时已经把一个面包递过来。才出炉的，吃吧。吃过了。吃过了也吃，吃着玩。他接过她一个包，大的那个。她问他为什么到校这么早。不为什么呀，天天都来得早。早上在校园里看书感觉好？不是的。那为什么？因为失眠……失眠？太可怜了！听说高三的人四分之一都失眠，想不到高二也有失眠的，千万别吃安眠药啊！不吃没法睡觉。

她痛心地看着他：“高二就失眠，怎么得了哇？！”

丁老师那一刻的忧愁跟母亲的一样。母亲也这样说“怎么得了喔”，像是自问自答。

丁老师接下去说，还是她的时代好，考得上考不上大学，不是像他们这样不活即死的。“这年头做孩子都做成了这样……”她用摇头来为她或缺的准确表达填空。这也像母亲了。母亲对现代社会和他的学习生活大部分是缺乏表达的，只是爱莫能助地摇头。然后丁老师说，她盼望自己的女儿永远别长大，跟高考保持远距离，让叮咚永远把高考当成发生在别人世界里的恐怖故事。

他问：“丁老师的女儿叫什么？”

“叮咚。连名带姓，就叫丁叮咚。”

“真好玩！”

“好玩吧？”

“那她跟您姓？”

“对呀。”

问答不该停在这里，假如停在这里他会很不甘心。

“我和叮咚的父亲离了，叮咚从两岁起就跟着我的。所以就跟我姓。”

他不知怎么感到一种奇怪的释然，几乎是如愿以偿。是因为丁老师给了他特权，让他了解了她私生活的底牌？还是因为他也如天下所有雄性一样，巴望可爱的女性尚未归属？似乎是这，又仿佛是那，他心里宛若……啊，一个十七岁的男孩心里就是充满这么多无可命名、似是而非的感情和冲动啊！

那个浓雾的早晨，雾在十一点多才散去。午饭时丁老师发了一则短信息给他，说教务处王主任认识一位扎耳针的军队中医师，开了个失眠专科诊所，只是比较远，在西郊一个军队医院，不过她可以开车带他去。反正她走到哪里都是备课或批改作业，等候的时候也可以做这两桩事情。她问他有没有兴趣去让那个军医试试。他对军医没有兴趣，他对丁老师陪同他一块儿去看军医有兴趣。去一次也好，那将是他和丁老师的一次短期度假。他去了银行，从自己的账户取出一百元。账户里的存款是他一岁开始从父亲的师弟、徒弟那里，从亲戚们那里收到的压岁钱。母亲的妹妹没有男孩，每年春节给他两三百元的压岁钱，渐渐凑出一个颇有规模的数字。那笔钱母亲和父亲视作神圣，因而他们得任何病，都是靠天医，靠自己慢慢拖。

在中医给他扎针时，丁老师在外面等候。他竟然在扎针的床上睡着了！睡了一个多小时！丁老师比他还激动，一口一声“我们得救了！我们得救了”！

接下去的一回，针就对他失去了魔力。丁老师看着他故作迷糊的脸，巨大的眼睛立刻弯下来。他的戏不错，把她蒙住了，以为他又在针灸床上美眠一次。她把一大摞作业本带到候诊室来批改，改得两眼发黑，但一见他从走廊对面的针灸室晃出来，便像迎来了个好太阳那样朝他站起，伸了个懒腰。下一次，银针仍然没有奏效。下下一次同样毫无效果。每一夜，他躺在床上，在黑暗里等待针灸的效力突然发生，却等来火车叫，风穿树枝，野猫交配的嘶喊，什么都等来了，除了针灸的效力……焦灼把他都要烧着了，他大汗淋漓地躺着，觉得太辜负丁老师了，为什么就不能争口气把觉给睡着呢？丁老师要是知道他每次在针灸床上装睡，还不失望死？假如她知道他不惜糟蹋她珍贵的时间和汽油费，给她忙里添乱，就为榨取她两三个小时的额外关爱、单独陪伴，她更要失望死。假如所有给他压岁钱的穷亲戚们知道他拿了钱到某个江湖郎中那里去假寐，他们也该失望死。所以他也为一岁到十七岁的压岁钱在涓涓流失而出汗。

终于有一天，从诊室到停车场的路上，他跟丁老师提出，他不想继续针灸了。

“为什么？”

“太远了。”

“效果不是不错吗？”

“是不错……”

真话他说不出口。她陪他来了这么多次，路途连接起来差不多能到西安了吧，也许到宝鸡了。季节从深秋到初春，她的期望值比他还要高，比母亲还要高，一旦告诉了她实情，她将会怎样？所以他把实话吞回去了，继续躺在针灸床上，把自己两只耳朵莫名其妙地交给那个庸才军医，任他用大小针头在上面千缝百纳，任账户里浅浅的积蓄在继续流去，心里只有一个信念：不让丁老师失望，让丁老师减轻由他而发的心痛。他五大三粗不假，心有多纤细，只有他自己知道。

丁老师的短信息来了。她说她一定要陪他针灸到高考。他回复她说，他已经彻底康复，不需要再去了。

“真的？”

“真的。”

丁老师将信将疑地作罢了。他们不再去遥远的军队医院。过了三个礼拜，一次模拟考试之前，丁老师和他又在校园的清晨碰见。那个时间，校园里尽是鸟，尽是歌唱的鸟。他想躲开，丁老师的目光已经逮住他。她叫一声他的名字，去掉了姓。那是她第一次这样叫他：天一。在他听来，就是亲爱的，或者心肝儿。丁老师那双穿透人八辈子的大眼睛看着他。

“又在失眠了？”

不知为什么，他点点头。

“你看嘛，就是没有巩固住嘛！”

他犹豫一下，又点点头。他的眼睛此刻看着地面。丁老师伸手把他的下巴轻轻一抬，原先只是怀疑他眼里有泪，现在证实了。

她说下午下了自习等着他，她带他去军队医院。

“你这个孩子，不听老人言！”她笑着。在早晨的光线里看，她过分细腻的皮肤质感真好，皱纹也好，让他想到绢绸，那种太细太薄而轻易起皱的绢绸。

上自习的时候，他给她发了短信息，告诉她他已经决定不再去针灸。下了自习，抬头一看，丁老师已经等在那里。

她手指上玩着飞度的车钥匙说：“走吧？”

“不去了。”

“跟医生都约好了。”

“……不去。”

“为什么？就算要坚持到明年高考，也没有多久了嘛。还有一年。一年有觉睡，大不一样啊！”

他只好跟着她走。走到楼下，她看他又是有口难言的样子，轻声告诉他：“别担心钱，钱不是问题，我来付诊费就是了。”

“那怎么行？”他急得脸都烫了。

“将来挣大钱了再还给丁老师嘛！”她笑起来，“丁老师现在是投资哦，不准我投资呀？”她笑得鱼尾纹欢游。她有时是个不成熟的丁老师，比如此刻。那种不成熟让他好舒服。

没错，赚大钱。比他更高大魁伟的父亲一辈子赚小钱，这是他无法跟父亲有一句共同语言的原始理由。如今父亲连小钱都赚不上了，高高大大地坐在麻将桌边，英雄人物一样神气活现，几毛钱输几毛钱赢，就是他的悲与喜。他跟着丁老师走向停车场的路上，心里恶狠狠地想着赚大钱。赚大钱，是为了丁老师的预言成真，为了她对他的高期望值不落空。还为了什么？还为了让自己够格爱丁老师，或者，够格被丁老师爱。

太奇妙了！那一次针灸，他认定反正是无效，却又大睡一场，还大梦一场。梦到丁老师就在他床边，保卫他的睡眠。他在梦里对自己说，假装的酣睡千万不要被丁老师识破呀，否则她该多提不起劲儿，保卫了一场虚假睡眠。

然后就又恢复了每周一次的治疗。丁老师每周三或周四开车带他旅游二十多公里，度一次他们两人的假期，他们两人的蜜月。治疗结束，他们总是一块儿吃晚饭，往往到丁老师父母家去吃，偶尔也在餐馆里吃。当然他们选的都是比学校食堂贵不了多少的快餐。有时候丁老师让他点菜。他点完菜，她就乜斜眼，瞅着他，明白他为她抠门。而在丁老师父母家，他会自在些，毕竟没让丁老师破费太多。他喜欢丁老师的父母，像楼里的邻居那样把丁老师的父亲叫成“老丁老师”，这样来区别丁佳心这个“小丁老师”。

那晚他回到家里，父亲在简易平房最里头的一家打牌，他经过那里时听见父亲粗话满口地跟人笑闹。他家在那排简易平房的中间，前面围出一小圈铁栅栏，算是个前院，院子里种满蔬菜。铁栅栏是父亲把工厂的铁围栏用电锯割下来，给自家安装的，工厂关了门，几天内就被全厂下岗工人拆整为零。推开铁栅栏的门，就从窗口看到母亲坐在十四英寸的电视机前，脸几乎凑到屏幕上。他跟母亲说了多少次，音量开大开小不会影响电费多少的。他一推开门就跟母亲嚷嚷说愚昧啊愚昧，不省电净费耳朵了！但母亲以她的信念坚持把电视音量开到最低，笑着说即便不省电也省电视机，电视机的喇叭也跟人一样，扯起喉咙喊早晚喊破。他无话可说，懒散地把手一摆走开了，意思是：随便吧，爱怎么怎么吧。母亲是父亲从农村老家娶来的，父亲下岗之前在厂里做过临时工。她读过村里的小学，只读到二年级，对她来说，高中生儿子的学问已经多得一家人都受用不尽。他们住房旁边，就是一个高档小区，里面有四个保姆介绍所，她常常到介绍所去找一份事由，看护瘫子，带狗遛弯，或者照顾痴呆老人。干到老人死了，或瘫子把她累坏了，抑或狗的雇主太不把她当人骂了，她就会辞工回家歇着，直到因为儿子再次看上一部新手机，或者一套新衣，或者学校组织一次旅行，她再去高档小区的介绍所，申请一份同样的苦事。

等他进了自己的小屋，母亲走进来，脚步轻轻的，带一种知趣。母亲进城十九年了，仍然有种乡下人的自觉，进的是城里人的城嘛。母亲在叫他了，他懒洋洋地嗯了一声。对母亲他是爱的，但不知怎么去爱。他也深知母亲爱他，也是越来越不知该怎样爱。两人都越爱越风马牛不相及。他对父亲就是另一回事了，他可怜、鄙夷父亲。假如说他对父亲的爱里一半是正面一半是负面，那么正面的一半就是怜悯，负面的一半即是鄙夷。母亲问他吃过饭没有，给他留的晚饭还在锅里。他家的燃料是前几个时代的沿袭，仍然是自制煤块。他说吃过了。母亲问他真吃过了？他说真吃过了。母亲又问，吃饱了没有？他说吃饱了。母亲等了一会儿说，没吃饱再给你热点吃。他爆发地说，吃饱了！这一连串关于吃饭的话可以翻译成：儿子我爱你，我真的爱你，我非常非常爱你。她不会说，你天不亮就出门上学去了，天黑尽才回来，让我好好看看你，告诉我学校发生了什么，你离家十几个小时过得如何？所有的疼和爱，一整天的挂念，最后就被三句关于吃饭的句子凝练提纯了。儿子把书包重重地搁在书桌上，这屋小得书桌只允许长两条腿，另外两条腿是借床的，桌面直接被钉在床栏侧边。他从书包里拿出一本书，又一本书，母亲知道这是在催她离开。她总得说点什么，心里那么多疼爱总得给个出路。

“你那天跟我说，班里好多同学都请辅导，家长给请的，我听你说，英文要有人给辅导一下就好了……”她用一个动作结束了话语。那动作是将一叠大小不等的钞票放在他面前。

“我不要。”他说，把仍然温热的钞票向旁边一推，“课外辅导老师一小时多少钱你知道吗？”

“人家能请，妈也能给你请！”

他知道母亲又去隔壁的高档小区挣辛苦屈辱钱去了。小区的富女人好不容易熬到可以欺负穷女人的份上，一点优势都不肯浪费。

“我真不要！”

母亲看着他，想知道为什么。

“我不需要辅导老师。英文我能自己补，找辅导老师干什么？不需要！”

母亲看着脾气都上来的儿子。因为他们的穷日子里常常短缺这个短缺那个，所以她绝不能让儿子发生任何短缺。似乎请家教课外辅导也是一种奢侈，别人家孩子能奢侈得起，她咬牙也要让自己儿子奢侈。

“你不要担心钱。这点钱我是偷偷存的，你爸不知道……”

“我没有担心钱！”他当然担心钱。

母亲没办法了，从那卷钞票上剥皮一样剥下一张来，私密地往他面前推了推：“那就去买双鞋，你那双运动鞋都穿乌了，刷不出来了。”

他不拿钱母亲是不会走的。似乎是给母亲很大面子，他把钱拿过来，塞进书包。母亲马上又急了：“放好！不要丢了！”她亲自动手，把那张一百元放进书包的内袋。

母亲出去半天了，他捧着书，一页也没翻。丁老师，丁老师，丁老师……他突然不知道什么是丁老师了，丁老师是个什么概念？是个什么意义？丁老师就是个样样对劲，爱得对劲、关怀得对劲的人，一个女人。为什么其他人爱也好，关怀也好，都那么不对劲呢？连母亲的爱都令他尴尬，连杨晴的关怀都让他挑三拣四地接受——要其中一部分，可又不把其余部分退还给她。要是没有丁老师做对比，杨晴那份感觉是温暖的、可心的，可以向爱情转化的，一有了丁老师，不，有了这个叫丁佳心的三十六岁女人，杨晴的关爱也显得太毛躁，可取的少，可舍的多。丁老师，丁老师，丁老师……那敞开的领口里一边一个高高耸起的锁骨，下面那一汪深洼……一张猫类的短脸，鼓额下一个小鼻子，相距颇远的大眼，肤色发黄，永远的披肩发，南北方兼具的女子特色，都在丁老师那儿强调了。那样的美谁能像他一样领略？

手机在桌面上吱吱叫得蠢蠢欲动，像只大甲虫，被弄翻了个，脊背着地肚子朝天，吱吱地挣扎想翻过身来。一则短消息降临在大甲虫身上。手机号他烂熟于心，丁老师的短信让手机都活了。

“今晚感觉怎样？针灸效果如何？但愿你睡得像只小猪！”

这一会儿她在做什么？换上睡衣了吗？睡衣什么样子？一定不像邻居们倒尿罐，或到路口买早点穿的那些，无形无态，被无形无态的主人们穿成衣服里的老油条。她的睡衣是什么样的？她穿睡衣的样子一定更美。

他拿起手机，按下了三个数字：530。它们的手机语言是：我想你。

没有回复。他刷了牙，洗了脸，又洗了脚，换上他睡觉穿的旧球衣，母亲在上面缝补过多次。他动作磨蹭，而心情焦急，就像在等一辆该来却老不来的火车。他发出那样的信息，分明是把今夜的睡眠发到对方那端了，他能不能有一点安眠的希望，要看对方怎样回复。万一那三个数字的信息一去不返，他这一夜就将“数声和月到帘栊”。手机却躺在只有两条腿的桌上，比他的主人先进入了睡眠。他睁着两只眼，失眠让他不止一次感觉，人的一辈子真长。

不知过了多久，短信来了，说：“对不起，一直在备课。乖乖睡，明天还有外语课呢。”

她知道英文是他的弱项，因而提前替他摩拳擦掌。

这不是他等的回复，不完全是。他又按下几个数字：880。手机语言：抱抱你。一秒钟都不敢犹豫，靠的就是不假思索，听从激情，一旦犹豫他就有可能失去激情带来的惯性。信息的关键成分是动词，而那个动作本身是激情和冲动的。他将信息发送出去。他自己也被那条信息吓坏了。

过了一年多了，他已经过了火葬的熔炉，那不可熔的一部分生命化作青烟，飘荡在大气中。一年多前的一条条激情信息仍在飘游，无所归依，仍在寻找最对应、最贴切的回复。它们不会消失，就像现在永远十八岁的他一样，只是进入了另一种存活形式。空中飘游的信息密密麻麻，谁都找不到完全对应的回复。难道人间的爱不亦如此？从来找不到一份爱是完全对等的，对等的深，对等的美，爱和爱总是有些错位地存在，施者和受者从来感受的不是完全相同的爱。

他还感知到无数新的信息从人间诞生，飞舞相撞，活泼如无形的小咬、蠓虫，它们今夜尤其密集，奔走相告着一个惊人的消息……

[六]

你真的被判处了死刑，我的畅儿！

直到报纸和网络上出现“死刑”二字，我才真的相信在法院大门外听到的。网民们已经开始热心探讨死刑的方式：绞刑，枪毙，注射……就像一个世纪之前，赶着去北京菜市口看砍人头的热闹。我瞪着报纸首页照片上的你，瞪着那两个字：死刑。从你犯罪的当晚，一直到三个星期后你被警车带走，这两个字在我心里从没闪现过。一秒都没闪过。在那之前，死离你和天一多么遥远！

你和天一到底发生过什么样激烈的冲突，以至于非得用刀来解决争端？

早在出事的一个月前，就有同学向我报告，你的书包里揣了一把刀，新买的，好品质的西式厨刀。据说你们的高级公寓楼发生过一起盗窃杀人案，一个老人和一个孩子成了那件案子的牺牲品，因此你这个父母常外出的少年必须充当自我保卫者。我批评了你，说我班级里的学生可不允许带刀到校。你不服气地答应我，会把刀留在家里。那天你到我家来补课，一进门我就向你伸手：可以看看你的书包吗？你阴沉地把书包交给我，里面仍然揣有那把雪亮的刀。我正缺一把切菜刀呢，送给我吧，我当时逗你说。你说可以，拿去吧，我再去买一把。我火了，说要是班上四十五个学生一人带一把刀来上课，我还当什么班主任！你愣怔地看着我，从没见过我发那么大的火。那天晚上我对你好冷淡，帮你补课的态度就像任何一位家教，尽责而已。临走时我送你到门口，你抱住我，比以往抱得更成年，更野性。这样的抱，我是不该接受的。可是我居然也感到了渴望。难道我一直不了解自己怀有那秘密的罪过的渴望？难道非得一个意外动作发生，一份意外的自我解密才会跟上？！或许根本无法解密，多少人类行为停留在无法破解的黑暗里……我和你僵持了一晚，你赢了，带着那把刀走了。

当时我要是再坚持一下多好。

在杀死邵天一之后，正是那把刀，把你自己也杀了。即便上诉成功——我现在把自己的生命许给上苍，以换取你的上诉成功——即便法律赦免你不死，你生命的一大半也已经被那把刀杀害了。设想一下多年后吧，走出监狱的将是一个心灰意懒的中年刘畅，背着沉重的档案，劳改犯可以被释放，而劳改释放犯是你永远的称号。真是那样，但愿我已长辞人世。

庭审照片上的你是四分之三的侧面，比我们俩合影上的你要胖，也许因为你那一头浓发被剃短的缘故。你憔悴而呆滞，半年时间长了十年岁数。记者报道说，你的母亲在听到法官宣判你死刑时，人从座位上触电一样弹起来，随后马上又瘫软下去。这位董事长母亲被记者们形容成："气质华贵，身穿黑色Dior（迪奥）连衣裙，戴Dior墨镜的女老总被秘书和随从搀扶起来，架出法庭。她走在法庭的台阶上，终于全面崩溃，大滴的眼泪从墨镜后流下来，接着便干脆号啕大哭，边哭边喊：‘你们救救我的孩子！求求你们，他才十八岁啊！’”

畅儿，我在你的母亲面前是个罪人。尽管她不是个理想的母亲，但从所有的报道看起来，她是爱你的。她以为把你要的一股脑给你，就是爱，以为你什么也不缺、什么都过剩就是爱。

其实昨天我是看见你母亲被众记者围着从法院大铁门里出来的。那时我已经藏进了法院对面的小吃店，从污渍斑斑的窗子里看到了那个场面。当她的黑色奔驰从停车场开来时，正好邵天一的父母也从大铁门里出来。你的母亲突然挣脱人们的搀扶，向邵家夫妇冲去。所有人不知道她要干什么，都跟上去阻拦。她也像天一母亲在法庭上那样下跪了。跪下的同时，她还是喊着同样的话：“求求你们，救救我的孩子！”

天一的母亲本来木木呆呆，此刻又大哭起来，许是想到因为这女人的儿子，自己没了儿子，也许是自己已经没了儿子，却并不能阻挡这个女人也失去儿子。畅儿，你不知道，你母亲伤心到什么程度，脸面尊严都不顾了。当你父亲上前抱她、拉她的时候，她却一把揪住天一的母亲，仿佛她一切希望都在这个面善的、质朴的女人手里，可以求她为她做主。法院门口乱成一团，马路上的车子不断停下来，最不该塞车的地段出现了严重的交通梗阻。

我不知怎么已经穿过马路，站在围观的人群外，看见天一的母亲把你母亲推倒。谁都听见了她凄厉的咆哮：“救你儿子？！你先还我儿子！”

我那时候还不知道你母亲为什么哭成那样。我不敢打听，听人们嗡嗡着“死刑、死刑”，我根本不信，直到今早的报纸摆在我面前。

当时我看不下去了，向法院后门绕去，也许载你的囚车会从那里出去。

后门也拥堵着人。附近居民渐渐加入了人群，两个老太太东问西问地走过来，都拎着塞满蔬菜的塑料袋。警察开始喝退人们，后门震动一下，里面的锁打开了。人们一下子静了，朝着门翘首以待。我不能站在他们的群落里，跟他们一起翘首以待。我向马路另一边走，此刻囚车拉响警笛。我从小就害怕警笛，这种不知谁发明的音调总是通报人间灾难，而当时的警笛声格外刺耳钻心。

从法院到我父母家，大概六公里，我不知道是怎么走的。我不知道自己如何拖着僵死的身体，左脚拽右脚地挪了六公里。到了地方，我才发现到了父母家，而不是自己家。我快三十七岁了，可是在心里最不得过的时刻，还是会来找父母。站在父母家楼下，看着三楼第五个窗户里被灯光映照的两盆兰花，突然想到母亲的子宫是个多好的地方，能让人不犯错误，不干不可逆转的事。那是个最安全最温暖的小屋，能让我回到那里该有多好。

我围着那座老式的教职工宿舍楼转了一圈又一圈。天慢慢黑尽了，从晚到夜。我看见母亲的卧室也亮起灯来。

你记得我第一次带你来看望他们吗？邻居们看见我就叫："小丁老师来啦？老丁老师刚从外面回来！"你笑了，笑"小丁老师"和"老丁老师"的称呼。我走在最后，你跟着叮咚，叮咚最先跑进楼道，一跺脚，楼梯上的灯亮了。我掏出钥匙，母亲却在屋里把门打开了，似乎她一直在等待我。你一进门老太太就说："哎哟，这么个小帅哥，电视剧里来的吧？"我有个开朗爱逗的母亲，让每个人都自在。你嘿嘿地笑了起来，摘下你的棒球帽，挂在门边的衣帽架上。你已经不认生了。我介绍说你是我们班的新学生，因为父母不在家而跟我回来吃周五的团圆晚饭。我父亲此刻从书房出来，跟我们浅浅寒暄。做了几十年数学教师的老丁老师比较含蓄拘谨，那天晚上好像比你还认生。各种好夫妻都是这样性格相左的搭配，俗话说：一肥搭一瘦。

晚饭时我母亲打听了你全家的情况。你在国外有一个舅舅，在北京有个姑姑，爷爷得过中风，所以让奶奶老是忙不过来，没有工夫管你这个孙子。加上你母亲跟婆婆的关系从你婴孩时期就开始紧张，因为她看不惯你奶奶喂你吃饭的方式：把一口饭先放在自己嘴里含一含，等到不烫了才送进你嘴里。你嘻嘻笑着说："可不是嘛，确实恶心，一口饭在装了假牙的嘴里过一遍！"然后你龇牙咧嘴。叮咚也跟着龇牙咧嘴，突然问她外婆，是不是也在她婴孩时期对她干过同样的恶心事。我母亲轻轻拍了叮咚一巴掌说："打你这小没良心的！"

我父亲也笑起来，低声附和一句："指望现在的孩子有良心啊？"

我母亲问我为什么不把天一带来，你一下子抬起头。我注意到你的神情突变。老太太提到邵天一的亲热随意口吻几乎是家人式的。下面几分钟，你的心思跑了，闷头吃白饭，我母亲给你夹菜，你先是一惊，接着扫视一圈，似乎把餐桌边几个人又重新认了一遍，主要是把我重新认识一遍。

我早该知道，事情就是在那时开始乱的。

饭后叮咚看电视，你拿出书本，问我哪里可以自习。我把你带到父亲的卧室兼书房，笑着跟你解释，老两口已经不能同时作息了，因此他们一共两间屋，两间都是他们的多功能室。你说对不起，因为即临的模拟考让你没把握，只能抓紧时间，尽量准备得充分些。你眼睛太透明了，沉到心底的心事都能让我看到。你眼睛在诘问："你不是我一个人的'心儿'吗？难道除了老丁老师和老丁师母，还有一个人叫你'心儿'？并且是插在我前面叫……"我笑了一下说："快去复习吧，我要去帮我妈洗碗收拾厨房了。"你明白我明白了什么。我也知道，我的明白没有偏差。我们俩离得那么近，生物电的交流都能感觉到。你进了我父亲的卧室，我替你关上了门。叮咚小声问我："大哥哥怎么了？"我有个跟我一样直觉特好的女儿。我的女儿很宽容，几乎完全把我让给了我的学生，自己去上寄宿学校。她懂得压力：学校和年级的升学压力，家长们给予班主任的压力，一旦带不出升学率高的班级，她的母亲会被压成什么样。班里哪个学生不健康不快乐不能顺畅地走完高三的非人岁月，会对她母亲意味着什么。我摆摆手，不让叮咚作声，让你在门内安静地复习。

你那时还不知道，我已经到你先前的学校调访过。你从初中到高二的上学期一直在实验中学就读。那是一所比我们学校升学率更高的学校，在高二下学期突然转学，这做法不合情理，有点釜底抽薪的意思，所以我认为你转学的背后一定有事，一定不像你父亲一笔带过的"学校太远"。事情很快清楚了：你在实验中学中考时得了考试综合征。医生对你"综合征"的记录是这样："浑身发冷，以至于五月天穿防寒服参考，在考场高烧、呕吐、满身冷汗……"你撑着考完数学，第二天考语文时竟然昏厥在考场。所有人以为你不是打摆子就是重流感，但你的每项检查结果都正常。假如不是你考英文时的表现，校医不会茅塞顿开。英文考试夹在语文和政治之间，进英文考场前你完全康复，脱掉了防寒服，还吃了一个肉包子，但考政治前你又打起摆子来。校医这才意识到你患的是什么病。这两年来流行的怪病还少吗？SARS（重症急性呼吸综合征）、禽流感，还有学生们得的考试综合征。

你心里远不如你的表面潇洒。就像你的衣着打扮，刻意造成的随意，修饰出来的不加修饰。表面你对很多事满不在乎，包括考试，包括成绩的名次。你不像天一，一看就知道，他活得沉重，过早老成。你给人的感觉是任何东西都不值得去吃苦获得，因此你也不会为学习和考试吃苦。你不屑于吃苦。其实你一直是暗暗地吃苦，应该说你吃的是额外的苦头，那份额外的苦头是用来掩饰你真正的吃苦。天一和你太不同了，除了写诗，他几乎戒掉了一切娱乐、一切喜好，苦巴巴地把所有精力和时间用在学习和考试上。你呢，所有娱乐都有你的份，足球队、网球队、剧社你都参与，用你的话说是玩玩球，玩玩写戏、演戏，想向人证明什么都可以玩，你是玩大的，玩毕业的，玩进名牌大学的。实际上这是你的虚荣，你宁愿以天资聪颖来击败天一那样的死用功。就是带你去我父母家那次，我更看清你那扮出的潇洒，妒忌轻易就让你挂彩了。

我从法院走到父母家，进了门连叫一声“爸妈”都省略了。老两口还什么都不知道。母亲问我脸色怎么那么差，问我是不是太累了。我不知道怎么回答她的，或者是否做了任何回答。母亲在收拾厨房，让我把洗好的筷子放回抽屉。我照办了，可是没等自己将手从抽屉里抽回，另一只手就去关，把自己的手指头挤出了血。

我在厨房听到手机响起来。那一刻我不愿意接听任何人的电话。父亲恰巧在客厅，将手机拿进厨房，见我和母亲的手都被占着，就按了答话键。

“记者？请问，哪里的记者？”

我抢先一步，把手机拿过来，关了机。我拿着手机走出厨房的时候，知道父母担忧的眼睛给我的脊背追光。他们知道一定出事了。不小的事。

一晚上的多半时间，我都是陪母亲坐在电视机前。母亲在为她一直跟进观看的电视剧流泪，我说：“要是我像她那样死了，你和爸要帮我照顾叮咚啊。”

母亲一个激灵转过头。

“要是让叮咚落到她爸手里就惨了。”

我自言自语。还好，眼泪没有流下来。

母亲不止一次见过我这种时候。一个单身女人、单亲妈妈，一个不胜重压的女教师不在母亲面前表现“过不下去了”，又在哪里表现？所以母亲拿起我的手，搁在她的膝头上，轻轻拍打。她的巴掌那么软，她就是这样把童年的我拍打进睡梦，拍打上我不敢攀爬的滑梯，拍向我不愿去和解的小朋友。

我离开父母家的时候，快十点了，我差点要把你的事、我们的事倾诉给母亲，再大的噩耗丑闻，父母从我嘴里听说，比从任何其他途径听来要容易接受得多。但我突然觉得不用了，母亲会理解接受一切的，母亲是“无条件之爱”的代名词。

现在他们应该猜出来了。清早读报是老两口的习惯。他们从报纸上看到了你的照片，一定惊讶得血压和心脏都出现刹那的失常。当他们看到记者不提姓名地写到一个近三十七岁的女教师，他们会意识到，那就是我。

全城人都知道你被判处死刑。而今天还是大晴天，楼下的退休老人们还是照常跳舞，八十年代的双喇叭录音机还照常唱着他们八十年代的情歌：“你说过两天来看我……”

从昨晚到现在，我一直没有打开手机。我知道此刻多少记者拥挤在手机那一端，比高峰期的汽车还挤，个个录音机就绪，提问就绪，我的回答将为当下最大的丑闻逐一填空补缺。拨开窗帘往窗下看，狩猎我这个丑闻女主角的人有十几个呢，背着相机，拿着录音笔，端着笔记本电脑。一个个邻居被他们拦住，有的指指我的窗子，有的摇摇头。几个记者进了楼门，脚步声先响在楼梯上，然后到达了我的门口。门被敲了几下，我盯着门。门这边是我和叮咚最后的堡垒，也留着你种的大丽菊、玫瑰和芫荽，以及天一油漆的墙壁、门窗。所以我就那么盯着被敲响的门。随他们去敲门，我是不会开的。

畅儿，你为什么选择过十八岁生日的第二天去杀人？你是想在成年的第二天，就做个成年人来对自己一切行为的后果负责吗？

[七]

他在法庭上就呕吐起来。

刚才法官读完判决之后，法庭寂静了一刹那，顿时炸了锅。他听见自己母亲的嚎哭和嘶喊，听见旁听者的热烈议论，还听见鬼怪的一声“呕”，然后他看见地上一摊黏稠液体。他吐了。呕吐物清冽透明，因为他头天晚上没有吃饭，太忐忑了，第二天就是他的审判之日。不用谁告诉他，他仅有的那点法律知识也让他明白，十八岁的生日前和生日后作案，会在判决上有什么区别。

他选择十八岁零一天来行凶是有意的。但他不会把这一点告诉任何人，包括他的律师。十八岁准许人做许多事，准许一个人选举自己的领袖，也准许被选为领袖，允许参加军队，拿起真正的杀戮武器，准许驾驶，准许一个男孩撕碎“未成年人保护法”的襁褓，成为男人——那种一人做事一人当的男子汉。十八岁的男子汉杀人放火都由自己承担，而不去连累父母和其他人。最重要的是不去连累他的心儿。而从前的十八岁更好，应允人更宽泛的权利，比如嫁娶。要是回到那时的十八岁，他也许不是去杀人，而是去求婚，他会跟她说：嫁给我！让多嘴长舌的人们说去吧，年龄差异和爱相比也算障碍？来吧，永远做我的心儿。而他的十八岁缺失了这项最美的应允。

但无论如何，十八岁该有些重大宣告。当天下午最后一堂课结束，晚自习尚未开始，他在校园外的小卖部买了一箱啤酒，请全班同学一块儿喝。男女同学都拿出饭盒、饭碗盛酒，女同学们也小小开戒。十八岁了，想喝酒就喝，看谁敢拦着。喝酒本身就是权利的宣告。同学们非常助兴，有人建议为六月初的高考而干杯，但这提议立刻被反驳：为六月初大家将结束复习的折磨而干杯。有人提议为丁老师干杯，因为丁老师将作为大家的精神领袖带领大家挺过高考的酷刑。十八岁的寿翁举着啤酒瓶站上课桌，为十八岁所赋予的一切权利干杯，十八岁可以参加选举，意味着可以选举改革考试制度的教育部长！同学们撒野地吼起来。他们做了小半年的高考题都做老了，做驼了，丰富而复杂的世界对于他们就剩了A B C D四种选择，就剩了正确和错误的答案。而那一刹那他们都恢复了十八岁，四十多个人的青春就在那一刻杀了回来，报复性反弹，于是显得更野。上面几届校友一完成高考就把书撕碎，像是蚕蛹终于熬成蛾，急不可待地咬破茧子，飞将出去。撕书的日子不远了，但他们已经等不及了。这天他们被那点啤酒提前催成了蛾，却没有咬断茧丝的力量，在茧子里无望地扑腾。

邵天一在大家最热闹的时候站起来了。他浑厚的男中音很克制，请大家不要把教室弄成疯人院，他都听不见自己的默读和心算了。没人理他，尤其十八岁的寿翁刘畅吵得更凶，大声宣布十八岁可获得的一条条权利，每一条权利都是一句祝酒词，让一个个冒泡的饭碗、饭盒碰杯。邵天一没有再说什么，掏出一张面巾纸，撕成两半，又搓成两个纸球，塞进耳朵。大家从来拿他黄金般的沉默无奈。

等到所有酒瓶快空的时候，邵天一拿起书包站起来。他坐在最后一排，站起来的动作把课桌猛然推动。他的课桌于是成了推土机，轰隆隆地推移了前面一系列桌椅。冲击波波及刘畅所站立的那张课桌，后者摇晃一下，扭脸看着前者，然后慢慢转过身。两人对视了一秒钟，刘畅穿越过课桌的浮桥，向邵天一冲去。要不是几个男同学拦得快，他会直接从桌上朝邵天一跳下去，给自己的十八岁生日增加一个相扑节目。

“判处……死刑……十天之内……提出上诉……”法庭上的人们沸腾得像十八岁生日的啤酒泡，一张张脸都是丰富的泡沫，接近炸裂。假如十八岁的生日晚会上邵天一没有跟他作对，他还会不会在第二天对他下手？他不知道。

最凄厉的哭声来自一个烫头发的女人。烫头发的女人是自己的母亲。女人都会哭丧，母亲为他提前哭丧：“畅畅！妈对不起你！怪妈呀！救救我的孩子！”

人们目送他被法警押出侧门。

囚车停在侧门口，大张开门，两双手把他直接从法院侧门塞进车里。车厢两边各有一排座位，已经坐满了荷枪实弹的法警，兵马俑也比他们表情好些。锁在脚镣手铐里的他还占用那么多兵力。他以为会让他坐在两排军靴之间的地面上，传说那是囚犯该待的地方，但最后一个上车的人把他摁在左侧位子上，一边各有三个警察。最后上来的人大概是法警长官，兵马俑头目。法警长官是他父母的同代人，把他摁在座位上的动作带有长辈的怒其不争。对面坐着的两个警察之间有一孔小窗，随着车缓慢地启动，小窗开始放映城市的天空和树木，秋天的树和天空。“秋阴不散霜飞晚，留得枯荷听雨声”，丁老师那么陶醉于这两句诗，带着全班四十五颗心一块儿醺醺然，当时不爱语文的他不醉也身不由己。他眼泪汪起来，丁老师醉心的秋天随着他的宣判来了，美丽的秋天宣判了他，让他看不到下一个春天了。

他看见沸腾的人群从法院大门溢出来，漕了一马路。不知有多少人目送他。不管人们穿什么颜色衣服，挤成一大团时总看上去是黑的。他突然看见黑黑的人群里有个熟悉的高大影子，微胖，一个肩高，一个肩低，高的肩膀老挎着单肩书包似的，尽管他改背双肩书包很久了，但他两个肩膀永远回不到一条水平线上……

[八]

畅儿，昨天是你听到宣判的头一个晚上，你睡着了吗？我不能想象你怎么度过死囚牢房的第一夜，你一定想了很多，你想到过事情在哪里就不可逆转了吗？

是那次麦当劳的晚餐？就是我、天一、你三人唯一一次共进的晚餐？

那天我载着天一从军队医院回到市里。正是黄昏深邃起来的时候，夕阳还没完全沉暗。路灯光色在这时候显得暧昧，脏兮兮的。路上的车拥塞得可怕，灰尘飞扬，华灯初上，灯光和最后的天光在相互抵消，反倒增加了晦暗。这一时分的城市有一点邪魅。当时面朝右侧窗外凝视的天一叫了一声，只发出一个短暂的“哎”，我扭头瞥了一眼，看见马路上站着一个年轻的身影。是你，畅儿，你在等绿灯。

你认出了我的车，向车边跑来。天一降下车窗玻璃。你突然又止步了，显然是看见副驾驶座上的邵天一而惊讶止步的。我让你上车。拥塞的车流开始动了。你没有马上上车，而是问我们去哪里。天一催你快上车，因为塞在后面的车都在摁喇叭。

你拉开后车门，眨眼已经在后座上安顿了自己。一看就是坐惯私家车的孩子。你来学校的第一天，父亲开了一辆奥迪送你。车子不干不净，一切都随意马虎。大部分开了多年私家车的人都是这样，人早就不伺候车了。你一上来就说我的车很香，我说刚换了空气清新剂，香不好吗？天一说肯定比臭好些。你接着他的话说你爸的车就臭，我们三个都笑起来。你又说你母亲的车跟丁老师的一样，香喷喷的，不过香得乱七八糟，混着你母亲身上的香水和头上的发胶味儿，有点刺鼻，好在你一年坐不上几次母亲的车，你母亲忙死了，才不给你当司机。爸爸的车臭是臭点，不过爸爸肯为你开车。

坐在副驾驶位子上的天一有些插不上嘴，但我知道他一直在听。因为我把话从车子上岔开好久，东一句西一句讲学校的事情，讲我们班级里的两极分化，成绩特好的和特困生一样，成了两种自我边缘化的人物。我以为话题早就被引出去老远了，而天一一开口，说的还是汽车。他的汽车知识也不知道从哪里来的，从法拉利讲到劳斯莱斯银魅，再讲到福特家族的趣事。你不时提问一句，为了把一个细节搞得更清晰些。他对汽车的一肚子学问是什么时候积累的？一个长辈无望拥有私家车的孩子，在积累这些知识时，是什么心情？会痛苦吗？就像平常对待所有名牌一样，简直可以做一本活的“大全”，介绍起来既客观又醉心。

你问天一他家是什么车。

不知为什么，我为天一把心提到了嗓子眼。

天一却让你的提问擦边而过，继续他的汽车趣谈。这个一向沉默寡言的男孩可以是个好谈手呢。

最后，没有容你再追问，他先发制人了。我清楚地记得他当时怎么说的。他说："等我有钱了，我就买一辆凌志。凌志车的机械设计是最精确完美的。"你的回答我也记得清清楚楚。你说："我妈原来的车就是凌志。去年给她公司当公用车了，就因为那车不爱出麻烦。"

天一又回到了他那黄金的沉默中去。你接下去说五年前就为买什么车给母亲当座驾，两口子争了好久，在网上找了好多汽车资料，最后不知道谁说服了谁，妥协在凌志上。那一段时间父母常常火热交谈，火热得跟小两口一样。买下了车子，小两口又成了老两口，一星期谈不了三句话。

"我也没觉得它有多完美啊！"你指的是凌志。

"那你肯定是没有开过。"

"你开过吗？"

"开过啊。"

我对自己说，此刻千万别侧脸，别去看天一。

"你们家的车也是凌志啊？"你问道。

从后视镜里看你，路灯正好照亮你的脸，畅儿，那一刻你两撇浓黑的翘眉都展翅欲飞了。

天一真是的，他的话等于给了你一杆鞭子，让你把话往那个方向赶。

"不是。我开过别人的凌志。特别好开！"天一说。

我为他提着的一口气终于喘出来。

这倒可能是真的。有一次学校开家长会，停车场挤得很，我倒不好车，天一突然冒出来，说他来帮我一把。果然是一下就把车打到位了。他父亲下岗后给建筑工地开过大卡车，或许给了他不错的基本功训练。

“那你们家是什么车？”你还是追问。

“唉，你们两个，谈点儿什么有意思的嘛！”我说。

“我爸原来开丰田皇冠，后来换成别克了，”天一说，“别克没有丰田好开，就是坐起来舒服。”

我的心一落千丈：完了。我本想救天一的，让他从自己撒谎的潜在危险旁边绕行。

对于你和全班同学来说，邵天一的家境是个秘密。我们学校跟邵天一父母合作，把天一也瞒得很紧，他丝毫不知道自己是学校的救济对象。他也以为，对于他家境的了解，全部人，包括我丁老师都蒙在鼓里。他那个关于私家车的弥天大谎于是就撒了出来。你稍微愣了一下，说，真的吗，你还不知道别克不好开，虽然好多人都买别克。我还在替天一发慌，以后他怎么撑持一个谎言世界。家长会常常举行，戳穿谎言的机会对你来说是太多了。我突然对这个身材高大的男孩有些反感，虽然反感伴随怜爱。我当时一言不发。车流开始松动了，店家的灯火和广告璀璨起来。什么无耻的文化传统？多糟糕的文化污点——笑贫不笑娼……

“别克气派还可以。”你好像毫不怀疑天一的谎言。你这个过惯了好日子的男孩，和天一比较，显得幼稚多了。

路过一家麦当劳，你说你快饿死了，请大家包涵，陪你吃一顿巨无霸。街边停满了车，我必须去找地方停车，所以让你们两个男孩子先去占座位。天一却从我手里拿过钥匙，说车他去停，外面凉了，让我们先进去。他厚厚的嗓音总给人一种错觉，这件事已经决定了，没商量。你看到他从我手里拿车钥匙的随便，你感到我们之间的关系比你与我要密切得多，一种敏感出现在你眼睛里。刚才你俩在车上车下暗里角逐，竟然就是为了一个三十六岁的女班主任！我马上对你说，天一停车技术一流，停下车之后，谁都别想在两辆车之间插下一根手指头。你没有再说什么，但我感到你心里的嘀咕。

我和你进了麦当劳，排在了队伍里，同时仰头看菜单。我发现你看得特别认真，嘴唇一动一动，小娃娃看图识字一样。我问你是不是巨无霸的粉丝。你笑了，露出虎牙，说你小时候是粉丝，所以吃倒胃口了。小时候你母亲的生意刚火起来，父亲还在她公司做副总，两口子整天累呀累呀地活着，累得顾不上你的饮食，奶奶爷爷天天给你吃巨无霸，老人家认为能吃得起巨无霸的孩子是优越的。我告诉你，全班同学里有二十三个是跟着外婆外公或爷爷奶奶长大的。二十三个？！对，二十三个。怎么算得这么准确？一个老班主任嘛，这点统计调查还做不准确？

你问我是不是常常以麦当劳食品果腹，我说我不经常来，跟我的工资水平比较，麦当劳不算便宜。我只是请女儿来吃，或者偶尔请学生们来吃。

轮到我们了。我替你们两个小伙子各点了一个巨无霸套餐，自己点了一份苹果派。我说拿自己没办法，爱吃甜食，英文叫长了“sweet tooth”。我的钱包沉到了杂乱的皮包底部，上面压着几本笔记本和围巾、手套等。等我把钱包打捞上来，你已经买了单。

我急得跺脚，说你不该将我这一军，哪有学生请老师吃饭的？成了我受贿了！

或许你看穿了我点苹果派是为了省钱。

你假装为自己的豪爽阔绰抱歉，笑得很得意。我的脸发烧，藏都藏不住地窘。我俩端着托盘往店堂里面走的时候，我说下次绝对不许你干这种事情，让我做了回毫无面子的成年人。你说难道就不能给一个年轻人面子？我说，面子，面子，传统中国文化中另一个污点。你问，那其他污点是什么？我说太多了，举不胜举。我没有把在车上想到的“笑贫不笑娼”告诉你。

你以你带小虎牙的笑容保证，下回吃巨无霸一定给我面子。

当时我的心情你怎么会懂？我其实是有些愧怍的。本来那天晚上我的晚餐计划并不包括你，我只想跟邵天一私下吃一顿简餐。当时我和你端着托盘在楼下店堂里找座位，而楼下一个空位都没了，我们便上了二楼。楼上几乎全是中学生。有一张两人小桌被一对少年情侣腾出来，我们就在那里坐下来。正值麦当劳的高峰期，似乎所有繁忙父母的子女此刻都在全城各个麦当劳里。我说希望邵天一停了车进来，窗前那张四人桌会被腾空。

你张了张嘴，发出一个“呃”，又闭上嘴。什么话给你吞咽下去，并自以为很狡猾地笑着。

“晓得我怎么转到二中的吗？”你问。

我答：“你爸跟我说，你妈跟我们学校一个副校长是同学。我们学校有十几个副校长，哪一个是你妈妈的同学？”我撕下半张餐纸，把那对少年情人洒下的几滴橙汁擦掉。我突发奇想：假如我早生几年，都有可能做你母亲的同学。在你和你母亲两辈人之间，我更接近你母亲那一辈，不管她怎么富有，都会有我们共同的毛病或说美德，比如把一张餐纸撕成两半，省一点是一点。

你在我擦桌子时说，上次开家长会，那个副校长告诉了你父亲，这个学校对人才非常重视，高二（1）班那个大个子理科过人，还会写诗，篮球也打得好，就是家境特别贫困，属于特困生，所以学校一直是救济的。这时候你突然凑到我跟前，嘴巴对准我耳朵，一个热乎乎的消息进入了我的听觉："我当时就知道我们班哪三个是特困生。那天我爸带我开车回家的时候就告诉我了。三个特困生里有个'特特困的'，家里吃低保，全家收入每月才几百元，他得到的就是学校最高的救济金。"

你的语调是调皮的。我耳边的头发都让你的叽叽咕咕弄湿了。见天一从楼梯口上来的时候，你回到自己的座位上，往后一靠，人顺着椅子下滑，两脚抵住桌腿，身体和地面成了四十五度夹角，舒服散漫，把这里变成了你的海滨浴场。一场场考试在全班同学身上留下的都是病容倦态，只有你潇洒如故，坐着站着走着，都在自己不无小乐的白日梦里。

那天晚上，直到我回了家，才完全悟出你想告诉我的是什么。我把我悟到的写成短信息，从手机上发给了你。我不记得信息的原文了，大意是这样的吧：刘畅你是个厚道孩子，早就知道邵天一是特困生，但不仅从来没有提起过，在天一今晚吹牛说他家有私家车时，都没有当面戳穿。

你的回复我是记得的："这就算厚道吗？不揭短不是一个男子汉应有的品德吗？"

那晚你和我通了好几条短信。你有一条短信说，你刚转到高二（1）班来就感觉到邵天一的独特，你跟他做朋友是因为你觉得他独特，而独特的人都会有毛病，所以我不必交代你为天一的家境保密。你还请我放一万个心，你对谁家里怎么样无所谓，独特是你看重的，邵天一就凭这点吊起你和他交往的胃口。

正在我们用手机交谈的时候，叮咚的短信插进来，说寄宿学校门卫告诉她，刚才来了个男的，自我介绍是叮咚的父亲，还带了大包小包的礼物，要求在学校大门口见女儿一面。这是个怪异的消息。我前夫最后见叮咚是她五岁那年。最后一次跟我邂逅也是一年多前，而且是不欢而散的。

“妈妈我现在能见他吗？”我正发蒙，女儿追来一条短信。

“今天不行，太晚了。”我回复叮咚。

“他说就看看我，十分钟就走。”

“明天再说。”

“明天他就回欧洲了。”

消失了几年，一现身就要操纵女儿，操纵局势。

“那就先请回欧洲吧。”

那晚我和女儿的短信来往大致就是那样。我知道叮咚有多失望，她父亲的礼物一定讨了她欢心。再说，谁会对自己的父亲不好奇呢？我从来没有告诉叮咚她父亲是怎么个人，怎么从我们的生活里出局的。就在我心疼我苦命的女儿时，畅儿你又来了一条短信。

“邵天一是不是爱上你了？”

我顾不上回复你。我还在想我前夫这个人。叮咚刚满一岁的那天他告诉我，他要去东欧做生意，不久便消失了。一年后回来，把一张存折往桌面上一按，上面有八千元，似乎那就是他消失在东欧一年的所有交代。我当晚给他洗衣服的时候，从一件外衣的口袋里掏出一张照片，照片上是个女婴，看得出是混血儿，黑头发，棕色眼睛。我把湿了水的照片放在玻璃板上晾干，他看到后脸色微妙地变了一下。畅儿，我记得我跟你说过，我的直觉好得可怕。我的直觉马上捕捉到了他的微妙惊恐，微妙的自我悔恨——不是悔恨对我的不忠，是悔恨自己没有更好地掩藏那不忠，出了个低级纰漏让不忠的证据落入我手里。那张照片就是证据。照片还没晾干我就把什么都搞清了。我问他的混血女儿现在多大了，他听到我口气家常的问话时，心里一定经历了一场八级地震。他的回答当然是谎话，骂我有病，说照片上不过是他朋友的女儿。我只催问女孩多大，他说就照片上那么大，大概六七个月吧。我说眼下这个小姑娘应该是快三岁，比叮咚大一岁多一点。他还想否认，我把相机留下的日期指给他看。我接下去开始推理：他在一次去北京出差时认识了一个东欧女人，也许是被北京某个夜总会招进去跳艳舞的，他让她怀上了这个女孩，然后跟着怀孕的女人回东欧去了。他问我是怎么知道的。我回答说我怎么会不知道。一个礼拜后，我们办妥离婚手续。叮咚的父亲就那样消失了，他没有问问女儿，允许不允许他那么彻底地消失，就像这天下午，不问问女儿是否允许他突然再现，他就自顾自再现了。

正在我为这位前夫闷声发怒时，你又追来一条短信。

“对不起，我可能问得太多了。别生气啊！530（我想你）！”

我在感情上是苦命的。我离婚的事是瞒着人的，连我的父母都是好几年后才知道的。我太要强，最怕在人前做弃妇和怨妇，也最怕那些热情的媒婆们。很多年后同事和朋友才渐渐知道我一直在做单亲妈妈。而这天他想出现就出现了，连条短信都没有，连商量都不商量。跟你和天一相比，也跟我班里所有的学生相比，这位前夫对我的不尊重那么赤裸裸地彰显出来。八九年过去，我和女儿的岁月在明里流逝，他的却在暗地里。那些我们看不见的岁月流过哪样的地域，汇入过哪样的人群，夹带了多少污浊和毒素，我们无法得知……可他突然就冒出地面……我不由得想到你，想到天一，跟你们相比，那位前夫是多么的不洁。我爱你们那种洁净。无论你和天一在心里把我模拟成谁，都从未让我感到那种不洁。

大概出于这种对比，我向你大胆放飞了我的回应：“130”——也想你。

你最后向天一举刀的动作，霹雳一般的动作，是由巨大的积蓄能量引发的，我那条信息应该是误给你的第一盎司能量。我的犯罪开始了。

我不知道你接到我这条信息时的心情。后来你说是“顿时烂醉如泥”。我对你们这些少年的夸张已经习以为常。你还告诉我，你因为我“也想你”而开了一瓶父亲的啤酒。不过你醉在喝酒之前。你就是在那天晚上开始染上喝啤酒的习惯的。

现在想来我给你发那条“也想你”短信还有个下意识动机，就是想要你挡住我的前夫。他在叮咚的学校现身给我不良的预感：他也可能在我家门口现身。我需要心理上的庇护，你和天一似乎都能给我那种无形的庇护。你们的纯洁能抵消无数丑陋和污浊，我有你们的纯洁，便能抵挡那个在生意场和男女间混得浑身油腻遍体不洁的男人。如今看来，我的自私不可饶恕。

[九]

他听着囚车的笛声沉寂。人群也慢慢散开。人们给予年轻死囚的同情多过半年前给予他的，那时他刚离开人间。他和刘畅原先同年同月生，因为他的成长在半年前截止，他的年岁不再增加一秒钟，所以他比刘畅就年轻了半岁。他的感知有无尽的自由度，这种自由只有他自己知道。

市区在囚车后面渐渐静下来。

他看到自己年迈的父母，他们相互搀扶，上了拥挤的公共汽车。两个年轻人挤到动作呆钝的父母前面，占到了座位。他们也是今天法庭判决的旁听者，认出这对老夫妇是被害人的父母，慌着让出位子。母亲坐在了靠窗口的座位，搭在窗口的手腕上戴着一个廉价玉镯。她盲人一般地看着窗外。实际上她在朝自己的内心看，这样她就能看见儿子活着时的最后模样。

他倒在血泊里抽搐之前，一个个细节拼接成他活着的最后一日。那一天始于父母早早出门，去医院挂专家门诊，截至他浴着自己的热血，瞪着眼睛停止抽搐。那是他生命中最短的一天。到傍晚五点半，一天对他来说就结束了。之前一个个细节跟法庭上检察官的陈述不尽相同，律师的辩护也偏离真相不少。应该说真相的唯一版本只存放在他这里，版权归他一人独有。那天下午刘畅从学校出来的时候他是看见的，这个阔绰的男孩在校门口叫了一辆出租车，躬身问车窗里的司机："二零六医院去不去？"司机的回答是肯定的，他就拉开了车门，坐了进去。听班长杨晴说，刘畅的爷爷在陆军二零六医院住院。

对二零六医院他太熟悉了，每次去那家医院，都被他看成是和丁老师的恋爱远征。对针灸的效果，他早就不再抱希望，但坐在飞度里和丁老师单独出行，对他始终发生奇特的疗效。

坐在驾驶座上的丁老师，就不再是教室里的丁老师，而只是一个叫丁佳心的可爱女子，步子快快的，笑起来咯咯咯的。他连她穿过的好看衣服都记得。高三开学后的第一个礼拜四，她带他去二零六医院针灸那天，她穿的最让他难忘：淡天蓝的棉布外衣，没有领子，领子和前襟接连下来，由白色镂空刺绣连接的。头发简单地夹在脑后，垂荡下几缕，看上去是早晨睡过了头，随手收拾了一把，忽略了的就忽略了。从陆军医院的停车场往主楼走的时候，她的步子更快，带着小跑，他总喜欢落在她一步之后。从侧后方看，丁老师就只剩二十几岁，紧凑的五官，发达的胸脯，幼小的腰身，一个少女和一个妇人就这样合成一个丁老师。

他觉得他看到的是谁也没有看到的丁老师，好美！

丁老师跟她父母在一块儿时，跟她女儿叮咚在一块儿时，他都见过，但都跟和他单独在一起时的她不一样。穿淡蓝绣花外衣的丁佳心看见他后站起来，他刚刚结束针灸治疗走出治疗室。

她瞪着眼，似乎自语：“完蛋了，忘了接叮咚！叮咚的寄读学校明天全体教职工开大会，通知所有家长今晚把孩子接回家！”

一瞬间他内疚至极。为了他谎称的针灸奇效，她对自己母亲的责任玩忽职守。从医院回城，是他开的车。他开着飞度，追杀每一辆驶在他前面的车，希望帮她补过。丁老师坐在他旁边，一路给他看的，就是她的腮和下巴形成的年轻线条。她对着窗外，自己罚自己：做母亲做得这样不像话。一路上她一动都没动过，挨自己的罚而不能动似的。自信自如的丁老师被自己罚成了一个可怜的小女孩。谁来为她求情？他是最没有资格为她求情的人。那天晚上他把车开到叮咚的学校，传达室的老头儿说，叮咚早已被接走，是孩子的外婆来接的。他说走吧，丁老师。可她就那样站着，罚自己站着。他几乎要跟她说真话：再也别带他去针灸了，那根本就是骗局。医师织的“皇帝新装”，他一直光着腚配合走秀。但他忍住了。没有每周一次跟丁老师的单独出行，他怎么度过一周剩下的六天。

有一次，他们还骑车去过二零六医院，因为飞度在厂里大修。他本来主张取消那周的治疗，丁老师却不同意。万一失眠又犯怎么办？高三了，好睡眠无价！他答应她，自己骑车去，其实心里已经取消了那次治疗。没有丁老师同行，他骑两小时车去挨针？！她把他的鬼心眼摸了个透，下午下课后给他发了条短信，说她在去往医院的路口等他。

他的自行车是父亲的，比父亲的身体还老化松垮，骑上去人和它一样累。她果然在路口等他。出发的时候一切都好，天是好天，头夜一场细雨，路上几乎没有尘沙。他们的旅途不断停歇，因为丁老师收到了短信。她读短信的时候不下车，但读完总说：“对不起，天一，要回一下信。”

一路走走停停，到医院那个针灸医师都要下班了。等到治疗完毕，两人准备往回赶路，他走在丁老师身后，发现她深灰色裤子臀部一团深棕色，还是湿的。早在初中他就知道女生这些生理秘密了。他不知道该怎么提醒她，自己憋红了脸，步子挪不动了。她发现了他落后好几步，脸色失常，先就为他担忧起来，问针灸的针法是不是换了，让他感到不舒服还是怎样。他只好告诉了她。她却没有他想的那么窘，大方地说她去趟厕所就来，好在天黑了，混到家没问题。他羞臊地抱歉，这种时候还拖累她骑二十里路自行车。她一边从她的皮包里拿出个小东西，顺手把皮包交给他，一边笑着说自己皮实得很，别说骑车，游泳都游过。

那怎么游？他看着她跑去的背影想着，浑身一下子燥热起来。想到了一种女性卫生棉条，结了婚的女人都可以用。他浑身燥热是因为联想到运用那东西的动作和感觉……他觉得自己很脏，脏得要不得，而就在那当口，手机短信的铃声打断了他的犯罪感。也许是下意识的，也许是有意识的，他将丁老师的手机从她皮包里拿出来，发信者的手机号他是有些印象的。刘畅转学过来之后，丁老师为了使新生和老同学尽快熟悉，让班里外文较弱的同学跟刘畅写英文邮件，发英文短信，同时也让他带刘畅到学校的各种课外活动小组参观，所以他记得刘畅的手机号中有三个相连的“6”。他的意识还没有来得及指导他的行为，手指已经按了小键钮，点开短信：“心儿，刚才没收到你的回信。今晚九点我在操场等你。双杠旁边。5366（我想聊聊）。Looking forward to a nice, moonlit night. Warm hugs.（期盼一个月色美好的夜晚，温暖的拥抱。）”

他的心被一只脚狠踹了几下似的闷痛。一条短信用了三种语言。拥抱，还是温暖的。月夜，还非得美好。用什么使它美好？用热烈温暖的拥抱吗？想聊聊，聊什么？拥抱着聊吗？

不假思索地，他把那一条短信删去了。他再去摁已读信息摁键，看见竖着的一溜儿全发自同一个手机号。原来骑车来医院的路上，就是这小子在捣乱，让他们走走停停，二十公里的路程，走得比四十公里还要长。原来她停车就是为了给这小子回短信，难怪她“对不起”他。就在那一路上，她和刘畅发展得不错，发展到夜晚去学校操场上幽会了！美好的月夜，温暖的拥抱……

按说他应该住校的，首先他怕给父母增添一份经济负担，其次他的失眠让他对睡眠环境非常挑剔，八个人上下铺的条件只会使他失眠恶化。刘畅家离学校并不远，根本不用住校，他却在集体宿舍交一份租金，租了个双人房间的床位，说是用来睡午觉，抑或晚自习上到太晚时偶然住一住的。反正他家有的是钱，别说租床位，租整间房也不在话下。这一刻他明白了，那张铺位租下来是专门为了这类美好月夜的，为了温暖拥抱的。拥抱之后呢？顺其自然的就是接吻了？

骑车回家的路上，他没有主动说过一句话，她的提问来了，他也是模棱两可地“嗯”一声或“啊”一下。比如：今天针灸的感觉怎样？还好？嗯。在治疗过程中有睡意吧？啊。一路上没人再给她发短信，不用发短信了，短信那一头等着个玉树临风的少年郎，一身Adidas，绝对货真价实，从来不冒牌。这回轮着他磨蹭了，一会儿停车，掉链条了；一会儿又停车，腿抽筋了。眼看过了八点半，骑得再快，九点钟也来不及赶到学校操场了。进入市区之后，他看见一家脏兮兮的小吃店就声称饿坏了。他说让他请丁老师吃顿晚饭吧，总是吃丁老师的，今晚破个例。北方人来此地做的肉夹馍，适合打工仔和打工妹的消费水平，他请得起。她跟着他停下车，正要锁车，她偷偷指着掌柜旁边的三岁女孩，正蹲在案子边上小解。液体从源头流出，在案子下分成若干支流，九曲十八弯地要来灌溉掌柜的脚。她笑着拉了他一把，打头推车朝马路上走去。

月亮还真出来了，不过长着绒毛，给那个少年郎一个月朦胧鸟朦胧的美好夜晚。那两条细长臂膀蕴藏着温暖的拥抱，拥抱落空了，此刻已经过了九点。果然，他们走了十几分钟后，短信又来了。一定是催问，你在哪里？或者，收到我上一条短信吗？但是她没有读短信，更没有停下车来回信。他紧跟在她身边，听见又一条短信来了。少年郎等急了，一定在催问：心儿你现在在哪里？我已经等在老地方了，双杠旁边也许已经成了他们幽会的“老地方”。他提醒她：“你不看短信？”感到自己有些居心不良。

“到了餐馆再看。你不是饿坏了吗？”她说。

他的饿此刻是她的当务之急，为此谁来短信都不重要了。就是报火警、匪警的短信，她也顾不上看。他感动了，也有些愧怍。谁能说她不疼他呢？她两脚飞快地在脚踏上蹬着，眼睛向街道两面搜索，急于找一家便宜而干净的小馆子。可是在这个建筑没完没了、拆迁没完没了的城市，便宜的馆子不少，但便宜和脏总是联系着。她终于停下车，一家连锁的粥面馆就在左边，玻璃是明亮的，灯光是通透的，好兆头，证明盘子、碗和桌面不会脏到哪里去。进了门，发现他们俩是整个餐馆唯一的就餐者。就餐时间早已过了。他听见又一条短信闯进她的手机。她仍然顾不上读信息，急着读柜台上方的餐单，一边不回头地问他：“想吃什么？面条还是粥？小菜挺丰富的呢！我们点几个小菜吃粥，好不好？”

他“嗯”了一声，根本没心思，心思全在她的手机上。一个叫刘畅的少年郎隔着那个手机翘首以待，望穿秋水，拥抱着空气。那两条细瘦的臂膀只有十四岁，不知要练多久练多狠才能长出点男子汉的肌肉来。也许一辈子都别想长出像样的肌肉，长成他这样的块头，看看他那点破基础，还温暖的拥抱呢！

点好了菜和粥，她和他开始找座位。他朝靠窗那排车厢式的座位走去。两人坐下来，他拿出自己的手机打开，没人给他发信息。做治疗的时候他一直是关机的，看来开机还是关机无所谓，没人惦记他。

“你好像有话要说？”她问。

他看她一眼，不置可否地笑了一下。笑的痛苦她看见了，她温柔地说，她能感觉到他被话憋得要炸了，她也十八岁过，也是一肚子无法书写的语言。她也觉得被那些话憋坏了，憋得快成诗人了。她笑起来。

再接下去，她就同情地陪着他一声不响。

可恶的短信又来了。她从皮包里掏出手机，他看见她的眉头抖动一下，然后那对眉毛就皱了起来：因为她眼前是一长溜儿相同的手机号，尾数“666”。她逐条打开此前来的那些信息，手机的微光投在她的脸上，使她的脸有点走样。也许使之走样的是她过度凝神的表情，眼珠几乎有点斗鸡。然后她抬起头，好像她对面是空的，没坐着一个叫邵天一的人。就这样愣了两秒钟，她急忙回复了几个字。她的手指回复短信可真够快的，比她的唇齿还快。对于这一点他要负部分责任，因为他有时一天要发四五十条短信给她，多半时候会收到她的回复。他们相处了近两年，千万条短信从他们的手指尖弹射出去。

现在距离那个粥面馆的晚上已经有十个月了。他早已从自己的肉体中解放出来，像密密麻麻的信息一样无形骸，自由而孤独。应该说信息和信息从一开始就是自由的，因为自由所以勇敢，远远比他们本人大胆，也远比他们无辜，没有年龄，没有彼此的悬殊身份造成的种种不可能。信息和信息恋爱，信息对信息发情，生发死去活来的快感，有时会把快感传导给他们本人，他们对此毫无办法。

来自刘畅的信息显然把她弄得心浮了。她的大眼睛升起猜疑，然后把猜疑投到他眼睛里。他明白她猜疑什么，那条幽会约定被删除了。还能是谁删的？她应该直白地追究：是你干的吧天一？怎么可以随便碰我的手机，偷读我的信息，再擅自删除它们呢？假如那样，他心里会好受一些。但她什么也不说，从猜疑到判断再到宽恕，一个字不提。

小菜和粥被一个年轻女服务员端来。服务员的眼睛有些倦，但还是在观察这对男女的关系：母子？肯定不是；姐弟？也不像；朋友？岁数差得有点大，怎么谈得来？不管怎样这对男女在这个时间来吃馆子，够她猜想的，够她解乏的。她把六碟清爽的小菜一一放在桌上，还有两碗雪白的大米粥，色香味都好。

小店很淳朴无华，连饭菜都给人安慰，而他却吃撑了似的看着它们。

“你不饿了吗？”

她说着把一次性筷子从纸袋里抽出，相互摩擦，把上面可能有的毛刺打磨掉，然后把筷子放在他面前。

他拿起筷子，吃撑了没事干似的夹起一根凉拌海带丝。

“怎么了？说话呀。”她不太高兴了。这种沉默既是自虐也是虐她。

他开口了。一开口就是死亡。她抬起头，给粥烫了似的。他说，好多天没有睡觉，死了就可以睡了。

“怎么会好多天没有睡觉呢？你不是说失眠基本好了吗？只不过需要巩固疗效才……”她说。

他用摇头打断她。

“扎了一年针，白扎？……没有好转？”

“没有。”

“从一开始到现在，没有一点疗效？”

“嗯。”

“你每次睡着都是装的？”

他沉重地点点头，认罪一般。他知道这对她来说很残酷，但他就想对她残酷，那几次的微小疗效他也不承认。就让她明白，一切全是白搭。

“那……你一直在骗我？”她说。

他不说话了。

“你为什么要骗我呢？”

他活腻了那样一笑。就骗你了，怎么样？

他以这个残酷的自我揭露来报复她。原来你的温暖拥抱也有别人的份儿？她看了他好久。打击太大了，她一时不知怎么接受。他骗了她那么久。她受骗上当，又不能发泄，不知道怎么发泄，世界上没有一种发泄形式适合用到此刻。他骗她花了一年时间，花了成吨的汽油，一趟趟开车去二十多公里以外的军区医院，到头来全是一场空。他看见她的震惊转化成悲哀，又转化成眼泪。就像个受到背叛的痴情恋人，想到自己受骗时的傻气和甘愿，委屈极了。她没让眼泪落下，脸转向别处，这么大个人了，还当了多年的先进班主任，被愚弄得这么彻底？！

他们什么话也没再说，吃完饭各自骑车回家。

“那你今天怎么想到要跟我说实话？”回家之后他收到了她的短信。

他短信说：“今天不说，什么时候说呢？总要说吧！”

他报复了她，回到家已经感到没劲，无聊。

“你浪费了你自己的宝贵时间，浪费了我的时间，甚至浪费了我女儿和我父母的时间。因为带你去看病，我多次取消和父母、女儿的相聚。我一直在想，高考前没有比你的治疗更重要的事。对父母和女儿的欠缺，我以后争取弥补，多陪伴他们，可高考对于你只有一次。”

他回复说：“对不起。”

她接下去的短信说：“不是对不起我，是对不起你自己！假如我早点知道真相，还有可能去为你寻求别的疗法，还来得及试验新方子，来得及调理好你的睡眠和健康！可是你骗了我一年！你自己在失眠里受了一年的煎熬！”

哇，惊叹号接着惊叹号，水溅到滚油锅里了。

然后他发出了憋了一晚上的信息：“别管我，我死不了。跟刘畅去操场上温暖拥抱吧。”

等到十一点，他都没有再收到她的回复。她也许还在操场上跟那个阔绰的少年郎热聊呢。拥抱，温暖……他想到这里，一骨碌从床上翻下地。他疯了，这不是在把她推给刘畅吗？他披上外衣出门，骑上车就走。月亮已经被天空又收了回去，他在夜色里的城市飞驰，自己跟自己赛车，漠视着一切他一向好奇的事物，比如时尚女孩们此刻都出动了，化着面目全非的妆，穿着寸步难行的鞋，璀璨的酒店和餐馆大门吞吐着她们……

他的年龄该去追随她们呀!

学校大门已经关上了。门卫问他要证件。他火冒三丈地说他在这个学校已经读了快五年的书了，就是一只狗也该认识他了。门卫说他认识他，但学校的校规不认识他，十点之后进学校要出示住宿证，没有住宿证的话，就必须登记学生证或身份证。他将身份证狠狠甩给他。登记完毕，他迫不及待地向操场上跑去。

学校的操场空空，双杠、单杠、吊环，各是各地待着，由于他的走动，一盏声控探照灯"唰"地大亮，给逮了个正着的是他自己。站在探照灯无情的灯光里他想，自己怎么爱得这么疼啊?

从学校出去，他漫无目的地骑车晃悠，发现自己晃悠到一座六层的宿舍楼下。学校大部分教师都住在这楼里。她住在三楼，从左边数，第五个窗户。窗子还亮着灯。他望着那灯，天上没月亮，权且拿它做月亮吧。他再次感到自己爱得太疼了。

那个叫石竹的女疯子从一条巷子里飘出来，这么晚了，谁还会看她的鼻子和嘴?还那么严严实实地捂着，该捂烂了。据说是上好的鼻子和嘴，美人才有的。她总是在学校周围下凡，要不就是在教室宿舍附近显灵，很不甘很不甘的。他几乎想上去跟她聊几句，看看自己与女疯子的心路、心境相比，是不是相差很近了。也许她也在高三那年爱上了一个老师，学校某个青年才俊的男老师。据说爱的张力能抵消高考前的压力，据说能缓解高考前学习压力的唯有相同力量的两种压力，偷情为其一，偷窃为其二。偷情和偷窃的恐惧和快感使人产生的精神凝聚力可以抵挡任何压力。那么窈窕的女疯子在三年前是否一痛克一痛，就像他此刻这样，痛上加痛地流连在这幢宿舍楼下，苦苦品味"有明月，怕登楼"?

他望着她的窗口，就着那一轮供电局提供的"明月"，给她写了一条信息。信息说，他可没把这一年看成一场空，一次次出去被他当作心灵的滋补妙方，当成他短短的蜜月。至少他是唯一享有这个特权的人，坐着飞度——单独坐在她身边，一趟趟远行。回复来了，说她已经睡了，让他也好好睡。他看着那一窗框的灯光，她怎么会睡了？她从来都要忙到子夜，此刻一定还在批改作业或者备课。爱我吧，要不就让我爱你。很咸的泪水淹着眼珠，爱情原来是件苦事。尤其爱上自己的女老师。

第二天他很早到校，杨晴刚刚打开教室的门。她看见他开心极了，说太好了，趁着安静请教几个函数上的问题。杨晴拿着一支笔，走到黑板右边，把今天的课程表抄上去。等她抄完，他已经到操场上跑步去了。第一堂和第二堂课都是数学，老师讲了九十分钟的高考题。课上有三个人睡觉，数学老师一个个请他们站在座位上做题。

下课之后，他居然有了困意，杨晴翩然走过来，人不风骚，头发风骚，调戏他似的擦了一下他的耳朵，然后她伸长胳膊，按了一下墙上的电灯开关，云厚天阴，教室总要打开灯的。他给她头发调戏火了，说，哎哎，可以说一声“请”吗？请人让开不行吗？杨晴的脸现在正对他，一张问题很大的脸，大家怎么会认为她长得好看？

女班长有点委屈。老师们的宠儿杨晴平时很中性，只有跟他接触时才又做了女孩子。他突然想到，要是他能爱一个像杨晴这样的女孩有多幸运。可是叫丁佳心的老师把所有可能全灭了。

爱情确实是件苦事，是虐心，还有比虐心更苦的事吗？为其他事情吃苦人们是不情愿的，只有为爱吃苦，人们都自讨苦吃，并享受吃苦。

那一整天，他都希望丁老师能跟他讲起昨晚的事。指控也好，臭骂也好，别就停在“你骗了我”那句话上。但丁老师什么也不说，治疗失眠的事她已经下了结论，就是“你一直在骗我”。

语文课在下午，也是两节课连上。丁老师拿着《五年语文高考题目大全》的大书，打开到“文言文延伸阅读”那一章，从课桌座椅筑成的走廊走到头，再走回来，他坐在第四组最后一个座位，她每走到“走廊”尽头，都要靠墙稍事停留，再往讲台方向走。他等待她走到自己身边的那个停顿，可是停顿来了他几乎窒息。她正念道：“事有可行而不可言者，有可言而不可行者，有易为而难行者，有难成而易败者……”然后她背靠着墙壁，叫起一个同学：“燕子，你用当代语言来解释一下这破题的四句话。”

姓燕叫子的女同学站起来：“嗯……”然后她蚊子哼哼地解释了前两句。

她又叫起一个男同学：“霍华，你能解释后两句吗？”

叫霍华的男同学解释了后两句。

她因捧书而打弯的肘部擦着他的发丝，她衣服上缭绕着洗衣液的香味，很可能就是她本身的体香。“有可行而不可言者……”当然有，太有了。为和她独处他做了一年的针灸试验品，花费了无数个原本应该用在读书上的时间躺在治疗床上，两只耳朵让针头扎成了小号漏勺，这些荒唐行为都不可言。可言的是什么呢？是530（我想你）、880（抱抱你）、885（抱抱我）之类……

“可言而不可行者”？更多了。比如“你要星星，我不给你摘月亮”，他曾经跟邻家女孩谈朦胧恋爱时说的，没错吧？比如“只要你爱我不变，我死而无悔”，“我爱你到永远，比永远多一天”。他用过这样的语言给丁老师写誓言吧？人们的“永远”是随便许诺的，永远比什么都便宜。比“我爱你到下个月”便宜、方便，因为不能确定她会爱他到下个月，包括他自己。在诗里，在表白爱的时候，用什么都没有用永远那样慷慨。

“可行而不可言”和“可言而不可行”之间，不知哪个更糟。

霍华还在啰里八唆地解释：“……有易成而……”

解释得不好，她轻轻摇头，他不敢转头看她是否在笑，那样笑，叮咚吃饭时把汤洒在自己前襟上，那样的笑。

一般到了这个时候她会想到他，会说：“哪位同学还有比这更好的回答？”然后快速扫视，目光落到他脸上。他总是在这类时候不积极也不消极地举起右手。女同学们说他和杨晴是丁老师的“宠儿”，门门功课都年级前几名，在班里紧跟杨晴之后。该他得宠啊，天生不愚钝，后天死用功，高考只为上北京和上海的几所名校。但她却叫了刘畅。刘畅只差把手举到天花板上了。昨晚的温暖拥抱给他添了燃料，没准跟着还有亲密接吻，给这小子打足了气，加足了油。

解释完毕。这个对语文课没感觉的小子怎么了？用词讲究，语气连贯，一定打了很久的腹稿。爱情的力量真不可低估，对语文没感觉的他为了教语文的“心儿”，爱上了被“心儿”教授的语文。看来丁老师的宠爱转移还是起到了高尚的作用，为中国古典文学征服了一颗心灵，争取到一个粉丝。

她在他身边的停顿结束，慢慢沿着走廊往讲台方向走去。因为走得很慢，双手又捧着书，头发还是那样随意地绾在后脑勺，露出细长的脖子，使得她背影的线条水落石出。美丽原来就存在于那里，滋养懂得它的眼睛，不懂的还是不懂，美也白美。从最后一排桌椅走到讲台的她，被他的眼睛摄制成电影慢镜头，经过用心的处理和诠释：那身体的重心从左臀移向右臀的过程，带动腰肢摇曳扭摆，这样看她的步子是很性感的。可是他又想到，这样的一份性感的美妙已经在向另一个人转移，在从他这里流失。

“那么B：昔者，曹子为鲁将兵/终身为破军擒将矣。这两句话呢，是不是同样的意义？四个选择里，哪一个是正确的？”

上完晚自习，他给她发了条短信：“我想见你。”

她不回复。在教室里不能一直待下去，他见杨晴要锁门了，站起来，问她怎么回家。她说坐公共汽车回家呗。他问她家远不远，杨晴满怀希望地看着他，说远不远怎么啦，他又不会送她回家。他说走吧，今晚可以送她。他焦虑地等待那条致命的短信，还不如到大马路上胡走一趟，好歹杨晴是个女的。他意识到这也是报复，他希望自己对她的感情不贞，也希望杨晴可以给他打岔。无论如何，空等着她的回复太受罪了。他跟杨晴走出校门，往公共汽车站走，路灯不太亮，路上的行人还不少。走出校门的高中生们耳朵里插着耳机，听外文或者听王力宏，或者听其他春笋一般隔夜就冒出的歌星。这样的夜晚，他盼望自己能看出杨晴的好看来。他心不在焉地听着杨晴说话，但自己一开口，却是谈她。一谈丁老师，杨晴话多了，可又离题万里。

“好奇怪！”杨晴说，“什么问题丁老师一说我就明白，别人说半天我还云里雾里！要明白什么事，人的主观上必须想去明白它，丁老师就让你想。还有一些老师呢，我主观上不积极地想去明白，觉得明白不明白无所谓，没那欲望明白。”

说了半天就是求知欲。什么人能让你产生求知欲而什么人不能。可是被这位女班长一说，绕口令一样。他开始后悔送她出来了。男孩子在这个年龄幼稚，原来女孩子也这么幼稚。他不喜欢幼稚的男孩，也不喜欢幼稚的女孩，于是丁老师是他绝望的选择，唯一的选择。

他开始把话题拐开，无意似的带出刘畅。刘畅最近常常夜里住在学校宿舍吗？可能吧。杨晴作为班长对同班同学的生活状态必须了解，还说到刘畅的寝室是两人间，房租比四张上下铺住八个人的要贵很多。他想，自己连八人一间的宿舍都住不起。口上却说：“真的？学生宿舍还有两人一间的？”“学校也要赚钱啊，”杨晴批判地冷笑一下，“只要有钱，一个人住单间都可能，把所有的铺位都租下就是了！”

杨晴把“有钱”说得像搬弄是非。她改为阶级批判了，批判刘畅那种富裕家庭。他没有接茬儿，心已经不在这里了。租下其他铺位……昨天有没有这样的可能？刘畅的室友不在寝室，回家了，或者在图书馆——很多高三学生下了晚自习后又去图书馆。要知道两人寝室变成单人房间的可能性是很大的！温暖的拥抱后，他们从双杠下进了暂时成为单人房的宿舍……

公共汽车来了，杨晴是三个等车的乘客之一，但她让其他两人先上而自己最后上。这是个有着好品质的姑娘，可那个成熟女人丁佳心遮蔽了她。杨晴回过头，发现他没跟着她上车，失望得下唇耷拉下来，好蠢的样子，什么漂亮脸蛋禁得住？

他不等公共汽车开走就沿着人行道跑去，十几分钟后他已经在六层宿舍楼的楼下。灯没有亮，人呢？说不定又在做那小子的心儿，正进行温暖拥抱！怪不得不回复他的短信！太投入，顾不上，或者干脆关机，把他关在外面。

他转身向学校跑去。富家小子什么都有，衣服是名牌，手机、电脑都是最贵的，他想要什么没有？非要来抢夺他的心儿！他什么也没有，连睡眠都没有，只有心儿，现在这心儿是一“心”二用了。他的生活除了压力就是压力，人人有份儿的睡眠就他没有，他有的就是那点残破的药物睡眠，他每天只有那一点幸福，就是用手机向心儿倾诉，就是爱心儿。现在他的爱也没了去处！

他从学校操场边的墙头翻入校园。他不愿意再次接受门卫的盘审，那种盘审让他觉得比翻墙更鬼祟。翻墙还有一项好处：一旦他们在操场上亲热，他就是目击者。从两米高的墙头上跳下来跟玩一样，感谢这身高，一无是处的高大父亲还是有一点用处的，十八年前造出一个超大婴儿，从娘胎带出长到一米八的基因。他来到学生宿舍楼门口，原来这里把门把得更严。一个值班老师问他，是不是住在里面。他没有准备好谎言，本能先于他的心计，摇摇头。值班老师说晚上住宿学生不会客，再说已经打熄灯铃了，有事明天课堂上说。

“丁老师在吗？”

“哪个丁老师？学校有两个丁老师。”

“丁佳心老师。高三（1）班的。”

“她怎么会在这里？这里是男生宿舍。就算丁老师值班，也不会在男生宿舍。女生宿舍在那边。”值班老师说着把下巴朝西边歪了一下。

就是说他凝固了一晚上的血一下流通起来。浑身的松软，赢下一场激烈球赛就是这感觉。心脏跳起小步舞，他几乎喜出望外。他并没有赢得什么，但是此刻证实了自己输的不多就是获得，大大的获得。一个多小时，她让他失而复得，深深的感激把他的心盛得满满的。简直可以说是美满、圆满，这一夜让他安睡吧。什么永远？一刹那就是永远。能有这一刹那的美满，他才不要永远。他走到学校大门时，发现大门已经上锁了。从门岗小屋里出来个光着腿和胳膊的门卫，告诉他熄灯后不准出校门。他说他不住学校寝室。门卫消失了一会儿，再出来就披了件破武警大衣。

“那你怎么进来的？要知道校门一个钟头前就关了，我没见你进来啊！”

他怎么忘了！这就好比没有签证进入一个国家，边防查不出你的入境信息，现在要赶你出境，你首先要证明自己是合法入境的。

“下了晚自习我就在图书馆看书，忘了时间。”

“图书馆今晚十点关门。现在你看看，几点了。”

门岗的窗子露出巨大的钟脸，十一点零五分。

“我不能在操场上散散步？”

“大半夜散步一个多钟头？昨晚你就来过！别当我不记得！”

“是来过，怎么样？我的学校我不能来？”

“那要看你怎么来的！学生能翻墙进学校吗？”

“谁翻墙了？”

“谁翻墙我不知道，你知道！”

门卫看着他，目光从他脸上往下降，落在了他右胳膊夹着的书包上。他不愿意像其他同学那样背双肩包，太孩子气，这样夹书包有点夹公文包的成年感。

“书包给我。”门卫向他伸出手，“难怪学生宿舍老丢东西！”

他下意识地把书包往身后一挪。

门卫向前进攻一步，手碰到了书包，但没有抓住。这个两年前还在秧田里捉泥鳅黄鳝的门卫如此举动，在他看来简直是践踏自己的尊严。他对自己说，别揍他，千万别揍，虽然不揍他是很困难的。

“进去！”门卫指指门岗小屋的门。

门跟个狗洞似的。他只好低下高贵的头，钻了进去。门卫拎着他书包的底部，包口朝下，书包里的书本文具全被倾倒出来。相信他倒垃圾也这么痛快。这是他在报复知识，报复他这个学知识的幸运儿。门卫的手在书本文具里划拉了几下，似乎在划拉废品收购站的收集物，对他来说没有一件值钱的东西。他把东西横七竖八地塞回书包，没搜出可疑物，多么不过瘾，又伸手在他衣裤的各个口袋摸了摸。门卫站直了也只达到他耳垂，门卫得感恩，感念心儿的恩，因为心儿在十分钟前给了他一份意外狂喜，这份狂喜容得下许多讨厌的事物、讨厌的人来冲淡。讨厌的人——诸如这个样子猥琐、得意便猖狂的门卫，要在平常，早就鼻青脸肿了。门卫不甘心地把书包还给他，权力还没使完，登记下他的班级、名字、班主任名字。他要他自己写在登记簿上，他怀疑门卫连那几个字都写不来。在他签名时，门卫警告他，明天他会听到校务处的处理的。翻墙进校？校务处会决定那是什么行为。

从学校出去时，他的喜悦正好给沮丧抵消。街上安静下来，纸屑在风里飞扬。丁老师对同学们说，长江上游的暴风雨会给本地带来降温，同学们要注意加衣服。这种时候她真是个小母亲。一辆车从街上驶过，银色飞度。心儿从哪里回来？回来得这么晚？接下去他发现自己跟在车后跑步。车渐渐远了，拐了个弯，这不是去她家的方向呀！他还在跑，好心情早没了，他在跟自己的坏心情赛跑，别让坏心情追上来，别让噩兆追上来。

飞度是往学校方向开的，他飞奔着追赶，心脏都跳到胸脯外了。或许他是想追上去弄清她这么晚到学校去做什么，或许他只是请求心儿原谅，求她别生他气了，他知错了，骗了她一年，浪费了她一年时间，怎么罚他都行，就是别回复他一个无底的沉默。到了拐弯处，能够看见学校的大门，两个门柱上各有一盏灯。飞度已经停下来，但门没有开……为什么？她坐在车里干什么呢？他更觉得不祥。又等了一阵，他开始慢慢往飞度走去，尽量走在墙根下，脊梁贴着墙壁侧着挪步。为了爱做起暗探来。他以暗探的步伐走了一百多步，飞度的右边车门打开了，下来了一个人，不用分辨他就认出那是谁，这小子一向要风度，夜里这么冷还敞着衣襟，任风戏弄。那个副驾驶的位置居然成了他的了！她带他飞度到哪里去了？一个长达几小时的欢悦隐秘地飞度！从下晚自习到现在，够发生多少事？够多少温暖拥抱？还没有过足瘾，到学校门口了还要在车里缠绵个没完！

刘畅拍打了几下铁门，门卫一点回应都没有。欠揍的门卫现在跟他是同盟，他恶狠狠地在心里咬出一个词：“活该！”拍打声越来越重，在他的位置都觉得震耳。她也下了车，手中拿着个小东西，是手机。她为他打门卫的电话，为他求情，或者为他编借口。假如门卫今天没有刁难他，把时间耽搁迟了，他就错过眼下取证的一幕了。

门卫一定屈服于这个全省优秀教师，把门打开了。刘畅进大门之前，回身向她挥了挥手。她说了句话，小母亲式的督促，亲密得凶，他听懂了语气，但没听懂语义，压根就没去听，因为太震惊了，太悲愤了，“妒火中烧”这个词在眼下一点不给力。

飞度调过头，向回开去。她这是要回家了。野够了，一个三十六七岁的女人。

他再次拉开两条长腿，追着飞度渐渐散失的尾气飞奔。

跑到六层的宿舍楼下，三楼的那个窗口已经亮了。楼房所在的街道是东西向的，于是他看着那灯火往东边走几步，再往西边走几步，就这样往返踱步，一个弓箭手寻找最佳位置拉弓似的。看着她的灯火，他的眼泪汪起来，又苦涩地从鼻腔顺着咽喉倒灌。突然，他向楼道跑去，等他恢复思维时已经登上了三层楼，站在了她的门口。

他来干什么？敲门吗？敲开了第一句话说什么？是质问吗？他有权利质问吗？

他骗了她一年，她可以因此跟他绝交。不回复短信，课上课下的沉默，三天整，还需要更明确的绝交表示吗？那么，已经跟他绝交了，她跟刘畅去哪里，你质问得着吗？你在质问的位置上吗？

他听见卫生间抽水马桶发出的声响。又过了一会儿，卫生间门开了，拖鞋底擦着地面，向卧室挪去。深夜，有几个人听过她这些隐秘的声响？

他拿出手机，还是先发一条短信吧。一个句子在脑子里闪过，到了指尖又忘了。再试着造一个句子，可照样在指尖上丢失。终于发了一条短信出去，竟然毫无质问的意味。

“对不起，我错了，求求你原谅我，别丢下我，爱我如故。”他的短信说。

等了五六分钟回复才来：“别胡思乱想，乖乖睡觉。”

“只要你原谅，失眠也值得。”

“离高考只有五周了，别功亏一篑。听话，现在立刻睡觉，好吗？”

“没法睡……”

“先用热水泡泡脚，躺到床上去，我教你试一种放松法。”

他站在她门前，门是咖啡略带紫红色，贴春联的地方留着淡淡的印记。他跟她一块儿写的春联，还帮她隔壁邻居也写过。那时候他们的班级多像一个大家庭，有她这样温柔热情的小母亲当家，每个人都聪明了许多，一堂课工夫就撰写出四十四副对联。就在刘畅转到班里来之前……

“你现在躺在床上吗？”他在她的门前面壁，“我在你的门口。”

过了几秒钟，他听见她卧室的门打开了，紧接着是拖鞋的急促碎步，朝他而来。此刻两人隔着一扇薄薄的门扉。

“这么晚你怎么来了？”她并不马上开门，隔着门发问。

他不说话。

“家里出什么事了？”

他还是不说话。

门开了，惊讶和担忧把她的眼睛撑得略略发鼓。灯光从她卧室射过来，因而她是背着光的。背着光的她显得更娇小年轻。她往门旁边让一步，这是向他发出的邀请。他把自己挪进门，第一次意识到对她这小小的家，他的块头显得太大，真像个入侵者。

她伸出手，胳膊擦着他的小臂把门关上。她的胳膊是裸着的，从披在肩上的绒线外套下面伸出。

“问你话，你在门外怎么不答呀？”她还是焦急得鼓起眼珠。

他嘟哝一句，大意是说怕吵到她的邻居，也怕给她惹是生非。他心里想，他还不满十八岁，不过在任何人眼里都有惹是生非的能力了。她微微一笑，大概是笑他想得还挺复杂。接下去两个人就大眼对小眼。这样的相互凝视，年龄和身份的悬殊都没了。富有男人、成功男人娶比他们女儿还年少的女人是常事，反过来为什么不可以？热恋是病，热恋这位女老师，是病危。这些他都明白，但他没办法。像所有病入膏肓又隐瞒病情的人一样，他们别无选择，只能让病来主宰他们。

她转身向客厅兼餐厅兼书房走去。这个十来平方米的小空间他太熟悉了，他曾经帮她油漆墙壁，挂画，挂照片，小餐桌上，他跟叮咚一块儿抢过冰淇淋，那张茶几是他帮着搬进来的，后来他在那上面完成过多少作业。一年多来，这里是他吃饭、谈话、谈论他自己诗歌的小沙龙。他们也谈世界上所有著名诗歌，谈聂鲁达、惠特曼、艾米莉·狄金森，谈他们的传记，生前轶事。谈得更多的当然是杜牧、李贺、李商隐，他其实在用那些不相干的话语谈恋爱，他说“狂风落尽深红色，绿叶成阴子满枝”的时候，实际在说：“你好美，丁老师。我爱你，我爱死你了！”丁老师是他眼中的西施，是他的心儿，他相信她听见了副旋律之下无声的主旋律。他在短信中大胆写到爱她时，她也回复了那么多爱给他。

她打开沙发后面的落地灯。用的是节能灯管，所以房间正在初醒的朦胧期，最适合看她。心儿的绒线外套下直接就是睡裙，浅粉的棉布，深红的小花，无袖无领，被洗得塌了架子，隐约透出她身体的轮廓。此刻她的身体是无拘束的，不设防的。光线在渐渐增强，她叫他等一等，她去穿上衣服再来跟他谈话。空间太小，他必须让道才能容她通过。让错了方向，两人狭路相逢……

他呜呜地哭起来，手捂住脸，眼泪是汛期的雨，什么也挡不住，漫过他手指的堤坝。他哭着，呜呜呜的声音连他自己都觉得可怕。还有从呜咽中漫出的破碎句子：“……对不起……我不该骗你……我本来不想骗你……对不起……”真可怕，少年也是有尊严的啊，这样不要尊严毫无羞臊只能怪迷恋。

他从一米八哭成一米六，再哭得不到一米，从站着哭到坐着，眼下他的头抵住膝盖，胳膊抱住后脑勺。降温的天，他却哭得浑身大汗。记事以来，他何曾这么哭过？童年跟母亲出去逛庙会走失，也没哭得这样痛。

她被他吓坏了，在他身边跪下，轻轻抚摸着他的头，他真成了她的宝贝，她用与宝贝商量的语言说："哦，不哭了，哦，不哭了……"

他也想不哭了，这么丢人现眼，更败给刘畅了。但他就是止不住哭声。不只为妒忌而哭，为她对他几天来的不理会而哭，为他失去了她的宠爱而哭，也为他失去了的睡眠和美梦而哭——睡眠是人与生俱来的生理功能，人人都把它当成应当有的份儿，怎么就是没有他的份儿？为了睡觉，他尝过多少种苦药？中药西药，偏方秘方……多少夜晚，她那一条"乖乖睡吧"的短信，比所有药都奏效……

她的手从他头发上滑下，滑到他背上……她此刻和他一样，也坐在地板上。她的另一条手臂过来，两条手臂渐渐合围，把他抱在怀里。她开始轻轻摇晃他。

"别哭了，嗯？"她还是小声地跟她的宝贝商量。

到底是怎么了？他到底在哭什么？越哭头绪越多似的。不只悲哀和委屈，愤怒也来了：穿Adidas的小子浪费你的时间你就那么情愿？你跟他厮混到深夜肯定不是第一次！一年的针灸治疗，每次都被他当成小小的蜜月，但刘畅和她，可能就是小小的私奔！

她搂着他，摇晃她的宝贝那样。他感到她叹息一声，或许这个哄不好的孩子让她累了。

他挪开捂在脸上的手，手被泪洗得湿淋淋的。他用眼泪洗净的手去找她的脸……

等到他意识到下一件事的时候，已经晚了，他把她抱住，880（抱抱你）上百次，真正的抱抱却这么笨重。他觉得她在挣扎，曾经的邻家女孩也挣扎的，那是甜蜜的挣扎。跟她相比，邻家女孩幼树般的身体让他的拥抱扑了空似的，而她多么好，好山好水，错落有致，恰恰好地满足着他所有的空虚。

她好像在说不行……不能……别这样……

他的呜咽还在喉咙深处，在胸腔的起始点。她的挣扎认真了，好像在推他。他却趁势拿起她的手，再次把那两条给了另一个少年温暖拥抱的臂膀环绕在自己身上。880（抱抱你）变成了885（抱抱我）。于是她的脸就正对着他了，他的嘴唇找到了她的，他们之间只隔着泪水。到了她中有他，他中有她的深度，他还嫌不够，还要往她的深处去。那深处的软度和温度让他惊讶，尽头就是那个神圣的小世界，多安全的小世界，只有叮咚有福在里面待过……她低哑地叫了一声，被他弄痛了。他只想着更深，更深，想那个不可及的深处，终于，他把两年前在邻家女孩身上及时刹住的动作，在她体内完成了。他从她身上下来，感到他的发育也最后完成了。

两人对换了位置，现在流泪的是她。她哽咽着，他听到“对不起，对不起”，她对不起他，也对不起他的父母，她害了他，害他走得太远……

哄慰的给予者和接受者也交换了位置，现在是他拍哄她，他摇晃着她的肩膀，叫她别哭了，别哭了，该说对不起的是他，他不知道为什么会这么做，他简直疯了，爱她爱疯了……这是他的第一次，但愿没有弄痛她……原谅他，他真的不知道自己怎么会那么疯……

她混乱地瞪着眼，过一会儿打一个冷噤，绝对不再是课堂上游刃有余的丁老师。

他想对她说，他是真心爱她的，是把她作为将来的爱人来爱的，一旦他有资格做她的爱人，他一刻都不会等待。她不也是爱他的吗？至少在几天前还是爱他的。多少次的短信中，她把爱回复给他？

他打算离开时，她叫他不要走了，他的家离得那么远，给父亲发短信通知一声。接下去，她还是那样混乱地瞪着眼，从壁柜里拿出卧具，在叮咚的房间铺好床。她拿出一套男式睡衣，一股樟脑丸气味，放在床上。他问睡衣是谁的，她说是前夫的，人已经分了手，但睡衣无过，留在了她这里。她正要出门，又回头问他，需要安眠药吗？没等他回答，她已经去了自己卧室，一会儿工夫她回来，左手拿药瓶，右手端杯子，轻轻走到他身边，告诉他这是舒乐安定，跟他平常吃的是一种药。他问她是否也靠药物催眠，她说不是天天如此，隔三差五而已。一个高三班的班主任，也有顶不住压力的时候。她走神的眼睛看着药瓶，手指却是摸摸索索，终于拧开瓶盖，倒出一粒药片放在掌心，他的嘴唇凑上去，把药片舔进口中，又接过她手中的杯子。对于他，此刻她把一切亲人爱人都合在一起了。

他躺在叮咚的床上，试着把发生了的一系列行动重组，编成顺序，但一遍遍陷入无奈。不过他还是渐渐懂得了自己，或许他就是要献出自己的初夜来加封一份爱的所有权。这个行为在最初不就是男女间缔结的最高形式吗？不就是对那缔结的加封吗？自此，你是我的，我也是你的，这个加封意味着排他性，意味着一切都不再是模拟，将是有后果的，后果之一就是一半的你和一半的我交混，产生新的生命。

从这一夜起，心儿是他的了，他将对此负责。高考对于他第一次产生了实际的、体己的意义。考入名校，四年后竞争职场时会多一些筹码。那时他就有了养家的能力，他就能娶心儿为妻。让世人嚼烂他们的舌根子吧！他今晚的行动将会产生一个庄严的后果，美好的后果。

第二天，他很晚才醒，是被烤面包的香味熏醒的。心儿梳妆得整整齐齐，一根碎发都没有，着装也一样严肃，一条黑裤子，一件象牙色西服外套，腰间收得紧窄，后摆开两个衩。不知怎么，她这身装束让他想起女军人来。

“我不想早叫醒你，你难得睡个懒觉！快去洗漱一下就来吃饭吧！”

她朗声招呼，把他当成一个偶然走亲戚的侄儿或什么远房晚辈。他盯着她，在她脸上和身上寻找昨夜的“加封”，寻找他献出的初夜，哪怕能寻找到她些许的哀怨，她微妙的不适，她残存的羞涩……可都没找到。她是失忆了吗？还是用心理学上所谓的“人的保护性健忘功能”来否定一次情感质变？

他在课堂上继续寻找那缔结的加封或对加封的否认。她叫他起来回答问题，夸奖他的回答，请他到黑板上把一段对《孔雀东南飞》和《雷雨》的爱情悲剧对比写给同学们共同评判。他没有找到肯定，也没有找到否定。没有发生的，不必否定也不必肯定。那么对于她来说，就等于什么也没有发生过。他的爱情悲剧正在发生，比《孔雀东南飞》更悲情，比《雷雨》更五雷轰顶……

直到他倒在血泊里，停止呼吸，他都没有停止追问。难道那么重大的发生、人生仅有一次的初夜就那样被不否定也不肯定地pass

（带过）了？

除了她的父母和孩子，现在没人知道她去了哪里，但他是知道的。他的感觉还活着，他的记忆、他的渴望都活着，无所不在，活在风里，氧气里，光里，黑暗里，她是摆脱不了的。

[十]

风把窗子吹动了，窗下一直在鸣叫的蟋蟀突然安静下来。都说蟋蟀是通灵的虫儿，它不唱了，因为感觉出你的到来、你的在场。我知道你来了，天一，你一直没有得到我的回复。

你在四个月零八天前发给我的短信这样问我："你是不是想否认我们之间发生的那件事？那件我认为值得为之去死的事？"

当时我不知道该怎么回答你。事实是，我连怎么做人，怎么做人的女儿、做人的母亲，怎么做一个为人师表的教师都不知道了。别以为一个近三十七岁的成年女人，一个做过妻子正在做母亲的女人会在任何事上都能给你指南。我当时比你更迷失。你没有收到我的回复，在夜里又发了一条短信给我："我以为那是我爱你的极致表白，你不能先接受再否认！"

我感觉到了可怕。忽略它的发生而继续接近你是可怕的，中断和你接触，也是可怕的。我引火烧身，自食其果。那件事确实发生了，不可逆转地发生了，我确实接受了，不可否认地接受了，此后怎么让我和你找到一个舒适而合宜的人物关系继续相处呢？当时你还有四个星期就要进入高考，我比任何人都焦虑你的考试状态，你的父母都不像我这么清楚你为即临的一场场考试所付出的。当时我想，一切都可以悬而不决，等你考试结束，我就会想出如何回复你，想出如何和你继续相处的方式。但你不依不饶，就在那天夜里接二连三地给我发信息。情绪黑暗起来，我有时能在你的诗歌里看到这种深不见底的黑暗。

现在我把你那一条条信息为自己回放。

“我对我的行为负百分之二百的责任，你呢？”

“别忘了，你在这一年多时间中，给我发过多少带‘爱’的信息。”

“你想用沉默来洗刷掉那几百个‘爱’字吗？你想用沉默来否认那些‘爱’引发的终极的爱的行为吗？！”

“你的沉默只能说明你另有所爱。只能说明在我和你make love（做爱）的那天晚上，谁捷足先登了。所以我和你做的只是重复，对你来说是多余的……”

我只好给你发了条短信，作为回复。因为我知道假如我持续沉默，你的睡眠就被摧毁了。我的回复简单明确：“别发傻，我是爱你的。乖乖睡吧。”

我记得你在我家过夜的第二天早晨。早餐桌上，你那么不经意地，在你用叉子去够一块苹果时问我：“昨晚你和刘畅出去了？”我反问你是怎么知道的。你说：“别人告诉我的。”我站起身去厨房里洗盘子，你知道我不想继续沿着这个话题往前走。我也知道你还在等我的回答。你在那一刻也跟到厨房，把我从水池边挤开，麻利地刷洗盘子和餐具，一个洗碗能手。你是我的学生中极个别的例子：一做活就看出好身手来，从小做惯了父母的帮手。这是我格外疼爱你的原因。又在一个不经意的当口，你说："对不起，刚才我撒谎了。其实我是亲眼看见你送刘畅回学校的。"

我当时在你侧后，看着你耳朵的边沿血红血红，你为谎言还是为指正一件事实而面红耳热？或许都有。一个隐约的感悟来了：你头天夜里的冲动跟刘畅有关。爱的行为也可以被负面元素催化，比如妒忌，比如缺乏安全感。

"刘畅的父母请我吃饭，聊晚了。"我说。

你没有说话。这是个说得过去的解释吧？但你的担忧和疑虑没有被驱除。刘畅转学之后你们要好过一阵，像一对小哥俩，多么纯洁热烈的一段友谊。同性和异性有些像，之间有种化学作用，化学元素相投，初相识简直就是蜜月期。但你们的蜜月期太短了。我只能告诉你一半实话，全部的实话我答应替刘畅保密。就像我和刘畅相互约定，为你的特困生身份保密一样。我和刘畅出门是真，但缘由不是什么令人快乐的事。刘畅的政治课和历史课作业从学期开始就没有交过，政治课的张老师和历史课的滕老师联名给家长写了信，放在他的空白作业本里，请家长阅后签名，而刘畅自己模仿了母亲的签字。刘畅的签字是："已阅，谢谢！田淑华。"两位老师糊涂了，这是什么态度呢？没有任何态度啊！滕老师教学四十年，各种捣蛋学生都碰到过，模仿家长签名对他来说并不具有创意。他把假冒签字和刘畅的字迹仔细对比，看出笔画的相同点，判断出两个老师上了刘畅一记小小的当。滕老师是个严格的人，找到刘畅登记的家长手机号，给他父亲打了电话。刘畅把整个事件原委告诉我的时候，刚刚接过母亲的电话。我看着他失魂落魄的样子，就大致知道母亲在电话里对他说过什么绝情或威胁的话。他求我跟他一块儿回家，他怕母亲哭闹，当着我这个班主任的面，母亲会给他和她自己留点面子。

在去刘家的路上，我们又接到刘畅母亲的秘书的通知，会见时间延迟到九点，地点改在五福楼，喝茶用茶点，不必去刘家了。

在五福楼我和刘畅以及他父亲再次接到通知，刘畅的母亲工作晚宴不能按时结束，还请班主任跟刘畅父亲先聊起来，她会尽量早点赶到。

现在我可以告诉你了，天一，那天晚上我才真正发现刘畅的痛苦，做富有家庭的孩子也会那么痛苦。等我和刘畅父亲聊光了天下所有话题，他母亲还没有赶到。爹只好替娘训子。全部训话只有十分钟，只有一个中心内容：妈妈为畅畅你创造了那么好的生活环境，要什么有什么，天下能买到的东西，只要畅畅你想要，有没有要不着的？你不好好读书，对得起她吗？给你的消费卡，你可以随便花，你以为钱是抢银行抢来的？是妈妈苦出来的，累出来的，累到十一点还下不了班，管不了自己儿子——就这样累出来的钱！

我看见刘畅的反驳就在眼睛里，但他马上又困惑了。他不知道这样无私慷慨的母爱还缺失什么。一个做董事长的母亲，领导一个近百人的广告公司，确实跟一般的母亲不一样，要求她一样，是不公平的。那么不寻常的母亲给予了不寻常的母爱，它供给的是奢华，而不是应需，不是家常饭，而是宴席——他们父子通常的饭食就是母亲从宴席上打包的。这样的供给让刘畅练钢琴，却不能使他爱音乐。这爱好似是那个没有真实人格的圣诞老人，给人带来礼物，并不事先问人真正需要什么。

天一，我知道你就在我身边，你明白我说的，对吗？

那天十一点过了，田董事长还没有赶到，我只能告辞。跟刘父握手的时候，刘畅突然说要跟我一起走，回学校去住。父亲要他留下等母亲，他说睡得太少第二天上课他会打瞌睡。我也替他儿子求情，离高考只有五个星期了，尽量保证他的睡眠吧。

你当时一定就站在离校门口不远的地方，看见我把车开过来。刘畅说，谢谢你了，让我过了一道难关。他还没有下车的意思，我嘱咐他马上洗漱睡觉。此刻我想到了你，又加上一句，能睡着是福。我知道的严重失眠患者在高三年级就有四五个。他好像知道我想到了你，目光有点古怪地看着我。我再次催他走，他委屈了，说就这样单独坐一会儿不行吗？他就那么古怪地看着我，我摸摸他的头发，说，乖，听话，快去睡吧，已经不早了。他握住我的手，放在嘴唇上，喘气一阵比一阵急。我要抽手，他攥得更紧，把嘴唇搁在我手背上说，三天前他在操场上一直等我，不懂我为什么让他空等。他又说，其实他知道那天我带邵天一出去了，并知道我每星期四都带你出游，在外晚餐，过一个二人世界的夜晚。我解释说那天我确实没有收到他的信息。他笑笑说，没想到我也会像小女生一样扯谎耍赖，你看过刘畅那种笑法。他说他发现我为你撒谎若干次了。那天晚上约我到操场上不过是要跟我聊模仿签字的事，他一干完那件恶作剧就后悔了，想跟我讨论怎么办，是不是去找两个受骗的老师自首，再求个饶，阻拦他们跟家长告刁状，可是我没有赴约到操场上。第二天滕老师就向他父亲告了状。

我随他握着我的手，随他把脸贴在我肩膀上。我承认我非常喜欢这个纯情明朗的男孩，他跟你对比，他的缺点恰恰又都是优点，比如说简单、幼稚、调皮、吃不起苦头，并且轻信。而你所有的缺点也在对比他时成了你的优点：老气横秋就是成熟，偏执源于你的坚韧，缺乏安全感使你不相信任何轻易得到的甜头。

那天夜里，刘畅第一次亲吻我，在我的脖子侧面长时间地吻了一下。然后他拉开车门，下车了。也许这一切都发生在你视野里。这一切激发出你绝望的举动：你跟着我的车跑到我家，在门口用手机给我发信息时还没有计划进门后要说什么做什么。你一定没有预感到自己会那样大哭，会把自己哭倒在地。我被你哭傻了，被你也哭出了眼泪。你哭得太投入，没有注意到我也在陪你掉泪。女人总是会陪人伤心，何况我陪同心碎的是你——我寄托了两年复杂和混乱疼爱的男孩。一个念头在我脑子里断续闪过：我是什么优秀教师呢？我连做教师的资格都没有。因为我太多地参与到学生的感情生活中去了，给予了多过知识的东西，太多的多过了知识！我有着什么样的野心啊？做精神领袖式的班主任？可我实际上是在填补你们的感情和亲情空缺，你们似乎缺失的，我似乎就补了缺，把一个教师的角色弄得似是而非。我惯坏了你、刘畅、你们全班，娇纵出你们对我的依赖性。少年的依赖性是危险的，对恋人、母亲、姐妹，甚至对祖母，所有的依赖性像毒瘾一样，断不了根。此刻，你紧紧抱住我的时候，就是你的毒瘾大发了。我用一个个带着爱的信息撩拨你，引诱你，是我引诱你对我的爱上了瘾，你对这爱的需求量不可救药地渐渐增加，到了无节制的地步，就在那天夜里，我看见爱的毒素怎么消耗了你。天一，你和畅儿都是我的毒素的牺牲品。但我在把那份似是而非、不伦不类的疼爱给你们时，我是真诚的，丝毫不知道它有毒。

当我知道刘畅杀害了你之后，我才明白事情糟到什么地步。我帮你们模拟出了这么一个雌性怪物，她综合着滥情的恋人，无原则的母亲，不负责任的姐妹，不懂营养要素而一味塞糖果的老祖母。世上没有人比这雌性怪物更不吝惜爱，但那是多么廉价的爱，比几毛钱一大捧的棉花糖还廉价。

天一，你知道我现在在做逃犯。我逃离了学校，离开所有声讨我的媒体和认识我的人来到山里。我常常想到要替你们报仇，杀掉这个提供你们爱情毒素的雌性怪物。我只是还没有想清楚，要是杀了她，叮咚是不是会更悲惨，我的父母会不会更绝望。叮咚眼下在她外婆外公的监护下生活，她的母亲在网络和报纸上臭名昭著，她才十二岁，因为总是在同学和老师面前藏着脸，是为她的母亲藏着脸，所以把自己的姿态重塑了，一个微微驼背的怯懦少女。

就像此刻一样，我常在夜间给自己回放你和畅儿的手机信息。你的信息总写得那么含蓄，又那么浓郁。看着你这些信息，我会突然质疑一切，包括你的死亡。我有时会突发奇想，按照你的手机号给你拨号，或者发一条信息，看看是不是真的再也得不到回复？再也听不到你低回的嗓音？难道我不可以模拟？模拟一个你？就用你这些仍然活着的信息？

“今夜难眠，我走出家门，居然看到了星空。城市的夜晚被灯光污染，已经很难看到星星了。不知道你睡了没有？假如没睡，往窗外看一眼，今夜有星星。”

那是你最初给我写的短信，里面都是爱，都是太含蓄的爱，你看，我一直保存着它。接下去的信息说：“感激你，带我到你父母家里。我再也不好奇：谁家能养出你这样的女儿……”

怎么能相信你此刻不再活着？连两年前的那一天还有声有色地活着呢！那一天你第一次到我父母家，跟我父亲下棋，又跟他聊了半小时的乔丹……你帮我母亲择菜，我母亲突然拉起你的手，说这么大的个子，手长得这么秀气，一定是舞文弄墨的一生了，然后我母亲哼起她们学生时代的歌，你居然会唱，跟着就唱起来。我母亲高兴极了，说："心儿！这个孩子给我做干儿子算了！我什么都不缺，就缺个儿子！"我知道你是花了大力气在哄老人开心，平时你的沉默就是一座别人攻不破的堡垒。我当时接着母亲的玩笑说："怎么给您当干儿子？辈分错了！认也该认干外孙！"我看到你那招牌式的阴郁突然又回来了。你不愿意跟我差一个辈分。从一开始你就在心里为我减岁数，我们的关系近一点，你就更加减得狠。

那天之后，我常带你去我父母家。你开始依然故我，难得开口，沉默到自己的阅读和演算中。母亲偷偷问我，你为什么不开心？我叫她别管你，你就那样，但她总是找茬跟你逗几句，有时给你递一点零食，有时送一杯饮料，这都是她刺探你情绪的借口。我母亲是那样一个人，一旦她身边有人不开心她就看成她自己的过失。我告诉她别去打扰你，你家里环境不好，父母老吵架，所以是为了躲清静来读书的。母亲似信非信，因为她很少看到沉默如你的少年。我想，假如她知道你的话都在手机信息里，不知会怎样感触。我还想，正因为手机成了你的口舌，你在表面才那么缄默。也许除了我，没人知道手机信息是你的另一个人格。

"偶然我感到失眠是我的特权，万籁俱寂之时，敏感得就像一把裸露的神经，纤纤毫毫都是知觉，原来生命和存在是这么个况味。因为失眠，我的存在和生命况味是不寻常的。只是在你父母家，我但愿自己是个最寻常的人，像寻常人那样吃和睡，做他们寻常的孩子。"

这条短信的发送时间是二○○九年十一月二十九日晚上九点零二分。

常常是那样，在你针灸之后我带你去我父母家。首先是顺路，其次是因为我嘴馋母亲的厨艺，并且在母亲那里揩油吃晚饭可以省钱。我妈生怕我不会过存不下钱而巴不得我揩她的油，所以去他们那里父母和我都各得其美。妈妈的厨房随时为我们俩开门，假如没有预先准备，一人一碗素面加油煎荷包蛋眨眼间就能端到桌上。就那么简单的素面，我妈有魔力做成人间美味。二〇〇九年十二月底那个晚上，母亲无意中谈起刘畅。她叫他畅畅，说家里有顶帽子大概是畅畅上次来落下的。她把棒球帽拿出来让我认，你马上认出帽子，调开目光。你们那小哥俩的蜜月期到此结束。我送你回家的路上，你一句话也不说，沉到CD里的歌中去了。我已经不记得那一阵流行的歌。其实在音乐和歌曲上，我和你们这代人没有多少共鸣。我是为了解你们，跟进你们的生活才要求自己听你们的歌。

二〇〇九年十二月二十三日九点四十六分，你的短信这样写着："现在我跪在床上，面朝你离去的方向，求你原谅。原谅我的嫉妒。我嫉妒任何一个多看你一眼的人，男人、男孩，有时甚至嫉妒女孩，因为她们能公开地跟你亲热，拥着你，搂着你。原谅我吧，因为520（我爱你）。"

让我回想一下。那次针灸之后，我们照常去我父母家晚餐。我开车把你送到新星小区门口时是九点整，一般我就在这里停车。你希望我误认为你家就在那个高楼耸立的小区里。但那天你突然说起你的家，说起小区旁边的贫民窟，你从小到大盼望从贫民窟走出来，可是十七八年都没有走出来。我没有说话，你突然的自我揭露后面一定有文章。果然，你又说我长期以来都清楚你的家庭背景，但就是不挑破，只跟刘畅挑破。我说刘畅是通过另外途径得知实情的，并且在你为私家车吹牛时都没有当面跟你挑破，难道虚荣的一方反而理直气壮地反控？你当时的样子……人被彻底撕下脸皮也不会比你更疼痛。你沉默了，专心忍痛的样子。我心疼你，搂了一下你的肩膀。你低沉地说——现在我还记得你的话："原来你是跟他一块儿的，你们一块儿看我笑话。你们什么都晓得，看我吹牛、表演，看我笑话。我在明处，你们在暗处。"

我被你的逻辑弄傻了。就在那一刻，我的手机收到一条短信。打开一看，是刘畅发来的："钥匙链不是我送的，谢错啦，my dear！"前几天我收到一个小包裹，打开来，里面是个深蓝的施华洛世奇礼品盒，没有送礼者的名字，只有一行打印的金色字迹："亲爱的丁老师圣诞节快乐！"盒子里装的是一枚水晶钥匙吊坠，玲珑至极，什么钥匙会制作得如此高贵华丽？我顿时想到舍得华而不实破费的，就只能是刘畅，于是发了条短信谢他，并警告他以后不准再干这种败家子傻事，但刘畅把自己排除了。

"哎哟，看你的样子！谁看你笑话了？"我等到你稍微平静一点才说，像母亲对待犯浑的孩子那样耐心。我想用那样的口气制造另一种谈话气氛和语境。

"你和刘畅，你们俩。我妈在学校给我申请的特困生助学金，是你帮我争取到的。都快两年了，你们都瞒着我。连刘畅那个富家公子哥都知道这件事，你还瞒着我！"

"学校要求我们当班主任的保密……"

"你就跟我保密，对其他人都不保密！"

"我跟谁都没说过！"

那天晚上你把我弄得很被动，几乎有点狼狈。我一个班主任，十五年的教龄，一步步招架你一个学生的攻势，局势就那么荒谬。你不说话了，我发现你不说话是最猛烈的攻势。好像你懒得驳我，我的谎言不值你一驳。一种我从来没有体验过的窝囊感来了，我催你快下车回家，不早了，抓紧时间休息吧。

就在你要下车的时候，我的手机又响了一声。我希望是叮咚发来的短信，我想知道她这一天的学习和心情，包括给学校伙食打的分。另外，叮咚可以让我理直气壮地脱身。偏偏又是刘畅，他说他侦查出送我钥匙链的人是谁了，但他不方便说，因为也许那个人现在就在我身边。我明白了，转头看了你一眼。我是真来脾气了。你的父母过得那么苦，一滴自来水都不浪费，省下的钱被你花到这种轻浮物事上。圣诞节？你知道我一向就烦那些舶来的洋节日。没有人家的信仰，却过人家的节日，意义和意思在哪里？信仰是件大事，古代的西方人和东方人用战争、鲜血和生命来争论信仰，而你们是这么世俗地庆祝人家源于信仰的节日。就这样跟国际接轨？我一直认为，这类肤浅事是不会有你份的。这么个昂贵无用东西，等于是给钥匙戴首饰，可首饰对于我本人，只意味着庸俗和废物。

我还没开口，又来了一条短信，还是刘畅，这次我没有去读。

你突然说：“是刘畅发来的吧？”

我看你一眼，你一脸的十拿九稳，笑得像推理小说家笔下的暗探。我在那一刹那看到你心里的一小片阴暗。

“不是的。”

我想我是疯了，撒这种谎，作为一个教龄十五年的班主任跟自己十七岁的学生玩什么呢？小儿女的低级游戏！我瞧不起自己，也厌烦让我瞧不起自己的你。没错，我那一刻是讨厌你的。

“我刚才说刘畅是富家公子哥，你生气了？”你看看我。

我沉下脸：“人家不是公子哥。最好别用这种语言来说同学。”我的话是甩出去的。

“真生气了？”

“快回家吧。我还要到叮咚学校送点东西。”不到五分钟我撒了第二次谎。

刘畅又发来一条短信。

“性子还挺急！”你说着，下巴向我的手机一摆。你有个雕塑感很强的下巴，不该做这些小动作的。“赶紧回复啊，谁敢说敬爱的丁老师脚踩两只船？”

我懒得看你当时的脸。你的脸很不适合猥琐的神情。

“快下车吧。再晚叮咚学校要关大门了。”我说。

你慢慢地推开车门，慢慢跨下车，再慢慢关门。每个动作都让我认账，是我，把你，轰走的。

你一走我把飞度掉转头，开到路边，停下来，给刘畅发了一则回信，说才看到他的三条信息。我真的疯了，跟两个男孩都不说实话。刘畅马上回答说没关系，只要没有打搅老师就好。

我把车熄了火。我要静一会儿，心里一团麻。

我快到家的时候，手机响了一声。我一手握着方向盘，一手打开信息。黑暗里小小的屏幕显得很亮，上面显示出几行字迹：“现在我跪在床上……”

我那时还没有意识到，我给你的温情和爱是多么的剧毒。那时还早着呢，刘畅还没有完全中毒。

“别用原谅二字，太沉重啦。”我回复说，正要发送，我又加了一句，“好好睡，嗯？5120（我也爱你）。”

直到你向我坦白一年针灸全是白搭的晚上，我都深信每次针灸都使你康复一点，离失眠顽疾远一点，哪怕就那么一点点。我每次开车二十多公里，来回四十多公里，都在把你往身心健康拉近。我想象你的睡眠是一堆破裂的精细瓷片，瓷片薄极了，半透明的，勉强被拼兑成一个精细容器，它盛装着你的生理和心理健康，一次次针灸治疗都在抱残守缺地维系这个容器，以免它彻底散碎开来，而你的健康也就跟着流散。我觉得有两只无形的手在捧着那个由碎瓷片拼兑的容器，一只手是我的，另一只手来自医师。只要这两只手足够温柔，足够小心，就能对付着保持破裂容器的完整，对付着把你的睡眠捧到高考前夜。我万万没想到你骗了我，愚弄了我，让我一年多来小心翼翼地捧着一捧空气，捧着一个模拟希望。

你的自我披露惊坏了我。我第一次感到那么无力、无助，甚至愚蠢。我还想到一个常常被你们热用的词“抓狂”。一年中我们花费了多少时间在路上在医院，原来是一场浩大的时间浪费！时间对我们来说是黄金和钻石，最浪费不起！你知道班里有多少同学急待我的帮助、我的时间？你知道我的女儿叮咚多想让我带她去看一场电影，或者吃一次德克士？我给你的爱和你需要的爱原来千差万错，我简直想打你耳光。假如叮咚这样编织骗局，我一定会用耳光惩罚她，尽管我把动武的家长看成低能弱智，但那一刻我顾不得了。我用怎样的克制力来阻挡自己动作和语言的暴力，只有我自己知道。有那么几天，我彻底把你放弃了。

没想到我对你的不理睬是另一个错误。长时间来我千差万错地把爱给了你，几百封带着爱字的信息都是甜蜜的，也是有毒的，让你形成了药物依赖性，不，毒品依赖性，你对我的爱成了瘾，可我一下子截断了供给线。我用沉默加冷酷，截断对你的供给，你在深夜来到我的门口时，我看见的是一个脸色青灰、眼眶充血的年轻男子，你在几天里老了十岁。戒赌的人一定都是那么憔悴不堪、有形无神。你不是来求我原谅——原谅你设了一年的骗局，你是来求我开戒，把你赖以活命的毒品继续提供给你。

让我们一起来想想，当时你是怎样走进我家门的，其实你一进门我就感到要出大事了。我空身穿着睡裙，头发散乱，那样子不该夜晚出现在你眼前。我的手臂越过你去关门，仅仅是你的目光就让我发怵。我突然意识到你成熟了，熟透了。

你抱住了我，不，抱住了那个混杂着各种雌性角色的怪物。我们之间，不，你、我、刘畅三人之间的关系就此进入了网络上称谓的“师生三角恋”。

就在网上把我炒成不伦之恋的女主角时，叮咚仍然天天呼唤我，用短信，用邮件：“妈妈，你回来吧！我想死你了！不管别人说你什么，你都是我的好妈妈！”

就是女儿持续的呼唤阻止了我的自裁。

夜已经很深了，你还陪着我。两年前的那一夜，你向我发出邀请，邀我跟你一起看看星空。那次我没有接受你的邀请，因为你短信到达时我已经入睡。此刻我走到门外，应约来了。我知道你就在我身边，撩动我鬓角发丝的不是风，是你。我顺着你的眼睛看到这里的星空。远离城市的山村，没有你说的“灯光污染”，只要是天晴，星星总会很多，很拥挤。我小的时候跟我父亲学了很多有关星星的知识，也知道很多它们的名字。后来因为忙，因为污染，很少再看星星，知识和名字也渐渐被我淡忘了。对不起，我赴约迟了，迟了近两年。

[十一]

他被囚车载到这里的时候，下午快要结束，黄昏就要来临。

他被带进第一道门，第二道门，然后被换上衣服。衣服有股化学味道，消毒液的气味。他婴孩时期就嗅得出可吃的和不可吃的东西，因而他嗅出衣服那种无情的非人的干净。那气味可以消灭不同身体的特性，号码也是适用于高矮胖瘦的，成千上万的服装店里只有那十多个尺码让全国人的腰身合体，而死刑犯大概就一两个尺码，什么高矮胖瘦都要将就，好歹将就不了太久，十日之内上诉。他将就穿上为最高大的死刑犯剪裁的衣裤。

不用营造气氛，这里真的像影视剧里看到的那样：冷灰的光线、阴湿的空气、铁门、铁窗、铁栏杆……如果说死亡是终点站的话，这个底舱般的空间就是他生命的倒数第二站。让他好好观察一下这个倒数第二站。好静啊，以至于铁门关闭的声音像加了脚踏在钢琴上弹出的一个低音区音符，难听的音符在空气里旅行的行迹他完全能感觉到。这是多么长的声音旅途，文学语言叫它余音，余音是无底寂静的开始。判决前他恨透了集体拘留室的吵、脏、臭，恨透那里人的低级和粗野，每个人都欺负别人，每个人都受人欺负，除了那个已经彻底摆脱人性束缚的狱霸。在那里，他这个十八岁零两个半月的年轻嫌疑犯是那群两足兽弱肉强食、适者生存的最后一个环链。

现在好了，他被带进这里，享受他作为死囚的特权，不必再担心自己在两足兽中生存不下去了。

他在窄窄的铺上坐下来，恨不得周围还是吵的、臭的，为一口食一口水而发生争吵，恨不得空间还是臭的：牙龈炎、香港脚、消化良好与不良汇聚的气息，那些积满烟油的肺叶，到了夜晚把气管和鼻孔当烟囱，排放出辛辣的气体……现在，四面墙壁发出水泥和石灰返潮的味道，全是无生命的、无机的，唯一有机的气味是之前若干死刑犯遗留下来的，留在褥子上和便池里。不知多少人在他前面受到行刑前的羁押，也不知多少人从那道铁门出去，活了下来。

他在法庭上几次回望，但都没有看到心儿。在法官宣读判决时，要是心儿在场，他会胆壮些，不会那么魂飞魄散。光是那个宣判就把他枪毙了一回。“判决刘畅死刑”，个个字都击中了他，他顿时意识四溅，魂魄从他的躯壳中飙升而起。所谓死，不过也就那样了吧？是母亲的凄惨呼号把他唤醒的。他的神志渐渐落回几百人热烈嗡嘤的大厅里，似乎从自己的躯壳外看着那个叫刘畅的年轻犯人：年轻被告回过头，再次慢慢地巡视一眼大厅左边和右边，又慢慢垂下头。心儿不在场，她没有来。她应该来吗？他要她在场吗？他失望，还是释然？他不知道……

从什么时候起，他开始了对丁老师的迷恋？应该说他是通过着迷语文开始着迷丁老师的。因为他着迷的是丁老师教的语文，着迷的是教语文的丁老师。当丁老师讲到“锦瑟无端五十弦，一弦一柱思华年”，讲到“便做春江都是泪，流不尽，许多愁”的时候，她的颧骨喷红，眼睛里出现一股凝聚力，是那种人在上火时的样子，再略加一点神经质：“听听秦观这词……”或者：“这就是李商隐，看人家这句子……”她只叹到此处，没词了，赞叹全免，什么意境啊，意象啊，平仄对仗啊，还须多话吗？绝唱就该这样，诸位自己去品评吧。她哑然的赞叹电流一样在教室里穿行，他在自己身上第一次感到什么是古人说的开蒙。对于文字艺术的美丽，原来他并不麻木迟钝，并不是不可雕的一块朽木。他跟杨晴、邵天一一样，也有一颗火种，只是埋藏得更深，需要更持续更炙热的火苗来点燃。丁佳心老师那略带神经质、微微上火的脸庞就是这颗火苗。“其实是大白话呀，怎么会给他们写到这种境地……绝了！”她在哑然片刻后说，自语似的，与其说她在教学，不如说她对着四十五颗年轻的心在独自陶醉。也就在那样的时候，诗人、词人借着她的身体还魂了，直接触碰着四十五个少年。那样的感染，全班都微微地在诗意中生病似的。

有一天上完语文课，他感动得受不住了，终于给丁老师发了一条短信：“讲课的时候，老师好美！”

他想不清楚，是讲语文课的丁老师美，还是被丁老师讲出来的语文美，总之他爱上丁老师的同时爱上了语文课。那是他转学到二中的第二个月。此后的每一天他最期待的就是上丁老师的语文课。后来高二的语文常是两节课相连，九十分钟，而下课后，他眼睛还是跟随丁老师，就像听完一个歌星演唱，感动和仰慕并不随着音乐的沉寂而收束，相反却更加高涨。而一下课总有一群女同学围着她，一下子就把她变成了她们的丁老师。丁老师长丁老师短，疯疯傻傻，区区小事给她们讲成了奇闻。对他来说，一个班二十来个女同学都长得差不多，百分之八十戴着眼镜，百分之六十剪短发，百分之五十长青春痘。他奇怪的是，这个年纪的女孩为什么身材都不好看，棱角不清，线条模糊，周一到周四穿的校服让她们更像是多胞胎姐妹。杨晴被公认美丽主要是因为她不戴眼镜。同学间传说她为了不戴眼镜做的牺牲很大，十七岁就做了近视眼手术，而那手术在十八岁以后做才是安全的。他看着女同学们拥着丁老师像拥着个明星。难道丁老师不是他心目中的明星?

而第一次上丁老师的语文课他居然玩手机。那以后才几堂课啊，丁老师就彻底俘虏了他的心。

但他和丁老师真正接近，是在转学后的第一场考试。转到高二（1）班不久，期中考试便来了。他知道那不是定生死的考试，所以考前没感到熟悉的不适。第一场考数学，他发挥得还不错，以为自己把考试综合征丢弃在曾经的学校了。下午第一节课考语文，他在午饭后感到微微的恶心。苗头又出来了。他劝自己：这不过是模拟考，成绩不是决定性的，母亲不会因他期中考不好就哭闹。他一想到母亲，胃里更加抽紧。怎么这么废物呢？他又想到自己是班里的新生，全班四十四个熟人对他一个陌生人，在球场上和剧社里他开始让同学们喜欢上他了，可是假如他考试考得上吐下泻屁滚尿流就再也酷不起来了。他的不酷尤其不能被丁老师看出来，他过去不喜欢语文课，但现在他爱上了丁老师的语文课，他想用好的考试成绩向丁老师表白这份爱……这么想着，他头上涌出一层细密的冷汗，脖子两侧爹起鸡皮疙瘩，两腮向舌根下滋酸水，下牙不受控制地和上牙脱离，往下沉，午饭的蒜苗肉丝和西红柿炒鸡蛋鼓起一个红黄绿的浪头……他使劲咬住牙关，打了个寒噤，没让呕吐发生。

丁老师走到他面前，问他是不是病了。他看着她，她的脸是模糊的。他这才知道自己两眼都是泪，是压制呕吐憋出的泪。

“跟我来，我有办法。”丁老师柔声说，像个小儿科医生。

他都感觉到自己的脸色白里发绿，血液都从那流光了。

“跟我来呀！”她已经开始领路。

他可怜巴巴地摇摇头，意思是还有四十分钟考试就要开始，去哪里都来不及了，什么办法都帮不了他。她拉了他一把。他不记得自己怎么下的楼梯，怎么进的走廊。他只记得迎面是走廊尽头的大窗，虽然是秋季，但阳光把地面都照白了。每次犯病，尤其受不了强烈的光线。他要晕倒了，不过丁老师及时推开左面一扇门。

她把他带进教师休息室。休息室被夹在一溜儿教室之间，建筑师似乎计算错了，建完走廊两边的八个教室和四个洗手间才发现余下一长条空间来，比夹缝宽一些，比正常房间又窄很多，因此每层楼就有了这样长宽比例失调的教师休息室。天花板上安装着一排日光灯，正对着灯管放置了八张课桌，背靠背拼成一张长桌，两边放着十几把椅子，假如椅子上坐了人，就别想从那些人背后通过。二中的教学楼跟许多城市建筑一样，你常常能发现一些设计误差和施工误差，比如这夹缝式的休息室。休息室是让教师们临时备课、记笔记的，假如有的教师从家里带饭来，这里就是个小餐厅。这天休息室没人，大概教师们吃午饭还没回来。她让他躺到课桌上，给他涂抹一种放松精油，按摩一下。他有点不好意思，动作磨蹭。她玩笑起来，说她可以闭起眼睛当盲人，来一次正宗的盲人按摩，治不好倒找钱。他躺到桌上的时候，她从皮包里掏出一小瓶油脂。他问那油脂是她说的放松精油吗，她说是的，绝对灵光，百试不爽。然后她把手心对搓，油脂被搓得滚烫，然后被敷在他的后颈窝。他从来没有享受过那种人体的热度、女性的热度，一阵透心的舒适，他的呼吸一下拉长了。她说就该这样呼吸，鼻子吸气，把气存在丹田四分之一秒，再用嘴巴呼出来……她的手从后颈窝慢慢向他的脊背摩挲。她一边给他按摩，一边就轻声闲聊起来，似乎声音大了会吵着他。她问他有没有想过大学毕业后做什么，喜欢什么样的工作。他说还没想过。她笑了，说没想是因为他不愁工作。他说可能是不愁吧，退一万步他母亲的广告公司总是需要人手的。他说父亲希望他跟自己一样，学审计，那是走遍天下都不怕的铁饭碗，但他认为恰恰是审计那倒霉的行当把父亲弄得现实透顶，一点情调都没有。她逗他，问他有情调没有。他说自己喜欢时尚，大概因为母亲的强势遗传基因，母亲是因为喜欢时尚才开始做广告的。她说那多好啊，不用退一万步，广告公司也是个好出路，很多年轻人都会喜欢到那里，在色彩、图像、模特中工作。她要是年轻十岁，说不定会走他刘畅的后门，在他母亲公司找个位置打工，穿穿服装公司的样品时装。他感到脊梁上两只温热的手掌和温热的动作让他越来越松弛，额头上的冷汗干爽了，肠胃停止了作怪，种种熟悉的病态都在退去。两人的轻声慢语很催眠的，他觉得舒适得快要做梦了。丁老师停了下来，叫他振奋一下，进教室去，考试快开始了。

结束语文考试后，他走出教室，来到楼下，踢着操场边一撮撮的青草，一边朝高二（1）班的教室门口看。一直等待最后交卷的同学走了，他才回到教室里。丁老师正在整理考卷，他问她那种放松精油是从哪里买的。丁老师咯咯地笑起来，说什么放松精油，就是普通润手液！只能证明治好他的是他自己，只能证明他其实没病，全是心理作用。

后来他想起丁老师给他按摩时的闲聊，那可一点也不闲，其中包括了理想、喜爱、选择。一个人的青春就是幸运，就是幸福，你可以跟一般学生一样，让考试和大学选择你，也可以跟一般学生不一样，让个人理想和喜好选择你。他的母亲没上过大学，一样创出那么大一片家业。跟着人群走是一种选择，一种安全的选择，跟着爱好走，跟着理想走，是另一种选择，是冒险的选择，有不可预料的成功和失败等在前面，但因为年轻，选择得起，失败得起，可预料的未来反而无趣。她温热的手掌在把“放松精油”推入他的后背时，也漫不经心地让闲话的底蕴渐渐渗进他的意识。他没有想到，那次模拟考试他的语文考得那么不费力，像玩了一次具有极大挑战性的游戏，他心力交瘁，但充满兴趣。

拿到考试结果他给她发短信说：“谢谢你，Dearest（最亲爱的）丁老师，你让我发现了自己的一个秘密。”

她回短信问：“什么秘密？”

“对语文的爱。”

“将来你会更明白，人的一生都在发现自己的秘密，心灵的秘密疆土是开拓不完的。”

“你说得真好！”

“为你考试的出色成绩干杯——我手上端着一杯凉开水，跟我女儿为你干杯！”

“你们现在在哪里？”

“在必胜客。我家叮咚喜欢吃比萨饼。”

“哪一家必胜客？”

“百胜购物中心。”

“我也喜欢比萨！May I join you now?（我能加入你们吗？）我今晚一个人吃饭。”

“你早不说！现在我们已经快吃完了。下次吧，好吗？”

“好吧。我用可乐跟你们碰杯！”

“最好不喝可乐。美国文化的毒品之一。”

“喝惯了！”

“试着戒掉。”

“好的，我试试。现在我往杯子里倒了娃哈哈纯净水。干杯！For love！（为了爱！）”

那是他第一次提到“爱”字。

囚车从法院后门开出时，他似乎看见了心儿。那时人们已经从前门涌到后门，戏散场了，故事却还在高潮中。他侧过脸，看见心儿从人群里走出来，穿着浅灰防寒服，脖子上一条乳白围巾。她低着头，马尾辫剪短了，风里扬着她一缕头发。刚刚接受判决的似乎是她，听见囚车鸣笛而过，她抬起头来，睁着眼睛昏迷了似的。但他的视野太有限了，无法验证他看到的是现实还是幻象。

晚饭被送来时，他稍微振作一点。门上那扇方窗打开来，递给他一个大碗。也许这算死囚的欢送晚餐或者慰问晚餐，米饭上堆放了边边角角的肉食，混着熬煮时间过长的蔬菜，他奇怪自己的肠胃并不排斥它们。回到铺位上，闻着热的饭菜气味，他不能说那气味很香，但那是人间的气味。热的东西真好，肌肤、怀抱、亲吻、生命，都是热的……

丁老师的手心多热啊，还有她的怀抱。第一次投入她的怀抱是高二的暑假前夕，杨晴组织了一个surprise（惊喜）晚会，感谢大家热爱的丁老师。女生里有一些丁老师的铁杆粉丝，居然编写出颂歌，还谱了曲调。她们把这首歌悄悄排练成一个女声小合唱，让男生都肉麻得一阵阵鬼叫。小合唱之后，就是全班同学即兴表演，两个男同学为丁老师献了几手击剑，一个女同学给丁老师跳了段特别业余的芭蕾。这就轮到了邵天一。邵天一代表全班诗歌爱好者给丁老师献了一捧绢绸玫瑰，因为丁老师是他们每个人诗作的热心读者，也为不少人的诗歌做过编辑，所以每朵玫瑰里都藏有一首小诗，需要丁老师回到家细心寻找。杨晴起哄要丁老师也出个节目，丁老师脸红了，一下年轻十几岁，头一次显得手足无措。她说她天生五音不全，四肢不协调，唱不来舞不得，并且同学们也很不公平，有备而来地伏击这个毫无戒备的她，还口口声声感谢丁老师，明明是为难丁老师。说着她就往门口跑，背影看只有十八九岁。几个女同学在门口拦住她，杨晴笑着对大家说，不如让丁老师给四十五个同学每人一个拥抱。同学们一声欢呼，真就排起队伍来。

那天温度有三十六七度，人人的衣服都半湿。杨晴那一排厚厚的刘海被汗水泡了，她不经意间用手推开它，露出从未见过天日的额头：大家一向怀疑她的刘海是为了掩盖什么，现在不用怀疑了，杨晴是用刘海来掩盖满额头的青春痘。杨晴排在队伍之首，第一个被丁老师拥抱。队伍嘻嘻哈哈地向讲台移动，当他来到丁老师面前时，丁老师衬衫的前襟都被揉皱了。他从来没离丁老师那双大眼睛那么近，连里面淡淡的血丝都看见了。丁老师从来睡不足五小时，细看她的眼睛是有些苦的……这时他听见轻轻的一声：“暑假好好玩，别忘了怎样放松。”同时就被两条柔软但有力的臂膀揽进胸怀。他悄悄说：“OK！”感到自己在这胸怀中赖了一刹那，把每人应当应分的一秒钟延长了一点儿。但他什么体验都来不及有，不知怎么已经在人群之外，昏昏然的，心跳有些不对。

直到他站在四五米之外，才敢体验那拥抱。他跟丁老师的短信往来已经很亲近了，但从来没有享受过她的体温、她的肌肤、她的柔软和力量。他奇怪，那两条臂膀那么柔软，怎么会那么有力量？似乎不只那些，还有更多的。他开始大胆放肆地回味那两秒钟的拥抱，是否感到女性的凸凹，那圆润和弹力？他在回味中感到自己产生了微妙的生理变化……这是不是无耻，是不是畜生？热汗从发根里冒出，刚刚钻出籽的芽儿一样，痒痒的，麻酥酥的。

一些男同学又混到队伍后面，相互悄悄地踢打窃笑。女同学们开始拖那些男同学，揭露他们多吃多占，领取双倍拥抱。一些男同学和女同学嘻哈打闹上了，藏在打闹后面让肌肤偷欢。

只有一个人在认真地把第二次领受丁老师拥抱的男同学往队伍外面拖拽，那就是邵天一。大家都知道邵天一不识逗，深沉有余，幽默不足，便一致和他打闹起来。让他们亲爱的女班主任抱抱有什么呢？就是贪得无厌又怎样？大家做了一个学期的中国式读书郎，放假了跟丁老师来个西方式撒娇不行吗？你邵天一也可以让丁老师抱两次抱三次嘛！听到这里邵天一真火了，一把将那个话没说完的男同学拽倒在地。要不是丁老师喊了一声："天一！"挺高兴的事就要败兴收场了。

坐在死刑犯囚房里的刘畅突然悟到，自己就是在那天看出邵天一心里的秘密的。他那时看不透邵天一的秘密是什么，尽管他知道那秘密有关丁老师。同学们的悄悄话其实很露骨："邵天一暗恋丁老师，追求丁老师。"丁老师似乎不介意悄悄话，从不解释和邵天一的特殊关系。最多俏皮地笑笑："每个人跟我都有特殊关系，我要为每个人保守秘密。"他刘畅和丁老师之间不也有一些秘密？他们的第一个秘密就是为邵天一保守秘密：这个大个子男孩是自尊而虚荣的，把自己家庭的贫穷当成见不得人的秘密。

此时，囚室外响起脚步声。看守收走了饭碗，也不问他饭菜够不够。

他想到自己被丁老师拥抱后的身体，不老实了好一阵。从晚会上出来，九点多了，那个拥抱不是渐渐冷却，而是越来越热，越来越真切。出了校门许多同学约了去吃夜宵，杨晴说她请客，他谢绝了邀约。他想一个人，一个人和那个拥抱相处。只有一个人时，那拥抱的感觉才能被留住，才能让他继续发晕。他骑车逛在马路上，稠密的车流已经融化开来，店家的霓虹灯红的绿的黄的蓝的，拼出各种字样，一些灯管坏了，字就缺了这一笔那一画，成了天书。无论如何，这城市的晚上比白天好看。白天不藏垃圾，不藏暴发和怀旧的争端，不藏新旧高低各不相容的市容规划。他慢慢蹬车，把耳机塞在耳朵里。周杰伦的歌声也那么好："……北风乱，夜未央，你的影子剪不断，徒留我孤单，在湖面成双……"

猛一抬头，还有一个路口就到家了。他家是个好人家，别人家有的好东西他家一样不缺，别人家没有的他家也不稀罕。好人家就是指这个。

可他现在要在躺过无数死刑犯的床铺上躺下来。被子厚一块薄一块，一些地方已毫无棉絮，就剩被里、被面两层布，棉被也能瘦得前胸贴后背。他不敢把这种被子拉得过高，万一它碰到自己的脸或者下巴有多腻歪。总的来说他不敢让它碰到他的任何一处皮肉。

那个夜晚他记得特别清晰，此刻在记忆里全活了，就因为丁老师的拥抱。

从学校回到家他已经开始想念丁老师了。钥匙打开门他就知道父亲在家。通常父亲这个时候还在外面，吃客户的饭或请客户吃饭。他脱了鞋，赤脚走进去，生怕父亲听见他。他还是只想一个人独处。他走进厨房，打开冰箱，无所适从地站了一会儿，又把它关上了。里面一格一格满满塞着母亲和父亲从饭局上带回的菜。母亲的广告公司生意很好，比当审计师的父亲还要忙，忙得有时会在公司的小会议室里将就睡一夜。一次爸爸突然袭击，发现的真相不是他长期以来想发现而怕发现的：他闯进小会议室捉到的不是一对，而是一群，女董事长和她的牌友，而且输赢不小。据说女董事长工作压力太大，大到了非得大输大赢来排解。女董事长的丈夫放心了，默默地离开，让女董事长接着减压。

房子很大，像现代都市题材电视剧的豪华场景。父亲叫了他一声，又叫了一声，自己却在书房里不出来。下面父亲和他开始了遥远的对话。一个问："吃了没有？"一个答："嗯……"一个又仍然是只有画外音："畅畅，问你吃饭了没有？没有的话冰箱里有吃的，你妈派司机送回来的，微波炉里热热吃，听见没有？"一个仍然回答："嗯……"

接下来儿子打开六十寸的电视机，把音量降到最低。不知人们发现了没有，看电视是个避难所，你一进入到这个无形的避难所里，人家就停止烦你，或会少烦你一点，即便烦你你也可以不理会。因此他就常常进入这个避难所，该想什么想什么，该干什么干什么。有时不进入"看电视"的避难所，他都无法专注地做作业。比如这一会儿，他不借助避难所，怎么能一心一意地想念丁老师，回味那个拥抱？

大约五分钟，父亲又发出画外音："畅畅你是不是在外面吃了东西回来的？"

"钱不够！"

"才给了你零花钱，花完了？"

他对着电视屏幕说："什么时候才给我的？"

父亲又在另一个空间里说："吃了再做作业，啊？"

"……"

"做作业就不要看电视！听见没有？"

他希望父亲再唠叨一句。那他就可以顶嘴了。父亲学乖了，说到这里为止。

面对荧屏上的电视连续剧，耳朵上插着iPod耳机，膝盖上搁着笔记本电脑，手里拿着手机。好几件事情同时做，可以消减单做一件事的枯燥，做一件事为另一件事解闷。他把手机里储存的丁老师的短信调出来，一条条细读，其中一条说："棒球帽丢了也不找？我妈让我给你带回来了，小脏猪，帽子上全是你的头发味！"那么随意，又那么亲，他读了一遍、两遍、三遍，似乎还有漏读的意思。假如他有个大哥，一定让他把丁老师娶进门给他当嫂子。可是嫂子是不能随便抱的，更不会像晚会上那样抱他……他抱住她时才发现她是那么小小的一团，感觉他可以把她抱起来，从全班四十四个人中抱走。好像他的手心还碰到了她的肩胛骨，薄薄的，带点汗湿气，他的另一只手呢，碰到了她衬衫里紧绷绷的一层，女性用品，俗称乳罩，含蓄的商家称为文胸，母亲的公司也做过内衣广告，女人脱掉外衣还有一层隐秘时尚，是让最隐秘的眼睛饱眼福的。丁老师单身一人，谁是她隐秘时尚的观众？对了，他的手稍微下滑，似乎触到她脊背和腰之间那一段：脊椎两边突出的两道肌肉，是劳作和运动锻炼出来的。他十二岁到十六岁学过绘画，看到素描教科书里的女性脊背上，两条长长的肌肉之间形成的那道低谷，不知为什么，那些被描绘的脊背比那些胸部更撩拨他，更令他神往。低谷的皮肤似乎特薄，皮肤下个个珠圆玉润的脊椎骨若隐若现，从尾骨向上延伸成串，是优美的中心枢纽，支配着那腰身的扭摆、摇曳、弯曲，或张或弛，或趋迎或退避，各种女性的婀娜姿态……那一串椎骨不妨被想象成女性身体隐藏的一条蛇，一条美丽的小蛇，女人一动一静之所以美，就是那隐秘的小蛇在舞动。他的手心留下了丁老师的腰背形状，那“小蛇”的动态……他的手似乎在接近臀的地方僵住了，当时来不及感受，回到家他才明白他的手多么贪恋那最美的局部，他的手比他本人更有艳福。

父亲又说了句什么，但他没有听见。父亲从书房出来，拖鞋刺啦刺啦地响，难听得让他要疯。老子和儿子相互看了一眼，看起来这一天爷儿俩谁也没想念过谁。父亲站在儿子和电视之间，说他饿了，假如儿子不吃，他要先给自己热饭热菜吃了。似乎父亲通过儿子的“防区”需要正当理由，他需要大声解释这理由。走到厨房门口，他又回过头，看了看儿子。

“你真不吃啊？我热饭顺便帮你也热点儿吧？”父亲说。

这么富有的家庭，还是吃不够似的，还要以食为天，父亲三句话离不开吃。

“问你吃不吃！”父亲追问。

儿子真的要疯了。他认为自己此刻的脸部表情、周遭氛围都很私密，老子却在破坏这私密。

“不饿！”

不多时父亲在长沙发旁边的一个单人沙发上坐下来，面对着电视剧，一大盘微波炉热过的宴席残羹放在茶几上，他把脖子就过去吃，像拴在槽头的牲口够槽里的料。

“畅畅，做事要专心，怎么一心几用呢？又是手机又是电视，怎么做作业？”

做父亲是必须随时批评点什么，纠正点什么的。儿子非常领情，所以什么也不必搭理。不必用顶撞来搭理。也许父亲现在是盼望儿子温和地顶撞一两句的，那至少是一种交流。可儿子就是一声不吭。

“说你你没听见？”父亲又说。

今天电视避难所都不能庇护他。

“放假了，做什么作业？！”他甩给父亲一句。

父亲错愕了一下，眼镜稍微向鼻尖下滑一点。他是个好脾气的父亲。

“哦，放假了。”他说。意思是，一时他还想不好该拿放假的儿子怎么办。他飞快地进行了一项心算，得出得数似的：“那你高二就算读完了？”

什么叫“就算”？他“嗯”了一声。

“秋天该读高三了？”

“对啊！”

父亲慢慢咀嚼，嚼着“高三”的意义，看着一盘高级杂烩发呆。也许他在感触儿子的成长。他转过头看着儿子那颗毛茸茸的脑袋时起时伏，好像他想不起儿子怎么一下就长这么大，从小到大多少个成长环节都被为父的错过了？

“高三是最关键的哦！你自己有什么想法呀？”

父亲怎么找了他们最谈不拢的话题来谈？有人的操心方式是鼓励，给你正能量，有的人就相反。这位父亲就像个官僚首长，打着官腔操心，因为对于你的生活他从来就没跟进过。他跟丁老师，几条短信的来往就让他感到她的亲。

等父亲吃完饭，他问可不可以参加学校组织的中美夏令营：美国同学到中国来两周，中国同学到美国住两周。

父亲问：“多少钱？”

“五千美元。”

“两周就要五千美元？！”

“包机票、住宿、伙食呢！”

“那也太贵了！”

“我们学校已经有五十多人报名了！”

“五十多个冤大头！”

“我也报名了！”

“取消！”

“订金都交了！”

“你交了多少钱？”

“百分之三十。”

父亲吞一口冷气，停顿了一秒钟才又问：“你钱哪来的？”

“我自己账户里的钱。你们不是说，我可以把小金库的钱花在自己最想要的东西、最想做的事情上吗？”

父亲愤怒了，打也不是骂也不是地从眼镜后面看着儿子。虽然他的工作狂老婆使他们家十年前迅速进入小康，又迅速摆脱小康，进入了先富起来的少数人口行列，但他对于每件东西的贵贱还是用十几年或二十几年前的价码换算的。孩子拿五千美元到美国过两个礼拜，他在判断中间插入多少手，一道道盘剥，他们将会给多少盘剥者当冤大头。他不是反对花钱，他是反对当冤大头。父亲和母亲的价值观在此处非常一致，都把冤大头跟窝囊废、低智商，甚至跟戴绿帽子当王八的男人画等号。越有钱越不能当冤大头，因为越有钱当冤大头的机遇越多，所以他们越是要提防。母亲常常教育她的公司雇员，什么人都可以做，就是冤大头不能做。

此刻他躺在囚室里想，那次假如他去了美国，他和丁老师的关系可能就不会那样发展。不过谁知道呢？

他记得那天晚上父亲给母亲打电话，指责母亲给畅畅转的学校什么玩意，头一年，就坑骗家长的钱，组织什么出国旅游！他大声纠正父亲："不是旅游！是中美学生交流！""交流个屁！那是编造的名目！"父亲说，"先跟美国学生交流交流，看美国有多少白领、蓝领一个月能挣到五千块，看看美国人谁家不吃不喝让一个孩子两礼拜花掉五千块？！再看看美国有多少学校发明这些名目赚学生的钱！"母亲很少认同父亲，这次却完全接受父亲的看法，补充说何止学校想赚钱？老师也想赚钱！这年头谁不是想赚钱想疯了？！母亲叫父亲把电话递给畅畅，要他一定跟班主任反映，作为刘畅的家长，他们对老师假借名目把学生家长当冤大头的做法非常反感！并且让班主任一定要为她的学生做主，把订金从学校要回来。

他答应母亲，一定跟自己的班主任丁老师反映。

挂了电话，父亲眼睛盯着他，看他又回到用电脑、电视以及手机搭建的避难所里。父亲急着问："你妈叫你给丁老师打电话把订金要回来啊！"

他后悔自己跟父亲谈到出国的话题。反正是用自己小金库的钱先交订金，应该等到签证办下来再告诉他们实话，说订金不能退，只能做冤大头付全款。他的小金库里的储蓄刚刚到六位数，考试得分、足球参赛、钢琴考级、整理自己的卧室，都是母亲给他发奖金的名目。他总结下来，母亲基本上是在儿子不需要钱的时候给钱，基本上是她想对儿子摆阔的时候给钱。一旦反过来，儿子因为需要钱向她讨要，她就会十分多疑，十分刁难，觉得连儿子都把她当冤大头，因此十有八九让儿子碰壁。儿子听够了这样的话：“你看我挣点钱难受，帮着外面人敲我竹杠！”

他无意中回头，见父亲在打手机，赶紧摘下耳机。

他扑过去保卫丁老师那点可怜的私人时间：“都放暑假了，你还烦人家丁老师！”

“丁老师说她对这种出国交流也有看法……”父亲转开身，一只小臂挡开儿子抢夺电话的手。

他瞪着父亲。而父亲在朝电话那头的丁老师笑，一堆的寒暄客套，什么“你对畅畅的帮助我们感激不尽”，“有什么事帮得到丁老师的，一定不要客气”，终于在道了一个又一个“再见”之后挂了手机。

“你们丁老师人真不错！”

“所以被你这种家长烦死了！中美学生互访交流是学校的中外交流中心组织的，跟丁老师什么关系都没有。你跟人家丁老师骂这个骗钱，骂那个骗钱，人家丁老师又没骗你钱……”

“我到哪儿去找交流中心骂去？”

“那你就骂给丁老师听？”

“只好难为她代交流中心听啦。听了可以去转达。我也只能请丁老师帮忙把订金退回来啊。”父亲又说。

“订金不能退。”

“人家丁老师一口答应……”

“她能不答应吗？好不容易学生放暑假，丁老师能喘口气了，要是四十五个学生的家长都要她帮忙退钱，转达意见，人家还活不活了？！”

“我告诉你，你转学的时候人家不收，我们是花了好几万把你转过去的。费了那么多钱才把你转到丁老师班上，谁让她挣班主任这份钱的？我们不找她找谁？”

什么都要挣回老本，不把丁老师使用到极致，就没有挣回老本，就不合算。他回到沙发边，动作狠狠地戴上iPod的耳机，用姜育恒的歌堵住父亲。父亲心里早就没有歌了。心里就是合算和不合算，没有留空间给歌。

但父亲却跟过来，坐在儿子身边。“你们丁老师还答应，在暑期给你补课。”他脸上的笑是刚谈成一笔买卖的，“我刚才跟她说，畅畅到了你丁老师班里，语文突飞猛进，学习态度也大有改善，连自己的卧室都会收拾了！都归功于丁老师！她说是畅畅悟性好，一点就开窍。我就顺水推舟啦，跟她提出来，暑假期间每礼拜让她给你补三次课。你看，我是先给了她甜头，再麻烦她到学校帮你追讨订金的。”

“你给人家什么甜头？”他嘲讽地问父亲。

“补课呀！她还不懂我意思？给我们这样家庭的孩子补课，会亏待她吗？肯定不少付她补课费，对不对？现在好多教师都是学校外面比在学校里面忙。靠学校里教书那点工资，穷死他们！都在外面当家教挣外快！”

那天晚上丁老师发短信给他，说已经跟交流中心的负责人打了电话，负责人同意退订金。短信最后一句话他记得很清楚：“五千美元的代价不见得能产生真正的交流，你说对吗？”他回复说：“去美国的计划遭到破坏，本来该遗憾，但反而特开心，因为我将会常常见到Dearest心儿！对了，我和叮咚一块儿种的大丽菊开花了吗？”

“大丽菊遗憾你没去成美国，不过叮咚高兴极了。”

他看着心儿那条回复笑了。父亲已经睡下了，他轻轻出了家门。离家三条街口的家乐福隔壁，那家街机厅还开着门，灯光浑浊得像雾霾。他走进门，这个厅被人玩旧了，玩破了，游戏机又老又疲惫，边上站着的孩子们也显得又老又疲惫。都是在街机厅里混老的少年，眼睛里有种冷酷和无知，他被自己的发现弄得一哆嗦。他彻底戒掉游戏机是转学到二中之后，准确地说是跟丁老师熟识之后。不能说戒掉，应该说忘掉。他的生命应该像公元的BC和AD一样，分为BC（丁老师前）和AD（丁老师后）：BC的他野蛮，无聊，混街机厅；AD的他文明，充实，不需要电子游戏给予的简单刺激。他也感到自己得到一种从未得到过的关注。并不是说父母不关注他，但丁老师的关注来得那么合宜，就像质料朴实、大小合身的衣服，穿在身上的舒适感就是感觉不到穿着它。他从那时就再也没有感觉进街机厅的需要。可那晚他太不安分了，只有模拟厮杀能跟上他血液的涌动速度，非得模拟的残暴才能麻木他的激情。

他在天亮时耗尽了力气，挪回家里，挪到床上。入睡前发了一条信息：“熬不到下次见你的时候了，I already miss you so much，soooooo…much…（我已经好想你，好想好想你……）”

暑假的每次补课，他常常会拿出手机，翻看下载在里面的年轻丁老师，二十三岁的师范毕业生。他一次次认定，还是三十六岁的丁老师更美，他连同她谬误的婚姻都爱，连同她被谬误情爱蹂虐过的身体都爱……

走廊上的另一间囚室开了门，又关了门。他这间囚室的铁门跟着震动。不处在绝对孤独和静寂中，不会发现声音行走的轨迹多么清楚，又是走得多么缓慢，走完了空间的距离，还在他的脑壳里走，在身体和脏腑里走，他整个躯骸成了这嗡嗡尾音的共鸣箱。他试图想象那间房里看不见的难友，他是个等待上诉的死囚吗？那么他又是因为什么被判决的？也杀害了一条生命？因为什么而杀害的？值得吗？

值得吗？这个问题头一次叩问他。

什么都能问，就别问这个。

但不久它又回来了："值得吗？"本来已经倦意蒙眬，却被它问醒了。今夜无眠了。他杀害的那个人，就是个失眠者。

[十二]

网上传闻——

匿名礼物的赠送者

暗恋刘畅的人曾经是实验中学的特长生，艺术体操一级运动员，比刘畅高一年级，年龄却比刘大两岁，据说小学时因比赛留级两次，家长为其修改了年龄。女孩姓马，为了保护她的隐私权网上给她化了名，叫她马莉。马莉是个浑身长着男孩肌肉的女孩，像所有自幼练体操的女孩一样平胸窄臀宽肩膀，个子不足一米五六，平时看脸容并不漂亮，但比赛时会焕发出惊人的艳丽。刘畅跟她几乎没说过话，但对她的特殊关注早有感觉。刘畅的感觉是害怕。下课或者放学，只要马莉没有训练，就会等在刘畅教室楼的楼梯口，跟刘畅搭讪几句，或者就眼巴巴地看他和同学们打闹着从楼梯上跑下来，又向校门口跑去。刘畅的同班同学比刘畅先留神到这个痴情的女体操健儿，有时相互之间偷偷约好，跟刘畅一块儿下楼后突然一哄而散，把刘畅孤立出来，让马莉和刘畅突然间单独面对，后者吓得几乎转身回到楼梯上，而前者却从容大方，有时还主动发出邀请："回家吗？一块儿走吧，我俩同路。"有人说女体操健儿是看到刘畅家到校接送的豪华轿车开始发花痴的。一次刘畅看见马莉等在楼梯口，怕男同学再次看笑话，想等到她走了后再下楼。但女孩一直坚持等待，下雨就等在雨中，等得天都黑了，刘畅又为难又害怕，从二楼楼梯的后窗翻下去。下一次放学，女孩子换了个等待地点，等在了学校大门口，还拿出事先准备的小字条交给刘畅，含着眼泪说："以后再见就难了，我要走了。这是我的手机号和邮箱，保持联系吧。"马莉不久参加了全省艺术体操的集训，从此赛事不断，表演也不断，不再出现在刘畅的教室楼下了。

一次刘畅在电视上看到省里举行的艺术体操表演赛，马莉是五个表演球操的姑娘之一，表演得耀眼极了。马莉是那种一上竞技场就闪闪发光的人，观众越多她越是人来疯，平时做不好的动作，比如那个踢起球同时前空翻接球的动作，她在训练时从来完成不好，越练越糟，但一上赛场就出现魔术了，她的脚和手像是带有磁铁，无论球飞出的轨迹多刁都能被她吸到手上或脚上。刘畅几乎认不出这个曾经让他烦恼的少女。他看完电视之后就给她打了手机，从此和她建立了通信关系，常常在网上聊天。

马莉被保送到省体育学院，主修体育教育本科，但还是以训练和参赛为主。对她一个近二十岁的运动员来讲，她自己开玩笑的说法是："训练是非人的，比赛是残酷的，前途是暗淡的。"尽管非人的训练每天持续十二个小时，但她每礼拜五晚上都乘两小时长途车从省城回家，与其说探父母的亲，不如说探刘畅的亲。在上体院的第一年，她参加了全国艺术体操选拔赛，并获得了名次。她邀请刘畅也去北京，比赛结束后可以一块儿爬长城，逛老北京胡同，或者去坝上骑马。不过刘畅家长不同意，所以他只去了趟省里，把她送上了北上的特快列车。果真是刘畅家长不同意，还是他搪塞马莉的说辞，多数人都会选择相信后者，因为在那个时期，刘畅跟他的班主任丁佳心开始了暑期补课，接触密切起来。

据说马莉从北京比赛回来后，再也没有收到刘畅的短信和邮件。她多次打电话给刘畅，刘畅总是推说太忙，高三的作业压力太大，怕影响高考，所以暂时中止通信来往。其实那都是借口，因为他对丁佳心的感情已经上升到专一的程度。那个暑假结束后，他升入高三，进入了最紧张的高考前一年生活。

他和马莉恢复邮件来往是二〇一〇年春天，那时由于邵天一、丁佳心和他三人的关系很不稳定，他时而狂喜时而痛苦，亟须一个心灵秘密的交换者，马莉就充当了这个角色。

网上说，刘畅曾对一位好友透露，邵天一折磨丁老师，像个疯子，为什么丁老师不跟他彻底断绝关系却是个谜。那个好友不愿透露姓名，只透露自己的性别，是个女生。也许这个好友就是马莉。由此可见，刘畅并不缺乏优秀的红颜知己。这不禁让人惊愕，当时已经三十六岁的丁佳心居然与妙龄少女匹敌，魅力是何等之大！

刘畅和邵天一都是受少女追捧的男孩，但他们却舍近求远，舍去正常少男少女的爱情发展可能性，去追求一个半老徐娘。俄狄浦斯之所以是情结，就是因为几千年来有足够多的男女重演它，绝不缺乏秘密的心理土壤供它萌发。也证明了人类与生俱来的对禁锢的、病态的感情的需求永远不止。还能说明一点：当这两个十七八岁的男孩处于高考前的高压时，那种正常的少年恋情显得劲道不够，畸恋带来的张力更能平衡他们超负荷的年轻心灵。他们寻求的爱恋对象必须是多种女性形象的混合体，是个综合的情感大后方。他们求索的爱，似乎更加丰富，更加万能，可以头疼医头脚疼医脚，哪里亏损就滋补哪里，既能给他们舔伤，也能给他们提供乳汁，更能模拟他们的性爱理想。

但是刘畅的神秘生日礼物究竟是不是马莉送的还不好确定。

一位著名网络记者在省里找到了马莉。正处在严酷训练期间的马莉否认她给刘畅送过任何礼物。她甚至否认自己认识一个叫刘畅的男孩。记者想继续追问，一位女教练出面干涉，说训练当中不接待任何媒体访问。等到晚上，训练结束，记者在体育馆门口又截住筋疲力尽、浑身汗透的马莉。马莉仍然否认她认识刘畅其人。记者说刘畅班级的男同学用手机偷拍过她和刘畅的照片，照片上她正在热情地跟刘说话，而刘是一副尴尬笑脸，似乎急于脱身。记者说着便亮出自己手机里转载的照片。马莉说这年头被人偷拍照片太正常了，不能作为她认识刘畅的证据，再说那是很久以前的事，要不是刘畅的凶杀案，她连刘畅的名字和刘畅长什么样都记不得，更何况刘畅的生日！记者发现她跟进了凶杀事件的每一份报道。记者第二天在体育学院校园又堵截到马莉，告诉她销售“孔庙祈福笔”的只有一个网站，应该能查到订货人是谁。记者还揭穿她的谎言，刘畅的生日可以在实验中学的学生登记注册中查到的。并且，像实验中学那种所谓的贵族学校，只要学生愿意，学校食堂会代表学校领导祝贺当天过生日的学生，并给小寿翁们送小蛋糕。马莉最后动用了体院的保安，才把那位记者赶出校园。所以那件神秘的生日礼物究竟是不是马莉送的，现在仍然停留在猜测阶段。

不管礼物是谁送的，贺卡上那么甜蜜深情的语言会让任何一个热血男儿醉心，不幸的是，这个礼物没有唤起刘畅对同龄男女恋情的向往，没有阻拦他顺着自己黑暗的激情最终走上不归路。二十岁的体操明星败给了三十六岁的女班主任，败得怪诞。人们不禁诘问：这位女老师到底使出了什么手段，把两个男孩迷惑到丧失正常心智、丧失道德的程度？并且这位叫丁佳心的前班主任早已过了女子最动人的年龄，她到底是个什么样的魔女呢？

[十三]

网上新闻——

都市晚报记者就师生恋凶杀案采访女班长

“丁老师是我敬爱的老师，也是我认识的最好的老师。”

姑娘叫杨晴，二中高三（1）班的班长。记者在北京大学的图书馆外面见到读中文系的杨晴。

“高考前，班上大部分同学每天都给丁老师发十几条到几十条手机短信，心情一波动，就找丁老师。你想，丁老师也是人，怎么扛下来的？”

记者问大家都跟丁老师谈什么，能不能举例子说说。

“什么都找她谈。掉头发都找她谈。我妈有天打扫卫生间，发现一地头发，都是我掉的。她开始没敢说，后来她到外面搞了个偏方，超难吃，我吃了两天就不干了，打死我也不吃了，打死我妈我也不吃了。我妈急了，说，头发都快掉成秃子了，还不肯吃药治病！我当天晚上给丁老师发了手机短信，问丁老师，在做秃子和被药死之间，有第三条路没有。”

“丁老师有办法吗？”

“这就是举个例子，说明我们跟丁老师谈心，不是因为她都有办法，是因为她愿意听，她同情。她不会说‘头发快掉成秃子’这种话。家长心疼，着急，我们都明白，但‘掉成秃子’还是挺伤人的。我们班大部分同学的家长都这点素质，说话都特难听。丁老师也心疼，也急，但她从来不用难听话刺激你。她收到我的短信，下课悄悄把我拉到一边，摸摸我的头发笑着说：‘幸亏你头发多！别说高考一次，高考三次也够掉的了！’然后她帮我一块儿上网，分析出原因可能是神经性的，药治不了，打坐可以缓解。还找到一种洗发水，多少能让头发结实点。要是我们班同学的家长都能跟丁老师学，知道怎么说话能被听进去，丁老师会少受多少累？”

记者发现这位女学生干部大方，也可以说她很直爽。

“我们都很服丁老师，也都爱她。网上很多诽谤她的人根本不了解她。带出哪个班级她不掏出全部心血？这就是她的问题……”

“什么问题？”

“她教学不光用娴熟的知识，还用感情。主要是用感情。她爱语文，爱文学，因为她爱得那么真，我们不由得也就爱起来了。不管邵天一和刘畅的事多不幸，我还是要说，没有丁老师，就没有我的高考成绩，没有我第一志愿的如愿以偿。也没有全班大多数同学的高考成绩。今年我们班百分之六十的同学都考上了他们填的第一志愿。”

记者得知杨晴在考场发挥得非常好，得分是全省第十七名。

“当时我们全班把高考看成‘最后的斗争’。我们从决战中幸存下来了，丁老师是跟我们一块儿过来的，受的磨难只比我们多，不比我们少。邵天一和刘畅差一点也都是幸存者了……只能说太可惜了。”

当记者问到女班长和邵天一的关系，杨晴一时说不出话来，眼圈红了。

“我跟天一同学了五年，最后发现自己对他一直是个陌生人。他一直是把我当个班干部，没当成朋友。没当真正的朋友吧。因为我从来不知道他从高二开始就得了失眠症，特别严重。假如他把我看成真正的朋友，我怎么可能不知道他的病呢？我们懂得的感情，就是网上那些不着边际的胡说八道，什么GGMM（哥哥妹妹）怎么怎么。天一不一样，他感情超早熟，特别需要一种扎实的情感，所以他觉得丁老师才配听他最心底最私密的话。丁老师太懂感情了，太有感情了。我能理解天一为什么对她上瘾，那么迷恋她。”

她突然失神，好像在检查自己刚才的表达，然后又强调：“真的，丁老师特别真情，所以同学们都愿意跟她说心里话。学校有两个心理咨询师，但大家都还是愿意把心里话告诉丁老师。她有办法能让你跟她说真心话。”

当记者请杨晴说出丁老师跟学生贴心的办法时，杨晴想了一下说：“我刚才说她有办法，其实不能叫办法……因为她那么做是本真的，也是天生的坦诚。我们这岁数的人，对于谁坦诚谁不坦诚直觉可准了。你知道高二高三的学生都什么人啊？满世界专找假模假式的人，哪个人假模假式，尤其是老师假模假式，我们马上能感觉出来。”

记者请杨晴举例子说明丁老师是怎样跟他们谈话，从而获得他们的信任的。

“丁老师谈话跟别人很不同。我说不好，不过试试看，能不能说清楚。丁老师想了解你心里过不去的坎儿，不是使劲套你的话，她反而会谈她自己，谈她对一件事的困惑啊，苦恼啊，好像要你给她分析，给她出主意。自然而然地，你就会说起自己那些垃圾事，垃圾情绪，怎么怎么想不开，不知不觉就开始跟她倾吐了。因为你觉得老师跟你是平等的，老师不等于事事都高，也需要心换心的交谈，所以你慢慢就跟她谈深了，无话不谈。高三上半学期，我们班一个男同学突然两三天不说话，叫他站起来回答提问他也不出声，不少同学知道他喜欢占卦，卦上说那几天他必须装哑巴，不然一模——你肯定懂吧，就是第一次模拟考——他会碰到厄运。丁老师下课后找到这个男同学，跟他谈占卦，谈星相。碰到这种情形，做班主任的一般都会猛教育，表示对卜卦多不屑，再说几句相信科学、抵制唯心论之类的套话，还会提醒，不要带坏班里正气，什么什么的。不过丁老师就不一样，她先问那个男生上的是哪个卜卦网，等男生回答以后，她说她自己也上网玩过一两次星座占卦。那次她考驾照，心特虚，就上了占卦网，从卦象上找了个所谓吉日。日子是星期五，她软磨硬拖总算把考试挪到了星期五，结果很轻松地就把本子考下来了。回到家她跟母亲炫耀，她母亲一听就笑，说：‘什么黄道吉日？你的生日是被你外婆改过的！外婆报户口的时候硬要报阴历，说阴历更准，我们拧不过她。要是阳历你根本不是那个星座！’丁老师跟那个男同学说：‘你看，我用了错误星座，在假的吉祥日子考下执照，什么都跟卦象没关系，只说明一点，就是人一自信事情就好办。算卦起的整个作用就是给了我自信。所以从反面看，不自信才去算卦。’霍华——就是那个男生——从此对星相的兴趣就减低了。至少表面上他不再宣扬算卦，因为要面子的男生都不想让别人看出他不自信。”

记者问现在杨晴跟丁佳心是否还保持联系。

“我见了她两面。一次是最近，我约她的。我跟丁老师借过两张CD，都是月光女神萨拉·布莱曼的专辑。那阵正是刘畅的案子被省高院驳回之后，也是趁元旦放三天假我回家看看我爸妈。我和丁老师约了在星美影城淮西店外面见，因为找不到能安静说话的地方，又一块儿去了影城里的热饮店。其实我头一眼看到丁老师都惊着了。丁老师好老啊，又瘦，身上的衣服裤子都空了。网上说她是‘欧巴桑’，勾引两个小正太，肯定是最刺痛她的。刚见面她好像有点恍惚。不过一谈起话来，那种精神凝聚力又回来了。我点了两杯珍珠奶茶，一直到我们离开，丁老师都没碰过杯子。我们都没有直接谈邵天一和刘畅，坐在那儿两人都有点难堪。不知怎么丁老师就说起天一的一篇散文来，是他死前发给她的，是四月中旬吧？他发给她一个带附件的邮件，可那几天她太忙，没顾得上查邮箱，等他死了她才发现他几天前就发给她了。她读完后把文章转发给了她的大学同学，那个同学在省里的文学杂志当编辑。过了三四个月，她同学通知她，天一的散文要被采用了，当编辑的同学认为眼下流行发掘培养什么80后、90后的青少年作家，但天一的才华是无论几零后都得认同的。也不知道为什么，丁老师没有告诉她当编辑的同学，年轻的作者已经不在人世了。那个同学还跟丁老师说，因为散文是写高考的，所以决定在今年的高考季发表。丁老师告诉我，散文写的是一个高考生的失眠夜，叫《失眠曲》。后来丁老师把散文发给了我，我读完大哭一场。读了邵天一的《失眠曲》，我才知道天一一直受的是什么罪。受的那些罪又给了他怎样美丽又残酷的体验。”

杨晴此刻把脸别过去，记者看见她的腮帮微微发抖，拳头在眼睛上飞快一抹。等了两分钟，记者又问杨晴，对学校开除丁佳心怎么看。

“太可惜了，丁老师教课教得那么好。她上课，你就觉得求知是一件多有趣的事！对于丁老师，教学是艺术，每一堂课都是她表演艺术的舞台，她先感化自己，再感化我们……不过也可能学校是对的，丁老师太有感情了，感情太充沛的人不适合做老师。真的，丁老师太爱动感情了。”

记者问到丁佳心和邵天一的关系：难道班里同学不议论？

“怎么会不议论？同学都看到丁老师经常开车带邵天一出去，好像还是定期的，一星期一次。到高三上半学期，阴阳怪气的噪音越来越大。我知道丁老师带天一出去是看病，看什么病我不清楚。一个人得病在西方是个人隐私，为病人保密是文明行为，我不觉得丁老师做错了什么。有时候我觉得丁老师心里有四十五个保险箱，存放了我们班四十五个人的秘密，谁的秘密她都关闭得严严实实。有一次下雨，大家都没带伞，在走廊上往操场上看。当时是放学时间，操场上好多雨伞。一个同学认出丁老师的伞，说能看出伞下走着两个人。那同学打赌伞下面的另一个人是邵天一。还有一个同学跟他赌，说肯定是刘畅。同学在背后说刘畅PMP，懂吧？拍马屁的缩写。结果那把伞下面是丁老师跟我们班一个差生，一模考了三门不及格。两个打赌的人打了个平手，都输了，不过说明同学是很注意观察丁老师和谁亲谁疏的。”

记者又问杨晴，另一次见到丁佳心是什么时候。

“那次还早，是在邵天一的追悼会上。丁老师站在一棵巨大的夹竹桃后面，不知道看见我没有，但是我能确定那就是她：黑裤子，白上衣，袖子上缠了一根黑布条。我没惊动追悼会上的人。因为参加追悼会的人都恨她，恨到那种程度，就怕要出事。再说那一阵丁老师好像在隐居，不见任何人，我给她写邮件，说想见见她，她都让我原谅她，再等一阵儿。进了追悼会会场，我看见天一的遗像两侧摆了四五层花圈，都是殡仪馆统一式样的纸花圈，唯一一个鲜花扎的花圈摆在最里面，花圈中心写了几个大字：‘永远想念你，天一。’不知为什么，一看那几个简单的字我就哭起来。天一的父母看见那几个字也哭起来。没有什么比那几个字表述得更达意。天一父母文化不高，大部分文绉绉的挽联他们看不懂，但那几个字一目了然，就是他们心里的话。我猜花圈是丁老师送的。丁老师特爱花。我去过她家好几次，房子本来很小，别人家都把阳台封起来当房间用，就她不，她把阳台当花园当菜园，春夏秋冬都花花绿绿的。追悼会上来了七八十个人，大部分是天一父母的亲戚，一小部分是邵叔叔的师弟徒弟。当时有人问，那个花圈是真花还是假花。我说当然是真花。天一父亲的一个徒弟问我，是不是我送的。我说不是。徒弟说那我怎么知道是真的。我没说话。跟遗体告别的时候，邵妈妈趴在天一的遗体上，一边跟着灵车往焚尸间走，一边嘟囔要跟儿子一块儿走，好多人拉都拉不开她，邵妈妈的力气惊天动地。当时非常乱，盖在天一身上的新被子和团旗不知怎么滑到地上，被子下面，天一的新西装肚子那儿湿了一块，邵妈妈撩开西装，大家看见里面的白衬衫上有一大块血迹，深红的，就像刚刚流出来，看着还是热的。从冷冻间推出的遗体有时候会流出液体，不过那片血迹是新鲜的。火葬场的人催着要烧，但邵妈妈趴在灵车上不让人接近。殡仪馆主管化妆的人来了，说他干这行几十年，从没见过这种现象，不过遗体上的刀伤缝合太粗的话，是可能发生这种事的。邵妈妈不接受他的解释，说那是儿子听到当妈的哭喊来应答的，那鲜血就是他在跟她诉冤情。最后七八个人把邵妈妈拉开来，她哭软了。

往殡仪馆停车场走的时候，是我扶着邵妈妈的。我俩都在哭。我看到夹竹桃后面是空的。丁老师走了。等我扶着邵妈妈坐到车里，又从车窗看到了丁老师，一身素装，正在往灵堂里走。我还是没有作声。”

[十四]

天一，别怨我没有参加你的追悼会。我是间接参加的，就像间接参加畅儿的判决大会。当时我站在追悼会场门外，一棵很大的灌木后面，大概是夹竹桃。一向喜爱花木的我因为太魂不守舍，居然顾不上细看到底是什么花木掩护了我。我不敢露面主要是觉得没有露面的资格，也拿不准身份。追悼会上的每一个与会者都有自己的身份：姨妈、姨夫，姑姑、姑父，表姐、表妹，或者同学、球友、邻居。我算是谁？网上一些人把我叫成“教唆犯”，还有人称我为“凶手后面的凶手”。

天一，我站在灌木后面看着杨晴扶着你母亲走出会场，一个泪人支撑着另一个泪人。杨晴和你能成多好的一对！虽然你跟我和畅儿抱怨过，杨晴太爱管人，但我知道你对她是有好感的。得知你被杀的消息，杨晴哭得那么痛，抱着我哭得浑身痉挛，说要是她不那么顾及学校的规定多好，她就会把她写的日记给你看。她几乎每天在日记里跟你谈心，因为你太寡言了，太难跟你谈话了。她会让你知道，她懂得你的诗，也许全校只有我丁佳心和她懂得你这个难懂的人。

火葬的焚烧炉冒出浓烟，烟在两三级风里疼痛翻覆，变换姿态，我在想，那就是天一你的烟啊。化作烟的你都不那么轻浮。灰色的烟渐渐接上了云，仍然是痛苦的，很少有无忧无虑的时刻，那就是我的好学生邵天一。

当时我站在夹竹桃后面，看着邵家夫妇从焚尸炉大厅的出口接下我的好学生的骨灰。真无法相信，你一米八的个头，一部分生命成了烟雾，剩下的就是这一盒灰烬。眼泪把你母亲的力气都带走了，见到你的骨灰盒她几乎站不住，因此只有你父亲一人捧着那个盖有红色团旗的骨灰盒。几个穿着滑稽军乐制服的吹鼓手吹打起来，葬礼进行曲被他们吹打得像马戏团开场。吹鼓手们护送着你的骨灰，陪伴邵家亲戚们朝骨灰存放处走去，走到一百米处，吹打戛然而止，似乎听到了下工的铃声，吹鼓手们迫不及待地下工，因此职业哭丧的活儿就正式在此交代了。此刻追悼会彻底解散，人们渐渐离开，亲友们每人随了份子钱，要去吃你父母做东的斋宴。添丁和死亡都是以吃为仪式。不能想象，刚刚送走了你，人们的喉管还能下咽食物。

我走进灵堂，工作人员们正在把一个个纸花圈的挽联撕下，换上新挽联，为下一个亡者摆设灵堂。下一帧遗像已经替代了你的相片，此刻挂在墙上的是个八九十岁的老太爷，咧开缺牙的嘴笑着，这使他有了一张多皱的婴儿笑脸。纸花圈顺着遗像呈八字形摆开。花圈是一圈黄色纸花，一圈银色锡箔纸花，一圈白色纸花，公事公办，像公家的办公家具一样丑陋而千篇一律。纸花的花圈也是回收品，回收之后稍作整理再回到自己的位置上，悼念另一个人。对花圈来说同样是陌生的死者，因此它们同样公事公办。一朵纸花坏了，再做一朵一模一样的补上去，一花多用，而不是专物专用，只是它们悼念的那些生命只此一次，再不往复。

整个大堂里只有一个花圈是鲜花编成，写着“永远想念你，天一”，悼念者的落款处是空白。我走到鲜花的花圈前面，打量它。花圈出自一个连锁花店的职员之手，手笔不俗。也许是个女职员，因为花的选择和编织散发着阴柔的诗意。一个直径两尺半的花圈，交织着白色的百合和蓝色的鸢尾，白色为主蓝色为辅，无心泼洒一般点缀着不规则的淡黄色迷你玫瑰。都是今早刚采摘的，百合花瓣汁水充盈，挺起的花蕊顶着茸茸的深红花粉，鸢尾带露，蓝色欲滴。花们还不知道自己已经跟母体截断，已是死去的美丽肢端，还在好强，争奇斗艳。那根白色缎带上的字迹也写得不错，“永远想念你……”我一个字一个字地品味，眼泪还是把最后几个字弄朦胧了。两个工作人员走上来，动作粗重地要扯下上面的绸缎挽联。我突然受不了了，叫他们别动这个花圈。

他们当然不听我的，继续拆、扯、撕。对他们来说，悼念天天发生，一小时放一次哀乐，摆放花圈布置灵堂每小时都在重复，一个个绝不雷同的生命也是一种大回收，他们挣的就是大回收的钱。

我提高嗓门，再次请他们不要碰这个花圈。其中一个人骂我神经病，一边继续抹杀一切悼念天一的痕迹，否认邵天一这个生命的唯一性。另一个人大概觉得有必要给“神经病”一点话语权，所以他问我为什么不让碰这个花圈。我说我知道他们也要回收这个花圈，让殡仪馆的花店再出售它一次，让它再去为另一死者服务。然后我问他们，是否知道这个花圈是谁送的。他们不屑回答，再次上来搬弄鲜花花圈。我上去护住它，眼泪流得自己实在难为情，告诉他们，我就是送花圈的人；不止我一人，我还代表了自己年迈的父母，他们想拆花圈先把我拆了。两个职工撤退了，正常人都是怕神经病的。

我把花圈抱起来，来到骨灰存放处。你的骨灰盒很好找，找到姓氏基本就找到你了，因为邵姓下面的名字是按笔画排列先后的。天一一共五笔，排列靠前。天一，天一，这名字一点也不夸张，相反非常实在：天下所有父母的儿女，不都是他们的天下唯一？

天下所有教师的学生，个个不也都是天下唯一？我的天一，唯一的天一，唯一的畅儿、唯一的杨晴、燕子、霍华、李丹丹……你们个个都是丁老师的天下唯一……

你做了一阵青烟之后，沉淀为灰烬。十八年的成长，你的长辈们、你的一个个老师见证了你不断增长的身高、体重、智慧，眨眼间，你已成灰。我用指尖抚摸你骨灰盒上的小照，把为你觅来的进口安眠药放在你眼前，到了那边，睡个好觉吧。你走的时候，还差几周就是高考的日子，就是说，现在你应该早已从考场凯旋，你的父母苦了一生，终于接回了一个状元，可你的烟正在散去，你的灰正在冷却，你的遗像——这张小照是黑白的，似乎本来就适合被印刷成遗像，镶进镜框或墓碑。你的神色有种遗像中人的深明大义，有种生者望尘莫及的升华。

我大把抹泪，再用泪湿的手把鲜花从花圈上拆下，堆放在骨灰盒顶上和四周，突然想起，这天畅儿被捕整整一周。

畅儿被捕之后，我托父亲的学生找到他被关押的拘留所，带着我妈做的干爆小米和辣油笋尖——那是我妈烧得最好的，也是畅儿最爱吃的小菜。但拘留所说刘畅家长有交代，绝对不准一个叫丁佳心的女人探望刘畅，因为正是这个姓丁的女妖，把他们的好儿子引诱成杀人犯的。我只好把装着两个菜的饭盒原封不动地带回。当妈看我从包里拿出饭盒时，什么也没问，拍拍我的头，一声叹息。她心里全明白，她的厨艺和我的心愿都被拒在了门外。

其实那也是最对你胃口的下饭小菜，对吧，天一？我妈曾经时不时为你们做好这两个菜，装上盒，让我带到学校给你们。你们都是多么容易满足的孩子啊，一点儿带母性温情的家常菜就让你们那样欢天喜地。每次妈总是分别给你们炒，首先她相信“大锅烧的饭，小锅炒的菜”，一次分量太多炒菜就不鲜美了。其次，她知道你的口味比畅儿重，爱吃辣，也爱吃油腻的食物；而畅儿偏爱原味，不吃太辣。妈常常一边炒菜一边开玩笑，说假如她的菜喂出两个状元，以后状元当了大官可要记她老太婆一功。妈听说你被杀害的时候，脸色都青了。我知道她的心脏一定在发病的边缘。她料定天一是状元坯子。

后来她知道杀天一的是谁，泪汪汪地摇头：“同一个锅炒的菜，怎么喂出了一对生死冤家？”

可是你们俩的开始多好啊！

畅儿来到班里那天，你在跟杨晴写墙报，回过头对畅儿说：“听说了，实验中学转来个英文课代表！”杨晴笑着说：“注意了啊，我们班可没那么洋气，跩英文有脱离群众之嫌哦！”畅儿那天戴着棒球帽，帽檐一边比一边稍高，他自带三分笑的眼睛从帽檐挑高的那边看着你们，说：“这就是数学课代表和班长的欢迎辞？”

我站在黑板前，心里在想世上可有任何美丽美过十七八岁的男孩女孩？

我还记得高二的下学期快要结束的那天，晚自习前，你和畅儿肩并肩去食堂，不知道谈什么谈得那么投入那么开心，都还原了男孩子的本色，边笑边相互踢打。我走在你们后面，不由自主地跟你们笑，想到你们毕竟年轻，总有从沉重的功课里飞翔起来的瞬间。我还想到，暑假之后你们将要进入高三，但愿这些快活的瞬间还能跟着你们。我追上你们俩，把饭盒塞到你们手上。

那时我死也不会想到，一年后你们俩一个在铁窗内，一个在人世外。

我妈把那两个拿手菜从自己的菜谱上永远删除了。

[十五]

网上传闻——

师生畸恋的女主角遭耳光

昨天傍晚，被开除公职的女教师丁某某来到刘畅家。当时刘家聚集着不少客人，有律师事务所的，有刘畅母亲公司的职员，听到门铃声，刘畅的父亲打开门，看见来访者是这位女教师，立刻板下脸，问她有何贵干。女教师问他可否告知刘畅被拘留的地方，可否允许她探望。刘畅的父亲把她挡在门外，说谢谢了，他儿子不愿意见到任何外人，尤其是他过去的同学和老师。女教师抱歉着便要离开，刘畅的母亲田淑华喝了一声："让她进来！"女老师被让进门，满客厅的人都像看见一个带瘟疫病毒的人一样，唯恐避之不及。田女士问女教师，是不是她勾引自己的儿子又唆使他犯罪的。女教师不知怎么作答，只说作为刘畅的老师，她对刘畅的行为要负一定的责任。田女士说："负责，怎么负责？！你能代他去住拘留所吗？或者说可以跟他一块儿上法庭吗？假如他被重判你能分走他一半刑吗？被判死刑枪毙的话，你陪杀吗？”女教师说，假如法律能让她分走刘畅一半刑事处罚，她一定会那么做的。田女士先是笑，紧接着就哭起来。哭着哭着，突然揪住女教师的衣服前襟，嘶啦一声扯开，说她倒要看看衣服里裹的是人是妖，是妖精的话非当众撕烂这祸害人的东西不可！刘畅的父亲拉住妻子，一边对女教师说：“还不快走！她什么都说得出口，什么都干得出来。”女教师被撕烂的衣服一角还攥在田女士手里，所以脱不了身，田董事长力气过人，甩开丈夫，给了女教师两个耳光。要不是其他人也上来拉，她会把这场戏剧推到最高潮的。

畅儿，这条新闻是网络写手杜撰的，我并没有去过你家。事实是我给你父亲打电话，向他打听你被关押的具体地址，他一听出是我就开始破口大骂，一直骂了两三分钟。等他歇下来，我才说，我是来给刘畅送书的，诺贝尔文学奖得主勒·克莱齐奥的两本代表作，能否拜托他转交。但我的话没说完，你父亲已经挂了电话。晚上从我爸妈家出来，停在楼下的一辆白色商务车里突然跳下一个人，半天我才认出那是你父亲。你父亲叫我祸水、婊子，让我听好，他儿子说了，永远不想再见到我，他们做家长的更不想让我靠近他们儿子半步。我完全能理解你，也能理解他们。谁的儿子被收押在那里面，生死未卜，他的话都好听不了。他骂骂咧咧的一串句子里，有一句话点拨了我：假如我出现在探监室而引起你的情绪波动，由此影响拘留期间的受审态度，就会影响到将来的量刑。

阴白的路灯光下，我看见你父亲的眼珠充血，眼镜的镜片都不能掩饰他的焦虑和缺觉。他虽然还那么富态，但皮肤上一层浮肿，脸色青黄发亮，像一张蜡脸。畅儿，你老说父亲和母亲不管你，也不真正爱你，即使爱也爱得你浑身难受。可是从你被拘留后，他们把欠你的关爱成百倍地补偿给你了。你真该看看你父亲那张脸！你父亲最后说他以后再看见我靠近你，非打断我的腿。商务车上的人都下来了，似乎表示他们可以让刘审计师的威胁提前兑现。

我对你父亲说：“放心，我一定不会去打扰畅畅。”

正要扭头走开，你父亲说：“你再给我听好喽，我们饶了你，社会和法律也不会饶你，贱货！”

我当时想，骂我点别的吧。教了十几年语文的我在意任何人任何时候的用语，这些被用了太多朝代、用得太旧的脏字，着落过亿万女人身心，屈受和不屈的，现在不加区分地又着落于我，滑稽吗？这让我感到的是对语文的幻灭。

“畅畅要是活下来，他也饶不了你！”

我不说话，也不动。然后我听着商务车愤然驶去。我不知怎么来到飞度旁边，打开车门，坐进车里。我也许坐了很久。知道我想起什么了吗，畅儿？我想到一年前的夏天，你父亲把你送到我家来补课的时候，对我多亲热啊，亲热得像个娘家大哥！还记得暑假前夕的晚会吧？我在晚会上才听说，班里有几个同学要参加中美学生交流团，暑期到美国旅行，你是其中一个。你父亲当晚给我打来电话，让我跟学校的交流中心负责人去抗议，不该打着交流名义赚学生的钱。我马上找到了这个项目的负责老师，替你说明了情况，他答应破例把订金退给你，当然答应得很不痛快。你父亲非常客气地感谢了我，说这笔钱花在畅畅的暑期补习上要值当得多。第二天他送你来我家，发现我是单亲妈妈，马上就半开玩笑说天下男人都瞎了眼，让我这么个女人落单，并担保要给我介绍个好对象。还说要不看我年轻，就让畅畅认我做干妈。你在你父亲后面咧嘴耸肩，向我表示，父亲突然患了话痨，又都是些不靠谱的话，让你无地自容。而我的印象是你父亲很会说话，在最短时间内消除生疏感。你父亲要我给他看好儿子，不准你进游戏厅，不准你多吃冰淇淋，不准你随便花钱，好像我不是畅儿你的班主任和语文老师，而是你的监护人兼保姆。他举了个例子，说畅儿你如何大手大脚，如何败家：十六岁那年跟一帮同学去上海玩，自己的钱花光了，跟同学借高利贷，百分之十五的利息，把高利贷借来的钱也全花光，而且大部分花在借你高利贷的同学们身上，请他们吃饭，请他们玩电子游戏。回到家父母能不还他的高利贷吗？那一次上海观光就花了近两万块钱。听上去他在对我揭短，但话里又透着炫耀：谁家能供得起这么个少爷？没有刘家这样的家庭收入，如此宠爱儿子的父母，想都不要想！

这时候叮咚拉你去看厨房小阳台上的花。你和她一块儿种的大丽菊开出第一朵花了。你父亲问我一个月的补习费是多少。我告诉他你来我家总帮我做事，也帮叮咚做作业，所以给你补习我不收费。你父亲有些意外，说现在还有我这样的雷锋教师，闻所未闻。我们就是否免费补习推让一会儿，我让他放心，我一定会让你在我家勤工俭学，帮我干活儿，也帮我照看叮咚，这不就挣出补习费来了？最后你父亲让步了。

等我送走你父亲，你对我说："夸张！去上海我就借了几百块钱，高利贷也是同学之间玩游戏，开小银行，那一趟我一共花了不到一万块！"

我笑着说："一万块就不是败家子了？五十步笑百步！"

在你父亲把你送到我家来补习的时候，天一已经去了义乌，是去一个远亲家给他的孩子当家教。那位远亲是个小商品制造商，赚了十几年的血汗钱，决心不让孩子再以同样方式赚钱。天一到了义乌的当天就给我发来短信，说他后悔自己贪心，为两千元交出了一个暑假的自由。他还说也许熬不到一个暑假，因为他的学生“孺子不可教也”。我给他发去信息，说教学教学，教人的同时就是学，每教人一课，自己都巩固一次学问，也会对知识发生新的一层理解，我做教师的同时，总是感到做学生的乐趣。

天一在回复中说：“你的鼓励和开导总是那么及时，总是那么到位，这就是为什么全班同学都把你当忏悔神父，把心里话讲给你听。”

我像往常一样，问到天一的失眠。当时在我看来，除了失眠，他别的方面都是过人的，强壮的。对他内心的敏感和脆弱，我太低估了，太掉以轻心了。一天晚上他发信息给我，说那几天怎么也睡不着，烦躁无比。我问为什么，还在为当家教烦心吗？他没有直接回答，只是在凌晨一点多发信息来问，你是不是没跟交流中心组织的旅行团出国。我这才顿悟，他焦虑烦躁的原因有多荒谬。他除了做我的好学生，还暗自做所有接近我的男性的对手。我告诉他说你确实没有出国，因为你父母想让你在高考之前的最后一个暑假强化补习。从那之后，他大概有一周没给我发信息。

因为我家那一周出了件头疼事，让我忽略了天一长达一周的沉默。我这样一个单身女人、单亲妈妈，日子是从来不给我行方便的，总是一件头疼事接着另一件头疼事。

畅儿你还记得吗？一个周五的下午，叮咚的父亲突然来了。那是一身什么打扮？浅粉色的短袖衬衫，要不就是白底浅红细格子的布料让人粗看是浅粉色，米白长裤包着小腹和屁股，发胶确保那一头开始稀疏的头发根根站立，如此我家就登场了这么个超龄奶油小生。当时你正伏在客厅的小餐桌（也是小书桌）上做文言文翻译题，我坐在你右侧，你听见我站起来猛抬头看我——我的起立使椅子腿跟地面擦出尖利声响。其实刚才叮咚去应门的时候，我已经有了不好的预感。等我听到叮咚支吾了一声“爸……”，我就条件反射地要夺路逃走。那几个月里，他时常在叮咚的学校现身，给女儿施点小恩小惠，什么俄罗斯套娃、波兰陶瓷茶杯、保加利亚民间编织之类，那些用来做敲门砖的礼物渐渐堆积在叮咚的寝室。可爱的小物件总是让小姑娘高兴，所以我没有过分干扰他们父女来往，但一份恐惧渐渐在我心底聚集：那个男人说不定也会突然在我家现身。就好比明知门锁是坏的，一时修不好，说不准哪天就会溜进个祸害来，因此时时设防，但又明知防不胜防。等祸害以粉红衬衫米白裤子的形象冒出时，我才发现设防错了，时间错了，心态错了，什么都错了，人家串亲戚一样热热闹闹地进了客厅，自己找个舒适的位子坐下来，把我这个主人弄成了客人。

我当时的脸色大概是对他最好的人物简介。我真的恨不得做客人，赶紧告辞走掉。带着你和叮咚，一走了之，让那个不拿自己当外人的男人歇够了，没趣了，也只好离开。我和女儿一穷二白，他要看上什么尽管动手。但我不能让出自己的大本营，还有就是顾及到叮咚。对十一岁的她，我总觉得歉疚。那么优秀的孩子，凭什么没有父亲？凭什么没有一个父母双全的完整家庭？叮咚可怜巴巴地看着我，意思是，这个人好歹给了我另一半，看在我另一半的面子上，别轰他出去。你看看我，又看看我前夫，我没有给你介绍他的名字。他叫刘新泉，碰巧或不碰巧，你们同姓。刘新泉进一步拿自己不当外人，问你：“你是谁呀？”叮咚赶紧回答：“他叫刘畅，是妈妈的学生，来补习的。”我这时才恢复正常思维，问他怎么不通知一声就来了。他嬉皮笑脸，说手机换了，没有存我的电话。他又是一副当家的样子对你说：“好啦，小同学，今天早点下课，啊！”

我清楚地记得他说出的每一个字，因为每一个字都让我如鲠在喉。他不知道我忍耐是为了叮咚，也是为了给他体面。畅儿，你看出了我的忍耐有多痛苦，也看出我此刻的无助和懦弱。你磨蹭着收拾书和作业本，眼睛不断打量我，意思是只要我一开口留你，你就不走。我叫你和叮咚到她的小屋继续做文言文翻译题。你明白了我的意思，动作快起来，抱着书本和叮咚离开了客厅。

跟刘新泉几乎是立刻谈崩的。等你和叮咚出去，他就从提包里掏出一个牛皮纸袋，打开封口，抽出三沓钞票来。那样子是一直瞄准什么货物想买，终于凑齐了钱，扬眉吐气地把钱拍在柜台上，看，老子买得起吧！我问他是什么意思，他说他跟东欧人、非洲人做了好多年小生意，现在在投资大生意，投资非洲的石油开采！我说跟我有一毛钱的关系吗？他说他跟那个东欧女人已经离婚了，因为他从来不爱她，一点也不爱她；此生他只爱我一个女人。他是来跟我求婚的，求复婚的。我成了个旧时村姑，他拿着厚厚一沓钞票做彩礼自己保媒来了。我好悲哀。跟我相爱过并有过一段姻缘的男人，对我如此一无所知。我叫他把钱收起来。他说钱是我的，我自己可以收起来。我说倒买倒卖假耐克假阿迪达斯蒙骗非洲人民也很辛苦，据说有几次非洲人民受够了中国倒爷的假名牌，烧了中国商人的货柜，所以别拿着钱在这里大方。他笑笑说，对所有创业者，都别问他们第一桶金是怎么淘的。我又问他，离开了东欧女人后，他又经历了多少个不爱的女人？假如我答应复婚，他还有多少个不爱的女人等在前面？等他用五六年甚至七八年来发现他原来不爱她们，跟她们生下一个个无辜的孩子来发现他一点也不爱她们？我把钞票装回牛皮纸袋，让他拿起来走路，接着再去勾引他不爱的女人。他不肯接过我塞回去的钱，挺吓人地跪了下来，说他对不起我，错了，一定好好改。我眼泪流了出来。不完全是给恶心出来的眼泪，还是受了侮辱的眼泪。他居然以为，拿着不三不四的钱就能随便进入我家，招呼都不用打。他坚决不收回他的脏钱，我的动作更狠了，几乎跟他在打架。就像几年前，他跟踪我到琵琶街口的市场，硬要塞给我一包邵店板栗，说是要跟我“找个僻静地方边吃边聊”。他以为我那么贱，一包板栗就能买下我的工夫，让我咽下他一席谎话。这回他把我抬了价：拍出来的几沓钞票都可以买下个板栗摊子了。他看我哭了，误会我是心软了，旧情到底是旧情，再坚定的女人哄到最后都会稀里糊涂和解的。他突然一伸手臂，把我搂紧。我踢打挣扎，他都以为我在撒娇，半推半就。

你就是在这个时候推开门的，我的畅儿。你胳膊里夹着书本，什么也没有说，低着头走过来，突然瞪着刘新泉，操起了地上的小板凳。刘新泉赶紧放开我去护他的脑瓜。小板凳并没有砸过来，因此他护脑瓜的动作定格了一刹那，既狼狈又傻的一个反派定格。你把小板凳往地板上使劲一顿，坐在了上面，又挪了几步，挪到茶几前，把书本放在茶几上，身体将就茶几的高度俯下继续做作业，就这样你把补习场地从叮咚房间又搬回了客厅。叮咚也来了，担心地看看我，又看看她父亲。对她来说，只要父母同时在她面前出现，大部分时间是这样的场景：一个哭泣，一个叹息，或者一个发怒另一个也发怒。刘新泉说：“小孩子都出去！”你不作声，表示你就是来插一杠子的，插定了。“叮咚你带他出去！”刘新泉还在过男主人的瘾，指手画脚。叮咚上来拉你，你僵着手臂。

叮咚小声说：“走啊，我们出去嘛！”

我突然说：“刘畅，你不要走！”

我好像是在求助你。现在我已经记乱了，我当时是不是真的让你护卫我，真的让一个十七岁多的男孩给我做主。我大概怕你和叮咚走了，刘新泉会恼羞成怒，打人砸东西或者干出比打砸更可怕的事来。

刘新泉掏出烟来点火。我讨厌任何人在我家放肆，抽烟不征求主人的意见。一看就明白这是个一世都离不开烟、酒、女人的人。钻营和钻空子让他离不开这些低级安慰和刺激。我大声说：“我家不允许抽烟！”他看看我，照样抽。我走到他面前，再一次说：“抽烟就立刻出去！”

刘新泉笑着说：“叮咚你听见了吧？要是爸爸不抽烟，就可以留下了。”他转过来看着我说：“那我就戒烟喽？”

我当时怎么说的？我不记得了。我只记得我拎着包下楼梯，楼梯很暗，一个个台阶又不是完全等距离，几乎把我绊倒。我的意思是让刘新泉自己看看，好不好意思待在人家家里，人家恶心得宁可把家让出给他，他还待得下去不。我在二楼到一楼的那组楼梯被刘新泉追上了。大概居民们都在午睡——二中的教职员工终于累到了学生们放暑假，长长的午睡就是他们的奢靡。所以家家户户都很安静，楼梯从六楼到一楼空旷得起回音。他追上我，把我抱住，烟臭的嘴硬贴上来。我怕吵醒邻居丢人，一声不吭地挣扎，也许我的鞋跟踢疼了他，他把我推倒在地上，甩起皮鞋就踢。你能信他曾经也是个文人吗？他曾经也给我跩过拜伦、雪莱，也用七颠八倒的文言文给我写过情书吗？你是想不到的。你从楼上奔下来，叮咚跟在五六米之后，哭哭啼啼。对于我的女儿，这无疑是世界末日。真为难了我十一岁的孩子，一个可憎的父亲，可毕竟是父亲，父母相残，受伤最重的是她。你并没有去还击刘新泉，而是先抱起我，查看我是不是被伤着了。你看见我捂住小腹，看见我的米黄连衣裙前摆上留着男人的脏鞋印，突然转身，似乎要去抓刘新泉，但在你转身的刹那他已经蹿到楼梯下。楼梯的门口框着一个盛夏的下午，逆着强光他是个黑极了的影子，刚才伤害别人倒把他累着了，他大幅度喘息，喘得全身一沉一浮。抽烟，喝酒，跟无数不爱的女人闹情爱，掏空了他。你轻声问我要紧不要紧，又对叮咚说，照顾好妈妈，就朝一楼追去。结果发生了什么？刘新泉在你刚转身时就拔腿跑了，是吓跑的。

回到家我在卫生间洗了脸，梳理了头发，但还是不愿意出来。这一面的我实在不堪，跟课堂上教你们爱中国文字和语言美的丁老师太不一样了。这个被烟臭的嘴贴过的被肮脏的脑子惦记的女人简直是那个丁老师的阴影，一团扭曲暗淡的影子。你不放心了，轻轻敲了敲卫生间的门，问我："没事吧？开开门……倒了一杯冰橙汁……"现在回想起来，有很长一个阶段你在私下里不叫我丁老师，也不敢用手机里的称呼"心儿"，你把称呼含混掉，直接说事情本身。滑稽的是我天天教你们"主谓宾"，教你们"代词、介词、连词"，可在那段时间，你跟我说话常常没有主语和宾语。我开了门走出卫生间，你和叮咚担心地看着我，又互相看看。你们两个人年龄相差六岁，却是一模一样的无邪无辜。我叫你回家，向你道歉，补习补成这样，真对不起你。你非常知趣，把书本整理好就离开了。晚上你发来短信，说自己父母都有饭局，想问我和叮咚愿不愿意一块儿吃晚饭，就在离我家不远的"半亩园"。我说还是去我父母家吃冷面吧。在父母家我收到刘新泉的短信，说今天的事全都怪他，他操之过急，希望我的气消了以后好好考虑他的复婚提议，他还会再来看我和叮咚。我明白他是会再来的。假如复婚谈判彻底谈崩，他怎么可能白掏三万块钱呢？就是为三万块钱他也会再来找我。万一我不如他了解的那么硬气，那么高贵，赖下那三万块，他也要从别的方面捞点本回去，以他油嘴滑舌的“爱”，加上那笔对我来说数目巨大的钱，他不信他一点本都捞不回。我后悔当时忘了把钱从楼上给他扔下去，现在好了，给他留下了个重要事由需要收尾。

这就是天一毫无音信的那一周发生的事。

我带着你和叮咚从父母家离开的时候，天一发来短信，说对不起，他不该跟我生气。我又吃惊又懵懂：原来他在跟我生气？什么原因？我怎么不知道？此刻他为生气反省，那么就是跟我和解，原谅我了。从我惹他生气到被他原谅，整个过程我都是浑然无知。无论如何，和解就好，我不想追究让他赌气又让他原谅的始末。我打开车门，坐到方向盘前，脑子里想的是刘新泉再回来我该怎么办，所以我没有回复天一的短信。毕竟那么多的事让我头疼啊。他在亲戚家所有的不顺心是我后来知道的：他的远房表叔需要家教不假，但真正需要的是一个看管他孩子的孩子王。天一每天十四小时看管那四个超生的孩子，原以为他们的父母生意太忙，结果他们日夜忙在麻将桌上。他跟我赌气的原因，我也是后来知道的。原因出于他的臆想：我鼓励他去义乌打工挣钱，是为了让你跟我贴身补习。他在情绪失控时把这叫做“喜新厌旧，移情别恋”。

他刚跟我和解，又来一条短信，告诉我那短信是他在七天前生我气的时候写的，因为当时太悲哀太怨恨没有发给我，存进了草稿文档。短信说：“再过十年，二十年，三十年，当你老了，容颜早已衰败，那时候你就会知道真正爱你的是谁。那时也只有一个人还像现在这样爱你。记着我今天说的话吧。”落款也有种令人惊悚的遗言感：“天下唯一最爱你的人。”就这样，我这个无辜获罪的人，又被无故开释。

我从父母家一路开车到宿舍楼下，才发现错了，因为该先送你回家的。

畅儿，你当时脑子也在开小差，没提醒我把车先开到你家。我们是下了车才发现行车路线的错误。一个邻居从楼里出来，说天刚黑的时候来了个中年男人找我，在楼下抽了两根烟，好像在等我。她告诉我中年男人的个头和胖瘦，不用听她说完我就知道狼又来了。他消费了所有不爱的女人之后，非要到我这里来抓紧时间浪子回头，比当年热恋追得还紧。而这个浪子忘了几小时前还踢过我几脚，那双在几大洲踏过黑道白道的脚在我裙子上留的鞋印还在盆里，没来得及洗。我问女邻居，那人什么时候走的。回答说没看见他什么时候走的，天黑之后就不见了。我前后左右扫视一眼，搜索他伏击的方位似的。你看出了我的恐惧。我的确恐惧，万一刘新泉这些年学了什么高明手艺，把我的门锁弄开，此刻正坐在我的客厅里，噩梦将正式开始。你说你要送我进门。我身不由己地让你陪伴我上了楼。打开锁，又开了灯，我站在门口再一次扫视，好像这个家需要重新辨认，每个角落都可能掩藏那个不速之客，每件家具都可能背叛我，成为他打砸我这个家的武器。家似乎还是我和叮咚的家，还是我走前的样子，但又似乎每件东西都不再那么无辜，不再那么可信，或许干脆说，这个家多多少少失去了贞操，被浪荡的目光亵渎过。

“你害怕吗？”你问我。

我心神不宁地笑笑。

然后我一面走进客厅，一面嘱咐叮咚去开热水器烧水，抓紧时间洗澡睡觉。你打开我家唯一的空调，转过身对我说：“要不要我在这里陪你们？”

“我那么没用？还要你一个孩子陪？”我说。

其实你看出我口是心非，看出就你这样一个十七岁的男孩，我都用来为自己壮胆撑腰，你那还有大量成长空间的身体，已经被我看成靠山。

叮咚小脸木木的，她也在怕。天下孩子头一怕就是怕父母恶语相向，她十一岁的心里，家破比国亡的灾难还大，大得多。

我的怕要复杂得多，复杂得难以启齿，它包括怕自己。其实主要是怕我自己。我恨刘新泉，假如说和平时代的我有一个具体敌人，就是穿着粉色衬衫公然在我的禁烟区抽烟的男人。他来和我和解，而我们之间早过了和解的点，过了两股道岔可以被扳成一股道的点，连站都早过了。但是这恨毕竟始于爱，可以说这恨就是被伤得血肉模糊的爱，是撕破了皮肉拽出一堆丑陋下水的爱，是爱的尸体。想到在楼梯上他贴上来的嘴唇，那个烟熏火燎的亲吻被他强按在我的嘴唇上，他几乎成功了，只要我稍微被动一点，稍微再堕落一点，他就全盘成功。偶然的破碎梦境里，一对二十出头的男女那么快乐，醒来会错愕很久，那对年轻男女竟然是我和刘新泉，他在我心里竟然没有死透。会暂时复活吗？我不知道。在我心里走向两极的爱和恨会转化吗？我也不知道。或者它们会同时放弃，就让肉体做它的生物选择？我更不知道。我不知道自己的肉体在那一瞬间会做出什么样的生物选择，可能它顺遂爱的激情，也可能反之，被恨的激情支配，去反攻，去杀伤。肉体的两个选择都不会美好。

但我怎么可能告诉你这些，我的畅儿，这么复杂的怕，复杂的爱和恨我怎么能指望你懂？你的心地就是我童年的盛夏，远在污染和雾霾发生之前，那时的盛夏要么是阳光要么是阴凉，不容灰色地带。

就在这时，天一又一条短信到达了："还不理我吗？我承认我妒忌了，但是妒忌的起点总是爱。"

可不是吗？很多不美好的事物起点都是爱。连我对刘新泉的恨最初都是出于爱。他拿着三万块找上门，忍受我的冷脸和白眼，也自认为出于爱。

我这儿都出了敌我、生死大矛盾了，天一还在那儿没完没了地娇情芝麻绿豆的人民内部小矛盾。我还是顾不上搭理他。我当时要顾及一下他的心情就好了。可是我并不是所有时候都可以做老师，不是所有时候都是老练、成熟、有担当的丁老师。天一不知道他短信到达时我正在你面前做不知所措的小女人，丢尽了那个班主任丁佳心的脸。

畅儿问我是谁来的短信。我说是一个朋友。我不想告诉你实话。够乱了，别扯出更多头绪来。你不放心地看着我。我笑了下说，真的不是叮咚父亲的短信。我说不早了，开车送你回家吧。

你坚持要自己打车回家。我问你身上有零钱没有，你说有。走到门口，你拧动几下门锁，告诉我明天就带一个更结实的锁来给我装上。你的样子大概就是你们这代人所崇尚的酷，完全像个小大人，可又是那么纯洁的小大人，没有大人的浑浊，腐败。成年人的年岁把污泥和智慧一块儿积淀，光要智慧行吗？不行，那是套餐，必须连污泥一盘子端走。我刹那间恨自己为什么是个成年人，积淀了几十年污糟的爱和恨；我恨不得自己年轻二十岁，什么都能干净起来，开始一场单纯干净的恋爱。假如上天能许我这一愿，我会爱这天晚上的你，畅儿。我把你送到门外，你嘱咐我锁好门，又在门外检查一番，才跟我说“明天见”！

我回到客厅，看见那三万块钱原封不动地放在桌上，才确信家还是原先的家，那个沾过无数女色的人没有闯进来，玷污我和叮咚的小天地。

[十六]

网上新闻——

被告人的父母派律师跟受害人父母谈判

本省收费最高的刑事诉讼律师沈旭接受了刘畅父母的聘用，接替原先的被告方律师作为刘畅的死刑上诉律师，正式接手了刘畅杀人案。刘畅的母亲田淑华和父亲刘敬文本周五下午跟邵天一的父母邵树稳先生、董素芳女士见了面，据说是向受害人全家当面道歉。沈旭律师是省里胜诉率最高的刑事诉讼律师，外号“神律师”，有张把死人说活活人说死的铁嘴，打赢官司的比率在百分之九十以上。谈判的主要内容是围绕刘畅在狱中的道歉录音和刘家对邵家的经济补偿。沈律师先把录音为邵家夫妇播放了一遍，听到刘畅在录音中泣不成声的道歉，董素芳女士和田淑华女士都不禁唏嘘。刘畅在道歉中说自己愿意以命抵命来补偿自己给邵家夫妇带来的痛苦和损失，表示了他对同学邵天一的深深内疚，也表示只要能活着走出监狱，一定替邵天一尽孝道，孝敬两位老人直到最后。道歉最终被过于猛烈的抽泣打断。刘畅的父母刘敬文先生和田淑华女士向邵家夫妇表示，一定以最大限度的经济补偿来弥补邵家夫妇痛失爱子的损失。沈律师此刻提醒道："让刘畅执行死刑，邵天一能回来吗？要是能让他回来，可以做这样的交换，一命抵一命，但是回不来呀！那才是真正的两败俱伤。一个年轻人走了，再送走一个，前面走的那个也回不来，不如接受一笔赔偿金，让那笔钱代你们的儿子照应一下你们的晚年，就算刘畅跟天一一块儿在你们晚年孝敬你们，不是最好的解决办法吗？"此刻沈律师提出赔偿金额：一百八十万。听到这个数字，邵家夫妇惊呆了。沈律师说，田董事长打算把自家的豪华公寓出售，换一套小一半的商住房，只要二位愿意接受道歉和经济补偿。接下去的谈判，邵家夫妇一直心神不宁地沉默着。刘家夫妇告辞之后，沈律师单独留下来，请邵家夫妇认真考虑刘家的诚意和积极的提案。董素芳女士突然问丈夫："一百八十万是多少钱？"邵先生想了一下回答道："隔壁新星小区的两居室，可以买两套，就看朝向和楼层。"董女士显得更加震惊："两套房子？！"然后她自言自语："要那么多房子干什么？"沈律师说："有那么多钱，我建议你们搬到市中心去，买一套高层楼盘的豪华房。"董女士马上说："我不喜欢住那么高！我给人家做钟点工的时候，一上那么高的楼就头晕！心慌！"邵先生说："那就不买高楼，买别墅。再往西一点，那个别墅区刚开盘……"董女士垂下头，好像仍然在消化那个大数字，又好像进入了设想和盘算。

沈律师说："这就是用积极态度来对待悲剧事件。悲剧已经发生了，你们两家都在受恶果的折磨。从恶果里争取积极的因素，从恶果里争取利益，才是聪明的。意气用事是年轻人干的傻事。就是意气用事导致了这个悲剧啊！”

沈律师离开后，到了第三天还没听到回音，便又一次跟田董事长来到邵家。沈律师替田董事长开了口，说上次提出的经济补偿钱数不是一口价，还有还价商量余地，假如邵大哥和大嫂同意这个补偿方案，不妨出一个价钱，供双方进一步谈判。

邵先生说：“我们没有这方面的经验，钱数说多说少都不合适。”

沈律师给了个建议，干脆凑成整数，两百万。董女士停止了哭泣，又一次被如此之大的钱数震动了。沈律师告诉他们，上诉期一天天在过去，时间对双方都很紧迫，所以今天一定要把补偿方案定下来。

沈律师看看田女士，大概看到指令，从脚下的皮包里拿出一个报纸包，剥开报纸，露出里面一万一沓的钞票，十沓捆成一捆。钞票那特有的气味散发出来，有一点金属腥气，还有一点类似人的脑油气味。他进一步压低嗓音，像是在跟对立的一方合谋：“这二十万，先解决二位的燃眉之急，比如付买房首付什么的……”

董女士和邵先生都是一阵头晕眼花的样子。他们一生花费了的和将要花费的加在一起，也堆不起这么一座钞票的小山。常说的“不见棺材不落泪”，口中讨论天文数字没用，对于董女士来说那些数字大得太抽象，产生不了概念，而这一堆具体的、有体积的、带金属和人油味的现钞震慑力太大了。慌乱出现在董女士和邵先生的眼睛里。二十万就堆起这么一座钱山，那么二百万呢？那真的就是一座够他们吃一辈子的金山，坐吃也吃不空的山……一个具体的儿子化作了灰烬，一座具体的有体积有分量的钱山堆积起来。董女士伺候过隔壁小区里有钱人家的老人，他们儿女的钱买了她的尽心和孝顺。有了钱位置可以颠倒过来，她便在被伺候被孝顺的地位上了。

“听说你们旁边的小区还要再扩建，房价年年上涨，别错过购房时机。”沈律师提醒道。

董女士说：“我们不买房。”

沈律师问：“那大嫂您要什么呢？”

董女士慢慢地摇摇头。这一摇就停不下来了，一直是慢慢地摇，摇，眼泪被摇得横飞。

董女士喑哑地说：“什么都不要，只要一样东西……”

田女士和沈律师都看着她，样子似乎在说，你看，来了吧，总算要狮子大开口了，田董事长出血割肉的时候到了。

就连邵先生都朝老伴眨巴着眼，她终于开窍了，要吐口一个大价钱了。

“我要你儿子偿命。”她把偿命两个字咬碎了，再吐出来。

就像听见巫婆一句最恶毒的咒语似的，所有人都给咒到了，全呆了。

“我们日子好过得很，除了缺儿子什么都不缺。你儿子是十月怀胎娘养的，我儿子也是十月怀胎娘养的。你儿子过有钱日子长到十八岁，我儿子生到这个穷家破舍，也是一口奶一口粥喂大，也长到堂堂十八岁，为什么天瞎眼就让我没了儿子？天瞎了眼，法官法场不瞎眼，我就要你儿子去顶我儿子，一根头发丝顶一根头发丝，一对眼珠子顶一对眼珠子，一颗牙都不能少顶。”

从窗缝偷窥的邻居告诉笔者以下情景：田董事长看着面前的穷女人，撑着桌角站起来，走到墙壁上挂着的放大照片前。遗像中少年的眼睛是精彩的，取之于父亲，但父亲是没有那份睿智的。田董事长在遗像前站了很久，似乎在想，不久就要她儿子那双更精彩的眼睛去顶。遗像中的少年嘴唇略向里收拢，欲语又止，一个寡言的少年，而她自己儿子的嘴里不是口哨就是流行歌，笑起来两个小虎牙，人家刚才说了，一颗牙都不能少顶。田董事长扶了扶沉重的大墨镜，但墨镜还是在流泪的鼻梁上打滑，她只能一再把墨镜往上扶。到底每天场面出场面进的女人，到此刻仍然不失态，向邵家夫妇略微点头，草草告辞。

沈律师也跟着站起身告辞，在门口回头说："真遗憾。一根头发丝顶一根头发丝，你这不是便宜了那个女老师吗？这两个孩子都是让她害了的，该让她抵命才公道啊！"

董女士说："你放心，该谁顶谁顶，法眼睁着呢。"

[十七]

此刻的他看着自己生长、生活了十八岁的地方。第二排平房，第五个门，他从蹒跚学步，到生命的最后一天，不知进出了多少次。他嫌弃过这里，他死了之后还是嫌弃这里。他知道这不对，但他没办法。

他活着，他死了，都改变不了他对这地方的鄙视。这里的人是没有任何大主题的，大事是不会让他们争吵的，只有芝麻绿豆的小事才让他们分泌亢奋激素。那排公用水龙头上安着各式各样的锁，各家必须带着钥匙打开各家的水龙头用水。某日某家上了锁的水龙头仍然漏下一滴滴水珠，某人某晚在那龙头下偷偷放了个盆，把漏出的水珠接住，第二天清早白得一盆免费的水，这就是他们爆发战争的缘由。所有人的俭省不是美德，而是艺术，几点去菜场买菜最便宜，几乎白捡，几点到粮店买馒头可以半价，都有精确的时间表，但他们省下的钱可以在麻将桌上一晚上输光。

现在他流连在这个人间烟火气很重的地方。各家都吃过晚餐了，空气里还留着烹饪晚餐的气味，烹炸炖炒的气味成了这里的大气层，因为各家都尽可能地占领不属于自家的领土，简易厨房都搭在公共场地，漏风的墙壁和屋顶使各家饭菜的气味相互串门，热烈聚餐。患老年支气管炎的王婆婆、李老爹也得呼吸这辛辣的油腻腻的氧气。

这些简易居民区是当年全国闹地震留下的文物。几百个居民共有一个梦想：哪天来个亿万富翁大开发商，把这片穷地方买下，到时他们一定狠狠敲一笔，那就发大财了。也许他们选举的代表敲得太狠，这些年所有开发商都被吓跑了。在他们还在不停涨价的同时，一年年继续生活在这里。这里越来越像文物。

他母亲对此是有直觉认识的。她常说假如他考不上大学，也会像这里人的后代一样到停车场看车，到超市卸货上货，到旅店或者办公楼的中控室看监视屏。母亲对他的作业不懂，只懂分数，他的分数好坏支配母亲的悲喜。平时母亲把他这个儿子供奉着，吃的穿的用的，富家子弟有的，她尽量让他不缺。母亲唯一跟他动怒的几次是他拿了不太好的分数回家。一次他在网吧里泡了近十小时，回到家，母亲动怒了。素来忍气吞声的母亲动起怒来连父亲都怕，让你明白乡野女人世世代代积累的怨愤原来那么深，爆发力那么强，那爆发力可以让她们投河跳井。他看到母亲变成母兽就那么几回，但足够他恐惧很久。假如说他失眠是因为压力，那么压力的一部分来自母亲，来自母亲那句话：“考不上你跟老隋家的老大一样去摆摊算卦吗？跟老赵家的三子一样开洗脚房吗？要么跟吴金华那一伙去当二流子吗？实话告诉你，他们还有一身混社会的本事，不是什么好本事，可惜你连那点坏本事都没有！”

他把这个居民点当一块丑陋的疤痢，尽量长时间地掩藏，对心儿，对杨晴，对所有同学，尽量地掩藏。刘畅找到这里的时候，他羞恼得呆住了。刘畅是第一次也是最后一次在他的成长环境里见到他。他们最后的对话只有他保留着最真实的版本。随着他肉体的消亡，这版本也就消亡了。小杀手当时太热血沸腾，脑筋完全白热化，事后给警方出尔反尔的供状全是根据他破碎的记忆整编的。真实的版本只有一个，只能有一个，可惜他无法将它昭示于人了。真实版本也许对那个小杀手有利。也许。

他生命的最后四个星期发生了什么，也只有他知道，心儿只知道部分。其实是他先拿起刀的，只不过刀的指向是他自己。他那胸大肌完美的胸口在他被杀之前，就留下了自杀的疤痕，只不过是自杀未遂，是演出的自杀，但还是留下了疤痕。因为他挥刀的时候受到了阻力，他被心儿抱住了，所以刀只划破了衣服，在皮肤上留了道浅伤。他杀的刀尖落下时，那些浅痕已经脱痂，居然逃过了法医的眼睛。法医怎么可能摸索出他迷乱的心路？自从他和心儿之间发生了那件神圣大事，他的心路对他自己都成了迷津。那件神圣大事被人说起来就是一语带过的“做爱”。他恨这个舶来词，不会爱的人才需要做。他和心儿在那些把爱做出来的人嘴里，也就是这么回事：“他和她做过爱。”就在他俩“做过爱”之后，他被她甩掉了，抛弃了。人们就这么个素质，指望他们怎么评说他和她呢？

他不能忍受的是，“做过爱”的心儿对他正常得不能再正常，彻底还原了初始的丁老师。他终于受不了了。他变成暗探就在那几天。他找借口到教务主任办公室，到副校长办公室，从教师出勤表上探听丁佳心老师所有的课程安排，所有的值班时间，又假装别人的声音从心儿父母家得知她是否去吃晚饭或度周日，再到叮咚学校去打探她和女儿的见面、外出安排，然后去旁敲侧击，一旦发现心儿所说的去向跟他探听的不符，他就那么瞪着她，委屈，嫌恶，怨怒，都在他默默的瞪视中。有一次他说："跟刘畅在一起一定比跟我快活，对吧？"

他把"快活"二字说得带画外音似的。

她打量他一眼，低声地却恶狠狠地说："你怎么这么说话？"

"我怎么说话了？"

"你明白你怎么说话。"

他忍住心里的疼痛，装出一个痞笑："没什么呀！老师对学生就不能有新欢旧识了？"他知道他很不适合这个痞笑。他不像刘畅，扮酷扮俏都合宜。让他穿刘畅的衣服肯定很喜剧。

她丢下他快步向停车场走去。晚自习已经下课十几分钟了，住校的同学正往宿舍走，相互打闹追逐。他们还会玩闹，还有笑声。高考倒计时的第四个星期，做了一整天书呆子的同学们的玩闹天性又回来了，这让很少停留在夜晚校园的他纳闷，他不知道自己是否已经丧失了玩闹的能力。他看见一群同学又是那样众星捧月地围着心儿，问这问那，争相取宠。刘畅也在人群里。刘畅今晚又住在他的校园小客栈了？

心儿上了车，刘畅跑到车边上和她说了些什么。说什么呢？话说完，意思还没完，刘畅走到十多米之外又回过头，但飞度已经开出停车场。

飞度朝他开来。他突然决定拦住它。他站到了路上，搭顺路车似的。路灯下的飞度一身灰尘，被弃在繁忙的荒野多日了。心儿的心太忙，没了飞度的位置。飞度停下来，他走上去，副驾驶一边的门是锁着的，可她并不像以往那样预先打开车门的锁。他敲了敲车窗，至少三秒钟过去，她才决定放他上车。

“你去哪里？”她问，似乎怕他搭错车。

他的回答是紧紧搂住她。

她说：“让我先把车开出去。”

开出学校，开到人们的视野外面去。

飞度在校门外稍加犹豫，选择了向左转。向左转是送他回家。他就那样把头靠在她的肩上，嗅着她的气息，只有心儿才会绽放的气息，一路无话。车终于停了，新星小区的高楼上已经灯火阑珊。他再次张开双臂把她搂住。她的手离开方向盘，也慢慢抱住他。她多么娇小，真正的一个小母亲。他的肩膀宽厚得令他尴尬，几乎从她怀抱里漕出去。他还感到自己的强壮，太强壮了，强壮得发臭。她柔软的手心摸着他草碴般的板刷头。

“带我走。”他吹耳边风那样说。

她不回答，也不动。

“带我去你家。”

“……不行。”

“只能带他回家吗？”

“不许你这么说。”

“昨天他去你家了……”

“你怎么变得这么可怕？”她放开胳膊。

他更紧地抱住她，抱着救生圈一样不撒手。他压抑自己的抽泣，以及哽咽的颤抖。

“怎么了？”她问。

“九天没睡觉了。吃药也没用。”

这句话让她转过身，又伸出手臂，将他搂进怀里。

“我这样肯定熬不到高考的。”

她的手臂都是疼爱，搂得更紧。

“天一，再咬咬牙，还有四个礼拜了。等你熬过去，这辈子就没有你熬不过去的事了。我们都撑到现在了，一定能撑到底。”

他的脸转过来，嘴唇微微噘起，她却躲着他。他的嘴唇撅得更高，事后想自己的样子是很搞笑的，那样子与其说是求一个亲吻，不如说是求一口乳汁。她主动起来，把他的脸捧起，亲吻了一下他的额头，又亲吻一下他的头发。她长久地看着他。那一眼令他迷乱。他的手掌捧住了她身上最柔软的部位，满满一捧。但她把他的手推开了。然后她把自己那一边的车门打开，跳下车，绕到他这边，为他拉开车门，说是送客或逐客都行。

他躺在床上想，有可言而不可为者，有可为而不可言者。可为时可言的果真就不可言了。只有给她发短信时才可言：“等着我，我现在对天发誓，此生非你莫娶。记住，你是我此生唯一的女人。过去，现在，将来，我只有你一个。”

那天他居然忘了吃安眠药，居然体验几年来少有的无药睡眠。心儿说：“我们都撑到现在了，一定能撑到底！”她和他是“我们”，她陪他撑一艘逆风的船，从清醒的此岸摆渡到安眠的彼岸。那一夜的睡眠是心儿给的，心儿是灵丹妙药。

离高考还有四周零一日，那个周六，他收到心儿的短信，说原来计划的和他一块儿在父母家晚餐取消了，因为出了点急事。他问什么急事。她模棱两可地说跟叮咚父亲有关。

他找不到足够的证据打消他的狐疑。晚上八点半，他骑自行车来到那座六层宿舍楼的楼下。她家只有一个窗口亮着浅粉色的光，据他对她家的了解，那是叮咚床边的小台灯。他跑上三楼，敲了敲门，叮咚并不应门，但他听到小姑娘轻轻的脚步声从她卧室来到了大门口。他对小姑娘说："叮咚，是我！"

小姑娘马上辨认出他的声音："邵大哥吗？等一等啊！"

也许她回去穿衣服，也许因为别的理由，总之她让他等了足有五分钟。门开了。叮咚微笑一下，但心事很重。她披着薄棉被，被子下露出典型的小女孩的腿，细得可笑。显然她让他等待的五分钟没有用在着装上。他其实有她家钥匙的，但他觉得家里有人的时候不该擅自用它开门，那样的话有点滥用信任，也比较缺乏教养。

"你妈妈呢？"

"不在家……"

他不需要她用显而易见的事实做答案。她不会花五分钟把妈妈藏起来吧？他马上觉得自己的多疑已超出了常理。

"她去哪里了？怎么把你一个人留在家里？"

"我爸爸来了，要跟我妈谈事……"

"那你怎么不去？"

"我妈怕我看见他们吵架。"

"你知道他们在哪里（谈事或者吵架）？"

"可能在云龙湖公园。"

他发了一会儿呆，心里忽忽悠悠地想着，这么晚了，吵起来连个劝架的都没有。打起架来心儿连个帮手都没有。

"他俩经常吵？"

"不经常，见了面就吵。"

他看着小姑娘，将来他会好好待她的，待她特别特别地好。他会跟她玩闹，也会帮她做作业，还给她洗衣做饭，带她逛街下馆子，总之这个缺失了父爱总是孤孤单单的小姑娘会一举两得地有个哥哥和年轻继父……

小姑娘突然问他："你怎么了，邵大哥，哭了？"

是吗？他眼里有泪？他带着泪笑了，满心酸苦的甜蜜。小姑娘啊小姑娘，你以后就不能再叫"邵大哥"了。

"我妈说她马上就回来。"

他这么大个子，小姑娘却用这话来安慰他，好像在哄他："好了，别哭了，妈妈要回来了，啊？"

"她什么时候说了马上回来？"

"刚才我给她打手机，她没接电话。后来我又打，是畅哥哥接的，说我妈在开车。"

他的脑壳里"嗡"地一声，灯光都暗淡了。原来刘畅在这对前夫妇之间打圆场或者充当灯泡。原来心儿不缺帮手替她打架。原来刘畅比他邵天一更进一步介入了她的私人生活。原来这小姑娘已经一举两得地有了个大哥兼小继父。幸福的多角家庭在他的不知不觉中建设起来，也许就是去年暑假他去义乌表叔家当男保姆的一个半月里。难怪小姑娘花了五分钟才得到应允放他进门。对于人家的幸福多角关系，他成了外人、多余者，不受欢迎。他每年在重要节日前都帮着擦洗的门上，就差对他贴上"非请莫入"的告示了。

"那你怎么跟刘畅说的？"

"我问他们什么时候回来，我一个人害怕，睡不着。"

小姑娘并没有提及他的到来。长期在混乱的人物和戏剧中串场，小小年纪她已经会随机应变。他不知该可怜她还是感激她。叮咚鬼机灵地瞥他一眼，又瞥他一眼。她是不是怕他进一步问什么？那么他会问什么？假如他开口，头一个提问就该是：刘畅什么时候跟你妈打得这么火热，管起你父母陈年感情账来了？或者：我知道去年夏天他跟你妈的关系突飞猛进，趁我到浙江打工一个半月鸠占鹊巢了。或者：他到底在你家是什么角色？是不是你临时的小继父？但他什么也没有问。他紧抿着他高贵的嘴唇。他的唇舌是朗诵诗歌的，内心也是诞生诗歌的，绝不能发出这种不高贵的语言。这种市井小人的语言他很熟，在他家的左邻右舍中永久流行，因此他更要对它们进行永久防疫。

他要叮咚赶紧上床，别受凉，早点睡。管人家欢迎不欢迎，他这会儿是真心疼小姑娘的。他成年人的口气使小姑娘马上服帖，回到自己的卧室，他想替她掩上门，她说不要关门，她跟妈妈在夜间都是相互敞开门睡的，就像睡在同一个房间里。他退回到客厅，打开电视，把音量调到最低。过了一会儿，他踮着脚尖来到叮咚卧室门口，见小姑娘已经睡着了。串场串累了。他轻轻走过去，拧熄了带粉红灯罩的台灯。十多天前的夜里，他从男孩蜕变为男人，就在这张小床上昏睡过去。不，那简直就是昏死。多少生物的重大蜕变是以昏死衔接的？苏醒之后就进入了更成熟精彩的生命阶段。他回到客厅，走到窗前，看着渐渐静下来的街道。这里不是闹市，最重要的机构是学校，周末的夜开始得早些。一辆体积较小的车驶入他眼前的画面，就像一匹熟识透的坐骑或家畜，不用看就能认出它。车减速了，银色的飞度由于尘垢太厚变成了灰色。还有四周就要高考，优秀班主任的压力比他们四十五个学生还重。推着优等生让他们考出水平，还得拽着差生让他们产生奇迹。

飞度右边的车门打开，下来的身影他也熟透了。一颠一晃的步子可以用来定义轻狂这个词。怎么，富二代公子今夜要跟他狭路相逢？他看着刘畅走到车子左面，跟车窗里的心儿说着什么。云龙湖回来的一路还没密语够吗？然后刘畅向学校方向走去。周末也要住他的校园小客栈。除了家在远郊的同学，周末的宿舍楼清静得很，值班老师也下班了，是个约会的好地方。她为什么不把他直接送到学校呢？也许本意是要带他回家来的，转念顾及到叮咚，又把富二代公子打发回学校了。

他知道她会在哪里泊车，决定去那里迎她。他知道这更像是埋伏她。他飞奔下楼，来到楼后面的一小块空地，她正好开着飞度从楼的拐角绕过来。空地供楼上有车的居民停泊车辆，边上的水泥杆上牵拉着一排排绳子，也供没车的居民晾晒被单。教师们的生活水平还没到达中产阶层，平均算下来，可能比他家邻里的居民们多的就是文明和教养。飞度停稳了，她背着包拿着外衣从车里下来，闷头快走，他都替她想着车子还没有锁。什么事让她六神无主到如此地步？！走了十来步她醒悟，回过身一捏车钥匙，飞度闪着灯鸣了声喇叭，她再转过身来继续往楼里走。正在发生多少件令她六神无主的事呢？

等她看见他时，却像等待之中的约定，并没有猛然刹住脚步什么的，只是步子慢了点，边走边问他什么时候来的。刚来不多久。不对吧，八点半左右来的，是不是？她故作狡诈地笑笑。在楼门口的灯下看，她真像俏丽狡猾的猫。看来叮咚给她打手机时她猜到他来了。原来是因为知道他来才打发了刘畅。因为他在场刘畅不能在场，不然本来就乱的场次就更乱了，叮咚都无法替她串场了。在楼梯口，他说他不上去了。为什么？等都等到现在了。算了，明天再说吧。等到明天还有八个多小时，八个多小时的悬疑把他们俩都悬吊起来，她别想睡，他更别想睡。说吧，说了大家都安生些。说不说都没用，都睡不着，中药西药都在用，都没用。说着他感到脸颊凉飕飕的……他怎么又哭了？这么大个子怎么这样没用？在这种时候哭！绝望呀绝望。爱不了也睡不着，日子滴答滴答地走着秒针，不眠之夜走向昏沉沉的白昼，再轮回到不眠之夜，就这样滴答滴答走向考场。他一说到失眠就流泪。睡眠眷顾高三（1）班四十四个人，单单欺负他。他只跟两个人讲他的失眠，一个是母亲，一个是心儿。只有这两个人真正在意他失眠与否。别人会说，别矫情了，还有睡不着的？那是没困透没累够！母亲的在意让他紧张，母亲总是在他晚自习回到家时催促，发哪门子呆啊？抓紧时间睡觉去啊！她不知道发呆对于他是必要的，是往睡眠的过渡，睡眠不是公共汽车，抓紧时间赶两步，就能跟其他人一样登上去，挤到个位置。

不知怎么，他已经被她带进家门。

刚坐在沙发上，他面前就出现了一杯温牛奶。

“这么多天一直没有睡过？”她微微弯下身子，为了能和他眼睛对眼睛。

他喝一口牛奶。据说世界上有一种甘露就是夜间给失眠人的热牛奶。

“其实不可能一点都没睡。”她多温柔啊，能去给予临终关怀，给垂死之人做天使般的护士。她接着说：“我看过的一本书上说，失眠人其实在不知不觉的时候，一恍惚就睡着几十秒或者几分钟，只是你不知道那是睡觉。战马也会那样睡觉。很多伟人都失眠。丘吉尔失眠好厉害，但谁比他更智慧？政治决断，演讲从来不受影响，还那么幽默，肉都不带掉一斤的哦！”

他有点听不进去她说的。今夜好像不是这个主题。失眠是借题发挥。

“有时候很怪，我连药都不吃就睡着了，睡得跟死猪一样……”他打断她。

他到底想说什么？心里想的为什么到嘴上就说不清？跟写诗一

样，心里的到纸上，就那么一点儿距离，但总是受到篡改，朦胧的一具体化，最好的那部分就流失了。他想说的是缺乏安全感吗？也许是的。他是个缺乏安全感的人，学习，考试，情感，做人，包括睡眠，他都要做出百分之二百的努力来保障百分之百的安全，可到头来他发现安全感是最难保障的东西。知道如此，他仍然是笨鸟先飞，做出百分之二百的努力。其他事物上，他的努力都帮得了他，只有睡眠，越努力越糟。夜夜睡眠都被他搁在赌桌上似的，越争取赢，越是输。

不只这些，还有，还有……眼下所有的安全感都在发生危机，尤其情感，心儿和他之间插进个刘畅。这份安全感的失去似乎是一连串不安全的象征。心儿和他的睡眠，和他的学习成绩，和他将面临的高考，和他爱情的成与败，谁也离不开谁，两年来已经形成一整套循环代谢的脏器，切断谁他都活不了。还有，心儿和他将进入的大学的胜算，和他走出那个贫民窟的可能性，总之和他未来的幸与不幸，也是紧密地相互依存，谁也离不开谁。

他喝着牛奶，听见心儿在厨房轻轻忙碌，碟子和碗发出轻得不能再轻的碰击。再过几年，他也是这样，在夜里听着妻子发出同样的声响，体贴的、体己的声响，感到家的惬意和安全。妻子就是心儿。心儿和妻子必须是一个人。他必须保障这份安全感。

他走到厨房门口向里看，心儿在烧煮什么。节能灯光里，热气熏染着小得如同玩具的厨房。不防备的时候，心儿就露相了，疲惫憔悴，皱着眉，微张的嘴下唇微微下垮。他看见过他们穷僻的邻里，老女人无意识的时候就是这样。她们缺牙的嘴比她们的眼睛还会发呆。他在这个时候这个空间看到了多年后心儿的样子。他回到客厅，扪心自问，未来年富力强的他能爱她这个样子吗？爱。爱死了。

心儿端着托盘，上面放着两个冒热气的大碗。

“这么晚你在忙什么呀？”他略带责备地问。恩爱夫妻彼此授受疼爱常常以轻微的责备来体现，不是吗？

“不是不睡了吗？”她微笑着压低嗓音，“不睡总要吃吧？”她就是这么个女人，当别人面能把疲劳憔悴都收起来，收得可干净了，给人看的都是她花好月好的笑容。她摆好筷子和碗，动作轻得芭蕾舞一般。

他把客厅的门关上，她轻声说：“去拿辣椒酱和醋！”

厨房的小案板上一抹翠绿，他闻到春天的青蒜香味。一定是她切了蒜又忘了放在馄饨汤里。他拿起醋瓶和辣椒酱罐，放在小案板上，回到客厅，发现菜刀也一块儿端来了。

他的胃口很好。她把她那碗馄饨倒了一半给他。他再次感到自己除了神经纤细，其他都强壮过人。他企图阻挡她。

“我晚饭吃得晚。”她说。

他突然抬起眼睛，就那样把她看着。

“想问我什么？”她看出来了。

他又垂下头，一看就是胃口全没了。

“想问就问吧！”她催道，答案就绪，成竹在胸。

他不说话了。不单单没胃口，简直反胃了。他要问的她心里的回答都现成，还有什么问头。

“叮咚告诉你了吧？她爸来跟我交涉，要接她去东欧过两年。搞了个初中生交换项目的邀请函，我不同意，他就找了律师，要跟我上法庭，改变原来的离婚判决。他早五年这样顾孩子不就好了吗？现在来浇灌父爱了？父爱也不能这样，早就早死，涝就涝死！”

这就是她憔悴疲惫的原因之一。叮咚什么也没有告诉他。但刘畅却是这一切的知情人和参与者。刘畅在她母女俩后面做靠山，不，他当董事长的妈借一根小手指，就能把这对母女的腰撑直。

“刘畅陪你一块儿跟叮咚父亲谈判的吧？”

“谁说的？”她两个大眼又鼓出来了。

他不想戳穿显而易见的事实。她一口口喝着碗里的汤。他把玩着手机，翻出一条条对于他至关重要的信息，这些信息是他情感史的档案。信息说：“也想你。”“也爱你。”“也抱抱你！”“傻乖乖，不要胡思乱想，好好睡……”

“在看什么呢？”她问。

“没看什么……”他看得两眼发直，无比投入。

手机真好，人变了，心变了，它储存下来的档案变不了。他仍旧一条条回放着近两年里来自心儿的信息。心儿，哪怕你到高考结束那天再变心也行啊，比现在这样釜底抽薪人道多了。

她担心了：“是不是收到什么不好的消息？我看看！”她伸出手，他把手机搁在她手心。看去吧，那时多好，一心一用，你是我一个人的心儿。

她的手指不断按键，手机屏幕出现她曾发出的每句话，在于他，每一句都浓得能泡出一千句来，多次咂摸，味道还淡不去。她的脸微微发红，羞怯了吗？三十六七岁的女子为那些耐人寻味的话语臊得脸红吗？她看看他，意思是：没想到你都存着呢。

“我也把你的大多数信息存下来了。”她说。

这倒有点冷不防的。

“因为都写得那么好。很真……”

他看着她，先是悲苦的，怀旧的，然后一丝歹歹的笑浮上来。他管不住它。她却马上懂了。他是说她的信息只是信息，所以也可以写给别人，比如写给刘畅。天下不知道还有谁收到她的“想念”，她的“抱抱”，她的“爱”。她开始收拾碗筷和桌子。他是她今晚难以收拾的局面：请他进来，还要不伤情面不着痕迹地请他出去。

“我来。”他按住她的手。

“不用。”

“我来吧。”

她干脆不收拾了，坐回到椅子上。他已经起身了，干脆就抱住她。桌子摇晃两下，给他推得要翻船。她回头看了一眼叮咚的房间。这事是要背着叮咚做的。他动作很快地来到叮咚卧室门口，把小姑娘的闺房门关紧。

他这次是从她背后搂住她的。他问她信不信，偶然的沉睡是她给的。她点点头，不久他感到一滴温热的水珠滴在他的手指上。

“我们不能再这样……”她说。

可是，已经这样了。他那么爱她，也就只能这样。爱是独立的，它自己当家，要做什么，是超出人的控制的。他的爱不是一个巴掌，一个巴掌拍不响，有手机信息为证。一直慷慨的心儿，不能在关键时刻吝啬，还有三个星期，就是关键的关键。一直供给的营养，突然中断会出人命的。当他把她横着抱在怀里时，她决绝地推开他，彻底拉丿了封锁线。

他说他什么都知道。她根本没有去和叮咚父亲谈判，而是去和一个少年情人约会，那个少年情人替代了他。他一开始就知道那富二代转学到班里不是好事，迟早会暗中挖墙脚，搞替代，有钱有势果真比有情有义厉害!

她说他简直疯了，怎么非要断定她和刘畅出门约会？搞清楚一点，她是他邵天一的班主任，跟班主任说话不准许这样随便!

“你跟叮咚的父亲谈话，为什么要刘畅陪你去？”

“这是我自己的事！”

“不会是你们俩的事吧？”

“再提醒你一次，我是你的班主任！”

“现在又是班主任了？”他委屈得浑身打战，“始乱终弃！”

“告诉你，再用这种语气跟我说话，就给我出去！”她指着门口，压低嗓音和嘶喊是矛盾的，这矛盾把她的五官扯得有点横，好走样啊。走样的心儿，他还是恨不起来。

“走吧！”她手指仍然指着门口，另一只手叉在腰上。

惹急了的心儿可以是很泼的。可以想象十年前叮咚的父亲惹急了她，她是个怎样可爱漂亮的小泼妇。他突然看到那把菜刀，刀刃带着青绿的蒜味。他一把抓起刀就朝自己胸口砍去。她叫他出去，从她的生活里出去，让位给那个少爷，他就这么出去。

不知道怎么就过渡到了她的怀里。一个脸如白纸的她挡在他和菜刀之间。再一个过渡，菜刀就到了地板上。

他感到她的手指头瑟瑟发抖，拉开他外衣的拉链，手指抖得太厉害，似乎不止十个指尖，起码二十个。好不容易将他的胸口扒拉出来，她站起身就往卫生间跑，快而乱的脚步也似乎不止一个人，好像一个救护小组。他在她离开时爬起来，看了一眼自己，挨刀的地方有一道四五寸长的口子，不太深，断断续续出来些血珠子，像个红色的省略号。然而他却觉得好虚弱，失眠的那些夜晚变成了连续的鏖战，战到阵地上只剩了他一个人。一个阴凉湿润的小东西贴在他的伤口上，轻轻挪动。碘酒触到皮下密集的神经网络，按说是该疼痛的，但他感到透心的舒服。又一个蘸着碘酒的棉签上来，简直是天下最小的唇，给予着最小的吻……

他睁开眼，她的脸悬在他的上空，就是他的全部天空。爱字他当面说不出口，手机代替了他的喉舌。他的眼泪汩汩地流，顺着外眼角流下去，热的，随即就冷了，成了四月夜间的温度。她完成了包扎，给他穿上一件带洗衣粉味的T恤，为他盖上一条毯子。然后她和他并排躺在地上，依稀中，他把毯子的一角扯到她身上。

等他醒来，窗外大白，音乐在什么地方流动。他看看周围，这个躺在地上的伤员来历渐渐清楚了，怎样把一个寻常客厅变成包扎所的经过也渐渐清晰了。客厅门是关严的，救他命的人在哪里呢？他看见身边放着自己的外衣，胸前的刀口经过精妙的手术缝合了，针脚极细，反面补缀的布和衣服颜色一模一样。哪里去找这样一块全然相同的布料呢？翻来覆去地看，他发现布料是从外衣底边里剪下的。他身上穿的是心儿的T恤，胸口印着“师范学院”几个字，下面一行小字：一九九五年毕业纪念。十五岁的T恤。设想十五年前，三岁的邵天一跟随父母在马路上碰到那个二十二岁的女大学毕业生，浑身青春饱满得要乍泄出来，他会怎样呢？三岁的他都会蹒跚着跟她私奔。

客厅的门被轻轻敲击，随后被推开一条缝，缝里透进来的是叮咚明亮的眼睛。一见他穿好衣服了，门缝顿时扩大，叮咚刹那间也坐在他身边。

“快九点了！才起来！”小姑娘说。

莫名其妙地，他又赚了一大觉，而且睡到九点。他不记得自己最后一次懒觉是不是在幼儿园大班时睡的。

“你妈呢？”他一边整理毯子，一边恢复发型。一动手臂胸口的皮肤就丝丝作痛。

“我妈出去买早点了，顺便还要买点菜。”

他不等她多问，赶紧进到卫生间，如厕漱口洗脸。十分钟之后他已经在马路上了。周日的九点等于平时的七点，马路还冷清，菜贩子车上滴下的水珠还没有干。他站在路边发短信：“心儿，最亲爱的心儿，我能说什么呢？发生的都是因为爱，我爱得不知所措，远离我吧。我配不上你。我只配远远地爱你。等到你认为我配爱你的一天，给我一个召唤吧！”

回复马上就来了：“不管怎样，你睡了个好觉。你不知道我有多欣慰！与此相比，什么都不重要……”

他觉得回信有点错位，有点答非所问，令他难受，就像是一节肠子曲不了也抻不直。所以他又发了一条信息：“原谅我昨夜的举动。但我更爱你了！你还爱我吗？”

这是明显的讨要。她回信说：“5180（我要抱你）”

还是不够劲儿，不够过瘾。再追一条信息：“我会用最好的考试成绩进入最好的大学，将来应聘最好的工作，因为我要把最好的我献给心儿，献给天一和心儿的未来。最后三周的血战，是为了赢得心儿。”

心儿的回信说：“别忘了你不是孤军奋战，有我陪伴你。”

一周后他倒在自己的血泊里，还感觉到心儿的陪伴。那时他删除了心儿的所有信息，但最后一条是在屠刀刺进他内脏、隔壁的狗吠声嘶力竭时来临的。

他最后的知觉中，隐约听见手机上又落下一条信息，“丁零”一声。

那条信息说：“亲爱的天一，我弄到一种美国的安眠药，药效几乎达到百分之百！从此解除失眠的压力，以百分之百的健康身心迎接高考吧！爱你的心儿。”

[十八]

网上讯息——

刘畅的故意杀人案因不服市中院一审的死刑判决，由沈旭律师作为辩护人上诉，下周将在省高级法院开庭。网民们兴奋得就像赌球，常胜律师沈旭扳回刘畅死刑判决有多大胜算。

网上讯息——

今天省高院法庭如期开庭，沈旭律师的辩护失败，省高院维持中院的原判。也就是说，中院对刘畅的量刑是合理合法的，也是适度的，准确的。

[十九]

败诉之后还等什么，沈律师已经告诉了他。等最高法院的死刑复核。那将是他最后一个机会。处死他或不马上处死，最高法院在不久的将来会通知省高院。因此这是最可怕的等待。最高人民法院的复核裁定就像某幢楼里的狙击手，你的脑袋随时被控在他的瞄准器里，十字线的交叉点跟着你移动，你知道自己的致命点在准星的控制中，你知道自己的致命点每秒钟都可能被那颗早就卧在枪膛里的子弹击中，只是你不知道什么时候，子弹来自什么方向，所以你只能心惊肉跳地被动等待，除了等待别无选择。

看守跟他熟了，送饭的时候会跟他聊两句。几个看守都是三十多岁的法警，有一个姓张的法警叫他“小畅子”。老张和他笑着胡扯：“人为财死，鸟为食亡，小畅子是男为情死，死得其所。”

老张说他看见小畅子将为之而死的女老师了：“不怎么样嘛！当她是天仙狐媚呢！你值吗？”

他懒得理他。指望老张有什么好眼光？至少世界上有两个人肯定了心儿的美丽和魅力——他和邵天一。女人的美丽是抽象画，为懂得的人而美。心儿的美丽是一幅超凡脱俗的画，摆在那里本来也是美的，但还是必须懂，懂得了每一笔触，美才落到实处。全班同学都或多或少地懂得，但最懂的该是他刘畅和邵天一。

现在夜里替代邵天一失眠的是他刘畅了。失眠的人其实挺讨巧，无眠之夜漫长如年。应该说是度夜如年，夜是一秒钟一秒钟数过去的，每一秒钟的嘀一下嗒一下都有着质感。消化系统的运行，血液的循环，心脏的起搏，脑浆、肺泡、淋巴无一刻不在活动，生命从来没有这么有质感过。度夜如年使得生命成了件很漫长很漫长的事，这些个月他等于活了几百年。邵天一的两个发青的眼眶就这样到了他脸上，那种邵天一式的忧郁就这样进入了他的眼神。有天夜里他似乎睡着了，但一个激灵醒来，根本不知睡意在哪里，从内到外都是冰凉的清醒。他“噌”地一下坐起来。

黑暗多倍放大了他的感官感觉。他整个感官成了他曾拿着的那把西式厨刀，成了刀锋，刺入对面一具活人的肉体时，每一记震颤都扩大到全身。刀尖先进入衣服，切断那些经纬和纤维，再进入皮肤和肌肉，最终到达骨头，层层次次的感觉，在此刻都回来了，并多倍地放慢，放大……终于，骨头给他腕子一记回撞，那种叫做后坐力的感觉传遍全身。对方的骨头通过刀冲撞到他的骨头上，是一记反击，反击再把触电般的剧痛扩展到他的全身，涟漪套着涟漪，良久才消失。

他坐在死囚的单人铺板上，脑子里涨满那“扑哧”“扑哧”“扑哧”的杀戮手感。看过的战争影片，以及玩过的电子游戏，刺刀戳入人类肉体时的触感，会被影院和游戏厅通过电流放大，这夜，杀戮的手感也在黑夜的密封空间里被无限放大了。手感延伸到臂膀，臂膀输送给脊椎，渐渐地，他感到自己整个身体变成了那把刀，戳进对方的肉体里，多么烫的血，从头浇到脚，给他来了个热血淋浴……他的感觉凝聚成了刀刃，割得更深，更深，更深，探进他好同学生命的暗红色秘密……

突然他感到什么。感到了什么？黑暗被搅动了一下？哪里进来一股微妙的气流？他扭转脸，一个身影比黑暗淡一点，但比窗外的夜深一点，一个肩膀比另一个肩膀高。他倒下之前来不及问他，现在来问他：为什么那么残忍，那么无情……

是啊，他欠他一个回答。他怎么会那样无情？一刀进去还不足以解气？不足以让他自己后悔？还不足以使他明白，每个生命的发生都那么偶然，上亿精子只有一个入选，去造就邵天一的胚胎，长成一个举世无双的邵天一？假如入选的是另一个精子，生发的胚胎就不会成长为胎儿邵天一，不会长大成他的好同学邵天一，而会长成另一个男孩，抑或一个女孩，那个男孩或女孩或许不会跟他争夺心儿，不会激起他的杀心。一切都是多么偶然！

他对邵天一实施杀心是一种即时发泄。其实他早就模拟地杀了他好多回。他本来已经戒掉去街机厅玩游戏的习惯了，可是他在几次嫉恨得无法释怀时又去了购物中心的游戏厅。模拟的每一样冷兵器都是他用来杀戮邵天一的，每一记劈、砍、刺、戳都给他的嫉恨一个出口，让它发射出去。他在邵天一面前用那种杀人英雄的风度跩着步子，跩着姿态，甚至跩着英文。现在想起来，令他汗毛直竖。就在邵天一去浙江义乌打工的暑假，他从叮咚嘴里，从老丁老师夫妇嘴里，探知了邵天一在心儿家里的位置。那位置是生了根的。也许他本来没有认真想过和心儿的关系，以及他和心儿是否会有未来。但邵天一的位置使他开始认真。男儿生来就有决斗天性。

接下去就碰到那个叫刘新泉的男人，一个外表出众一肚子坏下水的混世魔王。居然踢了心儿，那么娇小柔软的身体，腹部被踢了好几脚。他几乎追出楼去把他杀了。假如杀的是刘新泉而不是邵天一，他现在的悔恨负疚会轻得多。

去年夏天的那个晚上，他从心儿家离开，其实看出门锁有多不结实。一种老掉牙的撞锁，小时候住在外婆家的宿舍楼里，几乎每家都用。那时候每一家可偷可抢的东西都不多。夏天午睡时，他悄悄到院子里去玩，又要在外祖父和外祖母午睡起床前回到家里，他就会用一块塑料垫板插进门缝，拨弄锁舌，再压住锁舌，把锁簧推回去，那样门就能无声无息地被打开。刘新泉绝对是谙熟世上所有捣鬼伎俩的臭男人。

他担忧地离开心儿和叮咚，走下楼梯。在宿舍楼前面的马路上，他停下来，看着心儿家的灯光，那个臭男人的脏眼睛也可以这样看着那灯光，然后实施他的诡计。他今夜会回来继续骚扰吗？三万块钱是隐患，是骚扰的借口。他可以装模作样地说：我来是劝你收下这笔钱的，看在孩子面上，收下我的心意吧。大灰狼就这样进了羊圈。

但愿他多虑。仅仅是但愿。换锁之前，他要确保心儿的安宁。怎么确保?

他走到马路对面，巷子里住着拆迁钉子户，他们用不起空调，把竹床和躺椅摆在人行道上，七横八竖地乘凉睡觉。更多的是聚在路灯下打麻将，把电灯费用也省了。他向巷子里走去。还有钉子户宵夜店呢，把折叠桌椅支在马路上，暗淡的灯光里可以出售一切：鸡肚杂，猪肚杂，烂泥里捞来的小龙虾。第一桌麻将打得最热闹，光脊梁的男人和穿睡裙的女人们边打牌边喝冰镇啤酒、酸梅汤之类，每人一摊荷叶包着的卤内脏。他观察了一会儿，发现了其中一位牌客是身后房子的女主人。

他说："大妈，我想租一个躺椅，您知道哪里有的租吗？"

女人的目光在他身上上下走了一遍，走得飞快，总结已经出来了：一个好人家的孩子，也许就是不远处那所中学的学生。他的模样是上岁数的女人最喜欢的异性小辈儿。

"知道啊！"女人逗乐似的看着他，故作认真。

"能麻烦你告诉我，哪里有的租？"他也非常愿意跟她做逗乐搭档。

"我家就有的租啊。"女人继续逗乐。

她招一下手，叫他跟她进屋。屋内黑洞洞的，又小又窄，当代穴居人的住所。她指着一个折合起来的塑料躺椅叫他自己搬。他先不动手，价还没问呢。"租金多少？"

"十块钱一晚。"

"这么贵！十块钱在杂货市场能买到一把了！"

"市场夜里不是不开门吗？"

"五块。"

女人又出现了那个逗乐的笑容。好学生也会做买卖呢。

"八块。"女人说。

他知道现在该转身就走。父亲杀价的时候，决然地一转身生意就搞定。这种穴居女人到哪里能赚到这么轻省的钱？破躺椅看着都发臭。果然他还没走到门口女人就被他搞定了。

"回来回来！六块！"

这是他的心理价位。自己原来是有母亲做生意的头脑的，也有父亲现实世俗的血液。他完全是因为急于回到守望心儿的岗位才没有继续砍价。

他扛着塑料躺椅回到宿舍楼的马路对面，把躺椅放在梧桐树下。心儿的窗口仍然亮着灯，当妈的心儿从来不缺事情忙活。为了确证刘新泉没有偷袭娘儿俩，他给心儿发了条短信："亲爱的心儿，还没睡吗？"

回复说："没呢，在给叮咚改衣服，她长得太快了，总是要把衣服放长。你呢？在干吗？"

"Miss you..."（想你……）

"Me too."（我也是。）

"Not as much as I do."（没有我想你那么深。）

"早点睡。"

可以从她的"早点睡"看出言下之意，许多层次的言下之意：关怀你，惦念你，爱你……

"我已经躺下了。"他在躺椅上躺下，淡淡的汗臭和脚臭从躺椅的塑料编织物上散发出来，攻击着他的嗅觉。"今天你叫我不要走，我好开心……也不是开心，是难过。讲不好，又难过又开心，因为你把我当保护人。我难过是因为你连个像样的保护人都没有。不过从此就不一样了。谁要欺负你我就杀了他。"

"还是别杀，除非叮咚也同意杀。呵呵！"

"我今天就差点把他杀了。"

"我知道。不过他不值得你杀。十个他也不值一个你。别胡思乱想了，好好睡吧！"

"心儿做个好梦吧。Sweet kiss.（甜蜜的吻。）"

"Thank you!"（谢谢！）

他看着亮灯的窗口，想象在灯下做针线的心儿。"慈母手中线”，心儿此刻一定很柔情，很性感（奇怪，他怎么会想到性感），一定美得跟古诗里那个母亲似的。能做这样母亲的儿子多美。他自己的母亲连针线都没有。对自己的母亲来说，什么都能买，谁还把工夫浪费在针线活上？而那美丽的母爱呢？那一针一线体现出的柔美的母亲意象呢？哪里去买？他又一想，为什么不能是性感的？女人的性感不应该在她们刻意展露性感的时候体现吗？性感的女人在下意识做那些只有女人做得出的动作时才最性感。心儿在黑板上写字时都那么性感，脊背向后仰，腰和臀之间于是塌下一点，形成一个弯度。那就是性感。

他给父亲发短信告知自己会在丁老师家住，要他别担心。看看手机上的钟表，快十二点了，心儿的窗子仍然亮着。楼上其他的窗口都暗了，对比之下她的窗口亮得耀眼。似乎所有的灯熄了，能量都汇集到她那一盏灯里。他控制不住了，又拿出手机写了条短信：“还没睡呀？”

她的回复说：“你怎么知道我没睡？”

“神算！”

“你自己呢？”

“还在想你。”

“不准胡思乱想，马上睡觉，乖。”

“我也不愿意想你，可是心自己要想你，我管不住它。”

“我要睡了。不准再发短信。”

“好的。”

他看着她的窗子，等了十多分钟，灯亮得精神抖擞，哪来的睡意？他又拿出手机。

“你骗我，还没睡呢。”

“好啊，你答应我要睡的！”

“让我爱你，或者告诉我你爱我，我就去睡。”

他被自己这句话激动了，从躺椅上站起，把她的窗口当她的面庞，似乎那窗口会有表情，会娇嗔会装怒，会接纳或拒绝他。这是他第一次如此挑衅如此直白地表达自己，他感到大事不妙，从来没想过爱情就这样发生了，发生在这个子夜。这将是他一生中最重大的事之一。原来真正的爱情一点也不好玩。它之所以美就因为它总带有一丝悲剧性，不管他此刻怎样幸福得眩晕。怪不得陈词滥调的语言说是“坠入爱河”。确实是的，坠入是一种被动自杀，不可自拔，随时会沉溺却必须拉着另一个生命共渡。他被自己满心的爱弄得庄重起来，神圣起来，眼泪慢慢在眼睛里涨潮。

此刻他在死牢里想着那幸福的一夜，那一夜他认真地、真正地开始爱了。因为那一夜才有了现在的后果。二审维持原判。维持原判。对于他，等于第二次被判死刑。沈律师和母亲误给了他信心，以为可以起死回生，但又一次宣判来了，竟比第一次来得还凶狠，沉重。

几年前住在南京的外婆肝癌被诊断出来之后，舅舅一家人都瞒着她，但外婆偷偷看到了诊断书，舅舅告诉她那是误诊。私下里，舅舅求医生开了张假诊断书，说明第一次诊断的错误。外婆释然了，但不久就从每况愈下的病痛里悟出真相。她自己拖着病体去到另一家医院，确诊癌症已经把版图扩大到她全身，她的生命已经只能以天数计算，回到家后，她吞下一百片安眠药。第一次诊断判了她死刑，以为死而复生之后再被判一次，对外婆太残酷了。

死刑判决不能重复，二审等于一次重复，最高法院的复核等于第二次重复，太残酷了。

假如有安眠药他也会步外婆的后尘吗？

不会的。尽管一而再再而三地被判死刑比执行死刑更残酷，他还是心存侥幸。他的侥幸心会持续到后背对着枪口。他太年轻，一丝侥幸就能给他打点滴，输氧气，形成了他的生命保障系统。母亲在二审庭上显得坚强和理智多了，虽然前夜哭肿的眼睛还必须用墨镜遮挡。她对他大声说："坚强一点！坚持住！有妈妈在！一定会想出办法的！"

他对心儿的爱情大爆发的那个夜晚，也给此刻的他输液和输氧。即便他必须伏法赴死，她一定知道他是为爱死的。爱失控了。爱到极致便是死。他多次在短信里写："爱死你了！爱你至死！爱你到永远！"一死便是永远，再也不担心自己长大后会食言，背叛心儿。最可怕的是长着长着长成个刘新泉，色眯眯，假惺惺，一背身就是发情的公驴，见长头发或穿裙子的就追，投机倒把黑道白道混来三万块，就想在心儿身上捞油水。

是的，连心儿都说："你不长大多好。真不想看你长大。"

不长大他就是个永远的纯情男孩。她就是这个意思。那是她在他一夜守望之后说的。他本来以为他的守望是暗中的，她不会发现，结果让父亲给戳穿了。他父亲那天在外跟一个大客户喝酒，没有及时查收短信，回到家已经很晚，见畅儿的卧室已熄灯，以为畅儿睡着了。第二天上午他才看到头天晚上的短信，便给丁老师发了条短信，说畅畅麻烦丁老师一下午还不够，还要让丁老师照顾他吃饭睡觉，太不好意思了。

可想而知心儿读了短信后有多惊慌。她不敢惊动刘家，不找到他怎么跟人家父母交代？她换下睡衣随便套了一条居家的人造棉连衣裙跑出门。刚出了楼门便听见扫街的女工在叫："醒醒了！还睡呢！洒水了啊！洒身上别怪啊！”随即就看见了还在肮脏躺椅上赖床的他。她穿过马路，洒水车把她和他都沐浴一遍，她和他都是一身湿。

他看她蹲在躺椅边上，猜到谜底那样微笑，一面用纸巾擦掉他额头和面颊上的水。

“凉快吧？淋了一夜露水，又让洒水车浇一下，回头一个暑假还不够你生病的！”她说，“你老爸都急死了！”

他笑笑，意思是：他老爸才不会急。早晨的心儿特别真切，特别性感。睡眠的痕迹留在头发上，留在脸颊和眼皮上，脸颊和眼泡带一抹浅红，还有一点浮肿，头发压走形了，没有梳理，只在脑后马虎地抓成一把，系了根橡皮筋，乳罩一定没有戴，胸前没了那种塑出的形状，但多了些细碎的抖颤，像是一层薄布盖在两坨膏脂上。看到这个女人刚下床的模样能有几人？

躺椅其实很害人，沉睡一夜便掉在椅座里了。他感觉自己也成了躺椅，背弯腿曲，站不起来。他向她伸手，她拉了他两下，第二下才把他拉起来，十七岁的小腰成了老腰。她顺势在他背上轻轻打一巴掌，说：“家不要你了，还是你不要家了？睡大街做小流浪汉啊？到底怎么回事？给我交代！”

他不知道怎么交代。给她放了一夜的哨？这句交代听上去很傻，恐怕还很矫情。所以他说昨晚在巷子里看人打牌，看晚了，就租了一把椅子在这里乘凉，不承想睡着了。她看着他，意思是说，你指望我相信编得这么粗糙的瞎话？她陪他还了那把发臭的躺椅，回到她家。叮咚已经做好了自己的早饭，一面写暑假作业一面吃着，猛一回头，抹着果酱的面包在鼻子下擦出一道紫红，接着就乐了。

“鸟屎！”她上来指着他的肩膀。

洒水车带起的泥点让他和心儿都忽略了蓝色T恤衫肩膀上的一摊灰白。不知什么鸟的恶作剧。也许人家只是清早在树上正常上厕所，不知道下面躺了个人类，一不留神积了肥。心儿催他把衣服脱下，她给他洗干净，太阳下很快就干了。他四顾一眼，脱下衣服他穿什么？心儿明白他的潜台词，笑着说巷子里的钉子户一夏天都光着上身，衣服都省了。他想昨天他一定不会这么害羞别扭，因为昨天他还没有官方地正式地对自己宣布，与心儿的爱情开始了。子夜时分，他看着心儿的窗口，为自己的爱情剪了彩。从那时起，他和心儿之间，一切都不再是异性相吸的调情，不再是男学生对女老师不可告人的性幻想。他到卫生间脱下T恤，放在洗脸池里搓洗。他从来没有自己洗过衣服，把水溅了满地。没关系，用拖把擦一下就好了。拖把太长，他拿着它在这个小卫生间里简直横枪跃马，他意识到自己长到十七岁几乎从来没用过拖把。现在不同了，他是一个保护者，守望者，一个真正的恋人，不能继续做被惯坏的孩子。

他用吹头发的吹风机把T恤吹到七成干，穿回身上，又洗了把脸，梳了梳头，对着镜子严正端详：刘畅，男，十七岁零三个月，一米七四，高二毕业生，爱足球、篮球、游泳和丁佳心。从此以后，爱丁佳心位居头等。

他走出卫生间，心儿问他想吃什么早餐，中式？西式？他感到这是爱人在问他。

她在厨房煎蛋的时候，他走到她身边。她突然侧脸看着他。

“我知道你为什么没有回家。”

“……”

“其实我没那么软弱，急了也会动手跟他打！我们打过。再说还有叮咚呢，真打起来你就知道她站在谁一边了！”

他不置可否。

“不过，谢谢啊。”她又看他一眼。

鸡蛋在油锅里滋啦滋啦地作响。

“今天我去买把新锁，把旧锁换下来。”他说。

“我去买吧，你回家看看父母。”

“他们上班。我陪你去买锁，你不知道哪一种最好。”

她提起煎锅，让圆圆的一个煎蛋滑进粉红和浅绿的花玻璃盘子。这个家里的东西都是闺房气十足。就在这个时刻，她看着他，看了有两秒钟才开口。

“你不长大多好。真不想看到你长大。”

“为什么？”

“男孩子单纯，理想主义，长成大男人就没几个好东西了。”

她有点儿愤世嫉俗，又有点儿玩世不恭，反正不再是课堂上的丁老师。

不知怎么一来，他轻轻搂住了她。她和他的高度挺般配。她有点吃惊，跟着就是一阵类似娇羞的感觉。

“我说嘛，还是不长大好！”她端起装着煎蛋的玻璃盘子，顺理成章地给自己解了套。

几天后，他在心儿家看到邮差送了张包裹单来。当时他在跟叮咚一块儿做英文听力练习，心儿在卫生间洗澡，叮咚签了名把包裹单拿进来，放在桌上。单子上注明包裹内的是干笋尖，从浙江义乌寄来。包裹单上的笔迹他认识，刚转学到二中时，邵天一把课堂笔记借给他，他那时就熟悉了这方头大耳的字迹。

那天回到家，他好想好想找人谈心。他甚至想到跟马莉谈。马莉在省里做体操明星，一天给他发几十封邮件，净谈女孩那些屁大的事。他给马莉打了个电话，马莉惊喜得倒吞好几口气才说，怪不得她右眼跳了好几天，右眼跳财，不是财也是福。他谈心的胃口立刻没了。跟心儿的关系用口语一说就俗了。他说他会写邮件给她，赶紧挂了手机，给马莉写了封很长的邮件。他在邮件里把自己说成是一个好朋友。“好朋友”爱上了自己的女教师，但女教师跟班上的另一个同学关系也很密切，但又搞不清他们俩到底什么关系。“好朋友”非常痛苦，因为他确实很爱女教师。马莉回信说，劝劝这个“好朋友”，爱女教师是心理不健全，师生恋最后都没什么好下场，看美国那个师生恋丑闻了吧？女教师被判了八年呢！让“好朋友”赶快找心理医生，省得害己害人。他后悔自己拿马莉当倾诉对象。

接下去发生了一件事。父亲突然提出请丁老师吃饭。

餐厅选在一家宾馆的顶楼旋转餐厅。据说全市只有这一个餐厅能把周围好山好水都旋进人们的视野。父亲和母亲对人表达友好的手段比较单调，就是请人到排场餐厅吃饭。心儿和叮咚应邀到了餐厅，他按照父亲的吩咐等在大堂里。心儿一进门，他心里咯噔一下：她化了淡妆，眼圈加黑了，嘴唇抹了湿漉漉的浅红唇蜜，就像刚涂了指甲油的手指，生怕碰坏，上下唇都相互小心，说话时尽量不碰。平日的心儿是极少化妆的，化妆手艺也一般。再看看她的穿着和头发，都花了些心思，反而不如她刚起床的样子诱人，应该说有点土，邵天一式的土。这想法使他的心微痛了一下。被人邀请到高档餐馆吃饭对于她这个中学教师并不经常，算一件大事。一个人面临大事的样子总难免拿捏，不如平素真实好看。

在电梯里他忍不住伸手，把她头发弄乱一点。好看应该是不介意不费事的，费事就该费在看上去不费事上。他是想去除她费事的痕迹，她的头却一让，坚持理发店的标准头型。走出电梯时心儿最后一个出来，因为她要利用最后一个机会照镜子，审核自己的模样。他隐隐地心疼她，他父母的阶层让她披挂上阵，把那个自然平实的心儿毁了。叮咚也被专门的穿戴弄得硬邦邦的，这年头的十一岁女孩谁还穿洋娃娃式的连衣裙？笑都不知怎么笑了。进了灯光幽暗音乐也幽暗的餐厅，母女俩彼此紧贴着，似乎一个给另一个打掩护，或者，一个找另一个做挡风墙。领位员把他们领到靠落地窗的一张八人长桌前，座位上已有了两个男客人、一个女客人。他刚在疑惑是不是领位员搞错了，父亲就打着哈哈从盥洗间出来了。

“丁老师今晚太漂亮了！”父亲哈哈着夸奖，场面上的夸奖他总是给得很阔气。

他在心里跟父亲顶嘴：好像丁老师只有今晚才漂亮！是夸她底板本身好呢，还是揭露她是精心打扮了？

父亲握着心儿的手，将她拉向长桌，指着一个五十几岁的男人，介绍说那是他在财经大学的同学，叫王宏斌，宏大的宏，文武双全的斌，在税务局当处长，现在税务部门可是最有油水的衙门哦！他看了一眼王处长，一副眼镜，半头头发，虽然头发所剩不多，却根根都染得工笔墨画，皮肤比女人还细腻，嘴唇也跟抹了唇蜜似的，红润湿渍。这是那种见了三面都会在马路上错过的男人。他那双审计账目的眼睛在心儿脸上、身上审计了一番。叮咚被安排在王处长身边坐下，因而心儿就坐在他们对面，跟王处长脸对脸，这一晚上够他审计的。

心儿看了他一眼。他同情地回了她一眼。

他知道父亲在导演相亲这出戏。原以为只有女人爱做媒，居然男人也会这么无聊地张罗。父亲招呼大家去自助餐吧取餐，人们一哄而起。坐在心儿旁边的王审计师打了个手势，让心儿先请。心儿却拉起叮咚，母女俩相继往自助餐吧走去。母女俩一面观察别人的动作，一面小声讨论着。她们对一些海鲜不熟悉。餐馆总经理看出来了，走过来轻声向母女俩介绍吧台上的每样海鲜，又讲解哪种调料配哪种食物。父亲跟女客人出双入对，他明白为什么父亲对忙得不归家的母亲从不想念。这年头一个收入不错的中年男人单守着老婆太落伍了，搞点艳遇是时尚。人们已经饕餮起来。大家很乐意做今晚的龙套，工钱是吃一顿高级海鲜，又可以同时消遣男女主角的相亲。父亲是用相亲来替儿子交补课费的，相得上最好，相不上他心意也到了。

只有他一人没有跟大家去取餐。他拿出手机，写了一条短信："你导演的好戏！丁老师又不想逃税，找个税务局的干吗？"

父亲端着满满一盘食物从吧台走过来，看样子他准备一晚上吃得胆固醇超标。突然他震了一下，站住了，是被他发射的信息击中了。走到餐桌前，父亲从腰间的手机套里取出手机。看了一眼，马上扭过头来看儿子。他替儿子还了丁老师这么大一份人情，事情干得多漂亮，小兔崽子还不领情。

所有人都坐下来吃的时候，叮咚问母亲，她能不能换位子，坐到畅哥哥身边去。母亲低声地劝阻了她，又含笑看他一眼。他站起来，晃晃悠悠地去自助吧台拿吃的。他宁可跟心儿和叮咚吃肯德基、必胜客。他夹起一个牡蛎，放在盘子上，又夹起一片柠檬，无意间抬头，见王处长的目光打着钩地朝心儿的领口里看。一件低领黑连衣裙镶着闪光片，在她起身给坐在王处长旁边的叮咚掰蟹钳时，领口正朝着王处长，给了处长的眼睛一道美味。他放下盘子，给心儿发短信。心儿的手机就放在桌边，一看发信人号码，愣了一下，回身四顾，看见站在餐吧这边的他。她赶紧在餐巾上擦净手指，点开短信，本能地用手捂了一下裙子的领口，同时瞥了一眼王处长。王还没看够，来不及把目光从她领子里拔出来，讪讪一笑。

他的短信说："隔桌有眼！而且是四只！"

他端着半盘精心挑选的海鲜走回餐桌，王处长已经跟心儿聊上了。酒是好东西，喝了酒的王处长可爱多了，假斯文不要了，变成一个倒提的竹筒子，什么都往外倒，工资和奖金数目，离婚的老婆，老婆外遇的对象，女儿大学几年级，统统倒出来。他想，父亲把这次自助餐的目的告诉了王处长，可心儿还蒙在鼓里。父亲做这么个套让心儿掉进去。万恶的父亲！男人到了五十岁都想升官发财包二奶，这些共同的理想使他们海内存知己。

饭吃得差不多了，客人们三三两两站到落地窗前观景，像模像样地拿着酒杯。这个小城市的人急于西化，照搬电视剧里的派头。王处长邀心儿沿着落地窗随便走走，随着酒劲上涨，处长的情胆也越发地大，目光基本不往心儿下巴以上走。他端着一杯啤酒，与叮咚在四五步后相跟，酒劲涨满脑子和胸口。一旦处长向心儿伸出魔爪，酒劲会使他的出击更具爆发力。

饭局结束后，人们向电梯走去。电梯门口等着五六个食客，一开门他们先上去，父亲的客人们也挤进去。电梯正要关门，王处长拉住心儿往后退了一步，说："电梯超载了，我们等一会儿。"叮咚已经和他进了电梯，门正在关闭，他觉得一切都是父亲导演的。父亲和他一脸俗气的女客人会意一笑，他估计两人身体贴身体正得劲。今晚的男女二人转原来是分两出唱，一场唱明的一场唱暗的。

所有客人在楼下讲着告别废话，许着明天就会忘记的热切约定。大家跟父亲一再道谢握手，而王处长和心儿却一直不下来。叮咚轻轻拉住他的手，好像要她的畅哥哥还她妈妈。他盯着电梯的门，啤酒丰富的泡沫在全身血管里噼里啪啦地爆炸。电梯再次开门，出来的是几个陌生人。父亲装模作样地说："哟，他俩怎么了？旋转餐厅不会还有一个出口吧？"叮咚一声不响，垂下头。大人们在玩什么她都清楚，因此冒出一丝羞恼。她的单身母亲在人们眼里就像热天的一筐水果，卖不出去就会坏，因此谁都起劲帮着卖，眼看这筐水果就要烂得流水了，招来苍蝇虫子。

电梯门终于又开了，王处长和心儿走出来。人们都戏谑地看着两人，猜想三十多层的楼顶一路下来，他俩分享了怎样一趟垂直的暧昧旅途。心儿的眼神有所变化：一只小鹿在宁静夜晚的山路上被迎面来的汽车大灯晃了一下，瞳孔一时复不了原，就是她现在的样子。

王处长说："我开车来的，送你们娘俩回家吧。"

心儿微笑着说："谢谢王处长，我也是开车来的。"她那种微笑是对领导干部的。

父亲此刻说："王宏斌，丁老师是我儿子的干妈，你今晚对我儿子表现不怎么样，当心畅儿背地不帮你说话哟！"

他瞪了父亲一眼，才喝几杯酒？辈分都弄乱了！什么干妈？那是世界上最庸俗最难听的一个称呼！只配当商标贴到辣椒酱瓶子上！

王处长打着哈哈说："那可不行！畅畅一定要帮王叔叔说话哟！我抓紧时间弥补！你们说个时间，我做东，请你们大家一道吃五福楼！畅畅一定要负责把丁老师和叮咚请到！"

父亲对心儿说："丁老师，那我们就都沾你的光吃他一顿！"

“就这礼拜吧？”王审计师趁热打铁。

“我回去看看日程安排，这几天又多了两个补课的学生，日程安排挺紧的，不知这礼拜排不排得开。”心儿应付这种场面的经验是有的，不说“不”，但也不说具体日子。

王处长也不缺这方面的经验，女人在此类时刻不能逼，再逼她就烦了。

分手后他坐在父亲车里，听父亲哼着八百年前的歌。一代人有一代人的歌，你心态可以年轻，打扮可以年轻，找的二奶可以年轻，一到开口唱歌，马上见了岁数。他赶紧摁了一下收音机开关。收音机里一个女民歌手在叫春，他又把台换了。广告和贫嘴在他的手指下飞快变化，于是车里只有一片噪音。

“你到底想听什么？”父亲问。

他想听一支钢琴曲。他从来没有真心爱过钢琴，但不知怎么，此刻想听一支纯净优美的钢琴曲。比如肖邦的《叙事曲》。一个人真正恋爱了，心灵的感觉需要另一种伴奏。

“怎么样？丁老师跟王叔叔挺配的吧？”父亲大声问。一喝酒他的音量就会上去好几倍，说话跟聋子一样吵人。

他仰靠在座椅上，闭着眼，巴望警察把父亲和王处长都以酒驾的罪名抓进去，一时半会儿别放出来。

再见到心儿是第三天。两人谁也没提楼顶旋转餐厅和王处长，更没提王处长跟她单独乘电梯都说了些什么，干了些什么。但从那以后，他看心儿的眼光有一点变化，似乎掺进了一点王处长的眼光。静下来想，王处长无罪，对心儿这样的女人发出那种眼光是无罪的。心儿是个让男人心里发馋的女人，尤其是父亲和王处长这岁数的男人。回想起父亲对她的眼光，跟王处长只有量的区别，没有质的区别。

他不知该怎么办，自己的眼光里有了点王处长的意味，看到的不单单是他的心儿，不是特指的，而是泛指的一个进入最后怒放期的三十六岁女子。招苍蝇招虫子，既不是她的过错，也不是苍蝇虫子的过错。

一年之后，他在失眠之夜回想起来，更认识到他当时对心儿和自己的认识多么英明。

他翻了个身，躺过无数死囚的铺板发出了“吱嘎”一声，也算个呼应。

王处长在电梯里到底对心儿做了什么？拥抱她了？亲吻她了？抚摸她了？她呢，推挡了？半推半就了？从楼顶到宾馆大厅大致需要五六十秒钟吧？五六十秒钟够干什么？他和她都对此心照不宣地沉默。后来也没见心儿认真安排什么日程，容许王处长宴请。事实是心儿根本没有多安排家教挣外快，每星期去学校一次，给班里四五个差生补课，也是免费的。但他总是不依不饶地想着：在电梯里到底发生了什么。一个吃了豆腐，另一个以耳光回击？或者一个借酒抒情，一个逢场作戏？总之他们从电梯里出来，好像什么都开始了，又什么都结束了。

从那之后，他常常在一个人的时候想心儿。他的想象由王处长那带钩的眼光领路，进入心儿的领口。他甚至想象王处长那样的男人能对心儿做什么，做的肯定都是些老流氓动作，西门庆动作，但他却能感受到兴奋，间接地过瘾，因为他还不能想象自己会那样对心儿。他还不允许自己那样对心儿。他对心儿是另一回事，只是爱得满心胀痛，做不出任何动作。那个拥抱，和四十四个同学分享的拥抱，都让他受用了好多天。他觉得自己对心儿的爱会有许多阶段，从短信的爱到话语的爱，再到拥抱接吻的爱，最后到达生理卫生课的爱。那是好长一段路啊，要分多少个阶段去走？一个个阶段都必须走完，不能混过去，都必须让它们发挥那个阶段的意义和使命。一个阶段有一个阶段的美景，匆匆掠过太可惜了，他要分期分段地领略尽、享受尽。

暑假接近末尾时，心儿带叮咚和他去老丁老师家。阳台上的花要修剪了，他拿着剪子来到阳台。一会儿心儿也跟出来了。

“你爸给我打了好几次电话，叫我接受老王的邀请。”心儿轻声说。

用了好大一会儿他才意识到老王是谁。父亲背着他出卖心儿。

“他说老王人很好，让老婆给甩了，买了三套房子，离婚还给了老婆一套。再说对老王他知根知底，畅儿就是老王看着长大的。”她说这话的时候，眼睛里始终有种奇怪的笑意，好像嘴里说的不能说服心里想的。

他不能立刻拆穿父亲的谎言：什么看着畅畅长大？旋转餐厅他们是第一次见面。

“你看呢？”她问道。

“我不知道。”

他真的不知道。男人在王处长和父亲那个岁数，假如还谈十八岁的恋爱，一定是骗子，要不就是有病。他们都想一步到位。一个有三套房子的中年男人是成功人士，是当代英雄，至少可以抵挡刘新泉那样的大灰狼。总不见得他刘畅租把躺椅天天守望在她楼下吧？上了大学到外地怎么办？心儿单枪匹马地生活，外面做班主任、辅导员、家教，里面做妈，个个都是全职，尤其做班主任，四十五个青春期，四十五个学生一人考一次，她一个人等于要考四十五次。

晚饭的菜里有他最爱吃的辣油笋尖。从老丁师母口中他得知笋尖的来源。上次邵天一寄来的包裹里有五斤笋呢。那天晚餐他没有碰他的最爱。一个比较卑鄙的念头出现了：不如促成王处长和心儿的事，让邵天一从浙江回来落一场空。让心儿归属王处长，做处长太太去，他和邵天一就都没份了。这对他无疑是痛不欲生的，但比把心儿让给他邵天一要好受些。为什么就好受些，他一时想不清。

现在他在死囚号子里夜夜失眠，有的是时间来想，似乎想清楚些了：因为邵天一跟他一样年少，自会有少年那种单纯狂热的迷恋，那种对成熟女性的膜拜，爱得会跟他一样炙热忘我，一样至情至性，如梦如幻，不像王处长和父亲那个岁数的男人，上床办事，下床谈房子谈存款，甚至谈社保，谈退休待遇。邵天一会跟他刘畅一样，把跟心儿的恋爱当一块经吃的糖果，嘞嘞，品品味道，舍不得吃再包到美丽的糖纸里，实在熬不住了，再拿出来放进嘴里，让糖果融化得越慢越好，每一层次的甜味都浸润心田，每一盎司的热量都营养他们的成长成熟。他不能忍受的就是这个：在恋爱方式和表达上，他刘畅有的，邵天一都能有，只会更多，因为他动不动就写诗，虽然写出来的诗引人捧腹，或无人懂得，连心儿都未必懂，但写诗这活动本身就足以征服女性的心。再说，他还动不动就失眠，写诗加失眠，一个忧郁恋人已经勾勒出来。邵天一才是他最强劲的敌手。这就是为什么他最后会对邵天一举起屠刀。

那天晚餐后从老丁老师家出来，叮咚还在门口拥抱外婆外公，还在撒娇耍赖，他抓紧时间对心儿说：“王叔叔请你吃饭，我觉得你应该去。”

心儿吃了一惊，昏暗的楼梯灯光中，她瞪大眼睛看着他：哪里和哪里衔接呢？她不知道从阳台上修剪花枝到这时分，两个多小时，他心里的衔接一直没断。

到了他家小区门口，他下了车，来到心儿的驾驶座这边。

她降下车窗轻声说："你为什么觉得我应该去？"

原来开车的一路，她心里的衔接也没断过。

不知为什么，她看他的目光深了许多，有点幽怨。

当天晚上，他给她发短信说："不管你去不去，我对你的爱都不变。"

"那要是我嫁给老王了呢？"她的短信回来，他可以感到她口气的戏谑。

他想了想，回复说："不管你嫁给谁，我都会永远爱你。"正要发送，手指头又狠狠打出"除了邵天一"几个字。

回复是个莫名其妙的"啊"。

"嫁给他还不如嫁给我。"他的短信息说。

心儿发回错愕的标点符号——"？！"

"我说的是真的！"

"我快比你大出一个妈来了！"

"《婚姻法》规定不可以吗？我年轻不是更好吗？有更长的时间来证明我的爱，不是吗？我爱你！爱你！爱你！"

没有回复了。他看着一声不响、毫无表情的手机。为什么不回复呢？快回复啊！也许邵天一这会儿插了队，短消息挤到了他前面，她去应付他了。他无意中看见自己两手紧攥着拳头。也许插队进来的是王处长。想到是王处长，他的拳头放开了。王处长，王叔叔，虽然那天我好讨厌你，对你在电梯里的行为深表怀疑，但你还是追心儿追得紧点吧，省得我和另一个年轻家伙把心儿一劈两半，要不就是我和他你死我活。

心儿一直不回复。一直不回复就逼出他的行动来了。他跑出家门，跑上马路，叫了一辆出租车。刚上车他接到母亲的电话，说她今晚回家省亲，儿子和丈夫都不见影子，正要洗澡，听见儿子进门了，跑出浴室一看儿子又出门了。都九点半了，还往外跑，哪有这么野的孩子！

因为有这么野的妈。一回家倒是要管头管脚！

当然他口头上不是这样说的。他叫母亲放心，自己只出去一会儿就回家。母亲叫他快一点，自己在公司里一天忙十六七个小时（其中六七个小时忙于打麻将，他为她加注），回到家儿子老公连个影子都见不着！她忙出来的钱供他们整天不归家吗？冰箱里的菜都塞满了，都是上好的山珍海味，爷俩都不吃，都跑到外面吃馆子，以为她的钱是抢银行抢来的？！

又来了。这位老娘！老娘哪天痴呆了，忘了这些词，他都可以给她做提词的。出租车司机在听路况报告，他叫师傅把声音开大点。老娘骂起来反正就是那么几句，前好几年已经背熟了。

等出租车到了心儿的楼下，他收到心儿的回复："我也爱你，乖畅儿。有时盼你快点长大，有时又特别怕你长大。好好睡觉吧。"

眼泪涌进他的眼眶。司机问他下不下车。他看着心儿的窗口，点点头。司机叫他快下，路边不准停车。他又摇摇头。

他直接乘着载他来的出租车回去了，付了司机十五块钱。十五块，得到心儿那么一句话，太便宜了。回到家里，母亲坐在沙发上打电话。即便母亲回家，大半个人还吊在电话上。他和母亲的谈话多半是利用母亲打电话间的散碎时间，算是插播。母亲的电话把公司的业务延伸到家里，她一个生意机会都不想错过，一个客户都不想得罪，一块钱的亏都不想吃。累极了她会说：“我图什么呀？我一个人能吃多少、花多少啊？还不都是为了这个家，为了你们！”她为了他们，把自己放逐到家庭之外，用麻将桌上的输赢减压。为了他们？他们同意了吗？她至少跟他们商量商量！她一厢情愿地为了儿子和丈夫以及家，结果把家给荒了，享受豪华公寓的基本上是钟点工，有时钟点工走了，忘了关那六十四英寸的电视，或者忘了洗刷她用过的榨汁机，提醒他们这公寓的真正主人是谁。母亲把丈夫差不多也荒废了。父亲跟他打过招呼，关于他在旋转餐厅看见的那个女人，对母亲一个字也不要提。

母亲在两个电话之间插播一句：“暑假天天练钢琴没有？练得怎么样？”

他点点头。

又是在两个电话之间，她问他：“补课补得好吗？都补了哪些课？”

他又点点头。

母亲要的回答不是点头。这是个不能用“yes or no”来做答复的提问，回答应该是具体的，带些形容的。

“我问你补课补得好不好！明年要高考了，如果进不了像样的大学，我的补课费就白花了，转到二中花的四万两千块钱也白费了！”

很奇怪，母亲对很多事记不住，英文二十六个字母都记不全，对钱数记得真清楚。这一点她和父亲是绝配。

好在她的手机铃又响了，三娘教子暂时退到幕后。她打电话的样子非常殷切，非常激情。他想象这座城市要是火山爆发，把活人都浇筑成塑像，母亲将是一座打电话的塑像，父亲大概是一尊电脑前看股票分析的塑像，也许是跟那个庸俗女人在床上的塑像，他自己大概是发手机短信的塑像。那么心儿呢？但愿心儿幸免火山爆发。也许他和心儿还有叮咚正好到外地去旅游……到哪里去旅游呢？到张家界还是美国黄石国家公园？要不就贵州黄果树大瀑布？澳大利亚黄金海岸？

躺在死牢里的他想着那一个个好地方，一个个他没有去过也许永远不会去的地方，那些好地方从来没有出现过他和心儿，依然山好水好，都是为与他们不相干的陌生人好，好得那么无情……在他死后，它们依然美好地存下去。全世界的人都有可能看到它们，而他和邵天一永远看不见了。

他哭起来。他一举灭了两颗渴望壮丽美景的心。

去年夏天结束，高三第一个学期的第一次模拟考，他的语文成绩上升到全年级第十二名，从来没有过的。功劳归于心儿。邵天一是全年级第四名。他挤进人群看榜的时候，邵天一正好从人群里往外走，说了一声：“恭喜啊。”

他觉得那声恭喜像咒语。

高三第一学期，他和全班同学一样，都是眼神发直，一副若有所思，或者说心不在焉的样子。每个人似乎都在心里死记一道算式，或者默背某段古文，或者正想起一句翻译文字，不知被什么一打岔，丢失了，于是便茫茫地逆着思路回溯，想把遗落在一团糨子的记忆里的句子找回，拾起。试题做得越多，记忆就越发成了糨糊，什么落在里面都打捞不起来。杨晴在丁老师的策划下组织冬游，全班卡拉OK，但仍然解不下每个人背上无形的重负。

让他完全忘情的就是跟心儿的短信往来。一次次爱的抒怀会让他颤抖，让他对眼前的试题练习课本生发一点胃口。只有最好的未来才能保障追求心儿的资格，只有最好的考试成绩才能击败邵天一，这是他咬牙吃苦时常常告诉自己的。有一天，他晚自习后往学生宿舍走的时候碰到了心儿。心儿扶着班里瘦骨嶙峋的女生燕子走过来，问他能不能让燕子暂时躺到他床上休息一下，燕子晚自习后虚脱了。等燕子的父母来校将她接走，心儿累得也要虚脱了。他让她也在自己床上躺一会儿，但她坚持要走，说是星期四，必须去女儿的学校看她。

他不放心她，要和她一同去叮咚学校。路上她说："这件事老师不应该跟其他学生说，但对你这样也有过考试心理障碍的人，我觉得说说无妨，让你知道你不是单独一个人，很多同学跟你一起在经受历练，经受考验。燕子家里逼得太厉害，心理压力超负荷，得了厌食症，血糖一低就虚脱。"

飞度开出学校大门，女疯子石竹从对面马路走过来，围巾把整个脸包得就剩了一双眼露在外面。飞度减速，心儿打开车窗，问石竹："几点了？"

石竹抬起手腕看一眼表回答道："九点一刻。"

心儿说："谢了。"

石竹说："不客气。"

"早点回家，拜拜！"

"拜拜！"

等车窗关上，心儿说："哪怕一天跟她说这么两句都是好的。"她奇怪地笑了一下。"我要是疯了，肯定特别想有人跟我说话。好几次我做梦，自己疯了，就怕人家看出来，所以好想人家跟我说话，一说话就能证明自己不疯。"

他看着她。她怎么会做这么怪诞的梦？

她又说：“我到了四十六岁就申请退休。要是那时候考试制度还不改革，我就不能干了。压力大，受不了。”

“四十六岁学校不会让你退啊。”

“那就辞职。”

“为什么四十六岁呢？”

“我四十六岁，叮咚正好大学毕业，工作了，不用我养活了。”

他做了个顽皮脸说：“王叔叔养活你，你明年就辞职吧。”

“什么王叔叔李叔叔的？”刚说完她突然悟到他的所指，轻轻拍打一下他的脑袋，嗔怪地一笑，“坏孩子！”

“你一直没跟他去吃晚饭？”

“没有。”

“为什么不去？”

“哦，你不喜欢他，那我就要喜欢他吗？”她把这个话题关上了门。

过了两天，他给她发短信问道：“你也没有那么不喜欢王叔叔吧？”

她不回答。当天晚上心儿负责晚自习，吃了晚饭，他用短信再次催问：“是不是王叔叔在电梯里XE（邪恶）了？”

她还是不回答。

“他到底在电梯里干了什么呀？YY（只可意会不可言传）……”

她那头一片静默。他不甘心，好奇心又痛又痒。“要不要我跟我爸奏他一本？”

晚自习前，她在教室门口碰到他，说："别跟你爸奏他，他也没干什么。"

她的潜在语说：还能干什么？那种受了恶心的笑意出现了，这种笑意特别合适一张猫咪脸。她不是很认真地恶心，不值得她认真。

她开始描述：电梯朝外的一面是玻璃的，可以观瞻城市灯火，也可以让城市观瞻他们，突然之间，一袋装得松散的马铃薯倒向她，碰到她口袋就彻底散开，里面的马铃薯塌方了，这就是七成醉的王处长的拥抱。她用好玩的语言形容那拥抱给她的印象。她被砸得差点从电梯的玻璃墙壁穿墙。

他听完之后有种感觉，心儿似乎在戏弄王处长。王处长和她相比，成了弱势，他让她捞到一个不成样子的拥抱。但她的描述还是把他逗笑了：一袋马铃薯，袋口开了，马铃薯溃不成军，差点跟她同归于尽地落入城市夜景。她们在教室外说完这番话，晚自习的铃声就响了。

吃了晚饭所有同学就像白天上课一样沉默地走进教室，坐回自己的座位。同学们像一群年轻囚徒结束了放风，走回号子，步子那么拖沓无奈。上晚自习的人几乎是全数，每张课桌都没有缺席的。

现在他坐在死囚舱室里想，王叔叔假如没有暴露他马铃薯式的拥抱，也许父亲就做成了媒，心儿就做了处长太太，让邵天一和他干着急，干瞪眼。但两人都会活着。

天快亮的时候他失去了一会儿知觉。他不管那叫睡着，因为他并没有感到困意，那种令人舒适的健康的松弛感，似乎和他永别了。失眠使他一夜夜地增加对邵天一的理解，和他达到某种共识。他感觉到邵天一式的敏感，他感到了无眠之夜一夜顶一年的成熟，那种被失眠催熟的心灵不可避免地丰富、复杂和黑暗。邵天一让自己活在他刘畅的失眠中，让他和活着的刘畅一同“感时花溅泪，恨别鸟惊心”。往往他一个猛子惊醒，然后才明白自己失去过知觉。毫不舒适的一种知觉断电，一点梦都没有。“梦里不知身是客”，便也不知身为囚，可他夜夜无梦。

中午，老张给他带了一个方方正正的包裹。他一摸就知道是书。现在他最不想见到的东西就是书。读书他可读够了，读伤了。假如他能活下去，或许要很长一段时间，才会让他那被书伤了的心愈合。眼下他是生死未卜的囚犯，最大的优越性是他不必再操心读书考试。对了，考试！这不是人干的事，永远与他绝缘了。让别人受苦，读书，考别人去吧，我刘畅从此自由了！

[二十]

畅儿，当你拆开《自由》这本小说时，大概我正从学校出来。学校开除了我的公职，但给了我一笔安家费。也算是给我的抚恤金，作为优秀教师的那个丁佳心死了。

我父亲托人，又送了钱和礼，才把我的信和书带进去。信夹在书的扉页和封面之间，大概你已经看到了。假如他们说话算数，你今天中午应该收到书的。而我呢，中午时分趁学生们都到餐厅吃午饭，来到校长办公室。校长不在，我也料到他会不在。我想，出了这样的事让他觉得和我见面很难堪。他在校长之位何苦要见一个被开除的教师？财务处的人坐在校长办公桌前，他左面摆着一个学校的公函信封，一看就知道装有钱。校长和学校要表示他们最后的仁至义尽。他右边放着表格。财务处的人告诉我，校长请我把我留在办公室的所有东西都拿走，假如不拿走公家就做无人认领的失物处理。我说知道了，就处理吧。反正我说什么都会被当作厚颜无耻。然后我在表格上签了名。他说不读怎么就签名了？不用读，无非是关于被开除职员的待遇。我不会指望任何待遇的。

你知道，我进出都是匆匆忙忙，甚至鬼鬼祟祟，就是要躲过从餐厅出来的学生们。虽然你们那个班级的学生已经都经过高考，获得了全校最高的班级升学率，现在都是一本、二本的大学生，但我是教师中的败类，反派。光天化日之下，反派还是自爱一点，避免跟正面人物们的戏剧冲突吧。假如有脸谱，有某种化装术，我会使用的，只要能逃过学生们的唾弃和怒斥。

还好，我在大多数学生结束午餐前走出了学校大门。畅儿，小学时你大概就学了“灰溜溜”这个形容词。我现在就是只灰溜溜的过街老鼠。出了校门，我的心脏随之减速，不再踢蹬我的胸腔。这所学校我工作了十四年，送了上千学生进大学，但我想我以后不会再来了，因此我要好好看看它。我穿过马路，站在路对面，看着学校最后一次扩建修建的大门。大概照搬了某个国家机关的大门，气派挺大，又透出当代设计的冷峻。大门后，留出足够长的距离筑出甬道，道路两边的树已经成林，是我刚分配到学校来的时候种的。这样的绿色甬道就有了一种学府的味道，教学楼在甬道两边，初中部，高中部，相对称的两座五层楼，都是当代设计，流线，简约，看不出败笔；败笔是教室夹缝里的教师休息室，狭长得不近情理。我刚分配来时的初高中合一的教学楼现在是教师办公室。

不管怎么说，这是一座搬到北京、上海都不显寒碜的学校。我为什么在离开它时才感到做这个学校的教师的骄傲？

我转过头，满眼泪水，悼念曾经被那么多学生爱戴的丁老师。我活着，但丁老师死了。向右拐弯，是我多次走的回家之路。我卖掉了心爱的飞度，为了能有足够的钱供叮咚读书。最后一次关上飞度的门，走了几步，我回头看着它，把忠诚的坐骑留在身后一定就是这感觉。我来到宿舍楼南边的巷子里，想起你去年暑假在这里租躺椅，在我楼下站了一夜岗。我的畅儿，那时候我就该警惕了，从那一夜开始，你成了我心爱的畅儿，我们的关系深入了许多。这条巷子处处都激起回忆：那个小超市，你来为我买过鸡蛋；卖沛县狗肉的小门面，你说哪天夜里蒙上脸放火把它烧了，对于吃狗肉的牲畜，不能视同于人类。我跟你说笑话，说哪来那么多狗肉？说不定是挂狗头卖羊肉，或者卖驴肉！你笑坏了，说大部分同学都不知道丁老师其实挺幽默的，特好玩。我说跟好玩的人在一起就好玩了呗。

我是看到网上说你上诉失败才从山里回来的。我想我一定要做点什么。最高法院的复核是你生还的唯一机会，虽然机会很小，我一定要抓住它，为你做点什么。你的律师正在更广泛地为你搜集证人证据。

现在巷子可繁荣了。又一年的高考在倒计时。越来越多的高三学生家长在巷子里租了钉子户的破房，花高昂的房租，为了把孩子们上下学路上花费的时间省下来，多睡半小时觉，多复习半小时考题。母亲们都在全职伺候孩子们。学校附近的钉子户们一年年钉在原地，原因之一就是他们能寄生在高三学生的房租上。这些暂租的高考生还带来了商机，许多小超市、廉价餐馆、水果铺子、服装店、剃头店、美发厅一家接一家地开张。钉子户们把街面房当庄稼地，在上面收成吃的收成穿的，收成打麻将的赌注。我看见学生的母亲们在井台上打水洗校服，从使用自来水到打井水，她们穿越了几十年，复古了城市七十年代前的居住状态。还有些父母们为了孩子们的高考不被交通堵塞耽搁，早早订下考场附近的酒店房间。他们难道不想一想，这本身就在给孩子们加压？

过了“金鑫”超市，就是“大王小吃”，我们在这里吃过大王集五仁油茶，你还记得吧？五仁油茶是天一最爱吃的小吃。我给自己要了一碗油茶，从小吃店挂着肮脏塑料布条的门往街上看。店内黑暗，街上很亮，好像天一和你随时会走过去或走进来。等我吃到一半，果然有一个熟悉的身影走过去：石竹。过了一会儿，她又走回来，进了店门。除了用围巾围住半个脸，她看不出什么异常来。她对我招呼一声：“老师好！”我这个刚被开除的老师对她无所谓。她走到我旁边一个桌，坐下，老板娘问她吃什么，她说老师吃什么她就吃什么。老板娘把手一伸，要她先付钱。石竹掏出两块钱，老板娘赶紧收进口袋，晚一点怕石竹改主意似的。老板娘的笑证明她对这个女孩很明了。她什么人的钱都赚，精神病的钱也是钱，只要她预先买单就行。这个考试考疯了的女孩，倒是越来越得到几分仙气，神情动作都跟我们所处的世界隔膜着，看一切都是隔山观火，你急她不急，此刻她看着巷子里的人忙活而她不明白他们忙什么。

她慢悠悠地从皮包里掏出一包湿纸巾，仔细擦着手心手背，一根根手指头，一片片手指甲。多数精神病人邋遢，她却是虔诚的爱卫生者。油茶端来了，她小心谨慎地撩起围巾，舀起一勺油茶，吹吹气。她哪点不正常？知道太烫的东西碰不得呢。终于感到围巾太碍事，她解下它，用左手挡住脸。

我突然觉得想跟她说几句话。

“石竹，你也喜欢喝油茶呀？”

她吓了一跳似的。等她把一口油茶咽下去，用两个手掌把眼睛以下的脸都捂住，才朝我转过身。

“你爸妈好吗？”虽然我没教过她，但我见过她的父母。她生病之后，她的父母到学校来过许多次，想从班主任身上找到可责怪的点。

她点点头，回了一句话，但她的手捂在鼻子和嘴上，我听不太清。我问："什么？请再说一遍？"

"刘畅好吗？"

畅儿，她居然问到你！居然知道你的名字！居然知道你和我关系亲近，不然她不会问这么一句的。她看出了我的错愕和惊吓，没再说什么，给我一段时间平复惊吓。

"你怎么认识刘畅？"我问。

"我听你叫他的。"

"什么时候？"

"在学校里。嗯……有时候在学校门口。"

你看，畅儿，人家什么也没错过。我跟白痴一样，而石竹像个先知。

"老师，别踢那个桌腿，会倒的。"她指着桌下，一条桌腿断了，桌子垛在一摞砖头上。她比谁不清醒？

"刘畅跟你好了，对吧？"

我更吃惊害怕了。"你怎么知道？！"

"我看出来的。"

我盯着她的脸，你见过这姑娘，但很少见到她的鼻子和嘴巴，对吧？她的眼睛绝对天真无邪，似乎没什么不可启齿的，但我总觉得被她双手捂住的下半张脸在捣鬼。也许她老捂住下半张脸就为了别人看不见她捣鬼：嗤笑，讥笑，狞笑，诡笑，坏笑……

"老师，他们说我有病，你不要信哦。"

我点点头，又一想，我干吗要点头？

“当心，老师，别把桌腿踢倒。”

我赶紧缩回腿。你看，畅儿，现在局面更荒诞了，我越来越像个白痴，她越来越像个先哲。

她下半张脸在手掌下面发生什么表情？离开餐馆我想了半天，石竹到底是怎么看出来的？也许只是个巧合？一个经历过精神崩溃的人是更敏感还是完全混乱？或者，精神分裂重新整合了她的神经系统，使部分系统短路却接通了另一部分线路？因此感知和认识便超凡地灵敏？精神世界真神秘，真黑暗，黑得伸手不见五指。想知道石竹的思路，只能也得一场精神病。

同样地，想知道天一现在究竟怎样存在，也只能像他一样经历死亡。我相信石竹在某种程度上的先知先觉，就像相信天一的感知，没人能说服我，死亡能使一份那么丰富的感知灭亡。

我走进金鑫小超市，各种蔬菜食品的气味扑面而来，新鲜的，陈腐的，枯黄的，沤黑的……气味不仅发自货架上的食物，还有那些早被拿下货架的，被买走，或被扔进垃圾桶里的，它们的实体不复存在，但气味还在继续活着，还在继续发酵，从一种气味转化为另一种。我挑选了几个苹果、半串香蕉，糊口度日这两样东西最省事。这个小超市刚开张天一就来过，但什么也没买，并及时用手机短信通知我：“开了一家小超市，叫金鑫，千万别买他家的东西，比大超市贵多了。一袋蒙牛牛奶贵五分钱！一包汇源果汁贵一毛二！”可是后来我不知道光顾它多少次，也带畅儿你来了很多次。你们俩对这家小超市的反应都是负面的，一个嫌它贵，一个嫌它脏。

你还记得我最后一次跟你来金鑫吗？那是个少见的晴朗天气，记得是四月中旬，一般四月在这个污染严重的城市从来不会出现那么透亮的正午。而我心里有了个悲哀的谋划，将发一封“绝情书”给你。是你把它叫“绝情书”的。是的，就是四月十八日那天，一个典型的阳春，似乎老天帮我挑了个好天气要我把想了好几天的决定告诉你。你跟往常一样，打趣小超市里的所有东西，说货架上的蘑菇就是从角落那堆垃圾里长出来的，萝卜还不如老头儿的胳膊光溜，直接当萝卜干卖算了……我对你的尖酸俏皮还是连呵斥带笑：“小声点儿！”对于你来说，那个中午没有丝毫预兆，你将会收到我的“绝情书”。我买了一些果汁和水果，把一网袋芦柑装进你书包，然后我拎着两大盒橙汁回家。你坚持要拎橙汁，把我送回家去。但我说我太累了，想回家躺一会儿，下午还要上课。你感觉出我在推诿，我何曾睡过午觉？但你不好再说什么，嘱咐我好好休息。你在我面前越来越像个大人，成熟的速度简直不近人情。但你离成年人的圆滑复杂又那么远，让我觉得你一辈子都不会成熟到刘新泉的样子。那是一棵本来长成了的树，但又停不下生长，便增生出瘤子、疤节，长出虫子，还长出那种跟树相互寄生的毒菌类。我在你走后回过头，看着你仍然在抽条的身体，走路不好好走，专挑被树根顶起的路面或铺路砖碎裂的地方下脚。你是我心里永远的四月十八日，永远的艳阳正午。你和刘新泉站在一起的时候，你是大白天，他是梅雨夜。

等你走远，我上了楼，打开你为我挑选的门锁，在门里站了好大一会儿。我知道我要伤你了，可你什么都还不知道。我捏着手机，想到同一个小设备发射和接收过多少爱？从去年夏天到今年四月。有时我觉得被你拉进了你的梦，觉得你为我们设想的未来并不是纯粹痴妄。一开始你说到我俩的未来，我感到好玩，像一个成年人陪伴一个孩子计划过家家。渐渐地，你越来越认真，说到你会在高考中争取最高分，考入上海或北京的外语学院，然后回到本市来，接你母亲的班。你还说，到时候你会让公司设计出中学生时尚制服，终止现在丑死人的校服。我当时笑着说，那你可功德无量，全国亿万中学生都会像现在追捧周杰伦、王力宏、李宇春一样追捧你。你说，到那时候，你就挽着我走上红地毯，让世界看看刘畅的心儿是个多么美丽性感的熟女。你还说你不能一毕业就进入凤凰广告公司，因为你不愿意母亲小瞧你，所以你会到别的公司干一两年，帮那个公司把国际业务做上去，让你母亲眼红，来挖人才，那时候她会口服心服地让你做她公司的接班人。梦想谈论多了，人是会信以为真的。我居然不再笑你是孩子过家家了。我有时会捕捉到自己下意识的一闪念：假如你说的真的发生了，我怎么办？这是不是爱，算不算畸恋？旧社会的乡村给小男孩说大媳妇很普遍，男孩长到十六岁和三十来岁的媳妇圆房，也是正经风俗，成风俗的事物总不见得百分之百不合理，对吧？五十几岁的王处长想娶三十几岁的丁佳心，没谁觉得不合理，反过来怎么就大逆不道呢？

现在想想那些个一闪念，真是疯女人蠢女人的闪念。我从金鑫超市回来，心里的腹稿打好又涂乱，越打越不成句。但我知道非得跟你断了。在那之前，我求你陪我出席跟刘新泉的谈判。主题是说服他打消带叮咚出国的念头。那晚谈话唯一的成功之处是双方没人受伤。我不知道你事先在夹克口袋里塞了鹅卵石，谈着谈着你脱下夹克，我就怕了。气温才十几度的晚上，又是水边，我们都冷得缩脖子，你却把夹克脱下来，仅穿着T恤……还没容我琢磨，你已将夹克朝刘新泉抡去，阿迪达斯的针织夹克带一点弹力，在你手里变成了西方古代战士的投石器。幸亏我有一点防备，半途挡了一下你的胳膊，因此投掷的力量大打折扣，并让刘新泉赢得了躲避的时间。鹅卵石从你外衣口袋里滚落出来，我才明白你早就准备和谈破裂，准备武力解决。我的手紧抓住你的手腕时，我发现你的眼睛完全变了，像一双瞎子的眼睛，无神，空虚，跟大脑完全阻隔。

后来我回想你的样子，与其说你当时是愤怒的，不如说是处于极大的快感中。打斗厮杀使你的感觉膨胀，醉了一样。我进一步意识到，暴力动作是可以让人迷醉的。那就是为什么你和成千上万的男孩把得来不易的零花钱挥霍在街机厅里的原因，你们享受的就是那种模拟暴力所焕发出的迷醉感。迷醉感可以抽空灵魂，把人简化成一股攻击力，发泄潜意识中积累的一切不爽。我挡住你臂膀的刹那，是我对你性格中反面色彩的惊鸿一瞥，好恐怖，你不再是畅儿，而凝聚成了一股恶魔猎人式的攻击力，对攻击对象冷血无情，不计后果。正是同一种攻击力杀了天一。

可是我在写“绝情书”时，真的好舍不得你。

我不记得那条信息具体的遣词造句，只记得我需要继续两次才能把它写完。大意是这样的吧？我说在高考前事情太多，太忙乱，不会再给你发信息，也不会再单独见你，你一定要好好复习，好好休息，一切等高考结束后再说。

你的回复是立即到来的：“你是要跟我分手吗？！”

我很想回信，但我想说的是没法说的，而且我知道缠进去会越扯越乱。

你紧接着的一条短信说：“亲爱的心儿，why（为什么）?!能跟你见面谈一下吗？”

我狠下心关了手机。我知道你一连串的短信等在我关闭的手机外面。

下午我给高三（3）班上课，一个学生告诉我，外面有人找，我知道是你，没有出去。我必须硬下心肠，说话算数，一切等高考结束再说。你那天却旷了一节课，一直在（3）班门外等我。下课时，几个学生围着我走出教室，跟我核对明清戏剧家容易记混的作品清单，他们正要跟我告别，我看见站在楼梯口的你，赶紧把已经结束的问答拖延下去，这样我可以避免单独面对你。可你的样子是等我等定了，哪怕再旷三节课。我知道逃不过你的执拗，也怕你真的会接连旷课，在上课铃打响时，我对你招招手，装着什么都没发生，大起嗓子说："没听见打铃啊？还不快上课去！"

你走上来，病恹恹地看着我，声音也是病痛的："我做错什么了？你要跟我分手？"

"……等高考完了，我一定跟你解释。"

"我要你现在就解释。"

"现在先去上课。"

"你不说我就不去上课。"

我压低嗓音说："听话！你看同学都进教室了！"

你拧着脖子："我不管。你不说我就不走。"

我的苦衷是无法对你说的。天一在什么样的情况下和我发生了一次性爱，我无法向你解释。尽管我事后恨不得揪自己头发，抽自己耳光，并且怎么努力都不能把事情经过按顺序还原，可那事毕竟发生了，不可逆转不可否认地发生在他和我的生命中，彻底改变了我和他的关系。每天在课堂上，我尽量坦然地跟他谈话，自己骗自己，假装健忘就能回到那事之前。我还是老师，他还是我的好学生，亲密是亲密的，超常也是可能的，爱字确实在我和他的手机上注册过多次，上百次，但毕竟还能说得过去，事情还没做绝，没到那个不可逆转的点。我从云龙湖谈判回来，他正在我家等我，看见了我们在楼下告别。其实那是我在责备你，要你永远记住，对什么样的人都不能动手，动手的人是老粗，缺乏理性和智慧，不是我喜欢的类型。你当时不服气，说刘新泉那种人贱皮子贱骨头，武力是唯一能教训他的手段。我不耐烦地说，等你冷静了再谈。我们这场拖长的告别被窗口里的天一看成"依依不舍"。天一用"移情别恋"的俗套说法来形容我对你以及对他的感情。假如去掉那些微妙的，不可诉诸文字的感觉，我大致可以接受这说法。跟你比，天一太依恋我，也太依赖我，有时我感到他的情感有一种消耗性，他和我都被消耗得很厉害。但我是那么珍视他，一个难得的少年，独特，早熟，还没长大就已经沧桑。到我俩去云龙湖那天，他的失眠已经持续九夜。他的一切都押在高考成绩上，而高考成绩又都押在他的睡眠上。离高考越近，他对睡眠就越患得患失，越计较，而越是计较，睡眠就越艰难。那一刻他就在崩溃边缘，崩溃的症状之一就是不顾一切地需要我，拥有我，我的感情，我的身体。他不惜用自残来捍卫他对我的爱和拥有。假如你看到他挥刀向自己劈砍的绝望样子，也许会在最后杀害他时心软一下。因为他的疯狂，我几乎把"绝情书"发给他，而不是你。但我不能在最后看到他前功尽弃。这个世界上，畅儿，你比他拥有的要多得多，他拥有的那么少，也全都押在高考上。所以我选择将就他，把现状将就到考场。我知道，现状是纸包着的一团火，我是纸，你俩是火，火往哪边烧我就挡哪边。我心力交瘁，度一天是一天，只愿能把全班四十五个孩子无病无灾地送进考场，再到考场另一边把你们迎出来。

你阳光少年的外表误导了我，我以为你总是可以挺过去的。虽然我在那条短信里措辞委婉，只说让我们暂停来往，一切等到高考之后，你却觉得末日来了。

“快去上课，什么事都等下课再说！”我口气严厉起来，对你下达命令。

各个教室都已经很静了，学生们开始上这一天的最后一堂课。下课后是短暂的晚餐时间，接下去是晚自习。一具具年轻的身体都必须成为机器，对于成千上万道考题就是扫描、储存、盘点，机器必须忽略疲劳、困倦、厌烦，从早晨运转到深夜……

“我不上课了！”说着你就向楼梯下跑去。

我在楼下追上你，对你笑了一下，笑得一定够凄苦够难看。我说：“真不乖！上课去，吃晚饭的时候到我办公室来。”

你眉毛扬起，眼睛拥抱了那么大一个希望。

你来到我的办公室的时候，我刚从教师小灶打了两份饭菜进来。我俩面对面坐在办公桌两边。你两个眼睛看着我，意思是：要等死人了！我不理你，开始吃饭。其实我也满心发堵，但我知道一旦谈起来就更没胃口了。

“是因为邵天一，对不对？”你突然说。

我被你的单刀直入弄得有点狼狈。我看着桌子右上角那本极厚的备课笔记，慢慢把嘴里的饭菜咽下去。现在我一点都想不起来那天晚饭吃的是什么。

“可以这么说吧。”我的眼睛看着办公桌面，轻声承认。你的突然袭击把我的谈话程序彻底打乱，我在紧急当中重打腹稿。

你开始大口地往嘴里塞饭，似乎饭很苦，你在恨病吃药。我看见你太阳穴上的皮肤薄极了，里面一根淡蓝的血管因你失常的咀嚼而突起，争拗。你等我不及，只好拿吃饭咀嚼来压制焦灼。你一直看着我，表示：“我都给你破了题，还不好往下接吗？”

我把饭盒推到一边，擦了一下嘴。我尽量用稀松平常的口气说起邵天一连续九夜失眠，我四处托人去寻求最新安眠药，国内的镇静药和催眠药都太老，必须换一两种最新化学成分组合的进口药，不然在高考前，邵天一会让失眠整垮。

“你好在意他。”

我看着你。我必须狠下心，咬紧牙，尽量地勇敢，把你割舍掉，哪怕是暂时割舍。

“你在意他超过我。”你两眼亮晶晶的，泪水越聚越多。

我仍然沉默，心被你的眼泪蜇痛了。一个班主任当得如此糟糕，什么地方，什么时候事情搞拧了？拧巴成这样？

“畅畅，乖，啊。”我伸手越过办公桌，握住你搁在桌面上的手，又大又孩子气的手，“眼下我只能对你说这么多，再多的以后告诉你，好吗？”

你猛地抽回手，怨恨地看着我，那么多眼泪都不能冷却你眼中的怨恨。

“要怪就怪我，我不该……”不该什么？不该让自己的心不安分，让师生之爱变质，变成现在这种难以命名的感情？我觉得眼泪也憋不住了，鼻腔眼睛酸胀难忍。但绝不能哭，一哭更不成体统。

你狠狠地抹着眼泪。我从抽屉里拿出一包纸巾，递给你，你看都不看，意思很清楚：既然在意邵天一就别来这一套了，既然收起了爱，就收起一切吧。

你义无反顾地离开了我的办公室，把门“砰”的一声摔上，响声使整个空间都震颤良久。我一直觉得天一的睡眠和心理健康像一个裂纹斑斑的精细瓷器，我用呵护和爱小心地捧着它，凑合保持它的完整，不要在高考前碎一地。而这一声响动让我感到，又一件易碎器皿被重重地磕碰了，现在也是全身裂纹，我也要小心翼翼捧着，呵护着。而我自己呢？也是体无完肤。送走一届又一届的高三学生，我感到自己被掏空了，这一会儿我想，别费劲拼兑出那个充满正能量的班主任丁老师了，不如就让自己散碎开来。

十几分钟后，你发来短信，先是道歉，同时解释你的脾气不是冲我来的，是冲那个人的（邵天一），你觉得天一是“会哭的孩子有奶吃”的最好写照。

我没有回答你，也顾不上回答。我整理起书本，带上资料，晚自习时四十几个人可能会需要的帮助，我都要准备好。

刚要走出办公室，你又发了短信来：“真的对我这么绝情？或者你长期以来就是跟我逢场作戏？”

“好好的，什么都等高考完了再说。”我回复道。

“先哄着我高考，考完你再告诉我一次你不要我了，是吧？心儿，求你了，爱我吧！不然高考对我还有什么意义？所有这一切对我还有什么意义？！求你了，除非你本来就是玩弄我，玩弄年轻男性！”

我关掉手机。随你去吧。你骂我什么我都接受。

晚自习你不断地在手机上打着什么。你用这个举动向我示威，向我挑衅。天一那天晚上回家去了，他独自复习的效率更高。全班四十几个人静得像一个人，只有你的手机小键盘不时发出轻微声响。我走到你课桌旁边，将一张小字条放在你面前。你看了字条一眼，动作和姿态都没有变。字条躺在桌面上：“收起手机，不然我会没收的。”那一行字既无奈也无趣。有些学生注意到你无声的挑衅了。我带了这个班近两年，从高二开始，我从没有遇到公开挑衅我的学生。高三这一年，学生们把我这个班主任更当成生死与共的同盟，或者说是一场持久艰苦战役中的指挥员。二次世界大战打了六年，而高三年级是大战的六分之一。因此，此刻我们班集体里出现你这样的人，同学们第一是感到意外，第二都视你为集体的叛徒。

假如我不收缴你的手机，集体士气会受影响；而收缴无疑会更加深你对我的误会，也加深你的伤痛。

你从去年暑假开始塑造了一个成熟男性的形象，自己又摧毁了他，就摧毁在你把手机公然放在桌面上那个动作上。想想真的很有意味。我和你是以收缴手机开始亲近，又是以收缴手机拉开距离。你很响地放下手机，看了我一眼，意思是：不是要收缴吗？来吧！我假装注视燕子复习的英语模拟考题书上的情景作文，上面标着二十分，眼睛的余光却看到你把那字条拿起，放在你手机上面。你周围的几个学生开始叽叽咕咕地议论。

杨晴回过头，轻声说了一句："刘畅你干什么？！"

"我干什么你不是看见了吗？！"你顶她道。

"玩手机干吗在晚自习课堂上来玩？不会回家玩去？"杨晴站起身来。

我发现眼前的杨晴又高又瘦，苦到极致的高三生活竟然让她又长高了，所谓石头再重，压不住春笋拔节。此刻我已经来到你课桌旁边，轻轻按了按杨晴的肩膀，拿起你的手机和字条。我压根没有接受你的挑战，连交锋都避免了，尽量低调地处理这件事，让它在四十几个人的注意力上少留痕迹。但你还是笑了笑，自己跟自己笑，笑的时候下巴和头扭出个角度，可以跟Devil May Cry（《鬼泣》）中的主角媲美，狂，并且跩。

你知道我收缴了你的手机后必然会产生一个回合的交谈，近距离的，私下的。那样你就得逞了，就赢了我。而我在晚自习下课铃就要打响前，把你的手机不着痕迹地又放回你的课桌上。你从书本上抬起头，发现自己原来没有赢。我也没有赢，这场较量中没人赢。我拉着杨晴边走边谈，往停车场走，看起来我们在紧张地商讨教室的布置：把黑板上方的国旗重新上色，把“有理想、有道德、有文化、有纪律”等口号重新写过，新鲜颜色会振作精神，等等。实际上我在躲避你直接跟我交谈。我在你的目送中上了车，我让杨晴也上来，说我把她送回家。那时她母亲已经租了钉子户的半间房，跟另一个班的同学家合租的。

回到我自己家，打开手机，我看见十来条未读短信，都是畅儿你发的。最后六条是重复发的：“如果你不告诉我真实的原因，我今天就在你家窗外过夜，就像去年暑假那样。”

你在前几条短信中写了你判断的真实原因：

“你和他发生那件事了？”

“难道你们一直有那种关系？”

“是你主动还是他主动？”

“是他强行与你的吗？！”

“一定是他强行的！这头大牲口！”

我从一间屋走到另一间屋，走投无路。我多次拿起手机，想横下心把一切都告诉你，但手指又畏缩了。畅儿，那天晚上我几乎想放纵自己，让自己去爱你，因为从去年暑假我已经渐渐把你和世界上所有男性分离开来。你的活力、爽快、单纯和明朗，无一不弥补着我生活中的所有缺损。你能弥补的何止我的生活？干净透明的你足以抵消多少刘新泉们的猥琐和卑鄙。连你父亲和我之间都存在一个龌龊的小秘密：去年暑假他送你来我家补习的头一天，趁你和叮咚去阳台上看花，他伸手在我腰上掐了一把。我连看都没有看他一眼。我不想对他这个小动作认账，也不想他来认账。有时我看着你，看着你，突然怕自己看到那个三十年后的刘审计师。假如我呼应了他的小动作，无论正面或负面的呼应，那么他寂寞无聊接近麻木的心会被刺激一下。他无非是找这种刺激。对三十六岁的一个单身女人，他可不能省着我，得让我派点用场。和你近距离接触之后，连天一的感情对于我，都显得过于曲折，沉重，晦暗。所以天一说我移情别恋并没有太屈我。

我来到窗口，看见路灯下面站着的少年。你说到做到。我从窗口挪开，坐到小餐桌前，咬住嘴唇，飞快地在手机上按出一句话来。不那么快我一定会中途撤退："不是他强行的。"

"我不信！！！"

"真的不是。"

任何反应都没有了。我一动不动地坐在椅子上，心如刀割。我想你在愤怒，爱迅速地转化为恶心、鄙薄，最终转化为恨。恨我就对了，恨可以让你离开我时少些疼痛。我一直咬着嘴唇，疼得钻心：让你这个三十六岁的女人不安分！让你玩火！

"是最近发生的吗？"十几分钟后，你的短信来了。似乎刚从昏迷中醒来，不甘心，还要刨根问底。

我没有回复你。

"亲爱的心儿，这不能改变我对你的情感。我只想知道你是不是还允许我爱你。只要让我爱，就够了……"

我伏在餐桌上抽泣起来。

"是一周前吧？"你又问。

我想，有什么区别呢？反正那一步迈出去，是收不回来的。

"我知道，就是四月十三日！"

没错。你真敏感。我问："你是怎么知道的？"

"十四日那天他到班里比平常晚得多，精神比往常好很多。我认出了那支红底色的戏曲脸谱圆珠笔，它一直插在叮咚笔筒里的，我看了它一个夏天。现在回想起来就明白了，他那天一定没有回家，在你家过的夜。"

我不得不承认，你的观察和判断都准得惊人。那天早晨天一确实问我，能否借他一支笔，因为他的笔干了。我就从叮咚桌上拿了那支笔，借给了他，叮嘱他一定要还，因为那是叮咚的。

"是你们第一次发生吗？"你还是不依不饶。你站在楼下，我却感到你的逼视。我无话可说。你没收到我的回复，在两分钟后继续追问："是吗？"

我只好承认："就那一次。不可能有第二次的。第一次的情况很特殊。"

"虽然我很难过，但是我能理解。"

"别难过，好好复习，好好考试，我注视着你。"

一个小时过去，没收到你任何回复。我想你大概在试图吞咽难以吞咽的现实。但我从窗口走过时，看见路灯下仍然有个你，给大风刮歪了似的。我赶紧闪到窗帘后面，看见你举起一个啤酒瓶，仰着脖子灌自己酒。你又在模拟什么呢?

我正要下楼去劝阻你，你的短信来了："还爱我，好吗？哪怕是跟人分享的爱，总比没有好。"

我忍着，忍着，不回一个字。

现在回想，我那样做也欠考虑。你在十一点四十几分离开了，路灯照着你站过的地面，一地碎了的棕色玻璃，竟还晶莹。

接下去，我和你以及天一都若即若离，课堂上尽量做正常师生，课堂下，我能躲就躲。你的脸色明显变了，曾经的健康红润褪了，原先两腮还没彻底消失的婴儿肥突然就没了。你的短信没有减少，反而增加，最多的一天我收到一百多条，都是请求我给你一次单独见面的机会。有一次你说你父母邀请我到家里去吃晚饭，顺便谈谈你的高考准备，我推脱了。也是不巧，那几天叮咚得了重感冒，发烧到四十度，我把她从学校接回来，让父母照顾她，所以我每天晚上在父母家过夜。

一天夜里，我从父母家回到自己家，想备备课。听到敲门声，我把灯熄了，轻轻走到卧室，打开手电继续备课。我怕来的人是天一，或者是畅儿你。我的手机“丁零”一下，是天一发来的短信。我将它点开，它说：“我最爱的、唯一的心儿，你不开门，我只好用短信告诉你：刘找了我，要跟我谈心。我不愿意谈。他说：‘别以为你干的下流事没人知道。’难道你把我们的事告诉他了吗？”

我这个罪恶的女人，不想让事情越扯越乱，实际上呢？我从一开始就错了，早就乱透了，乱得不三不四，名分辈分全一塌糊涂。我小心翼翼地呵护着两个裂纹密布的细瓷器皿，想这样战战兢兢对付到初夏，再对付四周、三周、两周……可是我发现裂纹在加深，每加深一点都发出让我心惊肉跳的轻微响动。

我没有回复天一。我步步惊心地捧着你们俩，挪一步是一步……

天一终于受不了我的沉默了。这天晚上我回到家，发现客厅坐着个人，是天一。他说他用我给他的那把钥匙开门进来的。他很少用那把钥匙，但这是不得不用的时候。

“你怎么来了？”我想我的态度是不悦的。晚自习天一缺席，却在我家门外游击，并游击到我家门里来了。

“我在短信里告诉你了。”

“我一直没开机。”

“反正我告诉你了。”

我不再说什么，往卫生间走去，并在身后关上门。自己的家都不再是后方，最后的根据地就是四平方米的厕所。我在厕所的镜子前面站着，镜子里的女人眼珠充血，眼袋挂下来，位置比原先低，三天没洗的头发黏得打缕，这么大岁数还装俏，留什么披肩发……这女人什么地方暗示着放荡吗？都快累成人干了，还被畅儿你看成性感？哈，我在洗脸池下的盒子里乱翻，想找出那把剪刀，把头发剪短，剪成大学时代的样子。天一在门外呼唤：“你怎么了？没事吧？”

最后的根据地也没了。我打开门，看着他。他惶恐地瞪着我，不自觉地向后让了一小步，等着什么东西塌陷似的。他的眼圈不仅发暗，而且微微发紫，青灰的印堂，三角区又是青白色，这个少年的精神和健康就系在一根极细的蛛丝上，任何一点非常气流都会弄断它。我的心马上软了，低声问他，这两天睡眠怎么样。他还是那样看着我，好像我是正在往下掉石灰碎砖，眼看要塌的墙。大概我这么可怕的时候比较罕见。我的心更软了，摸摸他的板刷头，问他每天能睡几个钟头。他慢慢点点头。

我的提问是选择题：A.三个钟头。B.两个钟头。C.半个钟头。D.到底几个钟头。

但他给的是Yes与No的回答。点点头？点点头是多久的睡眠？他敷衍我，想用点头给我点安慰。他不再用失眠诉苦，反过来安慰我，让我对他满心都是怜爱。

我照样给他倒了一杯热牛奶，用母亲的命令口气说：“趁热喝下去。”此间我突然想到畅儿你的短信：“会哭的孩子有奶吃。”也许你是对的。

他坐在落地灯前，背着光，看不见他的脸色，但那种被消耗尽了的姿态背着光看得更清楚。他不是主动坐着的，而是把自己堆放在那里。谁都看出他的失眠在恶化而不是好转。我让他告诉我实话，每夜大致睡眠是多久，安眠药换过没有，换的是哪一种。他先点点头，又摇摇头，然后强笑一下。他以为这样就安慰了我。我告诉他，有一种美国发明的安眠药，在美国国内的十年专利权到期，现在中国也生产了，但是需要精神大夫的处方。我已经托人找精神大夫，想法开出药来，离高考越来越近，一定会让他夜夜睡好觉。他看着我，泪汪汪的，慢慢向我肩上倒过来。一会儿，我的肩膀就被他的泪水湿透。失眠到某种程度，就会引发轻度抑郁症。抑郁症的一个症状就是丧失思想集中能力。还剩最后的冲刺，他可不能功亏一篑。

畅儿，我怎么都没有想到，那天晚上你是跟着天一到我家的，当时你就在窗下，还是老地方，路灯跟你做伴。

天一喝完了牛奶，我起身找车钥匙，打算开车送他回家。他说他有点瞌睡了。真是不容易，一个失眠人的困意价值千金。我让他立刻去叮咚床上睡，一晚上不洗脚不刷牙死不了人。他摇晃着走进叮咚的小屋，脱鞋的力气都不够，把两只鞋好歹蹬下去了。这哪里是个马上要考试的高中生？简直是急行几昼夜的伤兵。我替他盖好被子，关上灯，轻轻从门里退出。奇怪的是，他总是在我身边找到困意。也许守着我，众多的不安全感总有一项给填充了，心也就落到了实地。

你的短信在此刻进来，问我能否给你五分钟，你有句话要问我。就五分钟，说完你就走，再也不会麻烦我。我说我太累了，明天中午在办公室等你。你答非所问地追了一条信息：“心儿，你可以不爱我，But I will love you forever. Everyday I wake up in the morning, I find my love for you has deepened. I can't do anything about it...（但我会永远爱你，每天早晨醒来，我发现我对你的爱又加深了，我没有办法……）”

我何尝不爱你呢？你的大度和理解让我自惭形秽。我何尝不想自由？哪怕荒唐，抛弃一切和你做让人戳脊梁的恋人；哪怕昙花一现般的短暂恋爱，我也要；哪怕一年或半年后你长大了，明白对我的感情和我对于你都不是你想要的，只是一个少年发育过程的例外，或说是一小段歧途，一剂小小的猛药，你回归正途，记起我时微带一点秘密的窘迫——尽管那样，我也会认真投入地和你相恋。于是我不知羞了，在手机上迅速按下英文键：“Me too.”（我也是。）

我还没有意识到，那两个英文词是我进一步在玩火。火势漫过马路，燎上楼梯，来到我的门口。我听到叩门声时，心跳都停了。

天一大概已经睡着了。失眠人就是那样，积累了那么多瞌睡，一旦睡着就像昏迷。我迅速打开门，门外站着你，明显地在发抖，由于夜风和内心的紧张。我闪身出门，对你摆了一下手，便向楼梯下走去。走到三楼和二楼之间，我发现你没有跟上来。你仍然站在我家门口，似乎在下最后的决心或者在运气，要将你亲手装的门锁撞开。多大的讽刺？你防卫到最后抵御的是你自己的进犯。我在楼梯拐弯处喝叫了你一声：“刘畅！”

你转过身，看着昏暗中的我。我看你气运足了，装得好好的锁就要毁在你自己脚下。我三步两步地跨上楼梯，挡在你和门之间。

“你要干什么？！”

“别挡着我！”

“你想干吗？！”

你把头拧向一边，已经长出了柔软鬓须的腮帮子显露出两排槽牙在搓动。问你想干什么是废话，你想干什么还用问？想破门而入，跟里面那个你死我活。

“你非要踢门就先踢我。”我的神经给抻了又抻，此刻都起毛了，快要断了。

你在我眼睛里看到了决绝，绷紧的肌肉松懈一些。不是因为服理，而是因为伤心。我居然那样偏袒。我看不得你伤心，轻轻拉你一把。

“跟我来。”

楼梯上的灯泡老坏，或者有人老是拿坏灯泡换集体的好灯泡，所以常常是黑的。你伸出手，搀住我的右臂，我没想到你还是这么体贴。我们一块儿下了楼，来到街边人行道上。

“邵天一在我家，睡着了。所以我不让你进去。”

你没想到我会主动交代，反而没了章程，看着我发呆。

“不要把事情想复杂了。你是个单纯的孩子……”

谁想到这句话招惹了你。你很冲地回道：“我不是孩子！”

“你这样子不是孩子，是什么？”我还想找回我们以往的轻松氛围。

“你怎么不把邵天一当孩子？！他就是个男子汉，我就是个孩子？！”你委屈冲天，几乎哭喊。

“别那么大声！”

我严厉起来还是管用的，你不作声了。我拉了一下你的手臂，沿着人行道向前走。我也不知道要拉你去哪里。不久我发现我们来到了雨槐巷口。几天不见，这里居然出现了粗陋至极的霓虹灯广告：“正宗朱寨肉鸭。”天气转暖，桌球房把桌球台搬到露天处，几个二十来岁的年轻人叼着烟在打球。

“你不是有句话要跟我说吗？现在能说吗？”

“凭什么他能进门，我就不能？！”

“我不想在高考前出任何事……”

“装神弄鬼，就你信！我不信他能出什么事！”

“……已经出了。”

“出什么事了？”

我没有说话，但你在我眼睛里看到了恐惧，后怕。

“到底出什么事了？！他装疯还是装死吓唬你？”

我应该在这里住口的。可我的愚蠢、欠成熟就在于此。我举证一样说：“他不是装死，是真的要……”

“要干吗？！”你凶狠地瞪着眼。

“他差点自残。他用菜刀砍他自己。”

你停顿了一刻，冷笑一下：“砍死了吗？不是活得好好的？”

“是我拦住了他呀！”

你马上又笑了。你那专门用来气人的笑。

“那天他在我家，拿出菜刀就砍。”我无力地比划模仿，“把菜刀往他自己胸口上砍。要不是我拦得快，要不是我家刀不快，说不定现在就没有邵天一这个人了。”

你没话了。我的话明显震动了你。我开始跟你叙述那天晚上的种种细节，你看见我的眼睛有多么恐惧，似乎在看内心放映的恐怖片。

“他这是情感勒索！”你说。

“不管是什么，我只想保障我的四十五个学生平安地走进考场，再平安地走出考场，走进大学。”

“就不惜牺牲你自己？”

我听出你这话里的轻蔑，虽然是心碎的轻蔑。

“等最后这段时间过去，你怎么裁决我都行。”我冷冷地看着夜里的马路。脏水泼得一摊深色一摊浅色。马路此刻被白天的人和车遗弃了。

“一定是他强迫的！”

“没有！”

“一定是！”

“你怎么知道？”

“因为你对我这大半年的感情，我知道，我不呆不傻的，我明白你对我是怎么回事。既然你对我这样，他不强行做那件事，你是不会跟他……”

我感到自己像被当街剥下衣服一样羞辱。

“我希望从此以后我们再也不要谈这件事。”

你不说话。

“敢发誓吗？”我拉起你的手，放在你胸口。穷途末路的我，什么法子都拉过来用，只要能保障高考前我们班级那四十五份平安。

“敢。”你的手犟开我的手，隆重地捂在你左胸上，“我发誓：心儿的秘密就是我的秘密，我绝不透露一个字。”

你的痛快让我意外。但渐渐地，泪珠从你脸上滚下，挂满两腮，映着路灯和“正宗朱寨肉鸭”广告，亮晶晶如春天的冰凌。我把你抱进怀里。一个近中年的女人让一个未成年的少年伤心至此，该去死。

“按说我不该跟你说这些……”我说。

你抽了一下鼻涕。打桌球的客人向我们看来。我第一次感到那么无畏和无所谓，看就看吧。

十二点多了，不能跟打桌球的人为伍继续待在巷子里。我却发现没带钥匙出来。把天一叫醒给我开门，我做不到。这一夜整觉给他的滋养，就像一桶水一点食料对于一头在沙漠上跋涉多日消耗尽了的骆驼，它爬起来可以继续跋涉几天。我把困境告诉了你。

“让那龟孙睡去吧，失眠个屁！”

“我送你回学生宿舍吧。我可以跟大门口解释，让他放你进去。”

“我不回去，我要陪着你。”

“胡闹！”

我打算去我父母家，在他们那里凑合半夜，反正也没剩下几个小时可睡了。

“我就不能陪你一晚上？”你委屈悲愤，突然跟我拉开一段距离，“你以为我也会那么禽兽？干那种事？！”

我只好答应了。天哪，你竟然傻笑起来，假如不是在夜晚的街巷里，你大概会做一个足球运动员赢球的狂呼动作。你纯就纯在这里，爱恨鲜明，喜怒也鲜明。

我打了个电话给母亲，她在凌晨被惊醒头一个反应是叮咚又病了，等她知道我和你因故回不去家，也回不去学生宿舍，马上招呼我们回家去住，她会给我们铺好床。我们到家时已经快一点，母亲已经又去睡了，但一切准备齐全：在父亲书房里搭了张折叠床，客厅的长沙发上铺了被褥。好温暖啊。我要你去睡行军床，你坚决不从，非要睡沙发，并说以后这种情况没商量，照顾女人既是绅士义务也是绅士风度。我有什么办法？只能依你。

我刚刚躺下，听见客厅的电视机被打开，音量压得很低。我披着衣服起来，走到客厅，见你斜靠在沙发上，手里拿着不知哪里找到的一瓶啤酒。也许是父母请人吃饭剩下的。我问你怎么不睡。你忧伤地看我一眼，说怎么可能睡得着。我告诉你的那些话让你受到了震惊，需要一段时间才能平息余震。

你拿着啤酒，对着电视屏幕发呆，谁会想到，那就是你的杀气和摧毁力开始蕴集的时候。我到厨房里，打开冰箱，也想热一袋牛奶为你催眠，但我没有找到牛奶，只找到一瓶酸奶，奶制品或多或少都有点安眠效果。我回到客厅，在你身边坐下，让你放下啤酒，把酸奶喝了。你看上去那么乖，照着我的意思做了。我关了电视，把被子掀开，让你躺下。你在躺下的同时，拉了我一下，把我拉到你身边，轻声地求我陪你躺一会儿，就一小会儿……

我没有推托，紧挨着你侧身躺在本来不够一人躺的沙发上。你一动不动，鼻息吹在我的脖子上。我感觉到你的鼻息拉长了，加深了，轻轻摘开你环绕我肩膀的手臂，回到了书房的折叠床上。那一夜我大概睡了不到三小时。我以为你至少是得到了相当不错的休息，但我错了，你其实一夜未眠，天亮时才睡着。我六点钟离开，开车往家赶。昨夜我没有时间备课，也没有回复班里几个家长的邮件，我必须在上班前完成工作。

我敲了敲门，没有回音。我敲得重了些，听见叮咚的卧室发出响声。我把嘴巴凑到门缝上轻声叫天一开门。门开了，里面是天一睡肿了的脸。在睡眠和清醒之间本来就迷糊的他，不懂我怎么在门外，而他却在门里，好像一觉睡醒房子易主了。我微笑着走进门，他睡了八个小时，我却比他还要满足，还要爽。他把板刷头抓得刷拉刷拉响，迷糊地看着我走进厨房。不等他问我就说，醒得太早，所以散步去了，忘了带钥匙。他点点头，我的谎话很合理，没什么可怀疑的。大概他睡在我家，安全感大大增加，疑心随之大大减少。

我拿出一袋面包、一罐果酱，对他说去吧，自己照顾自己去，该洗漱洗漱，该吃早点吃早点，我必须备课回邮件。就在我坐到电脑前准备工作时，你的短信来了。“心儿，醒来你不见了！”

我回复说：“昨天没有备课，今天早到学校把工作完成。”

你紧接着的短信说：“好想你！好爱你！”

我没有回信。我的本能告诉我，保持现在的距离和温度才安全，太近的，稍微拉远，太热的，要适当“酷”下来。

过了十几分钟，你又发来短信：“今天还能再见你吗？我想了很多，夜里没来得及跟你谈，今天能接着谈吗？”

我回复说：“抓紧时间复习，以后再谈。”

回复完了，我就关了机。

我不知道那时候你已经从我父母家出来，正打的向我家驶来。你下了车，再次给我发来短信，要求见我。但我关闭了手机，为了专心备课。天一吃了早饭，跟我打了个招呼，说他要先去学校，因为昨天杨晴把教室的钥匙交给他，要他早晨开门。我是后来听说你们俩在我家楼下的那场短暂较量的。大致是这样吧？一个走出楼门，另一个在马路那边观望。天一看见了你，愣了，你主动打招呼，问他是不是在这幢教师宿舍楼里找了个临时住宿点，能不能打听一下租金是多少。天一有些理亏，没做理会，继续往学校方向走。你进一步挑战他，说邵天一是老师的大宠物，肯定找了个免费床位，还有免费夜餐、早餐。天一忍不住了，问你什么意思。你说丁老师家的免费早餐吃得不错吧？人家把家都出让了，六十平方米全部出让，钥匙都交出了，全免费的住宿加自助餐……天一这才联想到我一早敲门，说自己没带钥匙。他问你凭什么胡说。你说你一点也没胡说，丁老师昨晚出让了自己的家，给一个自称失眠的龟孙独占，自己反倒给挤到老丁老师家去了。天一问你是怎么知道的。你说还能不知道，护送、陪同丁老师的就是你刘畅。

天一一进教室就给我写短信，质问我为什么骗他。三十六岁的我在你们两个少年之间疲于应付，那段时间撒的谎赶上半辈子的总和，连下半辈子的份额都预支了。因为关机，我没有及时看到天一的短信。一直到两节连堂的语文课上，我才发现天一敌意的目光。他从来没有用那种目光看过我。你大概能想象，心深如井的天一从心底发出的敌意多么冰冷。

那天晚自习前，我组织了班里五个差生到我办公室座谈，打了教师食堂的三份荤菜给他们加餐。座谈主要围绕填志愿的策略，以及最后复习的主攻策略。晚自习开始后，我针对他们的作业进行了个别辅导。九点左右，天一来到我办公室外，叫我出去一下。我让他等一下。他说他等不了。五个同学都感到气氛怪异，用眼睛相互交流。我当然要维护自己的威信和尊严，回答说等不了就等明天，要不等到高考结束也行。他不甘心地认了输，从我办公室出去了。等学生们离开，我收拾好书本资料走出门，看见天一撩着一条大长腿半倚半坐在楼梯扶手上。他这种西部牛仔姿态是崭新的，我从来没见过。我几乎有点怕他。他看见我，并不跟我说话，转身往操场走去。我在他身后叫他，问他要谈什么就抓紧时间谈。他突然停下来，转过身，我看见他眼里经过一天提炼的敌意，不寒而栗。

他说要说的都写在短信息里了，要我自己去看。说完他就丢下我走了。

我关机大概有十四个小时，短信暴发泥石流，稀里哗啦地砸进来，把我手机的全部空间淹没了。

畅儿，你砸进来的就有几十条。我先撇开你的不读，把天一的点开。

“我以为，有些事是神圣的，圣洁的，”他当晚八点零五分发送的短信这样说，“但我非常失望地发现，对于你这样一个女人，早就不知道何为神圣，何为圣洁。”

再点开一条他七点五十六分发出的：“你居然恬不知耻地把我们之间的事告诉了刘畅！你用心何在？！”

我停下来，深呼吸一下，以便我能接着往下看。

八点四十九分，天一发来了这天最后一条短信：“深深地爱你，犹如染癖，欲罢不能。从来没有像爱你一样爱过任何人，也不会再像爱你一样去爱任何人，因为你毁了我爱别人的能力。你塑造了我爱的模式，你树立了我爱的信仰，同时你毁了我。你有多可怕你知道吗？”

我现在知道天一的诗为什么让我喜欢了。他的控诉就是颂扬，在哀怨的同时，又在咏唱。但那时我觉得他每句话都是一记重击，让我眼花耳鸣，心里被打击的那种闷痛，无法言传。

我决定以沉默回复他。无论他写什么，我都不回复。同时我也不回复你。在课堂上和教室里，在学校的任何地方跟天一相遇，我都尽量自然坦然，该怎样就怎样，该提问就提问，该回答就回答。课堂上，我仍然像过去一样让他做文言文和古诗的译文示范，让他解释其他同学的疑问。和你，我也是同样态度，拿出最明朗最得体的班主任姿态，还在班上和你开玩笑，说笑话。我小心地捧着你们这两个易碎的细瓷器，希望你们通过高考的熔炼成为精品。但我发现，我越是努力在公众场合下和你说笑，你越是感到痛苦。你的一条短信是这样写的："你在敷衍我，这个好好班主任属于大家，可心儿只属于我。"

第二天，天一的短信又变了调调。那种凄苦无助的感觉又回来了。他说他在课堂上如何期待我的目光，多么焦渴地希望我的目光和他相遇时哪怕停留半秒钟。又过一天，他全面垮了，承认他对我所有的指控是意气之词，恳求我给他半小时的单独会见。

对你们四十五个学生来说，那是最苦的一段时间，你们的睡眠都在四小时以下。早晨我看到几个男生在教学楼的洗手池用冷水冲头。有的女生悄悄跟我说，怕自己月经不准，到考试那几天来，真是那样，该怎么办。只有你刘畅还耳朵里塞着iPod耳机，跟着里面的音乐晃晃悠悠，要把潇洒和酷劲带入考场。谁会想到你的谋杀计划就是在那时制定的？

你说你生日马上到了，想放松一个晚上，邀请我出去跟你共同晚餐。我考虑了一下，没有答应。接下来你拿出了缠磨功夫，一条条短信求我跟你出去，哪怕街心公园坐几分钟，哪怕到书城喝杯咖啡，哪怕去那个脏兮兮的金鑫超市碰一下头，买点果汁和牛奶……你一再降低会面标准和形式，最不堪的金鑫超市一块儿买点低品质食物都可以。但我都一一回绝。最后干脆又拿出我的杀手锏，关机。我想，就快高考了，什么不能等呢？可是我没想到你这个小急性子优越惯了，十八年来要什么都是立等可取，想要的东西没人敢让你等。

也许正是我的关机成了压垮你的最后一粒沙子。或许在此之后，全班同学为你庆贺十八岁生日的时候，你跟天一的冲突也是压垮你的最后一根草芥。

我的畅儿，现在你一定已经读了我的信，明白我将要做的。但愿我做的将有利于挽回你的生命。

[二十一]

父亲躺在被子里是那么薄的一片，快跟他一样失去实体了。最后父亲终究会薄成一张相片，和他的相片并排被挂在墙上。他能真切感到父亲的疼痛，这种绝症在晚期的疼痛让人生不如死。母亲拿着一个废弃的玻璃瓶，里面灌了热水，做父亲的热水袋。就在他被杀害的那天，父亲第一次为了莫名不适去就诊。第一次诊断非常粗疏，漏过了父亲的病灶。就像这个国家所有吃低保的人接受的医疗一样，父亲得到的是最低质、最粗陋的医疗，因此他直到出现腹水才受到医院些许重视。第二次诊断的结果出来，父亲得的是肝癌，并由于第一次的疏漏已经进入了不治期。

他活着的时候，从来没有意识到父亲是有美德的。现在每天那么多人来看望父亲，叙谈邵师傅当年怎样有恩于他们，徒弟的徒弟，师弟的师弟，热络得像父亲在家庭外有个更大的家庭。这些比父亲更不得意更边缘的人们，离开时总留下十元二十元，让母亲给邵师傅买点好药，求个好医生做个好手术。他们不知道那点钱都不够私下塞给麻醉师的红包。

他紧挨着父亲，父亲在半睡半醒时能感觉到儿子，他无力地伸出手，似乎触到了他，这种难以捉摸的触觉使父亲清醒了许多，但再触到的，却只是虚无。父亲缩回手时，充满狐疑，他不相信那纯粹是他病入膏肓的幻觉，儿子的体温、气味分明那么近。他一直注视着父亲，父亲的大脸盘小了，又失去了圆润，变得瘦长，瘦长而塌陷，提前把骷髅的形状凸显出来。这在他的感知中就是一刹那，但母亲却对父亲说，我们天一走了快一年了。

当父亲也变成一盒灰烬和一张遗像的时候，母亲就彻底被撇下了。好在母亲是个苦惯了的女人，苦惯了的人都是存在主义者，发生了的就接受，存在的，一定有存在的道理。母亲把存在的道理叫做命。她以后的存在道理是替儿子和丈夫存下全家的记忆，全家的记忆不都那么糟，也有金子般的时刻：四岁的天一跟爸逛鸟市，卖鸟的人疼天一，送了他一只小八哥，不久就学会邻居老太骂街："考你个老娘！"天一和爸都笑得满床打滚。六岁的天一和爸妈看马戏，爸的香烟被一只小猴夺了，小猴抽烟像爸一样眯眼歪嘴，那样子逗了天一一两年……

母亲每个月都会念叨一句："天一走了五个月了……七个月了……十个月了……眼瞅就一年了……"

真的有那么快？叫刘畅的年轻犯人真的已经有一年的狱龄？他似乎也能在梦与梦之间，那神魂和肉体尚未完全合一的刹那感觉到他：他的刀下鬼，他曾经的情敌。因为年轻犯人会突然哆嗦一下，瞪大的眼睛盯着一处，然后再向四处搜索。不必搜索，整个空间布满了他的感知。他感知到年轻杀人犯的悔恨，事情怎么啦？怎么就给他做绝了呢？是啊，事情怎么给你做绝了呢？现在法律也只能对你做绝。按照心儿的说法，他们俩都是精英少年，该做好朋友才对。可是，晚了……

外面天大亮，里面才是小亮。这是最理想的幽暗，年轻犯人有时几乎能看到他的刀下鬼。他开始是恐惧的，渐渐坦然了。两个精英少年最后的谈话很不愉快，都跟喝了三两假冒伪劣的绿豆烧酒一样，又横又浑。要不然杀人犯也许不会一步做到位，会在一刀见血时猛醒，收住架势，给他留一口气。假如那样，年轻死囚就不会在这里天天等自己的死讯。确实只有他记得他们最后的谈话。只有停止的生命储存下的记忆不会被篡改。活着的人总是有意无意地篡改记忆，对别人，有时也对自己。假如他能够提供那份唯一的，真实的刘畅对邵天一的最后谈话记录，他一定提供。一定会的。

那天他回到家，母亲和父亲去医院还没回来。当前院铁栅栏门上吊着的铃铛引起邻居的狗叫时，他以为是父母回来了。当时他在自己的小屋里，背冲门，脸朝启动极慢的电脑屏幕，叫了一声："妈，医生怎么说？"身后没有回答。狗越叫越疯。尚未启动的电脑屏幕像一面反光效果不佳的镜子，反射出一个站在窗外的人影。瘦瘦的肩膀，蓬松的头发。他回过头，小屋的门正对着那扇窗，看见这身影属于谁，属于一个已经被他当成敌人的人。刘畅不是去二零六医院看他爷爷了吗？

他走到窗前，打开一扇窗。

"你来干什么？"

"你住在这儿啊？"窗外的男孩笑了一下。

他没有答话。他恨透了这个男孩笑里的意义。他常爱这么笑：笑人笨，笑人英文发音土，笑人穿着打扮不得当，笑人活得太累。一次他穿着一套新西装准备上台朗诵，他咯咯地先笑了几声，等同学们催问他笑什么时，他才说：“太精神了！像成功人士！成功的农民企业家！”他差点告诉他，这身西装是丁老师给他买的，他自己挑的，原价一千多元，一折大减价，他才肯让她花钱买下。但他不能让公子哥把丁老师也笑进去。

“不能住这儿？”他问。

“能啊。就是没看见你家的别克啊。停哪儿呢？”

刘畅的嘴角又拱出那个该死的笑来。那次在飞度里，他撒了弥天大谎，心儿很快给他来了短信，说有没有私家车不是大事，而过分在乎有没有私家车就成了大事，一个男孩有着如此大的虚荣心是非常不好的大事。收到这条短信时，虽然没有人在场，虽然是夜晚，他也恨不得把自己的脸藏到裤裆里。现在刘畅重提别克的谎言，他想把他那所谓阳光少年的笑容装进他正牌Adidas（阿迪达斯）的裤裆。

他把门打开，咣当一摔，隔壁的狗再次狂吠。转眼间刘畅已经在门内了，他挡住他。

“别往里走。我问你，你来干什么？”

“我想跟你谈谈。”

“不是谈过了吗？”

“没谈拢，找个地方好好谈一次。”

刘畅的脸正经起来，甚至有点紧张。

“我不想谈。我要复习。”

“不耽误你复习。我也要复习。走吧。”

他和他眼睛对眼睛，对了几乎一个世纪。

“不行。有什么事都等高考完了再说。”

“我也要高考。”

“我跟你不一样。你家有的是钱，考成零分都不愁找不到工作。”

“就谈五分钟。”

“五分钟也不行。”

“三分钟！”

“一分钟老子也不想跟你谈！”

“那好，我就在这里跟你说。”他停顿了一下，又说，“你听着，假如你再纠缠她，欺负她，你给我小心点儿！”他嘴唇一使劲，绷在牙齿上，绷白了，像攥得过紧的拳头，血液循环都被掐断。

“你才纠缠她呢！”

“我就纠缠她，因为我喜欢她！我爱她！我大学毕业就跟她结婚，我跟她已经计划了，我也跟她妈说了，她妈都没有反对，你想怎么样？！”

在刘畅拔出的刀刺中他之前，其实他吐出的每个字都刺中了他。他半天说不出话来，需要一段时间疗伤。

“我知道你成她的新欢了。”他终于攒足力气说，“你俩是夜壶找尿盆，配得很！走吧！结婚去吧！”

“那你为什么不让开？还在死缠烂打！别以为我不知道，你半夜到她家去骚扰，骚扰得人家没法待，跑到她父母家挤了一宿！”

他明白了，他盯梢过刘畅，而刘畅反过来也盯过他的梢。

“是谁缠着谁？你搞清楚点！她跟我说帮我找到一种新安眠药，让我晚上到她家去拿……”

“撒谎！”

他确实撒了谎。

“她给我发短信，让我九点钟以后去她家。”

“短信给我看！”

“凭什么给你看？”

“那你就是胡说！”

他确实是胡说，但面子不能不要。

“你能证明我胡说吗？她发勾引我的短信，她能告诉你？”

“胡说！不准你污蔑她！”

“我胡说怎么了？我们还胡做了呢！”此刻他在贫民窟下意识学来的语言和态度很好使，“你以为到你手里还能是什么好东西？”

“我知道你俩发生的那件事！我不怪她，我都能理解。是你个大牲口发情，玷污了她！”

“谁能玷污她？丁佳心是最烂的女人……”

此刻刘畅叫他住嘴，或者说闭上他的狗嘴。这一句他不能完全确定听准了，因为隔壁的狗叫得太狂暴。

他看到刘畅的脸色石膏似的，也许他自己脸色也没好看到哪里去。两人同时安静下来。刘畅病了一样衰弱，哑着嗓音说：“我们不吵了，好吧？”

他愣住了。这算求和吗？还是他开始相信他刚才对心儿的诋毁了？他后悔这样败坏她。

“能给点水喝吗？”刘畅简直不是求和，而是在乞怜。并且他的脸色是令人惊悚的白。客人突然变化的态度把他弄傻了。也许他怕富二代病倒在自己家里，他家担待不起。他转过身往厨房去，要给他去倒水。就在他一只手撩开厨房门上的破草帘时，他脊梁上被重锤一下，接着，一股尖利的疼痛由远而近地来了……

他转过身，看见刀子从什么地方被使劲拔出来，用了一会儿工夫，他才明白刀是从他自己脊背上被拔出来的。那么，刀尖上的血就是他自己的了。血一滴滴飞快地落到地上，他头一个闪念想到的是，会有下一刀吗？下一刀会是哪里？他看到刀后的杀手，白脸转为赤红，两眼呆愣，似乎也在想同一个问题：下一刀落在哪儿？他突然伸出手臂，不知是要挡住自己的脸，怕脸破相，还是想夺刀……

假如能作证，他会把“最后谈话”写成一篇漂亮的报告文学，让每一个细节、每一个神态、每一句对话都再活一遍。他会得到高分的，起码心儿会给他很多红色五角星。读到精彩描写，心儿就会用红笔勾下来，在旁边画一个小小的五角星。他的作文常常是繁星一片。世上没有一个人像心儿那样欣赏自己，但他再也没有机会获得心儿的红色小星星了。他再也没机会向心儿道歉。他和刘畅最后谈话里的中伤都不算数，都是话赶话赶出来的气话，主要是为了气刘畅。况且当时他有多失败多痛苦啊！痛苦到极致，非得用那种语言为自己止痛。非得说服自己，那就是个烂透的女人，失去她才不会疼碎心。

时不时地，心儿也能感觉到他的在场、他的存在。尤其在她生病的时候。她发高烧时几乎看见了他，因为她那双大眼睛又微微鼓起，凝聚着不可思议。那时她躺在山区的简陋农舍里，那个村子被遗弃了，遗弃给了老人们和孩子们，年轻人和壮年人都消失在远方的城市，成了统计外的人口，形成城市之下的城市，或城市中的流动城市。老人们和孩子们都不知道代课老师生病了，高烧从三十九度直升至四十二度，只知道镇上的小学校没开门，孩子们野在山上，野在荒芜的田里。那时候的心儿和他很近，他相信她能看见他，能感觉到他。他是她重病的唯一知情者，唯一的陪伴，除此之外，没有任何人知道她病得那么重，一度几乎气绝。村里的老人们和孩子们偶然谈论，城里来的代课老师这几天也逃课了。小学校一共五十多个学生，住得山一家水一家，孩子们上课要走十几里或二十几里山路，所以常有逃课的，城里来的女老师就必须山一家水一家地去动员，去哄，去补课。女老师逃课，正合他们的意，省得他们自己逃课。女老师说上课就可以改变命运，做跟自己父母不同的人。但他们看不出做跟父母相同的人有什么不好，他们急着做跟父母相同的人，早早混进城，早早找女人或男人生孩子，做他们父母那样城里乡下两不管的人，爱生多少孩子生多少。他们认为城里来的女老师事儿多，本来他们挺喜欢自己的命运，她非要他们改变。女老师要是永远逃课他们就称心了。所以没人打听这么多天不见她去了哪里。

她躺在土坯搭的硬板床上，只有他守护她。她原先饱满红润的嘴唇成了爆裂的干皮，动了动，又动了动，也许在叫一个名字。是叫“天一”？

他怎么可能不爱她？怎么可能相信他在最后谈话时对她的辱骂？她对他的好，他难道不知道？她对他的每一点每一滴的好，都长进了他的身体。他们之间授受过多少爱？心灵到心灵，还用分谁是谁吗？爱她就是爱他自己，也压根不必怀念她，因为她就是他的一部分青春，他的一部分成长，一部分的他。

他守护了她好几天好几夜，有时她的手指轻轻地动，这是她在抚摸他的板刷头吗？十六七岁的时候，她第一次用手指触碰他又密又短的发茬，笑着说：“你戴了顶貂绒帽子吧？”

她的体温从四十二度降到四十度，又降到三十八度，最后降到了人间绝大部分成员的温度。她睁开眼睛，他明白，她还阳了，已经看不见他了，健康和阳气切断了她对他的感觉。

她从床上起来，身体轻飘得像个吹气娃娃，并已漏出一半的气了。她看了看地上的巨大茶缸，半缸水还在。她是靠水度日养病的。病自生又自灭，她呢，自灭又自生。她站不稳，跌倒在床上。她在想自己做的梦，零零碎碎的画面、形象，都是邵天一那孩子。她病魂悠悠的几天里，天一来过，陪伴过她，这点她深信。

他无法向她说清，那不是梦，他和她相约，必须以病做桥梁。她扶着墙站起，扶墙的手抖得像八九十岁。他陪伴她吃着泡面，啃了半根皱巴巴的萝卜，就像他活着的时候，多少次陪伴她吃最简单的饭食，因为相互就伴，吃得总那么香。然后她上了路，走走歇歇，傍晚才到一家门口，嘶哑地叫了一声“毕世康”。姓毕的学生看见她，心想，完了，逃课的老师回来了。她对毕世康说：“明天早上都到学校，看篮球比赛！”她用DVD上的美国篮球赛当糖果，哄他们上学。他想她好可怜，挣不了几毛钱薪水，把学生们当山林里珍贵的画眉蛋东一颗西一颗地捡来。这原先产画眉的山里，眼下只听画眉偶然地唱，难见画眉一根羽毛，更别说画眉蛋。教学之于她就像母爱，是女人就有，是母亲就有，不付出不行。她从毕家出来，天快黑了。毕家的老人只剩了一个，毕大娘说山上有野猫呢，搞不好还碰上熊，一个人咋走？老师不走了吧。

她说还有一家要通知，明天孩子可要去上学哦。她摁亮了手电筒，一支手电筒才能照穿几尺黑暗？

只有他陪伴她，他上一生太短，没陪够，没爱够，现在接着爱，没有妒忌没有障碍没有期限，什么时候能陪够爱够？早着呢！

他陪伴她到深夜，陪伴她到天渐渐发亮，山那边出太阳了，阳光要两小时才能照到山这边，但天早早红了，她病黄的脸也给天映得发红，原先嘴唇上那层爆裂的皮下面，新鲜的嘴唇长出来。不死脱层皮，就是她现在这样。脱层皮能重生多好，现在她可是他唯一的，独享的。

他陪伴她来到校舍，太阳光刚从山那边照过来，山的身姿被镶了金边。教室只有一间，其他的空关太久，里面的板凳都被人偷光了。学生们来了过半，从来不会全数都来的。心儿开始点名，点到某一两个缺席的，其他学生说他们去了城里，找他们爹妈去了。去了城里便可以永久逃课。城市中的流动居民在向一个世纪前退化，形成不小的文盲人口。心儿操这样的心呢！假如可能，他愿意充当一个学生，顶上一个名额，填满一张空课桌，让心儿眉心打的结稍微松开一点。下午学生多了一些，都知道电视篮球赛最后一堂课才放映。学生中最大的十四岁，一到十五的，就可以冒充十八岁，到城里的住宅小区当保安，或到洗脚房学习伺候大小各种脚丫子。几个学生最后到达，最后一堂课刚打下课铃。这几个学生都是十三四岁，都住在镇子周围，没有理由迟到一整天。心儿问他们迟到的理由。学生中一个最年长的男孩说，理由是他们去镇政府楼里上网了。网民们呼吁要捉拿一个女教师，网民叫她“师生畸恋的始作俑者”，她从城里逃到山里。心儿畏缩了一下，不敢正对那几个学生的眼睛。一个女学生看着心儿，哼哼几声，别以为山里就不在五星红旗下了。心儿刚想顶她一句，算了，咽了吧。

还有更大的山可以容她躲藏吗？他感觉着心儿的臊，热辣辣地爬到脸上，爬到脖子上，爬了满背。

她此刻已经站在几十双眼睛前面，几十双十三四岁的眼睛，可以剥得下她的衣服，剥下她的皮，挖出她的内脏。能挖出她想教他们的心吗？能挖出她为他们的愚昧无知所感到的焦虑吗？她认罪那样垂下目光。她知道自己错了，大错特错，但可以纠错吗？她有一肚子教学的知识，有着记吃不记打的教书匠血统，来此山中填补最后一个代课老师的职位，一天七八个小时几乎义务教学，这可以作为她纠错的方式吗？显然孩子们不那么想。就让一肚子知识烂在她肚子里，让他们退化成文盲不可惜吗？昨晚还友善的班长毕世康问她，到这里来打算勾引谁？她想说她从来没勾引过谁。但谁能作证？

他能，他邵天一在此作证。

她浑身发冷，就像高烧初起，他都能感觉到她的冷。

这里她是教不下去了。

他很想告诉他们，她是世上最好的老师。她让多少学生爱上了中文，让多少学生爱上中国的古典文学，她那些留洋国外的学生，在学舌外语时常常不自禁地反思：古老中国的文字表达怎么那么精练那么朴素，因此在他们的感情中，中文、中国和丁老师是一体的，属于同一份怀旧。

也许她会去更遥远更偏僻的乡村。她会把叮咚接到她最终落足的地方。叮咚将来就是一个乡村女教师的女儿。也许长大也会长成一个乡村女教师，就像老丁老师的女儿是小丁老师一样。

她的想法他都能感知到。

她在回城的公交大巴上想，她最后的落脚点要看法律对她的最后发落。她给在狱中的刘畅递进去的小说《自由》里，就夹着一封忏悔信，并说明她会为刘畅作证。大巴上，她给叮咚和母亲发了短信，告诉她们她就要回家了，因为想念。他连她带着淡淡血腥微微泪咸的想念都能体味得到。

[二十二]

网上新闻——

体操明星提供旁证

沈旭律师为刘畅的死刑判决在最高人民法院复核时争取改判、重判而暗中组织舆论支持。据说他秘密联络媒体、网络为刘畅鸣冤。同时他也正广泛搜集证据，寻找证人，为最高法院对刘畅的复核提供改判的资料。

他找到的证人中，有一个非常重要：省体院的大二学生马莉。

沈旭律师找到省师范大学体育系二年级的学生，荣获过全国艺术体操第四名的马莉，希望她能提供刘畅在作案前给她写的电邮。被艺术体操界评为大器晚成的带操皇后，马莉可以用冷艳来形容，她一米五六的瘦削身材和极好的四肢比例并不显矮，相反显得娇小匀称。她一开始回绝了沈律师的请求，说法律保护个人隐私权，即便一个被判处死刑的犯人也不该例外。在沈律师的劝导下，体操明星松了口，表示同意口述刘畅那些邮件的大意。她告诉沈律师，刘畅在作案的前一周向她承认，他在邮件里写到的那个跟班主任恋爱的“好友”就是他自己。他的痛苦那么强烈，以至于马莉放下妒忌来安慰他。在她的诱导下，他告诉马莉，班里另一个男生跟女班主任关系亲密了近两年，男生强行和班主任发生了关系。他能够谅解班主任，甚至更爱她了。但班主任已有两三天不回他的短信。刘畅的最后一封电邮让马莉特别担心，因为他说没有了女班主任的爱，即便考上好大学又有什么意思？活着又有什么意思？为高考承受了那么长时间的压力，受了那么多苦，没有爱不就是一场空？与其到时落空，不如现在就结束一切。从那以后，刘畅就没有再给马莉写过任何邮件。当时她训练太紧张，不能从省里回来，只能给他一封接一封地发邮件，要他等她放暑假，她一定好好听他诉说，也劝他千万别昏头，为一个三十几岁的老女人寻死觅活，不值得。其实在他作案之后，马莉还一直在发邮件劝他。马莉最后承认，刘畅生日那天，她确实快递了一件生日礼物，一支孔庙祈福笔。她想向他暗示，爱他的人很多，明面的暗地的都有，不要钻牛角尖，不要瞅准一棵树把自己吊死。直到她家里人告诉她，刘畅由于杀人被捕，她才放弃。马莉会作为刘畅复审的证人之一，证实刘在作案前的心理状态由于高考和失恋的高压，已经基本失常。

网上新闻——

师生恋受害人的父亲身患绝症

四月二十九日是邵天一被害周年忌日。五月一日，也就是邵天一忌日的第二天，一位网络记者来到新星小区旁边的棚户区，想采访在去年师生恋中丧生的被害人邵天一的家长，邵树稳和董素芳。邻居们亲热地称呼邵先生为邵老大，或者邵师傅，可见邵树稳在邻里是一位有相当亲和力的兄长式人物。记者走进那个破败的棚户区，邻居们热情地为他带路，并告诉他，邵老大病得很重，很久不见他出来打牌了。当记者敲开邵家的门，出现在他眼前的景象令他吃惊，因为躺在外屋的塑料躺椅上的病弱男人据介绍就是邵师傅。为记者开门的是邵家的女主人董素芳，一屋子人据介绍是邵师傅的徒弟们，以及他们的家属，除了邵家夫妇，众人都围着两张桌子在打麻将。邵师傅虽然卧病，但他的徒弟们还是把他摆置在一个利于观看牌局的位置，让他间接参与娱乐。邻居们称董素芳为邵大嫂，因此记者决定沿用这个称呼。记者注意到邵天一的遗像下面摆放了一个长条凳，上面放着一个小酒盅，里面装着土，插着几根焚香。条凳的另一边，放的是一挂香蕉，一小筐苹果。这就是邵家为他们失去的儿子供摆的忌案。记者来到遗像前，默立了一会儿，等他转过身，邵大嫂轻声地说："天一从小就爱吃水果，不过他很懂事，知道家里穷，吃不起，就说他最不喜欢吃水果。这都是他爸的徒弟们送的。"

记者问："最近邵师傅身体欠佳？"

邵师傅的徒弟说："不是最近，是从去年天一去了之后，打击太大，伤心伤肝伤得太狠了，一病不起！"

邵大嫂向记者介绍，刚才说话的是邵师傅的大徒弟，除了他之外，邵树稳还有四个徒弟。大徒弟显然是最悲愤最激动的那一个。

此刻二徒弟说："富二代杀人，杀的是儿子，等于把老子也带进去了！非把那富二代枪毙两次不可！"

记者问道："邵师傅是去年什么时候查出病来的？"

邵大嫂说："就是天一走的那天。是我陪老邵去医院检查的。那天挂号挂得挺靠前，不知怎么到下午才挨到我们的号。进了医生诊室，给他说了情况，才五分钟，一个人就进来，说是制药厂的，有什么药让医生给病人推荐。医生就跟他谈上了，谈了十多分钟，又回来给老邵看病，在老邵肚子上按了按，就看完了，开了一大堆的单子，去这里拍片子，去那里查血，一个楼有五六层，一会儿上楼梯，一会儿下楼梯，折腾到五点多。要不然我们早就回到家了。早点回到家就不会出那档子事了。"

记者说："那就是说，邵师傅的病其实在那件事之前就发作了？"

大徒弟眼睛一瞪，呵斥他："你什么意思？是不是帮杀人犯说话呀？那女董事长雇你来的吧？我师傅的确诊书是今年一月份才下的！不是为儿子伤心伤出来的？不是给生气气出来的？你们这些腐败记者的良心都让那些富人收买了吧？"

二徒弟也说："他们富人的命值钱，我们下岗工人的命不值钱？记者该为劳苦大众、大多数人说话才对呀！"

记者赶紧服软，道歉，不然他很可能在采访刚开始就终止，被轰出门去。

记者问："邵师傅的病有没有到上海北京的大医院去找好大夫看看？"

邵师傅此刻自己开了口，声音非常低弱："哪儿花得起那钱？凑合吧，只要不疼，我倒恨不得早点找天一去，别让孩子在那边做孤儿。"

邵大嫂背过身，擦了把泪。记者也不免心酸，这真是一个处在绝境中的家庭。

记者转开话题问道：“你们儿子的那个班主任，一直没有露过面？”

某徒弟的妻子打断记者：“她敢露面！非撕了她不可！骚货！跟谁搞不行，搞自己学生！我就不明白，警察怎么还没把她抓起来？”

大徒弟说：“对，判她强奸少男罪！”

二徒弟说：“法律不判她，咱自己判她！这种骚货，打死都不为过！”

邵大嫂倒还算冷静，对记者说：“天一来家总说他老师对他好，两年里没少帮我家忙，还给孩子在学校申请到特困助学金，常常给天一添置东西，衣服鞋子都买过，还给他买吃的。我也见过这老师，人看着是不错的，谁想得到……”

大徒弟说：“妖精都表面上看着不错！她现在不知藏到什么地方去了，要是给我们找到，没她好日子过！”

徒弟媳妇说：“就邵师傅这帮徒弟，加上徒弟的徒弟，一人一巴掌，都能扇死她！”

“不用扇死她，”另一个徒弟媳妇说，“打人还犯法呢！就给她扒了衣服裤子，羞死她！”

二徒弟说：“她那号人能怕羞？怕羞就不干那丑事了！扒下她衣服裤子，照样扇！”

记者发现这些人对失踪了的班主任极其仇恨，可以设想，假如这位曾经的省级优秀教师出现在他们面前，会发生怎样的不测。原来工人阶级并没有消失，他们虽然下岗多年，但阶级意识还是非常强烈的。记者此刻明白，工人阶级的阶级意识，从很大层面上来说，就是集体意识，一人的苦难，一人的利益，都跟这个集体紧密相连。

记者说："邵师傅，社会对您儿子是非常同情的，但是社会也同情刘畅，因为他犯案的时候毕竟才十八岁零一天。听说，您夫妇二人拒绝了被告人刘畅父母的讲和和经济赔偿。假如你们当时没有拒绝赔偿，"他停顿了一下，看了看这一屋子人的情绪风向，"那现在邵师傅可以得到更好的治疗。说白了，有钱就能在大医院找到好大夫，给您做一台好手术，那您的病就会早一点治愈。"

大徒弟说："我也主张咱们接受赔偿。怎么了？天一那么个好孩子，好孩子里的好孩子，一眨眼，没了，别说几百万，几千万也赔不上！所以呢，该赔偿赔偿，法律该怎么惩治杀人犯就怎么惩治他。这才叫公道，是不是？"

邵师傅看了妻子一眼，叹了口气。

邵大嫂好像也为当时拒绝被告人家长的巨额赔偿微露后悔。

徒弟媳妇之一说："叫我说，那个孩子杀人不对，既然人家家长要赔，我们就接受。法官能饶那孩子一条命，也没什么。十八岁是太年轻了，十八岁可不就是犯浑的年岁吗？所以两家家长该联起手来，状告那老师！全是那骚货的罪过，把两个孩子挑唆成仇人了，惩治她才大快人心！"

徒弟媳妇之二说："我也是这意思，就该跟那骚货算账！让她抵命！"

记者刚告辞出来，就听见麻将牌哗啦哗啦地响起来，牌局恢复了。

网上消息——

田董事长再登受害人家门

凤凰广告公司的董事长田淑华昨天下午再次来到被害人家，陪同她的有沈旭律师和他的助理。助理姓于，是个二十多岁的女律师，一手拎着购物袋，一手拎着一个草编蒲包，邻居们议论袋子里装的是珍贵补品补药，当他们看到蒲包里面盛装的东西不时动弹，有人猜想里面装的是活鳖。

田董事长此次露面跟过去都不一样，身穿普通休闲服饰，曾经的贵气荡然无存。她也没有乘坐自己的座驾，而是跟沈律师和助手一同搭乘出租车来到邵家所在的棚户区。据分析他们是怕棚户区居民发生报复行为，毁坏他们的名牌轿车。

邵家女主人把这一行人让进门，但不许他们惊扰正在里屋休息的邵师傅，有什么事请他们直说。沈律师首先发言，说田董事长从网上得知邵师傅身患重病，心里很不安，特地买了几盒虫草粉和几只野生老鳖过来看看，表示慰问。董素芳没有请客人坐，也没有给客人准备茶水，谈话气氛一开始就陷入僵局。尽管沈律师善于斡旋，但董素芳近乎麻木的沉默使任何话题都无法展开。田女士最后只能告辞，对邵家女主人说："但凡有任何事我能帮忙，一定不要客气。我们欠你们的太多，请求你们大慈大悲，给我们一个弥补机会。"沈律师拿出一张纸，上面是从网上下载的老鳖的药用功效和烹制方式，交给了董素芳，跟女董事长一块儿辞别了。等屋里只剩下两个人的时候，小于律师说："您要想开，现在最关键的是要把邵师傅的病治好。我一个朋友母亲肺癌都晚期了，让上海一个中医治好了。现在都三四年了，没有转移扩散，每天早晨都跟一帮老太太到公园里跳舞呢！那个中医研制出来一种药，配合食疗，很多中期晚期病人都被他治好了！”

董素芳问：“真的？”

于律师拿出自己的笔记本电脑，调出网上信息。这位上海的中医姓陈，连国外都请他做过学术报告，报纸杂志也报道过他的成就，介绍了他的抗癌新药的理论根据。但是这位大夫用的药非常贵……

董女士动心了，问道：“多贵？”

于律师告诉她一个疗程需要六万到十万。

这个价让董素芳泄气了，良久才说：“富人的命比我们值钱，也比我们长。这年头寿命都能花钱买。”

于律师感觉时机到了，顺口议题似的说：“要是您收下田董的补偿，能够邵师傅吃多少疗程的药啊。”

董素芳不说话了。

于律师加紧劝说：“人没病的时候，怎么较劲都行，可是得病痛苦啊，特别是邵师傅这种病，听说越往后越痛苦……”

于律师从邵家出来之后，回到律师事务所，田董事长和沈律师都在等她。田董事长拿出做大生意的果敢和精明，叫于律师马上打印经过那位中医治愈的病人自述，给邵家夫妇连夜送去，然后向陈大夫订购一个疗程的药，以特快专递送到本市，最好在明后天就能让邵树稳开始服用。

晚上九点多，他们给中医陈大夫打通了电话，陈大夫说现在不能马上开药，必须要先看到病人的所有诊断书，包括B超、核磁共振等，才能决定。并不是所有癌症病人他都接手，接手的他就不愿意成为失败记录。当晚于律师赶到邵家，取到各种诊断书，拍下照片，给陈大夫当即发了过去。

第二天陈大夫给沈律师发来电邮，说病人的肝癌已经过了他的药能奏效的阶段，但是病人的另一个选择就是死亡，并且可能死得很痛苦，不妨死马当活马医，能多活几天是几天，假如药费不是顾虑的话，奇迹也有可能发生。田董事长授意于律师给他回信，告诉他尽管配药，不要顾忌药费，让奇迹发生。陈大夫终于同意接手邵树稳的病案，让田董事长这边将三万块钱汇到他诊所的账户，作为前一半药费，后一半不必马上汇，等病人的腹水下去，病情有所好转再汇。

于律师怕这位陈大夫也像举国上下成千上万的欺诈之徒，收到钱就沉没人海，或者够不上欺诈，但也不像炒作的那样“神医妙方”，那么这三万块钱就成了肉包子打狗了。田董事长说：“这不相干。”

小于律师奇怪为什么不相干。但沈旭律师马上领会了田董的意思，让于律师当即写邮件跟陈大夫订药。他说：“早一小时是一小时，跟癌症争夺生命，一小时都不能拖延。”

笔者当然明白，此时为邵天一的父亲争夺生命，就是为田董事长的儿子争夺生命，所以网络认为田女士是个既懂舆论效应，又有政治头脑的商场老手。一旦邵天一的父亲有任何好转，田董就赢下了儿子的生命，就算没有丝毫好转，被告人家长的救助姿态毕竟是拿出来了，姿态将是正面的，高尚的，并且相当漂亮。这个正面姿态的亮相，会导致公众舆论进一步倾向同情刘畅。在最高法院复核时期，公众的同情舆论会作用于审判员们的裁定：改判或发回原地重判。那是事关生死的终极裁定，因此刘畅家长会紧紧抓住这机会，争夺下刘畅十九岁的生命。

昂贵的中药不是被特快专递送到本市的，而是陈大夫派专人乘动车连夜送达的。因为陈大夫怕邮差出差错，丢失邮包，或者药里的贵重药物被偷窃或调包。

第二天，沈律师和小于律师拎着上海送达的贵重中药来到邵家，一个邻居告诉他们，董素芳到新星小区做钟点工去了，邵师傅好像在十二号串门。两位律师觉得怪异，病那么重，他怎么就串起门来了？在那排简易房的最后一间找到了邵师傅，他们简直不能相信自己的眼睛，因为邵师傅正热火朝天地跟邻居们打麻将。他们走进门，拿出几包中药，向邵师傅说明，田淑华董事长有交代，要跟疾病争夺时间，时间就是生命，所以她前天晚上跟上海的大夫下了订单，为他订购了药品，药刚送到他们就给拿过来了。

邵师傅好像有点懵懂地看看那几包药，问道："你们这是给谁送药？"

沈律师好奇怪，说："邵师傅忘了？田董给您买的药啊！今天刚从上海送过来……"

邵师傅更糊涂了，说："给我买药？我这不好好的吗？"

沈律师和小于律师互相看了一眼。围坐一圈的牌友都在抽烟喝啤酒，每人跟前的桌面上都放着荷叶包，里面包着眼看要风干的卤菜，坐在邵师傅旁边的一个中年男人起哄，要邵师傅出牌。

二十四岁的小于律师凑到邵师傅耳边说："您的检验报告给上海的陈大夫看了，他觉得用这药治您的病还是对症的。陈大夫一般不接手自己治不好的病人，仔细看了您的病例和检验报告马上就同意开药。邵师傅，要不我先帮您把药煎上……"

邵师傅说："这年头，骗子太多了，假大夫假药到处都是，正经药房还卖假药呢，更别说这么个见都没见过的大夫！他给我开的药，虽说是有人大把花钱买单，我就敢吃？钱是她的，命是我的，钱给骗了还能挣，命吃没了谁负责呀？”

沈律师和小于律师都傻了。邵师傅说的也有些道理，不能因为人家花几万块钱请你吃药，你就得吃，到底是药，不是宴席。

邵师傅拿起一瓶啤酒，喝了一大口，又说：“你看，我这不好好的吗？没事吃药玩儿啊？你们大家都明白，什么都能吃，就是药不能瞎吃。”

烟雾腾腾的屋子里，半醉的牌友们都认同邵师傅，说绝对不敢瞎吃药，再贵重的药它也是药。

沈律师是一个人离开的，把小于律师留下等候董素芳。小于律师等到晚上九点，董素芳还没有回来，给她打手机，她也不接。小于律师判断董素芳是有意躲开她的。

网上评论——

草果：支持受害人家长！

水立方：受害人的父母让被告人的家长碰软钉子，就是要公众和执法人明白，他们不领田董事长的情，不让舆论同情杀人犯。

鱼的海洋：不能仅仅因为小杀人犯家里有钱，他犯的天大罪过就能用钱来弥补，那要是换个没钱人家的孩子呢？犯了同样的罪又该用什么弥补？就只能以命抵命了吗？

金刚一丈量：慢说那种昂贵的中药真假还不知道，就是它果然有奇效，受害人的父亲也不会让儿子黄金年华的小命减价，来优惠自己这条病残的老命，同时优惠杀人凶手。

奔头：受害人父母这样做，就是要法律不受舆论操纵，不买情面，主持最大程度的公道，让罪犯付出该付的代价，那是谁也不能垫付或代付的代价。

虫虫又一春：赞！

[二十三]

跟律师见面的时间是上午十一点。从昨天接到这个通知他就开始等待。现在他唯一感兴趣的就是跟沈律师见面。夜里他就开始焦急地等。整整一夜，他越等越焦急，失眠得完全彻底。等待是他现在活着的形式，早饭完了等午饭，然后等晚饭，再等熄灯，再等睡眠到来……等啊，等啊，什么解决不了的，等待总能解决。他的等待前面一片漆黑，漆黑地藏着一个大悬念，那悬念就是“我到底还要等多久”。也许还会等很长时间，也许等待的结果就在下一分钟：他的终极判决终于被某几个陌生人商定。但是在那之前，等待不知会有多长，或者会有多短。难道等待本身不是刑罚吗？自从昨天晚饭时间老张通知他，沈律师今天会跟他会面半小时，他的等待才有了等头。

沈律师是和一个年轻的女律师一块儿来的。

“这是小于律师，北京政法学院的高材生，屈就到我们事务所来了。”沈律师语速极快地介绍着。人们都这样虚伪，当人面吹嘘下属反正不花费任何开销。小于律师用眼睛跟他笑了一下。像以往一样，沈律师上来几句话总是泛泛地说几句他父母的情况，还好，还算健康，还是上班下班。他们都知道不能在这类婆婆妈妈的话上浪费时间，小于律师已经翻开了文件夹，沈律师也把笔记本打开了。

沈律师比上次来更胖，一种不健康的虚胖。取证也要请客吃饭喝酒，中国人有什么不好说的话就拉到饭桌上去说。

沈律师问："你再回忆一下，在你杀害邵天一的前一个礼拜，最让你受刺激让你不可忍受的事是什么？"

他看着沈律师。这句话他被问了数不清多少次了。他也回答了数不清的次数。因为他通过跟踪发现邵天一骚扰丁老师，用自残来威胁丁老师。但好像他的回答不是律师要听的，他到底要听什么？

"我听说邵天一在丁老师家用菜刀砍自己，我觉得那是他在对丁老师搞感情绑架，感情敲诈，绑架丁老师。这件事刺激我了，回到家就喝啤酒，然后就胡想胡写，其实我都不知道写的是什么。但是写的东西给警察拿去了，说上面还有谋杀计划几个字。"

沈律师看了一眼小于律师。年轻的女律师从陪衬位置移到前台，温柔地看着他。

"丁老师还告诉了你其他事情吧？"女律师说。

"什么事情？"

"更让你难受的事，比如他俩……"

"没有。"

别想用你的温柔融化秘密的封口，它是我和心儿共同的秘密。他看着年轻女律师光润的圆脸想着。他答应过心儿，永远不向任何人启口邵天一和她发生的那件尴尬事。他们的情感之路就开端于他和她的共同秘密，那个共同秘密是为邵天一的特困生身份保密。

小于律师进一步启发他再好好想想。

“他拿菜刀胡砍乱砍，逼丁老师，吓唬她，我受不了，当时气得要死……”他看着对面这张年轻的脸，脸皮真光。一汪清水，无风吹起一丝涟漪，无景致倒映其中，怎么会好看？好看的脸多少有点神秘，或掩藏着难以启齿的秘密。好看的女人是有故事的，被人阅读和诠释的，是一本留着各种人翻阅印痕的故事书。假如他能活下去，活完一辈子，在生命那一头，他大概才能学会欣赏青春女孩。活到他父亲这样的岁数，或者更老一些，他也会看着叮咚和她女同学那样的小萝莉满嘴跑口水。想到这里，不活也罢。

沈律师跟小于律师又对调了主、配角的位置。

“据我调查，你买那把刀，确实是针对你们小区的安全。你们小区那个抢劫杀人案属实，当时家家都进一步采取了安全措施。你就是在那时候买的刀，是吧？”沈律师看了看笔记本，又看着他。

他心想，自己已经把这件事重复了一万遍，有个细节他重复得要抓狂：“丁老师严厉禁止我把刀放在书包里！”

“你为什么没有听丁老师的，把刀拿出来，放在家里呢？”

“我也不知道。”

他想说，那一阵子他过得兵荒马乱，一天复习十六到十八个钟头，考试本身就是你死我活的事，本来就恐怖，有时校长还会对高三学生训话，他自以为那是鼓舞士气。训话总说：“我们省是全国升学率最高的两个省之一，我们学校又是全省升学率最高的十个学校之一，你们一定会像你们的学长学姐那样，考出好成绩！”什么鼓舞，他在同学脸上只看到恐怖。班长杨晴本来对考试把握很大，一听这种“鼓舞”也心虚气短了。更别说各家家长，晚自习前成群结队地进入学校，给儿女们送营养品，送维生素饮料，上前线慰劳恶战中的将士也不过那样。但是这能解释他为什么没听心儿的话，把刀留在家里吗？

“你去邵天一家那天，事先不知道他父母不在家，对吧？”

“不知道。”

“你只琢磨到时候怎么对付隔壁邻居的狗，怎么没想到对付他的父母？他父母多半时间都在家，偶然出门。尤其他父亲下岗十几年，每天就是在左邻右舍打牌，闲聊，很少离开家，那天他们两口子出门一整天，非常偶然，要不是看病检查折腾了一天，也早该回家了。你肯定没预料到他父亲母亲一块儿出门，到五点还不回家，对吧？”

“我没想。”

“你知道他父亲常常待在他们那个杂院里，对吗？”

“不是很清楚。没仔细想。”仔细想了还会出那件事吗？

“你怎么知道邵家隔壁养了条狼狗？”

“邵天一跟丁老师说的，丁老师跟我说的。”

“她怎么说的？”

“她说邵天一的性格内向，从小跟动物相处比跟人要快活，八岁的时候他养过一条狗，被打狗队打死了，所以他再也不想养狗，跟邻居家的狗很亲。”

“所以你在所谓的谋杀计划书上写了要怎么引开狗。”

“我不记得写了什么。”

“那天狗没有出来，对吧？”

“对。”

这句话也重复了一万遍。谎言重复一万遍就成真实，反之，真实重复一万遍就像谎言了。他觉得询问和回答简直就是SM（虐待和被虐）。

“你在警方发现的所谓的谋杀计划里写了要引开那条狗，你打算怎么引开？”

他不说话。这还用问？引开狗还不容易？几两熟下水，半个烧鸡，一截火腿肠，什么都好使……

律师又问：“是打算用火腿肠引开？”

“可能吧。”

“那你在去邵天一家之前怎么没买火腿肠呢？显然就是你没打算真实行谋杀计划，对吧？”

“我本来要去医院看我爷爷。”

“可是你为什么又让出租车到邵天一家了呢？”

又是个回答过一万遍的问题。他回答过检察官，也回答过辩护律师：那就是一闪念的事。整整一周他都在猜测心儿的沉默是怎么回事。他对邵天一的怒、恨、怨毒跟着高考的压力一块儿上涨。他坐在出租车上向二零六陆军医院去的时候，司机不知怎么问他的岁数。他刚满十八。他突然想到，十八岁一条好汉，杀人放火都是好汉做事好汉当。他的行为从此属于自己，干什么都不必连累谁，不必连累父母，也不必连累心儿。十八岁零一天，是个清算总账的好日子。

“你进了邵家，发现他家父母都不在，有没有多想？”

“顾不上想。见到邵天一就吵起来了。”

这二人转又开始舞台调度，小于律师来到前台，问道：“丁佳心给你送了一本书进来，你看了吗？”

“没有。”

"为什么不看？"

"不想看。"

"为什么？"

"……不知道。"

怎么跟他们讲得清？他的十八年生命被填进太多的书、太多的字，尤其最后一年，他给强按着头，闷在密密麻麻的字海里，各种字，中文字英文字数字，吞得下也得吞，吞不下也得吞，吞的同时才能呼吸，强吞是他呼吸的交换代价，他早就受够了。现在他无力报复他所受的苦难，他至少可以选择跟书和字断绝关联。他从有字的世界起义了。有了字才有那么多概念，那么多成见，他和心儿之所以不能实现爱情，就因为有字世界的成见和概念，有字世界是没有天真的，邵天一、心儿和他，假如在概念尚未开始害人的伊甸园，一定会发生另一个故事。他乐得享受无字的世界，对于字以及由字组织起来的句子，再由句子形成的概念、成见、知识，他再也不用负责去死记硬背。他这个无字世界空茫茫的，回归了岩画时期的原始，他的精神野起来，他感到获得了自由。

因此他一直克服着难忍的心痒，不去碰心儿送来的书。他甚至不想知道那是一本什么书。文字再别想诱惑他回到充满"师生畸恋"、"不伦之恋"、"三角关系"等概念和成见的世界里。就是心儿亲自来诱惑他都办不到。心儿曾经启蒙了他，让他陷入跟中国文字和语言的热恋之中。那是一场怎样的大爱，通过那场大爱，他热恋上了心儿。他想到那些给心儿写的短信，寄托和表达他恋爱的词句，太俗了，让有字的世界污染得太厉害，一点创始感也没有，假如他活下去，还有机会再向心儿表达爱，他会尽量肃清文字俗气的污染。

他无法回答小于律师的就是这些。通过文字，就会陷入文字的圈套，人们就会利用你文字中的概念之网套住你，勒死你。

小于律师说：“是不是可以这样理解：现在你已经开始对丁佳心有认识了，认识了她是这件事里的始作俑者，所以心里对她的感情已经从爱转化为恨了。是不是这样？”

他懒洋洋地摇摇头。请他们进入他美好的无字境界，他们还是想当然地找出概念。

“那怎么解释你连丁佳心带给你的书都不拆开呢？”

他的目光越过她，定在灰秃秃的墙上。好一面没有字的墙。但是好景不长，沈律师的脸出现了，成了画面主体，墙成了背景。他又跟小于律师变换了位置，二人转现在由他主唱。

沈律师说：“丁佳心找到我们了。她提供了一个非常重要的情节，被你忽略了。我提醒你一下：在你杀害邵天一的前三个礼拜，有一天她向你承认了邵天一和她发生了性关系，也告诉你，后来邵天一还要保持这种肌肤之亲，她拒绝他之后，邵天一差点自残。你应该是因为这个受了刺激。”

他猛然收回目光，绝望而怨愤地看着这张虚胖的大脸蛋，给他这么一总结一归纳，这事怎么这么丑恶？并且他对心儿也产生了一股从未有过的怨毒：我像真的一样给你们保密，你反而自己拿出去招摇。那我刘畅在这三人关系里又是什么角色呢？因为发现自己和女方的关系远不如情敌和女方亲密，妒火中烧，不惜用刀杀害自己的同学？！我一直以为的惊世骇俗又在哪里？原来连心儿也不把它看成一场惊世骇俗的生死恋？！

“这是个非常重要的新信息。在某种意义上有暗示怂恿的作用，再加上她说邵在他家耍菜刀，差点自残，这两点信息连在一起，等于暗示你，邵天一对于你和丁佳心的感情发展，是个致命障碍，必须把他除掉。”他越来越吃惊，难道自己捍卫的秘密不过是一件丑闻的核心？

“她这样跟你们说的？”

“她的原话不是这样说的。她的证词给我们提供了非常有利的新证据，让最高院看到你作案时的心理前提，我相信执法人能发现你的情有可原之处。丁佳心的本意是好的，假如法律发现她在此案中的法律责任，她甘愿伏法。”

他低下头，看着自己太长的指甲。活人成了尸体之后指甲会继续生长，半尸体犹如他，也能把指甲养育得这么茁壮。指甲是灰黑的，关在这里面什么也没干，指甲也能藏污纳垢。从八九岁起，家里就没人注意他的指甲是否该剪，该清理，却有人逼他弹琴，用长着如此灰黑指甲的手。只有一个人总把一把指甲刀轻轻放在他面前，有一次她还低声笑道：“那指甲是不是留到发愁的时候去啃的？”还有一次她说：“这指甲弹古筝弹琵琶合适，弹钢琴还不把键子上的珐琅划坏呀？”此生他只为她演奏过一次，还没好好弹，曲子断得一小截一小截的。也许再也没机会给她弹一支完整的曲子了。他鼻腔酸胀，一包眼泪堵在那里。

“你当时听到丁佳心和邵天一发生了肉体关系，第一感觉是什么？”

“我忘了。”

“生气吗？”

“嗯。”仅仅生气？

“妒忌呢？”

他绝望地看着这张全省法律界著名的大圆脸。事情越来越不是他想象的样子。

“非常痛苦，生气，对吧？”

“就算是吧。”还是无字世界好，丰富含蓄微妙的上千种情绪只能哑然，只能YY，可意会不可言传。

“生气痛苦到什么程度？”

这叫什么话？还有“程度”？程度你们不是都看见了？程度就是我将为之付出代价的。

他不想说话了。

“就是在气头上你回到家，喝了两瓶半啤酒，然后草拟了谋杀计划，对吧？”

他更与他们讲不清楚。他们不可能懂得他这样的年轻人，常常在心里把某个可恨之人杀个千刀万剐。从小到大，他生活里时不时出现恶棍、流氓、街霸，他们会堵在街上，向比他们年少的男孩女孩勒索，索要你的钱钞，索要你的忠诚，要你去帮他欺负更多的孩子，他们还索要你的奴性以至于你俯首帖耳指东不西。街机厅里的杀戮游戏是他自欺欺人的反抗，发泄被压抑的暴力。他模拟了无数次轰杀。当他在纸上横一笔竖一笔划拉“谋杀计划”时，不过又是一次模拟轰杀。这和后来到了邵家，自己身心里突然裂变出一个杀人犯是没有联系的。他也不知道自己怎么裂变出一个杀人犯来。他那几天想杀的并不是邵天一，或说不止邵天一，他想杀的多了：该死的复习，模拟考试，高考，制定复习考试的人，每个对他谆谆教导、喋喋嘱咐的人，都在他的模拟轰杀中纷纷倒下，那些唠叨了又唠叨的：“你要用功哦！时间不多了哟！争取考到一本哟！”他统统想劈砍，刺戮……

这合逻辑吗？讲出来有人信吗？

逻辑是必须要有的，并且必须要合乎有字世界的情理。他无奈地点点头，就算是吧，爱怎么就怎么吧。

会谈时间到了，两位律师相互对一眼，站起身，比来的时候精神好多了。他们觉得从他这里获得了赢的砝码。

他回到他的死囚监室之后，就来拆那本书的包装纸。用来包装的是最结实的那种牛皮纸，到处用胶水粘住，一层层的，包得可真结实，赶得上那个她要他发誓严守的秘密。终于撕开最后一层纸，里面的翻译小说封面上印着书名：自由。本来他倒感到自由了，无字无词无意义无概念无成见，现在字词带着意义再次污染他的世界。所有的字和词都是人们定义的，就像所有的算式，所有的配方，你只有死记硬背的份儿。他本来以为死牢的墙是他的工事，抵挡字的黑流，让他走向法场时洗净字的污染。但她偏要把字送进来，连同她自己写的字。她写的字还是有种格外的温情，那微微倾斜的字体，细腻的起笔提笔，一顿一拖，非常非常的独一无二，也就非常的生动……他把字放在嘴上，放在鼻子上，想嗅到她，嗅出她来。

绝不让眼泪流出来……糟糕，还是流了出来。

他不想读那些字，只想这么嗅它们，像动物和婴儿。动物和婴儿用嗅觉去辨认，用唇舌去品尝，辨认和品尝出来的要比认字可靠得多。嗅出她的字，就是他此生能最后得到的她。

过了一周、两周，因为书信被递进来太久，她的气味很快失散在这个等死的空间里，这个能吸噬无尽活人气味的黑洞里。

她要他读这本小说，因为它的语言很好。又是语言。停止做语文老师吧！你若不是我的语文老师，我们会有今天吗？她说她还会设法带书给他，读书是这种时候的慰藉。你怎么知道是慰藉？你在我的位置上试试！仅仅因为你读过的另一本叫《象棋》的小说里这样说的吗？那个被纳粹关进监狱的奥地利人趁审讯之时偷了一本书，因为他认为只要有书读就可以消磨无论怎样孤独恐惧的日子，结果偷到的是一本棋谱。尽管他无比失望，但棋谱毕竟是书，给了他一抹黑的生活某种方向，哪怕是最终把他引向疯狂的方向。《象棋》的文字引人入胜至极，这本《自由》的文字几乎可以与之媲美……从文字到书，再由书到文字，一时的语文老师，三世的语文老师。

在信的最后，她叫他放心，她会向他的律师交代她在案件中的重大责任，她的责任该由（也将由）她来负，但愿能分担一部分他的罪责。

这就是沈律师说的那个重大情节了。他突然觉得自己可笑可怜，为她和他两人盟誓封存的秘密单打独斗，她却背叛了那盟誓。也许他长期以来就是可笑可怜的，太过认真，太过理想，其实一切就是那么一回事：无非男女。别想把他扯到狗男女的三角关系里去，一定要扯，他宁可死。

沈律师还在卖嘴皮，说从心理学角度——尤其青少年心理学来看他刘畅的案子，其实说明更深一层的意义：年轻人碰到如临战、临考，甚至临死的高度压力，通常会诉诸性行为来减压，许多死刑犯手淫度过刑前最后一夜，战壕里决战前夜的战士亦然。高考前的压力不亚于决一死战的战士，因此他们寻求释放压力的出口，就是性。因为他们年轻，往往把这种性行为看高了，弄复杂了，把它误当作一生中最致命的爱。这就是邵天一和他刘畅的悲剧。

呜呼哀哉！人们可以这样诠释他和天一。假如他同意这种诠释，人们才会以科学来同情他，宽恕他。假如他接受他们的诠释，就等于接受自己是个畜生，爱心儿的一切美丽情愫不过就是铺垫，往王处长那一举措铺垫。最后，一个畜生就科学地人性地被理解和宽恕了。也许她也是那么诠释整件事的。

没人知道他怎样爱过她，连她都不知道。

他失去了最后的理解和支援。他视为生命的爱，原来没人分享，原来是一厢情愿。

他合上了书，把那封信合在其中，推到一边。

好了，他的自由来了。

[二十四]

那天我送走你之后，在马路上走了很久。这么多天，叮咚，我无法想别的，也看不见别的东西，睁眼闭眼都是你。

你不久前生了口疮，痂脱落后在左边嘴角留下一小块粉白，让你无瑕的脸暂时破了点相。那是火气攻心，我的叮咚，我知道你为我着了急，蒙了羞，火气攻心了。你十三岁不到，我这个母亲都给了你什么？你走到离我三四步的地方就停住脚，不愿走近被网上骂成妖魔的我。是我把我们之间最后的距离填满的。我赶上前，把你抱入怀里，你的消极我立刻感觉出来了。你像一件物品，随我搂着，随我触摸，我以为你外表模样变化大，此刻我发现你内向的变化不可估量。

我的手停在了你的手上，摸出那手背去年冬天皴得多严重，现在皮肤质地都变了，指关节上长冻疮的地方皮肤加厚，那是退不下去的肿。有没有妈在身边，这手自己可以言说。问你想去哪里吃饭。你说随便。真是消极得让我心凉。以前在选择餐馆上，你是个小独裁者。我拉着你的手往前走，你的手消极地待在我的手掌里。我们在一家家餐馆门口站下，又打消念头，继续往前走。其实吃什么我比你还随便。山里的饭把我吃成了山里人，开胃口的东西只有一个，就是饥饿，而看到你之后我脏腑堵得满满的：疚痛，疼爱，自责。

不久我发现我们母女俩坐在了一家肯德基的二楼。大众肚里的油水多了，吃肯德基的人越来越少，二楼一面墙是镜子，镜子里外都是我们娘儿俩。

“妈一直想带你出来，随你逛街吃餐馆。今天你说干吗咱们就干吗。”我说。无意中瞥见镜子里的女人胆怯地笑一下。

镜子里你的侧面真是个小萝莉。在这样一个小萝莉面前，成年男人自卑，成年女人也自卑。

“我下去买吃的吧？”你说。

“歇会儿再说。”

你靠向椅背，把脸转向靠街的那面墙，一排窗子，窗外的树梢，电线，一根树梢上还挂着几个月前春节礼花的纸屑，原本是红色，雨水使它们早已失血。那些都比我这个妈妈的脸有看头。我的女儿，难道你再也快乐不起来了吗？我真是罪恶滔天。

“律师来学校了，一个男的，一个女的。”

我听着，你的声音里有一种乏，生活没劲无趣，让你乏了。十二三岁的孩子都容易乏，成年人的沉闷和蠢笨，让你们觉得够受的，但你感到没劲是有理由的。你分内的母爱给那么多高中生分走，总是先他们后你，因为他们要高考——你妈妈总是这样替他们说情。寄宿学校养大了你，现在你发现，那些高中生走了，母爱呢？你也没落下多少。

“他们叫我作证，用录音机给我录音。下礼拜一还要来。”你告诉我。觉得什么都没劲的孩子都是这张没有问答的脸。

“下礼拜一什么时候？”

“不知道。他们没说。”

畅儿的辩护律师正在为最高人民法院的死刑复核提供有利于减刑或重判的证据、证词。畅儿能不能保住生命，十三岁的叮咚操着一小把生杀权。叮咚你从来没有表示过对妈妈的不满，从来没提我这妈妈当得怎么不像话，但你现在的没劲模样把什么都说了。律师们问你是否听见你母亲跟邵天一和刘畅的对话、争吵，你说听见过，但是没听清楚，因为正熟睡给吵醒的，你只听见妈妈压着嗓门叫喊：“把刀给我放下！”也许叮咚你听到的比我以为瞒住你的要多。

记得那时跑上来一个餐馆服务员，看看这娘儿俩，看看我们面前的空桌子，怎么看都有点不正常。

你说：“我去买点吃的吧。”说着你已经跑向楼梯口。

“唉，给你钱！”

你在楼梯口转过身：“我有。”

“买一套就够了！”

“知道。”

我的女儿，你知道妈妈成了个穷光蛋。

你下了两三级台阶，又回来问我：“你要喝的吗？”

注意到了吗？从我俩见面到现在，你只叫了我一声妈。可以想见，多少个夜里，你躺在学校宿舍的上铺，想着自己怎么会有这么不是东西的爹妈。我等你端来一份套餐，帮你摆好餐具餐纸，又看一眼镜子里的母女，女儿眉清目秀，鼻子是鼻子，下巴是下巴，气质不群，当妈的是不配有这么个女儿的。

“下礼拜一律师再来，你就告诉他们，你听见那天夜里的事了，因为邵天一家路远，谈完话你妈留他住在家里，刘畅找来，妈把他拦在门外，所以刘畅就在那时候跟邵天一结了仇。这事怪你妈妈。你就这么说。”

你抬起脸，看着我。这个女人在干吗？你已经没了父亲，或者说有的只是父亲的残渣，这女人还要把你母亲也灭了，为搭救她学生一条命？你眼泪流下来了。

“答应妈妈，嗯？你邵大哥走了，如果你畅哥哥也要走，你想妈妈还怎么活？”

你还是那样看着我：这女人铁了心了，她只想她的学生如何活下去，她怎么不想那之后做她女儿还怎么活？

我一下拉住你的手，你那寄宿学校学生的手，去年冬天有多冷，它们是见证，去年冬天当妈的缺席如何彻底，它们也是见证。叮咚，但愿人有来世，我能重新来，因为我现在知道怎么做妈，怎么做班主任。

“谢谢。我代你畅哥哥谢谢你。”

你的泪珠滴下来，滴在炸得又干又脆的鸡肉上。

“你尽量把责任往妈妈头上拉，你畅哥哥就不会被执行死刑了，明白吗？你放心，他们不会把妈妈抓进去的。妈妈是犯错，不是犯罪。然后妈妈会带你走得远远的，到边疆城市去，那些地方老是缺教师，缺妈妈这样有经验的教师。所以你别担心妈妈……看着妈妈！”

你被迫抬起脸，眼睛却还是不看我，眼泪流进你嘴里。

我瞥见了镜子，镜面玻璃是浅褐色的，里面浅褐色的女人也满脸眼泪。

你把吃了一小半的套餐端到楼下去了。我用餐巾纸擦干净脸，等哭相稍微平复，走下楼梯，看见你手上已经多了个纸包。我们的晚餐将是纸包里冷了的炸鸡。我发誓把欠你的爱都还给你，我的叮咚。我会找到工作，我会卖命地干活，整工干不了就干零工，一家家上门当家教。我在中学英语和数学都不差，捡起来给高考生补习绰绰有余。我恨透了的高考，它是年年发作的疫情，从首都流行到边疆，没一地可幸免，但现在我还得占它的便宜，从它之中榨取利益，为养活你和我自己。

出了肯德基之后，让我想想，我们去了哪里。我俩都恍恍惚惚，书店里浏览一阵，又在音像店泡了一会儿。我要的只是跟你在一块儿泡时间，因此带着你无目的地逛到了天擦黑。流浪妈和流浪女儿，拥有的就是纸包里冷了的炸鸡。我们不能去你外婆和外公家，因为那里常常埋伏着网络记者，最高院复审又让这案子成了媒体话题。走过牌楼街，又走半里路光景，我俩走进一个街心花园。我想不起我去山区之前这公园是否已经存在。城市和人都变化太快，相互迷失是经常发生的。你拖着两条腿，腿也感到乏味。晚饭时间人们都在餐馆和自家桌边，公园只有真流浪汉和我们这样的假流浪者。一个流浪汉带着一条大黄狗走过来。你拿出一块冷鸡肉，流浪者摇摇头，继续索要，不锈钢小盆伸得更近了。你掏出一个一块钱的硬币，放进不锈钢盆里。流浪汉带着狗走了。你索性打开肯德基的纸包，拿出中午剩下的午餐。油炸的鸡肉变成下一餐，看着就让人败胃口，难怪连流浪汉都嫌弃。我和你撕吃着冷硬的肉，我自嘲说，就算吃一顿野餐。吃着吃着，我便跟你交底，盘算不久到边疆城市的生活，头一步、第二步该做什么。首先该把我们在教师宿舍楼的房子出售，再把家具变卖，在陌生地方钱可以给我们母女壮胆。你呆呆地听着，腿慢慢地颠一下，再颠一下，不知你心里奏的什么调调。搁在过去我是会提醒你的：女孩子坐相要好哦。但此刻我不为难你。那条黄狗静悄悄地来了，坐相很好地在我们对面入座。它的眼睛随着我们啃冷鸡肉的动作而动，它主人没商量地替它回绝掉人类快餐，它是不认同的。我把啃了一半的鸡胸肉递给它。它叼着就跑，生怕我改主意。你忘了吃，盯着黄狗跑去的方向。两分钟后黄狗又回来想再领一份餐，你摸摸它的头，把一条鸡腿给了它。这回它不走了，趴下身子开荤。

你对它说："狗狗你命不好，对吧？跟着流浪汉当流浪狗。"

我想，你跟在让人涂黑的母亲身边，太阳光都照不到你了。

但我说："不见得，流浪汉拿它当宝。虽然爱心有限，不过狗狗得到的是全部。"

流浪汉突然出现在狗身后，伸着一根指控的食指："唉，你们怎么给我的狗吃那玩意儿？！又油又咸，想害死它呀？！"

黄狗丢下鸡腿骨，摇着尾巴跑回主人那里去了。流浪汉的狗不假，但规矩是好的。

娘儿俩对看一眼，交换的是欣慰。这狗命是好的，受到的宠爱和珍重是专一的，尽管是来自一个流浪汉。叮咚的妈也一样，流浪到边陲城镇，又穷又微不足道，但凡有一点好的，都是叮咚的，给叮咚的宠爱和珍重将是绝对专一，绝对独一份。

我提出要送你回到你外婆外公家去，你说你路熟，不用送。我明白你是怕邻居看见我。社会怎么描画我最终会影响你的，女儿。那么多人拿黑色给我抹呀抹的，抹得渐渐没了我的原样，你渐渐也就忘了我的原样，或者，你怀疑我的原样是不是原样。

公交车靠站的时候，你突然从书包里拿出一个花布钱包，大概是你父亲给你的东欧风情纪念物。你匆匆从里面拿出一沓东西，使劲塞进我手里，钻入车门。公交车离站了，我想多看你一眼，可你的脸从窗口转开，宁可去看陌生人的脊梁。等车开远，我展开手心，看见你塞进来的是一卷钞票，面额大大小小。我赶紧给你打手机。

“给我钱干吗？！”

你听出我的羞恼，但不直接回答提问。“是我攒的钱。”

其中一定有你父亲给你的钱。背着我，他对你的大收买早就开始了。

我说：“那你干吗不自己留着？”

“你留着吧。”

在这里你挂了电话。

我不知道你把我这个妈妈看成了什么？是该可怜的人？可怜又可憎？我手里攥着你给我的那卷钞票，晃悠了一条街又一条街。我十点多钟才回到煤矿办事处。原先的招待所现在也给自己贴了两颗星，你外公的一个学生在这里当办事处副主任，因此我的房钱十分优惠。房客中有不少上访的，天天看见工作人员撵人，天天听见被撵出去的人骂街，毁东西。我在这样的地方已经住了两个多礼拜。

住到第三个礼拜，礼拜一晚上，叮咚你的电话终于来了。我问你是不是按我们说定的跟刘畅的辩护律师提交了证词。你说是的。我放心了，说了声谢谢。你没有吭气，我问你怎么了，你还是不说话，我又替刘畅谢了你。又一秒钟的停顿，你疲劳地说：“挂了哦？”

我强打起精神笑笑：“没跟妈妈说晚安呢。”

“晚安。”

我突然看见床上的购物塑料袋。

“哦，叮咚，差一点忘了，我给你买了一件薄毛衣，明天抽空给你送学校去。”

“不要来！”

叫喊脱口而出，你恐惧而绝望。我明白我这个母亲你是宁可没有的，宁可不存在或已经死去。挂了手机，我站在镜子前，看着自己：旧卡其裤被两个膝盖顶出两个鼓包，浅蓝外套前襟上有一点油渍，剪短的头发无所谓地梳向脑后，我像是住在招待所里的上访人员，不，区别是他们心里有冤，有状告对象，而我没冤可诉，状告的只能是自己。没错，我比他们更不如，我是叮咚你的奇耻大辱。

是远离的时候了。

我给你外婆打了电话，谈了几句出售房子的计划，以及我在云南蒙自市找工作的进展。第二天是礼拜二，到街上吃了早饭回来，发现房间里站着个人。他一转头，原来是沈旭律师。一张拉长的大圆脸，既不道好，也不抱歉自己擅入我的房间。后来我知道他拿出律师证件吓唬前台，服务员打开我的房门让他进来了。看来我的住处并不隐蔽。

“你女儿推翻了上次的证词。”

啊？！

“昨天本来指望她进一步作证，或者把上次的证词细节化，知道她怎么说的吗？”

我怎么会知道？沈律师见我摇头，颧骨一耸，淡淡的冷笑出来了。他手里出现个东西，一看，是录音笔。

开始一段无声，接下去沈律师劝说：“说呀……没关系，说错咱们可以重来……来，好好回忆回忆，就把你听到的看到的说出来，能说多少说多少，连不上也没关系……你听到什么了？”

沈律师把这种话说了两三遍，一个女声接上来，把类似的话用更婉转的口气又说几遍。

“我听到……”

这是你，叮咚，我可怜的十三岁的女儿，为妈妈遭受了多大的屈辱。

“没关系，不怕，我们不是警察，你听到什么就说什么……”年轻女律师的口气可以用到儿童保健医院去哄孩子拔牙。

一个长长的停顿，叮咚突然换了个口气，一吐为快的口气：“刘畅和邵天一都追我妈，欺负我妈，还要强暴我妈！不识好歹，恩将仇报！”话音里混入了呜咽，“狗咬狗，一个杀了一个，跟我们有什么关系？我妈给他们做饭吃，搞药给他们治病，付出那么多，最后落什么了？！”叮咚最后句子是号啕出来的。

我不知为什么流出眼泪来。你给我的冷冰冰的面孔后面，藏着这么迅疾的呐喊和号啕？我的孩子，我这才知道你多么爱我。不过这是没用的，你这样爱妈妈，护着妈妈，妈妈领情，妈妈感动，但没用啊……我抹了一把挂在下巴上的泪水。

录音笔还在运转，只剩下叮咚的呜咽，不要，不要，孩子，不要做这种反咬的事，不然事情就会转向丑恶……

“这就是你跟她谈话之后，她提供的证词！你们到底谈了什么？！我怀疑你也教唆了她！”背着台灯，沈律师嘴里喷出的唾沫炸开了礼花。

“‘也’？”我看着极有辩才的大圆脸。

“我们一直认为是你教唆刘畅，看来太有理由这么认为了！”

我心灰地笑笑。叮咚，我理解你，你护着妈妈，但是我们在一场几败俱伤的感情经历之后，需要的是相互舔伤，相互拉一把，千万别上当，进入自相残杀的设置，不然你将发现，滑向丑恶的速度会是很惊人的。

沈旭律师收了录音笔，说："刘畅被执行死刑有你什么好？民众会要求执法人追究你的法律责任！"

我还在想你，我的叮咚。

沈律师推开椅子，站起身，拎起包，打开门，最后把门带上，每个动作都是使足力气做的，尽力做得恶狠狠，嘴里骂不出的，动作骂出来了。

叮咚，你不懂，人心都有个阀门，平常是藏着的，你都不会感觉它在那儿，但它是很容易给碰着的，一旦碰了那阀门，怨毒和仇恨就发射出来，遮天蔽日，如原子弹爆炸。再看看爆炸现场，所有人都没了原样，都变形了，都丑得不敢相认。我无邪的孩子，也许你那只皴得皮肤变质的小手已经碰了那阀门。

沈律师把他的烟和打火机忘在了卫生间里。中华牌，还剩下五支。他不但擅自进门，还擅自上我的厕所，还一边抽烟。我刚换下的内裤里朝外地放在水池里，那也毫不耽误他洗上完厕所的手。没必要给丑闻女主角留自尊，没必要维护她的卫生。

叮咚，事情已经丑恶起来。

这一天我无可名状地不安。给你一次次打手机，而你的手机一直关机。终于打通时，接听人的嗓音让我顿时傻了。

"丁佳心吗？叮咚病了。"

我的孩子，这是怎么了？你病了，而刘新泉在当看护？

"她现在在哪儿？"

“在我家。”

他把地址告诉了我。原来他在这座城里有个家。这一切你知道吗，叮咚？还是你一直跟他瞒着我？

按照地址，我找到了那个新建成的小区。一大半人家都还没有入住，墙壁的油漆味刺鼻，电梯一股润滑油气味。十五楼楼道漆黑，人还没入住，灯提前坏了。我摸索着找十六号D。叮咚，你是怎么到了这里的？

刘新泉迎到门口。我们在客厅里站了一刹那，你叫它交锋、较量都行。然后他引我来到卧室床边。一张宽大华丽的床，塑料包装布还没拆。我看着你紧闭眼睛的面孔，把手搭在你鼓鼓的额头上。烧不高。你是怎么落到他手里的？他似乎懂了我心里的诘问，告诉我你从学校给他打了电话。你听，叮咚，他成了赢家。外卖饭菜的味道比油漆还糟，墙边一次性餐盒堆成一座油渍麻花的小山。新房子，人还没住热，老也不改的坏习惯倒先落户了。房子真不错，可家还没建造就先败了，日子还没过起来就开始糟蹋。这大床也不错，不过叮咚，你无形中在跟若干个他不爱的女人分享。

“要不要喝点水？”我俯下身，轻轻问你。床头柜上连个杯子也没有。

你点点头，泪水顺着两只外眼角流下去。

“不哭，来，妈给你穿衣服，我们去外婆家。”

我想把你抱起来，但却感到你浑身的不情愿。

“你的事现在越闹越大。孩子我必须带走。”刘新泉说。他站在门口抽烟，皱着眉，爱孩子爱得苦啊。叮咚你长到十三岁，一个慈父此刻诞生了。

“不可能。”

“我就让你看看怎么可能。”

“你律师不是败诉了吗？”我提醒他。

“那时是那时，这时不一样了。”

“这时怎么了？”

他没有马上回答。两秒钟过去，他说：“你还不够臭的？！”

我正要说什么，突然瞥见叮咚你的眼睛。它们从来没这么冷，这么外气。你爸的话说得那么伤人，你跟我一块儿痛，痛得缩起脖子，但你又觉得那话不吐不快，真话无论多难听多伤人，听的人都必须领受，脸皮被打人专打脸地打破了，那是活该。我懂了，叮咚，你的意思就是，妈妈，我同情你的痛，但你活该。

我从门口拿来你的鞋子，那是一双新的短筒羊皮靴，一定是刘新泉给你买的，旧鞋子没了去向，也许去了垃圾桶。我把你的脚从被子里轻轻拿出来。

“来，穿上鞋，我们走吧。”

一条胳膊出现在我们娘儿俩之间：“她病着呢！”

“妈背你，好吗？”

你扭开脸，这样我就不在你视野里。

“我给叮咚申请的护照都下来了。”

“你没有监护权。”

“你监护谁呀？你连自己都没监护住，给那俩野小子留门，让他俩日里夜里地进啊出啊，进啊出的，快活吧？啊！现在怎么样？死了一个，还有一个也快了！”

他的话把我震撼了。叮咚，你还小，不完全懂，幸亏不完全懂。他的话把我扫射得体无完肤。我一阵冷，一阵热，心跳像很远的钟鼓，敲击声哆嗦着虚虚地播送过来。我都不知道自己怎么坐在空荡荡的客厅里，客厅只有一个电视和两把餐椅，我占据其中一把。

“你现在自顾不暇，还带叮咚去什么云南边疆？”

叮咚，看来你和你爸爸谈过心了。

“我必须带叮咚走。去布达佩斯。我有房子在那儿。”

“你带不走她。法律不会让你带走她。”

刘新泉念咒语一样，低声而狠毒地说：“事在人为。”

“那叮咚也不会跟你走的。”我知道，叮咚，父亲在你眼里是个三四年出现一两回的圣诞老人，送些意思意思的礼物，就消失了，没有联系地址，也没有叫得应的电话。我也知道你并不是不琢磨：我爸爸到底是干吗的？到底算好人还是坏人？

“叮咚根本不知道你是谁。你也不知道她怎么长大的，都有些什么习惯。她怎么能跟你去？”

刘新泉不说话了，皱着眉头抽烟。太好了，叮咚，他突然掂量起这副担子的轻重。你父亲不喜欢也不习惯挑任何担子。你这个小萝莉似的女儿是动人的，但担子毕竟是担子。到你成年，五六年的担子要他去挑，想想腿都软。

“丁佳心，你跟我们一块儿走算了。”

叮咚，你和他背着我商量什么了？背着我给我指出了一条阳关大道？

“这里还有什么让你丢不开的？”

有。太多了。我的父母。我教过的学生。那些活着的学生，得意或失意，还有一个死去的和关在死牢里的，我要尽力确保他活下去……

我摇摇头。他又要进一步劝诱，我赶紧更坚决地摇头。我站起来，向卧室走去。乳黄的台灯罩边缘，流苏还在轻轻哆嗦，你展眉合眼。熟睡的少女把我和你父亲都看呆了。你对你父亲这么快就习惯了？年少的人在老靠山倒塌，寻找新靠山的时候那么现实，具有不可抗拒的生物性的势利。

我跟你父亲说妥，等你醒来给我电话。

我走出那个小区，你大概睡得更熟了。我回味你父亲的眼光，那眼光从你熟睡的脸上升到我脸上，那种对你陶醉和欣赏的余热徐徐散发，那眼底居然还有情感的星火，当然是从对你的情感中借的火。我不可能离开中国的。我做了十几年教师，一大半是个好教师，一小半是坏教师。坏的那一小半，我会纠错，我会加倍弥补。现在我知道，女人，女班主任，母亲，三个人就是三个人，弄混，罪恶就要衍生。

昨天夜里，我做贼一般回到你外婆和外公家里，就怕惊动邻居。老丁老师那么本分，小丁老师怎么是那么个祸害？女儿如何不堪，父母也是最后知道。万幸你外婆外公都不上网。他们知道我处境很糟，糟到如何地步他们是不清楚的。你外婆从厨房端出一碗素面，一碟自制的辣虾酱，坐在桌子对面看我吃。只要我能吃，她就觉得日子还能往下过。我刚吃两口，她叹口气说，叮咚没一点消息，手机关机，学校不高兴了，问什么原因旷课。叮咚，你是教师的女儿，旷课被你从小当作大罪过的。我放下碗，赶紧打刘新泉的手机，也关机了。我突然想起，好几天没有上网查信息。你知道的，叮咚，网络现在是我最怕的东西。好人都禁不住网络，何况我这个造了点孽的女人？我在信箱里看到被疏忽两天的邮件，其中一封来自你。我嗅到的不祥预感突然固体化，就在你那寥寥数行的邮件里。

"妈妈，我跟爸走了。到了匈牙利我会跟你联系的。爸说可以让我上英语学校，并且我已经学了半年匈牙利语。请转告外婆和外公，我想他们，寒假我一定会回来看他们。"

刘新泉挖墙脚挖暗道，苦苦挖了很久啊。一连串事件发生了，我心不在心上，过着逃犯的日子，你终于完成了自己的挑选。

我的女儿，这十三年，我放在你身上的心是不够的。但你这一走，我的心彻底空了。

[二十五]

网上消息——

刘畅的供认VS女教师之女的证词

九月十六日，丁某某十三岁的女儿提供的证词非常不利于刘畅目前的处境。女孩声称自己的母亲被刘畅和邵天一纠缠，甚至遭到他们强暴的威胁。

很快地，刘畅表示愿意提供相反证据，证明他当时受到女班主任丁某某的暗示和煽动，在跟同学邵天一的争执中，动怒杀害了后者。

全省、全市的人都在等待最高人民法院对刘畅的死刑复核。自从省高院上报了维持中院判处故意杀人犯刘畅死刑的原判之后，刘畅的辩护律师沈旭的律师团队一直在不断搜集新证据，召集新证人，并将新证据和新证人的证词提交给最高院，但半年多以来，最高院尚未做出任何反应。

九月二十二日，刘畅再次向律师沈旭承认，自己确实是受到班主任丁某某的暗示和挑唆，对受害人爆发仇恨，这才起念杀害他的。刘畅说自己和邵天一一样，在高考的巨大压力之下，几近崩溃，以男女情爱作为释放压力的出口，最后完全丧失理性判断，在丁某某的暗示和怂恿下，杀害了自己的同学，对此他深表悔恨，也再次表达意愿，一旦法律刀下留人，他一定以余生代同学邵天一孝敬他的长辈。刘畅还表示，在他删除的手机信息中，有若干条来自丁某某的信息能证实她对他的暗示和挑唆，推波助澜，以致事态发展到不可收拾的地步。

[二十六]

他感觉到她的伤心，她的心已经伤到将死的地步。

她站在看守所的大门外已经半小时了，但那个姓张的法警从里面出来又说，在押犯刘畅拒绝会见。她还想说什么，但满口无语。被拒绝就该走了，不是吗？可她那么不甘。他见她厚着脸皮向张警官微笑一下，问能不能再劝劝刘畅，她得到一次探监机会太难了，是让不可能生发了可能。

张警官点了一根烟说："你人脉不错啊，探监申请肯定有上面人帮你活动过，确实也被批准了，但人家不愿见你，你还不向后转，回家。"

"他说为什么了吗？"她怯生生地问。

"不知道啊。"张警官的样子明明说：知道也不能告诉你啊！

这就是他活着时最爱的心儿啊。他比她还屈辱伤心。

张警官看着她，油然生出一丝怜香惜玉之情，说这样吧，把想说的话告诉他，他争取一字不差地转告刘畅。他给人带话带了大半辈子，耳朵到喉咙就是传声筒，直接过话，不经脑子。请说吧。

她抬起头，看看墙头上的铁丝网。他活着的时候老想打听，那是否通电，真通电万一落上去一只鸟怎么办?

“……请他保重。要有信心。还有，把这个交给他。”

张警官接过她递来的布包，包口穿着一根带子，如同内裤裤腰那样抽紧或松开。他松开包口，往包里看去，包里装着一个餐盒，她解释是烧鸭，警官尽可以打开检查。除了烧鸭还有一本杂志。张警官抽出杂志，还给她。

“刘畅不看书。”

“不看书？这本书不一样，是他同学写的，得奖了……”

“谁给他带书进来，他都直接扔垃圾桶。他说看见字儿就头晕恶心。”

心儿费了多少心血才让他爱上语文？现在他要如数还给她。

“今天是重阳，你转告刘畅：遥知兄弟登高处，遍插茱萸少一人。”

“少谁？”

心儿再次灰心地笑笑：“算了吧。只说保重，有信心，就行了。”

他陪她慢慢转过身，沿着来路走去。一条街都是看守所的地盘，墙头高得遮天蔽日，铁丝网疏而不漏。那本省级文学杂志被她拿在手里。杂志装帧和印刷都显得粗糙，封底印着本省两种白酒的广告，翻开封底，又是床垫广告和摩托车广告，给杂志写稿的所有文人靠从来不读他们文章的人发稿费。一个白酒商人为了白酒广告赏了文人们一笔奖金，得奖人的名单印在封面上，第五个名字是他的——“邵天一”，名字外围被框了黑框。

此刻他和心儿站在墓地，面前有三块黑色水磨石墓碑，前面两块上面刻着邵树稳和董素芳的名字，因为是两座空墓穴，所以名字都用红颜料描写，只有他墓碑上的名字是鎏金的，表示亡者已在此安息。他跟心儿一起注视墓碑附近，蒲公英开了几朵小黄花，一年中最后一茬蒲公英了。碑石上铭刻的字迹，什么也不提，只提示“邵天一千古”，该说的都留给碑石两侧的生辰与殁日去说，生辰与殁日之间只相隔不到十八年。这年清明，母亲和父亲的大徒弟、二徒弟把他的骨灰盒迁到墓地。他和心儿一同环顾这片墓园，它离城区一百里，图的是便宜。母亲花了几年积攒的小时工工钱买一平方米地皮，他们一家三口将逐渐在这里团圆。

心儿拿出杂志，在墓碑旁坐下来。下午三四点的天，云往天的一头走，太阳往另一头走，都走得匆忙，墓地明一刹暗一刹。低处的墓碑前，一撮撮纸花和塑料花，这里离城太远，重阳节没多少人来缅怀故人。心儿翻到杂志的一页上，《无眠曲》是这页的大标题，标题下的名字和墓碑上的名字一字不差。故去的年轻作者有个时髦名字，一个学校就能找出两三个“天一”。那一页还有一行要紧的字：高考生散文一等奖。她拿出一支笔，在他名字下写了一行字：“天一：为你高兴，为你祝贺……”到了该落款的时候，她的笔却提在空中，最后写下“爱你的丁老师”。他明白了，她要使她和他的关系“质本洁来还洁去”。然后她打开皮包。他熟悉她的皮包，从它崭新看到它半旧，现在边角都磨损出纤维来，毫不装假的假皮革，中学老师都这样捉襟见肘。她从皮包里掏出两个瓷盘、四个橘子、一小串香蕉，整齐地摆放在墓碑前。她又接着在包里掏。他知道她的皮包里应有尽有，有头疼的学生，她能掏出阿司匹林，谁伤了手脚她有创可贴，肚子饿的也能从那里头找出三两块饼干或一小把坚果，她的皮包是魔术匣子。此刻她从包底掏出一个打火机，这是她的皮包魔术的新货色。接下去她又变出一样新东西，一个烟盒。有谁知道她会抽烟！她点着烟，望着坡下，目及处，层层叠叠陌生人的墓碑。

她抽完了一根烟，又抽一根，直到把烟盒里剩的五根烟抽完。他感到她心里是个大空洞，不知拿什么去填。

最后一根烟她抽了一口，转过身，将烟插在墓碑下的泥土里。怪了，烟居然没熄！他在高二（1）班抽过一两回烟，被她抓住，小小地发了一场脾气，说在她班级里绝对不准抽烟。他顶嘴说某某男老师课堂上都抽烟。她说他是成年人，他调皮一句，说十八岁一到他马上抽烟！但他的十八岁永远也不会到了。这是她来给他还愿吗?

那本杂志也被放在墓碑前，她又拿起一个果盘压在上面。太阳移到西边才彻底从云里出来，云就成了霞。半个天都是霞。

一辆卡车来了，隔着几千块碑石停在坡下。卡车上下来十多个人，男的多，女的少。两个女人搀扶一个女人从卡车驾驶室里出来，他认出被搀扶的是自己母亲。男的都是父亲的师兄弟，徒弟，徒弟的徒弟。

心儿正从缓坡另一边的台阶下坡，跟那一行人中间隔着三百多米，隔着上百座墓碑，隔着个他。现在他右边是下坡而去的心儿，左边是上坡而来的母亲一行。满腹心事的心儿没注意这一行人，直到她隔着二百多米听见他们的对话。

“……其实我们能抬着邵师傅来的，这坡也不大。”这是一个男人说的。

“还是不来吧，见到天一的墓地又要伤心。伤心一场还不知道让他少活几天呢！”

“就是，不来是对的。车子在路上还抛锚那么久，止疼片的劲儿该过去了，我师傅还不疼死！”

他看见心儿站住了，向左边扭过头，一行人已经上到高处，她视野里都是腿和脚后跟了。她一动不动。他感觉到她想往回走。往回走十来步，就有条拦腰缠在坡上的小径，顺着它走，就能撵上那一行人。他此刻不得不暂时放下心儿，因为他要跟母亲待一会儿。

母亲呼呼地喘气，终于上到邵家墓碑所在的坡度。往横里走一百多米，就是邵家三口未来的团圆地了。父亲的大徒弟说了一句：“谁刚才来过了！看，还搁了本书在这儿！”大徒弟把杂志拿起，放到母亲手中。母亲看着那一页，“邵天一”三个字如从天外飞来。她在他名字上摸了又摸，要不是当着外人，她会把脸和嘴唇贴在名字上，当儿子温热的带汗味的额头、脸颊、鼻尖去贴，但她是个老式女人，别说天一死了，就是他活着，她对他的疼和爱都搁在心里。

“谁送来的？”父亲的师弟问。

“她送来的。”父亲的二徒弟指着丁老师三个字说。

“她来跟天一过重阳了？”大徒弟的媳妇说。

“狐狸精！天一死了她都不让他安生！”二徒弟说。

“还给插了半根烟，什么意思啊？”师弟说。

二徒弟的媳妇捡起另一个烟头，演起俗套透顶的坏女人来，扭着茁壮的腰肢，在墓碑与墓碑之间走秀：“人家不就找了个把小白脸吗？你们恼什么呀？”

年轻英才邵天一，给她暗示为小白脸，二徒弟呵斥媳妇：“前天才揍过，又欠啊？”

二徒弟媳妇说："谁揍谁呀？！"

大徒弟拿起那半根烟，看着上面的"中华"商标："一条中华烟顶一个下岗工人一个月的工资。有劲儿抽她去啊！"

他无法阻止父亲社会圈子里的人咒骂心儿。他不属于这个圈子，活着死去都不属于，也不爱他们，因为他们从来不懂得他。他们对于不懂的东西就知道咒骂，比如心儿这样的美妙女子。心儿幸好走了。

二徒弟看看坡下，又看看坡两边："刚才从那边下去的女的，是她不是？"

人们心照不宣，顿时安静下来。

心儿走到好远，回头看着坡上一炷烟直直升起。他们把那篇得奖散文烧给天一了。墓地一边是落日，一边是孤烟，好一个缅怀的傍晚。好像就从这个时刻，她意识到，天短了。

他也意识到了，因为小火车站的灯都开了。小火车站上只有她一个人在等回城的车。当然，他在陪伴她。她还是两眼空空的，心里空空的。

火车是最慢的慢车。坐上这样的慢车心儿和他都能回到童年。火车头的灯光先到，接着到达的是声音，然后是气流，最后才是火车本身。火车近来，近来，却"忽"地一下，又朝站外开去。她愣在站台上，他却为她焦急，因为除了这一班火车，晚间没有其他火车在本站停靠了。她反应过来，小跑着进了候车室，问值班站长刚才的慢车怎么不停。站长说因为没有人下车，也没看到有人要上车，要上车怎么不站到月台上啊？所以他就做主让车甩了这一站。对不起，票钱可以退的。是应该站到月台上，她的精神实在恍惚了。站长跟她说晚上还有两班回城的长途车，不过要走四五里地，到镇子中心去搭乘。

她的行装比来时轻得多，所以不久她已经走出去一里地了。乡镇的路灯稀落，好长一段距离才有一盏。路上没有一个行人，一辆辆车卷着尘土开过去，开过来。他不离她左右，因为他的感觉是不妙的。人们把他现在的存在状态叫死亡，就是肉体消失罢了，但曾经囿于肉体的感觉现在全解放出来。他的全部存在都是感觉。他的感觉是树间的风，是草和野花的气息，是这秋天冷热适宜的温度。他要她知觉到他，便猛力在树叶里穿行一阵。看，她慢下来，侧脸看看路边年轻笔直的小叶杨，每一片心形的叶子都在抖颤：一片片都是被胳肢痒痒的小精灵。她脸上出现一种感动。他和她这种神性的交流，只有他知道。

但那不妙的感觉马上追了上来。

一辆八十年代的解放牌卡车从她身边超过，她正好走到一盏路灯下。卡车在二百米的前方减速，停在路旁。他穿行于路沟芦苇之间，让灰白的芦花扶摇飞舞，还是阻止不了她往前走。还有一百五十米，就要走到卡车旁边了……还有一百二十米……一百米……

芦花里扬起的灰沙，那就是我，心儿！

他还是无法让她明白，他这是在阻碍她继续前行，要她掉回头往小火车站跑。离大卡车还有五十米……四十米……十米……

心儿终于感觉到了他。旱了的路沟里，白色芦花起了大浪，刷刷刷，响声悚人。她停下脚步，似乎在辨认他——什么样的能量在无风的夜晚兴风作浪？

她突然用手捂住脸，芦花上积累的灰沙迷了她的眼。她揉了揉右眼，不行，还睁不开，便掏出纸巾轻轻擦拭。快掉头往回跑，往火车站跑！但迟了，从大卡车驾驶室两边的门里以及车栏里同时跳下七八个中年汉子，刹那间堵住了她的去路和退路。

“是她不是？”大徒弟问身边的人。

“叫师母来认认。”

“不叫她。”

心儿看着他们，心存侥幸，也许他们认错了人。

“请问你们这是干吗呀？”

“想请你搭车。”二徒弟歪着嘴笑。

“不了，谢谢，前面就是长途车站……”

他的感觉真准啊，这些人是可以把咒骂变成行动的。他仍然插身于心儿和这一群人之间，但无法护着她。

“你姓丁吧？”大徒弟问道。

“是的……”

一个拳头打上来，心儿的鼻子一酸，接着鼻孔一股热流喷射而出。第二拳跟第一拳相接得极紧，是朝胸腹部打来的。

他焦急愤怒，又无能为力。

沟里的泥巴块也来了，照准那小小的美丽脑壳就砸。还有七八双脚提起，放下，那柔软苗条的身体是他们脚下的球，被踢，踹，跺，踏。他束手无策，悲哀地待在一边，看着她被拳头和脚以及沟底泥块变成了另一个人。人们就是这样，打打就忘了：人是肉做的，血灌的，一张薄皮包着的，能有多经打？

也就一两分钟，她已经没了人样。驾驶室右边的门开了，他的母亲下了车。

他伴着母亲走进人群，地上一个一动不动的身体，围了一圈喘得呼哧呼哧的男人。女人站在外围，窃喜和后怕的都有。

他听见母亲说：“我的妈哟，这是谁干的？！”

没一个人认账。

他陪伴母亲走到不再动弹的人体跟前，跟随母亲试了试她的鼻息，还有细细的气流出来。

大徒弟喊道：“我们就是看到路边躺着这么个人才下车来看看的，是不是，弟兄们？”大徒弟向所有人发射威逼的目光。

“没错！就是！”人们呼应。

“上车了，师母！”两三个徒弟媳妇上来，拉的拉，架的架。

他望着这群人一个接一个地消失在卡车车厢里。他的母亲给徒弟媳妇们拉到车门口，又是好几双手，推的推塞的塞。车厢里的人恶声恶气地催促：“你们几个娘们，快上车了！”

女人们被男人们伸出的手拉上车。他发现母亲此刻又在车门外了，手上拿着半瓶矿泉水。她步子不太稳，走到躺在地上的女人身边。他感觉到母亲想远了。母亲想到那个活泼灵巧的女老师，顶一头沉甸甸的披肩发，人跑头发飞，从教务处办公室跑下楼梯，迎着他们娘儿俩，笑容正对着他们绽放。她管母亲叫邵大姐，说：“邵大姐真有福，养了天一这么好的孩子！我也有福，轮上天一这样的好学生！”母亲打发儿子跟同学们玩球去，自己要跟丁老师说会儿话。玩球的三四十分钟里，他注意到母亲和丁老师，两人谈得十分投入，还有几分机密感。那时他丝毫不知道，丁老师在向母亲保证，办理特困生加优等生的救济待遇包在她身上。他感觉母亲看着躺在地上的女老师是痛心的，跟着疼痛就涌出一种爱来，古怪的爱，蒙昧的爱，爱儿子生前爱过的一切人和物，懂不懂都爱，通过爱儿子所爱的再来爱儿子，更爱儿子。她慢慢蹲下来，把血头血脸的女人抱起，那么多的血，那么血肿的脸，她几乎找不到女老师的嘴唇。

清水进入了女老师的喉管，在哪里打了个旋涡，带着一大股血，又出来了。他感觉母亲眼中有泪了。

一卡车的人都一声不吱地看着。

大徒弟跳下车，拉起他的母亲：“快走吧，不然给人看见，还以为我们把她给打了呢！”

八十年代产出的解放牌卡车打着喷嚏，踉跄着开动起来，扬起漫天的尘土。

他感觉到她微弱的心跳。她可不能迷糊过去，那样就再也醒不过来了。那样他和她就到达了“永远”。

她的手机响起来，是来了短信。她醒了，艰难地睁开被血粘住的眼皮。她的手翻山越岭，海底捞针，把手机从皮包里捞出。眼睫毛全沾着血，眼珠被隔在一道紫红帘子后面。透过紫红帘幕，她看见短信发自一个太熟悉的号码。那号码的主人已经故世了，她不删除号码是为了自己骗自己的游戏，永远当他活着。

短信说：“亲爱的心儿：简直不能相信，我竟用刀要挟你！我看出你有多痛苦！别痛苦吧，求你了！为了你什么都行，我什么都愿意，只要你好，你幸福，为了你我可以跟他讲和，我甚至可以退出，假如他比我更能让你快乐，幸福。不管怎样，我都爱你，爱你，直到死。”

这是他写了又羞于发出的信息，一直储藏在那个旧手机里，现在他和她一起阅读这些迟到一年多的表白。

他看到她的手指伸向拨号键，力道却聚不足，指尖是疲软的，终于拨出“1……1……”，当手指去够那个“0”时，突然彷徨了。然后他看她整个手垂下去，手机被她按在胸口，好安详啊。她转过脸，向他看过来，她透过血流的目光是深红的，看见的就是他最后留在人间浑身是血的身影。然后她把脸转向夜空。夜空毫不繁华，星星三三两两。他明白她放弃了呼救。她要随他来了。

[二十七]

网上消息：

前二中女教师丁某某遭人殴打

重阳当夜，通往苍山公墓的路上，两个下班的铁路职工发现了一个奄奄一息的女子，身份证说她三十八岁，姓丁。此女子明显是被一伙人集体殴打致伤的。两位职工立刻报警，经警察查证，此女原来是二中教师，因去年被卷入震惊一时的师生三角恋，被学校开除公职。丁某某何故在夜晚单身出现在通往公墓的路上，又因何故遭人暴打，目前还不清楚，因为受害者头部受到重击，仍处于昏迷状态，正在苍山县医院抢救。

警察在受害者的身边找到她的手机，看见手机收到一连串短信，全是从同一个手机号码发送的，也都是同样内容，发信人呼叫一个名叫心儿的人，表示为了她的快乐和幸福，他可以退出，让她跟另一个男人去，假如那个男人比他更能使她快乐，幸福，不管怎样，他都爱她，直到死。

据分析，发送短信的手机目前属于一位姓邵的男子，是师生恋牺牲者邵某某的父亲。这位父亲身患晚期肝癌，于昨晚死在家中，在他死前，他企图用手机给妻子打电话或发短信，也许碰错了键，也许是临危人下意识动作，一年多前储存在草稿文档里的短信息被再三地重复发送。警方得出的判断是，去年在二中的师生恋中丧生的邵某某就是短信的撰写者。

[二十八]

“高院还没有消息。”沈律师说。

他已经习惯没消息了。他不再失眠，白天都能死睡，有时放风他都免了，什么比睡着了好？他现在的避难所就是无梦的睡眠，也许这就叫麻木。麻木一点儿也不难受。窗外走过了四季，一个秋天又来了，树叶有时会飘进这里，落在窗台上，枯干了，动一动就发出细碎的声响，半睡半醒地听，像是叶子抓挠着要进到窗里来。枯叶都比他有活力，有意愿。

“不过好消息说不定就在路上。”沈律师又说。

沈律师脱下帽子，放在右胳膊肘边。帽子把他又稀又软的头发紧紧扣在脑袋上，一个刚出锅的发菜蒸狮子头。然后他环顾四周，好像想再确认一次，周围没被装上窃听器，他要确保以下的话不被录音。他把脸凑近，近得让他闻出律师昨天的晚餐，以及晚餐上他喝了几两绿豆烧酒。

“内部消息啊，警方在邵天一原来的手机上找到了一条短信，对你非常有利，因为他在短信里威胁你的生命。原话是：‘当心你的小命！’所以我今天要和你再确认一下，邵天一跟你夺刀的过程。你上次说，你第一刀是泄愤，但后来几刀是失手，因为对方转身来跟你抢夺刀子，你慌神了。邵天一的身高和体魄，跟你抢夺刀子，可以想象情形对你是很危急的。”

他看着律师。难为他了。难为他那点头发，遮前遮后还要遮旁边。

“所以，你再想想，那天邵天一有没有说威胁你的话。一定要仔细回忆。在事发当天说的，还是之前说的。之前说的也算。好好回忆一下。”

他回忆什么？连上顿饭吃过没有，他都没有记忆了。他只希望大家别搭理他，别打搅他，让他在关过无数人渣的黑洞里死睡。

沈律师两个手指做了个猫腻小动作，手势单独无法完成他的意图，所以他的眼睛和脸 部肌肉必须与手指合作，才能使意图完整。意图就是，过来，以下谈话是绝密的，所以支起耳朵，给我听好喽——

“你母亲是准备倾家荡产救你的。”沈律师的嗓音基本压没了，气流和唇齿担起嗓音的使命，“妈的，不凑巧呢，就是省里从去年对公诉和司法系统开始严加监视，给什么都没人敢收，不过你放心，风头总是紧一阵必然松，等松下来就……”下面语言是无声胜有声，全交给脸部肌肉和眼神办了。多年跟犯人交谈，大律师的脸部肌肉被操练得极好使，一动起来比语言传神多了。“明白了，嗯？”

他看着律师的脸，看迷了。

“还有，全国未成年人保护协会的一位副会长从北京给我打了电话，详细问了你的案情。是个女会长。她觉得虽然你在十八岁生日的第二天作案，但是她会尽量为你争取未成年人犯罪的待遇。最高院复审，她的意见很重要。所以，一定要有信心，啊？”

他以为过了十八岁他就是一条独立于世的好汉，为非作歹归好汉自己担当。他觉得被什么给笑话了。

“对了，差点忘了，还有一件事要告诉你，有关丁佳心的，她出事了。”

日夜萦绕的困倦马上退去了。好奇怪，他以为自己早就不在乎她了。在他听说叮咚指证他跟邵天一欺凌她母亲，企图强暴她母亲时，他的心就不再疼了。睡眠也顿时回来了。接下去他编撰了供词，说她如何教唆他，挑起他对邵天一的憎恨。录下证词之后，他以为自己终于从那场苦恋中康复了，因而他从此不会再在乎她。沈律师一千遍地告诉他，只有提供那样的供词，他才能活下去。他的父母、祖父母要他活下去，许多人要他活下去，据沈律师说，网上绝大部分人要他活下去。连他辱没过的学校，连他得罪过的社会，都要他活下去。要他活下去是为了证明什么。证明一个社会的宽容和关爱，从而反过来证明一个有着足够宽容和关爱的社会是健全的，稳定的，和谐的。这样的社会对一个活该挨枪子的渣滓，都要打捞。为了社会伸出的那只打捞之手不捞空，他也要活下去。社会有权决定谁值得捞，谁不值得。他不活下去，对得住谁？

“她出什么事了？”他问。

“在苍山城外被一伙人打伤了，颅脑内出血……”

“谁打的？！”

“本来她想报警，在手机上按了两个1，不过那个0没按下去，大概是休克了。不过很可能是……”

沈律师停在这里，好像这个话题让他没劲。

“很可能什么？”

“她不想活了呗。抬到医院抢救了一夜，昨天中午死了。”

沈律师拿起帽子，扣在已经成了个帽子的头发上。然后他开始收拾文件，装进皮包。

“听说她死时身边一个人都没有。到昨天晚上她父亲才接到通知，赶到苍山县医院。这事暂时还瞒着她母亲，老太太有心脏病。”

多稀松平常，她的死就是人们“差点忘了的一件事”，那么横来的暴打，那样悲苦的自裁，沈律师一边收拾着皮包就介绍完了。心儿，心儿，现在只是主流事件后面的PS（备注）。

前天他拒绝见她。老张带了她的一句话给他：今天是重阳，她说什么“少一人”。现在他想起来，她带的话是“遥知兄弟登高处，遍插茱萸少一人”。那时他和她，还有全班同学，少的是天一，谁会想到，现在对于他，少了个他爱过也害过的恋人。他对她的恋爱如病，他如若活下来，需用一生来调养愈合。他浑身抖得厉害。严冬在秋天进入了他的骨髓。

他以为都过去了，自己经过了爱，到达了恨，又超越了恨，到达了不在乎。原来不是的，都不是的，他太不了解自己了。

“好在丁佳心把证词都交给我们了，还是我抓时间抓得紧。不然现在她一死，我们还真不好办，”沈律师说，“她的证词非常有用……”

“你快走吧。”他对沈律师说。

“你父母还托我带话给你……”

“你赶快走。”

“为什么？会见时间……”他看看手表，“还差两分钟才到点呢。”

他不走他怎么能好好哭她？他抬抬手，张警官看见了，走过来，懂了他的肢体语言，是要他把他带回号子。

号子里多好，一个人也不会来搭理你。他从枕头下摸出一沓照片，发牌一样一张张地过，都是父母和他的照片，各个年龄，其实父母只有在全家合影时跟他最紧密。还有两张马莉比赛的照片。最后他的手里就剩了一张他和心儿的照片，他伸着食指和中指，比画着那个千篇一律的“V”字。照片是叮咚照的，心儿笑得有点苦：那个暑假她要给他补课，苦差开始了。背景是一方盛夏的天，被污染的天色里一朵艳红的大丽菊。

他把照片放在窗台上，窗台太高，他要踮起脚才能把照片看全。这就是他为心儿私设的灵堂。照片里是他和心儿两人，他连自己一块儿祭拜，那个十七岁的夏天已经死了。他低头默哀，等抬起头，已是泪湿衣襟。心儿最终还是偏心的，现在她和天一在一起了。天一比他走运，以死加封了永远所属权。活的世界，必然在变的过程中，事物会变丑，变质，爱变成恨，恨变成仇，仇让人挥拳头执凶器，正如心儿被暴打，正如他杜撰供词，指控心儿教唆煽动，正如千万匿名网友向任何陌生或熟人泼脏抹污。

又一个星期到来，沈律师是星期的日历和钟表，标记着一个新的星期开始，一个旧的星期故去。沈律师说，手机和电脑专家把邵天一、他，以及丁佳心的所有短信来往都复制了，会有利于他的案子。

“信心，信心，信心，明白吗？”

他点点头。哦，原来所有的短信往来都能复制。

“最高院一定会改判，所以千万别消沉下去。”

改判之后呢？过一辈子现在这样的生活？

他沉默着，也不完全沉默，一连打了两个哈欠。

[二十九]

“乖乖睡。”

“530（我想你）。”

“130（也想你）。”

……

“新来的达人叫什么？”

“刘畅。”

“有点幼齿（幼稚）。”

“4242（是啊是啊）。”

“达人的不是，口耐（可爱）的小正太。”

“稀饭（喜欢）上了？”

“木有（没有）。”

“高二第二个学期转学，Why（为什么）？”

“YY。”

……

“刘唱，需要借数学笔记可以找我——邵。”

“3Q（Thank you）。是畅，不是唱。”

“还是唱好。”

“9494（就是就是）。”

……

“英文口语一流。”

“果酱（过奖）。”

……

“允许叫你心儿吗？”

“知道我的小名？”

“这是你的小名？”

“那你以为呢？”

“以为是我给你起的名。”

……

“520（我爱你）。”

“880（抱抱你）。”

“30（想你）。”

“130（也想你）。”

……

“爱你到死。”

“傻乖乖，还是活着好，睡吧。”

……

— THE END —

严歌苓

作家，编剧。

1958年生于上海。
曾为部队文工团舞蹈演员、战地记者。
1988年入美国哥伦比亚艺术学院，获艺术硕士及写作MFA学位。
现旅居柏林。

代表作品

长篇小说
《寄居者》《老师好美》《床畔》《妈阁是座城》《补玉山居》《陆犯焉识》
《金陵十三钗》《赴宴者》《小姨多鹤》《第九个寡妇》《雌性的草地》
《一个女人的史诗》《无出路咖啡馆》《心理医生在吗》《扶桑》《霜降》《芳华》

中短篇小说自选集
《吴川是个黄女孩》《少女小渔》《天浴》《白蛇》《穗子》

散文集
《波西米亚楼》

老师好美

产品经理｜陈　曦　　装帧设计｜陈　章
技术编辑｜顾逸飞　　责任印制｜刘　淼
产品统筹｜陈　曦　　策 划 人｜路金波

图书在版编目（CIP）数据

老师好美 / (美) 严歌苓著. -- 天津 : 天津人民出版社, 2018.9（2018.11重印）
ISBN 978-7-201-13864-0

Ⅰ. ①老… Ⅱ. ①严… Ⅲ. ①长篇小说－美国－现代
Ⅳ. ①I712.45

中国版本图书馆CIP数据核字(2018)第161741号

老师好美

LAOSHI HAOMEI

出　　版　天津人民出版社
出 版 人　黄　沛
地　　址　天津市和平区西康路35号康岳大厦
邮政编码　300051
邮购电话　022-23332469
网　　址　http://www.tjrmcbs.com
电子信箱　tjrmcbs@126.com

责任编辑　张　璐
产品经理　陈　曦
装帧设计　陈　章

制版印刷　河北鹏润印刷有限公司
经　　销　新华书店
　　　　　果麦文化传媒股份有限公司
开　　本　880 × 1230毫米　1/32
印　　张　10.25
印　　数　7, 001-12, 000
字　　数　238千
版次印次　2018年9月第1版　2018年11月第2次印刷
定　　价　45.00元

学会听领导讲话 学会跟领导说话

XUEHUITING LINGDAO JIANGHUA

XUEHUIGEN LINGDAO SHUOHUA

吉强◎编著

中国纺织出版社

内 容 提 要

与领导相互沟通，这要求每一位员工都应具备高超的听与说的能力。“听”不只是听话的内容，而是要听出领导的真实意图；“说”不只是表达自己的意思，而是让领导看到你的努力与潜力。

本书为职场人士量身打造，丰富翔实的职场案例，透彻犀利的职场点评，传授给你最实用的与领导沟通的技巧，教会你如何听懂领导的心里话，告诉你如何跟领导巧妙表达。让升职加薪、美好前程都不再是困扰你的难题。

图书在版编目（CIP）数据

学会听领导讲话 学会跟领导说话／吉强编著．—北京：中国纺织出版社，2013．1（2024.4重印）

ISBN 978-7-5064-9212-6

Ⅰ．①学… Ⅱ．①吉… Ⅲ．①人际关系—通俗读物

Ⅳ．①C912．1

中国版本图书馆 CIP 数据核字（2012）第 230865 号

策划编辑：闫 星 责任编辑：曲小月 责任印制：储志伟

中国纺织出版社出版发行

地址：北京东直门南大街 6 号 邮政编码：100027

邮购电话：010—64168110 传真：010—64168231

http://www.c-textilep.com

E-mail:faxing@c-textilep.com

北京兰星球彩色印刷有限公司印刷 各地新华书店经销

2013 年 1 月第 1 版 2024 年 4 月第 2 次印刷

开本：710×1000 1/16 印张：17.5

字数：240 千字 定价：78.00 元

前言

虽然，上帝给我们两只耳朵，一张嘴巴，但在现实工作中，许多人却并不真正懂得什么是“倾听”，尤其是听领导说话。在办公室里，我们耳朵里常常充斥着这样的声音“知道了”、“你看着办吧”，甚至只是一个鼻音“嗯”。对于这些领导的声音，作为下属，是否能听懂呢？“知道了”就代表领导真的没意见吗？“你看着办吧”所代表的难道真的是按照自己的意思去执行吗？最玄机的是鼻音“嗯”，这样的声音，到底是同意呢还是不同意？有的下属在面对这些问题时总是态度明确地回答“是”或“不是”，那其实是误解了领导的意思，或者说会错了意。通常情况下，领导说话毕竟是经过一番思考之后才说出口的，其本意恰恰是隐藏在话语背后，对此，下属若是按照字面意思理解，有可能大错特错，稍有不慎，还会断送自己的职业前程。因此，作为下属，需要学会听领导说话，不仅要认真听，而且需要弄清楚话语背后的真意和本意，这样你才会有机会成为领导的心腹。

“听”只是沟通的一个环节，真正的沟通还包括语言交流，即跟领导说话。换句话说，你不仅仅是听，还需要给予回应，或发表意见，或说说看法，或赞美领导，等等，这些都需要下属有口头工夫。跟领导说话，其实并不困难，只需要你掌握较多的关于领导的资料，比如脾气、习惯、工作风格，摸清楚领导的真实意图，那么跟领导说话就变得很简单。因为在这样的基础之上，有可能你所说的每一句话都是领导喜欢听的，话说到了领导的心坎上，巧舌如簧，最终以话语赢得领导的赏识。在现实工作中，多少下属有较强的工作能力，但最终却不被重用，不被肯定，究其原因，关键就在于不懂得与领导说话，结果给自己的职场生涯带来了最直接的影响。作为下属，应该练就好口才，以语言征服领导，以语言赢得领导的器重，同时换来自己的前程似锦。

“听领导说话”，“跟领导说话”，这两个环节直接构成了下属与领导者之间的一次完整沟通。说到底，本书就是一本教你如何与领导沟通的秘密宝典，重点在于“听”和“说”，将这两者结合，将为你揭露上下级之间顺畅沟通的诀窍。虽然，在这之前不少人说到了这个问题，但他们只是单纯地注重“听”或“说”，只强调其中的一个环节。实际上，下属与领导的沟通从来都不只是“听”，或者只是“说”，而是需要“听”“说”并用，这样才会促进彼此之间的顺畅沟通。

本书分为两篇，上篇是听领导说话，通过倾听的各个方面，教你如何听懂领导所说的话；下篇为跟领导说话，站在领导者的角度，分析其真实心理，并以此提出下属应该如何说话。全书以实际的案例，精彩的论述以及最后的点题之语，为你全面展示官场或职场中的沟通问题。如果你正在发愁如何与领导沟通，如果你正在为升职加薪烦恼，那这本书将是你不二的选择，它将帮助你顺利跨过与领导沟通过程中所出现的障碍，从而助你成功赢得其赏识与认可。

编著者

2012年10月

目 录

学会听领导讲话

学会跟领导说话

学会听领导讲话

“身处官场和职场，最基本的生存技能就是要学会听领导讲话，不仅仅是听，更需要听懂。有时候，即便是同一个领导说同一句话，甚至同一个领导在不同的场合说出来，其话语背后的含义却是有所差别的。因此，作为下属和员工，我们所需要做的就是学会倾听领导讲话。”

第一章 洗耳恭听，学会倾听是对领导的尊敬

作为下属和员工，最有效地表现你对领导尊敬的途径就是学会倾听。当领导者在讲话时，看见员工们静静地站在一边，聚精会神地听自己讲话，一时之间，他会觉得自己领导的身份备受尊崇，内心的自豪感也油然而生。

第一节 表现尊敬之意从有效倾听开始

上帝给人们两只耳朵，一张嘴，其实就是要我们在生活中多听少说。尤其是在职场和官场上，那些备受领导欣赏的下属一定是一个倾听者，而不是滔滔不绝、喋喋不休的人。有效地倾听，不仅仅是对别人的一种肯定，更是对别人的一种尊重。在职场和官场中，最善于与领导沟通的高手，是那些善于倾听的人。也许在领导讲话过程中，他并没有说上几句话，但他却得到了领导的肯定，甚至会认为他是一个善于言辞的人。倾听是对领导最好的尊敬，专心听领导说话，是你所能给予领导的最有效、也是最好的赞美。通常情况下，人们总是更关注自己的问题和兴趣，同样的道理，假如有人愿意听你谈论自己，你会马上有一种被重视的感觉。即便是领导，他对倾听自己讲话的下属也有一样的感觉，估计没有任何一位领导愿意看见自己讲话没人听的场景。

一般而言，在人与人沟通的过程中，表达往往是以自我为中心，而倾听则是以对方为重心，是一种对他人的尊重和重视。虽然两种表达的效果不同，但是在

官场和职场这样的场合，倾听领导讲话比表达个人意见更为重要。作为下属，不仅仅要能说会道，更需要学会去倾听，因为“听”也是对人的一种尊重。在生活中，其实每个人都希望和渴望对人倾诉内心的声音，也希望得到聆听者的理解和赞同。领导也是普通人，跟平常人一样，他内心也有这样的诉求。对此，下属要善于了解领导的心理，领会其渴望对人讲话的内心诉求，适时做好倾听者，赢得领导的赏识。倾听领导的心声，远比滔滔不绝地讲话更能打动领导的心，这时倾听是一种尊重，更是一种心灵慰藉。

这天中午休息时，张总正在办公室里大谈自己的“当年”：“当初，我也跟你们差不多的年纪，一个人南下来到广州，人生地不熟，开始到处找工作……”旁边的下属都纷纷围拢过来，聚精会神地听张总讲话，只有办公室里的小李一个人躲在角落里玩手机，似乎根本没看见张总这个人。

张总一边讲着，一边用手挥舞着，下属们一个劲地称赞：“张总，那时你可真是初生牛犊不怕虎啊”、“是啊，张总，没想到年轻时候的你也是这样的血气方刚呢”、“咱们张总当年那可是响当当的人物，否则怎么现在能成了咱们领导呢”、“就是，就是”。

不一会儿，上班时间到了，人群纷纷散去，张总也结束了自己的讲话。这时他有意无意地看了看角落里还在玩手机的小李，脸色有些不悦。

当所有的下属都聚精会神地听领导讲话，小李却躲在一旁玩手机，这样相反场景的映衬，会让领导加深印象，他会认为躲着不听自己讲话的人必然是对自己不够尊重。一旦领导心中产生这样的感觉，那就意味着小李在以后的工作中或多或少会遇到一些麻烦，也并不是说领导因此会为难他，而是即便是他做了什么，也很容易被领导忽视。

小菲是公司里年纪最小的，但是大家都很喜欢她，因为她积极上进，总是很虚心，不管是谁说话，关于工作的或者与工作无关的，她都能够做到安静地倾听。小菲的这个特点备受领导赏识。

办公室主任老王是出了名的“唠叨王”，他经常逮着机会就讲话，尤其是对下属，不管是工作上的还是生活中的，只要他愿意继续讲下去，估计可以讲上半天。对此，下属们都惧怕他，一看见他来了就赶紧找机会溜走，或者躲起来。但小菲却从来不躲不藏，每当老王讲话的时候，小菲总是很认真地倾听，哪怕是一些与工作毫无关系的话。在小菲看来，倾听领导讲话，这本身就是对领导的尊重。也正因为小菲如此认真的倾听态度，让老王每次回到办公室都会感叹：“小菲真是不错啊，每次我讲话，无论时间多长，她也从来不会表现出不耐烦的表情。”于是，每次办公室有什么重要的工作，老王都会吩咐小菲去完成，以此不断地增加她的工作经验。

或许，小菲的资历、工作经验、能力不如其他的同事，但她身上表现出来最难能可贵的一点就是懂得倾听。倾听领导对工作的意见，倾听领导对生活的看法，以此表达出自己对领导的一种尊重。同时，在倾听过程中，还能有效地亲近领导，了解领导，对于小菲自己以后的工作也是很有帮助的。

金钥匙

在小说《傲慢与偏见》中，丽萃在一次茶会上专注地听着一位刚刚从非洲旅行回来的男士讲非洲的所见所闻。当时她几乎没有说什么话，但分手时那位绅士却对别人说，丽萃是个多么擅言谈的姑娘啊！足以见得，这就是倾听别人讲话的效果。这会让你更有效地传达出对领导的尊敬之意，从而赢得领导的喜欢。

第二节 听清楚不等于听明白

倾听，不仅仅是听清楚，更需要听明白。许多下属往往混淆了这两个概念：听清楚和听明白。在他们看来，自己听清楚了，似乎就等于听明白了，其实这两者并不是一回事。听清楚，意思就是将领导所说的话一字不漏地听进耳朵里，他能清楚地听见对方在说什么，但具体意思却是不明不白，其作用就好像复读机一样，他听得很清楚，清楚到可以复述领导所说的话，但其内容所表达的是什么意思，他却是一问三不知；听明白，实际上是建立在听清楚的基础之上的，只有你完完全全地听清楚了，才能够明白话语的真实含义。换句话说，也就是懂得了领导在话语中的工作指示是什么，具体的工作要求是什么等等。现在我们应该明白听清楚和听明白完全是倾听的两个层次，前者是基础，后者是结果。对此，作为倾听者千万不要模糊了这两者的含义，明明只是听清楚了，却告诉领导说自己听明白了。

在现实工作中，每当有领导说话的时候，我们经常会见到这样的现象：下属坐在台下以认真的态度倾听，或许你会认为这是多么专注的神情，但如果你仔细观察，就会发现其脸上竟然挂着茫然的表情，好像自己置身于一个模糊的世界。这时如果领导询问下属："听清楚了吗？"大家一定会异口同声地回答说："听清楚了。"但若是追问一句："听明白了吗？"那估计回答的声音却是很弱小的。仅仅是听清楚的境界，应该是这样的，我们或许都有这样的经验：当我们在倾听某人说话时，虽然大脑并没有想其他的事情，但就好像是空白记忆一样，对方所说的话进入我们的大脑，然后又像一阵风似的飘走了，我们所听到的只是简单的字词，但却漏掉了大脑"翻译"这个环节。在倾听的过程中，我们漏掉了其中一个环节，因此倾听还只停留在表面上。对此，作为下属，倾听领导说话，不仅需要听清楚，更需要听明白。

公司每天早上都有一个例行的早会，这让许多职员叫苦连天，自己还没睡醒呢，就要坐在办公室里开会了。因此，早上开会，似乎是作用很小的。

这天早上七点半，公司早会准时开始了。车间主任拿着笔记本走进了办公室，充满活力地朝着大家问好："早上好！打起精神来，新的一天又开始了。"几个下属虽然动了动身子，但却无力开口说话，好像还在与周公告别呢。车间主任开始说话了："上周，咱们公司产品出现了多种问题，虽然我一再强调你们在操作过程中注意点、谨慎点，但还是免不了会出错。我只希望大家能坚持几天，因为很快公司会换一批全新的设备，而且是全自动的，到时候你们就可以松一口气了。但在这之前，你们还需要认真对待工作，尤其是在上班期间，不能有丝毫的懈怠，否则产品就会出现问题，一旦产品出现了问题，谁会买咱们的产品呢？"

话说到这里，车间主任发现下属小王正一副茫然的表情看着自己，他不禁问道：“小王，你听清楚我的话了吗？”小王回答说:“听清楚了。”车间主任点点头，早会就到此结束了。岂料，当天下午，小王就因为疏忽大意而造成产品不合格。还是在那间办公室，车间主任责问：“早上你不是听清楚了吗？怎么，难道你一点都没听明白？”小王动了动嘴，不敢开口说话。

案例中，小王的表现就是典型的“听清楚了”，但并未听明白，但他自己觉得，自己听清楚了也就是听明白了，因此才造成了工作上的失误。很多时候，下属都有这样的经历：自己真的听清楚了，而且可以将领导说过的话重复一遍，但话语的深层含义，他却是想都没想过。之所以出现这样的问题，其实就是下属错把“听清楚了”当作“听明白了”。

金钥匙

在日常工作中，倾听领导说话，我们不仅需要一字不漏地听进耳朵里，还需要将这些话听进心里，这样我们才能真正地明白领导说话的意思。否则，我们的倾听就仅仅是在表面上的，而没有深入到心里，所以才会经常造成明明听清楚了领导所说的话，但在工作中还是会犯错误。

第三节　想要高效完成工作，就要听透领导的话

作为下属，如果你想高效地完成工作，那就需要听透领导的话，听出话里的本意和真意。可能有的下属会认为，听领导说话是一件简单的事情，不就是“听”嘛？其实，这样的想法太简单了，听领导说话，不仅仅是一个动作，而且还是一个技术活。“听”意味着领导所说的话可以说话里有话，话语中有更深层次的含义。当然，领导说话大部分是涉及到工作方面的，有的则是牵涉到下属的职场生涯或职业前途。因此，下属若是想有效地完成领导安排的工作，那就需要

听透领导所说的话，领悟话语中的本意和真意，如此你才能受到领导的赏识和认可。

小宋刚刚进入公司，她平时就是一个很爱干净的人，每天一上班就开始打扫办公室卫生，不过，她在工作中却经常因为粗心大意而犯下一些小错误。

有一次，领导看见她在扫地，就说："一上班就打扫，挺有条理啊……"小宋听了很开心，以为这是领导在赞赏自己呢。可是，后来领导老是这样"夸"自己，她就觉得有点不对劲儿了。于是，她开始询问那些老同事，领导这样说自己，到底是什么意思呢？结果，同事的回答让她大吃一惊："夸你总是扫地，而且还说挺有条理，这句话听起来似乎就是夸奖，但如果你听透的话，就可以听出话语的真实含义了，领导的意思是说你除了打扫卫生，其他能力都不怎么样。也就是说，让你不要把过多的精力花在打扫卫生这件小事情上，而是花时间学习，这样工作能力才会有所提高。"听了同事的话，小宋仔细一琢磨，好像真的是这么一回事。

有人说"职场如战场"。如果你读不透领导所说的话，那就很有可能处处受挫。在日常工作中，领导会根据我们的职场表现经常说一两句赞赏的话，若是心思简单的下属听了，定会兴高采烈，觉得领导终于称赞自己了，但如果你仔细揣摩，却发现领导的话语并不如想象的那么简单。比如领导会说"你沟通能力比较强"，这句话听起来像是称赞，但话语的本意可能是指"你经常在办公室里聊天"；领导说"你为人比较随和"，这句话听起来也像是夸奖，但话语的真意可能是"你随时有被解雇的危险"。

小江在公司工作两年了，他很擅长听领导说话，特别令人称赞的是，他经常能够捕捉到领导话语中夹杂着的另外一层含义。也因为如此，在工作方面，他总是能够按照领导的心思完成，因而深得领导的赏识。

前不久，领导因为公事需要到外地出差半个月，临走之时对小江说："我走之后，公司的事情就先交给你了，不管是大事还是小事，你都可以全权做主，我已经跟下属们交待清楚了，在这半个月里，公司就听你的。"小江点点头，但就在领导走了之后没多久，公司有一个重要客户到访，小江并没有擅自作主，而是打电话向领导请示。在电话里，虽然领导热情地强调："这些事情你可以自己拿主意嘛……”但话语中却有一种说不出的自豪感和优越感，从这次之后，领导更加信任小江了。

案例中，虽然领导在临走前对下属小江说：“我走之后，公司的事情就先交给你了，你可以全权做主。”但其话语的真实含义却不是这样，一方面领导是在试探小江，在自己走后，是否真的决定自己拿主意，而不把自己这个领导放在心里；另外一方面则是侧面要求公司的事情还需要向自己请示。幸亏小江还有点听力劲，很明白地听懂了领导的话，因此才可以有效地完成工作，从而得到领导的赏识。

金钥匙

通常情况下，中层以上尤其是高层领导说话的方式都是比较含蓄而委婉的，因此，他们常常将自己内心的本意和真意隐藏在话语之中，等待着下属自己去揣摩。如果下属仅仅只是领悟了话语本身的含义，那就很有可能误会了领导的意思，从而造成工作中中的失误，同时也招来了领导的厌恶。

第四节　听领导说话不能只听表面

在倾听领导说话过程中，大多数下属容易犯一个错误，那就是——只听话语的表面。他们天真地以为，领导所表达的意思似乎就是这个意思，于是，他们按照这样的话语去理解，然后落实到实际工作中，却不料领导所表达的却是另外一种意思，结果，自己不被领导重视和肯定，但他们却搞不清楚问题出现在哪里。实际上，究其原因，就是他们听领导说话只听了表面，而忽视了话语深层的含义。在现实工作中，大多数领导者都是说话的高手，更是玩文字游戏的老手。作为领导者，他们不可能很直白地将自己内心的东西展现出来，这会让他们失去了作为领导者的神秘感。因此，他们总是将更深层次的含义隐藏在话语之中，以此让下属自己去揣摩，去领悟。

在现实工作中，下属倾听领导说话时，千万不能只听表面，而是需要善于挖掘话语背后的含义，如此才能真正听懂听透领导内心的想法，这样你才能有效地配合领导工作，从而成为领导身边最贴心的下属。领导说话有一定的诀窍，他们更欣赏那些有听力劲的下属，也就是能够撇开话语表面所表达的意思，而致力于领悟话语更深层次的含义，而这正是领导真正的心声。而实际情况却是，许多下属只听懂了领导所说的表面意思，而且还沾沾自喜，觉得自己终于读懂了领导的心声，但他们浑然不知，自己已经会错了意，稍有不慎，还会惹来领导的不悦。

一位在公司工作了5年的职员讲述了自己的职场经历：

我在公司工作了一年之后，有一次领导找我谈话，他说："你最近的业绩不错，我觉得你可以担当更重要的职责，其实我一直很看好你，不过，你也知道最近行业很不景气，利润比去年下滑得很厉害，如果你以后做部门主管的话，面对这样的情况会不会考虑裁员呢？"听了这话，我愣了一下，凭着第一感觉就回答说："我想我应该不会裁员的，因为很多同事跟我一起出生入死，我觉得在这时候我不应该抛下他们不管。"听完了我的话，领导脸色有些变了。后来，我的同事升为了部门主管。现在想起来，领导当时的意思的是想裁员，但我的回答却只是凭感情用事，如果当时我能领悟到领导话语背后的含义，站在企业发展角度去考虑，那估计升职的就会是我了。

这个教训给我的印象是深刻的，在以后的工作中，我听话会有更多的考虑，在不违背自己做人原则的前提下，我开始学着听领导话语背后的含义。有一次领导要去欧洲出差，在这之前他问我："你的英文和老外沟通没问题吧？"虽然我对自己的英文并不自信，但我领悟到了领导话语背后的意思，如果可以的话就能够得到跟他一起去欧洲的机会，于是，我回答说："没问题。"果然，我获得了这次机会，而我自己则回家恶补英文。

和领导在法国的时候，我们拜访了一些老客户，领导对其中一位客户的产品明显很感兴趣，但价格稍微有点高。这时领导用咨询的口气问我："你觉得这件产品怎么样？"我听出了领导其实已经下定决心购买了，于是我回答说："很不错，值得购买。"果然，领导询问我的意见只是确认一下，我当然不会扫他的兴。最后，领导很高兴地与这家公司签约了。

由于我听懂了领导的话里有话，回国之后，我很快坐上了主管的位置。

案例中，首次听领导说话，像大多数下属一样，这位下属只是听懂了表面的意思，于是，他完全按照自己内心的想法回答领导的问题。后来，他才发现，领导那看似无意的提问，其实所表达的意思就是“裁员”，而愚钝的他却没能察觉到话语背后的含义，于是，白白地错过了一次升职的机会。在后来的工作中，下属在不违背自己做人原则的前提下，努力去揣摩领导话语里的深意。果不其然，他逐渐成为了领导的心腹，当然，升职加薪自然就在情理之中了。

金钥匙

领导说话通常包含着两层意思，一是话语表面的意思，二是话语深层次的含义。但对许多下属来说，他们往往是读懂了前者，却忽视了后者，因此，屡屡在工作中犯错，即便在公司或企业做了很长时间，却得不到领导的重用。所以，对下属来说，听领导说话不能只听表面，而是需要领悟话语深层次的意思。

第五节　听而后言，让领导备感欣慰

古希腊先哲苏格拉底说：“上帝给了我们两只耳朵、一张嘴巴，其用意就是让我们少说多听。”这句话形象而深刻地说明了“听”比“说”重要。“倾听”是下属应具备的素质，只有充分调动起耳朵，才能促进上下级之间的沟通与交流，才能更了解领导心中所思所想。倾听，还有一个重要的条件，那就是“听而后言”，听明白了之后再发言，这是一种尊重，更是一种艺术，因为倾听是需要耐心的。许多下属之所以给领导的印象很糟糕，就是因为他们不耐心地做一个好听众，如果下属不善于倾听领导的心声，在领导还没说完就插话，或者在领导还没开始说话就开口发言，这会让领导怀疑你对其说话不重视、不喜欢，从而心生不悦。耐心地倾听领导说话，等待领导说完之后再发言，实际上是对领导的尊重。你付出了时间和精力，认真地听领导说话，这会让领导感到自己的价值以及你对其说话的重视和感兴趣程度，他会对你心生感激，从而激发他们对你倾诉的欲望。所以，在工作中，下属在倾听领导说话时，尽量做到“听而后言”，耐心倾听领导说话，了解了领导真实的想法，再委婉地提出自己的想法和观点。

有一天，几个人怒气冲冲地闯进美国总统麦金莱的办公室，抗议他不久前出台的一项政策，为首的一个议员脾气很大，甚至用难听的话谩骂总统。而麦金莱一直表现得很平静，静静地倾听。等那些人都说得筋疲力尽了，他才温和地问：“现在你们觉得好些了吗？”

顿时，那些人不好意思地低下头，特别是为首的议员，觉得自己好像小丑一样。这时，总统才解释自己为什么要作出那项规定，而且为什么不能改变。那位议员虽然没完全听懂，但他心理上已经被说服了。他回去之后，对他的同伴说：“伙计们，我忘了总统说的是些什么了，不过我打赌他肯定是对的。”

虽然，这个案例所讲述的是领导倾听下属的事情，但其道理是一样的，也就是说，如果我们能在听了领导说话之后再发言，那领导是比较欣慰的，即便他并不完全赞同我们的说法，但他心理上会接受你所说的内容，这就是“先听后言”所达到的效果。

王姐是销售部经理，由于她平时说话和蔼可亲，因此不管是领导还是下属，都亲切地称呼她为“王姐”。这天王姐拿着一件掉色的衣服走进办公室，打算发发牢骚，但有两位下属总是打断她的话。王姐开口说：“我昨天才从商场买了这件衣服，本来打算洗了之后再穿，没想到竟然掉色，而且我的白色衬衣也染上了颜色，真是郁闷……”话还没说完，一位下属就插话说：“所有深色衣服开始穿都会褪色，我的那件也是，真是一点办法也没有，尤其是这种在商场买的衣服。”另外一位下属也表示附和：“是啊，如果你拿去退货，估计营业员不会拿好脸色来对你的。”

王姐脸色有点不悦，这时办公室里的小黄走了过来，她先是耐心地听了王姐的抱怨，一句话都没说，只是安静地倾听，等她把话说完之后，才开始安慰：

“王姐，没有必要为这种小事生气，据我所知，这种衣服在第一次洗的时候，可能会有轻微掉色，但以后就不会了，我之前也买了同样一件衣服……”随着小黄的话语，王姐的脸色变得温和了。

伏尔泰曾说：“通往内心深处的路是耳朵。”在某些时候，倾听可以作为一种武器，通过倾听，可以传达、显示出自己内心的想法、观点、地位和修养等。作为下属，在日常工作中更需要发挥倾听的作用。认真倾听，这不仅是对领导的一种尊重，而且还可以让领导愿意走进你，向你表达他们内心深处的想法。

金钥匙

在实际工作中，许多下属却常常犯这样一个错误——不愿倾听，最终导致上下级沟通出现了问题。于是，不会倾听的下属自然无法与领导进行畅通的沟通，而且还会影响到自己的工作。对领导者来说，自己在说话时，最忌讳下属插话，或直接打断自己的话，这会让他感觉到自己被侵犯了。相反，如果下属是在自己说完话之后才发言，那领导是备感欣慰的。

第六节 对领导的话，会听更要会记录

通常听领导说话，不仅会听，而且更需要会记录。或许，有的下属会反驳：“只需要用耳朵、用心倾听就行了，何必麻烦地将领导所说的话都记录下来呢？”实际上，这样的想法是有失偏颇的。一般情况下，领导说话的时间是少则几分钟，多则几个小时，在如此不确定的时间里，领导所说的内容并不是一两句话就能概括的，甚至有的领导所使用的都是长篇的讲话稿。一个人的记忆力是有限的，有可能你在听的过程中，真的是听清楚了，也听明白了，但并不意味着你在一段时间内都能记住领导所说过的每一句话。

俗话说：“好记性不如烂笔头。”一个人的记忆力再好，但他总有忘记的时

候。相反，如果能将领导所说过的话用笔记下来，说话结束之后，不时还可以翻出来看看，温故而知新，你就越来越能理解领导话语中的含义了。对此，作为下属，需要牢记：不仅需要听领导说话，更需要将之认真地记录下来。

小王是总经理身边的秘书，在日常工作中，小王重要的一项工作就是听领导说话。不管是大会还是小会，小王都需要到场，而且不仅仅是听领导说话，还需要做会议记录，这是小王的份内工作之一，将整个会议的内容记录下来，整理出来，以备上级领导抽查。

但时间长了，小王自己也做了一份记录，那就是主要针对领导所说的话做成的记录。他把领导经常所说的话以及领导的想法都记录了下来，在他的记录本上，清楚地记录着这样的文字：

各级主管一定要关心、关爱下属，让员工信任，让员工一有困难就找你，这样的领导，下属才愿意为你拼命；

我们在作决定时一定要考虑利弊关系，是利大于弊还是弊大于利，很多事情没有绝对的对与错，但是一定要把握利弊关系，以这个为方向点、关键点来作决策，才能避免后续出现更大的偏差；

我们做业务要发挥一切可以利用的资源，没有资源要向分公司总经理寻求支持，要打仗没有粮草怎么行？但粮草一定要用到刀刃上；

对待员工和对待客户一样，你想受到什么样的服务，那么在提供服务的时候就要付出更多，超过客户的预期，那客户不会不满意，超过前线的预期，那前线就不会抱怨后方；

简单务实，简化流程，工作决不能仅仅流于形式，照搬照抄。每个主管在批签报的时候都要仔细打开附件核实，对待工作绝不仅仅是点个同意就完事。

再回过头来仔细查看秘书所做的记录，发现这其中的几条都是领导话语中的精髓部分，这些记录下来的话语可以成为下属了解领导信息的突破口，因为一个领导心中所思所想，大多数是反映在其说话里面的。不仅如此，通过这些记录下来的话语，我们还可以观察到这位领导平时的工作习惯和工作风格。

在领导说话的时候，下属做好记录，可以说是益处多多。比如，当领导说到某个问题时，或许当时你并没听懂这是什么意思，那么就不妨将其记录下来，等领导说话结束后，你可以认真思考，这话到底是什么意思；也可以拿着记录本向领导请教，以此增加与领导接触的机会。而且，当领导在说话的时候，若是他无意中看见了下属在对自己所说的话做记录，他内心是非常高兴的。原来自己所说的话对下属来说是很有价值的，同时，也表明下属对自己是尊重的。

金钥匙

对下属来说，将领导所说的话记录下来，这是一种对领导的尊重，也是自己对工作的一种负责态度。有时候，领导对某项工作要求很严格，可能仅仅对一个工作环节就提出了诸多的要求，这时如果不把这诸多的要求记录下来，落实起来就有难度，或者混淆了其中的概念，这对下属自身工作来说，是很不利的。

第二章　静心倾听，听领导说话要有好心态

倾听领导说话，需要下属具备良好的心态：不急不躁，全身心放松；真诚而用心，真正打动领导；如果不能理解领导所说的话，不妨换位思考；仔细倾听，不可遗漏领导说话的重点；不怨不气，领导说话往往是对事不对人。

第一节　领导也是常人，放松聆听不必紧张

对许多下属来说，最令人害怕的事情就是与领导打交道。在他们看来，领导似乎是一个特别威严而令人生畏的人物，即便是听到领导说话也会感觉很紧张。一旦听说让自己去领导办公室，下属的心里就是七上八下：到底出了什么事情呢？难道自己的工作又出现问题了？领导会不会狠狠地训斥我呢，还是直接让我收拾东西回家呢？这样的紧张心理可以一直持续到领导说话结束，所造成的结果是领导在一边说话，他在一边战战兢兢地站着。不清楚情况的人还以为他在接受训话，其实不过是一次正常的领导谈话。作为下属来说，在倾听领导说话时需要表现出一种尊敬的态度，比如专心致志，但并不意味着将领导当作高高在上的膜拜人物，这样一来，下属的心里就会自然而然生出一些紧张感来。

小王最害怕的就是见领导了，他曾表示，再难再苦的工作都愿意干，但见领导这事儿还是免了吧。但最令小王心烦的是，领导特别喜欢找他说说话，或是问问工作情况，或是部署工作，这时小王那噩梦般的感觉就开始了。

这天小王正在车间工作，同事传话："领导让你上他办公室去。"小王心里琢磨：啥事啊？难道是我的工作又出现问题了？小王忐忑不安地走向办公室，颤抖地用手敲了敲门，这时传来领导的声音："请进!"小王紧张地进了办公室，领导见是小王进来了，放下手中的文件，说道："小王啊，你知道为什么找你来吗？"小王一听这话，紧张得不敢回答，领导继续说道："你今年的工作成绩不错啊，大家都是有目共睹，我打算推荐你为……"小王虽然心里有点高兴，但僵硬、紧张的身体还是无法松弛下来，他甚至都不敢抬头注视领导的眼睛。

相信大部分的下属都会有与小王一样的心理，或许是曾经被领导训斥过，或许是领导形象本来就比较威严，或者是社交恐惧，一旦在重要人物面前就紧张。但无论是处于哪种情况，紧张的心情都难以避免，从而导致心理压力过大，只要一听说领导找自己谈话，就紧张得大气不敢出。对这样的现象，我们需要明白一个问题：领导也是常人，他跟我们并没有什么不同。那听跟我们一样的人说话，还有什么可害怕的呢?

在工作中，领导安排工作或者单独谈话，都需要我们认真倾听，有时明明是再普通不过的说话，但在下属看来却是如临大敌，紧张不已，甚至站在领导面前紧张得手都不知道该放在哪里，全身发抖，只是胡乱地"嗯"、"哦"、"好的"回应领导。

邓总编向来说话比较犀利，下属私底下称呼其为"犀利姐"。有时编辑的稿子出现了一些问题，她就会当场气得拍桌子："怎么回事？怎么搞得这样子，我看你的水平是越来越不行了，怎么样，打算卷铺盖走人吗？"声音大得整个办公室的人都能听见，大家都怕了她，连一向喜欢说话的下属见了她也是半天不说一句话，不是不愿意说，而是不敢说。

最近来了一位新人小李，态度比较诚恳，但其写作水平一般。在同事的闲聊中，小李知道了总编的脾气，一直忐忑不安地等待着稿子的消息。终于，总编派人让小李去办公室了，同事们都屏住了呼吸，打算听一场好戏。小李一进办公室，总编就没好气地说："我不找你，你就不知道找我？"小李面带微笑："我正不安地等着您的消息呢。"总编笑了，说道："我没那么可怕吧，我跟你说说，你最近所采写的稿子的问题……"

领导也不过是普通人，就好像案例中的一样，他们也会开开玩笑。为了缓解紧张的心理，你在走入办公室见到领导的那一刻，不妨先承认自己：“见到您，我心里非常紧张!”这时领导通常会说：“怕什么？我是老虎啊？我又不吃人。”领导或许会想：难道我平日里很严肃，这样他就会表现出格外的热情和随和，即便你还是紧张，他也会因你的坦诚而予以谅解。此外，自己先承认紧张，并说了出来，就相当于放下了心理包袱，这样紧张情绪就会松弛下来。反之，你越不承认紧张，心理反而会越来越紧张。

金钥匙

倾听领导说话，下属所表现出来的紧张情绪，实际上也是处于内心的紧张感。虽然不会带来什么大的影响，但是领导会以此来判断你的心理素质，那些往往太胆小、缺乏勇气的人是难以担当大任的。此外，由于紧张的心理，将会导致你不容易听明白领导所说的话，因为你的注意力全部都放在了担忧这件事情上了。因此，在倾听领导说话时，需要放松全身心，应该明白，即便是领导的职位再高，他不过也只是一个普通人。

第二节　怀揣真诚用心去听领导说话

倾诉和倾听，一直是人类所渴望的一种心理需求。如今市场化、城市化日益推进，社会竞争越来越激烈，工作节奏日益加快，人们就越显得心浮气躁、焦虑烦恼，渴望倾诉和得到倾听的心理诉求也就越来越强烈了。可以说，倾听是人际关系和谐相处的重要环节。上下级之间倾诉和倾听，乃是互信亲密的标志。作为一个下属，应该是一个出色的倾听者，就是要用心倾听领导的声音，理解领导的诉求和期望。倾听，更需要有一颗真诚的心，远离了客套、溜须拍马等形式主义，瞬间拉近与领导之间的心理距离。可能就是在同一张桌子上吃饭，坐在同一条凳子上说说话，听听领导的心声，这样才能真正地了解领导内心的诉求。领导真诚地向下属敞开心扉，下属真诚地倾听领导说话，这时上下之间的融合之门就会打开。

当然，真诚的倾听并不只是听听而已。下属在听完领导说话之后，还需要想想假如我是领导，我怎么看待这个问题？假如我是领导，我会有什么新的想法和要求？只有在具体工作中经常这样思考，设身处地站在领导的立场、观点上分析判断问题，才能了解领导所思所想、所急所盼，也才能快速地找到解决问题的方法。下属应怀揣着真诚用心地听领导说话，将心比心才能够与领导心心相印，以心换心才能够以真心换真情。这样才能顺应领导的心思而对症下药，自己做起工作来才能游刃有余，最终水到渠成。

有一天，美国知名主持人林克莱特采访一位小朋友。林克莱特问他："你长大后想干什么？"小朋友天真地回答："我要当飞机驾驶员！"林克莱特继续问："如果有一天，你的飞机飞到太平洋上空，所有引擎都熄火了，你会怎么办呢？"小朋友想了想说："我会先告诉坐在飞机上的人，请系好安全带，然后我挂上我的降落伞跳出去。"听到小朋友的回答，现场的观众笑得东倒西歪，但是，林克莱特继续注视着这个孩子，想看看他是不是自作聪明的家伙。

没想到，这个孩子两行热泪夺眶而出，林克莱特感到这孩子的悲悯之情深深地打动了他。于是，林克莱特继续问他："你为什么要这么做？"小孩子的答案透露出一个孩子真挚的同情："我要去拿燃料，我还要回来！我还要回来！"

当孩子不顾别人，自己挂上降落伞跳下去时，谁听出了这个孩子的同情心呢？大多数人都成为了那笑得东倒西歪的观众，为什么会这样？因为我们丢掉了心中的真诚，因为我们不够真诚地倾听了小孩子的回答，当然我们就无法真正地走进孩子的心里。倾听领导说话，也是这样的道理，在真诚的倾听中，我们需要穿透语言，发掘领导的内心。

在工作以外，张主任是一个不太实际的人，他经常会向下属提出一些幻想的东西来，而迫切地希望得到下属的认可。但情况却恰恰相反，下属在了解了张主任这样的情形之后，大多数人都会抱着听故事的心态，听完了就走开，根本不给予任何意见，或者就是开开玩笑："张主任，我觉得你这个设想比上次那个靠谱多了。"

这天张主任又在讲述自己的幻想了："你们觉得这个策划真的只能做成这样吗？我觉得可以用另外一种方式……"下属们面面相觑，陆续找借口离开，这时只剩下一个新人小王坐在那里，只见小王沉默了半刻，回答说："张主任，我觉得你的这个想法还可以，但真正实施起来恐怕会有一些问题，因为许多条件是不具备，比如……"张主任面带微笑听完了小王的意见，赞扬了一句："看来，只有小王用心地听我说话了。"

在现实工作中，有相当一部分下属天天玩手机，穿梭于各种活动，忙碌于朋友之间的应酬，却舍不得花时间和精力倾听领导说话，倾听领导所提出的要求。一旦遇到领导说话的场合，能回避就回避了。实际上，这些下属不懂得"倾听就是工作"，而且这是非常重要的工作。

金钥匙

作家鲍威尔曾说："我们要聆听的是话语中的含意，而非文字。"而真诚的倾听，就是穿透了文字，领悟领导真正的心声。真正的倾听者是无法抗拒的，因为他们富有同情心，愿意分享人们的弱点，愿意听人们诉说不愉快的事情。如果你想要领导欣赏你，肯定你，那么先学会做一个真诚的倾听者。因为下属的真诚，让领导觉得自己所说的话没有白说。真诚的倾听者就好像亲密的朋友一样，无论对个人还是对团体都能起到积极的作用，同时，他们让领导觉得相当可靠、值得信赖且非常忠诚。

第三节 换位思考式的倾听方式更奏效

在倾听领导说话的过程中，我们要善于换位思考，也就是站在领导的立场思考，否则你永远不知道领导在想什么。因为如果你没站在高山上，你就不可能看到山外的山。倾听领导说话，我们要做到多听少说多思考，听了以后，我们需要换位思考，因为一切没有经过思考的东西，都将是无力的。换位思考的倾听方式，也就是可以设身处地倾听，撇下自己的想法和观点，进入领导的角度和心里。通常倾听的目的是为了作出最贴切的反应，根本不是想了解对方。所以，换位思考的倾听的出发点是为了“了解”领导而非为了作出贴切的反应，也就是通过交流去了解领导的观点、感受。

这天中午主管拿着一叠文件来到小娜的办公桌前，“啪”地一声将所有的文件摔在桌子上，大声责问：“你是怎么写企划案的？这可是马上即将执行的企划案，你自己看看，你都写了些什么，毫无逻辑，语言不严密，我甚至怀疑你中文是否及格？”小娜低着头，默不作声，主管继续说：“上个星期我还让你好好写，希望你能给我一个满意的企划案，没想到满心的期待等来的却是这样的结果，现在时间这么紧张，怎么弄？我可是头都快炸了。”

小娜抬起头，满脸通红，说道：“对不起，主管，这都是我工作失责，我让您失望了，也耽误了咱们的工作进程。”主管看了她一眼，说道：“你知道问题的严重性就好了，你是第一次写企划案吗？怎么一点不懂怎么写？本来一个好好的想法被你写得乱七八糟。”小娜很窘迫地说：“我是第一次接触企划案，不好意思，给您添麻烦了，我会重新写一遍，尽我最大努力做好的。”主管脸色缓和了下来，说道：“如果不知道企划案怎么写，你可以向我咨询，希望你说话算数，尽快把这份企划案赶出来。”

在案例中，下属小娜就是换位思考地倾听，她并没有为自己的过错找理由，而是考虑到领导的心情，设身处地地为其着想，立即为自己失责的工作而道歉，让主管意识到下属是能够体谅自己的良苦用心的。这样一来，领导心中的怒气就慢慢化解了，而且主动建议下属向自己请教某些工作上的问题。

弗洛伊德称得上是近代最伟大的倾听大师了。一位曾遇到过弗洛伊德的人，描述着他倾听别人时的态度："那简直太令我震惊了，我从来没见过这么专注的人，有这么敏锐的灵魂洞察和凝视事情的能力。他的眼光是那么谦逊温和，他的声音低柔，姿势很少改变。但是他对我的那份专注，他表现出的喜欢我说话的态度，即使我说得不好。你真的无法想象，别人像这样听你说话所代表的意义是什么。"

换位思考的倾听，也就是表现出特别理解说话者所说的话语含义。对于下属来说，这种倾听方式最有利于了解领导，并与领导顺畅沟通，建立感情。在倾听过程中，用心聆听领导的思维与心声，这是一种设身处地、尝试以领导的双眼来探究世界的倾听方式。在所有的聆听方式中，这是唯一可以真正进入领导心理的方式，同时也是倾听者高情商的表现。

下属在倾听过程中，需要设身处地为领导者着想，提出一些看法和建议，并适当作出一些反应如"确实是这样"、"我很理解这种心情"，其实你的这些反应往往是领导所期待的，他希望有人能够了解他，即便那只是一些没有任何实质性帮助的话语。这些反应会让领导觉得，你并非在表现自己，而是在关心他。下属应该清楚自己所表达的观点，并不能完全解决领导的问题，但你唯一能做的就是表现出能够理解和体谅，并用心地倾听领导说话。

金钥匙

当孩子犯错的时候，我们常常告诉孩子要站在父母的立场多为父母想想。有时我们受到领导的批评，我们心里会想领导怎么是这样一个毫不留情的人呢，从而萌发出深深的憎恨。这时我们是否应换位思考，真正地站在领导的角度思考问题呢？懂得换位思考的倾听者会在考虑自己的需求之前，先考虑他人的需要，而且会支持和帮助他人。善于换位思考的下属会喜欢进入领导的角色，领导倾向于向倾听者打开心扉，是因为领导渴望被关怀，而换位思考倾听的下属也确实做到了这一点。

第四节 细致全面倾听，重点不可遗漏

倾听本身是下属与领导沟通的基础，但在现实工作中，很多人并没有完全地掌握“听”的艺术。有的下属在倾听领导说话时，其实是听而不闻，或者是完全不用心倾听，简直可以用忽视领导来形容，心不在焉，只是沉迷在自己的世界里，领导的话就如同耳边风，完全没听进去；有的下属则是假装在倾听，他可能用身体语言假装在倾听，嘴里敷衍着“嗯”、“哦”、“好的”，甚至有时还会重复领导的话语当作回应，实际上也是心不在焉；还有的下属是选择性的倾听，他确实是在倾听，但自以为很了解领导，过分沉迷于自己所喜欢的话题，只关注倾听自己有兴趣的部分，而与自己意思相悖的内容则全部选择忽略。这3种倾听都不能算作是真正意义上的倾听。在这里，倾听应该是细致而全面的，也就是认真仔细地倾听，千万不要遗漏领导说话中的重点，否则你听了也是白听。

总编正在交待工作任务：“这里的稿子其实是有人做过的，但我觉得修改幅度比较小，等于是没有修改，因此需要重新加工一下，我现在将原来的

资料给你。”小张点点头，总编继续说：“由于这个是名著，这比你平时改一般故事的版权问题难度可能略小一些，因为你不需要加入太多的内容，只是改改其中的翻译权，也就是适当变换一种说法，核心思想是不能变的。”小张回答说：“好的。”总编嘱咐道：“行，那从明天开始，你就抓紧时间修改吧，改完一节给我看一下。”

第二天，小张将改好的一节交给总编，总编当即说：“你昨天没认真听我说话吗？”小张吞吞吐吐：“我认真听了。”总编有些生气：“我让你只是把稿子改改说法，可你却把整个核心意思都改变了，纯粹变成了你自己写的书了？你还说认真听我说话了？我发现你经常是这样，平时不认真听我安排工作，下去之后就出错，这样给工作带来了很大的麻烦，很浪费精力的，知道吗？就因为你昨天不认真听我说话，现在你的工作需要重新做一遍，而我也需要重新给你解释一遍，你能不能让我省点心啊？

案例中，由于在倾听过程中遗漏了重要的内容，使得小张在工作中出现了漏洞，而总编又需要重新安排一遍工作。实际上这些情况都是小张没能够认真、全面地倾听领导说话所造成的，结果既降低了工作效率，而且搞得上下级之间很不愉快。

微软公司首席执行官鲍尔默说：“再忙也要学会倾听。”他解释说：“我很忙。我的大脑时刻不停地运转，即使听完一个人说的事情，但不能真正消化理解这些东西，人们都会认为你没有在认真倾听。有时就是这样，你忙于琐事没法倾听。这就是我大脑工作的方式，它总是在不停地接受、分析、思考、理解、反应。话说回来，如果你真想激励人干好工作，那就必须倾听他们所说，并让他们感觉到你是在倾听。所以说，我得学着适时慢下来，在这方面多作改进，这对我及周围的人都有好处。”

领导会经常抱怨：“你根本没认真听我说话。”与领导关心密切的下属会认为，不用听就知道领导要说什么，所以领导说话时不会集中注意力去听。但是，如果下属认真听了之后会发现，其实自己还不是很了解领导，或者还有很多自己不了解的事情。不全面、仔细地倾听领导说话，你所失去的不仅仅是话语中包含的信息，还有领导对你的信任。

金钥匙

细致全面地倾听也就是专注地倾听，可以全心全意地凝神倾听。当然，要专心倾听确实需要花费很多的精力和耐力，因为这将意味着你不仅需要从自己的角度出发考虑问题，而且即使每句话进入大脑，仍需要仔细琢磨这是否是领导者的本意、真意。

第五节 面对领导抱怨，学会静心倾听

虽然，在很多时候我们并不提倡领导抱怨，但领导毕竟是普通人，他跟我们一样，心中也有许多的烦恼，为此，他们更需要通过合理的途径发泄出去。如果领导忍不住在我们面前抱怨一下，这时我们只需要静心倾听就可以了。就领导所处的位置来说，他每天考虑的事情比较繁杂，而且自己所做的任何一个决策都将关系到整个公司乃至集团员工的命运，因此，可以毫不夸张地说，领导者才是最有资格抱怨的人。但若论情理，领导者本身具备常人难以有的镇密思维，超乎过人的本领，那将意味着他们总是能顺利地解决心中忧虑的问题。不过，究其领导者来说，每天紧绷绷地生活24小时，他总有累的时候，酒后或者太累的时候，他可能会小小地抱怨一下，这时作为下属，不妨学会做一个最忠诚的倾听者。

在生活中，我们偶尔可以听到领导抱怨的声音“国家政策谁扭得过？”、“今年做生意是找死，不做生意是等死”、“现在整个社会都在发烧，谁能幸免？”此外，由于工作的复杂性，领导者们抱怨的声音还会涉及到工作的方方面面，比如“政府打击假冒伪劣不力”、“市场需求萎缩”、“融资困难”、小

张听了，心里很是疑惑，但还是默不作声，只是面带微笑地听地区经理继续抱怨："以前那经理总是抨击我的成绩，我在缺少支持的情况下获得了很好的业绩。去年，我的销售额为什么这样低，结果总公司对我提出了批评，其实这一切都是拜他所赐，他简直就是罪魁祸首，无能又昏庸，假如我早一天坐到这个位置，我肯定早就发挥出了我应有的水平……"末了，地区经理问道："小张，你明白吗？"小张点点头，没多说半句话。

有时下属所面对的是"抱怨型"领导，他不是偶尔抱怨，而是天天抱怨，经常抱怨，抱怨几乎成为了他日常的一部分。当然，这样抱怨型的领导，在他的抱怨中，肯定存在一些不符实际的情况。那作为下属该如何办呢？这时下属所应该做的就是做一个安静的倾听者，你只需要听就够了，别多说一句话，以免说错话。因为大部分的抱怨者所需要的仅仅是发泄内心的不快，他们甚至不需要别人的安慰，只需要有人在倾听就足够了。

张经理最近为公司融资的事情忙得焦头烂额，结果病倒在床上。秘书小李提着一篮水果去医院探望，张经理笑了笑，说道："谢谢你了，小李，公司最近没什么事情吧。"小李如实汇报了公司的情况，张经理紧皱眉头："唉，最近事情真的很多，公司融资本来是计划中的事情，没想到临时出现了变故，现在这样的局面，真令我头疼。"小李安慰说："张总，您就先养好身体，等您身体有劲了，说不定事情也有了好的发展呢。"

张经理笑了："小李可真会说话，真是一个值得信赖的朋友。我也只有在你面前抱怨几句，现在当个领导也不容易，看看哪个领导像我这样都病倒在医院了，事情也没解决好……"小李面带笑容，听着张经理的唠叨，眼里满是理解和尊重。

案例中，张经理为工作的事情病倒在床上，见到前来探望自己的下属，也不过是有感而发抱怨几句而已。对于领导这样的抱怨，下属可以适时安慰几句"事情肯定会顺利的"、"别担心，问题一定会得到解决的"，以此来宽慰领导的心，而你自然也可以算得上是称职的倾听者。

金钥匙

卡耐基说："一百次中有九十九次，没有人会责怪自己任何事，不论他错得多么离谱。我们用批评和指责的方式，并不能使别人产生永久的改变，反而会引起愤恨。不要责怪别人，要试着了解他们，试着明白他们为什么会那么做，这比批评更有益处，也更有意义得多。"领导的抱怨有可能是不妥当的，但作为下属，你只需要理解就行了。下属认真地倾听，或多或少会让领导者感觉心里有一些安慰。

第六节 打消抵触情绪，领导发火不奇怪

在生活中，每个人都有自己的脾气，谁都有发脾气的时候，一辈子不发一次脾气的人是没有的。当然，由于每个人的性格不一样，他们脾气的大小也不一样，有的人脾气大，有的人脾气小，这都是因人而异的。通常来说，领导发脾气的几率是很小的，也就是说他们不经常发脾气。但下属也不要误以为领导就是没脾气的，领导生气也是很正常的，因此，如果下属碰到这样的情况就需要打消心中的抵触情绪。领导也是人，自然具有人的所有属性，也就是说，领导也会有发火的时候。但领导发脾气并不针对任何人，他处于领导这个位置，他比任何人都要理智。因此可以说，领导发火往往与工作有关，他们常常有意无意地通过发火这样的手段去达到一定的目的。

许多下属在领导发火时会产生一些抵触情绪，心里总会想：领导是不是针对我呢？我这件事情明明是做的不错，为什么还要这样说我呢？在抵触情绪的影响下，他们会为自己的过错而寻找一些理由，从而向领导申诉，孰料领导尚未没浇灭的火焰却越来越高，甚至都到了掀桌子的程度了。其实，在领导发火时，下属

火上浇油无疑是自讨苦吃。假如领导是针对工作中出现的错误而生气，那不忙于追究错误的根源，作为下属都应该主动承认错误，予以诚恳的道歉，以求息事宁人。否则，如果你实在觉得厌倦这份工作，或是想以此为借口辞职，那你倒可以与领导对着干，甚至大吵一架离开公司。不过对于大多数的下属，他们都具有基本的素质，做一个心平气和的倾听者，一旦领导气消了，那事情也就得到解决了。

两个人一起做工作，领导在布置任务时没注意，将较多的工作量交给其中一个人去完成，而其余的较少的工作量让剩下那个人完成，但工作要求是一样的，所给出的报酬也是一样的。

转眼到了验收工作成果的时候了，领导对工作量较少的下属所做的工作比较满意，而另外一位下属，估计是由于工作量太大，因而完成的结果不太令人满意。对此，领导大发雷霆："我在布置工作任务时就说得清清楚楚，工作的要求以及目的，结果你交上来的工作却令人很不满意，简直没能达到我之前所说的水平，你可以去看看你的另外那位同事，他做的就比较好，你可以比较一下，看看你自己差在哪里？"

下属很不服气，当即反驳说："领导偏心嘛，我和同事同样的工作时间，同样的要求，但我的工作量却远远超过他的，即便是我没能达到您的要求，您也不能这样贬低我的工作能力啊。"领导一听，气不打一处来，大声说道："确实，工作量的事情是我没弄清楚就交给你们，但这是你工作粗心大意的借口吗？一说你工作有问题，你就赌气说给你工作量太大？我看你根本不想好好工作，你自己收拾东西辞职吧。"下属一听这话，站在那里一动也不动。

案例中，面对领导的批评，下属的回应带着抵触情绪，最终使情形变得越来越糟糕。其实，发火对于一般人来说应该是控制的不良情绪，但对于领导来说往往代表着一种权威，一种不容人侵犯的权威。我们经常在战争题材类的电视剧或电影中看到，许多指挥官在前线激战时都是带着脾气指挥作战的，因为发火往往会让战士们产生心理震撼，从而更快速地投入到战斗中去。

如果领导在安排工作，其指令不能对下属产生心理震撼，这往往会影响其工作效率。按这样的推断，通常那些权力越大的领导，其脾气也往往越大。当然，这里所说的脾气通常是在理智控制下的“脾气”，而不是超越理智界限的脾气。

金钥匙

下属在与领导打交道、相处时，必须正确对待和妥善处理领导发火的问题。否则，领导就会看轻你，或者使矛盾加剧。作为下属，对待领导发火的正确态度是：只要领导不是有意侮辱人格，或故意找茬儿，你就应该学会忍让。尤其是当自己确实在工作中出现了差错，领导为此发火的时候，你更应该静心倾听，理解领导的良苦用心。假如领导在发火时，你觉得自己受到了委屈，也不应该当面顶撞和对抗，应该保持倾听的态度，你可以等领导平静之后再向其做解释。

第七节 摒弃偏见，领导说话为工作

许多下属觉得领导说话有偏见，似乎总是针对自己而言，其实这不过是下属本身有偏见，领导说什么话，对谁说话，大部分都是为了工作，并非针对某个人而言。在现实工作中，有的领导非常严厉，喜欢追求完美，批评下属时通常不留情面。下属在面对这样的领导时，一般就会觉得这样的领导说话似乎总是针对自己，没事有事总是找自己的麻烦。实际上，有着这样特征的领导大多说话都是对事不对人，如果你确实在工作中犯了一些错误，他批评之后，下属改正了，他就会把这件不愉快的事情丢到脑后，也会认为你是个有潜力的下属，至少是一个有培养前途的下属。

对于大多数的领导者来说，他们会尽量地制造一个“对事不对人”的管理环境，让事情和人情分开：人是人，事是事。在这样的情况下，领导不会因为人情而回避任何重要和难以处理的事情，但同时他会让下属知道，自己所做的一切，都是为了工作，而不是针对某人，或者抱怨某人。如果我们能够了解领导这样的心理，就应该更好地理解领导给予自己的批评，领导只是在为某件事没办好而生气，并非是在为难自己。与此同时，下属应该作深刻的反思，自己是否真的在工作中犯了一些错误。虽然，我们相信大多数领导者是对事不对人的，但极少数的领导可能会因心胸狭隘而想故意为难你。当然，这时作为下属，只要你做好份内的事情，相信领导是不容易难为你的。

阿杰到新的公司报到，赫然发现新上司竟然是昔日的情敌汪涛。阿杰觉得浑身上下很不自在，但汪经理却笑着打招呼："你好啊，以后工作多多努力哦。"阿杰虽然也是面带笑容，但觉得对方好像是笑里藏刀。

上班一个月之后的一天，汪经理把阿杰叫到办公室，吩咐他说："通过一个月的观察，我觉得你工作能力很不错，我想把老张负责的外企客户交给你，希望你能做好，如果你做得不行，那就表示我们公司不适合你。"外企客户？阿杰头脑中打了一个问号，这不是整我吗？明知道我英语不好，却让我接待外企客户，肯定是想逼我离开这个公司。汪经理好像看穿了阿杰的心思，他笑着说："我没有别的意思，是希望你能对这块业务熟悉熟悉，同时也可以学到很多东西。"

阿杰愤愤地走出公司，心想：你要想赶我离开这个公司，我就偏要留在这里，给你好看。于是，阿杰花费了大力气来学习英语和外企方面的知识。短短两个月，他将外企这块业务做得风生水起。在办公室里，汪经理对阿杰说："怎么样？现在工作不错吧，我早知道你有这个能力，所以给你一个发展的空间，你很快就会被派往总公司的外企部，希望你今后工作能够顺顺利利。"这时阿杰才明白过来了，原来汪经理当初只是想给自己一个发展的机会，并非报复自己。

作为下属，如果你认为领导说话总是针对自己，或者认为领导有偏见，那你首先应该反思自己：是否对领导有偏见？领导相当于统率众多员工的将军，他所考虑的问题很繁杂也很琐碎，他根本没必要在如此超负荷的工作中再想挟私报复某个下属，如果有这样的可能，那这个领导本身是可笑的。大多数领导者说话、做事，无非都是为了解决问题，而不是为了制造问题。所以，作为下属，应该摒弃心中的偏见，理解领导在不同场合所说的不同的话。

金钥匙

领导交给一位优秀员工一件很重要的工作，但他没有按时完成。虽然领导知道员工也很辛苦，在做这件工作的同时还在做其他的事情，而且其他的同事配合得并不好，这事按说不能全部怪这位员工。员工心里其实也很难受，毕竟交给自己的事情没办好。这时如果你作为领导，你怎么办呢？是批评他呢，还是不批评？

在这种情况下，领导者大多数会选择批评，因为领导者本身就是对事不对人。他对下属从来没有任何偏见，并非是因为那位优秀的员工曾经得罪了自己，也不是嫉妒那位员工的能力，而是在于作出领导应有的姿态。对于下属答应完成的工作，如不能按时完成，理应批评，若就这样算了，那其他的下属定会觉得领导偏心，同时也会削弱领导的威信。所以，如果你是那位下属，应该对领导的行为予以充分的理解。

第三章 察言观色，边听边注意领导的姿态神色

在倾听领导说话过程中，虽然直觉敏感但容易受人蒙蔽，这时我们应该懂得察言观色，边听边注意领导的姿态神色。或许领导的言辞会透露一个人的品格，但其姿态神色也能让我们窥测他人的内心，表情、手势、腿脚等小动作也会在毫无知觉中出卖它们的主人。

第一节 调动各种感官听领导说话

倾听，也就是用耳朵去听，但并不意味着你在倾听过程中只用耳朵，那领导所说的就如同一阵耳边风，风吹过，便无影无踪。假如我们想更有效地听懂领导话语中的本意和真意，不仅仅需要耳朵这样的直接器官，更需要调动各种器官同时作用，才能达到倾听的目的。用耳朵倾听，意味着你在保持“听”的状态；用心倾听，则表示你有那份心态；用眼睛观察，就相当于你看到的是一场毫无解说的无声电影。对此，作为下属，在倾听领导说话时应该耳到、心到、眼到、口到，各种器官同时作用，才能达到倾听的目的，也才能在倾听中获取更多有用的消息。

在倾听中，所谓“调动各种器官听”就是将内在的隐形的言语感知活动用外显的方式显现出来，使下属的无意注意发展成有意注意，从而提高倾听效

果。听包括静态和动态两部分，静态地听，也就是闭上眼睛，敞开耳朵，别管听懂听不懂，只用耳朵来听，因为听觉感受能力是一切沟通活动的基础和前提，多听更是和谐人际关系的关键；动态地听，也就是下属运用自身器官联动进行倾听，除了耳朵以外，还需要调动口、眼睛、心这些器官。在单纯倾听的同时，还需要有意识地注意领导所说的内容，以便于给予适当的回应，即便你只说一句“这个方法不错”也是极为有效的回应。同时还需要用眼睛观察领导的神态、表情、眼神、身体姿势，因为这些都会泄露领导心里的秘密。当下属已经观察完听完，这时还需要用“心”思考，综合语言与神态表情，体会领导的弦外之音、言外之意，真正了解领导心中所想所思、所急所盼。

毕加索和勃拉克都是伟大的艺术家，也是形影不离的好朋友。有一天，勃拉克很沮丧，他的一幅画因为颜色问题作坏了，他害怕人们会对那幅画评价不好，就一个人自言自语道：“真想把这幅画毁掉。”“别，别毁了它。”毕加索眯着眼睛，在那幅画前走来走去，嘴里还不停地赞美：“这幅画真是太棒了！”勃拉克开始有点半信半疑：“真的吗？”因为毕加索是自己最好的朋友，又是艺术界里的行家，毕加索的话让勃拉克相信了。“当然，你把它送给我，我拿我的另外一幅画与你交换，怎么样？”毕加索很肯定地说。最后，毕加索与勃拉克交换了画。

几天后，一些朋友去勃拉克的画室，他们看到了毕加索的那幅画挂在一个比较显眼的位置。勃拉克非常激动地说：“这是毕加索的作品。他送我的，真是美极了！”这些朋友同时也去了毕加索的画室，他们惊奇地发现勃拉克的那幅画，而毕加索语带不屑地介绍：“你们看看，这就是勃拉克画的东西。”

看完整个故事，我们再来回味毕加索和勃拉克的话。当着勃拉克的面，毕加索不停地赞美：“这幅画真是太棒了！”眯着眼睛，整个人在那里走来走去。后来当两人交换了画，毕加索在介绍勃拉克的那幅画，语带不屑地说：“你们看，这就是勃拉克的东西。”细心倾听的人，肯定会听出他的言外之意：“勃拉克的画算什么东西，怎么能跟我的画相提并论。”同样的道理，我们在倾听领导说话，不仅仅要用耳朵，还需要用自己的眼睛去观察，更要用心思考对方的话是否含有别的意思。

在与领导交谈过程中，我们可以通过察言观色来倾听领导的心声，有可能是领导一个细微的动作，一个眼神，抑或是一个笑容。那些在他脸上、身上表现出来的表情或动作，都在随时地告诉我们他内心究竟在想什么。而我们可以根据领导真实的心理逐渐调整自己的回应方式与技巧，如此就能获得交际中的成功了。

金钥匙

人们按照不同的角色，展示出不同的气质、表情，那些不符合所设定的角色的性情、言行、心理都被他们小心地藏起来。除此之外，人们还会因为所处的环境来掩盖真实的自己。他们会故意运用一些表现在外部的行为举止来掩盖自己，企图通过外表迷惑对方。这样的伪装似乎成为了一种习惯，或者成为人的一种本能。而我们所需要做的就是，调动各器官进行全面而细致地倾听，便于捕捉到领导内心真实的想法。

第二节 看领导的眼神，领会领导言外之意

我们常说：“眼睛是心灵的窗户。”在职场与官场中，识别一种无声语言更重要，那就是领导的眼神。在日常工作中，领导与下属之间的眼神交流，更能无声地传达出彼此之间的关系和默契程度。心理学家认为，眼睛是心灵的窗户，眼神则能传达一个人的心理，比如，一个人在表达反感或仇恨的时候，其瞳孔会缩小，会透露出刺人的目光；反之，一个人对某件事情怀有极大的兴趣，则会睁大眼睛，以此表示赞同和好感。作为下属，要想轻松倾听领导说话，就要学会用眼睛观察上司的眼神。即使是高高在上的领导，他们也有平常人的喜怒哀乐，他眼神所传达的意思不可能与平常人相差得太远，只不过，由于身份或地位不同，领导对下属的眼神会有一些特别的含义。作为下属，则应该学会在倾听中看领导的眼神，从而轻松地领会领导的言外之意。

通常来说，如果领导友好地看着你，甚至不时地眨眨眼睛，那表示他对你这次的工作评价较高，或许请求你原谅他的过错；领导在说话的时候，从上到下打量你，则表明他占据优势地位，拥有着支配的权力；如果领导用锐利的眼光盯着你，那表示他内心并不相信你，希望你能说真话；领导一边说话，而目光却看向其他地方，那表示他不想与你交谈下去，想尽早结束谈话。如果领导闭上眼睛或者根本不看你，那有两种可能：一是他不想评价你，想用不重视你来惩罚你；二是他对此感到心烦或厌倦。

去年年底，由于业务量很大，职员们的工作十分紧张，小瑞也投入到了那紧张的工作中。

一天早上，老总突然召集大家开会。办公室里，老总对每一位进门的人都点头示意，但唯独小瑞进门的时候，老总却将头扭了过去。小瑞暗叫不妙，心想老总对我有成见了。

果然，会议上，老总提出了一两个问题之后，就保持沉默，弄得大家都紧张兮兮的。半个小时后，老总才将目光尖锐地扫视全场，说道："我对我们的员工提出严厉批评，你们知道吗？我们的品牌策划书竟连人家公司的名字都写错了，今天对方发传真过来了，说对我们的能力表示怀疑。"小瑞一下子明白了，老总所说的员工就是自己，因为那份策划书是自己写的。

眼神中除了能看出领导与下属、权力与依赖的关系之外，还能揭示出更多的东西。领导在说话的时候，眼神不看你，这可是一个坏迹象。他看都不看你一眼，目的就是想用不重视来惩罚你，说明他不想评价你。

周一早上，张总来到办公室，发现办公桌和窗户布满了许多灰尘，他赶紧叫来秘书小王，吩咐道："今天清洁阿姨还没来打扫吗？办公室怎么脏成这样子，你赶紧打扫打扫，一会我还得接待重要客户呢。"小王急忙去卫生间拿了抹布，打算将办公桌和窗户擦一遍。

没想到，窗户还只擦了一半，张总已经带着客户进来了。张总对小王说："你一会再来打扫吧。"说完，用眼神示意小王先出去。小王心领神会，张总的意思是让自己回避，虽然还只剩下一点点没擦净，但小王还是点点头，收拾了东西出去了。

如果这时小王执意说："我马上就擦完了。"那肯定会惹张总不耐烦。

在工作中，与领导沟通，与领导保持眼神接触，并对其眼神进行解读是很有必要的。从生物学上看，眼睛是大脑露在外面的器官，它与其周围的脸部是身体最具有沟通能力的部分。而眼神是运用眼睛的神态来表达情感、传递信息的无声语言。在面部表情中，它是最具生动、最复杂的表情。一般而言，在面对面的沟通中，眼神接触通常占全部时间的50%~75%，它的作用不次于声音。因此，身处职场与官场的我们，必须在倾听领导说话时需领会其眼神的含义，从而解读出领导的言外之意。

金钥匙

领导的眼神加上语言表达，有可能所表达的却是另外一种意思。比如，领导经常会说"你看着办"，这时如果你仔细观察他的眼神，你会发现，这句话根本不简单。如果领导是以喜悦的眼神，那言外之意是"你的想法不错，看情况自己把握就行了"；如果领导是愤怒的眼神，那言外之意是"上次的事情就没办好，这次可不要马虎大意，按照我的要求去办"；如果领导是悲哀的眼神，那言外之意是"反正没什么希望了，你想怎么办就怎么办吧"。

第三节 观察领导手势，揣测话语真意

手势，就是指用手指、手掌、手臂的活动来表达情感，传递信息。通常情况下，领导说话都会附带一些手势，一方面可以强调和解释语言所传达的信息；另一方面，适当的手势可以使说话的内容更丰富、形象、生动。对此，有人说："手势是口语表达的第二语言。"由于手势是肢体语言的重要组成部分，因此，

通过一个人在说话时所使用的手势，可以揣测出其话语的真意。尤其是对于领导者，手势是其在讲话过程中常用的一种动作语言，一举一动均是其真实心理的自然流露。我们可以说，说话时不同的手势反映了领导者不同的心理活动，从某种程度上可以揣摩出领导话语中的真意和本意。

在平日的工作中，领导们说话时的手势也是各种各样的。有的领导在说话时总是不自觉地举起自己的手掌，试图让下面的听众都能看到；有的领导在说话时会习惯性地摸自己的嘴巴；有的领导在说话时则会不时地触碰自己的头发；有的领导在说话时，总是将两手握在一起，时而分开，时而又握在一起，在说话过程中一直重复这样的动作。这些在说话时展现给我们的不同手势，若是再加上其言语，我们则可以揣测出领导真实的想法。而有时候，领导的这些说话手势是固定的，也就是说那些手势好像已经成为了他们的某种标志。

某位英国记者在整理多张欧美首脑照片的时候，发现了一个奇怪的现象：从奥巴马、希拉里到卡梅伦、萨科齐总统，他们在讲话时都会摆出同一个姿势：伸出手臂，并用手指指向天空。尽管在很多时候，天空中什么东西也没有。

原来，奥巴马在访问英国的时候，交谈期间，首相布朗和保守党领袖卡梅伦都不约而同地伸出了手指；希拉里在多次民主党总统候选人拉票集会期间，在向民众讲话的时候，她也伸出了手指；德国女总理默克尔和法国总统萨科齐在欧盟会议上，两人均是伸出手指，眺望远方。

英国心理学家马丁·斯金纳博士这样说道："首脑和那些即将成为首脑的人，都希望自己看上去像是一位真正的领导者。于是，在讲话的时候，他们在潜意识中试图摆出类似雕像的姿势。很显然，抬起手臂、昂起头的姿势无疑比光站着讲话更有活力，而眼睛向前望去，使他们看上去更有远见。"说话时伸出手指指向天空几乎成为了欧美领导者的固定手势，实际上这正表现了他们内心真正的想法。

这天小王拿着客户资料走进了办公室，他先向经理详细介绍了自己掌握的关于客户的资料，并转达了客户诚恳的合作意向。然后，小王轻轻问道："经理，你觉得怎么样？"只见经理边说话边将两只手握在一起："嗯，其实我们公司最近也需要一次关键的合作，以解决公司的融资难题……"可小王听了半天，也没听懂经理的意思是合作呢还是不合作。他一眼注意到了领导的手势，恍然大悟，原来经理还在犹豫中。

领导在说话时会将两只手握在一起，或许是很少在公众场合讲话，以此手势表现出其内心的紧张。这样的领导大多属于容易紧张的人，如果他是认真地与你谈话，那下意识里，在他身上就会出现这样的手势，同时也表示他正在为作决定而陷入犹豫不决的状态。

金钥匙

通常领导说话时双手合掌，从上往下压，身体起平衡作用，这表示领导情绪比较平静、缓和；领导若是食指伸出指向下属，这表示其话语中显示着赤裸裸的优越感；如果领导在说话时双手放在身后互握，那表示他对自己刚才所说的话感到自豪；如果领导说话时手指并拢，双手构成金字塔形状，指尖指着前方，那表示领导对你的说话并不满意，他很想反驳你所说的话；如果领导说话时把手捏成拳头，那表示领导情绪比较激动，他想维护自己的权威；若是领导用拳头敲桌子，那则是希望你最好不要开口说话。

第四节 说话时的身姿暗示领导的心态

虽然人们说话时的身体姿势差不多都一样，但处于领导的位置，他们的身体姿态却有所差别。这是由于领导身份特殊，即便是在说话时也需要彰显自己领导的身份，因此自然而然地，他们的身体姿势也不能太过随便，否则就会影响到自己的威信以及领导者的形象。实际上，下属不能忽视领导在说话时展现出来的身姿，而是需要用心观察，因为领导说话时的身姿恰恰暗示了其真实的心态。对此，我们在倾听领导说话的时候，还需要注意领导的身体姿势，是拘谨还是放松，是霸气还是随和。总而言之，这些不同的姿势都会逐一反映出领导者的真实心态。

在人际交往中，人们的口头沟通常常需要借助人体的各种姿态，这就是我们常说的体态语言，而身体姿态正是包括在内的。对于领导者来说，掌握不同的体态语言是与他人顺利沟通的重要保证。而对于下属来说，在倾听领导说话时更需要注意表现在其身上的不同姿态。通常一个人的身体姿态能够表现出其是否有信心、精力充沛。人们的身体姿态有站姿、坐姿、行姿这3种。站立的姿态体现了领导的精神风貌和道德修养，下属应该观察领导说话时站立是东倒西歪还是耸肩驼背；坐姿方面，下属需要观察领导是前俯后仰、抖腿摆脚，还是身体微微向前倾；走姿最能体现一个人的精气神，下属需要观察领导是稳步前行，还是急匆匆地赶路。这些不同的身体姿态，都显示着领导者们不同的风度和修养以及其心理状态。

小伟经过层层面试，终于如愿以偿地进入了这家公司。上班第一天，秘书请小伟去总经理办公室，小伟有点激动，这可是第一次见领导呢。

秘书把小伟引进办公室后就出去了，小伟忐忑不安地站在那里，只见领导正襟危坐在办公椅上，似乎正在批阅一些文件。似乎察觉到有人进来了，经理头也不抬，询问道："是新人吧，今天第一天报到吗？"小伟本想点点头，但想到领导看不见，只好回答："是的，经理。"

这时经理才抬起头来，身体微微向前倾，说道："请坐，别紧张，我不过也是一个普通人，又不是吃人的老虎，你害怕什么。"几句话说得小伟也忍不住笑了起来，接着，经理开始介绍："我们公司的大致情况，我想你在面试时应该很清楚了……"

在案例中，首先领导坐姿给小伟的印象是正襟危坐，那表示领导本身比较稳重，而且对自己充满自信。虽然，在询问小伟第一句话时，经理并没有抬头，但随之的动作，身体微微向前倾，这表示出他对小伟的尊重。再加上良好的语言表达，小伟可以感受到这是一位容易相处的领导。

到了年底，房地产公司的销售额又翻了一番，对这样瞩目的成绩，全公司上上下下都感到很高兴，同时可以轻松地吐一口气：终于可以过个好年了。

春节期间，公司员工小罗带着从老家捎过来的特产去给销售经理拜年。到了销售经理的家里，正看到销售经理坐在椅子上，身体往后靠，双手放在脑后，双肘向外撑开，一副轻松惬意的姿态。小罗热情地打招呼：“经理，过年好。”经理笑了笑，但并没有改变自己的姿势，小罗在对面坐下来了，有一句没一句地跟经理闲聊了起来。很快，经理就将话题说到了销售业绩上来，小罗由衷地赞叹：“要我说，去年年底还是经理有办法，采取了小小的手段就让咱们公司赚得盆满钵满，您的功劳可是最高啊。”经理微笑着说：“哪里哪里，那都是咱们全公司的功劳，如果没有你们的加班出力，也不会有那么大的成绩。”话虽是这样说，但小罗观察他的姿态则可以显现出他这时是多么自负的表情。

在案例中，经理坐在椅子上，身体往后靠，双手放在脑后，双肘向外撑开，这样一种身体姿态表示他正处于一种轻松的状态，但同时也表示他心里很自负。通常领导在取得了一定的功绩之后，大部分都会采取这样的姿态。这表明此时领导心里非常放松同时又非常自负。

金钥匙

领导在说话时所表现出来的身体姿势往往显示其真实的心态。比如领导双手插腰，肘弯向外撑，这是好发命令者的一种传统人体语言，往往也是领导者在碰到具体的权力问题时所做的姿势；领导坐在椅子上，将身体往后靠，双手放到脑后，双肘向外撑开，这说明他这时很轻松，也暗含着内心的自负；领导在说话时拍拍下属的肩膀，这是对下属的肯定和赏识，不过，也只有从侧面拍才表示出真正的赏识，若是从正面或上面拍，则表示出轻视下属或展现自己作为领导者的权力。

第五节 领导说话时腿脚的动态反映其真实心理

很多时候，我们在倾听领导说话时，会观察到领导的神态表情，因为我们的视线差不多是在水平线之上的，可是，领导说话时腿脚的动态就很容易给忽略了。其实，通过心理分析，领导说话时腿脚的动态也反映了其真实心理。通常情况下，人只要采取走姿或坐姿，腿脚就会有一些动态，或是双脚交叠，或是两腿交叉跷起，或是叉腿站立等等，这些各种不同的身体姿态，往往反映着说话者真实的心理动态。如果你对此表示怀疑，那不妨在下一次倾听领导说话时观察其腿脚的动态，你就明白事实确实是这样。

一般而言，领导者身份较高，他们内心有着较强的支配欲，他在说话时会采用深坐的姿势，也就是我们常说的“窝”在椅子里，腿脚很自然地跷起或抖动，而下属身份较低，他们在领导者面前往往感到自卑，因此他们会采取浅坐的姿势，也就是屁股只沾着凳子的边缘，腿脚规矩，不敢乱动弹。这样迥然不同的姿势，导致了选择深坐的领导者在精神上占据优势，至少他内心也希望能居高临下；而选择浅坐的下属，坐在位置上会显示出一种屈居劣势的状态，因为他内心很不安。

正在经理小憩的时候，办公室的门被推开了，下属小吴走了进来。经理正坐在椅子上，上身向后坐着，身体微微向前倾，问道：“小吴，有什么事情吗？”

小吴一脸谄笑，回答说：“其实也没什么事情，经理，您也知道我们部门的主任马上就要调走了，我就是想问问新的主任定了没？”经理身体向前倾斜的幅度大了很多，一边喝水一边回答说：“这我不已经说了吗？希望你们自己部门里投票决定，到时我在公司大会上宣布一下结果就是了。”

小吴听了，说：“我知道，只是吧，我也来公司两年了，工作也很努力，经理您看……”这时经理跷起二郎腿，眼睛注视着小吴，小吴也不敢往下说了。经理摆了摆手，说道：“你先下去吧，这些事情我知道安排，你只需要做好自己份内的事情就行了。”

跷二郎腿通常表示一个人不动声色地观望态度。比如说领导若是跷起了二郎腿，两手交叉在胸前，收缩肩膀，则说明他已经感到疲倦，或是开会开腻了，或是对眼前的事情不感兴趣。在案例中，经理本来的动作“坐在椅子上，上身向后坐着，身体微微向前倾”，这表示一个休息的动作；随着小吴的到来，经理“身体向前倾斜的幅度大了很多”，那表示其已经感觉不耐烦了；后来，小吴继续说到选举主任的问题，经理直接跷起了二郎腿，话语之外其实已经下逐客令了，无奈下属还没懂得，经理最后也就只好把话说明了。

在倾听领导说话时，若领导身体坐在椅子前端，脚尖踮起，呈现出一种殷切的姿态，这就表示领导很愿意听听你的意见，因为他的腿脚动态反映了积极的情绪；若领导在说话时双脚自然站立，双手插在裤兜里，这表示他们正在思索你所提出的问题，并希望能够得出一个很好的解决问题的方法；如果领导对下属的谈话不感兴趣或感到厌烦时，他会不断地重复跷腿，一会儿左腿放在右腿上，一会儿右腿放在左腿上，这表示他不想继续说下去了。

金钥匙

当然，领导腿脚的动态可以反映其真实心理，这并不是绝对的，因为有时候腿脚的动态也只是一个人固有的习惯，并无其他的含义。对此，作为下属需要仔细辨认。不仅如此，这些身体姿势还需要附带在语言表达左右，否则仅仅是这样一些动作并说明不了什么。因此，作为下属，应该在倾听过程中注意观察领导的这些细微动作，以此弄清楚领导话语中所传递出来的真实信息。

第六节 听领导说话，看其嘴巴鼻子的细小动态

我们在倾听领导说话时，还需要观察其嘴巴、鼻子的细小动态，或许只是一个可以随意忽略掉的掩口小动作，但却能从中摸清领导话语里的真意。一般情况下，领导都会有一个通病，那就是喜欢开空头支票。在许多领导看来，自己在下属眼里一定要塑造一个什么都可以做到的模范形象。领导们会想当然地认为自己没有什么不能做的，更没什么不能说的。于是，他们很轻易就对下属许诺：“好好干，今年年底保你奖金过万”，重则会在公司员工大会上拍着自己的胸脯说：“今年我一定实现销售额翻倍地增长”。许诺对于他们来说如同囊中取物，非常轻松。作为下属，我们听到领导这样的话当然是怀着愉快的心情，但谁能保证领导说话是真还是假呢。对此，我们在听领导拍胸脯做保证的时候，还需要观察其细微表情，比如嘴巴、鼻子的细小动态，否则若领导轻易许诺，而下属再轻易许诺给客户，但事实上是领导许诺不过是随口说说，下属随意许诺无形中就会在工作中犯错误。

有些领导轻易许诺时会下意识地抚摸自己身体的某些部分，其实，他越是想掩饰自己的内心，却越是因为这些细微的动作而暴露无遗。当我们对他们的行为仔细观察后，发现，他们在轻易许诺时会借助一些身体语言，比如，掩口、摸鼻子等等。领导者说话为什么会想要捂住自己的嘴巴呢？其实，这是由于领导者的大脑潜意识里使他不想说那些骗人的话而导致的下意识动作，如此细微的举动可谓是“欲盖弥彰”。另外，当我们在谈论某些事情的时候，用手捂住了嘴巴，这表示着他对你所说的并不感兴趣，只是不愿意当面表现出来而已。

孙先生是一家外贸公司地区市场负责人，他一直想将分公司的销售问题解

决，于是就抓住每一个机会向销售部门提出种种计划。当他每一次出差到总公司时，就向销售科长说："我们在A地区那边的产品销售量增加，要求增加该地区的供应量。""目前B地区销售量不佳，应该减少货源""顾客普遍要求送货上门，我们是否考虑开办这项业务，方便顾客也能保持客源。"等每一次他提出这些问题时，销售科长都会掩口回答说："好的，知道了，我可以考虑一下。"或者说"我先和上面的领导汇报一下，研究一下，然后再给你答复好了。"每次都是这样，总是无法给他一个明确的答复。

一转眼两个月过去了，而自己申请中提到的那些事一点儿眉目都没有。孙先生想尽各种办法，通过厂长向总公司的常务董事提出报告。常务董事听后，也做了相同的动作——掩口，然后说："原来是这样，我晓得了。我会好好安排，让销售科长去办妥此事。"王先生从常务董事处听到此消息后，非常高兴，以为销售问题可以马上解决了，于是告诉员工和顾客问题很快会解决，这只是时间问题。

又过了三个月，还是一点动静也没有，到了第六个月，才有了小的销售变动，不过，只是些表面的工作而已。至此，下属和顾客开始对孙先生越来越不信任了。

本来，孙先生只是如实地向领导反映情况以及建议，但领导却在回答时掩口，表示及时解决这样的问题。粗心的孙先生并没注意到领导说话时的附带动作。当他兴高采烈地将这个好消息告诉给顾客和下属之后，问题还是没有得到解决，这时他才领悟到领导当时的"夸下海口"不过是随口之语。

有的领导者在轻易许诺时会摸自己的鼻子，有可能他们本来是想捂住自己的嘴巴，但觉得这样的举止不太合适，通常就会在鼻子上摸几下，以此来掩饰自己的捂嘴的动作，其目的就是为了掩饰自己在撒谎。不过，并不是所有摸鼻子的人都在撒谎，一般而言，说谎者触摸鼻子的时间很短，而且力度很轻。

金钥匙

平时，常有些领导喜欢顺口答应别人事情，而事实上却无法做到，这就叫做“空头支票”。有些刚上任的领导，由于过分相信自己的实力，并且在下属的吹捧下，很轻易地就会答应下属：“这件事情我一定给你办妥。”最后事情却往往没有办到，下属自然觉得领导不守信用。其实，如果你仔细观察领导在轻易许诺时的行为表现，比如掩口、摸鼻子就会发现他们在许诺时其实就是在撒谎。

第七节　表情神色透露出领导言谈间的秘密

一个人的表情神态是人性的一面镜子，更是心理的一种反映。领导在说话时有可能是面带微笑、和蔼可亲，也可能是冷若冰霜、一脸严肃，不同的表情反映出领导不同的心理活动。我们常说的“察言观色”，也就是透过对方的言语，观察说话者的脸色，获悉对方心里隐藏的真实想法。人类的心理活动可以说非常微妙，但这种微妙经常会从表情神态中流露出来。若是遇到高兴的事情，脸颊的肌肉会松弛，一旦遇到悲哀的事情，也自然会泪流满面。但是，也有许多人不愿意将自己内心秘密让别人看出来，这时如果我们还是单从表面上寻找答案，就有可能会出现判断失误的现象。

有时在洽谈会上，对方笑嘻嘻地完全是一副很满意的表情，让人很安心地觉得交涉成功了，“我明白了，你说得很有道理，这次我一定考虑考虑。”但结果却是以失败告终，因此我们不能仅仅以说话者表明的神态神色来揣测其真实的心理。在日常工作中，我们经常会遭遇“面无表情”的领导，无论自己说了什么，做了什么，他都没有特别的表情。实际上没有表情不等于没有感情，因为一个人的心理活动若是不呈现在面部上，那就显得极不自然。换句话说，越是有表情的领导者，其心理活动越是可能处于活跃期。

有一位推销图书的业务员谈过这样一个经验：当他拿着一本图书的样本向一位客户推销时，会趁机仔细观察那位客户的面部表情。这时候他选择坐在客户的身边，因为坐在客户的身边容易看清客户脸上肌肉变化，当客人翻阅样本的时候，通常在他的脸上就有了买和不买的决断了。客户的表情或许不怎么明确，但是经过长时间的琢磨，却非常有趣，因此有经验的推销员往往一眼就能看清对方内心的秘密。

可见，表情也能反映一个人内心的感情。当我们倾听领导说话时，要善于捕捉领导面部表情的细微变化，并透过这些细小的变化来倾听其隐藏在心灵深处的想法。或者是他的一个笑容，或者是面无表情，或者是嘴型，或者是一个不经意的皱眉。

清朝时，一位新上任的县令，初次去拜见领导，想不出该说什么话。沉默了一会，忽然问道："大人尊姓？"这位领导很吃惊，勉强说了姓某。县令低头想了很久，说："大人的姓，百家姓中没有。"领导更加惊奇，说："我是旗人，贵县不知道吗？"县令又站起来，说："大人在哪一旗？"领导说："正红旗。"县令说："正黄旗最好，大人怎么不在正黄旗呢？"领导勃然大怒，问："贵县是哪一省的人？"县令说："广西。"领导说："广东最好，你为什么不在广东？"县令吃了一惊，这才发现领导满脸怒气，赶快走了出去。不久，这位县令便被借故免职了。

我们从这里不难发现，正是这位县令不会察言观色，口无遮拦，才会引得领导发脾气，自己也被免职了。案例中，县令第一次询问"大人尊姓"的时候，领导就面露吃惊的神色，意思是"作为下属，怎么能直接问这样的问题呢"。紧接着，因县令不懂得"观色"继续发问，领导的神情由"惊讶"变得"愤怒"，自然而然，县令也为自己的鲁莽付出了代价。

如果我们注意观察，会发现领导在不同场合说话，笑容也是不同的。领导对下属说话会轻笑，露出了上牙，嘴唇稍微裂开，就好像在跟一个朋友打招呼的样子；领导在赢得功绩时会大笑，上下门牙全都露出来，并且发出了爽朗的笑声，这表示他的心情非常激动；在谈判时说话会皮笑肉不笑，这样的笑容并不是发自内心的，而是作出来的，表示正在思考计策，而这样的领导做事也很沉稳。

金钥匙

领导言谈之间的秘密原来就隐藏在表情神色之间，比如领导在说话时若是眼睛瞪得非常大，鼻孔也会显出皱纹来，或者在脸上有抽搐的现象，这表示他正强压内心的怒火。当领导在表达震惊的情感时，他们的嘴会不自觉地张开，下颚的肌肉往往很放松，并且向下垂；如果领导者对某件事情产生了浓厚的兴趣，往往会张开嘴巴，眼角下的面部肌肉会松弛了；如果领导在说话时不经意皱眉，那表示他对正在说的计划并不满意，而是在极力思考出更恰当的计划。

第四章 听话听音，领悟领导话语背后的“别有用意”

领导说话，通常会有一套惯用的领导思维，有可能言在此，意在彼，令下属不容易猜透话语其中的真意和本意。对此，下属在倾听领导说话时，需要听话听音，仔细领悟领导话语背后的“别有用意”。

第一节 先扬后抑是领导说话的惯用策略

下属与领导构成了人际关系的重要一环，下属与领导的关系是否融洽，领导往往起着主导作用。甚至可以毫不夸张地说，下属与领导者经常处于矛盾之中，如果想化解这样的矛盾，说话则是必不可少的手段。对此，领导通常在对下属进行批评时，会采用先扬后抑的说话策略。作为领导，对待下属当然是以表扬为主，这样才能最大限度地调动下属的积极性和创造性。不过，必要的批评也是不可缺少的，就好像病人有病需要吃药打针一样。领导的批评可以使下属深思、自责，从而振奋精神，以更饱满的热情投入到工作中去。领导者也正是在思考这样一些问题，因此，他们在批评下属的时候，通常会采取先扬后抑的策略，先抬高下属，唤起他工作的积极性和热情；后面激发下属，触动其自尊，挖掘其潜力，从而达到批评的最佳效果。

著名公关家卡耐基曾说：“当我们听到别人对我们的某些长处表示赞赏后，再听他的批评，我们的心里往往会好受得多。”领导者将这样一种心理策略运用到批评里，发现这确实是一个行之有效的方法。领导者在批评下属时，不想将下属“一棍子打死”，他们深知批评下属的目的是为了引导其改正错误，因此先肯定，后否定，在肯定的基础上局部否定，这样可以很好地照顾到下属的自尊心，这是一种很好的办法。了解了领导的真实心理以后，我们发现领导在指导工作时通常是先指出优点再说不足：“稿子写得不错，导语好，但中间太啰嗦了，还需要修改修改。”说得下属心里美滋滋的，这批评都变成了表扬了，让下属干劲十足。

查尔斯·斯科尔特管理着美国钢铁公司的一家钢铁厂。当时正是中午，他看见几位工人正在抽烟，而在他们的头上，正好有一家大牌子，上面写着“禁止吸烟”。如果斯科尔特是一个平庸的领导者，他会怎么做呢？可能会走上前去，指着那个大牌子说：“你们不识字吗？”许多缺乏智慧的管理者都会采取这样的方法。

但是，斯科尔特才不会这样说。他是这样做的：他走向那些人，递给他们每个人一根雪茄，然后说：“各位，如果你们可以到外面去抽这些雪茄，我将感激不尽。”工人们立即意识到了自己违反了公司里的规定，同时，他们也更加敬重斯科尔特了。

试想，如果你作为一名下属，有幸遇到了斯科尔特这样的总经理，看到你抽烟是违反了公司规定，却还送给你小礼物，而且对你很有礼貌，让你受到尊重，你会不会甘愿承认自己的错误呢？其实，这正是领导者的高明之处。

某工厂食堂办得比较差，工人的意见很大。厂长便把转业军人、主管食堂工作的行政科长叫到办公室说：“据我所知，你在连队时是一位优秀的司务长，连里的伙食搞得有滋有味，是吧？”行政科长回答说：“是的。”厂长继续问道：“当军需股长时立过二等功？”行政科长笑着回答：“是的。”

这时，厂长才说到了正题上来：“你过去很辉煌，可不能吃老本啊，只要你努力，我相信你会把食堂搞好，我不希望再听到工人们敲碗打碟的‘交响曲’。”行政科长惭愧地低下了头，第二天他便亲自到食堂抓管理，不到半个月，食堂面貌大为改观。

一个高明的领导者，总是在批评之前先肯定他的成绩，然后再真诚地向他提出存在的不足之处。而有的领导者讲话时说：“我对你很是失望。”那被批评的下属听后，第一感觉就是领导已经不重视我了。相反，如果我们换一种方式来处理，比如，你可以这样表达：“你做事向来都是很积极的，从来都是按时完成的，这次突然出现了这样的问题，一定有别的原因吧，我很重视这件事情。”再让他作出回答，这样双方才能够解决问题。

金钥匙

通常情况下，擅长先扬后抑说话策略的领导者在批评下属之前，都喜欢进行一番自我批评。比如，在批评下属之前，自己先承担一定的责任：“是我没有把握全局，这件事我也有一定的责任”，规劝比较年轻的下属时，“我当年也犯过这样的错误”，表述自己当初也曾“年轻过”。大量事实证明，领导批评下属时采用“先扬后抑”的方法，比起标榜自己“一贯正确”，通常更容易被下属接受，也更容易树立起自己的威信和亲民形象。

第二节 体会领导当众批评的真正用心

领导批评下属的形式很多，委婉批评、启发批评、幽默式批评等等。如果以场合划分，还包括当众批评和私下批评。但通常情况下，领导对下属的批评是讲究场合和范围的，因为有的批评可以在大会上进行，而有的批评只适合个别批评。领导者比任何人都清楚，如果在批评下属时不注意场合和范围，随便把只能私下找本人谈的问题拿到大会上说，这会让下属颜面尽失，激起下属内心的愤恨，从而不利于问题的解决。因此，领导者在大多数场合，都会谨慎地使用“当众批评”的方式，毕竟当众批评带给下属的刺激太大了，无异于当众出丑，叫他难堪，稍有不慎，还会引起下属的公然对抗，到时候领导者自己也下不了台。但即便是领导者考虑到“当众批评”带来的严重后果，但在必要时还是会采用当众批评的方式，以起到警示下属的作用。

作为下属，如果你仔细观察，就会看到领导者真正实施当众批评的时候，大多是与工作有关的事情，而并非下属的私人问题。领导者必须考虑的就是“公私分明”，如果是下属私人出现了某些问题，那只能私下进行教育指导；如果是因为工作出现了重大问题，那很有必要在大会上进行公开批评。或许，下属会认为这样的批评方式过于残酷，因为许多下属在公开批评之后都会痛哭一场，或是垂头丧气。但如果你了解了领导当众批评的真正用心，相信你是能够理解的。对于领导者来说，对工作的严格要求是重中之重，如果有下属因粗心大意而犯下大错，这样的事情是不可姑息的，领导不可能以随便简单的私下谈话就可以了结此事。领导者必须发挥警示作用，通过当众批评犯错的下属，起到教育所有下属的目的。简单地说，也就是“杀鸡儆猴”。当然被批评的下属不要因此而感到委屈，如果你真的在工作中犯了错误，并进行了深刻的反省，那你应该接受这样的批评。

小王就读于某高校，毕业后凭着高校的光环进入了一家外企，在同龄人当中，小王觉得自己混得还不错。刚进入公司，小王努力发奋，希望自己也能在这个公司打拼出一片立足之地。他是一个有强烈自我倾向的人，总喜欢出风头，喜欢表现自己。对此，领导曾委婉地告诉他：“你很喜欢展现自我哦。”但骄傲的小王根本没听出领导话语里的深意，反而觉得这是领导对自己的赏识。

当然，小王本身还是一个很有能力的人，他经常会独自一个人做完整个组里的工作，为此受到领导的重视。才进公司不到一年，年纪轻轻的他就坐上了主任的位置，他开始找不到东南西北了。对工作也不像以前那么认真了，他现在所有的心思都放在了吃喝玩乐上面，还没到下班时间，他就找借口溜走，约上几个朋友唱歌、吃饭、喝酒，整日过着逍遥的生活。对于下属拿上来的文件，他通常看也不看，就大笔一挥“同意”。

这天公司大会上，总经理脸色严肃，当场指名道姓：“王军，你最近工作态度很差，怎么回事？”王军还是笑嘻嘻地站起来，回答说：“好像是有一点。”总经理脸色变得很难看，大声说道：“不是有一点，你知不知道因为你昨天随便批示了一份合同，导致我们公司亏损了几十万，你现在还以这样的态度说话？这个事情你稍后来我办公室解释解释，现在散会。”王军一下子醒过来，记起来好像昨天模模糊糊地签了一个合同，当时下属还曾提醒自己“仔细看”，可当时因着急下班，即刻就签了走人了，没想到酿成大祸。王军低下头，不吭声了。

王军因工作态度的问题随便签了合同，使公司亏损几十万，这样的错误即便是领导展开公众批评也是比较恰当的。因为还有可能更多的下属正以不认真的态度工作，王军的例子可以给全公司一个警示的作用，而领导展开公众批评的真正用心就在于此。

金钥匙

当然，领导当众批评下属的用心除了给全公司一个警示作用外，还在于以此刺激下属的自尊心，唤醒其工作的积极性和创造性。通常情况下，许多下属工作有了成绩，就容易变得飘飘然，认为领导是很看重自己的，不能随便批评自己的。这样的心态很容易给工作带来不利影响，稍有疏忽，就有可能酿成大错。对于领导来说，公私分明，下属之前的工作成绩是不能抹杀的，但工作中犯下的错也是需要惩戒的。

第三节 领导私下批评人时的用意

对于不同场合的批评方式，除了公众批评，大多数领导都会采用私下批评的方式。一般而言，富于智慧的领导会尽量避免在公众场合批评下属，因为他们知道在会场或集体办公室批评某个下属的行为，那绝对不是明智之举。因此，他们通常的方式是让你到他的办公室，开场白则是“我需要与你谈一谈”，这时即便是再愚钝的下属也知道领导将要针对自己工作中的某些问题进行教育和批评了。

应该说，擅长私下批评的领导者是考虑到下属的处境的，如果在其他同事在场的情况下，批评和责骂下属，那对下属来说是一件伤心的事情。道理很简单：当着那么多人批评下属，会让下属在同事面前的形象大打折扣。因此，领导私下批评下属时，其真正的用意是照顾到下属的面子，给下属一个主动改正错误的机会。

美国著名企业家玛丽·凯在批评下属时，绝不会坐在领导台后面与对方谈话，她认为办公桌是一个有形的障碍，办公桌代表权威，会给下属以居高临下之感，不利于交流和沟通。她会邀请下属坐在沙发上，在比较轻松的环境中进行讨论。当她要批评下属时，总是单独与下属面谈，而绝不在第三者面前指责。玛丽·凯认为，在第三者面前批评下属，不仅打击了下属士气，同时也显示自己极端冷酷。对此，她说："一个管理人员在第三者面前责备下属的行为，是绝对不可以原谅的。"所以，我们可以看出，领导者私下批评下属的用意其实就是考虑到下属的面子以及让下属更易于接受自己的教育和批评。

这天中午，主编对新来的编辑小王说："你带上上次你写的稿子到我办公室来一趟。"小王有点忐忑不安，拿起桌上的稿子随着主编去了办公室。

小王进门的时候，主编吩咐道："把门带上。"然后主编找了一个位置坐下了，同时吩咐小王："你也坐吧，别老是站着。"等到小王落座之后，主编说话了："前天你将稿子交给我，我当时仔细看了一下，但没跟你做任何的批注，就给你了，你知道其中的原因吗？"小王低着头，低声说："我想是我的稿子不合格吧。"主编点点头，说："你猜对了，没给你做任何批注，那表示你的稿子存在的问题很大，其实早在我交给你工作任务的时候，就已经提醒过你，希望你认真看样稿，弄清楚了稿子的具体要求，才着手去写，我发现你根本没有把我的话放在心上，完全是随心所欲地写了一篇稿子给我。"小王的头更低了，只是默默地听着主编的批评。

主编说着说着有点生气，但他及时地克制了自己的情绪，喝了一口茶，才说："小王，我希望你明白做编辑不是自己写小说，任由写你自己的，你需要按照我们稿子的要求写，我不否认你的写作水平，但你要符合具体要求，我们才能采纳你的稿子，你明白吗？"小王红着脸，点点头，回答说："我明白了，我再仔细研究样稿，然后重新写一篇。"主编松了一口气："嗯，你先下去准备吧。"

案例中，主编的私下批评算是卓有成效的，因为小王最终明白了主编的意思，意识到了自己工作的失误。仔细研究主编对下属的批评，其实这可以不算是批评，顶多算是一次比较严肃的谈话。主编言语适当，不偏不重，既表达了自己内心的想法，同时，小王也意识到了自己的错误，也算是接受了主编的指导和教育。很多时候，领导私下批评下属，避开了其他的同事，实际上是想给下属一个改过自新的机会。

金钥匙

领导在采取私下批评的方式时，他们会很好地考虑到下属的处境，若是当众责备，非但收不到批评教育的效果，反而会让下属记恨在心。因此，他们会想办法将下属请到自己办公室，在只有两个人面对面的情况下，不管是责骂也好，还是轻言细语规劝也好，下属都是很容易接受的。换句话说，领导私下批评的真正用意不过是以最恰当的方式来达到教育、批评下属的目的。

第四节　领导为何会大力赞扬

在日常工作中，下属常常会受到领导的大力赞扬，即便是对一件很小的事情，但领导却总是赞不绝口。当然，在这个过程中，下属的心里总是洋溢着幸福的满足感，因为自己的能力终于得到了肯定。那么，领导为什么如此喜欢赞扬下属呢？如果你仔细倾听领导赞扬的话，那就可以猜出其中的端倪。领导赞扬下属，通常会说：“工作做得不错，继续努力。”似乎那几句赞美的话就是对下属工作努力的最好奖励，实际上也是最好的激励。领导之所以会大力赞赏下属，最关键的原因就是很好地满足了下属心理，以此希望其全身心地投入到工作中，为自己效力。

在美国内战初期，林肯为自己立了一个规矩，就是每支部队经过华盛顿向前线开进时，他都要亲自检阅。事实上，当时北方的每一支开往前线的部队都要经过华盛顿，这就是说他每次都必须亲自检阅。

有一次，当一支部队路过华盛顿时，天空正下着瓢泼大雨，部队的所有士兵都觉得在如此恶劣的天气里，总统是不会再检阅了。但出乎所有士兵的意料，林肯总统依旧站在以前所站的阳台上，向经过的部队挥手致意。大雨淋湿了总统的全身，但林肯却依然坚持站在那里，这使得士兵们备受鼓舞。身边的工作人员劝他回屋避雨，但林肯大声地说："如果士兵们能够承受得了，我照样能够承受得了。"在接受林肯检阅的时候，士兵们士气高涨，林肯一个接一个地与士兵们握手，嘴里称赞道："你们都是好样的！"士兵们则夹道欢迎他们所爱戴的总统，一时间，总统与普通士兵之间没有任何隔阂。

总统冒着大雨检阅部队，以简单的一句称赞："你们都是好样的"，那对于在场的每一个士兵来说却是莫大的荣幸。有可能他们其中的某些士兵并不想在战场上付出全力，或者说他们很想放弃上战场的机会，但林肯总统的称赞使得他们忘记了战争的残酷，使得他们热血沸腾，誓死为北方自由而战。显而易见，领导的赞扬并不只是好听的几句话那么简单，它可以让下属为其全力效忠，这也是领导喜欢赞美下属的原因。

新来的员工时常迟到，工作不努力，以自我为中心，喜欢早退，在他来上班的整整一个月，他总是迟到早退，但他的直属领导却没说一句话。

在第二个月的某一天，不知道这位新员工是良心发现还是太阳从西边出来了。他竟然会准时来上班，这时站在门口的领导看见了，用非常愉快的语气和他打招呼，然后对换上工作服的新员工说："谢谢你今天准时上班，我一直期待这一天。这段日子以来你的成绩很好，算是单位的冠军呢！真是一流的技术人才，工作速度很快，如果你继续努力，一定会得优良奖。我发现你才能出众，希望你发挥潜力。也许我的话有些不中听，不过，为了自己的前途你更应该遵守纪律，认真努力。"

听了李经理的话，虽然他没有立刻改掉所有的缺点，但在遵守上下班时间和工作情绪方面，几乎判若两人。

我们可以毫不夸张地说，领导的赞扬就好像一副催人奋进的良药，令那些不思进取的下属几乎判若两人。每个人都渴望得到重视，尤其是领导的重视，而领导恰恰懂得下属这样的心理。即便某些下属身上有再多的不足和缺点，但智慧的领导从来不吝啬自己的赞美之词，因为这样做，可以让下属改变自己，可以催动下属积极向上，这比任何实质性的奖励都要奏效。

金钥匙

在生活中，每个人都渴望来自他人的赞扬，而对于下属来说，自己工作是否努力，只需要领导一句话即可。对于一件工作，即便是付出再多的汗水和辛苦，但只要能获得领导的一句称赞，那都是值得的，好像那些曾经付出的汗水和辛苦终于找到它们存在的价值。领导者当然深谙这样的道理，于是，他们更愿意不费力气地说几句好话，从而达到激励下属、鼓励下属的目的。

第五节　背后赞许他人，领导是何用意

领导对下属的功绩进行赞扬时，经常会针对不同的场合、不同的对象，会使用不同的方法。有时领导会特别青睐于“背后赞许下属”，也就是我们常说的“间接赞扬”。间接赞扬是指当事人不在场时，领导在背后进行赞扬。这种方式的表扬，不管是在任何会议或私下对某个人说的，都能够很快被传达到被赞扬者本人那里，从而加强赞扬本身的作用。它会使被赞扬者感到领导是真诚地赞扬他的，并不是领导“当面说好话”，所以常常能够起到个人赞扬、当众赞扬不能起到的积极作用。领导可以在找某个下属谈话的时候，对另外一个人进行赞扬，这

样就会通过中间人把自己的赞扬传达给当事人。因为通常当面赞扬或个人赞扬，会让许多下属误以为这是领导随口说说，可能并不是真诚的。但若是通过背后赞许自己，那则加强赞扬本身的意义，会让下属有意外之喜，甚至受宠若惊，从而将自己更多的热情投入到工作中来，挖掘出自己更多的潜力。

中午，莎莎拉着乔丽，神神秘秘地四周看了看，然后一副很羡慕的表情对着乔丽说："哎，我可真羡慕你，领导经常表扬你。"乔丽一副丈二和尚摸不着头脑的样子，奇怪地问道："领导什么时候表扬过我了？我都怀疑领导连正眼都没瞧过我。"莎莎不相信地问："是吗？那领导可是经常在我面前表扬你，说你工作踏实，态度认真，而且工作做得越来越好了。"乔丽有点不敢相信，原来领导在默默关注自己："真的吗？"

莎莎一本正经地回答说："是真的，你知道我今天上午去交广告创意时，无意之中领导就提到你了，说你最近工作能力越来越强了，还让我向你学习呢。其实，这已经不是领导第一次当着我的面赞扬你了，以前他也说过，说你工作态度很诚恳，继续努力的话，将来是很有发展潜力的。你也知道，领导这个人一向说话不怎么好听的，没想到却在背后称赞你，我真是羡慕死了。"乔丽笑着，心里真是说不出的喜悦，暗暗发誓一定要好好工作，争取做出好成绩，让领导看看。

有时领导会当面赞扬："最近工作不错哦。"可能这样一句不经意的话，在下属听来，估计是领导的客气话，下属自己并没有放在心上。但如果有一天，下属从同事或别的领导那里听说，原来领导背后如何如何表扬自己，那估计下属的心里比吃了蜜还甜。如果说当面称赞可能是客气话，那背后称赞自己，想必一定是真心话了。领导背后称赞下属，从某种意义上说是手段而不是目的，这会让下属意识到领导对他的肯定和赞赏，从而达到驾驭和控制下属的目的。

当然，如果领导是当着下属的面称赞别的同事，那这位下属估计需要仔细揣摩领导的话语了。比如，领导会说："同事小王工作态度很诚恳，上次一个不合格的策划案，他硬是熬了两个通宵做好了交给我。"这时如果你作为传达话语给小王的中间人，那很有必要反思自己工作态度上是否出现了问题，因为领导这样说的别有用意在于"你需要向这位工作态度认真的同事好好学习"。

金钥匙

下属工作是为了更好地生存和发展，这就有金钱和职位等方面的愿望，但除此之外，下属更追求个人荣誉。在公司里，大部分人都能兢兢业业地完成本职工作，每个下属都非常在乎领导对自己的评价。可以说，领导的赞扬是下属最需要的奖赏，尤其是充满真诚的赞扬。作为领导者，自然知晓这些道理，因此他们更愿意“曲折”地赞扬下属，由另外的同事传达自己的赞美之语，达到激励下属的目的。同时，更是为了达到驾驭下属和控制下属的目的，让下属更好地为自己效力。

第六节　领导为何绕弯子、不表明态度

在日常工作中，许多下属都有一个共同的体会：“领导说话总是绕弯子，态度不明确，我总是东猜西猜，也猜不透领导真正的想法。”领导说话总是以含蓄委婉为主，如果一个领导总是直言直语，那很容易会在上下级之间制造出一些矛盾，因为直言太伤人。反之，如果说话含蓄一点，兜兜圈子，那下属很容易接受，而且也很好地传达了自己的想法和主张。但有的领导说话含蓄到了令人猜不透其真实想法的地步，也就是很喜欢兜兜圈子，不表明自己的态度，这又是为什么呢？可能有的下属觉得领导说话本身就是这样，或者他本人根本就没有什么真知灼见，可事实并不是这样。当下属向领导请示某项工作时，领导总是东绕西绕，说了半天也搞不清楚到底是执行呢还是不执行，这其实是领导惯用的“明哲保身”法。

通常我们听领导说的最多的话就是“这个事情，你就看着办吧”。领导既没有对下属所提出的意见进行评价，也不明确自己的观点和主张，只是把决定权交

给下属，让下属自己定夺。“你就看着办吧”，这几乎成为了职场和官场的平安语。如果这件事情办好了，领导当然很高兴，觉得当初是自己决策正确；反之，如果这件事出了差错，那领导就没那么好说话，他反而会责备下属办事不力。如果仔细揣摩领导的心思，那就是：当初我只是想同意又没同意，想不同意又想同意，不好说同意，又不好说不同意，但总得说点什么，就只好说“你看着办吧”。一句“你看着办吧”，就将责任推得一干二净。

小郑熬了一个通宵，将一项工作计划整理了出来，打算拿给经理过目，争得经理的同意，到时候自己就可以一展身手了。

早上到了公司，小郑拿着文件夹就朝着经理的办公室跑去。正好在办公室门口碰到了来上班的经理，小郑打了招呼，就跟着经理进了办公室。经理问道：“大清早的，你是来交昨天给我说的那个工作计划吗？”小郑点点头，将手中的文件夹交给经理。经理将文件放在办公桌上，示意小郑先坐下来。

经理落座之后，拿着文件粗略地看了一看，说道：“这个计划不错，很符合你的工作风格，我看了一下，跟你昨晚跟我口述的差不多，就从咱们公司来说，其实是需要多方面革新的，你这个想法算是新颖的，最近工作状态怎么样？还好吧。”小郑点点头，回答说：“感觉还可以，就是希望经理能支持支持我。”经理笑了，回答说：“我是你的领导，怎么会不支持你的工作呢？你来到公司两年多了，你的努力大家都看到了，可以说，你是一个不可多得的优秀员工啊……”经理说了半天，也没提到正题上，小郑也不好意思打断经理的话，只好等他继续说。

大概半个小时以后，经理委婉地下了逐客令：“我马上有一个会议要开，你先下去忙别的工作吧。”小郑低声问道：“那工作计划的事情呢？”经理恍然大悟：“哦，这件事，我差点忘记了，这样你先斟酌着办，凡事你权衡着就行。”什么叫斟酌着办呢？权衡？小郑摸不着头脑了。

很多时候，领导说话总是绕来绕去，给出的意见却是模糊不清的，根本没有一个明确的态度。这表示领导根本不愿意处理此类的事情，别看他什么意见都没说，但其实想说的已经很明白了。领导的用意是我已经知道了这件事，我并非有意地置身事外，至于这其中的利害关系，我一点也不想沾边。如果下属遇到领导如此的态度，那就应该谨慎从事了。即便领导交待你“看着办”，下属也需要仔细权衡，千万不要擅自作主，办错了事情。

金钥匙

当一个人说话在不停地兜圈子，但他又不明确地表明态度时，那意味着他根本不想对此事发表任何看法。之所以还在这里与你说话，那也只是不想当面拒绝你。对此，下属要善于倾听领导的话里之音，领悟话语背后的含义，及时识趣地打消有违于领导的念头和想法。

第七节 领导指挥工作，提出建议的潜台词

领导在安排工作时，经常会说这样一句话：“对这个工作，我提出几点建议……当然，这也只是我个人的建议而已，你们可以按照自己的想法去办。”估计大多数的下属都听过这样的话，而且他们都听懂了领导最后一句话的意思“这只是我个人的建议而已，你们可以按照自己的想法去办”，不仅听懂了，而且下属们按照这样的要求去做了。但结果却是，真的按照自己的想法去做了，领导只是微笑着点点头，虽然没有半点不满意，但敏锐的下属可以感受到领导其实有那么一点失落。实际上，大多数下属都误解了领导提出建议真正的含义，他们忽略了领导提出建议的潜台词。当领导愿意在指挥工作时提出自己的一些建议，那表示他希望下属按照自己的意愿去办，但他处于领导者的位置，他明白自己不能强求下属“你们一定要按照我说的去做”，这样会在某种程度上损害自己的形象，因此才以“提出建议”的方式来将自己的主张传达给下属。

早上，办公室主任在给几位下属安排工作，只见他说：“小王你负责文件的打印、整理工作，领导需要什么样的文件，什么时候需要，你应该及时地记住，

然后按时完成工作；小李负责财务这一块，每个月计算出员工的工资，做到不徇私，无错误，以公正为重，到了月底，若是有员工没及时地领取工资，你可以打电话通知，但是，记住工资必须要亲自交到对方手上……之前这个月的工作进行得不错，但还是出现了几个问题，针对这几个问题，我提出几点建议，你们可以借鉴，也可以依旧按照自己的工作方式进行，第一点就是财务这块……”

等到办公室主任出去之后，几位下属议论了起来：“主任所提出的那些建议太麻烦了，我还是按照自己以前的工作模式进行，这样比较省事”、“可这样，主任会不会生气啊，毕竟是他向咱们提出的建议”、“怎么会呢？你忘记了，他说过的只是他的个人建议，又不是强行要求咱们这样去做，没事的，放心吧”。

第二个月工作下来，主任在检查工作时发现除了财务部按照自己的建议工作以外，其他的都是各做各的，对此，主任针对财务部的工作进行了一番大力表扬。

当领导只是委婉地说：“对这个工作，我提出几点建议。”实际上，他的潜台词就是“我希望你们能够按照我说的去做，这样对你们是很有好处的”。对于下属，千万不要只听懂了“这只是我的个人建议，你们也可以按照自己的想法去做”，因为领导的言外之意是希望下属能够放弃自己原来的做法，从而按照自己的意旨办事。如果有下属真的按照这样做了，领导会觉得原来自己的想法还是颇受下属重视的，尤其是当自己的意愿得到了成功的实践，领导会更加高兴下属作了明智的决定。

金钥匙

对于大多数领导来说，他希望所有的下属都能服从自己的命令。对某些工作的安排和部署，领导者往往会有他自己的意见，如果他不想表现得过于强势，而只是以“提出建议”的方式说出自己的主张，那懂得倾听的下属就应该领会到其话语里的潜台词，不妨尝试着按照领导的建议去办，这样会让你获得领导的赏识。

第八节 领导表现关切，嘘寒问暖的潜在目的

任何一位领导者都知道“动之以情，是最好的操纵术”，而且他们会将这样的心理策略运用到管理下属中。平时工作中，领导经常会关心下属，嘘寒问暖，这是领导管理的一种手段。当然，我们不能以此就说领导对下属嘘寒问暖是假惺惺的，甚至是怀着不可告人的目的。实际上，领导者关心下属，以情打动下属，目的不外乎有两个：一是令下属感受到领导的关怀，缩短与下属之间的距离；二是希望下属能以全身心投入工作作为感激，也就是以情驾驭下属。

吴起是春秋战国时期一位有名的将领。他身为主将，却跟最下等的士兵穿一样的衣服，吃一样的食物；睡觉不铺垫褥，行军不乘车马；亲自担草背粮；和士兵们同甘共苦。

有一次，一个士兵生了毒疮，吴起居然亲自替他吸吮流脓。这士兵的母亲听说后，放声大哭。有人责备：“你儿子只是个无名小卒，将军却替他吸吮流脓，你怎么还哭呢？”那位母亲说：“你有所不知啊，往年吴将军替他父亲吸吮流脓，他父亲勇往直前，战死沙场；如今吴将军又给他吸吮流脓，我不知道他又会战死在什么地方。我怎么不哭？”

吴起是何等聪明的将军，不需要威逼利诱，就可以让士兵心甘情愿地为他在战场上奋勇杀敌，勇往直前，甚至不惜牺牲自己宝贵的生命。他的秘诀就是“动之以情”，他身为主将，却没有高高在上的架子，而是与士兵们同甘共苦，时刻让士兵们觉得将军是和他们同在一起的。吴起亲自为一小卒吸吮流脓，更是深深打动了小卒的心，在一个普通的士兵眼里，将军对自己的关心让他觉得没有什么比这更好的殊荣了。士兵在那刻已经暗暗下决心，为了将军不惜肝脑涂地，而士兵的满腔热情正是吴起将军所希望达到的目的，这就是情感

驾驭下属的魅力所在。

以情动人，确实是领导最好的可以驾驭下属的操纵术。当鸡蛋掉在石头上时，鸡蛋很容易破碎；当皮球掉在石头上时，它会弹起而保持完好无损。为什么会出现这么大的反差？是因为皮球对强大的外力能以柔韧化之，而鸡蛋却不能，所以才有“以卵击石，自不量力”的说法，而其中蕴含的就是以柔克刚、以情动人的道理。即便是一个默默无名的下属，若是受到了领导的关切之情，他都会奋起全身的力量，投入到实际工作中以报领导的感恩戴德。

中山国国君宴请臣子，有个大夫司马子期在座，只有他未分得羊肉羹。司马子期一怒之下劝说楚王攻打中山国。中山君被迫逃走，这时他发现，有两个人拿着戈跟在他后面，寸步不离地保护他。中山君回头问这两个人说：“你们是干什么的？”两人回答说：“我们奉父亲之命誓死保护大王。”

中山君很奇怪，问道：“你们的父亲是谁？”两人回答说：“大王您可能忘记了，我们的父亲有一次快饿死了，您把一碗饭给他吃，救活了他。父亲临终时嘱咐我们‘中山君如果有难，你们一定要尽全力报效他。’所以我们拼死来保护您。”

中山君感慨地仰天而叹：“给予，不在于多少，而在于当别人困难时；怨恨，不在于深浅，而在于恰恰损害了别人的心。我因为一杯羊肉羹而逃亡国外，也因一碗饭得到两个愿意为自己效力的勇士”。

中山君的那一声感叹说明了一个极为深刻的道理：对一位处在困境中的人嘘寒问暖所发挥的作用，远远胜过对衣食温饱的人的关切之情。因此，领导在平时的工作中，对于那些处于困境的下属更是关怀得无微不至，而他们潜在的目的一是出于道义，二是希望下属能够心甘情愿地为自己效力。

金钥匙

人都是有情感的，情感是每个人都存在的一种心理活动，正是由于人们都有情感，才产生了人与人之间的相互影响和交流。人的某些行为都是在情感的支配和影响下产生的，情感也起着重要的桥梁作用，它可以促进上下级之间的交流与融合。说得更明白一点，领导对下属关切的潜在目的就是希望以情打动下属，让其心甘情愿为自己效力。当然，这并不是说领导是虚情假意的，我们更应该明白，只有真情才可以换得真情。也就是说，领导以真情，才能真正地驾驭下属，也才能真正地换得下属全身心的付出。

第五章 灵巧回应，给予领导最为适宜的回馈

在倾听领导说话过程中，并不仅仅是单纯地“听”，更需要对领导所说的话作出灵巧的回应，给予领导最为适宜的回馈。之所以需要给予回应，一方面表示你正在认真地听领导说话；另一方面，倾听过程中的回应是领导内心渴望得到的，满足领导的内心期望。

第一节 过期不候，听领导说话回馈要及时

倾听是构成有效沟通的必要内容，以求思想达成一致和感情的通畅。而在倾听过程中，回馈则是必要的构成部分，这些反馈包括适当的眼神交流、适时提问等等。当然，这些在倾听过程中所作出的回馈应该是及时的，而不是等领导说完了半天，你才给出一个反应，这时领导已经不那么在乎你的回馈，自然而然你的回馈也是毫无任何价值的，甚至会让领导觉得你根本没认真倾听自己说话，从而心中对你产生一种不快之感。对此，作为下属，当你在倾听领导说话时，不管你给予什么样的回馈，都需要及时，如若大半天才反应过来，估计领导对你的反馈早已经不感兴趣了。

这天中午，主任饶有兴致地给大家讲了一个笑话，平日里主任是不善言谈的，正因为如此，可能在进行语言表达时缺少灵活性和形象性，等他把笑话讲完了，下属却还是在那里面面相觑，似乎没听懂笑话的实质。顿时，那位主任有些

讪讪地笑了，脸色有些尴尬。

过了一会儿，有位下属突然明白过来，哈哈大笑了起来，一边笑着一边说：“主任，你讲的笑话确实有点冷，我现在才想清楚。”主任回答说：“是吗？”不过他的注意力好像并不在这件事情上，那位下属还想继续说下去，但看见主任的神色，识趣地闭上了嘴巴。

通常情况下，当我们饱含热情地说一件事或谈论一个人的时候，特别希望倾听者能够及时给予回应，从而让我们感觉不是一个人在唱独角戏，比如，你说完了一个笑话，却发现周围的人面面相觑，大半天也不笑，这时作为说话者的自己肯定会觉得百般无趣，即便是最后有的人反应过来了，干笑了两声，但你已经丧失了那种等待的心情，因而他们的反应对于你来说已经是可有可无的。其实，听领导说话也是一样的道理，下属的反馈一定要及时，所谓过期不候，否则你的反馈将无任何价值。

这天酒会上，王总喝了几杯酒，兴致勃勃地说起了自己当年创业的故事：“那时我跟你们一样，刚刚大学毕业，不过，那时候大学生没现在这样多，所以我的优势还是有的。”这时坐在旁边的新来的职员小李回答说：“是啊，那时候大学生的身份可金贵了，哪像现在遍地都是，大学生根本没什么优势可言。”王总端起酒杯喝了一两口，说道：“就是，所以我那时候面临的机会也很多，许多大公司都邀请我加盟，但是我都拒绝了，我想自己创业，正好我家里还有一些积蓄。于是，我邀请了几位大学同学，商量了几天，最后作出了一个方案，那时候人很年轻，做任何事情都带着疯狂的痕迹。”新职员小李笑着点点头，表示相当认同。

王总继续说：“后来我们几个人南下，怀揣着希望，开始了我们的创业生涯。其实事情发展远远没有想象中那么顺利，跟你们现在一样，把这个社会想象得太美好了。因此，在最初我们也栽过跟头，摔过跤，但我们不服输……”小李时而微笑，时而随着王总所说的内容皱眉，几乎王总每说一句话，小李都会及时回馈信息。相应地，看到小李如此专注听自己说话，王总更是越说越有兴致。

新来的职员小李所给予的及时回馈，表现在王总几乎每说一件事情，他都会及时地给出回应，或是附和领导的观点，或是点头同意，或是微笑，或是皱眉，表示对当时的情况也很焦急。这样及时地反馈，会让说话者感觉到倾听者的认真以及期待。于是，说话者更有兴趣继续说下去，而彼此之间的距离也会越来越近。

金钥匙

在倾听过程中会有反馈效应，也就是向说话者反馈自己的尊重与关注，这会让说话者感到自己和自己的话在他人心里很重要，这在一定程度上起到了正性强化作用。心理学家通过大量研究发现，每个人都喜欢和尊重自己说话的人沟通。在倾听领导说话的过程中，及时地反馈会激励对方继续说下去，对说话者本身有着极大的鼓舞。

第二节　听领导说话，配合最适宜的表情回应

在倾听领导说话时，除了必要的一些言语回应外，还需要作出一些非语言的回应，非语言的反馈包括点头、微笑、皱眉等。在倾听过程中，适宜的表情回应会让领导感到你对他说的话很有兴趣，就会愿意与你交谈并对你留下很好的印象。当然，倾听过程中的表情反馈是适宜的，这将意味着你的表情需要随着领导所说的内容的变化而变化，比如当领导在讲述自己当年的光荣历史时，作为倾听者应该配以敬佩、欣赏的表情；当领导者在讲述曾经失意的事情时，作为倾听者应该配以理解、惋惜、遗憾的表情；当领导者在安排工作或是批评的时候，作为倾听者应该配以专注、认真的表情。倾听者的表情要应景而生，这样才会让说话者感觉到你是在认真地倾听，而并不是敷衍了事。

当然，在倾听领导说话时，如何才能作出最适宜的表情回应呢？最简单的方法就是将说话者当作自己，换位思考，将自己融入到领导说话的场景中，将自己

想象成说话的当事者，当自己在诉说一些事情的时候，该以怎么样的表情显现。比如诉说悲伤的事情，或是诉说得意的事情，不同的诉说内容将决定着不同的表情。作为倾听者，要认真领会领导话语中的深意，真正地走进领导心里，你才能对领导所说的话作出最适宜的表情。

早上，小王一进办公室，就被领导训斥了："昨天那个质检工作是怎么做的？今天我看了所有的产品都有问题，你还打上'合格'的标签，你怎么做事的？幸亏今天早上我重新检查了产品的情况，否则这些产品若是出了公司，我们怎么向客户交待，你先去将那些产品整理出来，将所有的劣质产品返回车间，重新加工一遍……"小王看着地板，一副漫不经心的表情，随即"哦"了一声。他的表现更让领导火冒三丈："今天先不必上班了，回家好好给我反省吧！"说完，就摔门走了。

在领导批评的过程中，小王始终以一副漫不经心的表情，这表示他根本没认真听领导在说什么，即便他是在认真地倾听，但这样一副不专注的表情会让领导误解。因此，在看了小王这样的表情后，领导更是生气，直接摔门走了。

酒会上，主任王姐依靠着栏杆，在酒精的刺激作用下想起了伤心往事，不禁小声啜泣起来。李秘书正好路过这里，面带着关心的表情，亲切地问道："王姐，怎么了？"王姐靠着李秘书的肩膀，哭着说："我又想起了那次车祸，想念我失去的亲人，虽然我现在工作做得好，但每每受到公司嘉奖时，我就想起他们，如果他们还在我身边，能够分享我成功的喜悦，那该多好啊，可惜他们不在了，为什么会这样呢？为什么上天不把我一起带走呢？为什么留下我一个人痛苦地活着呢？"

李秘书拍拍王姐的肩膀，表情有些悲伤，有些惋惜，但很快表情变得专注而认真，她说道："我明白，那真是件不幸的事情，但你已经熬过来了，逝者已矣，活着的人更需要坚强，或许他们已经看到了你今天的成绩，正在另外一个世界为你加油呢，所以，我希望你能坚强地走下去。"王姐点点头，情绪也好多了。

在倾听王姐诉说过去痛苦的事情时，李秘书的表情表现得恰到好处。看到王姐在小声啜泣，李秘书面带关心的表情，适时询问；在得知王姐情绪波动的缘由之后，李秘书表示惋惜、遗憾，但马上表情变得认真而专注，因为她要鼓励王姐坚强地活下去，如果李秘书的表情一直是惋惜或遗憾，那会加剧王姐内心的痛苦，她也难以从痛苦中摆脱出来。

金钥匙

倾听过程中表情的适宜，主要表现在你的表情要配合领导的情绪。有可能领导正在谈一件伤心的往事，这时你要脸色庄重，表现出相应的表情，比如，热泪盈眶、唉声叹气等等。要注意你的表情要配合对方的情绪，不能在对方谈伤心事时高声大笑或心不在焉。在倾听时要保持专注、投入的表情，这会让领导感觉到你对他的谈话的兴趣与重视。切勿漫不经心、心不在焉、无精打采等不好的表情和神态。

第三节　微笑在脸，让领导乐于与你交谈

在倾听过程中若是面带微笑，那对于说话者本身会是巨大的鼓励。很多人都忽视了倾听表情中最重要的一个表情——微笑，倾听领导说话，保持自然微笑的表情，同时伴随着领导的说话内容相应地变化，不时地点头表示赞同，那你就称得上是最善于倾听的下属了，自然而然，领导也会乐意与你交谈。微笑是人类最好看的表情，一个很明显的例子，如果你面对的是一位外国人，哪怕你根本听不懂他在说什么，但只要面带微笑，对方定会觉得你是最善于倾听的对象。假设我们是说话者，在我们面前有两个倾听的对象，一个是面无表情，一个是面带微笑，我们更愿意向谁倾诉呢？显而易见，大多数人都会愿意与那位面带微笑的倾听者交谈。对于领导者来说，他们并没有特别奇怪的想法，他们也愿意与面带微笑的下属交谈。因此，在倾听领导说话时，我们要微笑在脸，让对方乐意与我们

交谈。

一位老师看到学生日记中写着："老师，我喜欢上你的课，因为你总是面带微笑，不板着脸讲课，你的微笑让我感到老师很亲切。"这位老师顿时感觉很吃惊，原来，他只是想让自己上课时心情愉悦一些，想不到得到微笑的学生竟然如此满足。这位老师感叹：为什么不尝试着用微笑去倾听学生的心灵呢？当领导在说话时，他或许只需要你友好地倾听态度，而并不关心你能听懂了什么，微笑正是最合适的表情。一个真诚的微笑会让说话者意识到被重视、被赏识，便会感觉到无限的温暖，从而愿意继续说下去。与此同时，领导心情也是保持愉悦的。

小泽发现同事雅莉总是能够与领导搞好关系，而且许多领导都喜欢找雅莉说话。小泽百思不得其解，论口才，雅莉并不如自己啊，为什么领导总是喜欢与他交谈呢？

在一次宴会上，小泽发现领导正在与雅莉说话，他仔细观察了一下，发现雅莉除了始终面带微笑之外，根本没说几句话，大多数都是雅莉微笑地看着领导说话，而这时领导通常也会微笑着说话，两人的距离一下子就拉近了。

宴会结束后，小泽与雅莉闲聊了起来："刚才领导跟你说什么呢？"雅莉回答说："也没聊什么，就是聊了聊他去非洲旅游的事情。"小泽有些奇怪："我看大多数都是他在说，但他却很乐意与你交谈呢。"雅莉笑了笑，说道："是的，我只是偶尔问一两句，其余的都是他在那里说，我只不过是微笑地听他说而已。"小泽恍然大悟："微笑？对，就是微笑，因为你总是面带微笑，所以不管是领导还是同事都愿意与你说话，因为你所展现出来的态度是友好的，令人温暖的，我说难怪领导都愿意与你交谈呢，原来是微笑的吸引力。"雅莉想了想，好像真的是这么一回事。

任何一个人都愿意与态度友好的人交谈，领导者也是一样，他们更愿意与那些面带微笑的下属交谈。在他们说话时，只要看到下属倾听时露出的笑容，即使他们也知道下属可能并没听懂自己所说的话，但他们却愿意继续说下去，这就是微笑带来的魅力。相反，面对那些面无表情或冷漠冰霜的倾听者，领导大概只说了几句话就没有了继续说下去的欲望，而且以后他也不会愿意与这样的下属交谈。

金钥匙

微笑是全世界通用的语言，微笑代表温暖，代表友好，更代表内心的一份热情。反之，若是冷若冰箱、面无表情，则会让人觉得你或许不愿意倾听，或者你厌烦倾听别人的话。因此，在倾听领导说话时，微笑就是最好的回馈，哪怕在整个倾听过程中，你不说一句话，但只要是面带微笑，就给了说话者莫大的鼓励，他会愿意继续说下去，而且其话语中所表现出来的忧虑或悲伤，在微笑面前也会消减不少。换句话说，如果领导本身心情很差，但如果下属面带微笑地倾听其内心的烦恼，那么谈话结束之后，领导的心情会有所好转，这也是微笑倾听产生的效果。

第四节 神情专注，情绪饱满地听领导说话

倾听是沟通的构成部分，那将意味着倾听也有沟通的特点。任何倾听都与沟通一样，这是需要交谈双方共同努力的。许多人片面地认为“倾听”就是一种姿态，你只需要做出“听”的姿态，那么倾听就算是完成了。其实，倾听远远不是这样简单的事情。倾听，不仅是听对方说话，而且还需要具有“倾听”的态度。尤其是在倾听领导说话时，下属更应该注意自己的态度问题，必须保持神情专注、情绪饱满的态度，否则，漫不经心、情绪消极，是无法有效地倾听领导说话的，而且，如此的态度也会让领导者觉得自己不被尊重，不被重视，从而对下属会有一些不好的看法。

在倾听领导说话时，下属的身体应向前倾，这表示你对他的谈话很感兴趣。除此之外，脸上表情专注，认真倾听领导所说的每一个字、每一个词，还需要观察领导在说话时所表现出来的表情、动作，以此才能准确地揣摩出领导话里的真

意和本意。不仅如此，在倾听时还需要情绪饱满，保持一种积极的态度，表示你很乐意听对方说话。在现实工作中，许多下属在倾听领导说话时总是一副无所谓的态度，漫不经心，摆出一副唯我独尊的姿态，这样领导心中就会生出不快之感，他会觉得你并不愿意听自己说话，那么他可能就会停下来，寻找另外愿意听自己说话的下属。这样一来，保持无所谓态度的下属就会丧失与领导接近的机会。因此，作为下属，在倾听时，应该精神高度集中，神情专注，情绪饱满地听领导说话。

有一次，销售员小王与公司经理展开了有趣的交谈，一开始，那位经理就喋喋不休地谈论自己的儿子，他十分自豪地说："我的儿子要当医生了。"小王神情专注，惊叹道："是吗？那太棒了！"经理继续说："我的孩子很聪明吧，在他还是婴儿的时候，我就发现他相当聪明。"小王点点头，回应道："我想，他的成绩非常不错。"经理回答说："当然，他是他们班上最棒的。"小王笑了，问道："那他高中毕业打算干什么呢？"经理回答："他在国外学医，这孩子，我最喜欢他了……"话匣子一打开，经理就聊起了儿子在小时候、中学、大学的趣事。

第二天，当小王再次打电话给那位经理时，却被告知他已经决定在自己手中买车，而经理的原因很简单，他说："当我提起我的儿子有多骄傲的时候，他是多么认真地听。"

神情专注、情绪饱满地倾听，使得小王赢得了一份订单，如此看来，"倾听"确实是一个讨人喜欢的行为。倾听是一种交流，更是一种亲近的态度，而专注的倾听更是能领略别样的风景，也只有情绪饱满地倾听才能真正地走进领导者的心里。

只有听懂了别人表达的意思的人才能沟通得更好，倾听是说话的前提，先听懂别人的意思，再表达出自己的想法和观点，才能更有效地沟通。当然，在倾听过程中，仅仅是听懂还不足以打动说话者，还需要表现出可以打动人的姿态，比如专注的神情、饱满的情绪等等，这样才能真正地与领导拉近彼此之间的距离。

金钥匙

布里德奇说：“学会了如何倾听，你甚至能从谈吐笨拙的人那里得到收益。”倾听并不是没有任何意义的随声附和，一个优秀的倾听者可以从说话者那里获取大量的信息，从而赢得领导的喜欢。不过，倾听也是有技巧的，除了听之外，还需要保持认真的姿态，适时重复对方话语中的字眼。

当然，倾听比说话更需要毅力和耐心，需要长时间保持专注的神情以及高度的热情和积极性，这是有效倾听的关键，也是实现良好沟通的基础。假如你只是埋头玩自己的手机，或者把头瞥向一边，这样无疑会打击领导者的积极性，自然他也会觉得跟你交谈并不是一件令人愉快的事情。当然，要想做到聚精会神地倾听，你应该在与领导沟通之前做好充足的准备，比如身体、心理、态度以及情绪准备，疲惫的身体、无精打采的神态以及消极的情绪都可能让倾听收效甚微。

第五节　恳切点头，让领导感到话语被赞成

沟通是双向的，即便是领导，也需要在倾诉过程中得到你及时的回应。如果你不作出任何回应，那就意味着领导的话平淡无味，也就无法使这次谈话继续下去。因此，必要的回应就是让领导感到被支持、被认可。当领导说到关键处或停顿的间隙，作为倾听者的下属，应该微笑点头，适当给予回应，以激发领导继续说下去的兴趣。在倾听领导说话的过程中，如果下属觉得领导所说的某些观点和想法可以，那不妨以恳切地点头作为回应，让领导者感觉到自己的话语被赞成。相反，如果你对于领导的话既不点头，也不提出不同的意见，那领导只会认为你不过是在敷衍地倾听，根本没重视他所说的话。

通常在演讲大厅，我们会注意到当台上的演讲者说到某些观点和意见的时候，只见台下那些专注倾听的人则会赞许地点点头，这时如果演讲者与听众的视线交汇，则会发现彼此眼中都是欣赏和肯定，友好和热情。就好像演讲者在千万听众中寻找到可以听懂自己心声的知音，那种内心的自豪感是不言而喻的。而对于领导者的话，如果下属给予恳切点头的回应，领导者也会产生同样的感觉，他会觉得原来自己的某些看法是能够得到支持的，是被下属赞同的。这样一来，他会更愿意袒露自己内心的想法，希望能得到下属更多的支持和肯定。在倾听过程中，点头既表示一种回应，同时也是一种肯定与赞同。

小罗在公司里是一个很受欢迎的人，他常常会接到不同的邀请，而在各种社交场合，他能和许多领导打成一片。朋友小林十分敬佩他，不过，他始终没能找到小罗的秘诀。

有一天晚上，小林参加一个小型的社交活动，一到场他就看见了小罗和一个气质高雅的女士坐在角落里。他仔细一观察，发现那位女士是某某化妆品公司的经理。小林发现，那位年轻的经理一直在说，而自己的朋友小罗好像一句话也没说，只是偶尔点点头。

回家的路上，小林忍不住问小罗："刚才，那位化妆品女经理好像完全被你吸引住了，你是怎么做到的？"小罗笑着说："刚开始我只是问她：你的肤色看起来真健康，去哪里度假了吗？她就告诉我去了夏威夷，还不断称赞那里的阳光、沙滩，我表示认同地点点头。之后顺理成章地，她就开始讲起了那次旅行，接下来的两个小时她都一直在谈夏威夷。最后，她觉得和我聊天很愉快，可是，我实际上并没有说几句。"

在这个案例中，我们可以看到小罗在倾听领导说话过程中表现出来的一个小细节——点头。当对方在称赞什么，或者谈论什么事情的时候，作为倾听者如果觉得这也是自己所认同的，那不妨以点头作为回应，赞成对方的话语，可以激励对方继续说下去。在现实工作中，下属在倾听领导说话时，也可以采用这样的策略，促使领导不断地说下去，而下属则可以从中捕捉到更多有用的信息。

其实，在沟通过程中，倾听是对谈话者最基本的尊重，同时，也是有效沟通的前提。懂得倾听，认真地倾听，让对方感受到你的注意力，让他觉得你对他所谈的内容很感兴趣，那么，你对他的心理距离就会缩短。而大多数人更愿意与支持自己、赞同自己的人交谈。也就是说，自己所说的话能够很好地得到他人的肯定与赞同。那么，如何表现自己赞同领导的话语呢？这样的回馈可以从我们身上反应出来。如果在倾听中，我们不时点点头，那就表示我们赞同领导所说的话语。在这样友好的氛围中，领导者更容易对你产生好感。

金钥匙

任何一个人在说话时都希望能从中获取一种心理共鸣，也就是自己所说的话能够被倾听者理解，至少是赞同的，对于领导者这样的特殊身份来说更是如此。因为在很多时候，领导者某些观点和看法都是出于总体的考虑，下属理解起来是不容易的。在这种的情况下，如果领导在说话时，发现下属点头认可自己的观点，那将是一种莫大的欣慰。因此，下属在倾听领导说话时，要善于揣摩领导者的心理，不时恳切点头，肯定和支持领导的意见，从而缩短与领导之间的距离。

第六节 流露敬佩神色，让领导更有激情讲话

每一个领导者都渴望自己被下属敬佩，尤其是在自己谈论某些事情的时候，更希望下属能以敬佩的眼神或姿态来仰视自己。其实，领导者这样的一种心态是无可厚非的，即便是一个普通人，如果有人对自己敬佩，赞赏自己，那他也是相当享受这个过程的，更别说领导者这样的特殊身份了。领导者，顾名思义，也就是一人之下，万人之上，他相当于就是一群人的统帅，不管这群人是几个人，还是成千上万人，领导者所处的位置都在他们之上。当然，领导者之所以处在这样

一个位置，那将意味着他非比常人，在他身上肯定有卓越、睿智的地方，那些特质就好像是与生俱来的优越，这会让领导觉得自己是与普通人不一样的。正因为这样，领导者渴望自己被下属敬佩，被下属赞赏，当他们在谈论自己过去的一些丰功伟绩时，更希望得到下属的仰视与敬佩。因此，下属在倾听领导说话时，需要适时地迎合领导者的心理，流露出敬佩的神色，这样会让领导者更富激情地讲话。

或许，有的人会认为下属如此的行为有拍马屁之嫌，其实这是没有端正好自己的心态。在现实生活中，作为领导者，他们经常会提出一些高瞻远瞩的建议，或是针对某个问题提出自己的真知灼见，这是再正常不过的事情。那对于下属来说，这些都是值得自己敬佩领导的地方。当领导在进行诸如此类的讲话时，下属只需要将内心的一种情感通过表情表达出来，比如脸上露出敬佩的神情，那对于领导者来说就是莫大的安慰。在这样赞赏的姿态下，领导者会更加有热情继续说下去。

总经理正在办公室安排工作，他说：“我们目前的绩效考核程序设计得太复杂了，本来工作就比较忙，还要忙于填写那些表格，很麻烦，我建议通过信息化系统将这些东西固化下来，这样我们就不需要重复做一些无意义的工作了，可以有更多的时间做自己应该做的事情，如果能将我们目前的考核表整合到信息化系统里，我们就可以省很多力气。”下属们纷纷露出敬佩的表情，小王更是不断称赞：“这样的方法真不错，我最近老是为这件事操心呢，现在您这样一说，我顿时觉得轻松了不少。”

总经理满脸微笑，看到下属如此支持自己的工作，顿时显得很有激情，他继续说道：“我听说财务部的小王EXCEL用得非常好，可以进行大量的数据处理，我们部门也经常需要进行数据处理，我每次看到你们都是用最笨的方法，一个数字一个数字地弄，非常麻烦。我看，到时候直接让他们给我们做个培训，只要我们掌握了这个方法，就可以节省出许多时间，而且数据差错比以前少很多。关于这个问题，我会与财务部商量一下，请他们给我们做个培训，并在具体工作中指导，这样，我们就不用每次开会都那么被动了。”

在工作安排中，尽管有时下属会提出一些建议或想法，但总体来说，最后工作计划的制订和安排还是领导来定夺，毕竟领导在部署这些问题时眼光是长远的，独到的。因而，在某些工作安排中，我们不得不承认领导决策的英明和睿智。虽然，在工作中，经常会出现领导赞扬下属的场景，但作为下属，对于领导某些方面的卓越，我们也要毫不吝啬地赞扬和肯定，这会让领导更有欲望和激情说下去。

金钥匙

领导者在说话时，他也会关注到下属的神情和姿态，是否专注，是否赞赏，是否敬佩，这些细微的表情和姿态都逃不过领导者的眼睛。对任何一个领导者来说，他们更愿意通过说话来展现出自己与众不同的卓越能力，比如偶尔会向下属讲述自己过去的成绩，或者吹嘘当年的奋斗史，这时他们更愿意看到下属对自己的敬佩之情。如果下属一副爱理不理的样子，那他就没有继续说下去的欲望。反之，如果下属神情专注，十分赞赏、敬佩地看着自己，那他就有无限的激情说下去。

第七节　适时提出疑问，领导会更有兴趣说下去

在倾听领导说话的过程中，如果只是敷衍而木讷地听领导讲述也是不行的，还需要鼓励领导继续说下去，所以，在倾听的过程中要适时地提问，以引起领导的注意和说话的欲望。另外，一个人唱独角戏的滋味真的不好受，这让领导觉得自己没有受到足够的尊重，而且，适时的提问其实也是一种反馈的行为。当领导在说某一件事情的时候，他不可能一鼓作气地说完，而是中间会有适当停顿或休憩的时间，其实这个空白就是留给倾听者作出回馈的。对于领导者的话，下属肯定会有许多的疑惑或不解，不妨就以提问的方式作为回馈，比如“后来怎么

了？”、“当时可真够辛苦的，没想到你还是坚持了下来，是什么力量促使你支撑到现在的呢？”通过提问，领导会觉得原来你在认真听他说话。同时，领导者会根据你的提问而作出相应的回答，从而更有了继续说下去的欲望和兴趣。

适当的提问表现出你对领导的谈话很感兴趣，也让领导更有兴趣继续讲下去。在倾听领导说话的过程中，我们要善于把握提问的时间。通常情况下，当领导者正在诉说事情的时候，不要以提问来打断对方，而是需要等待合适的时机再进行提问，比如，领导在说完之后会有稍微的沉默，这就是最好的提问时机。当然，提问只是为了让领导继续说下去，因此，要以诚恳的态度提问，尤其是对于领导者，应该切忌以盘问、讽刺或者审问的态度。比如，你说“你不是挺厉害吗？这次怎么失败了？”这样的问题有点挑衅的味道，会引起领导心中的不快。

公司年会上，酒过三巡，王董事长又向别人讲起了自己的创业史，新来的同事小松并没有走开，反而把身子往前挪了挪，神情专注地听王董事长的光荣战绩：“想当年，我不过也才这般年纪，不怕吃苦不怕遭人白眼……”“您说得对，我们这一代就是缺点儿不怕吃苦的精神，看来我得向您学习啊。”小松随声附和，接着问道：“听说，您当年那会儿，做销售特别难，您是怎么咬牙坚持下来的？”王董事长来了兴趣，回答说：“是啊，那会儿的人们哪像现在这样，有电视广告看，对于上门推销的人也很理解，那时候只要有人看着我提着袋子去敲门，他们都会将门关得紧紧的，我连个问候都来不及说出口，别人就把我拒之门外了。那段时间真是艰难啊，产品卖不出去，我就只好东一餐西一顿，每天都是勉强不挨饿……”

小松点点头，问道：“就您过去的这段经验真是宝贵，那您觉得对于我们现在这样的年轻人，在做销售时，应该注意哪些问题呢？”王董事长越说越有激情：“你们啊，现在就是缺乏吃苦、学习的精神，千万别小看了你们身边的那些老同事，当时他们都是跟随着我打江山的人，在他们身上有许多值得你们学习的地方，我希望你们能发扬吃苦耐劳的精神以及谦虚的学习态度……”

在小松的适时提问之下，王董事长越说越起劲，因为他觉得自己所说的话有人愿意听，那么自己就有了继续说下去的欲望和兴趣。同时，倾听者不时向自己提问，那表示对方对自己说话的重视和支持，这也可以成为说话者继续说下去的动力之一。

金钥匙

在倾听领导说话时，下属要懂得适时提问。当然，在提问时不应该连续提问同样的问题。对同一个问题，一旦你问了两次或两次以上，领导就会觉得你不过是在敷衍他，并没有认真地听他讲话，对你的印象也大打折扣。此外，提出问题之后应该保持安静，等待领导回答，如果这时候你自问自答或者抢答，领导会感觉到你并没有尊重他说话的权利。若领导回答得不够完整，要有耐心听下去，也可以采用适当的语气继续追问。

第八节 回应讲究分寸礼节，反应过度令领导反感

全球知名成功学家戴尔·卡耐基说：“在生意场上，做一名好听众远比自己夸夸其谈有用得多。如果你对客户的话感兴趣，并且有急切的想听下去的愿望，那么订单通常会不请自来。”其实，不仅仅是在生意场上，在职场或官场也是同样的道理。当你专注地倾听领导说话，并适时给予一些回应，从而促使他像朋友一样与你促膝长谈时，你的职业生涯也就真正开始了。有时在职场上，前途并不是靠“说”出来的，而是靠“听”出来的。在倾听领导说话所给予的回应中，我们需要把握一定的分寸和礼仪，反应只需适当，若是超过了一定的“度”，就会令领导心生不悦。任何一次沟通都是双向的，即便是倾听，也是双向的，这就决定着在倾听时需要作出及时、恰当的反应。这样的反应既需要适时表达自己的想法，同时又避免喧宾夺主，切忌抢占领导说话的权利，而是适时扮演一个倾听者的角色。

小王平时很喜欢与领导打交道，尤其是听领导说话。有一次，他正在听领导说到自己的儿子，本来气氛很融洽，奇怪的是，正说到关键处，领导却借口走了。这让小王感到非常疑惑，冥思苦想不得要领。于是，他给朋友打电话，希望能从中问出端倪。

没想到，朋友听了事情的经过之后，直言不讳地说："本来领导说得很高兴，他高兴地跟你说他出色的小儿子考上了上海复旦大学，他们全家都感到非常骄傲，而你对他的话却置之不理，反而跟身边的同事津津有味地谈什么篮球赛。"小王恍然大悟，深刻地反省了自己，并以此为戒，只要是在领导说话的时候，他都会表现出恰当的礼仪，专心地倾听。

领导本来想在下属面前炫耀一下自己考上复旦大学的儿子，却没有引起共鸣，他的情感没有得到满足，从而中断了谈话。这个案例告诉我们，当一名好听众也是很重要的，尤其是需要注意自身的礼仪。要向领导表示你真诚地对他们所说的话感兴趣，专注认真地倾听，这样领导就会很愿意说下去。

在公司年会上，经理提议："去年春节咱们公司一起去了黄山旅游，今年大家想好了地方没有？我倒觉得三亚不错，那里气候适宜，风景优美……"经理话还没说完，公司职员小张就抢走了话题："三亚去年夏天我已经去过了，我倒觉得云南不错，到处都是风景，像大理啊、昆明啊，这些地方都好出名的，而且云南四季如春，正适合咱们去呢，大家说是不是？"小张不仅将话题抢了过去，而且还说得津津有味，经理面子上有些挂不住，表情也显得很不自然，但小张根本没注意到这些，只顾自己说。

在倾听领导说话过程中，不要随意打断领导的话，这一点是相当重要的。随意打断领导说话会打击领导的热情和积极性，而且这也是一种不礼貌的行为。尤其是当领导情绪不佳的时候，打断他的话无疑是火上浇油。因此，在领导说话时，下属最好不要随意插话或接话，更不要不顾领导喜好更换话题。有时在倾听过程中，领导的某些观点可能会有失偏颇，也可能不符合你的口味，但是作为下属应该记住：领导毕竟是领导，即便是他不对，你不能直接批评或反驳他的观点。

金钥匙

在倾听过程中，态度不够认真，比如自己玩手机，或跟身边的人聊天，这算是有失礼仪；如果抢过领导话题，自己开始大谈特谈，或者随意插话，直接反驳领导的观点，这也就是反应过度了。这样的一些行为都会让领导心生反感，因为感觉说话被无礼地打断了，感受不到下属的尊重。

第六章 解析不同，聆听各类型领导说话有妙招

在我们身边，有各种不同类型的领导，这些不同类型的领导，其说话方式也是有所差别的。因此，面对这些领导，作为下属，应该选择不同的倾听方式，以此准确地揣摩出领导话里的真意和本意。

第一节 静心顺从地听严厉性急领导说话

在我们身边有一些严厉、性格比较急躁的领导，由于性格的原因，导致了其说话方式的不同，他们通常会以命令式说话，比如“把这个资料传下去”、“上次那个文件，赶快给我交上来”，语气比较严厉，语速比较快。

在这里我们所说的严厉型领导，主要指的是工作的严厉，也就是仅仅处于工作的需要，表现为语言上的威慑力。在日常工作中，领导的权力越大，职责越重，压力也就越大。但人的精力总是有限的，当领导将主要的精力都放在工作上时，作为下属，就不需要苛求领导自己疏导情绪。当下属倾听严厉型领导说话时，不仅需要保持静心的姿态，而且还要反思自己：是否自己的工作能力达不到领导的要求；是否自己的工作效率跟不上领导的节奏；是否自己的工作主动性欠缺。从自身的原因找问题，从而逐渐提高自己的工作能力。如果你的工作能力真的比较强，那严厉型领导也不会再说什么苛刻的话了。

小雪的领导是公司负责研发的副总，不仅是一个典型的工作狂，而且非常严厉。当他向小雪交代工作时，总是用一种不耐烦的口气说话：“打一下这个！”或“复印10份”，从来不会说“请帮我打一下这个”或“劳驾帮我把这个复印10份”。刚开始的时候，小雪十分不习惯领导这种家长式的工作作风，每次接受工作之后都要在心里嘟囔“我是秘书又不是你的丫环”，甚至多次产生了辞职的念头。有次她在复印之后，把材料往领导的办公桌上一扔扭头就走。

没多久，领导让小雪去他办公室，小雪心想，自己反正要辞职了，姑且听听这位领导怎么说吧。于是，小雪去了办公室，打算整个过程不说一句话，就看领导怎么说。领导一边整理文件，一边说：“小雪，你来公司好几个月了，我觉得你好像并没有认真听我说话，总是一副漫不经心的表情，这样的态度我最看不惯了，我说什么，你就应该听什么，听完了就应该按照这个去办……”小雪没吱声，假装表现出一副顺从的姿态。过了一会儿，领导的话锋突然转了，他说：“这次就说到这里吧，其实你工作一向不错，我挺看好你的。”小雪有些惊讶，没想到这位严厉型的领导原来并没有想象中那样难以接触。

在现实工作中，有的领导显得非常严厉，动不动就训人。其实，这样一些外表盛气凌人的领导并没有想象中那样难以相处，他们所看重的就是下属的顺从，尤其是当他在说话时，若下属表现得心不在焉，或是漫不经心，领导就大为恼火。相反，如果在领导说话时，下属表现得很安静且顺从，那领导觉得这个下属应该是蛮不错的。

金钥匙

在倾听严厉性急的领导说话时，千万不要表现得不耐烦，或者是心不在焉，这会刺激严厉性格的领导，他们会觉得你不尊重、不重视、不顺从自己的旨意。对此，在倾听的时候，下属应该像坐在课堂里的学生一样，静心顺从地听他说话，仔细揣摩话里的真实含义，如此才能更好地完成工作。

第二节 沉默寡言的领导说话，字字认真听取

在日常工作中，我们经常会遇到这样的领导：沉默寡言，很少说话。当然，领导之所以有这样的特征，有可能是自身性格比较内向，也有可能是出于领导这样的特殊身份。因为人一旦可以在一群人面前无所顾忌，他自己的行为自然就会放纵一些，有的领导者之所以不愿意多说话，也是为了保持自己作为领导者的神秘性。既然领导的话太少，那下属能够倾听到的言语就更少了。生活中许多东西往往是物以稀为贵，也就是说越是不怎么说话的领导，他偶尔说出的一些话那就是绝对的金贵，容不得下属错过或漏听。因此，在对待沉默寡言的领导说话时，作为下属，应该认真倾听，听清楚话里的每一个字，每一个词，以此才能准确地摸透领导内心的真正想法。

沉默寡言的领导通常会有这样一些行为特点，在工作中若是有下属向他汇报工作，他一般会“嗯”、“好的，你把文件放在这里吧”、“哦”，他很少会面对下属高谈阔论，甚至多说一句话的情况也是少有的。这样的领导通常都会以正常的工作程序来传达自己的旨意，或是直接吩咐秘书安排工作。可能是由于性格上的原因，他们不擅长与人打交道，也不愿意在人前多说话。对于这样的领导，下属倾听的机会是很少的，因此，一旦他开口说话，那必定是难得的，而且其说话内容也是极其重要的。因为对于沉默寡言的领导，下属了解的机会太少了，只能通过其只言片语了解一二，这将意味着其话语中的每一个字词都需要认真倾听，稍有不慎你就会听错或听漏，这样就更难以对领导进行详细的了解了。

王总个性比较内向，鲜少说话，基本上在公司大会上只是将主要的工作安排完了之后就会宣布“散会”，多的一句话也不说。这对于其公司的下属来说，难

以听到王总平时所说的话。大家对于这位沉默寡言的领导既畏惧，又无奈。通常情况下，下属若是提交工作报告，王总也只是简单的一句话打发："先放在这里，我看过之后会让秘书交给你"。

公司职员小李觉得要想了解王总，就应该认真倾听他说话的每个字词，不漏掉一个字，一个词，这样才能准确地领会其话里的意思。

有一次，小李有幸与王总一起出差，他觉得这次完全可以通过王总的说话来对其做一个详细的了解。在飞机上，小李小心地询问："王总对于这次出差的项目有把握吗？"王总笑了笑，点点头。小李继续问："我就知道王总一出马，肯定啥事都能办成。"王总终于开口了："别这样想，年轻人，我也不是什么事情都能做好的，只能说我们需要尽力。这次项目如果能做好，就可以解决公司的融资问题，这对于我们整个公司来说都是很重要的，因此，到那边正式谈判时，一刻都不能放松。"瞧这话说的，原来领导工作很认真，而且还蛮谦虚的嘛，小李心想。

对于沉默寡言型的领导，不管是他安排工作，还是平时的闲聊，我们都需要字字听取，通过那只言片语来了解领导的方方面面。在上面这个案例中，王总是一个话很少的人，因此即便是路途中所说的几句话，也可以成为下属小李了解领导的突破口。果然，通过王总所说的那几句话，小李可以了解到他是一个工作认真、谦虚谨慎的领导。对领导有所全面的了解，下属才能游刃有余地与领导进行相处。

金钥匙

对于沉默寡言型的领导，我们需要认真听取其鲜少的话语，通过这些少量的语言，下属不仅需要了解领导的工作风格、性格特点，而且更需要了解具体的工作安排。因为对于沉默寡言的领导来说，他们会尽量用很少的语言来说明很多较为复杂的事情，可以说是惜字如金，有可能对于一件工作的安排，他们只是寥寥数语就交代完了，但下属有时却不太明白其中所表达的意思。所以，下属在倾听这类型领导说话时，需要一字一句听清楚，只有听清楚他在说什么，才有可能领会到其中的含义。

第三节 多言多语的领导说话，学会挑重点听

在工作中，我们经常看到一些领导喜欢说话，他们几乎是逢会必说，每说必长，而且一开口就是漫无边际，好似滔滔江河不绝。这样的领导说话有些啰嗦，在他们看来，说话就好像一场政治待遇，如果不说就会失掉身份。但对于这样的说话有没有效果，他们根本不会去关心，似乎那也不是他们关心的问题。有时候针对一个问题，这样的领导却是语无伦次，绕了大半天，还是不着边际，不得要领。如果倾听这样的领导说话，当然是很痛苦的，但作为下属，更需要配合领导说话的特点，从倾听中获取更多有用的信息。听这样的领导说话，下属就应该像一个过滤器一样，对于多言多语的领导，学会挑出其中的重点听，摒弃其中没有任何内容的东西。这样你才能真正听懂领导所要表达的意思是什么，也才能更好地落实到工作中。

公司部门的一个经理特别啰嗦，下属只要一进他的办公室，没有半个小时出不来。如果是销售人员进去，那最起码是一个小时。他还有个习惯就是喜欢临下班时找人进去汇报工作，一拖就是一个小时。许多下属摸准了这个习惯，通常是有事去找他就在办公室门口站着，一手拉着门，做好了随时走的准备。如果经理硬是要下属进办公室说话，下属也是站着，让他坐也绝对不坐，因为只要屁股落在凳子上，没半个小时是起不来的。此外，如果下属找他说这件事，他却能七绕八绕地将其他的几件事都说了，却还是没说到那件事情，常常是一句话重复几遍。

不过，办公室新来的职员小张却表示听经理说话毫无压力，这让许多同事大跌眼镜，纷纷追问：“你是怎么办到的？竟然乐意听经理说话。”小张笑着说：“其实，经理说话最大的特点是啰嗦，也就是重复来重复去，但其核心思想也就那么几个，我通常在听他说话时都是注意听其中的重点，其余的一概省略。就像昨天临下班前，经理把我叫到办公室，他一开口就是‘小张，你的专业不错，但还是需要虚心向身边的同事学习，尤其是办公室里的老王，他可是做企划案的一

把手……’后来啰嗦了一大堆，无非就是让我多向老同事学习，结果他还说到了自己工作时期的事情，反正扯得很远，我也就随便听听，不时点头，微笑，就这样，大概坐了半个小时，他就让我走了。其实，听这样的领导说话，千万不能表现出不耐烦，挑重点的听，一旦他说完了，也就不会再说下去了。如果你表现得很急，他估计还会说更多。”

有的领导在说话时，总是主观性地画蛇添足、添枝加叶，其实这就是赘语过多造成的。因为赘语占据了表述时间，结果干扰了信息交流，因此也就才有领导通常说了一大推，但却还是没涉及到重点。对于这样的情况，下属应该拿出自己的耐心和毅力，保持倾听的状态，但在倾听过程中，忽略掉话语中的赘语，记住重点内容，了解领导话语中的核心思想即可。

金钥匙

有的领导多言多语是由于重语现象造成的，也就是他们在进行语言表达中经常下意识地重复已经说过的话，这样就会给听众一种啰嗦好笑的感觉。但是，作为下属，如果观察到领导有这样的语病，不要讥笑，而是暗自将那些重复过的内容摒弃，选择话语中的重点听，这样你就会明白领导到底表达的意思是什么。

当然，可能不少的下属会反映，遇到这样多言多语的领导真是崩溃，十分钟可以说完的话，结果他硬是花了一个小时。虽然，我们不能否认这样的领导在语言表达中存在着种种问题，但他毕竟是领导，如果你总是怀着消极的情绪对待，那只会越来越听不懂领导话里的意思。领导与下属，永远需要下属去配合领导，因为领导只有一个，而下属却是不计其数。所以，如果领导说话比较啰嗦，也不要厌烦，挑其话里的重点听，偶尔也可以开开小差，这样既听懂了领导的意思，又很好地保留了领导的面子。

第四节 爱打击人的领导，多听其忠言

在现实工作中，我们经常会遇到“毒舌”类型的领导，可能用“毒舌”来形容太过于夸张了一点，但这样的领导平日最大的爱好就是喜欢打击人，他们总是喜欢“鸡蛋里面挑骨头”，无论下属的工作做得有多么完美，他都会进行百般挑剔，所说的话句句犀利，有某些脸皮比较薄的下属，可能会因此而被说哭，甚至会有辞职的想法。其实，对于这样的领导，还是有独特的聆听方式的。作为下属，面对这样的领导，当他在数落你的时候，需要端正自己良好的心态，不要太介意他的批评和打击，也许挑剔就是他习惯的一部分。此外，有些领导太过挑剔，可能并不是其本意，他也只是为了工作考虑，有可能下属某些工作真的做得不够好。当然，说话太犀利是有点让人难以接受，但所谓没有打击就没有动力，作为下属不要太在意领导话语中的犀利词语，而是学会辨其话语中的忠言，改正自己，争取将工作做得更完美。

办公室经常讨论的话题就是“毒舌”领导，同事们经常会感叹：“毒舌领导，你让我的自尊何处安放。”有的同事直言不讳：“我已经到了崩溃的边缘。”另外一位深受其害的下属也表示：“士可杀，不可辱，事不过三，再有一次类似的情况我坚决跳楼，不，跳槽！”原来，领导是一个喜欢打击人的“毒舌”，不管是犯点小错误，还是看不顺眼的小事，领导都会打击、调侃一番，而且那些语言十分苛刻犀利。

这不，刚刚毕业的小雨就遭遇了“毒舌”领导的打击。小雨本身是成都人，想在重庆找工作。对于这样如此平常的事情，领导也问：“你是成都人，为什么要到重庆找工作呢，成都不也有很多公司吗？”还好小雨并没有在意领导话语的犀利，而是真诚地回答：“因为我妈妈就是重庆人，我特别想回重庆工作，也希望给老家贡献一份微薄的力量。”似乎对这样的回答还算满意，领导就没再说话了。

不过，才上班不到一个月，小雨更是见识到了同事所说的“毒舌”。前不久小雨接待一个客户，由于自己准备不充分，让本来已经决定签单的客户变得犹豫起来，虽然最终还是拿下了订单，但领导却较上了劲：“你这么大个人，除了吃饭还会做什么？”小雨差点委屈得哭了，但她更明白，领导这样说话并不是真的

贬低自己，而是以挑剔的方式指出自己工作的失误之处。因为她并没多说什么，而是回答说：“真的不好意思，在今后的工作中，我一定做好充足的准备。”

在工作中，很多时候领导是正在气头上，说话难免有点口无遮拦，也没考虑到下属的面子，这是情理使然。通常领导们会有这样的犀利语言来打击下属“你写的方案还不如我念小学的女儿”、“你做事的速度比乌龟还慢”、“让你做个策划，你那个表情比便秘还痛苦”、“你一天板着脸，是我欠你钱还是家里死人了？”等等，不可否认，这样的语言确实比较伤人，但作为下属，更应该学会辨识话语中的忠言，比如“你写的方案还不如我念小学的女儿”，其本意是说“你的方案写得太糟糕，你应该好好努力改进”。

金钥匙

通常情况下，喜欢打击下属的领导一般都是追求完美的人，可能他们在语言表达上不太注意下属的感受，而是有什么话就一吐为快。看到下属在工作中出现了错误，他们内心是“恨铁不成钢”的，因此，才会将那种急切、愤怒的情绪通过语言表达出来。当然，如此表达出来的语言是不太中听的，有可能太过苛刻或犀利，甚至有可能把某些话说的太绝对。在下属看来，好像自己因为某个小错误就受到了领导的全盘否定，这确实是比较委屈的。但是，如果你换个角度思考，领导的话可能说得太苛刻，但其本意却是好的，他希望你能将工作做得更完美，让他再也挑不出一丝毛病来。

第五节 爱赞扬人的领导，虚心听其说话

相比较那些说话喜欢打击下属的领导，有的领导则格外照顾下属的情绪，他们更喜欢赞扬下属，有时候即便是一个微不足道的优点或长处，领导也毫不吝惜赞扬，在他们看来，赞扬下属是一件很有意思的事情。在平日的工作中，他们更愿意去发现下属身上的可贵之处，赞扬其优点和长处，促使其付出更多的时间和精力来为公司效力。面对这样的领导，作为下属，若是听到领导在赞扬自己，那更应该以虚心的态度倾听，以此才能博得领导的好感。但在实际工作中，有的下属觉得受到领导称赞是一件了不起的事情，是一件特有面子的事情，因此，他们在受到领导赞扬时通常会表现得异常夸张，想更多地展现自己的优点和长处，这样一来，稍有不慎就会弄巧成拙，反而让领导看见自己虚荣的一面。对此，面对领导的赞扬，最恰当的办法就是保持虚心的倾听态度，听出领导话里的期望，在工作中继续努力，以求在以后的工作中做出更大的成绩。

尽管，某些领导在工作中很喜欢赞扬下属，但并不意味着他喜欢那些骄纵跋扈的下属。他们更愿意看到下属能够认真对待自己的称赞，虚心接受，努力做到尽善尽美。因为领导赞扬下属的本意是为了激励下属，有时候领导更是为了赞扬而赞扬，可能只是一件小事，但领导却愿意以赞扬来激励下属不断进步。对于这样一些赞扬，如果下属内心比较虚荣，听了领导的几句好话就开始飘飘然，开始目中无人，骄纵跋扈，那这根本不是领导所想要的结果。于是，有的下属在听到领导赞扬之后，总觉得脸上有光了，原本恭顺的倾听姿态变得张扬起来，自认为跟领导关系很亲密，如此种种行为，在领导看来都是极为反感的。

公司张经理喜欢赞扬下属，不管是大事还是小事，只要下属能够认真完成，他都会送上一句称赞的话："做得不错。"即便是在现实工作中，张经理碰到秘

书也会称赞一句：“你今天的讲话稿写得不错，很有进步。”遇到公司门口的保安大叔，也会肯定一句：“工作辛苦了。”似乎，他总是能轻易的发现下属的优点，然后就会逐一称赞。刚开始，大家听到张经理的称赞觉得很高兴，总是虚心地听他说话。可时间长了，他们发现称赞人是张经理的一种习惯，于是大家渐渐地不再那样虚心了，甚至觉得张经理的称赞是缺乏真诚的。

这天公司来了一位新职员小松，他刚刚大学毕业，本身是一个谦虚谨慎的大男孩。当张经理拿到小松的个人简历，就忍不住称赞：“你们大学我去过，确实不错，不论是环境还是师资力量都令人称赞，我想从这里毕业的大学生肯定非常优秀。”小松谦虚地低下头，小声回答说：“您过奖了。”看到小松的反应，张经理十分满意，说道：“如果年轻人都像你这般虚心，我想他们找工作肯定不是难题。”

虽然，对于这种类型的领导来说，称赞下属已经变成了一种习惯，但我们不应该怀疑其称赞的真诚。可能他的出发点大多数是为了工作，但是一个毫不吝啬称赞下属的领导，那表示其本身是善于发现别人优点的。因此，对于这样的领导，下属应该从倾听中感受到其真意，保持虚心的倾听态度，从而赢得领导的青睐。

金钥匙

通常情况下，喜欢肯定下属、赞扬下属的领导，他们更愿意看见虚心、顺从的下属，因为他们称赞的本意是希望下属能够继续努力，将工作做得尽善尽美，而不是助长下属内心的虚荣心。因此，下属若是听到领导的赞扬，不要大意，更不应该表现出嚣张的行为，而是需要虚心听其说话，领悟领导话里所暗含的期望，从而把它当作自己努力工作的动力。

第六节 “温吞”的领导说话，学会耐心听

在现实工作中，有许多“温吞”型的领导，也就是他们说话语速过慢，就好像我们常说的“拉长腔”。实际上，领导在说话时，节奏过于缓慢，给下属的感觉是死气沉沉，毫无生气。如果是这样的领导说话，许多下属听着听着就会昏昏欲睡，于是，上下级的交流就成为了问题。这种问题的出现有两方面的原因：一方面在于领导说话在语句之间停顿的时间太长，半天才说一句话，他们大多养成了说话时间长、速度慢的语言表达习惯；另一方面在于下属没有足够的耐心，“温吞”领导说话除了说话比较慢之外，并不存在多大的语言表达障碍，在这样的情况下，只要下属多一点耐心，既然领导说话慢，那就慢慢听。这样一来，我们定能够听懂领导说话的意思。

许多领导对下属说话总是慢条斯理，娓娓道来，语速不温不火，其实这是有原因的。有的领导之所以说话比较慢，除了其自身的语言表达原因之外，还有这样三个原因：一是性格比较温和；二是由于说话经常不用稿子，需要充分思考，准确表达自己的思想感情；三是所说的每一句话都是带着感情的，而缓慢的语速更能表达出自己的感情。领导说话，一旦自己的语速慢了下来，自然就可以增加思考的时间，可以加强语言的感染力与领导魅力。许多领导深谙此道，他们在不知不觉中就会将语速慢下来。作为下属，虽然不是很明白为什么领导说话总是那样慢，但是面对这样的领导，你却依然可以变换自己的倾听态度。既然领导说话缓慢，那就拿出自己绝对的耐心，慢慢听其说话，相信你定能准确的领会到领导所表达的真实想法。

已到不惑之年的李主任平易近人，受人尊敬，不过，很让下属受不了的是他说话太慢。每每遇到下属，他说话总是慢条斯理，娓娓道来，语速总是很缓

慢。他通常开口就是："小张啊，我觉得你最近工作中出现了一些问题。"紧接着是短时间的停顿，而坐在他对面的小张却是着很着急，很想听到"自己到底出现了什么问题"。等了一会儿，李主任才开口："其实，你这个问题我早就发现了，只是工作比较忙，也没找你细说。"说完，又停了下来，小张真的想站起来大喊："到底是什么问题，你一两句就说了吧，真是慢得急死人了。"通常跟李主任的对话都是这样，对于一些性格比较急躁的下属就会不停地追问："什么事情？什么事情？"结果越是追问，李主任越是说得慢。

案例中的李主任无疑是说话缓慢的典型代表，他们好像一边在思考，一边说话，而且似乎还留给了下属一定的思考时间。但在现代社会，人们生活节奏比较快，面对这样不温不火的领导，下属们就受不了，总觉得听领导说话就好像在浪费自己的时间。

其实，如果换个角度想，如果下属能多一点耐心，多花一点时间来听领导说话，就可以准确地掌握领导话语中所包含的意思。如果下属脾气太急躁，往往听了领导的前半截话就走，就很容易在工作中出错。对于领导所表现出来的特质，下属应该积极配合，既然领导说话慢了一点，那就多花一点时间，耐心倾听其说说话。

金钥匙

经常有下属抱怨：领导说话为什么那么慢呢，说半句，下面的半句就要等上半天。大多数领导比较注重官腔，如果说话太快，有失自己领导的身份；还有的领导担心自己说错了，因此他们一边思考一边说，难免会慢一点。此外，有的领导说话比较慢，其实也是考虑到下属的接受能力，如果说话太快却表达不够清楚，这对下属落实工作也会带来很多的麻烦。对于这样一些理由，下属更需要拿出耐心，认真听领导说话，倾听时多花一点时间没关系，只要能切实理解领导的意思就行了。

第七节 指挥型领导，捕捉其说话时的思路

在我们身边有许多是“指挥型”领导，简单地说，也就是下任务型的领导，他们擅长向下属分配具体的工作任务，比如，他们习惯地说法是：“你，去，把这件事给办了！”或者是将一堆的工作具体分配到单个的职工手里。当然，领导在分配工作时，通常会以其个性习惯的思路说话。对此，作为下属，面对这样的领导，应该捕捉其说话时的思路，对某件具体的工作，到底是做什么，先做什么，后做什么，在具体操作过程中应该怎么做；或是针对某件工作的具体分配，自己需要负责其中的哪部分，配合哪位同事工作。这些问题都需要仔细辨别领导说话时的思路才能弄清楚，如果你只是单纯地听领导指挥工作、安排工作，那估计领导部署完工作后，你还是不知道该怎么去做。因此，面对指挥型的领导，我们在倾听的时候，应善于捕捉其说话时的思路。

这天小张被叫到办公室，听说是经理给自己部署工作。小张到了办公室，经理抬头说道：“请坐吧。”接着，他就开始发挥自己指挥型领导的特长了：“小张，你知道最近销售那边的工作出了点问题，许多新老客户的流失直接给公司造成了很大的损失，你本来是行政部的，但我现在想调你去销售部当经理。”小张露出惊讶的表情，经理笑着说：“这可是我经过两个月的考虑决定的，我看了你之前的工作档案，你曾经在以前的公司担任销售经理，工作做得有声有色，我觉得你有这个能力，肯定能胜任这份工作。你也知道，销售部如果不及时调整，那它就等同于一个虚设的部门，对公司起不了任何作用，我也正是考虑到这一点的。”小张明白了，经理正跟自己强调销售部门的重要性以及对自己的信任。

经理端着茶杯喝了几口水，润了润嗓子，继续说：“如果你到销售部那边去工作，我可以将这个部门全权交给你负责，包括人事安排，具体的分工你都可以全权

做主，我觉得你有这样的能力。当然，这是一个重要的决定，你即将负担的也将是一件重要的工作，我确信你能做好它。”小张完全了解了经理的想法，不过他还是小心谨慎地回答说：“这样吧，我先考虑考虑，不过我会尽快跟你答复的。”

在案例中，经理向小张所做的工作安排，称得上是典型的指挥型领导风格。一般而言，指挥型领导在说话时会有这样一些思路：通常领导向下属部署具体工作之前，一般会将为什么选他来完成某项工作的原因说清楚，而且着重强调积极的一面，向下属表示：你的特殊才能适合完成此项工作。同时，强调自己对下属的信任，让下属知道自己对完成工作任务所负的重要责任。

金钥匙

指挥型的领导，他们身上所呈现出来的是一种通过指挥下属完成工作的特点。这是许多领导经常采用的，也就是通过下达命令或者指示的方式让下属按照自己的指令去办事，最后完成指令上的工作目标。当然，领导在进行指挥工作时，通常会以说话来完成，其对工作的具体要求实际上是包含在说话的思路里。

作为下属来说，工作的积极性和热情都很高，但能力比较低，在这样的情况下，他们很容易听从指挥，而且他最信任的就是自己的领导。不过，在实际工作中，许多下属抱怨：“我根本不太清楚领导到底安排了什么工作，具体什么要求，我也没听清楚。”但事实上他真的听了领导所说的话，可以说是一字不漏地听了，但由于不太熟悉领导说话的思路，因而即便是认真地听了领导所说的话，但还是不太明白工作的具体要求是什么。

第八节 实操型领导，牢记其说话中的工作例证

在日常工作中，有的领导并不是指挥型领导，而是实操型领导。何谓实操型领导？顾名思义，也就是注重实际工作的操作性，他们在部署工作时，通常会以实际的工作例证作为模型，通过讲述实际的工作例证，试图让下属们明白其工作的具体操作流程。下属在面对这样的领导时，需要牢记其说话时的工作例证，领导在话中列举了什么样的例子，通过这些例子，你才能弄清楚工作的具体操作流程是怎样的，也才能在具体工作中准确的按照领导的旨意去完成，这对于较好的完成工作是有很重要的作用的。对于实操型领导来说，他们在说话时并没有过多的修饰，而着重实际工作，他们更愿意看到下属们能够按照自己的要求完成工作。因此，在他们的说话中，没有特别多的具体的工作安排，而是希望列举一些其他人在工作中的例子，以此希望下属能够借鉴一二，或者以此为戒。

通常大部分的领导都是指挥型领导，也就是向下属传达任务或命令，领导者本身不涉及工作的操作，他们只是在下属完成工作之后予以验收，从而提出适当的建议。而实操型领导就好像我们常说的“教练型”领导。比如，在足球比赛中，教练员的主要工作就是认真观察场上形势，快速作出反应，并采取相应的策略。球员配合是否到位，动作是否合理，在中场休息时指出这些问题，及时反馈。这时教练员既要为团队设目标，又要为每个人设目标，并对每个球员的行为进行修正。而在一个公司或企业中，教练型的领导所做的工作差不多是大同小异的，在工作执行或部署中，领导会像教练一样手把手地指导下属，通过实际的工作例证来说明具体的操作问题。

在公司大会上，总经理说到了最近销售部门出现的问题：“据我所知，上个月是咱们公司接到投诉电话最多的一个月，具体原因我不知道为什么，但是我只需要告诉你们一点，那就是在处理客户投诉时一定要换位思考，站在客户的角度

去思考问题，弄清楚客户为什么会投诉，为什么会生气，是不是真的是自己做得不够好，切忌以毫无礼貌的方式来处理客户的投诉。”说着，总经理眼睛扫视了台下的职员们，停顿了一秒钟。

接着，总经理继续说道：“在这里，我不得不列举一个例子，就在前天，我一个亲戚购买了咱们公司的产品，但不幸的是，在他使用产品的第一天就出现了问题，所以他打电话给公司的售后部门，想问清楚这是怎么回事，没想到我们当时值班的工作人员仅仅以一句话就搪塞了过去。当时，那位员工是这样说的‘我不知产品会出现这样的问题，是不是您自己的原因，因为您是第一个打电话来投诉的人’。在这里，我也不想指出那位员工的具体名字，但我想问大家，真的是这样吗？面对顾客的投诉，我们需要礼貌对待，搞清楚问题究竟是什么，然后及时想好对策，目的只有一个：那就是帮助顾客解决问题，而不是人为地设置公司与顾客之间的沟通障碍。”

在经理说话的过程中，职员小王一直很注意地听领导所讲述的工作例子，并在不断地回忆自己在工作中是否出现过这样的问题。这是因为小王在跟随经理工作的一年多时间里，他早就看出来经理是一位实操型领导，他只注重工作的实际操作性，其余的他倒是不怎么在意。

通常情况下，实操型的领导在说话时会列举一些发生在日常工作中的例子，以此来给在座的下属一些工作上的启示。这样的领导大多是经验主义者，他们会不断地收集工作中出现的反面例子或正面例子，并将其应用到说话过程中，以此来提醒员工在实际工作中所需要注意的或应该遵循的原则。

金钥匙

在工作中，实操型领导在说话的时候，真正用理论论述的时间比较少，他更多的是用实际例子说话。对此，作为下属，在倾听领导说话时，需要特别注意领导者在说话时列举的工作例证，仔细分析工作例证中的问题，是反面例子还是正面例子，只有认真分析了之后，你才能在实际工作中避免失误的发生，并促进工作有效地进行。

第九节 理解外籍领导说话的独特方式

现代社会，随着全球化日益加剧，越来越多的公司有了外籍领导的加入，甚至这些外籍领导会直接负责我们的工作。对此，作为每一位下属，应该尽量熟悉外籍领导独特的说话方式，以免在正式接触中发生误解或误会，甚至闹出笑话。相比较中国的传统文化，国内的大多数领导者说话都比较含蓄、委婉，下属常常需要揣摩话语背后的含义。在这方面，亚洲各国籍的人说话大概都是如此，比如日本、韩国等等。但若是欧洲国籍的领导者，他们的说话方式却是迥然不同的，他们的思维是比较直接的，可能心里想什么就说什么，他们的话语并不存在表面含义和深层含义。因此，当我们需要与这样的领导沟通时，你只需要领会其字面意思就行了，如果你还是像对待本国领导者一样，极力去寻找字面以外的意思，那反而会弄巧成拙。

最近，公司新调来一位日本籍领导，下属们都纷纷抱怨“日本人是出了名的工作狂人，看来咱们要吃苦头了”、“日本人说话很麻烦，动不动就是‘谢谢、对不起、不好意思’之类的，真要命啊，好像每说一句话都需要敬词”、“就是，就是”。听完了这样的讨论，大家的眉头都成了“川”字形状，正思考着如何应对那位外籍领导呢。

不过，在随后的接触中，下属们就发现了这位外籍领导者独特的说话方式。首先，他们发现那位日本籍领导说话很注意礼节，虽然中国素来以礼仪之邦著称，但好像他说话显现出来的礼节更胜一筹。在他所说的话语中，“谢谢”、“对不起”、“不好意思”是最常用的。尽管他是一位领导，但对下属说话时经常会用到敬语和自谦语，比如在向下属说话之前，一般会说“不好意思、打扰一下”，说话之后，尤其是征询了下属的意见之后会说“谢谢，给你添麻烦了”，在委托下属帮忙之后，一定会说“拜托你了”。总而言之，在与日本籍领导沟通的过程中，下属们所感受到的就是“诸多的礼节”。

虽然，日本也是亚洲之内的国家，日籍领导的说话方式与我们传统的说话方式是大同小异的，但论其具体差异，还是会有细微的差别。日本是一个注重礼节的国家，因此，在他们说话中会体现出“礼节”这样的特点来，说话很客气。下属在初次遇到日籍领导，如果领导说“给你添麻烦了”，不要觉得这就是对自己的器重，这本身就是日籍领导独特的说话方式。

小吴在外企公司上班，这本是朋友们都羡慕的一份差事，但小吴却是有苦说不出，她的烦恼就是如何与那些蓝眼睛、黄头发、高鼻梁的外籍领导打交道。小吴外语还可以，但令她觉得惊讶的是，这一个个在中国呆了很长时间的外企领导，几乎每个人开口都会说那么一句汉语，但因思维方式的差异，外籍领导通常是用中国话来表达外国人的思维，这很让小吴摸不着头脑。

不仅如此，外籍领导者还有一套他自己思维方式的幽默，有时会让中国同事开口大笑，有时却让这些同事听不懂。有一次，在一次酒会上，小吴端着酒杯坐在角落里，这时部门的外籍领导约翰走了过来，向小吴伸出右手，并打招呼：“来，咱们用中国式的握手打个招呼。”小吴礼貌地伸出右手，双手紧握的那一瞬间，约翰惊叫起来：“天哪，你的手怎么这样冰凉呢？”小吴哭笑不得，不知道怎么回答，只好实话实说：“今天天气比较冷，所以手很冰凉。”没想到，约翰笑着说：“跟我共事了这么久，你还是没学会美国式的幽默，你应该回答说‘虽然我的手是冰冷的，但心却是热的’。”说完，自己忍不住笑了起来，小吴也为自己的实话而笑了。

相比较含蓄的亚洲人，欧洲的人说话比较直接、夸张、随意。平时在办公室，经常听见的就是外籍领导夸张的说话方式“天哪，这个文件怎么可以见人呢”、“亲爱的，没有人告诉你，这个规定是不能违反的吗？”、“你是否能告诉我，这个工作的秘密是怎么传出去的”、“糟糕，你已经让我忘记了该说什么了，让我想想”。听到外籍领导这样说话，给我们的第一感觉就是“夸张、随意”。

金钥匙

如果你的上司也是外籍领导，不要烦恼，也不要急于与之交流，而是需要在旁边仔细观察其独特的说话方式，了解了其中的真意再与其正式接触，这样才避免你在沟通过程中出现矛盾或误会。

第七章 层次清晰，巧妙对待不同级别的领导说话

日常工作中，“领导”所包含的身份也是挺多的，不仅仅是指我们的直属领导，还包括了各个不同级别的领导，比如法律部门的领导，正副领导以及最高领导。我们在倾听不同领导说话时，既要分析各级领导的说话角度，加深理解，又要权衡利弊，有选择性地听取领导的话。

第一节 直管领导说话要优先听从

作为下属的职责，应该是优先听从直管领导说话。何谓直管领导？也就是直接负责我们工作的领导，直接管理我们的领导，我们与直管领导之间存在着直接管理和责任问题。也就是说，这位领导与自己有直接的关系，比如，我们每天都需要向他递交工作报告，有可能每天都需要向他请示与工作相关的问题，当然，可以说他是我们见过最多的领导，也是我们最为熟悉的领导。虽然，直管领导对于我们来说，很熟悉，就好像一个大哥哥，或者就好像一个父亲一样。但是，在工作中，我们还是不应该忘记了上下级之间最起码的工作职责，那就是优先听从其说话，这不仅是一个下属应该做好的本份工作，而且还会有效地维护领导的面子。如果直管领导知道你对他的话言听计从，那他会对你心存好感，在工作中也

会格外地照顾你。

在现实工作中，由于下属与领导太过熟悉，经常会看到他们与领导之间说话嘻嘻哈哈，常常开玩笑，甚至会与领导讨价还价，与领导谈条件。实际上，这都是一些不妥当的行为。当然，我们非常提倡下属与领导打成一片，但并不是说可以在工作上与领导谈条件，或者是不怎么听从领导的工作安排，这种行为会削弱上下级之间的管理与被管理的关系。下属与领导，首先是管理与被管理的关系，其次才可以是朋友。也就是说，在工作中，下属需要听从领导说话，而且是优先听从，这是一种下属的职责，更是对直管领导的尊重。优先听从直管领导说话，也就是说，当直管领导与其他的领导同时在说话时，你需要遵循的原则是：优先听从直管领导说话。因为你是直接向直管领导负责，而不是向其他的领导负责。

早上，办公室主任老张将小王叫到了办公室，向他安排当天的工作："小王，上午你只为我做一件事情，这里是上级传下来的学习文件，你赶快去复印100份，盖上咱们办公室的印章，将其中的20份通过传真传给其他的分公司。这个文件很急，所以你务必在上午完成任务，现在我将文件以及分公司的传真号给你，你赶快去办吧。"小王接过文件，点点头转身走了。

过了许久，老张想看看小王工作得怎么样了，去了一趟文印室，结果发现小王人也不在，那叠文件还放在那里。老张有些生气，赶紧打电话给小王："你去哪里了？赶紧回办公室。"不一会儿，小王气喘吁吁地跑到办公室，问道："主任，有什么事吗？"老张十分生气："早上才吩咐你干的事，你在干啥呢？文件还放在这里，你到底干什么去了？"小王解释说："销售部门范经理让我帮忙送一个文件，也不远，我想做完了回来还有时间，就去了。"老张听了更是火冒三丈："小王，你记住你是我的下属，对于我的话，你应该优先听从，而不是先听别的部门领导的，还为他们做事，你是直接向我负责，知道吗？"小王低下头，不吱声了。

在案例中，对于直管领导的工作，小王并没有拒绝，但是在执行过程中却出现了一个问题，有其他部门的领导提出帮忙的要求，没想到小王竟撇下自己部门的工作，先将别的部门的事情做好了。当然，小王在这件事上所表现出来的助人为乐的精神是好的，但是在公司或企业，并不需要下属的这种精神。作为下属，就应该优先听从直管领导的话，认真完成直管领导安排的工作。

金钥匙

优先听从直管领导说话，意思就是在所有的工作中，应该优先完成直管领导吩咐的工作，即便是在最高领导面前。因为无论怎么样，你的工作是向直管领导负责，哪怕你为最高领导做了某些工作，但你还是直属于自己的直管领导。此外，在所有关于工作的部署中，你也应该优先听取直管领导的意见，而不是其他领导的意见，你的工作完成得如何，是需要直管领导来评价，而不是其他的领导评价。因此，在工作中的任何时候，我们对于直管领导的话，都需要优先听从。

第二节 法律为基石，法务部门的话是准则

在一些上市公司或大型的企业，其内都设有相关的法务部门。通常来说，法务部门的核心工作包括：代表公司处理公司法律纠纷，维护公司合法权益；拟定并完善公司规章制度、各种合同等相关法律文件，提出法律化文件；对公司知识产权进行保护，维护公司自主研发品牌；必要时参与公司商务谈判，对公司重大决策进行风险评估并建立有效风险评估机制；推动公司上市，扩大公司影响力；代表公司追讨债务，必要时进行诉讼维权，保障公司资金正常运行。一个公司或企业的发展壮大，不仅需要领导高层果断的决策，而且还需要公司完善的法律化建设，只有这样才能够推动公司上市并为公司的长远发展以及公司法律权益的保

护打下良好的基础。对此，对于公司来说，法律为基石，自然而然，法务部门的话就是准则。作为下属，不管你隶属于哪个部门，你的直管领导是谁，但在工作中与法务部门打交道的时候，应该认真倾听他们的建议，并将此作为工作的准则。

在平日的工作中，法务部门的工作内容有这些：定期对员工进行法律培训、宣讲，增强公司员工法律意识；拟写、审阅、管理公司各种合同文件；处理公司日常法律咨询工作；制定系统的商业风险有效评估机制；利用个人资源解决公司法律纠纷，维护公司合法权益；配合公司相关部门完成公司上市计划；对公司日常经营管理提出法律建议；代表公司追索债款。在实际工作中，法务部门的功劳也是不可忽视的，比如签署一个合同或合约，应该先交给法务部门把把关，验证这份合同是否具有法律效应，以免其中有漏洞，这对员工的日常工作也算起到了保障作用。

小王才来公司不到一个月，之前一直听说公司设了一个法务部门，但也没怎么打交道。最近，公司举办了一次培训，对方公司发过来一份合同，需要领导签字，而领导则吩咐小王先去做申请，但申请交了快一个星期了，好不容易快完成了，却被告知卡在法务部门那里。小王跑去询问缘故，法务部门只说了一句话："这种合同不需要，我们发布部门审批的，你再重新提交吧。"

小王觉得很泄气，好不容易快完成了，没想到法务部门却如此不留情面，想想自己在别的公司工作多年，是拟写合同的老手了，怎么还出现了法律上的问题呢？小王继续说道："这个合同到底有什么问题？你直接告诉我，我也好重新写啊。"法务部门的一位代表说："言辞不够严谨，这很容易出现法律上的漏洞，如果对方公司法务部门做事很精细，很容易就看出问题，到时候受损失的也是我们公司。"小王不太明白："可我过去在其他公司做事的时候，都是这样写的，一次问题都没出现过呀。"法务部门的代表说："一次没出问题，并不代表它本身没有问题，等出了问题，已经为时已晚了，我们都是学法律专业的，你听我们的吧，赶紧重新准备一份材料。"听了这话，小王算是明白了，幸亏自己问明白了，否则就酿成大错了。

案例中，如果小王擅自作主，不听法务部门的建议，那就很有可能因为一份合同而给公司带来损失，法务部门的工作职责就体现在这些地方。因此，对于那些不懂法律的员工，需要认真听取法务部门的意见，千万不要自以为什么都懂，结果却是漏洞百出。

金钥匙

从某种角度来说，法务部门不仅仅是为公司服务的，有时也是为员工服务的。比如法务部门所负责的《劳动法》中的劳动合同的制订、履行，用人单位以及劳动者的权利义务以及劳动者的社会保障等一系列制度的完善，这些都是站在员工的角度考虑的，给予员工应有的权利以及员工保障。因此，对于法务部门所说的话，我们应该认真听取，并将此作为重要的工作准则。

第三节　多方领导说话，着重获取异同

在日常工作中，最令下属头疼的事情就是面对几位领导说话，这时候到底该听谁的呢？如果只听从其中一个领导的意见，那无疑会得罪其他领导；如果都听他们的，但几位领导的意见毕竟不统一，这时该如何办呢？实际上，下属在听多方领导说话时，应着重获取其中异同点，也就是收集多方领导语言表达中的共同点，分出其不同的意见，再看看这些不同的意见都是分别出自于哪个领导的，逐一权衡，才会得出最终的结论。当然，在这个过程中的工作是极其繁杂的，也是很费脑筋的，因为你不仅需要认真听每一位领导说话，还需要记住他们所表达的建议和想法，再综合了领导们的意见，最后权衡到底是听哪种意见。尤其是遇到其中的某两位领导之间有矛盾，那就更糟糕了，因为你免不了会得罪其中的一位。实际上，这还是有办法的，作为下属，你不能擅自作主决定听谁的，但你可以把所有的意见都综合起来，找出相同的，那差不多就算是这几位领导共同的意

见了，至于不同的部分，你可以逐一请示，征求相关领导的意见。

下属同时听多方领导说话，最忌讳的是只听一个领导的，这时你将其他领导的面子搁在哪里呢？或者说只听其中一两个领导的，忽视其他领导的，这都是下属很容易犯下的错误。既然是多方领导，那表示他们职位的高低是差不多的，因此，在听取多位领导意见时，需要遵循的原则是：综合他们的意见，将他们共同的想法归纳起来，至于他们所提出的不同意见，你可以继续征求领导们的意见，以求达成最后的共识。这样才是妥善的处理方式，既表示你尊重了他们所有的意见，又给足了所有人的面子，因此，对你最后的综合意见，领导们应该是极力赞同的。作为下属，在听领导说话时，该有的智慧还需要具备，灵活多变，着重获取几位领导的异同点。

小张作为员工，参加了几位不同部门领导所参加的研讨会议。主要是针对公司最近新推出的一个项目——巨新产品，在座的有生产部门的领导，销售部门的领导，市场部的领导以及行政办公部门的领导。

研讨会议一开始，生产部领导就发言说："对于这个产品，我们部门正在加紧赶制，质量方面，那天上级领导也去视察，都挺满意的，我自己每天也去视察车间工作，争取将每件产品做得完美。我本身是负责生产部的，对于市场、销售也不太懂，但直觉告诉我，这个产品应该会轰动市场的。"这时市场部领导说话了："你的直觉一向不怎么准啊，上次说那个什么产品会一炮而红，结果还不是失败了。我最近考察了市场，打算将产品定位在年轻人身上，因为他们朝气蓬勃，适合这样的产品，我的计划是先做做宣传，打开市场局面，之后的工作就看销售部了。"

销售部领导又提出了不同意见："你的市场定位要做得准确，我觉得除了年轻人，稍微成熟一点的中年人也是蛮适合的，咱们部门的几个跨入中年的同事，听说了这个新产品，都有想试一试的冲动呢，我们部门最近正在制定销售策略，如果你们市场定位比较准确的话，那销售应该是没问题的。"

听完了三位领导的发言，只见小王在记录本上记着："产品生产方面已经没什么大的问题，质量有所保证；至于市场这一块，宣传，打开市场，这都是市场部门相应的工作之一，定位方面存在一点小问题，到底是定位年轻人还是年轻人和中年人呢？在销售方面，正在制定销售策略。”

案例中，小王的会议记录综合了三位领导的意见，如此的倾听算是有效的，没有偏袒任何一位领导，也没有仅仅听从哪一位领导，而是将三位领导所说的异同点都听了进去，这对于实际工作的展开与执行是很有帮助的。

金钥匙

在日常工作中，我们经常听到这个领导这样说，那个领导那样说，到底该听谁的，自己也搞不清楚。对于这样的情况，我们应该将他们的意见综合起来，着重强调其异同点，也就是所谓的求同存异，这就算是听从了多方领导的意见，这样的方法对和谐领导之间的关系以及实际工作的展开都是有重要作用的。

第四节 正副领导的指令，听取执行要调和

在每个公司或企业，无论是哪个单位的领导都有正副职，有的虽然部门很小，但也需要听从这两位领导的安排和调遣。然而，最让下属感到很为难的是，当这正副领导的声音不一致时，作为下属，到底应该听谁的呢？可能有的下属会认为，还是听正领导的，因为他官比较大，那对于副领导来说呢？他可能会想：既然你什么都听正领导的，那还要我这个副领导干什么呢，以后什么事情都通通去找正领导好了。这样一来，你虽然迎合了正领导的旨意，却不小心得罪了副领导。因此，在遇到这样的情况时，不要直接说听谁的，而是需要在听取时调和他们之间的意见，尽量让他们的意见达成统一，这样我们的工作也好开展。

当我们尚未正式踏入职场，在面试环节我们也会遭遇这样的提问：如果单位的正、副职不和，而且经常给你下达截然不同甚至互相冲突的工作安排或指令

时，你将如何处理？这主要是考察我们的职场应变能力，于是，各种答案花样百出：看谁的后台硬一点，看还有多少年退休，看他是否还有升职机会，或许说看谁的指令比较正确，对单位或大众比较有利的，就按照这个指令去执行。其实，这些答案都比较欠妥，有的甚至直接跟自己的个人前途挂钩，这是极其不恰当的。

马哥在一家运输公司管理车队，下属都称“车队长”。本来也就只有他这样一位正的车队长，可最近领导觉得有必要提拔一个副队长，于是就从下面的司机中挑选出了一位副队长，以此协助马哥的工作。看着以往的下属竟然差点与自己平起平坐，马哥心里自然不是滋味，于是，在很多时候，他都故意与副队长对着干。这样一来，下面的司机可苦了，尤其是当两人下达的指令不同的时候，根本不知道该听谁的。

有一次，小王司机的车子在半路坏了，他首先的反应就是打电话告诉副队长，因为这些事情应先向副队长报告：“副队长，我的车子在半路坏了，怎么办呢？这里离公司有很远的一段距离呢。”副队长问道：“在附近有修理厂吗？具体是什么问题，如果及时维修的话，需要多长时间。”小王司机回答说：“我正前方倒是有一个修理厂，就是一点小问题，应该花不了多长时间。”副队长直接吩咐：“那你直接开到那个修理厂维修，修好了继续完成这次的运输任务。”这时小王司机从电话里听到马哥的声音：“我们公司有修理厂，为什么要弄到别的修理厂？这样，你喊他慢慢开回公司，在公司的修理厂维修，这样更有保障一些。”一时之间，小王司机也不知道该听谁的，索性将车停在路边。

过了好半天，还不见领导打电话来，难道还没商量出来？这时小王主动拿起电话打给马哥说：“这样吧，我先去前方的维修站看看，若是能维修，我就先简单弄弄，等到能坚持把这趟货送完，工作任务结束后，我再将车开回公司，放在公司修理厂维修。”马哥听了，觉得这个方法可行，又告诉了坐在旁边的副队长，两人都觉得还可以，于是就答应了小王司机所提出的建议。

案例中，正队长希望司机把车开回公司修理厂维修，而副队长考虑到工作的需要，希望可以就地维修，节约时间。就这样，正副领导就因为这个简单的问题争执了起来，幸亏小王司机比较聪明，他较好地结合了正副领导的意见，综合起来，彼此调和，既执行了副队长的指令，又执行了正队长的指令，更意外的是，这个意见是正副领导都答应了的。这样一来，执行任务也就没什么问题了。

金钥匙

我们应该很明白，无论两位领导的意见如何不同，但工作是第一位的，领导们的意见不同，也是基于要把工作做好这个最终目标。对此，如果两位领导意见不合，那作为下属应该极力调和彼此的意见，无论最后采取的是哪一位领导的意见，作为下属应该无条件服从领导，认真完成任务。这样一来，相信领导们为了工作，一定会在综合各自意见的基础上，得出一个最具科学性、合理性的最终方案。

第五节 尊重各部门领导，与本部门保持一致

作为下属，不仅需要优先听从自己的直管领导，而且还需要尊重其他部门的领导。当其他部门领导在说话的时候，即便他并不是你的直管领导，甚至你不认识这位领导，但论职务你还是下属，那就应该表现出对领导的尊重，保持倾听的姿态，认真倾听，不插话，不随意打断对方的说话。这对其他部门的领导来说是一种尊重，对下属本身来说更是一种修养。除此之外，对待各部门领导的态度，还应该与本部门保持一致。也就是说，各部门领导与本部门关系怎么样，是亲还是疏，作为下属都应该牢记，当自己需要与各部门领导打交道的时候，这样的关系需要保持一致，你既不能过分疏远，也不能过分亲近，保持相对的距离。这将表示你与本部门是一个整体，你对待其他各个部门的态度应该是一样的，如果你

表现超过了度，那本部门的领导或同事将会不把你当作整体的一部分，他们会渐渐疏远你。

在现实工作中，每个公司或企业由于不同的职责而将整个公司或企业分为大小不一的部门，这些部门是相对独立的，却又是紧密相连的。这是因为每个部门所负责的工作是不一样的，比如有的负责生产，有的负责销售，有的负责售后，有的负责市场等等，但同时，各个部门的工作结合起来就是一个整体。通常情况下，部门之间既是一种合作关系，又是一种竞争关系。因此，不同部门之间，他们的关系往往是微妙的，这主要体现在领导或员工身上，既不亲近，也不疏远，彼此所保持的是一种适当的距离。这样一种情况将决定着你既不可以随便跟其他各部门领导保持亲密的关系，也不要过分仇视某个部门的领导，即便是你一个人的态度也将会影响部门之间的关系。作为下属，你对待其他部门领导的态度，应与本部门保持一致。

小王是销售部的一名职员，不过，令许多同事感到奇怪的是，他与销售部的经理关系并不怎么样，似乎只存在着工作上的关系，倒是与那市场部经理关系很亲近。刚开始有同事好奇地问："你这不是叛徒嘛，谁都知道，市场部和销售部是竞争对手，平时两个经理见面也仅仅是点头打招呼而已，你还跑去巴结市场部的经理，这要是咱们经理知道了，我看你是吃不了兜着走。"小王一副无所谓的表情，回答说："本来我就不喜欢销售部，更不喜欢这个经理，说话总是打官腔，谁愿意听啊，相反，市场部经理好多了，常常为员工着想，我很愿意交这个朋友呢。"同事没话说了，叹了口气就走了。

后来，小王经常跟市场部的经理走得很近。这天小王与市场部经理正在走廊上谈话被销售部经理看见了，只听市场部经理说："看到你，就想起我当年才毕业的时候，也跟你一样，性子倔，不听别人的劝说，执意做事，可如今我身上那些棱角已经被磨平了。"小王笑着说："您这叫成熟了，我最欣赏的就是您这样睿智的领导。"两人都笑了起来，他们都没注意到一直站在不远处的销售部经理。

没过多久，销售部经理借故炒掉了小王，理由是工作态度不认真。而小王本来打算去市场部那边发展，岂料市场部已经不缺人了，他只好灰溜溜地离开了公司。

在日常工作中，我们要尊重各部领导，认真听他们说话，但并不意味着你需要与这些领导打得火热。对待其他各部门领导的态度，你需要与本部门保持一致，也就是尽量保持不亲不疏的关系，千万不要自以为觉得交际能力强，哪个部门的领导都卖面子给自己，因此与他们都保持一种较为亲密的关系。在这时，你的直管领导会怎么想呢？他会觉得你在部门内部不够团结，而且你若与他的竞争对手拉拢关系，无疑是不给直管领导面子。这样一来，你的后果将是可想而知了。

金钥匙

在工作中，只要我们的职位是下属，而非领导，那你就需要对其他各部门的领导给予尊重。不过，与这些领导应该保持什么样的关系，那应该与本部门保持一致，也就是本部门与这些领导是亲还是疏，那我们所维持的关系就应该是一样，而不是擅自做主去与这些领导维持另外一种关系。

第六节 最高领导说话，谨记话语重点

通常情况下，如果你只是某个部门的普通员工，那是很少有机会见到公司或企业的最高领导的，更是很少有机会听到他们说话。不过，若是有幸听到最高领导说话，那作为下属，更应该谨记话语的重点，领悟最高领导话语中所包含的意思。对于一个公司或企业来说，最高领导并不会经常出现在员工面前，因为他们有更重要的工作去做，他们所起的作用是统领大局。在日常工作中，公司的大事小事都会有相关的人员去处理，根本用不着最高领导出面。只是在公司的某些重要场合，比如周年庆典、公司股东大会等等，最高领导才会出现，而且会作相应的讲话。因此，对于一位普通员工来说，见最高领导一面很难，若是可以听最高

领导说话更是不容易。所以，如果真的有幸可以听到最高领导说话，那作为下属应该认真倾听，并谨记话语中的重点。

为什么一定要谨记最高领导话语中的重点呢？或许有人会说，所谓的最高领导说话，无非就是照着讲话稿念，经常出口的都是“必须”、“坚决”、“一定要”、“着力解决”、“认真贯彻”、“坚决执行”等态度坚定的词汇，对于这些四平八稳、不知所云的官话听不听都无所谓。尽管在现实工作中，有的领导身上会出现这样的风气，但对于大多数的最高领导来说，他之所以能处在最高领导这个位置上，那他身上必然有其卓越的地方，那是我们普通员工所不及的地方。在倾听最高领导说话时，就需要从其话里领悟到更多有用的东西，领会其精神实质，以此指导自己的实践。

在公司的开业庆典上，最高领导作了这样的讲话：

今天在这里隆重举行成都通达综合服务中心开业仪式，我感到十分高兴。成都通达综合服务中心的建立，使通达企业集团在汽车领域的强势基础上，更加深入到人民生活的方方面面，形成了多元化、综合性的市场格局。

通达企业集团一直以来以优质严谨的服务、热情周到的工作态度，受到了社会各界和广大消费者的充分肯定和高度赞誉，在成都形成了首屈一指的汽车集团化知名企业，为我市的各项经济建设和发展作出了卓有成效的贡献。

今天成都通达综合服务中心的建立，是通达企业集团更加深入开展客户服务和客户资源管理的重要标志。我们也希望通达企业集团能够不负众望，在此平台和基础上为广大消费者提供更加优质周到的服务，为促进社会主义和谐社会贡献一份力量。

成都通达综合服务中心的成立，既是对通达企业集团多年搞管理、抓服务、树品牌的进一步深入，也是集团下一步更加贴近社会、贴近生活、贴近广大消费者，进行人性化服务的崭新开端。在此，我们祝愿通达集团能够为社会、为客户提供更加优质、高效、全面而周到的服务，再次祝愿成都通达综合服务中心开业庆典取得圆满成功。

就在服务中心工作的职员小王一直在认真地听领导说话，尤其是“通达企业集团能够不负众望，在此平台和基础上为广大消费者提供更加优质周到的服务”，让他领悟到最高领导就是高瞻远瞩，同时他也希望自己能在工作中做到这一点。

虽然，在某些场合，最高领导的说话只不过是形式上的，但其中也有某些值得下属谨记的地方，比如对具体工作的要求，还有对某些工作所提出的要求，这些都是需要下属谨记的，而且在实际工作中一定要按照最高领导的旨意执行，这样才能有效地完成领导交给自己的工作任务。

金钥匙

由于下属很少有机会听到最高领导说话，所以，在最高领导说话时，下属更需要认真倾听。领悟其话里的意思，谨记最高领导的教诲，学习其身上可贵的品质，以此促进自己在工作上取得更大的进步。

第七节 加深理解，分析各级领导的说话角度

如果我们仔细观察，就会发现不同级别领导的说话角度是不一样的，因为他们的说话方式不一样，其出发点也不一样。对此，作为下属，应该学会分析各级领导的说话角度，这样才能进一步理解领导所说话语的真意和本意。通常情况下，级别不一样的领导，他们说话的角度也是不一样的。比如对同样一个问题，级别较低的领导者说话可能会 嗦 点，因为他说话会涉及到这个问题的方方面面；而级别稍微高一点的领导者则可能是寥寥数语就行了，因为他只是针对问题的大致情况总结说几句；如果是级别最高的领导，对某些细小的问题，他则有可能是一句话带过，或者是根本不说这个问题，对于他们来说，已经有人去处理这些小事，问题的具体情况也就不用细致考虑了。所以，只有我们在分析了各级领导的说话角度，才会更深入理解领导所说话的含义。

在一次公司大会上，先是由最高领导发言："这次大会算是年底的总结大会，希望大家能就公司近期所存在的问题说一说，以备今后更好地完善这些问题。"说完，就举手做了个示意，希望下属们纷纷发言。

最先发言的下属是公司销售部的一名代表，他并不是销售部的经理，而只是一名普通的员工。只听他说："在这里，我列举的是咱们销售部门统计出来的数字，也就是前几个月的销售成绩，我仔细看了一下，差不多是忽上忽下，不稳定，更不是层层递增，在这方面，有可能是我们销售部门工作做得不到位，具体的详情还有待调查。"

接着是销售部经理的补充："是的，关于这个问题，具体的情况还在调查之中，但我发现咱们的产品存在着一些问题，这是造成这个问题的直接因素，最近不少售后的员工接到了消费者的投诉，他们都说咱们的产品并没有什么效果，当然，这只是工作中反映出来的问题，我们还需要就实际情况做一个详细的了解。"

这时公司主管产品这一块的总经理说道："今天生产部门经理缺席了，好像就是为产品的事情出差了，这件事情我会查清楚的，现在需要做的就是将已经销售出去的产品收回，重新查看产品的结构图以及车间生产细节，查清楚问题出在哪里后，生产出全新的产品再投入市场。"

最高领导董事长总结说："大家把这件事情都说的差不多了，我所需要强调的是，这次产品投放到市场的数量还不是很多，因此弥补起来还算是容易的，如果产品销售出去的数量太多，你们怎么办？希望各部门的领导引以为戒，今后的工作中，销售部需要及时向公司反馈消费者的使用情况，如果存在什么问题，也可以得到及时解决。"

在这个案例中，各级领导都发表了说话，销售部门主要是说出问题的具体情况，但没轻易下结论。紧接着，总经理对整个问题进行了宏观地论述，包括如何解决问题都详细地说了出来。最后，公司最高领导董事长则发表了总结性的说话，先指出问题的严重性，提出了今后工作中需要注意的几个问题。在这个过程中，销售部门是站在提出问题的角度，总经理是站在解决问题的角度，而董事长则是启发性的说话，站在总体的角度。

金钥匙

在日常工作中，当我们涉及某些具体的工作时，就会有类似的层层申请，也就先向直管领导申请，然后再向上级领导申请，诸如此类的层层递进，最后才会将相关工作的手续审批下来。在这个过程中，如果你是一个细心的下属，就会发现每个级别的领导说话是不一样的。

有可能直管领导只会说："关于这个问题，我做不了主，我很想帮你作决定，但确实爱莫能助，这样吧，我可以先向上级反映一下情况，然后你再直接向上级领导提出申请。"等到了上级领导那里，可能他的说法也不一样："这个问题，你们领导已经跟我说过了，我觉得的是没问题的，但按照公司的程序，我还需要向最高领导请示之后才能答复你。"如果是到了最高领导那里，他所给予的回答只有两种可能：行，或不行。通过他们说话的不同角度，我们可以更为清楚地了解其话语里的意思。

第八节 权衡利弊，有选择性地听取领导的话

作为下属，在倾听领导说话时，也并不是什么都听，或者什么都不听，而是需要权衡利弊，有选择性地听取领导说话。在日常工作中，领导所说的话有可能是与领导相关的，也有可能是与工作无关的，这时作为下属，就应该权衡一下，尽量选择对工作有用的话题听，而对于那些无聊的话，则可以抛之脑后。领导者毕竟具有特殊的身份，对与领导相关的一些事情，除工作外，作为下属，知道得越少越好。领导所说的话，你若是什么都听，什么细小的事情都记住了，那如果领导的某些秘密泄露了出去，那他估计会怀疑到你的头上，到时你就有了脱不开身的嫌疑了。因此，当领导在说某些话时，作为下属，不要不听，也不要全听，

应该有选择性地听取领导的话。

通常在工作中，各个部门的领导之间也存在着竞争关系，有时候领导会在说话中偶尔提到其他部门的领导怎么样怎么样，这时若是下属在场，就应该避开，毕竟那些话语听了对自己也没好处，如果日后追究起来，你自己也在场，那就难免会惹上麻烦。总而言之，对于领导所说的话，并不是每一句都需要听，而是需要听对自己有用的话。当然，什么是对自己有用的，那需要下属自己去做权衡，比如对工作有用，或是对自己有教诲什么的。至于另外的一些话，听到了对自己也没什么用，甚至还会给自己带来一些麻烦。所以，作为下属，一定要记住，在倾听领导说话时，需要有所选择，这样对自己才更有利。

早上，小王还没进办公室，就听到经理喊自己的名字。他还没来得及放下办公包，就急匆匆地走进经理办公室。经理看到他匆忙的样子，也没绕圈子，直接就说："赶快坐下，我刚才看了看你昨天提交的企划案，在某些地方需要改改，你得赶紧改好，本来预定的客户应该是明天才到，但我今天早上接到通知说，客户今天就到了，一会儿中午就要进行洽谈，你赶快按照我这里给你批注出来的修改，你就在办公室改吧，改完了给我看看，没有问题再打印出来。"小王站在旁边认真地听着，经理说完之后，小王放下办公包就开始忙活起来。

经理本来话就比较多，在小王修改企划案时，经理一直在那里说个不停："这个办公室主任也真是的，昨晚不提前打电话给我说客户提前来的事情，偏偏等到今天早上才跟我说，现在倒好了，忙得我晕头转向，这人平时做事就很不靠谱，也不知道怎么就爬到了主任的位置……"小王没吱声，装作没听见。经理继续抱怨，小王加快修改的速度，不一会儿，他差不多将经理所批注出来的问题做了修改，他连忙将企划案交给经理看。经理一边看，一边还在说话："幸亏你及时弄好了，不然我非得找办公室主任说说。说到那办公室主任，真是恼火，如果不是他昨晚没及时说清楚，现在也用不着这样赶时间……"小王咳嗽了一声，说道："如果没什么问题的话，那我去打印了。"经理这才停止了抱怨，回答道："好的，你先去吧。"出了办公室的门，小王松了一口气，如果再继续呆下去，估计又不知道要说到哪里才停。

在案例中，对经理的两次说话，小王倾听的态度是不一样的。前一次经理是说到工作上的问题，小王是神情专注、情绪饱满地倾听。后面一次经理在不停地抱怨办公室主任，小王刚开始是假装没听到，后来见自己的工作已经完成了，干脆借故溜出了办公室。因为小王知道，对于领导的这些话，自己还是不听为妙，免得惹上什么麻烦。

金钥匙

在工作中，虽然有的领导谨言慎语，什么话该说，什么话不该说，他都有会一定的分寸。但也有不少领导口无遮拦，当着下属的面儿，什么话都说，不管是工作上的，还是生活中的，他们好像把下属当作了倾诉、抱怨的对象。下属在面对这样领导时，需要权衡利弊，哪些话该听，哪些话不该听，尽可能地有选择性地去听取领导所说的话。

第八章 牢记禁忌，听领导说话要将尺度把握精准

倾听领导说话，不仅仅是听清楚或听懂那么简单。在倾听过程中，下属还应该注意把握精准的尺度，牢记一些禁忌，比如不要心不在焉，不要随便与领导争辩，不要轻易打断领导的说话等等，这样一些看似很小的细节，其实都决定着领导对你评价的好坏。因此，作为下属，在倾听领导说话时，需要拿捏好度，努力做一个称职的听众。

第一节 心不在焉地听是对领导的极大不敬

我们常说“会说的不如会听的”，倾听不仅仅是一种技巧，更是一种修养，那将意味着倾听者富有内涵，或者说其本身态度很谦逊、恭敬。如果下属以如此的倾听态度来听领导说话，那就是对领导者的一种尊重。反之，如果下属在倾听时表现得心不在焉，那则是对领导极大的不敬。每个人都希望自己在说话时，别人是在认真倾听，这样的心理需求不仅仅是领导者才有的，而是每一个人都有的。当然，领导者因其特殊的身份，他更希望自己说话时听众以全神贯注的态度对待，若是有人心不在焉，那他会有一种不被重视、不受尊重的感觉。因此，依此分析领导的心理需求，下属在倾听领导说话时应保持精神高度集中，否则，心不在焉将是对领导极为不尊重的表现。

酒会上，张经理喝了几杯酒，平时寡言少语的他竟然与身边的下属聊起天

来。这时，他好像一点领导的架子都没有，就好像一个朋友一样。只见他手搭在下属王兵的肩上，说道："小王啊，我知道你工作很踏实，很认真，其实我从内心来说是很赏识你的，但你有一个缺点，知道吗？"王兵一边用手机给女朋友发信息，一边回答说："我还真不知道呢，希望经理能给我指点指点。"张经理笑着说："你啊，就是太固执了，做人做事不够圆滑，因此太容易得罪人，记得上次吗？你竟然在办公室大说特说王主任的糗事，你可能不知道，王主任是最好面子的人，他怎么能容忍你在那么多下属面前说他的糗事呢？像这些事情，你根本没怎么注意，因而不知不觉得罪了很多人，这样一来，你的工作开展起来就不容易了。"王兵不太喜欢有人直言指出自己的缺点，他不愿意听这样的领导说话，只见他眼睛只专注地看着手机，根本没理张经理。张经理似乎也明白了，只是叹了一句："现在的年轻人哪……"

过了一会儿，张经理端着酒杯走到了另外一桌，他坐在下属张珂的身边。本来张珂也在玩手机，但看到领导过来了，连忙将手机放在口袋里，起身敬酒。张经理示意张珂坐下，说道："咱们算起来是本家人吧。"张珂笑容满面，回答说："是啊，应该说我是高攀您了。"张经理也笑了，说道："你这是说哪里话，咱们五百年前说不定是一家人呢，最近工作还好吧，我觉得你做的广告文案不错，很有创意啊，我是很久没看到像你这样有潜力的年轻人了……"张珂用专注的眼神看着他，认真地倾听着，时而点头，时而微笑。就这样，两人竟然聊到了酒会结束，临走张经理还邀请张珂去他家里做客，这话说得张珂有点受宠若惊。

在以上案例中，面对张经理的说话，两位下属的倾听态度是不一样的：王兵刚开始虽然回应了两句话，但在这个过程中，他心不在焉，眼睛没有离开过手机，一直专注地与女朋友发信息，压根就没有认真听张经理说话；而同样是下属的张珂，本来也是在玩手机，但看到领导过来了，赶紧收好了手机，认真听其说话，这让张经理感觉到被尊重、被重视。难怪面对王兵，他只感叹了一句"现在的年轻人哪"，而对张珂，则热情地邀请他去自己家里做客，这就是领导对于那些是否认真倾听自己说话的下属的不同态度。

金钥匙

在现实工作中，我们经常看到这样的下属：领导在台上说得很起劲，但他却在台下频频看表，或是玩手机，或是借故频繁上厕所，或是与身边的同事交头接耳，窃窃私语，他根本没有将注意力放在听领导说话这件事上。这样的下属自以为觉得很高明，似乎领导并不清楚自己到底有没有认真听其讲话。其实，这样的想法未免太过于天真，领导毕竟是领导，他的眼力不是普通人所能比的，或许在你悄声说话的那一刻，领导的眼光正看着你，只是那么一瞬间，他又移开了目光。但从此他在心里就会给你打下这样一个印象分：这个下属的工作态度不认真。这是因为对于领导来说，下属倾听领导说话，这也算是下属份内的工作之一，如果态度不够认真，那必然会给领导留下工作态度有问题的印象。

第二节　把握分寸，切不可和领导争辩

或许许多人都不知道，“不要争辩”已经被写入了许多权威的行为准则中，无论是做企业，还是用人，都不需要争辩中的对立情绪。任何明智的领导都欢迎不同的意见，但是，他们反对将时间无谓地花在争辩上。当下属在倾听领导说话时，有可能对其表达出来的某些观点不同意，这时一些下属就擅自说出自己内心的想法，以此希望得到领导的赏识，却不料聪明反被聪明误，这样直接地说出自己的想法，其目的就是当面让领导下不了台，因而领导一向不欢迎那些与自己争辩的下属。当然，“不要争辩”并不是说下属需要无条件地接受领导的观点，而是强调下属不要对领导产生对立情绪，尽量以温和的方式提出自己的意见。自然，如果在倾听过程中有机会当面提出不同的意见，我们所需要记住的千万不要

“拍案而起”，除非你不想在这个公司继续工作。因为任何一位领导都不会喜欢与自己争辩的下属。作为下属，我们应该摆正自己的位置，不要与领导发生争执。

有一次，魏征在上朝的时候，与唐太宗争得面红耳赤，唐太宗实在听不下去了，想要发作，又怕在大臣面前丢了自己接受意见的好名声，只好勉强忍住。等到退朝以后，唐太宗憋了一肚子气回到内宫，见了妻子长孙皇后，气冲冲地说：“总有一天，我要杀死这个乡巴佬！”长孙皇后很少见太宗发这么大的火，问他说：“不知道陛下想杀哪一个？”唐太宗回答说：“还不是那个魏征！他总是当着大家的面侮辱我，叫我实在忍受不了！”

虽然唐太宗在长孙皇后的规劝下，知晓了事情的利害，以自己莫大的宽容谅解了魏征的直谏。但是，我们却不难看出，领导对一个与自己争辩的下属是相当气愤的，毕竟并不是每一位领导都能做到像唐太宗那样虚怀若谷。作为下属，应该时刻牢记自己所处的位置。如果在倾听过程中，真的需要提出不同的意见，我们也应该选择恰当的时机，以幽默的方式提出来，诙谐而富于策略地提出反对意见，这样领导才会乐于接受。

最近，组长交了一个很急的稿子给小菲，没过多久，组长又打电话叫小菲立即到他办公室去，说是出了问题。当小菲赶到了组长的办公室后，只见组长满脸不悦，似乎终于找到挑剔的机会了。组长当即责备了小菲一顿：“这个稿子是怎么做的，我发现你的能力真是越来越差了，我根本看不懂你写了些什么，不要以为你现在有点能耐就不得了了，告诉你，即便是出了名的作家，出了错也得照样改正。”

面对批评，小菲心里虽然很不是滋味，但她知道自己不能与组长争辩，于是回答说：“组长，如果你的话不错，我的失误一定不可原谅，我为您工作这么多年，应该知道怎么做，我觉得十分惭愧。”小菲继续说：“我应该更小心一点才对，您平时很看重我，照理说我的工作应该使你满意，这件工作我会重新再来的。”组长似乎有点过意不去，站起来说道：“不用，不用！我不想那样麻烦你，你只要稍微修改一点就可以了，不值得为这点小错担心。”

当领导生气时，有可能会将话说得严重一些，或者夸大了原本的错误。这时下属难免觉得委屈，若是不能忍耐的下属可能就与领导争辩起来。但在这个案例中，小菲却没有这样做，反而主动承认自己的错误，以谅解的心情来看待领导的愤怒情绪，结果两人以愉快的对话结束了这次沟通。

金钥匙

许多争辩的发生是由于领导与下属的沟通不畅造成的，双方都不了解对方到底在想什么。如果彼此都能将问题摊开了说，那么，争辩也就会随之消失了。作为下属，如果在倾听过程中有不同的意见和观点，应该首先清楚地阐述自己的观点，以便领导能够准确地理解。或者，将自己的观点写在纸条上，请领导考虑，这样有助于冷静地说明问题，而且，很容易达到自己的目的。此外，想要领导了解你的想法，相应地，你也应该了解领导的苦衷，这样对于双方都是有帮助的。在意见出现分歧时，假如你能设身处地地为领导着想，那么，领导自然会理解你的想法与建议，从而接受你的观点。

第三节　听不懂时，不要假装都明白了

子曰：“由，诲女，知之乎？知之为知之，不知为不知，是知也。”不管在生活中还是在工作中，我们对于文化知识和其他社会知识，都应该虚心学习，尽可能地多加以掌握。这就要求我们在倾听领导说话时，虚心倾听，对于自己真的听懂的内容，就坦诚地说“我听懂了”；若是对于自己真的没有听懂的内容，大可以承认说“我没听懂”。在领导面前，明明没有听懂却碍于面子说听懂了，这就是最愚蠢的行为。在倾听领导说话时，我们也需要实事求是，不要在听不懂的情况下假装自己明白了，这本身就是一种自欺欺人的表现。在工作中，下属们很容易有这样的感觉，那就是如果自己没听懂领导所说的话，那心里就很容易产生

落后于他人的压迫感、紧张感，这似乎是人们常见的心态。于是，在绝不服输的好胜心的作祟下，明明对领导的话一知半解，下属却装腔作势、不懂装懂，以此来保全自己的面子。岂料，最后领导突然发现却让自己露了馅，到时追悔莫及，而自己在领导面前的形象也大打折扣。

新来的职员王娜自尊心有点强，平时那些老同事为了照顾她，都争着跟她说关于办公室里的规定，结果王娜一副自信的表情说："我知道，我明白了。"刚开始，大家都觉得王娜可能真的明白，至少她已经在别的公司工作了好几年，工作经验也比较丰富。但自从发生了那件事之后，同事们都知道王娜不过是"不懂装懂"的一个人。

前几天，王娜接到通知说让自己去主编办公室一趟。王娜有些小兴奋，可能这次主编要给自己新任务了，一定要在他面前表现得优秀才行。进了办公室，主编拿过来一个U盘，对王娜说："小王，你虽然有过几年的工作经验，但你对编辑这个职业还是不太熟悉，这样你先帮我修改其他人写的稿子，看看其中的问题，给它标注出来，然后我检查检查，具体看看你的功力。"王娜点点头，主编继续说道："关于修改方面，你都知道吧，怎么样批注？就是用文档里的修改工具，加上批注就可以了，应该能明白吧。"王娜自信地回答："我明白了，主编，您就相信我吧，我一定能做好的。"主编点点头，将U盘递给王娜。

其实王娜根本不懂得文档里的什么修改文具，自尊心很强的她又不愿意问同事，就这样一个人闷着头修改、加批注。过了几天，王娜将自认为完成的任务交给主编，但在打开电子文档的一刹那，主编脸色很惊讶，问道："小王，这就是你修改的吗？"王娜点点头，主编无奈地表示："现在看来，你根本不懂得如何使用文档以及如何修改稿子，当时你应该告诉我你不懂，那我就可以手把手教你，瞧瞧你，为了那点可怜的自尊心，如今却将工作弄得乱七八糟。"王娜知道错在自己，不好意思地低下了头。

案例中，王娜就因为那点可怜的自尊心，结果明明不懂得文档的操作方式，却跟主编说自己明白了，结果却在工作中出现了这样或那样的错误。其实，听领导说话，如果不懂就坦诚告诉领导"我还不明白"，这不仅仅是一种真诚的态度，而且更是为了做好工作。试想，如果明明不懂却假装听明白了，领导也认为是这样，但接下来工作中却出现了问题，这无疑给自己和领导都带来不小的麻烦。

金钥匙

在日常工作中，领导说话大部分是为了工作上的事情，如果仅仅是安排工作，那想必是容易理解的。但实际工作中，某些领导说话咬文嚼字，或喜欢委婉、含蓄地说话，这样下属理解起来也就困难多了。然而，通常领导在说完话之后都会问上一句："懂了吗？"这时可能是自尊心作祟，可能是想在领导面前展现自己的领悟能力和理解能力，即便是没有听懂，但他们也会说"懂了"，末了还给领导保证说"我一定完成任务"。岂料，在工作执行中，因为根本没听懂领导所说的话，结果错误百出。这时领导再问："你上次真的听懂了我说的话吗？"下属则会支支吾吾："我以为我听懂了。"虽然领导不再说话，但他已经将你当作一个"爱说假话"的下属，尤其是关于工作的事情，领导希望下属能够实事求是，听懂了就是听懂了，没听懂就是没听懂，千万不要当面说听懂了，下来之后则总是出错。

第四节　轻易打断领导说话是目中无人的表现

倾听是一门艺术，什么时候该说话，什么时候该闭上你的嘴巴，这都是很重要的。倾听领导说话，我们就应该是听众，当领导在诉说内心的想法时，我们应该抱着理解的态度倾听，这是维护上下级关系的有效方法。在倾听过程中，最失败的倾听者犯得最多的错误就是打断领导的话，虽然每个人都有自我表现意识，即便你的话是正确的，或许领导的观点你不认同，但作为下属，都不要轻易地打断领导的话。我们应该明白，倾听是沟通的第一步，而不轻易打断别人的话就是倾听的基本法则。当领导在说话时，唯有你懂得安静地倾听才能提高自己的交际能力，做一个好的倾听者是对领导的尊重。即便我们自己也渴望被人尊重，也不希望自己在侃侃而谈时，有人故意打断自己的话，这样无论是谁心情都不会好的。其实，轻易打断领导说话也是目中无人的表现。所以，作为下属，你只需要做好听众应有的本份，虚心倾听，不要轻易打断领导的话。

人有两个耳朵，一个嘴巴，在古代，“听”是这样写的“聽”，我们可以看到，耳为王，就是让我们在听别人说话的时候，需要更多地用到我们耳朵，其右侧是“十、四、一、心”，意思就是让我们在倾听时不仅要用到耳朵，更需要用到心。而在这个古体字中，我们几乎没看到“口”，也就是说，我们在倾听时只要耳朵和心就好了。换句话说，当别人在说话时，插嘴或打断别人说话，那确实不是一件好事。尤其是领导在说话时，若是下属打断其说话，那给人的感觉就是目中无人。毕竟领导的身份比较特殊，如果你习惯跟朋友说话时打断其说话，那所造成的最大后果就是朋友不是很开心。若是领导，他则会觉得你没大没小，连最起码的礼仪都没有了，似乎就只知道表现自己。

在办公室里，王璐是一个性格开朗的女孩，闲暇之余她总是喜欢找人聊天，但喜欢与她交谈的同事却很少。原来，她在与人沟通时有一个很大的毛病，那就是喜欢打断别人的话。比如她与某个同事聊天，本来只是闲聊，同事无意中提起公司里某某和某某关系暧昧，同事才说了两句，王璐立刻就打断了同事的话“哪里，不是这样的，我听到小道消息说，其实另外的某某跟某某才是一对呢”。同事见状就转移了话题，说到了自己对人生的看法，可没说两句又被王璐打断了。最后，只有王璐一个人在那里滔滔不绝地说话，完全不把同事放在眼里，但王璐却好像没感觉到同事内心的不快。

有一天，公司所有员工开会，领导说到了一个问题：“我希望在座的各位都能够向卢燕南同志学习。”其实，领导将员工的名字说错了，明明是“卢南燕”，虽然大家都听出了错误，但就在领导还没有意识到自己说错了的时候，王璐立刻站起来打断了领导的发言，说道：“领导，你说错了，是卢南燕，不是卢燕南。”纠正了领导的错误，领导面带微笑，欣然地接受了王璐的建议，还直说：“你做得很好，领导有错误就应该指出来。”王璐听到领导的表扬，心中很得意。但不久之后，王璐就被调到了别的部门。这时她才意识到自己打断别人说话是不对的，但这个苦果也只有自己吃了。

在日常工作中，许多下属总是吃了亏之后才意识到自己的错误，为什么不在这之前就改掉自己插话的毛病呢？学会倾听领导说话对于我们来说很重要。出于对领导的尊重，出于作为下属的礼貌素质，我们就不要打断领导的话。当我们与领导沟通时，不要急着发表自己的想法，领导只说了个开头，而你就立即打断，头头是道地说自己的见解，这是目中无人的表现。

金钥匙

心理学家曾揭示出一个心理定势：如果一个人的心里有事情，他就会启动心理定势准备说话，直到他把话说完，他才能听进去别人的意见。因此，如果你想让自己的话被领导听进去，达到纳谏的目的，那你就必须学会倾听领导说话。这样领导就会有一种你很尊重他、很乐意听他说话的感觉，从而产生愿意和你沟通的心理，这样领导才会对你产生好感。

第五节 听领导说话，切忌不可看表

下属在倾听领导说话时，还需要避免一个小动作——频繁看表。其实，“看表”这个动作很细微，对某些人来说可能是一种习惯，因为他有很强的时间观念，因此总会在空闲或无聊时经常看手表，久而久之就成为了一种习惯，好像不看表倒不习惯了，即便他们根本不想知道现在的具体时间，但还是不可避免地有了看表这个小动作。但从另外某种角度说，总是不停地看表会给人一种压力，那是一种心理上的压力。如果领导在说话时，你总是不停地看表，那领导会想：他可能有更着急的事情等着去做，或许他压根就不想听我说话，这种不耐烦的动作表现出他内心很想早点结束这样的谈话。谁喜欢不愿意听自己说话的人呢？领导也是一样，他会觉得下属如此的动作就是表现其内心的不耐烦，当然，领导会适时停止说话，不过，同时你也给他留下了不好的印象。

临下班的时候，王伟兴高采烈地收拾办公桌上的东西，因为女朋友还在公园里等着呢，两人打算晚上去看电影。正在王伟高兴地哼着歌的时候，经理走进来了，他叫住正准备出门的王伟："小王，你来我办公室一下。"王伟暗叹"我命休也"，原来这个经理最大的爱好就是找下属谈话，而且一谈就是很长的时间，想到还在等自己的女朋友，王伟有点不耐烦地放下包包，快步朝着办公室走去。

走进办公室，经理招呼："坐吧。"王伟坐下来，打算先听听经理到底说些什么。经理一边审批文件，一边说道："其实，我早就想找你谈谈了，我来你们部门时间不长，以前对你们不够了解，现在我可以说了解你们其中的每一个人，尤其是你，因为你的工作差不多都是我直接负责的，我很清楚你的工作能力。"王伟没什么表情，只是任由那些话进入自己的耳朵，只希望这样的谈话早点结束。

停了一会，经理继续说："我发现你最近状态不对，好像没有把全部的精力放在工作上，虽然我不知道是什么事情分散了注意力，但我作为你的领导，还是劝你，现在需要以事业为重，如果现在不把握机会，不努力工作，今后你将没有更多的机会去选择和奋斗……"经理越说越多，王伟显得很不耐烦，但又不好表现出来，只好不停地看表，频繁地看表。本来经理在埋头整理文件，偶然抬头看到了王伟的这个动作，领会了其中的意思，很快就结束了谈话，说道："时间不早了，今天就说到这里吧。"王伟送了一口气，快步走出了办公室。

不过，从此之后，那位喜欢找下属谈话的经理再也没找王伟，而王伟的工作也就一直在原地踏步。

在案例中，王伟确实不愿意听经理继续说下去，而且他心里还惦记着与女朋友约会的事情。因而在整个倾听过程中，他所表现出来的都是很不耐烦的动作，比如频繁地看表，对经理的说话没有任何回应。当然，通过不停地看表，经理已经知道这位下属对自己说的话不耐烦了，因此他及时结束了说话，但同时也对这位下属打了一个较差的印象分。

金钥匙

在倾听领导说话时，许多下属下意识有这样的动作：头微微倾斜，不停地看表。其实不管是在面谈或与人交谈时，不停地看表，都会让人产生压迫感。即便下属真的不想听领导继续说下去了，也不要做出这样频繁的小动作，虽然这样的动作不太明显，但领导是何等身份的人，他自然一眼就可以看出其中的玄机。尽管可能你在之前认真地听了领导说话，但最后关头出现这样的动作，会让领导对你之前所有的好印象都消失了。因为这个动作就好像一个小小挑衅，或者是一种抵抗的情绪，这些都表示你很不愿意继续听下去了。领导自然能读懂你的意思。当然，他在及时结束说话的同时，也会不满意你的倾听态度。

第六节　听领导说话时，不要表现得毫无主见

倾听领导说话，虽然主角是领导，但并不意味着你就只是做一个沉默的倾听者，或者是当领导询问你有什么意见时，你只会回答：“我不知道”、“我觉得您的想法就是最合适的”，以此表示同意领导的意见和想法。但就自己而言，丝毫没什么主见，这其实是不妥当的。有时候，领导之所以找你谈话，将一些话说给你听，其行为背后是希望你能对他所说到的事情提出一两个建议，或者说说自己的想法。不过，对于某些下属来说，在这关键时刻，他却表现得毫无主意，根本不知道怎么办。如果领导看到如此毫无主见的下属，那他肯定会有一种自己白说了的感觉。因此他说了大半天，但你丝毫给不出什么可行的意见，反而弄得个六神无主。所以，对于下属来说，在听领导说话时，不要表现得毫无主见。

通常下属在听领导说话时表现得毫无主见，其原因有两个方面：一是他

本身就是一种很没主见的人；二是他可能心里怀有某些想法，但觉得不好意思跟领导说，因此也承认自己“不知道怎么办”。其实，不管是出于哪种情况，在领导面前所表现出来的毫无主见是很不妥当的，这也是倾听中的禁忌之一。倾听是需要给予说话者一定回馈的，也就是领导针对某个问题说了很多，之后就需要你能对其提出一些可行的办法，或者说说自己的建议，这对于领导来说是一种参考意见。在这里，大胆地说出自己的主见，其实就是一种有效地反馈。当然，我们并不主张下属过度的反馈，也就是完全将领导置之度外，将自己心中的想法大说特说，这也是不恰当的。我们应该记住，你在向领导提建议或说想法的时候，需要揣摩领导是怎么想的，尽量按照领导的想法来，如果你的意见与领导相悖，尽量以委婉的方式提出来，这样所提出的建议才容易被领导接受。

早上进入公司的时候，肖东有幸与经理搭乘一座电梯，而且电梯里就他们两个人。刚开始，肖东有点紧张，只是笑着打了声招呼：“经理，您好！”经理笑着点点头，过了一秒钟，经理竟然主动跟肖东聊起了天：“肖东，你们组关于广告文案的事情，准备得怎么样了？”肖东回答说：“正在准备中，不过应该快了。”经理笑着说：“那可要抓紧时间啊，我听说另外一组好像今天就拿出结果来了，这次客户要求很严格，所以我才将你们分成了两组，分别做一个广告创意，然后让客户自己挑选，你们最后的命运就掌握在客户手里了。”肖东只是笑着点点头，没说话。

电梯门开了，肖东跟在经理后面开始走那长长的走廊，这时经理又说道：“其实，我一直很看好你们组的能力，创意很新颖，经常能俘获客户的心。至于另外那一组，他们的设计通常都是中规中矩的，如果走传统的路线还可以，如果是碰到眼光独特的客户，我想胜出的肯定是你们，你自己觉得呢？”肖东笑了笑，不好意思地说：“我也不知道，我只知道按要求办事。”正说着，两人已经走到了办公室了，肖东快步进去工作了，而经理看着他的背影，若有所思。

本来经理说那番话，其实是想听听肖东对两个组的创意是怎么看的，没想到只听到肖东这样一句回应“我也不知道，我只知道按要求办事”。领导听到这样的回答，并不直接导致他心生不快，但他会觉得这位下属至少不见得是多么有主见的人，因为他根本不愿意开口说一些对事情的看法。自然而然，若是以后再遇到需要询问下属意见的事情，他就会不选择这位下属了。

金钥匙

倾听领导说话时表现得毫无主见，不管是出于什么样的原因，作为下属，应该敢于在领导面前说出自己内心的想法，这是一种坦诚。相反，若是你支支吾吾，仅以“不知道”作为搪塞，反倒让领导觉得这个人不懂得沟通。当领导开口询问：“你对这件事是怎么看的？”这时不妨大胆说出自己的想法或建议，别管正确与否，但只要你能说出来，就会让领导觉得原来你还是有主见，还是有思考能力的。

第七节　打探隐私会让领导觉得你不可靠

古人曰：“静坐常思己过，闲谈莫论人非。”意思是，沉静下来要经常自省自己的过失，进而以是克非、为善去恶；闲谈的时候莫议论别人的是非得失，这是儒家倡导的道德修养的重要方法。在日常工作中，下属要想让领导觉得自己可靠，或许想做到良好的性情修养，就应该谨记这条古训，尤其是后者“闲谈莫论人非。”不可否认，每个人内心深处都有一定的好奇心，尤其是对于别人的隐私更有一种想窥探的欲望。有的人甚至在工作中有一个奇怪的爱好，那就是打探领导的隐私。实际上如此的举动是危险的，一旦领导知道你在打探自己的隐私，那么他会一下子把你划入黑名单，并认为你是不可靠的人。因此，在倾听领导说话时，不要好奇地去打探领导的隐私，而是专注听领导说话。

当然，通常来说女员工喜欢谈论是非，或是打探隐私，但在现代这个社会，不少男员工也会有这样的癖好，一旦发现领导的隐私、秘密，就会欲罢不能。他们在与领导沟通时，会好奇地问这问那，就好像总喜欢问“为什么”的小学生一样。但我们应该知道，领导并不是老师，他没有权利对我们的提问作出一一的解答，尤其是对于隐私方面的问题，他非但不愿意回答，反而对提出这样问题的下属心生不快，觉得你根本不是值得信任的人。一般在社交场合，打探别人的隐私都是一种很不礼貌、很让人厌恶的事情，更别说下属想打探领导的隐私了，这会让领导感觉到不受尊重，同时认为你是缺乏修养的员工。试想，一旦领导对你道德品质产生了质疑，那他在其他方面同样会对你持怀疑态度。

下班时，天下着瓢泼大雨，女职员小娜踌躇地站在公司门口，不知道如何回家。正在这时，部门主管走了出来，小娜像见到救星一样走了上去，问道：“主管，你有多余的伞吗？”主管皱皱眉，回答说：“我从来不带伞，不过，你不是住在东大街吗？我可以顺路把你捎回家。”小娜感激地点点头。

坐在车厢后座，小娜的话匣子就打开了，问道：“主管，听说你们在江边还买了一栋别墅，是真的吗？肯定好几百平米吧，那样的房子可是我努力几辈子都住不上的啊，我可真羡慕你们这些有钱人。”主管笑了笑，没说话，早就听闻这个小娜嘴巴比较“大”，真没想到确实厉害。

停了一会，小娜问道：“那你老婆回来了吗？”小娜之所以这样问，是因为最近办公室所谈论的话题都是主管正与老婆闹离婚，而且这个消息就是小娜传出去的，因为有个玩得好的朋友在民政局那边，竟然看到了他们一起去办离婚手续，最后不过没办成。喜欢打探别人隐私的小娜很想知道最近情况怎么样，所以这样问了一句，没想到主管脸色一下子黑了下来，没说话。小娜从车后镜看到主管的脸色，才意识到自己问错了问题，但她已经不知道该如何补救了。

听闻主管在闹离婚，而好奇的小娜竟然问出了这样的问题，也难怪主管的脸色会一下子变得铁青。对于领导来说，他非常欢迎下属询问自己关于工作上的事情，但若是询问到其家里的事情，除非他主动开口说，否则他会有一种被侵犯的感觉。当然，跟任何人一样，领导对于向自己打探隐私的人从来都是厌恶的。

金钥匙

在办公室里有这样一群人，他们以他人的是非话题作为自己的谈资，以谈论他人的隐私、伤疤作为自己的快乐，把在背后谈论他人来满足自己的口欲。不仅喜欢刺探同事的隐私，而且还到处打探领导的隐私，这些人都是令人憎恶的。当然，他们在工作中也做不出什么成绩来。

作为下属，应该记住：在工作中要做到谨言慎行，该说的话要“三思而后说”，不该说的话千万不要随便乱说，尤其是对于他人的隐私、秘密，更需要谨慎对待。即使是你无意中听到了他人的秘密信息，你也不要到处张扬，更不能逮着一个人就说，每个人都需要有一个自由空间，你的尊重也会换来他对你的信任。

第八节　了解领导的苦衷，有些话不要问

在倾听领导说话时，作为下属，应该学会了解领导的苦衷，对于某些话不要开口问，因为即便是你问了也问不出个所以然来，只会让领导觉得你是一个不善于交流的人。最成功的倾听者，他知道自己什么时候认真听，什么时候开口问，该问什么，不该问什么，这些方方面面都能够拿捏准确。他会让说话者觉得，他就是一个贴心的听众，能够及时地照顾到自己的心理。而对于下属来说，倾听领导说话，也需要达到这样的水平。有时候，领导会向下属倾诉内心的苦闷，发泄内心的情绪，这时下属只需要做好一个听众应有的本分工作，你只要用心倾听，用心理解就行了，对于领导内心的某些苦衷，

最好不要开口询问。毕竟下属与领导的关系不同于朋友之间，领导有自己的苦衷，他不想也不愿意将这些苦衷告诉任何人，即便你是他最信任的下属，他也不会开口对你说，因为某些事情只适合隐藏在心里，他说了，其领导的威信和威严在你面前就削弱了。所以，作为下属，需要了解领导的苦衷，对于一些话不要问。

公司的董事长已经年近60岁了，但他对公司里的大小事情都是亲力亲为，每天按时到公司上班，视察车间工作，关心员工等等。每每看到这位慈祥的老人，员工们都感到一种莫名的感动，尤其是在董事长身边工作多年的司机老王。这么多年来，他一直呆在董事长身边，亲眼看到了董事长经历了许多事情，私底下，他与董事长就好像一对老朋友一样。

车子平稳地行驶在宽阔的马路上，董事长突然开口说："老王，你知道最近员工们都在议论什么吗？"老王摇摇头，其实他当然清楚，最近，许多公司里的员工都在议论纷纷：为什么董事长这么大年纪了还亲自管理公司？好像从来没看到过董事长的接班人？董事长随后感叹一句："我那个不孝的儿子，也不知道到底要折磨我到什么时候，我已经没有力气管理这个公司了，可他一直在国外，不肯回来，我也不知如何是好。"

老王当然知道，董事长所说的不孝子，也就是公司未来的接班人，但因多年以前董事长夫人过世，少爷对董事长充满了怨恨，大吵一架后，一气之下去了国外，这么多年虽然董事长亲自过去看他，请他回来，但那位少年性子太倔强，一直不愿意回来接替董事长的位置，这也是董事长一直忧虑的原因。但他并没有开口问，也没多说，只是安慰道："或许，有一天他想通了就会回来了。"

案例中，当公司里很多同事都在议论董事长家里的事情时，作为多年跟随着董事长进出的司机老王自然知道其中的秘密，但他知道这是董事长的心病，因此当董事长问他时，老王假装不知道，怕勾起董事长内心的不快。后来，董事长主动说到了自己的儿子，老王司机也没有多问，只是说了一些安慰的话，因为他明白，他只需要理解董事长的苦衷就够了。

金钥匙

与任何一个普通员工一样，领导内心也有很多烦恼，可以说他们的烦恼比下属更多。处于领导这个位置，他们所遭受的压力比任何人都大，他的任何一个决策都将影响到公司的成败，因此，他不得不步步小心，步步为营。在现实工作中，我们只看到领导表面风光的一面，却难以理解其背后的艰辛。

我们经常可以通过报纸或电视看到，许多大企业或公司的领导者，他们苍老得很快，经常熬一个通宵思考工作上的问题。还有不少领导得了神经衰弱症，晚上失眠，这是由于他们思考的东西太多，大脑长时间得不到休息，时间长了就容易出现疲惫的状态。在领导身上，诸如此类的身体压力和心理压力是巨大的，所以，作为下属，应该理解领导的苦衷，如果他对你诉说了一些内心的苦闷，你应该学会理解，而不是想法打探其背后的秘密。

第九节　对待领导试探的话语不可小觑

通常领导说话都不会很直接，他们会以委婉或含蓄的方式说话。换句话说，他们喜欢通过说话来试探下属，这样的说话方式可以称之为试探的话语。作为下属，首先应该学会分清哪些是领导试探性的话语，并认真对待其试探性的话语，竭力作出最好的回答。在日常工作中，员工的数量远远多于领导的数量，这将决定着领导对每一个下属了解得不会十分透彻，或者说有一番详细的了解。正因为如此，领导才会经常以试探性的话语来了解下属内心真实的想法。当然，由于是试探性的话语，因此这样的说话方式不会太明显，有可能只是一句很普通的话，但因语气或语调的不同，就会成为一句试探性的话语。若下属没有仔细分辨，还不一定能辨出其中的真假。所以，在倾听领导说话时，需要注意其说话的语气和语调，对待领导试探性的话语千万不可小觑。

这天张丽给朋友讲述了关于领导试探自己的一件事情：

前两天我们部门新上任的领导与人事总监发生了争吵，他们两个其实是很多年的老同事、老朋友。可能因为最近工作压力大的原因，他们在一个方案上有些分歧。我也是通过同事知道他们发生了争吵，没想到没过多久，领导就打电话让我去他的办公室。

当时，我吃完了午餐就过去了，不过到了办公室后，领导象征性地问了问工作上的事情。突然告诉我说："如果那位人事总监还是那样，不想干就别干了，你做好思想准备，他若是不干了，你就来顶替他的位置。"我当时听完后，愣了一下，心想难道这是领导在试探我吗？我马上回应说："领导，我认为自己能力有限，上市公司人力资源部经理要求还挺高的，我做不了。"领导却说："这不是关键，关键是心态。"然后领导马上说："我马上让他过来，还有部门的其他骨干，我们一起讨论分工的事情，你也在这里，我们将这些事情摊开了说。"我马上就说："请领导冷静，一定要冷静，人事总监也很辛苦，他都熬了好几个晚上了，事情太多了，再加上资源部骨干变动，给工作的开展带来了一些难度。"领导想了一会，也没说什么，我坐了一会就借口告辞了。

这几天我一直在想，当时领导一方面是在气头上，另一方面是不是在试探我是否想坐这个位置呢？他与其他领导吵架，看看我有什么反应，如果我从中推波助澜，挑起他们的矛盾，领导肯定会对我失去信任。

案例中的这位员工想得很周到，领导气头上的话来得很突然，这让下属多了一个心眼，领导是否是在试探我呢？试想，如果这位下属没有意识到领导是在试探自己，当领导提出"你做好准备来接替那位领导的工作"，有的下属可能会满怀兴奋，趁机挑起两位领导之间的矛盾，结果，领导却把你的一言一行尽收眼底，最后遭殃的也是你自己。

金钥匙

在日常工作中，作为下属需要时刻提高警惕，因为领导随时都有可能向你试探，或是试探你对工作的态度，或是试探你的忠诚，或是试探你的决心。如果你在听到领导这样说时，但尚未分清这就是试探性的话语，稍有不慎，就难以通过领导的试探，因为你可能给出的答案并不是领导想要的。比如我们经常听领导说“你看着办吧”，其实这就是在试探你，领导并不是不让你去办，而是需要你抓紧时间去办；领导说“再想想”，并不是他没有想好，而是试探你是否在费心思思考这个问题；如果领导说“你觉得应该怎么办”，看似在征求你的意见，广开言路，但他其实是在试探你是否支持他自己提出的意见或想法。这些我们经常在职场或观察中所听到话语，其实都是领导对我们的试探。对此，作为下属，需要时刻保持高度集中的精神，重视领导试探性的话语。

第十节 做不到的事，不要轻易向领导应承

在领导面前表现自我是一件好事，但凡事一定要量力而行，千万不能打肿脸充胖子。对于领导向自己提出的要求，如果能办到，那答应下来定是可以的；若不能办到，那就不要轻易向领导应承。通常我们应承领导的事情，就一定要信守自己的诺言。因此，在应承之前首先看看自己是否可以办好这件事，如果没有把握就不要轻易向领导应承，这是我们都明白的道理。但在现实生活中，总有那么一些爱面子、自不量力的下属，他们对领导提出的要求一口应承下来，若事情真的办好了那什么事情都没有，假如办不好或只说不做，那就是不守信用，领导也会质疑你的办事能力，最后落得个什么都不是的下场。所以，当领导向自己提出

要求时，作为下属应该考虑清楚，不能轻易答应下来。

李阳刚刚大学毕业，他来自偏远的山区，从小就很好面子，见不得有人瞧不起自己。因此他身上从小就有一个特点，那就是喜欢说大话、吹牛，不管是对于自己能办的还是不能办的，他总是一口答应下来，还拍着胸脯说：“放心吧，这件事交给我，你就放一百二十个心。”刚开始接触他的人都觉得他是一个热心肠，但相处时间长了，大家都知道他这个人是说得多，做得少。

这不他刚到了新的公司，就到处吹嘘自己如何如何有能力，生怕那些领导和同事看不起自己，好象自己手眼通天。这天他正在办公室吹嘘：“我有一个很铁的哥们在铁路局当干部，因此像火车票什么的很好买的，尤其是卧铺，只要提前一天打电话，那火车票铁定给我留着。以前我去外地，比如甘肃、云南，都是托我那个哥们买票，很方便……”正在他说得很起劲的时候，经理也来到了办公室，听到他这样说，停下了脚步，叫住李阳说：“小李，原来你能买到火车卧铺票啊，我还正愁呢，我丫头马上去外地上大学，正赶上火车高峰期，她排了几天的队都没买到卧铺票，那这件事就麻烦你了。”李阳有些讪讪地笑着：“没事，您的事就是我的事情，不要这么客气。”其实，李阳根本不认识什么铁路局的人，他只不过是无聊吹牛罢了，没想到经理真的找自己帮忙，这可怎么办呢？

回到家里的李阳左思右想不行，这可怎么办？那是经理呀，如果最后自己没办好这件事，那可怎么办呢？他抓起外套马上出门，去火车站附近转了转，打算找个“黄牛”买两张卧铺票，没想到还真买到了，虽然价格比较贵，但李阳还是很高兴。

第二天，他就将两张卧铺票交给了经理，经理连声道谢：“多谢你了。”李阳摆摆手，似乎只是做了一件微不足道的事情。没想到当天下午，经理就让他去办公室，李阳很兴奋，以为经理表扬自己呢。没想到，经理只是拿着那两张车票问道：“这是怎么回事，人家告诉我女儿，是假的？你不是托你在铁路局工作的朋友买的吗？”心虚的李阳低下头，再也不敢说话了。

在现实工作中，有的领导要求你帮忙可能不符合原则，这样的事情不要应承下来，而是当面跟领导说清楚，不要让领导误会，更不要让领导失望；有的领导找你办的事情可能很难，这时你也需要跟领导事先说明，这样做给自己留有余地，即便没办好，也会有个交待。当然，对于领导所提出的简单事情，我们还是应该尽量帮忙，一旦应承下来后，无论如何都需要办好，千万不要失信于领导。

金钥匙

我们在这里强调的是不要轻率地对领导承诺什么，并非是一定要拒绝，而是需要三思而后行，不要怕被领导看不起就对其说：“OK！没问题，包在我身上！”不给自己留一点余地。这样不经过考虑而随便作出的承诺，只会害人害己。那些顺口应承下来的事情，就好像一条会勒紧自己脖子的绳索，如果事情最终没能办成，那将意味着自取灭亡。

学会跟领导说话

“作为下属，不仅要善于倾听领导说话，而且需要学会跟领导说话。在这篇里，我们将告诉你领导究竟在想什么，到底爱听什么，应该怎样和领导说话。我们可以毫不夸张地说，学会跟领导说话，这是每一位下属的一门必修课。”

第九章 擅长表达，会和领导说话铸就美好前程

在职场中，我们往往发现这样一个有趣的现象：两个工作能力差不多的人，却有着截然不同的职场前程。这是为什么呢？如果我们仔细观察，就会发现其中比较出色的那一位拥有出色的语言表达能力。原来，可以聪明表达，会和领导说话也能铸就美好前程。

第一节 表达能力强更易获得领导认可

在职场中，言语表达能力较强的员工通常会比表达能力一般的员工更容易获得领导的认可，因为言语表达能力在一定程度上能体现下属思维敏捷、知识面广、心理素质良好等特征，能衡量下属是否具备工作能力的基本素质，从而影响领导对下属的综合素质的判断。一般而言，我们常说某某语言表达能力强，其实是指其能清楚地理解别人的意思，口齿清晰、流畅；内容有条理，逻辑性强，很容易被他人理解，而且话语具有一定的说服力，用词准确恰当有分寸。在现实工作中，工作能力差不多的两个人，语言表达能力不好的那一位，晋升机会往往会比那个既会办事又会说话的人少得多。在工作中，与领导沟通可以说是重中之重。试想，即便你工作能力再强，但与领导缺乏沟通，或是沟通不畅，那将直接导致你工作效率低、工作质量差。所以，作为下属，应该努力提高自己的语言表

达能力，竭力获得领导的认可与赏识。

小严是一位沉默寡言的人，他不善言辞，但他顶着知名学府的光环走进了这家公司，因此，无论是领导还是下属都对其客气有加。果然，不到3个月，小严在工作中就表现出了出色的才干，不过，很快他发现自己与领导相处好像出现了问题：虽然自己努力工作，把各方面的事情都做得很完美，但自己的工作并没有得到领导的充分肯定和鼓励，反而招来了领导的质疑和不信任。

小严本身是一个踏实的人，他觉得没有必要去在意领导的态度，自己只要努力工作，总有一天会得到领导的赏识。于是，他更加拼命地工作，半年后又获得了显著的成绩。这时领导不再沉默了，令人意外的是领导与小严进行了一次严肃的谈话。领导开门见山："小严，你刚到咱们公司时，我就很看好你，因为你很有能力，而且做事很认真。但是在这里我不得不向你提出几点建议，其中最重要的就是你语言表达能力比较差，跟我这个主管领导之间缺乏沟通。比如你很少主动进我的办公室，跟我聊聊工作方面的情况。"

小严有些不理解，既然我是工作的，只要你把工作任务交给我就行了，为什么我还要不停地与你沟通呢？沟通真的那么重要吗？领导似乎看出了小严的心思，他笑着说："沟通确实很重要，你不跟我沟通，我怎么知道你心里在想什么呢？我怎么知道你最近工作得怎么样呢？你看看，在你身边的同事，谁比得上你的工作能力，但他们善于与领导沟通，因此即便他们比你后进公司，但升职都快，这就是原因。"听了领导的一番话，小严好像突然领悟了，原来不善言辞也会影响自己的前途。

有的下属总会抱怨：为什么出汗最多的是我，最辛苦的是我，但评优、加薪、升职却与我无关呢？如果你在工作各方面真的做得很不错的话，那你应该思考自己与领导的沟通是否出现了问题？常言道："干得好不如说得好。"虽然，这样的话有失偏颇，但在职场和官场中，如果你本身能力不错，若是加上能说会道的本事，那你肯定会快速受到领导的赏识和重用。

依据美国一家研究所进行的调查显示，有80%以上的企业管理者常常发出这样的抱怨：职员的语言表达能力每况愈下，这主要表现在两个方面：与同事交流出现语言障碍；与领导沟通表达能力不足。与此同时，也说明了另外一个关键问题，有大部分的下属由于欠缺表达能力而迟迟得不到晋升，有的下属即便是因为工作能力强而得到晋升，但若是想继续晋升还是不容易，其原因就是语言表达能力差。

金钥匙

在职场和官场中，有许多下属不善于与领导沟通，甚至畏惧和领导沟通。虽然自己与领导关系还不错，彼此之间没什么矛盾，即便下属也清楚彼此之间的沟通很重要，但在工作中还是会害怕与领导沟通，或者减少沟通的内容和频次。究其原因就是因为他们的语言表达能力较差。对此，每一位下属都应该记住，语言表达能力是一项重要的技能，而在与领导的交流中，你更需要不断地提高自己的这项技能，这样才更容易获得领导的认可和赏识。

第二节 礼貌说话给领导留下最佳印象

许多员工善于言谈，却不是那么会说话，给人的感觉总是很别扭，使人远远避之而唯恐不及，究其原因，就在于说话时少了礼貌的措辞。实际上，在日常工作中，说话礼貌是十分必要的，它是一个人素质的直接体现，也是能够赢得领导赏识的先决条件。有的下属说话不够礼貌，这样不仅令领导内心产生厌恶之感，而且最终只能导致彼此之间的沟通失败。作为下属，应该记住，尊重领导其实就是尊重自己，无论我们在办公室扮演什么角色，有着什么样的身份，但礼貌一直是维持我们与领导不断互动的规则。一个说话礼貌的下属，即便是他工作能力平平，都会受到领导的喜欢，反之，若是一个习惯出口不逊的人，即便你工作能力再强，领导也难以对你萌发好感。

有位士兵骑马赶路，到黄昏了还找不到客栈，这时他看见前面来了位老农便高喊：“喂，老头儿，离客栈还有多远？”老人回答：“五里！”士兵策马飞奔十多里，仍不见人烟。“五里、五里”他猛地醒悟过来，“五里”不是“无礼”的谐音吗？于是他掉转马头赶回来亲热地叫了一声：“老大爷”。话没说完，老农说：“你已经错过路头，如不嫌弃，可到我家一住。”

语言本是思想的衣裳，它可以直接表现出一个人的高雅或粗俗。同时，语言交流是一种心灵沟通，要想使自己与领导之间的沟通畅通无阻，就应该得体地运用礼貌措辞，这样才会让领导感到“良言一句”的温暖，使自己与领导之间的感情很快就融洽起来。

汪静上班第一天，竟然在公司大门口遇到了总经理。虽然汪静不认识总经理，但看到周围的人都和总经理打招呼，她也礼貌地说：“总经理，您好！”总经理面带微笑，还稍微欠身低头，细心的汪静发现原来总经理也是一个很有礼貌的人。

汪静到了办公室以后，按照人事部门的要求，需要先向总经理报到，然后由总经理安排具体工作事宜。走到总经理办公室的门口，汪静用手轻轻叩了三下，里面传来总经理的声音：“请进！”汪静轻轻推开门，面带微笑，问道：“您好，总经理，我是新员工汪静，今天特向您报到。”言语很有礼貌，总经理放下手中文件，赞许地微微点点头，然后开始为汪静安排具体工作。

何谓礼貌措辞？其实就是我们日常交际中所使用的“敬语”与“谦词”，这些口语表达可以体现出对他人的尊重，诸如“请教、指教”、“劳心、费心”等等。如果我们能在日常工作中使用这些谦词和敬语，礼貌地与领导沟通，那领导肯定会愿意与你接触，甚至愿意与你建立友好和谐的关系。

人们用于交流思想、增进感情的主要途径就是说话，在与领导的沟通过程中，说话更是考察人品的一个重要标准，而说话礼貌则会给领导留下最佳的第一印象。如何才能礼貌地进行语言表达呢？比如向领导打招呼时，说“早安，您好”等一些礼节性语言，告别语“再见”，致谢语“谢谢”，致歉语“对不起”，回敬语“没关系”、“不要紧”等等。这些都可以很好地体现下属的内涵和修养，当然，这样的表达方式也是领导最爱听的。

金钥匙

在工作中，下属与领导沟通，需要注意自己的态度和语气，礼貌交流，不要一张嘴就滔滔不绝，不给领导说话的机会，总是以自我为中心，完全不顾领导的感受。与领导交谈时，下属表情要自然，语气要和气亲切，得体表达，说话时可以适当做些手势，但动作不宜过大，更不要手舞足蹈，更不要用手指指向领导。此外，与领导交谈要使用礼貌语言，如果与领导之间存在着意见上的分歧，不要高声辩论，更不要与领导当场争辩，致力于以自己的礼貌表达给领导留下最佳印象。

第三节　流畅表达，让领导感受到你清晰的思路

一个人的语言表达能力还包括表达是否流畅。在领导面前说话需要流畅表达，才能让其感受到你清晰的思路。在现实工作中，我们经常看到一些下属说话支支吾吾、吞吞吐吐，半天说不清楚，有可能只是简单的一句话，但他几乎花了半个小时才说出了这句话的意思，实际上这都是表达不够流畅的问题。如果一个人的表达不够流畅，那将表示其思维不够清晰，因为思想决定说话的内容和方式，也就是思维的清晰度决定着语言表达的顺畅度。若这个人思维不够清晰，那相应地，他在进行语言表达时就会模糊不清，支支吾吾；反之，如果这个人思维清晰，那他在语言表达时就比较流畅。因此，当下属在说话时，领导也在注意你说话是否流畅，以此来推断你的思路是否清晰。对此，作为下属，应该努力提高自己的语言表达能力，做到流畅表达，让领导感受自己清晰的思路。

通常一个有着清晰思路的人，他在开口说话之前就已经经过了一番思考，先说什么，后说什么，哪些该说，哪些不该说，哪些是重点说，哪些只是简要地说

等等。在他们大脑中，似乎有一张关于说话的结构图。这样一来，到具体场合说话时，他们就会比较流畅地来进行语言表达，并且在整个表达过程中，不卡壳，不重复，不 嗦，他的思维就会给人一种溪水源源不断的感觉。当然，若是一个思维不够清晰的人，他的大脑就好像一团浆糊，理不清其中的关系，他根本不知道自己该说些什么，先说还是后说，该说不该说的话他都在说，结果说出来的话就好像乱拧的麻花一样，令人费解。然而，在日常工作中，领导往往会根据下属语言表达的流畅度来判断其思维是否清晰。如果你说话乱七八糟，吞吞吐吐，那领导就会给你的印象贴上“思维不够清晰”的标签。

在周一公司例行大会上，王小武作为职工代表发表讲话：“各位领导，各位同事，大家早上好！我现在向大家汇报上周的工作情况。上个星期，生产部门出现了一些问题，有款最近研发的新产品出现了质量问题，相应地，质监部门也出现了这样的错误，呃，应该是说监督不严的失误，因此导致了大批产品流向了市场，给我们公司造成了不良的影响……对上周的工作，我想总结几点，呃，对了，刚才忘记了说，有质量问题的产品流向了市场，作为公司最后一个关口的销售部也需要担负一定的责任，呃，刚才说到了总结几点的问题，第一，就是在今后的工作中，我们应将质量问题当作重中之重，像上周那样的错误，我们需要避免再次发生；第二是，呃……第二就是希望咱们能在今后的一周中做好各方面的准备工作，就这样，我的发言结束了。”说完，窘迫地坐了下来。

在场的总经理开玩笑：“我以为还有第三点呢。”大家都笑了起来，总经理继续说道：“你在总结工作时，表述不够流畅，东一句，西一句，看来你在说话之前并没有整理好思路。如果你想提高自己的语言表达能力，就应该使自己的思路变得清晰，这不仅对你工作，还是说话，都是很有帮助的。”王小武红着脸，点点头。

在案例中，我们仔细分析王小武的说话，在其话语中，总是出现“呃”这样的不知所云的语气词，还有“对了，刚才忘记说了”、“呃，第二点就是”，这样的模糊措辞。我们可以清楚地听出，他在说话之前基本没理清思路，想到哪里说到哪里，结果说完了前面的，才发现自己前面还有一部分没说，他又顺便在后面加上，如此说话，无疑是东拼西凑，乱七八糟。

金钥匙

在进行语言表达时，为了保持表述的流畅性，我们需要三思而后说，思考好了怎么说，再开口说话。这样的表达很顺畅，让人一听就懂。同时，领导可以发现原来你的思路蛮清晰的。作为下属，在平时的工作中应该随时注意自己的语言表达，保持清晰的思路，努力提高自己的语言表达水平，加强与领导的沟通与交流。

第四节　真挚诚恳的语言更易打动领导

如果彼此之间坚信互相理解，就可以提高知觉的精确性并促进沟通的效果。对此，我们在与领导沟通时，主张使用真挚诚恳的语言，以此轻松打动领导的内心。在平时的工作中，上下级之间的沟通往往会出现一些问题，这是无法避免的，就好像我们避免不了沟通一样。但我们都知道，真挚、诚恳是人际关系中的重要元素，同时，也是促进沟通渠道畅通的有效保证。在任何时候，真挚、诚恳的语言都是最受用的，也是最容易打动人的。真挚诚恳是沟通的基础，无论对于说话者还是听话者来说，这都是至关重要的。说话的魅力，并不在于你说得多么流畅，多么滔滔不绝，而在于是否表达了内心的真挚和诚恳。在工作中，下属在与领导的沟通过程中，语言的美丽源于真挚，与领导打交道，更是贵在诚恳。

北宋词人晏殊以说话真挚诚恳著称。在晏殊十四岁时，有一次参加殿试，宋真宗出了一道题。晏殊看到了试题之后，说："陛下，十天以前我已经做过这个题目了，就请陛下另外再出一个题目吧！"宋真宗见晏殊如此真挚诚恳，对他十分信任，并赐予了"同进士出身"。

在晏殊任职期间，他都在家里与朋友们闭门读书，而其他大小官员都出去吃喝玩乐去了。有一次，宋真宗点名要晏殊担任辅佐太子，对此，许多大臣都很疑惑，怎么会点一个“同进士出身”的人呢？宋真宗说：“近来大小官员经常出门吃喝玩乐，唯有晏殊与朋友们每天在家读书、书写文章，如此自我勤勉，难道不是最合适的人选吗？”晏殊听了，笑了，他向宋真宗谢恩，然后解释道：“其实我也是一个喜欢游玩的人，但因家里贫穷无法出去，如果我有钱，也早就溜出去玩了。”宋真宗听了，十分赞叹晏殊说话的真挚和诚恳，对他也就更加信任了。

晏殊因说话真挚、诚恳受到了宋真宗的信任。在现实工作中，如果下属说话也像晏殊一样真诚，那领导也肯定会对你赞赏有加，而且心甘情愿被你所打动。因此，下属在与领导沟通过程中，需要摒弃那些虚假的奉承话，以真挚诚恳的语言代替，这样才能够成功地打动领导。

曾经打败过拿破仑的库图佐夫，在给叶卡捷琳娜公主的信中说：“您问我靠什么魅力凝聚着社交界如云的朋友，我的回答是‘真实、真情和真诚’。”其实，库图佐夫所说的“真实、真情和真诚”，实际上就是我们这里所说的真挚和诚恳。真挚诚恳是说话成功的第一乐章，把话说得真挚诚恳，这样的话才足以动听，才足以打动人心。

小王是一位推销员，因为工作的特殊性，他可能不会别的，但一定能说会道。在推销的过程中，他遇到了许多冷言冷语的经理或董事长，但小王都以自己真挚而诚恳的话语打动了对方，最终做成了生意。

有一次，他遇到了一位砍价比较厉害的经理，这时小王又使出了自己的杀手锏，他真挚而诚恳地说：“我们工厂只是一家小作坊，这大热天的，工人们在炽热的铁板上加工制作产品，汗流浃背，他们该是多辛苦啊，但是，一想到客户，他们依旧努力工作，好不容易制造出了这些产品。为了对得起这些辛苦的工人，我们还是按照正常的利润计算方法，你看如何？”没想到，这样的话竟然把那位能说会道的经理打动了，最终按小王所提出的价格购买了产品。

白居易曾说：“动人心者莫先乎于情。”隐藏在话语里的至真至诚往往能使“快者掀髯，愤者扼腕，悲者掩泣，羡者色飞”。把话说得漂亮，容易打动人心，并不在于华丽词藻的堆砌，而是话语里蕴含的真挚、诚恳。说话如果只求外表漂亮，而缺乏了其中的真挚和诚恳，那么，它所开出的只能是无果之花，或许，它只能欺骗别人的耳朵，却难以打动别人的心。

金钥匙

美国总统林肯曾说：“一滴蜂蜜要比一加仑胆汁更吸引更多的苍蝇。人也是如此，如果你想赢得人心，首先就要让他相信你是他最真诚的朋友。那样，就会像一滴蜂蜜吸引住他的心，也就是一条坦然大道，通往他的理性彼岸。”用真挚而诚恳的话语打动领导的心，这本来就是上下级之间的最佳沟通方式。

第五节 自信表达让领导感到你是有想法的人

爱默生曾说：“自信是成功的第一秘诀，谁相信自己的能力，谁就能征服世界。如果做一件连自己都担心不能成功的事，那么失败的结局在所难免。”我们也可以说，在这个世界上，除了你自己以外没有人能欺骗你，没有人能阻止你最终走向成功，这就是自信的力量。其实，在日常工作中，我们不仅需要对自己有自信，更需要学会使用自信的表达方式，这会让领导感觉到你是很有想法的人。但在实际工作中，许多下属在与领导说话时总是一副支支吾吾的样子，不敢肯定自己，不敢表现自己，语言表达既胆怯又杂乱无章，结果，领导通过下属这样的说话就深知他内心的平庸与恐惧。真正自信的人，他的自信是由内而外散发出来的，从气质到动作，从打扮到说话方式，他们都是自信的。作为下属，不仅需要内在的自信，更需要以自信的表达方式赢得领导的赏识与肯定。

小泽征尔是世界著名的交响乐指挥家，在他还没有出名之前，他曾参加了一次世界优秀指挥家大赛。在决赛中，他按照评委会给出的乐谱指挥乐队演奏，在指挥过程中，小泽征尔敏锐地发现了不和谐的音符。刚开始，他以为是乐队的演奏出现了错误，于是，他停下来重新指挥，但是，演奏还是出现了不和谐的声音。他当即自信地指出："我觉得乐谱有问题。"

这时，所有在场的作曲家和评委会的权威人士都坚定地说："乐谱绝对没有问题。"面对着权威人士的质疑，小泽征尔涨红了脸，但还是斩钉截铁、充满自信地大声说："不！一定是乐谱错了！"话音刚落，评委们全部站了起来，对他报以热烈的掌声，祝贺他通过了决赛。原来，乐谱是评委们精心设计的一个"圈套"，小泽征尔自信的表达获得了评委们的肯定。因为自信表达，让评委们觉得小泽征尔是有想法的人。

如果小泽征尔是在面试，那些评委则是公司的领导者，那小泽征尔的自信表达该是多么经典啊！无论评委如何质疑，如何确定那乐谱是没有问题的，但小泽征尔一句"我觉得乐谱有问题"、"一定有问题"的自信表达，足以向所有在场的人证明，自己不是人云亦云，而是真正有想法的人。也正因为如此，他最后获得了成功。

在一次面试中，人事部经理看到了这样一个女孩，当他问道："你只不过是一个专科生，怎么会到我们这样的大企业来面试呢？"那女孩一点也不胆怯，而是自信地说："我相信机会都是自己争取来的，而我对自己很有自信。"经理看了看那张年轻的笑脸，嘴里竟说不出拒绝的字眼，他继续问道："可是，你所学的专业是计算机，而我们所需要的是销售人员，如此截然不同的两个专业，你怎么能保证你能胜任这份工作呢？"女孩坦率地说："虽然，计算机和销售是两个不同的专业，但是，学计算机的也需要与人打交道，而这恰恰是销售人员所需要的能力。而且，我从来不否认自己在与人沟通方面有过人的能力。"

最后的结局是可想而知的，这位女孩最终被录取了。

虽然，自己在有些方面的条件不如一起前来面试的人，但是，女孩那自信的表达却是无人可比的。因为自信地表达，可以让人事部的经理觉得：这个女孩是有想法的人。此外，在工作中，那些对自己充满自信的人，在他们身上有着一种非凡的魅力：神采奕奕，精神百倍。这样一种精神状态会直接融入到其说话方式中，从而达到打动领导的目的。

金钥匙

在工作中，可以在领导面前自信表达的下属毕竟是少数，因为有的下属很有想法，但他担心自己说出来会被人笑话，或者不被领导赞同。因此，他不敢自信地表达出内心的想法。这样一来，领导对你的印象就只会留下“平庸”二字。所以，作为下属，要敢于自信地在领导面前表达出内心的想法，让领导感觉到你是一个有想法的人。

第六节　谦逊有礼的说话会赢得领导好感

在日常工作中我们发现，那些说话谦逊有礼的下属很容易获得领导的喜欢，而那些言语激烈的人却难以受到领导者的喜欢。究其原因，前者所使用的是“以退为进”的方法，在领导面前表现得格外谦虚，以此赢得对方的好感，自然领导就可以认可自己了；而后者太急于表现自己，说话大大咧咧，不够谦逊，经常给人带刺的感觉，这样的人反而会惹人讨厌。通常情况下，人们对于那些说话谦逊有礼的人总是怀有一种莫名的好感，会觉得此人值得信任，在沟通过程中，就会对其产生好感，甚至欣赏对方、认可对方。尤其是对于领导者来说，他们这种感觉会更强烈。

在每个领导者内心深处，都有强烈的自我价值肯定，他们渴望被人敬仰，被人尊重。在这样的情况下，如果下属说话缺乏礼貌，就会让领导者感觉不到尊重的存在，同时他会觉得自己在下属面前失去了面子。这样一来，他根本不可能对其产生好感。

小卓和小万是大学时代的好朋友，她们一起进了同一家公司，并应聘到同一个部门。小卓的性格有点内向，无论是说话做事都谦和有度，彬彬有礼，而且，她经常大方地向领导承认“这个我不太懂，特向您请教一二”、“做这个方案需要注意些什么问题呢，你先给我讲讲吧，以免我做错了”，如此，承认自己的劣势，深得上司的喜欢。小万在大学时期是学生会的主席，难免会带点自恃雄才的态度，而且她看起来又很漂亮，所以她更觉得自己是个优秀的人才，她总说“这有什么难的，我三两下就搞定了”、“在这个世界上，就没有我干不成的事情”，这样的她在公司里几乎没有交到一个可以信赖的朋友，反而给自己树立了不少对手。

有一次，公司进行新一轮的人事变动，小卓和小万所在的部门也需要提携一个得力的助手。主管为了显示出公平，决定录用提名和主动竞聘这样两种方式。会议一开始，小万就迫不及待地开了头：“我想来竞聘这个职位，因为我觉得自己各方面都比较优秀，我在大学时期是学生会干部，这让我积累了不少与人交往的实际经验……”当她在台上侃侃而谈时，主管的脸色却有些变了，小万却置若罔闻，依然讲得津津有味。轮到小卓发言了，只见她说：“承蒙大家厚爱了，我觉得自己身上还有很多地方不足，担当不起这样的重任。”刚说完，主管就带头鼓起掌来。

结束发言的时候，主管这样说道：“我觉得小卓挺不错的，谦和有度，在工作中，她能虚心请教，什么时候都面带笑容，做事也很认真，但从来不张扬，当然具体提谁起来做这个助手，这最后的结果还需要在下周一会议上宣布……”其实，主管话里是有玄机的。

果不其然，最后的宣布结果是：小卓被任命为部门助理。

谦和有礼的小卓和张狂不羁的小万形成了鲜明的对比，在领导面前承认自己劣势的小卓让主管有一种优越感，而且小桌说话总是谦逊有礼，时不时总是向主管请教这、请教那，让主管感觉到她就是一个好学的学生。这样一来，主管能不对她产生好感吗？相反，小万的自恃雄才让身边的领导感到了威胁，不知不觉地就对她产生了厌恶。

金钥匙

在中国历史上，多少能力卓越的下属毁掉了前途，甚至丢掉了性命，究其原因，那都是因为太过于暴露自己的能力，说话没大没小，不把领导放在眼里，也因此如此，他们最终都成为了领导手下的牺牲品。所以，作为下属，在领导面前，一定要保持下属应有的谦逊姿态，说话谦虚谨慎，处处显礼仪，这样你才能受到领导的赏识与称赞。

第七节 理智服从，不当面顶撞领导

工作了多年的人总有这样的感受：对领导的服从应该是无条件的，但时间长了还是会倦怠，稍有不慎就会有顶撞领导的念头产生。虽然，观察公司里的那些老同事，他们或许都有过顶撞领导、违背领导命令的经历，但在平时都能够很好地与领导相处。实际上，说到对领导的“服从”，这是很有技巧性的。许多下属经常会遭遇这样的情况：自己可能刚刚受到领导的批评，情绪化地对待领导的命令，不服从，甚至顶撞领导安排下来的工作和指令；或者自己被领导误解了，自己的利益受到了损失，从而引发了内心的抵触心理，跟领导之间的关系简直可以说是到了剑拔弩张的地步。下属每每身临其境时，内心都有想顶撞领导的想法，但理智告诉我们，绝不可以抗拒，而是需要以宽阔的胸怀巧妙地服从。当你理智地执行了领导安排下来的工作，不仅仅维护了领导的尊严，而且暂时的忍耐还会铸就我们明日更灿烂的辉煌。

这天办公室进行办公环境卫生大检查，查到了下属小李工位台下面摆放着许多杂物，但其实是其他部门的同事堆放的。张经理得知行政部被通报批评后，十分生气。回到部门后，当着大家的面，对小李进行了批评：“人家行政通知了那么久，怎么就是你特殊啊，那些东西挪一挪需要费时间吗？害得我们大家都被通报，丢不丢人啊，赶紧收拾啊！”小李觉得冤枉，大声对经理说：“您调查一下啊，这又不是我的，凭什么通报我啊！”经理生气地吼道：“不是你的怎么通报你。”小李顶撞领导：“真的不是我的……”

其实，小李喜欢顶撞领导不是一次两次了，还有一次，公司举办了一场招商说明会，老客户、新联系的客户都来了。这时有几个客户向张经理抱怨说：“宾馆的环境太差了，有的还是三个人一间房，太不像话了。”张经理一面道歉，一面叫过旁边的小李说：“小李，下次一定要注意，说了多少次了，绝对不能怠慢客户。”小李却顶撞说：“张经理，又不全是我定的，再说，宾馆那边也没告知我详细情况……”张经理脸色很难看，说道：“行了，别说了，下次一定要安排好！”

每个人都有被尊重和被认可的需求，特别是领导，再大度的领导也不会接受下属的当面顶撞。某些时候，领导的生气和责骂，可能是出于多种原因，比如给外人看样子、仅仅是表达内心的情绪、显示自己的权利等等，并不是真的针对某个特别的下属。在案例中，第一次小李顶撞领导，他应该先把工位台下的东西收拾好，再私下给张经理解释情况，像案例中这样直接顶撞，会让领导有下不来台、有损威严的感觉。在后面那个场景中，张经理叫小李过来，无非是进行危机公关，这时需要小李配合一下，消消客户的怨气、缓解一下气氛，对小李来说，于公于私都应该顺从领导，这会在领导面前留下好的印象。

早上，主管看到职员小东拿着早餐在办公室里吃，公司规定在办公室是不能吃东西的。于是，主管责备道：“怎么拿着早餐就进办公室了呢？你难道不知道公司的规定吗？”小东低着头回答说：“是的，我知道。”主管再次提出警告：“你这样做会影响到其他的同事，谁愿意在飘溢着包子味、豆浆、油条味道的办公室里工作，你不能只顾自己肚子饱了啊，还需要考虑到身边同事的感受啊。”小东低下头，不吱声了，因为他知道自己再说肯定会受到领导更严厉的批评。

没想到，过了几天，小东又把早餐带到办公室里吃。正巧又被主管看到了，小东心想这下完了，他决定不等主管开口就先发制人，他说：“主管，不好意思，这次又被你当场抓住了，我知道错了，你前几天才警告我，以后如果我还在办公室吃早餐，你就罚我吧。”没想到，主管的声调异常柔和：“好说，好说，我知道你早上起床比较晚，于是经常是买了早餐就来办公室了，结果往往不注意就在办公室吃了早餐。”小东点点头，主管继续说：“但这是违反公司规定的，如果你真的没地方吃早餐，你可以在这个走廊上吃完了早餐再进办公室。”小东点点头，没想到只要自己顺从，领导原来是很好说话的。

在这个案例中，小东先后两次向主管诚恳地道歉，特别是后面一次，他先发制人，率先批评自己，言辞恳切地表示自己应该受到惩罚。出人意料的是，就在小东一个劲地责备自己的时候，主管已经开始宽容他的过错。在工作中，如果免不了受到领导的责备，那为什么还要顶撞领导呢？不如自己先承认错误，主动求得领导的原谅。

金钥匙

任何一位下属都知道“服从第一”，但服从不等于盲从，一定要理智服从。理智服从其实就是一种人生策略。如果你是一位善于沟通的下属，在与领导的沟通过程中，正确的方法不是无视领导而是认真地去执行领导所下达的指令，并在执行过程中妥善地弥补领导的失误，在服从中显示出自己不凡的智慧，这样你才能受到领导的重视和认可。

第十章 解析类型，见不同的领导说不同的话

在日常工作中，我们所遇到的领导性格不一样，那将决定着我们对其说话的方式也不一样。作为下属，要学会摸清领导脾气，说话对准领导心气，详细了解领导性格，这样会让上下级之间的沟通更顺畅。

第一节 摸清领导脾气，说话对准领导心气

在工作中，我们面对自己的领导，但却并不了解对方的性格，也不知道该如何与对方说话。实际上，每个领导都有自己的性格特点，与人相处的最佳法宝就是如何避开对方个性中比较消极的部分，而迎合其个性来表现自己。这样一来，我们要想自己与领导之间的沟通更为有效地进行，那就需要首先摸清领导的脾气，然后运用相应的说话策略，以求所说的话语对准领导的心气。因此，在我们与领导进行正面接触时，就需要了解更多关于领导的信息，而最为重要的一点就是领导的脾气。因为一个人具备什么样的脾气特征，那他在工作中就会把这样一种个性表现出来，而且还会影响到你的工作。比如以他的脾气所展现的优点和缺点是什么？他喜欢什么样的工作方式？他怎样获取信息？当发生冲突或矛盾时，他通常会采用什么样的方法？如果我们没能摸清足够多的信息，当我们与领导说话时就会盲目行事，这就

难免会出现一些不必要的冲突、误会和问题。

小颜是历史系的学生，大学毕业后，顺利应聘到星星旅行社，并完成了她儿时的梦想——当一名导游。第一天报到，小颜看着有些严谨的女经理，心里很不以为然，小颜本身是一个性格独特的女孩子，她不太会委屈自己而顺从别人的个性。因此，在她上班的时候，妈妈就一再叮嘱她："收敛收敛自己的脾气，你这样，准要与领导吵架。"

果不其然，上班不到10天，就出了一件事情。有一天，一大群游客聚集在星星旅行社门口，吵闹着讨个说法。这时女经理走出来，面带微笑，问道："请问有什么事情吗？"大家纷纷投诉"你们旅行社怎么搞得？游客的东西不见了，却说这不关你们的事情，这是哪门子道理啊？"、"就是啊，今天无论如何得给我们一个说法"、"我说不用你们赔偿，但你们导游总该打个电话报警吧"。女经理算是听明白了，说道："我们一定会给大家一个说法的。"事后，女经理了解到那位说"不关我的事"的正是新来的职员小颜，经理打算找小颜好好谈谈。

没想到，女经理刚开口："人家毕竟是旅客，他们的东西丢失了，你怎么可以说不关自己的事呢？"

小颜头抬得高高的："本来就不关我的事情，凭什么东西不见了就赖在我身上啊。"

女经理压住内心的火气："你不要以为当导游就是背背历史，不是这样简单的，旅客将假期的所有快乐都交给了我们，我们理应负责到底，如果你继续以这样的态度说话，那你趁早走人。"

小颜也生气地说："旅行社又不是你家开的，以为自己是老板娘啊？"

这话说到了女经理的苦处，原来女经理喜欢了老板很多年，但老板却是无动于衷，女经理最讨厌别人说到这事情。

这时，只见女经理大声吼道："你现在就收拾东西给我滚。"

其实，在这个案例中，小颜犯了两个错误：一是她没有摸清楚领导的脾气，二是她说话没有对准领导的心气。虽然小颜是一个新来的职员，可能会对领导的情况了解得很少，但是她依然可以通过同事或者领导身边的人进行了解。否则，事情就不会演变成这个样子了。

金钥匙

当然，了解领导脾气禀性的途径很多。当我们刚开始接触领导时，不要急于拉近彼此之间的距离。因为我们根本不了解领导的脾气，这就有可能给我们的沟通带来一些障碍。这时我们可以通过身边的同事或领导周围的人了解领导，并且在平时工作中寻找各种机会，对领导行为中的蛛丝马迹作仔细的观察，这样才能够准确地摸透领导的脾气，从而进行对症下药。摸透了领导的脾气，还需要我们顺着对方的心气说话，这样才能有效地建立与领导之间的和谐关系。面对不同脾气的领导有不同的应对策略，这就需要我们在平时工作中多观察、多思考。当我们摸透了领导的脾气之后，再与领导进行沟通或交流，这就需要对症下药，灵活地采用不同的应对策略。

第二节 揭密领导性格密码，沟通更顺畅

职场或官场中，我们会遇到不同类型的领导：有的领导性格温和，为人谨慎；有的领导脾气暴躁，做事草率；有的领导性格直爽，做事认真。其实，不同性格的领导，往往有不同的性格密码。对此，在日常工作中，我们要找到领导性格的密码，以此来摸透领导的脾气。心理学家认为，摸透领导的脾气，及时调整相处策略，在此基础上发挥自己的工作能力，是职场生存的重要法则。许多人抱怨：“领导的脾气难以琢磨。”其实，不能真正地了解领导，这大部分是作为下属的心态问题。在工作中，大部分下属并没能真正把领导当作领导看，他们太注重自己的个人感受。所以，我们没有主动去适应领导的工作风格和工作习惯，这样就会使自己处于一个十分被动的地

位，自己也会感觉到与领导总是格格不入，水火不容。

其实，作为职场中的一员，我们要随时端正好自己的心态，既然他是你的领导，那么无论他的脾气有多么古怪，你都不可能去改变他。既然是改变不了的东西，那么最佳的办法就是让自己去适应他。实际上，领导的性格往往体现在其具体工作中，比如工作习惯与作风。因此，当你开始踏入职场，首先就是需要花点时间去了解领导的工作习惯与作风，摸透领导的脾气，按照领导的想法，对自己的工作方式与习惯作出适当的调整，你就会发现其实与领导相处并不是那么困难。此外，作为下属，不仅需要摸透领导的脾气，还需要揭示出领导性格的密码，比如领导这样的性格有怎么样的特征。打个比方，豪爽型的领导，这类领导性格外向，因此大多不注重表面形式而更看重你的实际能力。他很欣赏办事认真、细致的下属，对那些不拘小节的下属他也不会反感。但是，面对这样的领导，需要真诚坦然的态度，千万不要背着他搞小动作，或者是当面顶撞他，这都是必须避免的。

经理是一个严谨的人，他对待工作一丝不苟，对下属严格要求。这些信息都是小安在进入公司第一天就了解的。因此，小安开始收敛起自己随意的个性，对经理安排的工作，她一定要完全弄明白其中的确切意思才去执行，否则她是不敢随便擅自做主的。

这天开会时，领导说到最近工作的事情，突然转过头来对小安说："你就是穿着这身衣服去接待客户的吗？"小安茫然地点点头，经理脸色有些不悦："你知道吗？你所接待的都是欧洲过来的客户，如果你以这样的打扮接待他们，那简直是损坏了咱们公司的形象。"小安低下头，原来经理的严谨不仅仅体现在工作中，还体现在员工的穿着上。

还有一次，小安拿着打出来的价格表交给经理，经理只是粗略地看了一下，就说道："下次请你在做这样文件时，需要核实情况，据我所知，这个是上个月酒店住宿的价格，这个月已经不是这些数字了，重新去做。"小安想说什么，但想到领导本身是一个严谨的人，如果自己辩解，那无疑是火上浇油，于是，她默默地退了下去，将酒店住宿价格重新核实后将文件重新做了一份。

案例中的经理是一位典型的冷静型领导，这样的领导通常具有较强的自我保护意识，因此当我们在与其接触时不要过于亲近。由于其谨慎的性格特征，他在平时都是自己作详细的工作报告记载，而且欣赏一丝不苟的工作作风。所以，下属在工作中就需要注意培养自己这样的工作风格，尽量把你交给他的工作计划写得越详细越好。此外，还需要多注意自己的言行举止，穿着打扮，只有方方面面都严谨了，才能受到领导的赏识。

金钥匙

在日常工作中，每个领导都会显露出属于他自己的性格特征，这时我们就需要仔细琢磨，这样一些性格在工作中具体表现在哪里。揭示出领导的性格密码，促进上下级之间的沟通，比如懦弱型领导缺乏主见，说话做事容易朝令夕改，对任何事情都优柔寡断；苛刻型领导喜欢“鸡蛋里面挑骨头”，可谓是典型的完美主义者，无论我们的工作做得有多完美，但他还是百般挑剔。只要我们了解了这些领导的性格密码，就能够采用适时的策略，与其进行有效的沟通。

第三节　依据领导行事风格，掌握沟通方式

在现实工作中，不同的领导者有不同的形式风格，比如，有的领导者行事比较霸道，有的领导者做事比较优柔寡断，还有的领导者做事时疑心病比较重等等，这样一些不同的行事风格，其实可以窥探出其性格特征，从而有利于我们掌握恰当的沟通方式。通常情况下，许多领导者的性格特征和行事风格都是后天在工作中养成的，单就行事风格来说，领导者所具有的是非常丰富的综合素质和基层经验。

每一个成功的领导者都有自己独特的行事风格，没有哪两个领导者是完全相同的。究其原因，那是因为他们的性格特征不一样。领导的性格会在其行事风格中留下显著的印记，成功领导者的行事风格都是在工作中不断培养起来的，是在工作中不断改进、完善，发扬优点，改进缺点，才形成了独具一格的行事风格。

报到第一天，小李就见到了陆经理。只见陆经理一脸严肃地坐在办公室的沙发里，嘴里叼着香烟，对小李说："欢迎你成为我们公司的新员工！我自我介绍一下，我是华夏集团的陆华，以后你就叫我陆经理。你应聘的职位是总经理秘书，以后也就是在我身边工作，我的要求很简单，只有两个字——服从。而且是无条件的服从，我最讨厌别人问我为什么，以后希望你不要问这些问题。"小李面带微笑，点点头。

一天，小李递交了自己所拟写的领导说话稿，因为陆经理需要参加一个会议，并要在会议上做一个长达半个小时的讲话。陆经理看过之后，直摆手："这个不行，必须得重写。首先，这不是我的说话风格，关于我的说话风格，你可以查阅之前我的讲话记录；其次，你额外增加了一些我不需要的内容，要讲的内容我在早上就给你了几点说明，你只需要把这几个问题弄清楚就行了，我不需要的内容，你一句话也不要增加；最后，关于上述两点的不合适地方，你竟然没向我报告，我告诉过你的，工作中的每一件事都需要征求我的意见。"小李点点头，想必这就是陆经理的行事风格了，果然跟传说中的一模一样，看来自己以后需要调整自己的沟通方式了。

第二天，小李在拟写报告时，三次征求了总经理的意见"陆经理，您觉得这个方案怎么样，需要修改吗？"、"陆经理，上个月的数据需要加进去吗"、"陆经理，您打算在这次大会上讲话多长时间，我好浓缩报告书的字数"。这期间，陆经理好像很享受整个过程，就好像是那种掌控一切的状态，而小李与其之间的沟通也变得越来越顺畅了。

在工作中，像陆经理这样的领导会不断要求下属这样做或那样做，对于这样行事风格的领导，下属必须常常让他感到自己的存在价值，并且采用这样的沟通方式：做事要顺从他，对于工作中的任何决定需要向其征求意见，这样领导会觉得与你沟通是非常愉快的。

金钥匙

通常下属要面对各种各样的领导，而且，他们感觉到与领导沟通是一件很痛苦的事情。在许多下属看来，领导的许多言语行为是他们摸不透的，领导的许多做法在他们看来也是不知所云，这时下属都忽视了去观察领导的行事风格。或许，在下属面前，领导会有意识地隐藏自己的性格脾气，以保持自己身份的神秘性。但他们也往往忽视了另外一个方面，那就是他们的工作风格或作风会透露自己内在的性格特征，这里所说的工作风格或作风，其实就是领导的行事风格。在工作中，领导所说的每一句话，甚至每一个手势都透露着其内在的性格或脾气，下属就可以以此为依据，从而选择恰当的沟通方式。这样主动寻找沟通方法的下属是领导最赏识的，也是最喜欢的。因此，下属需要在实际工作中从领导的一言一行、一举一动来透析领导的行事风格，依据行事风格来确定沟通方式，准确领会领导的意图，以此获得领导的青睐。

第四节　和性子急的领导说话要干脆利落

在我们身边，经常可以看到性子急的领导，他们做事总是火急火燎，似乎在其身后有一团火在追着他们，因此，他们无论是说话还是做事，速度都异常快，丝毫不怠慢。这样的领导有个很明显的特征，那就是喜欢干净利落，讨厌啰嗦、绕圈子。如果下属性子比较慢，那与这样的领导无疑是相克的。通常他们在说话时，都是直来直去，有什么就说什么，恨不得一下子把心都掏出来。因此，他们更喜欢与那些说话干净利落的下属打交道，因为性子急的他们等不了多长时间，等待的时间越长，他们的脾气就越急躁。如果我们面对这样的领导，那就努力让自己的语言表达变得简练一些，干净利落，若是论述一件事情，三言两语就说清楚，切忌东绕西绕，这样只会让领导火冒三丈。

张经理是一位性子急的领导，他平时说话很快，一句话还没说完，下面一句话就开始了，这样的说话方式总是给人一种紧迫的感觉。用张经理自己的话说："现代社会生活节奏快，如果你们需要花时间来等我说话，那无疑是浪费时间和生命。"当然，他的言外之意就是"我也不喜欢等待你们说话"。

王珂在公司里工作一段时间了，但他还没有正式跟经理接触。最近，王珂被调到了办公室当策划员，那将意味着他每天都要与经理接触了。到办公室第一天，同事就告诉王珂："你说话简洁利落吗？张经理最讨厌下属说话慢了，咱们办公室好几个以前说话慢的同事都在他的训斥下变得快了。"王珂心中一惊，惨了，原来王珂是一位慢性子，他说话一向都是慢条斯理的，比如"这个事情，呃，怎么说呢，这个事情"，这样的说话方式，曾被朋友戏称"听你说话的人估计都睡了一觉醒来，你还停留在这句话上面"。

这天，王珂拿着已经写好的企划案忐忑不安地走进办公室，张经理语速很快地说："你是才调过来的新职员吧，这是你写的企划案，这样吧，你先叙述给我听听，然后我再考虑是否合适。"王珂有点紧张，再加上他本身说话比较慢，张口就结结巴巴："这个企划案，企划案，所说的其实，其实就是，产品的分析问题，分析问题，呃……"张经理脸色有些不悦，急切地问道："你倒是说清楚啊，我看见你嘴巴光是在那里动，可我什么都没听到，你到底说的是什么？"

看到经理生气了，王珂愈发紧张："这个企划案，企划案，企划案……"经理挥了挥手，有些不耐烦："你说话能不能简洁一点，干净利落一点，总是这样啰嗦、结巴，我是没办法听下去的，可能你通过同事已经知道，我性子比较急躁，如果听你说话就需要花上半天时间，那其他的事情我还做不做了？这样吧，你先下去整理整理，明天继续当面跟我说这个企划案的内容，我只给你半个小时的时间，如果你在这半个小时之内没说完，那责任在于你自己。"王珂小心的接过企划案，向经理点点头就走了。

在案例中，张经理就是一个典型的性子急的人，而王珂则是一个慢性子，这两个碰到一块儿沟通，那肯定是有问题的。通常情况下，性子急的人所表现出来的特征就是“快”，说话快，做事快，就好像一阵风似的。说话快，也就是心里想说什么就说什么，不思考，不等待，只要有了说话的欲望就恨不得一下子说出来；做事快，也就是希望一口气就可以将事情做完，如果有人告诉他需要等待，那他肯定晚上都睡不好觉。

金钥匙

当然，性子急的人最容忍不了的就是“等待”，在他们看来，等待就好像是一种煎熬，在等待的过程中，他们的情绪会变得异常暴躁，嘴里一直催促着“快点，快点，什么时候才能好呢”。作为下属，如果你的领导是一位性子急的人，那你就需要迎合其这突出的个性，在沟通过程中，尽量简洁地表述一件事情或与工作有关的东西，不要让领导总是等待你，等待时间长了，领导失去了耐心，今后他将不愿再听你说话了。

第五节 面对谨慎型的领导，说话要细致有条理

现实工作中，越来越多的领导变得谨慎睿智，这表示着我们与领导的沟通也变得越来越难了。通常谨慎的领导工作一丝不苟，对工作严格要求，比如他们会自己记载详细的工作报告，或者对工作中的事情亲力亲为。而且，最为关键的是，谨慎型领导会用自己的这种“谨慎”作为对下属的要求，相比较工作马虎的下属，他更欣赏那些工作认真、踏实的下属。因此，下属在工作中就需要培养自己这样的工作风格，尽量将领导布置下来的工作做得越仔细越好。除此之外，在与谨慎型领导沟通时，也需要注意说话的方式，说话不能大大咧咧，或是一团混

乱，毫无逻辑，而是需要细致而又有条理。细致而有条理的说话方式才是谨慎型领导所欣赏的，所认可的，这样的说话方式也恰好符合领导的风格。如果下属以这样的方式说话，那领导会由此判断你是一位工作认真、谨慎的员工，以他的性格，他定会对你产生好感的。

在工作中，谨慎类型的领导做事很严谨，不容得半点马虎，即便是一个细节，也会有很严格的要求，如果下属因马虎大意而忽略了细节方面的问题，那肯定会换来领导的一顿训斥。对工作要求即是如此严格，那在与下属沟通中也会有一样的要求。谨慎类型的领导不欣赏说话毫无逻辑的下属，也不欣赏说话粗心的下属。在他们看来，说话与工作一样，都需要细致、严谨，否则就会觉得你这个人不靠谱。

部门的张经理是一位谨慎的领导者，在平日的工作中，他说话细致而有条理，做事认真而细致。对一件工作的执行，他会亲自督察每一个细节部分，包括视察、监工等环节，他都会参与其中，不时提出一些建设性的意见。当然，他希望自己的下属工作也与自己一样，尤其是说话方式，他更欣赏那些说话细致而有条理的下属。

在部门里有个职员叫小王，他观察张经理很久了，在他看来，若想受到经理的赏识，那肯定要培养与之一样的说话方式，也就是细致而有条理的说话方式。小王暗暗训练了很久，终于等来了施展能力的机会。

这天张经理把小王叫来，吩咐道："小王，你现在到集市上去看一下，看看今天早上有卖土豆的吗？"小王很快就从集市上回来了，他一口气向张经理汇报说："今天集市上只有一位农民在卖土豆，一共40袋，价格是两毛五分钱一斤，我看了一下，这些土豆的质量不错，价格也便宜，于是随便带回来一个给您看看。"

小王边说边从提包里拿出土豆："我想这么便宜的土豆一定可以赚钱，根据我们以往的销量，40袋土豆在一个星期左右就可以全部卖掉。而且，咱们全部买下还可以再适当优惠。所以，我把那个农民也带来了，他现在正在外面等您回话呢……"张经理听了，微笑着点点头，赞许地向小王伸出了大拇指。

在整个案例中，小王的叙述细致而有条理，虽然经理只吩咐了小王一件事情，但聪明的小王有条不紊地将经理所需要知道的情况全部调查清楚了，并在第一时间报告给经理。在最后，他不仅带来了土豆的样品，而且还带来了那位销售土豆的农民。如此谨慎细致的工作态度以及严谨有条理的说话方式，也难怪张经理会赞许地点点头，并向小王伸出了大拇指。

金钥匙

实际上，谨慎型领导的想法是正确的，一个人的说话方式往往会透露其工作的作风与习惯，一个说话粗枝大叶的人，他在工作中也会一样犯粗心的错误。相反，一个说话细致而谨慎的人，他在工作中会更细致、更谨慎。作为下属，可以有效与领导进行愉快沟通的方式只有一个，那就是努力培养可以迎合领导个性的特征，以此来获得领导的青睐。如果遇到的是一个谨慎的领导，那你就要培养细致而谨慎的说话方式和做事风格，这样你才能受到领导的赏识与认可。

第六节　对爱挑刺的领导，学会顺着他说话

对于下属来说，遇到喜欢挑剔的领导是最令人头痛的事情了，由于这种类型的领导存在，下属常常会因此处于不自信的状态中。比如，明明下属是完全按照领导的吩咐去处理一件事情，但事后领导会指责下属办事不力；对于工作的要求，比如文件的内容和打字格式是他告诉下属的，等下属按照要求拿给他签字时，领导却又说这些文件应该重打；下属从事的是专业性很强的工作，但对下属专业一知半解的领导却偏偏对其能力“很不放心”。诸如此类的例子还有很多。遭遇过爱挑剔的领导的下属都会有这样的感觉：在挑剔的领导手下工作觉得自己

浑身上下的汗毛都是竖着的，左右都不是，因为自己怎么做都会让领导看不惯，不管怎么说，都会让领导不如愿。遭遇爱挑剔的领导，对下属来说，总是很不利的，其实，也不是全无办法，面对那些爱挑刺的领导，应该学会顺着他话说。只要你顺着他的话说，他就没办法再对你进行挑剔了，上下级之间的沟通也会变得顺畅起来。

整个办公室都知道，罗主管是最爱挑刺的领导，对于一些很细小的事情，他总是“鸡蛋里面挑骨头”。刚开始，大家都很不习惯，听到那刺耳的话语，感觉眼泪都要流下来，但时间长了，大家都习惯了，总是将这样的“挑剔”当作主管的一种习惯，那几句刺耳的话就当是耳边风过去了。

最近，办公室新来了一个员工叫黄东，看样子就是一个桀骜不驯的人。这天，黄东帮忙打印了一份文件递交给罗主管，不料，罗主管“啪”地一声将文件扔在桌子上，说道：“你什么大学毕业的？怎么连打印文件这样的小事情都做不好呢？打印之前，需要进行文档整理，你这样不成段落的样子打印出来，叫我怎么看？”黄东为自己辩解道：“这本来就是草稿类型的文件，也不是下发的文件，你只需要过目就可以了，用不着那么正规地制作文档吧。”罗主管一听，更是发飙：“那叫你去食堂吃饭，你为什么还要吃菜呢？干嘛不只吃饭呢？这就是工作，我交待给你的工作，你需要认真完成，容不得半点马虎，像你这样的工作态度，我发现你倒适合做老板，而不是适合当员工。”黄东一气之下，摔门而去。

第二天，黄东就被罗主管以工作态度不认真为理由给辞退了。

在工作中，遭遇爱挑刺的领导，如果你直接顶撞，那后果是很糟糕的，有可能直接的后果就是你卷被子走人，就好像案例中的黄东一样。既然领导喜欢挑刺，就让他挑好了，你不妨顺势承认自己的错误，反而卖了一个面子给他，他也不好再说什么了。对于领导的挑刺，不要太计较，一旦你开始计较，就会没完没了。作为下属，应该将自己的工作放在最重要的位置，如果你真的喜欢这份工作，即便遇到再挑刺的领导，也需要坚持下去，因为这份工作不能放弃，所谓求同存异，不要将领导的个性与自己所喜爱的事业同日而语。

金钥匙

在工作中遇到喜欢挑刺的领导，不妨先考虑一下他挑剔的背后动机是什么？是他本身对自己、对工作的要求就很高，还是借此来考验下属或者打压下属？实际上，我们换个角度看，那些喜欢挑刺的领导，其实就是要求高的领导者，作为下属，不妨欣然接受领导的批评和建议，视他为鞭策自己成长和进步的“贵人”，摆正自己的心态，尤其是部门的新人都会遭遇部门主管对自己的挑剔、考验，以此了解自己的各方面能力，最后，经得住考验的人才能受到领导的赏识。而经受住领导考验的最佳途径，就是顺着领导的话说，让他知道你是服从于他的。

第七节 面对爱吹牛的领导，不如多恭维两句

在日常工作中，我们处处可以看到那些喜欢自我吹嘘的领导者，他们在各种场合、不同的人面前大肆地吹嘘“最近买了新房子，什么时候有空过来参观一下”、“你觉得我这辆新车咋样，比你那个要高贵点吧”、“在我看来，我觉得月收入五千以下的人都是低等人士，这将直接说明你本人没有能力”等等。这种类型的领导者，我们可以称之为喜欢吹牛的领导，并不是他们平时说话漫无边际，而是喜欢吹嘘自己的本事，吹嘘自己如何如何有本事，然后期待看到下属敬佩自己的表情。在这时，如果领导者能听到一些恭维的话，那无疑是锦上添花了，他会认为你是最懂他的心腹，在虚荣心的膨胀下，他会乐意与你继续说下去，那这样一来，作为下属，你将了解到更多关于领导的信息，从而有利于上下级之间的和谐相处，同时也可以保障自己的职场前途一片光明。

通常人们会将“恭维”这个词语划分到贬义词这一类，从字面上理解，恭维

指的是“为讨好而赞扬”，似乎这样的赞美不是发自内心的，与我们所说的真诚的赞美是存在着本质区别上的。并且，在现代社会，许多年轻下属很反感恭维，尤其是恭维领导。其实，我们应该辩证地看待恭维，一味地反对恭维，做“愤青”和一味地没原则的迎合都是不妥当的。

王经理平时最喜欢的事情就是在办公室里“吹牛”，所吹嘘的事情无非就是自己认为最得意的事情，其实他说来说去就是那几件事情，办公室里的下属听得耳朵都长了厚厚的茧子了。于是，只要王经理在集体办公室坐下了，开始说“记得那时候……”这时下属们就会有捂住耳朵的念头，心里无声地默念：天哪！又开始了。久而久之，办公室里的下属们都背后称呼王经理为“吹牛大王”，因为只要是在王经理出现的地方，没有哪个下属有胆子吹牛。

最近，办公室里新来了一位同事小吴，虽然，在办公室呆了几天，也听说王经理有趣绰号的事情。但小吴似乎并不反感王经理的自我吹嘘，而且小吴还会适时说两句好话。这天，王经理又坐在办公室里“吹牛”了“记得那时候，我一个人南下来到这座城市，当时我就知道，在这个城市会有我的一席之地，我一定会找到属于我的那片天空。我发誓，我一定要在三十岁之前挣足一百万。”坐在一旁的小吴恭维道：“真是很有志气！一听这话就是做大事的人，哪像我们的目标，可能只是为了混顿饭吃而已。”这句话很受用，王经理脸上堆满了笑容，继续说道：“就是凭着年轻时的这股锐气，我当时有了创业的想法，在深圳开了一家餐馆，虽然只有五张桌子，但生意好得出奇，我从来不觉得自己有经营方面的能力，但通过这个事情，我知道了……”在这个过程中，小吴不时附和“确实是这样”、“天哪，您是怎么想到的”、“您真不愧是做大事的人，连这样的想法都跟常人不一样”，同时以敬佩的眼神看着王经理，这让王经理越说越兴奋，同时，他对小吴也越来越信任了。

通常情况下，喜欢吹牛的人最喜欢听的就是恭维的话，即便这不是真的，那听上去还是会很舒心的，而他们最尴尬的事情就是被人拆穿或不理不睬，因为这都无法满足其吹嘘带来的膨胀虚荣感。对此，作为下属，如果你的领导喜欢吹牛，那不妨成全其这个特殊的“癖好”，适时送上几句恭维话，或几顶高帽，领导高兴了，你的职场前程也就有希望了。

金钥匙

恭维到底是贬义词还是褒义词？这需要我们视具体情况而定，需要了解身边的环境，看清楚迎合的对象，不要一开始就戴着有色眼睛去看待这个现象。比如，在古代，纵横家在进谏前，通常会先说一些让皇帝舒心的话，然后话锋一转，直奔主题，这样一来，就可以在未触怒皇帝的前提下达到自己进谏的目的。在现实工作中，下属主动与领导搞好关系，可以有更多施展才华的机会，这算是一件好事。因此，如果你的领导喜欢吹牛，那作为下属，不如多恭维几句，保准让领导听了心花怒放。

第十一章 真挚赞美，领导也爱听悦耳的话

赞美是一门艺术，俗话说："一句话能把人说笑，也能把人说跳。"作为下属，更需要学会真挚赞美，因为领导也爱听悦耳的话。赞美，会缩短上下级之间的距离，让你与领导的关系更亲近。将赞美的话说到领导心坎上，这是博得其好感的最佳途径。

第一节 学会赞美才能与领导更亲近

心理学家认为："人类本质中最殷切的需求是：渴望被肯定。"在工作中，对领导来说，被下属赞美是一件令人喜悦的事情，恰如其分的赞美，会让领导感受到人际之间的理解和温暖，能够打动领导，有效地增进下属与领导之间的心灵交流。我们经常会感受到赞美的魅力，赞美不仅能打动领导，而且也使自己获得帮助。通常情况下，人们总是对自己最感兴趣、认为自己最重要的人和事希望被人赞美。领导的心理与普通人并无太大的差别，因此，我们在与领导说话的过程中，应该遵循一个原则：尊重领导，肯定领导，并真诚地赞美领导。那些悦耳的话语会让领导者感受到下属的尊重和真诚，不知不觉之间，他会更愿意亲近下属，与下属之间建立和谐融洽的关系。

周末，小舟正在家里休息，接到了上司王姐的电话：有时间吗？陪我逛街去吧。虽然王姐的语调很平和，和蔼可亲，但小舟也不好拒绝，毕竟王姐是领导，可不是自己那些朋友。而且，小舟作为王姐身边的得力助手，自然不应该怠慢王姐的吩咐。于是，她简单地收拾了一下，就出门了。

快到商场门口了，远远地，小舟看见王姐穿着白色圆领T恤，外套是黑色小西装，下身是最近流行的哈伦西裤，既像是职场丽人，又像是邻家姐妹，王姐年纪并不大，三十岁左右。小舟走进了一些，忍不住惊呼："哎呀，王姐今天穿得真漂亮！"然后指了指旁边的花儿，说道："你瞧，把花儿都比下去了。"女为悦己者容，王姐一听马上喜形于色："哪里，这都是两年前买的，我还没怎么穿过呢，你觉得很好看吗？"小舟兴奋地说："当然了，但不是任何人都能穿出这样的气质，主要还是王姐你人长得漂亮，如果是我穿起来，估计就是扔进人群里都找不出来。"王姐听得心花怒放，边笑着，一只手已经主动地挽起了小舟的手肘，如此亲密的动作让小舟有点受宠若惊。

俗话说："良言一句胜过三冬送暖。"在与领导沟通时，下属若是能适时说上几句赞美的话，这对于融洽上下级关系可以起到积极的作用。作为下属，要想拉近自己与领导之间的距离，要想使自己的工作更顺畅，那就要学会说一些可以让领导更容易接受的话。在这其中，真挚的赞美，无疑是最好的捷径。

琳琳与总经理一起出差去外地谈判，谈判结束后，双方将文件放在桌子上，互相签字。琳琳站在一边，看总经理签字，凝神细看，发现那字写得特别漂亮。不过，碍于客户还在现场，琳琳不好将赞美的话说出口。

整个谈判过程结束后，琳琳与总经理一起出门走出饭店。这时琳琳才开口说："刚才看您签字，发现你的字写真漂亮，看来经理您也是一位文学雅士呢。"总经理笑了，谦虚地回答："哪里哪里，我只不过偏好写字，平时也有练书法的习惯。"琳琳惊讶极了，忍不住赞叹："真的吗？那真是少有的，在现在这个电脑写作的年代，像您这样还保持练书法的习惯，真是值得敬佩，看来我需要向你多学习学习。"本来，总经理是话不多的人，但经过琳琳几句赞美之后，居然打开了话匣子，说起了自己酷爱的书法。

在大多数时候，尽管下属对领导的赞美并非全是出于内心真实的想法，但领导却是很乐意听，面对来自下属的赞美很是自我陶醉。在社会学中，有一个著名的理论——人人需要肯定。从这个理论可以揭示出，人们对于赞美的需求程度虽然是不一样的，但只要是好话，谁听了都会受用。

金钥匙

每个人都需要赞美和激励，对于领导者来说也不例外。在平时的工作中，对于领导的工作能力、穿衣打扮、说话方式等等，只要你细心发现，就会察觉其实赞美领导是一件再简单不过的事情。比如将建议可以换成对领导成就的适当赞美，那很有可能会因满足了领导的成就感而激发其向着我们所期待的方向发展，同时，还会让领导对自己有更多的好感，从而缩短上下级之间的距离。

第二节　抓住特点，赞扬领导不要落俗套

美国著名心理学家威廉·詹姆斯曾说过：“人类本性上最深的企图之一是期望被赞美、钦佩、尊重。”我们可以毫不夸张地说，希望得到尊重和赞美，是人们内心深处的一种渴望。对于领导者来说，在他们内心深处也有这样的渴望。一般而言，赞美是人们对美好事物、美好行为的褒扬性的评价。从某种程度上说，赞美可以激发人的自豪感和优越感，并营造出美好的心情。当然，赞美并不是空泛的，而是需要抓住特点，有一定的针对性，换句话说，赞美更需要不落俗套。如果领导长相漂亮，你仅仅以一句“您很漂亮”这样的话来赞美，未免显得有点单薄，丝毫没有创意。因为只要是眼睛能看见的人都会看到她很漂亮，也正因为这样，大多数对她的赞美都是“您很漂亮”。这样的话听得多了，就营造不出什么好的心情，领导也不会有什么感觉。可以说，你的赞美并没

有达到目的。

王先生和夫人带着一位翻译同一位外商洽谈生意，外商见到夫人后，便夸赞道："你的夫人真是太漂亮了！"王先生客气地说："哪里，哪里。"翻译听到这话，心想可碰到难题了，这"哪里、哪里"怎么翻译呢，最后，他翻译成了："Where，Where？"外商听了，心中感到疑惑，心想，说你夫人漂亮就是漂亮呗，还非要问具体漂亮在哪里？于是，外商笑着回答说："你的夫人眼睛漂亮，身材好，气质好……"说完，大家都哈哈大笑起来。

这个有趣的故事告诉我们，在赞美领导的时候，一定要在心里问自己"哪里、哪里"，领导漂亮在哪里，好在哪里，这样一来，你的赞美由于有了针对性而成功地打动领导，甚至，有可能会产生神奇的效果。我们要明白，当我们赞美领导"真好"、"真漂亮"时，他内心深处就立即会有一种心理期待，很想听听下文，到底"好在哪里"、"漂亮在哪里"，这时，如果没有针对性的表述，领导该是多么失望啊。

小蕾平日里嘴巴很甜，既漂亮又聪明，最惹领导喜欢的还是她那与众不同的赞美。小蕾的上司是一位从国外回来的海归女，平时很喜欢打扮，又很会搭配衣服，稍微一动手，就能变换出许多新衣服。有时候，看到领导不错的打扮，小蕾则会说："你的穿着好有品位哦！""品位"二字一下子就提升了档次，既不是漂亮，也不是新潮，而是品位，也难怪女上司听了，笑容更友好了。

如果是同样一身衣服，但女上司只是加了一条围巾，或增加了一条项链。小蕾也会甜甜地夸上一句："项链不错哦，很精致"、"围巾好有风格，很洋气"。她总是能将那些好的东西说得更好，赞美角度新颖而不落俗套，也因为如此，她与女上司之间的关系越来越密切。

赞美领导的话需要有新颖、独到之处。因为对领导者来说，可能一些比较俗套的赞美话语，他是经常听到的，甚至已经成为习惯了，因此，他更希望听到一些与众不同的赞美，这样赞美的效果才能发挥到极致。

金钥匙

巴尔扎克说："第一个形容女人为花的人，是聪明人；第二个这样形容的人，就一般了；第三个再将女人比喻为花的人，纯粹是笨蛋。"这段话给我们一些启示：赞美是需要智慧和技巧的，而不是跟在别人后面，鹦鹉学舌，这样只会落入俗套，缺乏新意。下属赞美领导，需要挖掘出其身上不同的闪光点，从独特的视角去赞美，这样才会给领导留下深刻的印象。

第三节 赞美要自然，强扭反而令领导生厌

对领导的赞美要自然，那些悦耳、好听的语言就好像水到渠成一样，不做作，不矫饰，让领导一听就喜欢。相反，如果你的赞美太做作，故意用了大量虚伪的语言，会让领导生厌。赞美要自然，首先应该是建立在真实的基础之上，也就是你所赞美的地方，正是领导身上所存在的优点，这样你的赞美才是有效果的。

同时，赞美还应该注意语言修辞，不能太过矫饰，而注重淳朴自然，这样所表达出来的语言才是自然、最容易打动人的。在某些时候，泛泛的赞美很快就让我们词穷了，除了真好，真棒，你是最棒的，超不过10个词，然后就没什么可说了。如果在领导面前，还是这么一句话，那感觉就等于没说一样，这时我们可以将表达变得更自然一些，比如见到领导，不说她漂亮，而是说"今天的发型让你神采奕奕"，这样的赞美是否会更自然一些呢？

有一位在公司做行政工作的王女士，漂亮又聪明，而且嘴巴很甜。王女士的领导十分喜欢打扮，很会搭配衣服，稍微一变换，就能变换出许多新衣服。而嘴巴很甜的王女士，成为了这位领导苦恼的对象，因为王女士总是夸张地赞美自

己，而那些赞美听起来很不是滋味，好像鸡皮疙瘩掉了一地。

每天早上一到公司，王女士那不舒服的赞美又来了："哇塞，经理，又买了一套新衣服，对不对？颜色好艳丽哦，穿在你身上就是不一样，好像蒙娜丽莎。"蒙娜丽莎？有这样赞美人的吗？一点都不清楚蒙娜丽莎是谁就这样说话，领导心里很不是滋味。过了一天，王女士又来了："看看看！又是一套，很贵吧？还有项链、耳环，也是新的吧？我就是缺这样的本事，不像你每天都打扮得像花儿一样美丽。"花儿一样美丽？领导差点把隔夜吃的东西都吐出来。

在案例中，王女士对领导的赞美"打扮得像花儿一样美丽"、"好像蒙娜丽莎"，关键是王女士根本没搞清楚对象，就强扭赞美，这样的比喻令人听了生厌，还不如不说。赞美缺乏了自然，就好像失去了真实一样，不仅不能打动领导，反而会让领导心生反感。

成功大师戴尔·卡耐基曾做过二流推销员，那确实是一段难忘的经历。当时，卡耐基对发动机、车油和部件设计之类的机械知识毫无兴趣，这样一来，他完全无法掌控自己推销产品的实质。

有一次，店里来了一个顾客，卡耐基立即走上去向他们推销货车，不过，他说的话却往往连货车的边都沾不上。顾客觉得卡耐基是一个疯子，这时，老板气愤地走过来，大声吼道："戴尔，你是在卖货车还是在演说？告诉你，明天再卖不出去东西，我会让你滚蛋。"这下，卡耐基着急了，如果丢失了这份工作，将意味着自己无法生存了。

于是，卡耐基立即说："老板，你是最仁慈的老板了，有了你，我才吃上了面包。你放心，为了你让我可以吃上面包，我会好好干的，而且，瞧你今天穿得多精神啊，相信你今天的生意会一帆风顺的。"被赞美了几句，老板的气也消了，也再没说过解雇的事情了。

仔细回味卡耐基对老板的赞美，虽有夸张之嫌，但听上去就是很自然。"老板，你是最仁慈的老板了，有了你，我才吃上了面包，你放心，为了你让我可以吃上面包，我会好好干的"，这样的话语正表现出老板的重要性，而这正是老板所希望听到了。于是，在这样一句赞美的话之后，老板气也消了，再也不提解雇的事了，这实际上就是赞美的功效。

金钥匙

对领导的赞美是最不容易把握的，关键就是需要表现出自然的味道。如果变了味，那难免会有溜须拍马之嫌，一旦被领导听出来，他也是极其反感的。因此，自然而真实的赞美，正是领导者所需要的，比如“经理，您的字刚劲有力，一看就是很有功底的高手”，既真实地说出领导的长处，又达到了赞美的目的。

第四节 真诚赞美，向领导表现出敬佩之情

在日常工作中，每个人都曾得到过领导或同事的赞美，赞美就好像润滑剂，可以和谐彼此之间的关系，让我们感受到话语里的温情。在与领导沟通过程中，下属需要适当表达出自己的赞美之意，领导才会快速对你产生好感与信任。在说话上，就要学会真诚地赞美领导，向领导表达自己内心的敬佩之情。我们需要承认一点，几乎所有的人都有程度不一的虚荣心，领导者也不例外，在很多时候，一句真诚的赞美将决定着领导对你是否有好感与信任。当然，赞美领导，仅仅是几句苍白无力的恭维话是不够的，赞美还需要注入真诚，不是虚伪的赞美，也不是夸张的赞美，而是发自内心的赞美。因为只有真诚的赞美，才能使领导的心灵感到滋润。

伦敦曾经发生过一起震惊世人的盗窃案，一伙盗贼潜入伦敦市郊的马丁塔，想盗走英国的镇国之宝——英国国王的皇冠。但是，由于这伙人偷盗的技艺实在很差，被守塔的卫队给捉住了。

后来查明，这伙人一共有五个，是集团作案，为首的叫布雷特，这个人能言

善辩，机警狡诈。英国国王查理二世听说有人去偷盗自己的皇冠，十分震惊，打算亲自去审问这群胆大的狂徒。

布雷特被押到了国王面前，查理二世觉得很奇怪，这看上去就是一个其貌不扬的人，实在看不出有什么过人的本领。于是，开口问道："听说你还有男爵的头衔？"布雷特很老实地回答："是的，陛下。"查理二世继续问："我还听说你这个头衔是因诱杀了一个叫艾莫斯的人而得来的？"布雷特很虔诚地回答："陛下，我只是想看看他是否配得上您赐予他的那个高位，如果他轻而易举地被我打发掉，陛下就能挑选一个更适合的人来接替他的位置了。"

查理二世思考了一会，觉得布雷特胆大妄为，而且口齿相当伶俐。于是又厉声问道："你的胆子可真不小啊，居然敢来偷我的王冠。"没想到布雷特却说："陛下，我知道我的行为有点狂妄，不过我想借此来提醒您关心一下我这个生活没有依靠的老兵而已。"查理二世惊奇地问道："什么？可是你并非我的部下啊。"布雷特很真诚地说："陛下，我从来都不曾与您为敌。现在天下太平，所有的臣民不都是您的部下吗？我当然也是您的部下啊。"

查理二世直接问："那你说吧，我该怎么处理你？"布雷特回答说："从法律的角度来看，我应该被处死，但是，当我们五个人死后，每一位至少会有两位亲属为之落泪。而从陛下您的角度来看，多十个人的赞美，总比多十个人的眼泪好得多，您说对吗陛下？"查理二世接着问："那么你觉得自己是个勇士还是懦夫？"布雷特回答说："陛下，我现在连个安身的地方都没有，到处都有人在抓我。直到五年前我在家乡搞了一次假出殡，让一些人以为我死掉了，才不再被人抓。这显然不是一个勇士的行为。因此，尽管在别人面前我是个勇士，但在陛下的权威面前，我是个懦夫。"

听到布雷特对自己的赞美，查理二世大悦，不仅当场赦免了他，还赏给他一笔丰厚的钱财。

通过案例中布雷特对查理二世的真诚赞美，我们发现，赞美并不是像说几句好话这样简单，真诚的赞美是需要发自内心的。任何的虚伪和做作听起来都显得那么苍白无力，只有真诚的赞美才能打动领导，虚情假意的赞美通常有讽刺挖苦之嫌，令人感到恶心。俗话说：“心诚则灵。”只有来自内心深处的赞美才是真诚的，这样才能使领导受到感染，从而产生心灵上的共鸣。当然，赞美还需要准确，恰到好处，既不过分，也不要无及。

金钥匙

在工作中，不少下属觉得赞美领导就是变相地“拍马屁”，不就是说几句好话吗，不管是有的还是没有的，一概说了，而且夸张的、虚假的更是说的很多，结果，没想到这样的赞美反而让领导生厌。下属应该记住：赞美不是不负责任的恭维，也不是虚伪的逢迎，而是怀着一颗真诚的心去肯定和赞赏领导，从而达到打动领导的目的。

第五节　掌握分寸，不要将赞美变成谄媚

在这个世界，任何事情都没有绝对的好坏，这就告诉我们凡事需要掌握一定的分寸，比如赞美，不要将赞美变成了谄媚。赞美领导也是一种智慧，不偏不倚，不能太夸张，太虚假，让领导觉得你是在谄媚；也不能太随意，将赞美的话说得苍白无力，让领导感觉不到你是在赞美。即便是说好话，也需要掌握恰当的分寸，你所掌握的分寸不同，其产生的效果也是不同的。如果赞美恰当，那就是一种艺术，一种智慧；而过分夸张的赞美则很容易会给领导一种溜须拍马的感觉，这样的赞美反而会惹领导生厌。可以毫不夸张地说，赞美领导也是一门学问，尤其是拿捏分寸的赞美。对于下属来说，赞美领导，好听而不虚假，真诚而不夸张，最关键的是，让领导听了心花怒放。

小王去一家小公司的老板那里推销保险。刚刚进入办公室，他便开口赞美起了那位年轻的老板：“您这样年轻，就能当上了老板，真了不起，能请教一下，

您是多少岁开始工作的吗？”那位老板回答说：“18岁。”小王声音一下子提高了：“18岁？天哪，真是了不起，在您这个年龄，很多人还在父母面前撒娇呢，那您是什么时候开始当老板的呢？”老板有点不耐烦地回答：“两年前。”小王又很惊奇地说：“哇，才做了两年的老板就已经有如此气度，一般人还真培养不出来。对了，您怎么这么早就出来工作了呢？”

老板脸色有点不悦，但还是礼貌地回答：“因为家里只有我和妹妹，家里穷，为了能让妹妹上学，我就出来干活了。”小王一时不知道该说什么好，就说：“你妹妹也很了不起啊，你们都很了不起啊。”就这样一问一句赞美，最后竟然将那位年轻老板的五姑六婶七舅妈都赞美了个遍，话题越说越远了。本来，那位老板打算购买小王的保险的，但最后他决定不买了。

仔细看这个案例，我们会发现，小王最终推销失败，原因在于他的赞美没完没了。可能在刚开始的时候，那位老板听到几句赞美，心里还是高兴的，但小王越说越多，让那位老板本来的好心情变得不胜其烦。

有一次，领导亲自为一个重要的客户赶一个策划方案，完成之后，领导还是象征性地拿到大会上让下属评论一番，一来说不定还真的能发现好的建议，二来可以看看谁才是真正佩服自己的，谁懂得满足自己的虚荣心。

当领导的文案拿出来时，下属小李脱口而出：“到底是领导啊，真是技高一筹！领导走过的桥比我们走过的路还多，这次真是大开眼界了，我怎么没有想到呢？”听了这样一句话之后，老板满是得意的表情，嘴角还挂着骄傲的微笑。

赞美领导若是能恰如其分，恰到好处，会让领导感到很舒服。但是，赞美太过了，往往会造成过犹不及的感觉，会让你的赞美没有新鲜感，会让领导有些吃不消，从而会质疑赞美的真诚度。赞美是一种满足领导心理需要的行为，是尊重领导的一种表现。但是，赞美也是需要把握分寸的，太多的赞美会变成谄媚。因此，在赞美领导时，我们需要发自内心，态度真诚；而且需要有充分的理由。不仅如此，还需要在必要和适当的时候去赞美，这样的赞美，领导才乐意接受，才会报之以微笑。

金钥匙

试想，假如你在赞美一位清洁工人，这样说："你真是一位了不起的成功人士啊，你身上具备着非凡的气质。"那么，对方一定会觉得你的话是虚伪的，听了令人恶心。真正懂得赞美领导的下属，会把握好分寸和火候，张弛有度，收放自如。相比较恰当的批评，好的赞美更像是一门艺术，而那些过分的赞美，听上去像是谄媚一样，如此糟糕的赞美还不如不说，因为赞美已经失去了它应有的效果。

第六节　列举事实，让领导感到被赞美得很贴心

在工作中，下属在赞美领导时，不像说几句简单的话就能奏效的，好的赞美还需要在话语中列举事实，让领导感到被赞美得很贴心。赞美为什么能够打动人心？就是因为赞美贵在贴心，好的赞美，总是让人感到很舒服，如沐春风。在赞美领导时，列举事实，也就是你需要列举出领导哪些地方值得赞美，或者说其做过的什么事情值得你敬佩，这样一说出来，就会让你的赞美言之有据，很有说服力。通常情况下，几乎所有的下属都在工作中学会了一项本领，那就是学会赞美。他们会以各种各样的方式来赞美领导，也正因为如此，领导已经习惯了下属的赞美，他听了很多的赞美。一旦再次听到下属的赞美，他很明白这些不过是下属想讨好自己所使用的手段，或者说得好听一点，那是对自己的一种尊重，在这种情况下，如果你仅仅是几句话就想俘获领导的心，那是不可能的，你必须学会更厉害的赞美方式，那就是列举出领导具体的事实，这样的赞美足以让领导心服口服，自然，他对你也会另眼相看。

有一次，王先生到一位擅长书法的领导张局长家里拜访，几句话寒暄之后，

话题很快就转到了书法上。只听到王先生很谦虚地说："张局长，这些年我虽然努力练字，书法水平却提高很慢，恐怕是不得要领，我见您客厅这幅字真是不错，我能请您稍微泄露一点秘诀吗？"

张局长听了这样的话，马上来了兴致，他开始滔滔不绝地讲起了自己的书法经："我最大的体会就是，练字要做无剑胜有剑，就像令狐冲练剑一样，平时心中多揣测，多看多记，关键在于心得，不一定非要整天坐在那里练字不可……"王先生很高兴地说："现在我可得到您的真传了，以后我一定要用心练字，相信肯定能大有长进。"听了这样的话，张局长很开心，临别时还送了王先生几幅字让他临摹。

案例中，张局长挂在客厅里的那幅书法作品，估计很多人都赞赏过，张局长已经习惯了。但那些赞赏那副书法作品的人中，从来没有一位像王先生一样向自己请教，好像真的对书法感兴趣，而并不是假意奉承自己。在这里，王先生对张局长的赞美，例举了张局长"书法造诣较高"的事实，至此才有后面的"请教"。就这样，王先生将几句赞美的话不着痕迹地送到了张局长的耳朵里。

金钥匙

一般而言，如果你实在列举不出领导的事实依据，那就朝着他的兴趣爱好着手，因为一般的规律是爱什么懂什么。领导若是爱好书法，必定有丰富的书法知识；一个领导爱好钓鱼，那他钓鱼的经验也会很丰富。如果你想不出赞美领导别的什么，就不妨从"请教"下手，因为你没有必要恭维其爱好怎么样怎么样，这样的话领导听得太多。在这样的情况下，你只需要针对其擅长的方面，虚心讨教一番，毕恭毕敬，那领导定会乐意向你传授其中的奥秘。

第七节　巧借第三人，间接赞扬领导

通常情况下，赞美往往是当面指出别人的长处和优点。但在很多时候，如果我们能巧借第三方进行“背后赞美”，在别人背后说其好话，往往会让赞美取得更好的效果。在日常工作中，如果你觉得当面赞美领导有些别扭，或者会让领导感觉有拍马屁之嫌，不妨采用间接赞美，也就是巧借第三人来对领导进行赞扬。背后赞美领导，这是各种赞美方式中最让人高兴的。如果在某一天，有人告诉你：谁谁在背后说了许多关于你的好话，那时你的心里肯定是甜滋滋的。这样一些赞美的话语，如果是当面说给你听，可能会让你感觉到虚假，甚至会怀疑其背后的别有用心，而间接的赞美，则正好可以凸显赞美的效果。

以前，有一个脾气古怪的县令，他每一次发布新的政令，都要求下属当面称赞。刚开始时，下属当面赞美，县令就非常高兴。但久而久之，县令觉得听来听去就是那几句赞美的话，也听腻了，心想：难道每次都需要自己要求你们那么做吗？可不可以来点新鲜的呢？

有个头脑机灵的下属看出了县令的心事，于是想办法来点“新鲜的”，希望让县令高兴高兴。这天县令又发布了新的政令，那位头脑机灵的下属并没有像以前那样当面称赞县令，而是故意在一旁偷偷地跟同僚说：“凡是身居高位的人，大多喜欢别人的奉承，只有我们老爷不是这样，他一向对别人的称赞都不放在心里。”

没过多久，县令就从下属们那里知道了这几句话，心里非常高兴，马上唤来那个下属说：“好啊，知道我心里想的，还是只有你。”很快，这个头脑机灵的下属便受到了县令的重用。

其实，那位下属所说的那几句话就是想说给那个爱听恭维话的县令的。但是，这个下属并没有像其他同僚那样当面赞美县令，而是将这些话告诉第三个人，以和同僚在背后议论的方式，达到了赞扬县令的目的。

小王在与同事聊天时，随意说了几句上司的好话："张经理这个人真不错，处事比较公正，我来公司一年多了，他在各方面对我的帮助都挺大的，能够遇到这样的上司，真是我的幸运。"没过多久，这几句话就传到张经理的耳朵里，令经理心中既欣慰又感动，就连那位同事在向经理传达这几句话的时候，都忍不住夸赞一番："小王这人真不错，心胸开阔，难得啊。"

年底分发奖金时，小王觉得自己这一年表现得不错，想争取一下。对此，他敲开了张经理的门，经理满脸热情："小王，有什么事吗？"小王有些不好意思："张经理，又来麻烦你，真是不好意思，年底发奖金的时候，我想争取一下，你看我合格不？"张经理笑了起来："这事啊，好说，我老早就觉得你小伙子不错，放心，这件事我一定放在心里。"

有时候，在背后说人家的好话，赞美几句的功效比当面说似乎更有效果，小王那看似随意的几句话，使自己在张经理心中的形象一下子就提高了，以后工作自然就容易多了。

金钥匙

间接赞美为什么会有那么大的效果呢？因为大多数人觉得，当面说的坏话不算坏话，背后说的好话才是好话，因此，人们更愿意相信背后所说的好话，会更欣赏那些在背后赞美自己的人。

其实，背后赞美他人比当面恭维的效果好得多，如果当面赞美，有可能会被认为这是拍马屁，同时，领导脸上也会挂不住，会觉得赞美不够真诚。那么，趁着领导不在场的时候，赞美几句，总有一天，这话会传到领导耳朵里，心里自然是美滋滋的，这样一来，赞美领导的目的就达到了。

第八节　学会赞美领导的亲人

在中国传统文化里，不太喜欢赞美他人，许多人都没有赞美别人的习惯。但在这里，我们不仅强调赞美领导，而且还需要学会赞美领导身边的亲人。在生活中，我们都有这样的经历：做父母的，当听到有人赞美自己的孩子时，这比赞美自己还高兴；做儿女的，当听到有人赞美自己的父母，这也比赞美自己还高兴。这其实是很正常的情绪反映，我们往往会觉得身边的亲人是重要的，他们与我们是一个整体，甚至比我们自己还重要。如果有人赞美了他们，就好像在赞美自己一样，不，应该是比赞美自己所带来的感觉还强烈，那是一种“家”带来的荣誉感和骄傲感。因为我们来源于那个家，我们是家里的一份子，就好像有人说亲人的坏话，那比打自己耳光还难受，就好像自己也被侮辱了似的。领导者也是一样的心理。当你觉得赞美领导已经成为了一种习惯，那不妨偶尔赞美领导的亲人，以侧面的赞美方式赢得领导的青睐。

这天中午，一位白发苍苍的老妈妈来到了办公室，指名说：“我来找你们的王经理。”职员小苏亲切地招呼：“请问，您找我们王经理有什么事情吗？”老妈妈笑呵呵地回答说：“我是他母亲，早上他出门的时候，忘记带文件了，我中午正好没事就给他送过来，我已经跟他打了电话，他说正在外面办事，一会儿就回来。”小苏仔细观察了那位老妈妈，亲切地说：“嗯，那您先坐下休息会吧，一会儿王经理就回来了。”老妈妈点点头。

因为中午午休，办公室人很少，小苏与老妈妈一边等王经理一边聊了起来。小苏说道：“您老身体可真硬朗，今天好像电梯坏了，这七八层的，您是走楼梯上来的吧。”老妈妈毫不在意地说：“没事的，才八楼，我以前住的是十二楼，那是旧房子，没装电梯，天天出门买菜、遛弯，都是爬楼梯，我都习惯了，你要说我身子硬朗，那都是那会儿锻炼出来的……”王经理回来的时候，两人聊得正起劲。

下午小苏进办公室的时候，王经理意外地问道：“小苏，今天中午，你都跟我母亲聊了些什么？”小苏微笑着回答：“就随便聊了聊，拉拉家常，我发现她老人家身体真是硬朗，而且很健谈，心态也很年轻，她还跟我炫耀网上购物的事情呢。”王经理也笑了：“那当然了，我母亲以前是中学老师，天天上课，能不会说吗？现在天天泡在网上，都成了网络达人了……”

案例中，由于小苏对王经理母亲的赞美，使得上下级之间多了沟通，而王经理也卸下了领导的身份，像一个普通子女一样聊自己的母亲，那该是多么骄傲的一种心情。小苏在赞美经理母亲时，无论是在他母亲面前所说的话，还是在经理面前所说的赞美，都是很恰当的，主要针对了母亲这个年龄来赞美，而不是张口就说“你母亲真伟大，培养出了你这样出色的儿子”，这样的赞美未免就显得很“官方”，让人感觉不到真诚。

金钥匙

当然，赞美领导的亲人，也是需要讲究方法和技巧的。你不能逮着领导的孩子就说“这小孩真聪明，从小就是一副领导样”，这样的赞美牵强地与领导者自身联系起来，只会让领导觉得别扭。其实，赞美领导亲人的方法并不难，你只需要遵循一个原则：针对其年龄展开赞美。通常情况下，领导的亲人有老有小，如果是老人，则赞美身体硬朗，心态年轻；如果是小孩，则赞美天真活泼，聪明可爱。针对年龄的赞美是最恰当的，因为每个年龄有每个年龄需要赞美的东西，你只需要稍微思考，就可以说出恰当的赞美之词。

第十二章 诚心可鉴，博得领导信任的好计策

聪明的下属善于在与领导沟通过程中，巧妙地运用语言表达自己内心的忠诚，从而博得领导的信任，比如主动汇报工作，表达自己的忠诚，偶尔来几句有担当的话，对领导绝对服从等等，这些语言都可以成为你赢得领导信任的筹码。

第一节 主动汇报工作，让领导更放心

在日常工作中，下属有一项看起来比较琐碎但实际很简单的工作，那就是——向领导汇报工作。汇报工作可以分为主动汇报和被动汇报。主动汇报就是自己主动向领导汇报工作的进展情况，被动汇报工作就是当领导询问起来时，下属所做的汇报。对于领导而言，他们都乐意听取工作汇报。但在现实工作中，许多年轻人将向领导汇报工作看作是一件无关紧要的事情，甚至觉得如果自己主动向领导汇报工作有溜须拍马、阿谀奉承之嫌。他们天真地以为，只要自己出色、圆满地完成了任务，就万事大吉了。一旦领导看到自己的工作能力，自然就会做出公正的判断。但结果是，这些有着天真想法的下属并没有得到应有的重视。

一般而言，领导所部署的工作是极其繁杂的，所完成的时间也有所差异。有的可能只是复印的工作，这样的工作时间算是比较短的；有的则是写调查报告，

估计得一个月才能完成。工作时间的长度不一样，下属的做法就应该不一样。对于那些较长时间才能完成的工作，则需要经常地向领导汇报工作进度情况，让领导及时地了解自己的工作进度。但遗憾的是，大部分的下属都缺少这种习惯。实际上，如果下属不主动汇报自己的工作，这会让领导产生疑问：下属每天都在忙，到底在忙些什么呢？因此，作为下属，一定要养成主动汇报工作的习惯，这会让领导更放心。如果你能及时地、主动地向领导汇报工作，一旦出现问题，就可以及时地得到纠正。

小辉是一位工作能力比较强的人，他来公司已经近两年了，虽说为公司做出了不少成绩，但却得不到领导的重用。小辉百思不得其解，同事中那些不如自己的人，个个都混得一官半职，就只有自己还在原地踏步。

这天小辉在公司值班，他们公司是生产玻璃瓶子的，他平时工作就很细心，容不得半点差错。因此，小辉几乎是不敢眯眼的，两只眼睛盯着机器的运转，希望每个环节都不要出事。可就在小辉巡视车间时，发现本来均匀的原材料竟然冒出了气泡，这可是不合格的。怎么办？小辉看了看时间，已经是23时了，这么晚了，估计领导都休息了，自己先看着，明天再汇报吧。结果小辉一晚上没合眼，幸亏那气泡不是很严重，只出了十几个次品，小辉也没打算向领导汇报这个情况。

不知道领导在哪里知道了这件事，赶紧让小辉去了办公室，领导大发雷霆。拍着桌子说：“你为什么不主动向我汇报产品的情况？你知不知道像昨晚那种情况，如果不是今天这样的结果，你几乎酿成大错，小辉，你不是一直很想知道自己为什么不被重用吗？其实原因很简单，因为你从来没向我主动汇报过工作，我不知道你一天在忙什么，忙出一些什么成绩，如果你不与我交流，我怎么了解你工作的相关情况呢？又怎么会重用你呢？”

案例中，由于小辉从来不主动向领导汇报工作，结果让领导失去了对他的信任，即便他很有工作能力，但若不及时与领导沟通，再大的本事也枉然。作为下属，主动及时地向领导汇报工作，不仅让领导对你很放心，还会让你与领导之间建立良好的互信关系，让领导可以主动地对你的工作予以指导，从而帮助你更为顺利地完成工作。

金钥匙

有的下属不愿意主动向领导汇报工作，其实是没有摆正好心态。他们对领导存有畏惧之心。有的下属，特别担心在工作中出现纰漏或错误，唯恐领导责备，害怕向领导说到工作的情况；有的下属迫于周围同事的压力，他们认为多向领导汇报工作就会被同事误认为这是在打小报告，最终这样一些心态影响了他们汇报工作的态度。对此，下属应该清楚，主动汇报工作本身就是一种工作，你越是能及时主动地汇报，领导就越放心。再说，身正不怕影子斜，只要你是真的在汇报工作，管其他同事说什么，做好自己的工作就行了。

第二节 袒露担当之言，让领导相信你的实力

担当，就是有承担责任的勇气。当领导在安排工作时，我们就可以用担当之言，向领导和同事展示自己的能力和实力。“担当之言”的替代词是——军令状。在现代社会，领导也很渴望下属在自己面前立下军令状，也就是接受某项重大任务后写的保证书。担当之言，可以给上下级都带来很实际的作用。对下属来说，自己表露了担当之言，这就会成为一种动力，促使自己更有效、更快速、更完美地完成工作；而对于领导而言，有了下属的担当之言，他对所要完成的工作既放心又有信心。更为关键的是，在下属表露担当之言时，领导很容易会被下属的精神所感动。

诸葛亮斩马谡可以说是千古传诵的故事。在这里，我们以另外的角度来欣赏这个故事：

当时，诸葛亮为了实现统一大业，发动了一场北伐曹魏的战争，他命令赵云、邓芝为疑军，占领箕谷，他则亲自率领10万大军，突袭魏军据守的祁山。谁作为前锋，镇守战略要塞街亭呢？作为诸葛亮身边的得力助手，马谡主动请缨，愿

意担此重任。诸葛亮有些犹豫，虽然马谡熟读兵书，但从未实践过，真的可行吗？这时赤胆忠心的马谡马上立下了军令状，如果不能完成这一重任，愿以取下项上人头。诸葛亮看到了马谡内心的担当，答应了他的请求，但临出发前再三叮嘱：“街亭虽小，关系重大，它是通往汉中的咽喉。如果失掉街亭，我军必败。”

马谡当然知道街亭的重要性，但他太过自信，虽然熟读兵书，但这么多年都是纸上谈兵。因此，在军事部署上，他擅自做主，将大军部署在远离水源的街亭山上，旁边的副将劝阻，马谡却是不听，反而显得很自信。结果，这样的部署为后面的失掉街亭埋下伏笔。曹魏那边，在司马懿的策划之下，最终街亭失守，战局骤变，迫使诸葛亮退回汉中。

作为主要将领的马谡，将对这件事负全责，临刑前，马谡上书诸葛亮：“丞相待我亲如子，我待丞相敬如父。这次我违背节度，招致兵败，军令难容，丞相将我斩首，以诫后人，我罪有应得，死而无怨，只是恳望丞相以后能照顾好我一家妻儿老小，这样我死后也就放心了。”诸葛亮只好挥泪斩马谡。

在这个案例中，我们姑且不去论马谡大意失掉了街亭，但就马谡在接到任务之前所立下的军令状以及临刑前的那番话，足以见其赤胆忠心：“丞相待我亲如子，我待丞相敬如父。这次我违背节度，招致兵败，军令难容，丞相将我斩首，以诫后人，我罪有应得，死而无怨。”马谡话语中尽显担当之言，也难怪诸葛亮会“挥泪”，失去这样一个赤胆忠心的下属，确实痛心疾首啊。

金钥匙

在日常工作中、特别是接受急、难、险、重等特殊任务时，下属要善于表达自己的担当之言，这样领导才会感受到你内心的担当与责任。可以向领导保证“我会好好干的”、“您放心，这件事交给我去做没有问题的”、“您所说的每个细节我都记下了，我一定不会让您失望的”。通过这样一些语言，一方面可以让领导放心，吃一颗定心丸；另一方面，可以让领导感受到自己对完成工作所具备的实力与能力以及那份炽热与激情。

第三节 承担责任，绝不说推卸的话

下属对领导应该是绝对的服从，当然，这只是局限在工作上。但仅仅只是工作的事情，许多下属也难以办到，因为他们总是喜欢推卸责任。在工作中，每个下属都应该有责任心，责任是个人对工作所负责的认识、情感和信念以及与之相应的遵守规范、承担责任和履行义务的自觉态度。责任是一个人应该具备的基本素养，是健全人格的基础，也是德商的组成部分。对下属而言，责任是个人价值实现的基础。因此，培养对工作的责任心，是对自己职场生涯发展而负责。丘吉尔曾这样说过："伟大的代价，即是责任。"这句话一次又一次被那些为人类幸福而奋斗的人所证实。不懂得负责，不懂得责任重要性的人难以获得成功，更难以赢得领导的青睐。而那些凡事能够作出一番成就的人，都是懂得为自己的过失买单并且敢于承担责任的人。

在工作中，下属应该努力把自己培养成一个负责的员工，绝对服从领导的指挥。当下属可以主动、自觉地尽职尽责，就可以获得满意的情感体验，同时，还可以赢得领导赞许的目光。或许，你的工作能力是不如意的，但你的工作态度却是极其值得赞许的。反之，当你总是推卸责任，不能尽责时，领导就会觉得你是一个毫无作为的人，既然已经做错了，失败了，为什么连责任也一起推掉呢？对此，如果工作中真的需要自己去承担某一部分责任，作为下属，我们应该当仁不让，努力做一个绝对服从的好员工。

上周一，王经理将接待客户的事情交给了下属小张。当时，距离客户实际到达时间提前了好几天。因此，王经理是这样交待的："之所以提前这么多天向你布置这个工作，是因为这个客户很挑剔，比如所定的酒店以及餐饮，他都有严格的要求，因此你需要花几天时间去准备，切记做到万无一失。"小张点点头，拍着胸脯保证："王经理，放心吧，我一定会办好的。"

谁知，经过多天的准备，在接待客户时还是出现了问题。那位脾气很大的客户直接打电话给总公司投诉，而作为负责这件工作的王经理首先被批评了一顿。王经理回到办公室，他找来了具体负责接待客户的小张，质问道："我给你一周的准备时间，你都干嘛了？"小张低着头，辩解："本来我也是做足了准备工作的，谁料，这个客户比传说中还苛刻，我真是受不了。由于宾馆无线网络设置不太好，结果也成了他投诉我们的理由……"王经理听了很生气，说道："事情没办好，你倒推卸起责任来，我当时可是很明白地告诉你，这个客户很重要，同事很挑剔，希望你能与之好好协商，将所有的住宿工作安排妥当，结果，你呢？现在竟然跟我东扯西扯，你觉得这是你应有的工作态度吗？"小张嘟哝着："这件事本来就是这样。"王经理挥了挥手："现在我也不想跟你说下去了，你下去写份检讨书。"

在案例中，小张所说的"本来我也是做足了准备工作的，谁料，这个客户比传说中还苛刻，我真是受不了。由于宾馆无线网络设置不太好，结果也成了他投诉我们的理由……"、"这件事本来就是这样"，这些都是推卸责任的借口。在职场或官场上，这样的下属不在少数，他们在应承的时候，总是拍着胸脯说"没事，包在我身上"，一旦事情没办好，就开始推卸责任。其实，这种类型的下属只会让领导厌恶，从而不再信任你。对此，下属对于领导，一定要绝对服从，绝不说推卸责任的话。

金钥匙

在工作中，下属对领导的服从不仅表现在行为上，还需要在语言中表现出来。比如，接到领导布置的任务，只要自己能应付过来，就需要顺从"行，没问题"；当工作在进展途中出现了一些问题，也要善于服从，接受领导的批评，主动承认自己的失误"实在不要意思，这次都是我的疏忽大意，我会负责到底的"。作为下属不仅说到，更需要做到。这样领导才会感觉到你内在的责任心，才会信任于你。

第四节 避免抱怨，向领导表现出工作的快乐

工作中可能会有很多烦心的事情，比如有刁钻的客户，使坏的同事，严厉的领导等等，这些事情简直可以说是烦不胜烦。于是，下属开始见人就抱怨了，一边埋头工作，一边对工作不满；一边在完成任务，一边愁眉苦脸。这样的场景若是被领导看见了，他会认为你是一个干扰工作、爱发牢骚的人，只知道对工作环境发牢骚、泄怨愤。可能有的下属希望工作和环境秩序好一点，却不能在适当的场合，用适当的方式认真地提出来，而只是一味地抱怨。这样一来，同事会认为你很难相处，领导也会认为你没把精力放在工作上。结果，升级、加薪的机会都被别人抢去了，而你只有抱怨，抱怨完了这个抱怨那个，一年到头，估计没抱怨的时间很少。实际上，领导是最反感那些有事没事抱怨的下属，因为领导的工作已经够忙的了，他根本没有心情来听你抱怨。所以，作为下属，需要避免抱怨，向领导表现出工作的快乐。

小娜在一家广告公司做文案，她正是因太喜欢抱怨而影响到了自己的工作，更为关键的是，她犯了在领导面前抱怨的大忌。

有一天，她正为不知道新品牌的牙膏该如何表现出独一无二的清新感，在电脑桌前伤透脑筋时，领导迎面走来，问道："小娜，还好吗？工作进展得怎么样了？"小娜带着无力的眼神说："我正在苦思当中，但我很难想出新的创意。"接着，小娜略带抱怨地诉苦道："这家广告客户真是够愚蠢的，艺术指导能力不足，业务经理又混，也许事情总是物极必反，越大的公司越容易走下坡路。"就在小娜说完最后一句话，只听领导丢下一句话："我朋友大概快来了，偏偏眼睛有点不舒服。"眨了眨眼睛后，领导就慢慢走回了办公室。

在这次简短谈话后的几个月内，曾是公司里最炙手可热的广告新星小娜发现自己不再是重要广告案的一员了。受挫的她想请领导解释一下其中的原因，这次领导一改往日的温和态度说："我如何相信你去处理大的案子呢？你根本无法专注于工作，而只是抱怨客户的要求太苛刻，大案交给你我能放心吗？"

没想到，因为在领导面前抱怨几句，就直接影响到自己的工作。或许，就连小娜自己也没想到，领导会如此看重一个人是以何种态度来面对头疼的工作。仔细揣摩领导所说的话，我们可以明白，当员工一直以抱怨的心态工作，他就难以将工作完成得很好，因为总是会抱怨客户，抱怨领导，甚至还会抱怨办公室的光线太暗。

约翰是麦当劳的一名普通员工，每天的工作就是不停地做很多相同的汉堡，没有什么新意，但是他从来不抱怨，而是非常快乐，从来都是用满怀善意的微笑来面对他的顾客，几年来一直如此。他的这种真挚的快乐，感染了很多人。有人不禁问他，为什么对这样一种毫无变化的工作感到快乐？究竟什么让他充满热情？

约翰回答道："我每做出一个汉堡，就知道一定会有人因为它的美味而感到快乐，那我也就感到了我的作品带来的成功，这时多么美好的事情。我每天都会感谢上天给我这么好的一份工作。"

由于约翰的快乐心情，这家店的生意越来越好，名气也越来越大，最后终于传到了麦当劳公司总管的耳朵里，于是，约翰得到了总公司的一个重要职位。

喜欢抱怨的人，其内心是消极的，他们总是处于失望、绝望的情绪中，发现工作中没有一件事情是称心如意的。于是，他们以抱怨的方式来发泄内心的糟糕情绪，但越是抱怨，却发现情绪越来越差，除了这个，其他什么都没改变。久而久之，他们将抱怨就成为了一种习惯，经常会在领导面前抱怨："我已经连续加班一个月了，这样下去我怎么受得了"、"这个案子真的好难写，我实在写不下去了"。而聪明的下属，则总是在领导面前表现自己快乐的一面，这会在某种程度上感染领导，从而获得领导的赏识。

金钥匙

实际上，在领导面前抱怨根本不是明智的举动，除了把他的心情也变得糟糕以外，你得不到任何的帮助。睿智的领导者觉得，一个经常抱怨的下属是难以成大事的，因为当别的同事在努力工作时，他却在抱怨中午食堂的饭难吃。反之，一个能从极其枯燥的工作中感受到快乐的下属，是很容易成大事的，因为他积极乐观，即使在最糟糕的环境下，他那快乐的心情依然未曾改变。

第五节 安分守己，越位的言辞绝不能说

曾国藩说：“安分竭力，泊然如一无所求者，不过二年，则必为上官僚友所钦属也。”意思是说，只要你在工作岗位上安守本分，竭力做事，内心淡泊宁静，一无所求，不超过两年，就一定会受到领导的赏识和认可。曾国潘所倡导的是中庸之道，即便你比领导再有能力，也需要循规蹈矩，安分守己，千万不要在办公室或同事面前说一些越位的话，即使你不是当着领导的面说这些话，但这些话总有一天会传进领导耳朵里，到时候你只能吃不了兜着走。可能，有的下属对“安分守己”这个词语颇有微词，似乎觉得这样一种态度是消极的，对自己的职业前途的发展没有什么帮助。但是，下属需要记住这样一句话：职场如战场。当我们羽翼未丰时，最好是恪守自己的本份，安分守己，做一个顺从的下属，对自己来说，何尝不是一种好事？

在中国近代史上，王闿运一向以霸才自居，他曾先后三次奉劝曾国藩自立，但曾国藩都予以拒绝。首次劝其自立不成，王闿运又再度入府，喋喋不休地谈论，意为“彼可取而代之”，但是，曾国藩却正襟危坐，以食指蘸杯中的茶汁，点点划划，写下一个“妄”字。

几年过去，当时，曾国藩正准备北上，王闿运再次拜访，这一次，王闿运像换了一个人似的，刚开始并不说规劝的话，只是与曾国藩聊学问，他对曾国藩说：“公之文，从韩愈以追西汉，逆而难，若自诸葛、魏武帝以人东汉，则顺而易。”曾国藩听得津津有味，时而颔首微笑。不过，王闿运说着说着，就转移了话题，隐隐透出话外之意，想让曾国藩做曹操。曾国藩表现得异常平静，假装没听懂话中之意，王闿运只好悻悻而归。

在案例中，面对同僚的屡屡劝说，曾国藩始终不为所动，在当时，自己手中有兵权，而且自身有较强的作战能力。但曾国藩不仅拒绝了同僚的劝说，而且连

一句越位的话都没说，他始终安分守己，不予所动，不敢越雷池一步，如此的忠君行为，令人赞叹不已。

小李在公司工作了五年了，一直担任总经理秘书。在公司，大家都知道这位红人，他几乎可以决定公司大大小小的事情，其风头都快盖过了总经理本人了。有时候，与朋友闲聊之间，小李都忍不住大方厥词："现在这个公司，差不多都是我在掌控了，说到底，还是对得起我在这里呆的五年啊。"要好的朋友相劝："你这样的状态比较危险啊，如果你的上司察觉到你的威胁性，就会毫不犹豫地选择弃用你，还是谨慎一点好，毕竟在这么大的公司，那些风言风语免不了会传进上司的耳朵里。"这时候，小李总是哈哈大笑："没事，他最看重的就是我。"

有一次，总经理去外地出差了，公司只留了小李这个秘书。赶巧的是，公司来了一位大客户，小李决定不请示总经理，自己接待这个客户了，等谈成了这笔业务，再打电话给总经理，给他一个惊喜。同时，也可以稳固自己在公司的地位。可是，没想到，小李高估了自己的能力，大客户并没有答应签订合约，而是给予考虑之词。小李当即打电话给总经理，在外地的总经理大发脾气："谁让你自作主张的？"再加上总经理时常在公司听到一些风言风语，使得他对小李完全失去了信任。

在职场或官场，时常有一些地位高、名气大的人陷入了事业的困境，原因之一就在于不懂得安分守己，总是说一些越位的话，以为自己是有功之臣。可是，他们都忽视了一个重要的问题，那就是遵循公司的规律，如果你真的为公司尽力了，领导也会看在心里。

金钥匙

在现代社会，许多人无所顾忌，任意妄为，大胆跨越雷池，总是事事敢为人先。其实，他们并不知道，在任何一个名利之下的诱惑，可能都隐藏着一个陷阱，你的言语稍有越位，就有可能落入圈套，到时候，你就再也没机会起来。事实上，每一位领导都有危机感，当身边的人号召力越来越强，他会毫不犹豫地选择"排除异己"。因此，遵循规律，安分守己才是稳妥之道。

第六节　多用请教的口气和领导说话

在职场或官场中，要学会与领导相处的艺术，首先就要懂得与领导沟通的礼仪，比如以请教式的口气与领导说话，并将此形成一种日常规范，这样就会有利于自己不断进取。相反，如果你不懂得与领导沟通的礼仪，说话的口气很随便，或带着不屑的口吻，那想赢得领导的信任恐怕就很难了。在生活中，我们只有在面对长者或师者，才会使用请教式的口气说话，这表示一种尊重，也是出于礼貌。可能有的下属会疑惑：难道领导也是长者或师者吗？或许，我们并不能为领导这个身份定义是长者还是师者，但最起码的对领导应有的尊重还是有的。就好像在古代，臣面见君王，是需要行三叩九拜之礼的，在现代社会，虽然没有那么多的繁文缛节，但作为下属，还是不应该失掉该有的礼数。在工作中，多用请教式的口气说话，这是一种下级对上级的礼貌，同时也会让领导感受到你的谦逊。

周末，小李到王经理的家里拜访，他开始与经理说起了公司的事情，但好像经理并没有多大的兴趣。小李马上闭上了嘴巴，开动脑筋，并细心观察。突然，他看到阳台上摆着一盆美丽的盆栽，便说："好漂亮的盆栽啊！平常似乎很难见到。请问，王经理这是什么花呢？"

王经理平时就喜欢摆弄花花草草，小李的提问让他来了兴致："你说得没错，这是很罕见的品种，它是吊兰的一种。它真的很美，美在那种优雅的风情。"

小李点点头："确实如此。但是，它应该不便宜吧？"王经理回答说："这个宝贝很昂贵的，一盆就要花700美金。"小李做惊讶状："什么？我的天哪，700美元？那您每天都要给它浇水吗？我一直很喜欢盆栽，但却对此一窍不通，我能向您请教，你是如何培育出这样美丽的盆栽的？"王经理似乎很享受自己被请教的感觉，他回答说："是的，每天都要很细心地养育它……"王经理开始向小李倾囊相授所有与吊兰有关的知识，而小李也聚精会神地听着。

最后，王经理很感慨地说道："就算是我的太太，也不会听我嘀嘀咕咕讲这么多的，而你却愿意听我说了这么久，甚至还能够理解我的这番话，真的太谢你了。如果改天有空，我会乐意向你传授种植兰花的经验，希望改天你再来听我谈兰花，好吗？”

在案例中，小李通过请教式的口气请教盆栽的知识，引起了王经理谈话的兴致，而且，在谈话过程中，小李说话的口气一直很尊重，都是以“您”、“请”等这样的字眼，就好像一个好学的学生在向老师请教问题一样。当然，这样的口气是十分受用的，到最后王经理竟主动发出了邀请“希望改天你再来听我谈兰花”。这足以见得，请教式说话所产生的良好效果。

其实，请教式口吻说话不仅仅重在请教，还表现出一种鼓励的意味。当然，这样的说话方式大多出现在下属对上级。尤其是我们需要领导帮助时，不妨放低自己的姿态，虚心请教，说上几句好话，说不定就能获得良好的效果。为了亲近领导，下属应时刻注意自己说话的语气，在领导面前，说话要表现得弱一点，保持谦虚谨慎，方能亲近领导。

金钥匙

在与领导说话时，下属要多使用礼貌用语，比如“请”、“请教”、“谢谢”、“不好意思，打扰一下”，这样你所说出的话才有请教的意味。即便是遇到了倚老卖老的领导，对他们也需要处处流露出尊重的态度，不要反驳领导的看法，不要与之发生正面冲突，给予领导最充分的尊重才是上上之策。

第十三章 精明能干，会说话更易获得领导器重

在日常工作中，下属与领导进行沟通与交流，还需要透过语言表达出自己的精明能干，会说话更容易获得领导的器重。当然，“精明能干”表现在你的工作态度上，比如大方回应领导的指证，工作中报喜报忧的技巧，说出领导想说的话等等。

第一节 对于领导的指证，认真大方给予回应

在工作中，我们经常会写报告，或是提建议，这些都会形成文字材料递交给领导，并希望领导给予指证。而领导往往在百忙之中抽出时间来替我们指证，对此，作为下属，对于领导的指证需要认真、大方地给予回应，或感谢，或商讨。总而言之，不要一言不发，或保持沉默，这样领导会觉得你对他的指证并不满意。在与领导接触中，下属应该记住：只要是与领导进行工作上的交流，务必进行回应，不要在领导面前当摆设，或假装沉默的小金人，领导也需要听听你的看法。与此同时，当你在回应领导的指证时，也可以显现出你工作能干的一面，因为你可以针对某个问题，或某件工作发表自己独到的见解，领导若是知道你的想法，定会觉得很欣慰，因为在他眼里，你是一个有潜力的员工。

小王是城市客运部的一名出租车司机，他最近向城市客运统管办的领导递交了一份建议书：

尊敬的各位领导：

您好！

我是一名出租车经营者，近日看到统管办关于调整交接班时间的规定后，我想谈一下我个人对此事的看法。首先我感谢各位领导对本行业众多经营者利益的考虑，没有出台增加营运车辆或让区域车进市区等措施，这是对众多经营者利益的最大保护。想针对此问题谈一下个人看法和建议：

现在的双燃料车行驶里程太短，造成车辆每班加两至三次气，既耽误时间又造成加气站工作的繁重，如加一次气能跑250公里左右为好，这样将极大地提高营运时间和效率，缓解加气紧张的局面。这在技术上并不困难，只要做出强制规定，各汽车生产企业肯定不会放弃我市出租车市场。因为现在车的油箱和车内空间还是有改进的余地，从近几年看汽油基本上不会成为我市出租车的主要燃料。

……

关于从业人员变被动服从管理为主动适应要求。我个人认为，硬性规定并不能完全实现，关键要调动从业人员的积极性，建议能否考虑调整高峰期的起步价或每公里的单价，现在从水电部门到通信行业都有高峰和平时的不同价格，公路、铁路、民航也都有先例，如能调整将会极大调动从业人员的积极性。

以上就是我个人的建议和看法。

没过多久，他就收到了领导指证的回复，只见上面写着“非常感谢你真诚的意见和建议，就你提出的问题，我们将召集相关科室的工作人员进行探讨，论证其可行性。再次感谢你的理解和支持”。

小王觉得出于礼貌，自己应该再次回复，于是，他向领导的指证简短地回复了“作为城市客运部的一员，提出自己的建议和看法是应该的，也感谢领导在百忙之中抽出时间来看我写的建议书，希望领导们的讨论尽快得出一个让我们都满意的结果”。

在案例中，小王作为一名出租车司机，向城市客运部统管办的领导提出了关于车辆的三条建议。对于这样的建议书，领导及时给予了指证，这时小王并没有就此不回应领导的指证，而是给予了简短的回复。在回复中，先是申明提出建议是自己的职责所在，然后感谢领导审阅自己的建议书，最后提出自己的展望，希望领导们的研讨尽快得出结论。

金钥匙

在实际工作中，许多下属经常对于领导的指证不闻不问，虽然他们在提交报告时还兴高采烈，但当领导的指证真的传达下来时，或许是对领导的指证不满意，或者是出于别的什么原因，他们竟然置之不理，也不会主动回应领导，似乎这件事就这样过去了。无论领导的工作有多繁忙，甚至有可能领导自身也忘记了这件事，但作为下属，对其指证给予回应，这算是自己的工作职责，是容不得忽视的。所以，下属在对待领导的指证时，不要沉默，也不要置之不理，而是需要认真大方地回应。

第二节　工作中报喜报忧的绝妙技巧

作为下属，会经常向领导汇报工作，对于工作中出现的成绩和缺点怎么处理呢？是报喜不报忧？还是报忧不报喜？其实，对于工作中的报喜报忧是有绝妙技巧的，不能避重就轻，而是正确认识和处理“报喜”和“报忧”的关系，这对于上下级之间提高信息质量，增强信息有效性有着重要的作用。对下属而言，就是要有喜报喜，有忧报忧，及时将工作中出现的问题和成绩提供给领导，这是下属的一项重要工作。毫无疑问，无论做哪项工作，必然会产生这样或那样的困难和问题，必然会有许多不尽人意的地方。同时，在工作进展过程中会突发一些意想不到的问题，这样一来，准确、及时地将这些信息提供给领导，这是下属义不容辞的责任。报喜报忧是汇报工作的两个方面，都是重中之重。实际上，对于领导来说，报忧比报喜具有更加重要的意义。之所以提出这样的看法，并不是让下属只报忧不报喜，而是真的有问题出现的时候，报忧这个环节是不能忽视的。

下属在汇报工作中，要敢于报喜中之忧。报忧是很重要的，尤其是在工作比较顺利的时候，往往会出现一片叫好声，很容易让所有的人头脑发热。在这样的情况下，就要注意不要隐藏在喜讯背后的问题和矛盾，下属应及时准确地向领导反映真实情况和问题，以免小忧变大忧，引发更严重的问题和矛盾。当然，下属也要善于报忧中之喜，这里所说的"忧中之喜"有两层含义：一是忧中找喜，向领导报忧，并不是为了报忧而报忧，其目的是为了发现问题，解决问题。这需要我们在报忧的时候，善于发现问题已经解决得比较好的方法，帮助领导注意困难和问题，同时也找到可以解决问题的办法。二就是需要转忧为喜，一些本来忧虑的情况汇报之后，引起了领导的重视，提出了解决问题的意见，在协助其他部门解决问题的同时，对于那些凡是有指导性的意见和建议，还需要及时提供给其他部门，引起大家的警觉。如此，就可以避免很多问题的发生，可以说虽然是报忧，但却做了让人高兴的事情。

王主任在工作中一直秉承着"报喜不报忧"的原则，在过去，他也曾报喜又报忧，但在报喜的时候，领导就会眉开眼笑；转眼到了报忧的时候，领导就会横挑鼻子竖挑眼。这个场面见多了，王主任就总结出了一条原则：一定不能报忧，而是报喜。同时，在王主任看来，如果自己总是报喜，那不就证明自己工作做得好吗？这样一来，受到领导的提拔是早晚的事情。

没想到，前不久王主任却因为自己引以为豪的原则而坏了事。最近，前任领导下马了，调来了新的领导。虽说换了领导，但王主任之前所倡导的原则还是没变。他三天两头往办公室里跑，所汇报的都是工作中的成绩："从上个季度的报表来看，业绩简直是直线上升啊"、"这次多亏了部门的各位同事，将工作完成得非常漂亮"……汇报次数多了，新的领导也疑惑了，忍不住问道："王主任，咱们公司就没有什么问题出现吗？你跟我汇报的可尽是成绩，可我怎么听说去年一年的时间，咱们公司就亏损了几百万呢？"王主任支支吾吾："这，这，这，我也不知道怎么回事啊。"

新来的领导看出了端倪，马上成立了一个调查小组，将公司所有的财务报表整理出来，领导赫然发现，在报表上每次出现的尽是亏损，但王主任却虚报说业绩直线上升。事实俱在，王主任也不好说什么，最后只好灰溜溜地卷了被子回家了。

在工作中，诸如王主任这样的“报喜不报忧”的现象不在少数，下属在向领导汇报工作时，在罗列成绩时就大加手笔、浓墨重彩，而谈到缺点就避重就轻、极力粉饰。有的下属是为了向领导“投好”只报喜不报忧；有的则是为了面子，为维护自身的形象，对待问题遮遮掩掩，想让大事化小、小事化了，结果没想到却给工作带来了很大的麻烦。

金钥匙

对于下属来说，要喜忧兼报，当然，并不是每次汇报工作都是有喜有忧，而是在报告重大问题的时候，一定要注意全面、准确，如实地客观地反映事物的全貌，千万不能以偏概全，凡事绝对化。简单地说，就是既要报告工作中的成绩，也需要揭示出其中的问题和矛盾。在反映成绩的时候，不要忽视其问题的存在；在反映问题的时候，也不要全盘否定。这样比较系统、全面的反映，既反映了喜，又反映了忧，就会让领导对决策后的情况有个全面的了解，可以有效地把握政策上的“度”。

第三节　不要一知半解，要深思熟虑后谈工作

在领导面前谈工作，切忌一知半解，而是需要深思熟虑后再谈工作，从而让领导感受你的工作能力。在现实工作中，领导的工作本来就比较繁忙，因此他不会花太多的时间与下属讨论工作，他希望下属在进入自己办公室的那一刻，脑海里已经想好了如何说话，具体需要汇报什么工作，该简则简，不需要说的话，一句话也别多说，因为领导的时间是极其宝贵的。但实际上，许多下属性子比较急躁，也可以说他稀里糊涂，他有可能刚摸清了一件事情的一点情况，就急匆匆

地进入办公室报告给领导，他认为自己如此卖力，及时地将信息送达给领导，应该会得到领导的赏识，谁料领导只给出了一句话“等你完全弄清楚之后再告诉我”。其言外之意就是要求你深思熟虑后再谈工作，否则，你就是白白浪费领导的时间。

任何人都应该明白，一知半解和深思熟虑是两种层次。“一知半解”也就是知道得不全面，理解得也不透彻，有可能对一件事情，你所知道的只是皮毛；有可能对一个问题，你所理解的不过是表面意思。这样一个理解程度，又怎么可以在领导面前展示呢？即便你真的在领导面前说了，那领导只会这样给你定义：“工作能力比较差”。“深思熟虑”也就是细致审慎，深入细致地考虑。简单地说，也就是考虑清楚之后再说，这样的理解程度应该是算高深的。在领导面前谈工作，若是经过深思熟虑后的谈话，那领导肯定会称赞你“精明能干”。在以后，领导若是碰到什么难题或工作，也会特别邀请你一起讨论。这样一来，你与领导之间的关系就越来越亲近了。

小马刚刚大学毕业，进入这家广告创意公司。小马本身就是一个内敛的人，他从来不多言多语，给人一种沉稳的感觉。

这天，他拿着刚做出的广告文案走进经理办公室。经理正在批阅文件，一看是新员工小马，不仅放下手中的文件，询问道：“牙膏创意广告写出来了吗？怎么样？我想先听听你的说法，然后再决定要不要看。”小马在这之前已经做足了准备，因此，听到经理这样询问，他就开始侃侃而谈：“这次牙膏创意广告，商家需要突出牙膏清新的特点，这就是一个突破口，这表示这个产品除了具备牙膏本身的特点外，还具备洗漱之后口气特别清新的特点，这样一来，我就大可以在清新口气上面做文章，比如早上刷牙之后，连家里的宠物狗狗都忍不住过来亲亲，还有在公交车、电梯等场所，口气清新可以让更多的人愿意靠近你。针对这个想法，我写出了几个类似的场景广告，希望经理能看看。”

听完了小马有条不紊的叙述，经理赞许地点点头，但他很想难为这个年轻的小伙子。对此，他问道：“你对商家有多少了解呢？因为咱们做广告创意的，不仅需要创意好，而且还需要符合商家的胃口。”小马回答说：“其实，在我接到任务的那一天，我就上网查阅了许多关于这个商家的资料，也看过他们之前做过的广告，我发现他们特别强调公益方面，也就是除了推销自己产品外，他们热衷于在广告中加入公益的元素，对此，在这次的广告创意中，我也添加了这样的元素。”

经理笑了，没想到小马如此深思熟虑，不仅赞叹：“小马，好好干，我会很认真地看你所写的广告创意，希望以后你会成为广告界的新星。”

在这个案例中，小马在与经理谈到工作时，并不是毫无准备，一知半解，而是经过了仔细考虑，做足了准备的。因此，在回答经理问题的过程中，他侃侃而谈，有条不紊，从其语言表达中，可以看出其卓越的工作能力。

金钥匙

如果说“一知半解”只是皮毛功夫，那“深思熟虑”则是有深层功力了。在职场或官场中，领导的双眼就好像是火眼金睛，他能通过你的语言表达，清楚地分辨你的工作能力如何。如果你说话总是支支吾吾，半天不说一个字，那就会把你归纳为“一知半解”；如果你针对一个问题能侃侃而谈，甚至滔滔不绝，那领导则会将你归纳为“工作能力强”的一列。

第四节　审时度势，帮领导说出想说的话

作为下属，在与领导沟通过程中，需要观察分析时势，估计情况的变化，适时帮领导说出想说的话。也就是说，学会审时度势，成为领导真正的心腹。看云识雨、见微知著是一个聪明下属的标志，更是良好的职场沟通能力的体现，说出领导想说的话，这是很重要的。这表示你很清楚地知道领导的意图，知道他在想什么，想做什么，这样一来，领导则会把你当作最亲近的心腹。在某些场合，领导会不把话说出口，却放在心上，或以肢体语言来表达，或以面部表情来示意。

这时下属就应该清楚地领会领导的意思，帮领导说出想说的话。因为有的话是不需要领导出面说的，毕竟他是统领的身份，这时就应该由领导手下的员工出面说了。当然，那些话并不是领导事先告诉你的，而是你通过对领导非语言的揣摩、领会而得出的，但前提是领悟准确，才能有效地表达领导内心的意思。

小吴经常会跟总经理一起出差，拜见客户，或是洽谈生意。跟随经理的时间长了，小吴对经理可谓是非常了解，尤其是在与客户商谈的场合，当领导没开口说话时，但眼睛看着自己，那就表示该自己说话了。

有一次，小吴与总经理去外地与客户商量合作的事宜，双方都很有合作的意向，但在产品价格上却始终不能达成统一的意见。客户很想购买那些产品，无奈承认最近购买了新的设备，确实是资金短缺，因此希望小吴这方可以适当优惠。当时，客户是这样说的："我和贵公司合作了这么多次，不看僧面也看佛面，交情虽是不深，但却不浅，你说哪次合作不是痛痛快快，这次确实是事出有因，我公司最近才购买了新的设备，资金方面有点紧张，希望贵公司能适当优惠价格，这样的话，以后我们定会成为贵公司的长期合作伙伴。"总经理面有难色，眼睛看了看小吴，小吴知道总经理一般是这样的表情，那表示价格方面是不能降低的。

小吴面带微笑着说："我们也知道您的难处，但是价格方面确实不能降低，您也知道，在这个城市，我们的客户并不仅仅您一家，如果我们今天对您降低了价格，那明天就会有别的客户找我们降价，那时我们该怎么办呢？再说了，我们车间工人也是很辛苦的，我们产品这样的质量，并以这样的价格出售给您，真的算是特别便宜了。"说完了话的小吴偷眼向领导看去，发现他正赞许地点点头。

这时客户自知难以说服对方，只好再让一步："既然这样，那在价格方面我就还是按照贵公司的意思，但我希望这次在还款日期上可以延迟一些日子，我们先付首款，其余的我想在三个月之内还清，如何？"总经理还是没说话，只不过脸上露出了温和的神色，小吴明白过来，说道："这个是没问题的，您都是老客户了，我们自然是相信的，到时候写一份合约就行了。"

在案例中，在与客户谈判这样的场合，比如说到价格方面，肯定是不需要领导亲自出马的，他只需要将自己的意见"写"在脸上，让下属去领会，然后再由下属说出口。当然，下属是否能准确地表达领导心中所想，将取决于下属对领导的了解程度。诸如案例中的情况一样，小吴多次跟随着经理出差，会见客户，对经理的了解差不多算是很详细了，这也才能准确地表达出经理的意见。

金钥匙

当然，帮领导说出想说的话，还需要建立在充分了解领导的基础上，如果你对领导一知半解，那在一些场合，擅自做主就说了一些话，你以为这是领导想说的话，却不料那偏偏是领导最不愿意说的话。这样一来，岂不是好心办错事吗？对于下属而言，当你梦想着成为领导的心腹，可以说出领导内心的话的时候，就应该充分地了解领导的性情、工作风格等，总之方方面面都需要详细了解，否则，你是无法说出领导的心里话的。既然对领导有了详细的了解，再加上领导现场所表现出来的非语言行动，就会更准确地领会领导心中想法了。但是，帮领导说出想说的话，并不是在任何场合都可以进行的，而是需要审时度势，注意场合和时机，力求符合领导的意图，而不是违背领导的意图。

第五节　巧妙汇报工作，让领导感到你很能干

或许，许多下属并不知道，向领导汇报工作也是需要注意技巧的。巧妙地汇报工作，会让领导觉得你很能干。在汇报内容方面，是需要汇报领导所关心的工作。领导的时间是有限的，许多你能力范围之内可以处理的琐碎事情、程序既定的工作，能够自行处理就自己处理了。所谓“事无巨细”，如果你每件事情都汇报，就会有邀功之嫌。下属们应该记住：汇报工作最重要的是提出解决问题的方案，而不是简单地提出问题。换而言之，汇报问题的实质是求得领导对你的方案

的批准，而不是问你的领导如何解决这个问题，否则每件事都需要领导拿主意，那下属的存在还有什么意义呢。下属向领导汇报工作需要准备不同的方案，并将这些方案记下来，必要时向领导阐述清楚，并提出自己的看法，然后领导批准你的主张，这就是汇报工作的基本套路。在职场或观察中，如果你总是进行这样的汇报，那估计你获得升职加薪的机会不远了。

当然，汇报工作也是需要选择时机的，尽量给领导建议一个自己会定期汇报的预期，这样会使汇报程序化，减少突然的感觉。一个成功的下属必然是一个善于汇报工作的人，因为在汇报工作中，他能得到领导及时的指导和帮助，从而能够与领导建立起牢固的信任关系。在汇报工作中，需要明确目的，也就是这次汇报需要达到什么样的目的，如果你解决了这个问题，那你的汇报工作就成功了一大半了。有的下属之所以汇报失败，关键在于其目的不够明确，所准备的资料很杂乱，让领导听了半天也不知道你在说什么。对此，下属应该考虑：所汇报的内容与当前中心工作的关系是什么？领导平时听取汇报的习惯是什么？怎么样才能让领导听后得到肯定的评价，留下好的印象？

在公司一周例会上，张经理向上级领导汇报工作：

我需要向您汇报几件事情：第一个是公司最近人员变动情况。最近公司人员变动比较频繁，生产车间走了6个人，电工走了2个，机修工走了3个，行车工走了2个，包装工走了2个，仓储走了2个，财务部的会计小黄最近也有离职倾向。这是公司员工离职的情况。

第二个是绩效考核的事情。上个月的绩效考核结果已经出来了，总体来看，上个月的考核结果不理想，大家打分都没有拉开差距，最多也就差5分。各部门经理在对待考核工作的态度上也有问题，只是把人力资源部下发的表格填满了，却没有真正履行辅导的职责，没有帮助员工进一步认识绩效考核指标的内涵，也没有投入更多的精力帮助员工提高技能。这些问题的存在，会影响公司绩效考核工作的推进，时间久了怕又流于形式。跟您汇报一下，希望您能抽时间关注这个问题。

第三个事情是本月的培训工作。前段时间您安排我找几家培训机构给经理层做了培训，我已经找了几家，也列了一些培训科目，请您过目。

领导回答说："看来你们部门最近的工作还是挺忙的，我有几个问题想问你，你说的第一件事情是员工离职问题，我想问你，为什么最近一段时间员工离职率会这样高？什么原因？"

……

对于张经理的工作汇报情况，领导是这样评价的："他只知道抓具体工作，没有总的工作方向，我说什么，他就做什么，属于一拨动一动的那种。每次汇报工作时，我告诉他要给我结果，但他总是跟我陈述事实，始终不能提出有效的解决问题的思路。还有最让我不能忍受的是，每次汇报工作都说了一大堆，没有重点，我也搞不清楚他想表达什么。"如果你再回过头来看看张经理汇报工作的内容，那你会发现领导的评价是恰当的。

金钥匙

在汇报工作时，你需要针对汇报工作的主体和目的展开论述，需要搞清楚领导最重视什么、最想听什么，围绕这个组织语言才能激发出领导的兴趣。除此之外，你还需要了解领导的思维特点和语言风格，让自己汇报工作的语言与思维更贴近领导。

第六节 看准时机，提出升职加薪的要求

在职场中，每个人都渴望自己有价值，希望自己所得的薪酬、薪资是合情合理的。但是，我们却常常遭遇这样的情况：听说又有一位同事加薪了，为什么他可以加薪，自己却加不了薪水呢？已经在公司工作很多年了，但薪水却是停滞不前，怎样扭转眼前的局面呢？眼看就到年底了，人事部的考评已经结束了，如果你在排行榜上位列前茅，为什么不试试向领导提出升职加薪要求呢？有可能会失

败，但若是从来不去尝试，则注定会失败的。许多人认为“要求加薪”是单向沟通，自己只需要单方面地告诉上司：自己想要加薪。其实，“请求加薪”是一个双向沟通。简单地说，你必须听到上司的声音，依据他的响应与看法来修正你的论点与看法。此外，最关键的是提出升职加薪一定要把握时机，看准了机会，才有可能成功。

乐乐是公司的市场部经理，她曾经三次向领导提出加薪，其中的结果和教训都是不一样的。

乐乐第一次提出升职加薪的时候，她已经在那家公司工作快三年了，对那份工作十分熟悉，而领导也一直没给她加薪。乐乐以熟悉业务为谈判条件，向领导提出加薪，领导却不同意。之后，上下级之间的关系变得微妙起来，乐乐很快就辞职了。

从那家公司出来，乐乐跳槽到现在的公司做销售秘书，负责协调处理各业务部门的关系。乐乐依旧努力工作，但这种千篇一律、薪水不高的工作实在令她难以满足。每天看着公司墙上悬挂的业绩明星照片，乐乐认定，自己一定不会比他们差。随后乐乐走进了办公室，向领导开门见山地提出加薪的要求，结果还是失败。

第三次加薪是为了一个下属，那位工人在流水线做了两年，他说，如果加薪不成，就要离职。乐乐向领导汇报，领导刚开始并不同意，说这样的员工再找一个就是了。但乐乐认真地算了一笔帐：这个工人每月的工资是1800，市场上可以招聘的熟练工人最开始的工资是1200，可如果在1800的基础上，给这个工人加100—200，他就能安心工作了，还免去了招聘新员工的招聘费用和培训费用。这样一说，领导痛快地同意了给员工加薪的请求。

通过这三次的经历，乐乐明白了向领导提出升职加薪的要求时，一定要有理有据，只要你有真才实学，底气足，领导就会按照你的贡献加薪；如果底气不足，甚至毫无能力，别说是加薪，可能连自己的工作都很难保住。

案例中乐乐所得出的经验，简而言之，就是在向领导提出升职加薪前，你要给自己一个正确的“估价”。如果你为公司的付出理应得到更多的回报，那就可以向领导提出升职加薪的要求；如果你为公司所做的一切远不值你现在的薪资，那你需要先从提高自己做起。在这里，我们所说的把握时机，所谓的“时机成熟”，也就是自己心里一定要有底。

不仅如此，注意说服领导为自己升职加薪的最佳方式是面对面地交谈，用打电话、或寄电子邮件以及发信息等方式提出加薪请求，这样的沟通都是间接的，因为看不到对方的表情，有可能会造成不必要的误解。通常情况下，领导考虑是否为一个员工加薪，其主要出发点在于该员工为公司贡献了多少、他到底有多大的价值。在向领导提出加薪时，我们应该找出有力的依据来说服上司，比如，强调自己的工作量增加了，可以用相关的数据来说明，作为让领导参考的依据。

金钥匙

在谈升职加薪时，不仅需要把握时机，而且还需要了解升职加薪的具体时间。大多数人走进办公室向领导说出“加薪”的要求后，就不了了之了，可能是不好意思询问，或者忘记了向领导要求答复的具体。那么，你可以说：“我知道公司目前有困难，但是，我自己需要考量生活上的需求，我想知道，您什么时候可以给我答复呢？”在谈加薪之前，我们需要清楚地了解领导的需求，因为如果领导的需求能够与你想加薪的理由结合在一起，这样，请求加薪已经成功了一半。

第七节　推功揽过，领导听到备感欣慰

很多时候，我们总是听到这样的声音：为什么我这么优秀，却得不到领导的器重呢？俗话说：“千里马需要伯乐”。在工作中，每个人都希望自己的领导能够成为自己的伯乐，成为自己职场发展的贵人。实际上，千里马与伯乐的关系是相对的，千里马需要伯乐，伯乐更需要千里马。而在工作中，领导与下属之间的关

系实际上是一种利益双赢的关系。换句话说，你要想领导成为你职场发展的贵人，那么，首先你就要成为领导的贵人，通过你的能力和贡献为领导谋取利益。在这种互惠基础上，领导才会意识到你的重要性而成为你的贵人，并且为你的职场发展铺平道路。所以，作为下属，要学会推功揽过，这样领导听了才会备感欣慰。

小华在一家刚成立的咨询公司做大客户营销，他是个刚刚踏出校门的小伙子，有一种“初生牛犊不怕虎”的劲头。来到公司上班仅仅三个月，就提升为上司的得力助手，成为领导最器重的员工。小华在职场上的成功并不仅仅靠自己的能力，更重要的是他懂得如何与领导相处。

有一次，当他汇报到老板那里的工作报告，他就灵机一动同时署上了直管领导和自己的名字。这样一来，小华经过辛辛苦苦做成的客户，就变成了领导的业绩。当领导拿着这份报告时，不解地问：“为什么要署上我的名字呢？”小华谦虚地说：“我能做出这样好的成绩，当然是在领导的指导下完成的，您就相当于我的指导老师，按理说，您的功劳算最大的，我当然需要署上你的名字了。”领导听了，欣慰地笑了。后来，自己的直管领导就凭着骄人的工作业绩被提升为客户总监。小华听公司的同事说，在小华进公司前，领导的业绩平平，而当自己进来后，业绩直线上升。因此，当领导被提升为客户总监时，他也没有忘记小华，小华马上从一位普通的员工上升为营销经理。

小华发现只要把自己功劳归功于领导，既能为领导谋取利益，也能使自己在职场中平步青云，这又何乐而不为呢？

其实，当以你领导的名义和你的名义报告给上级领导时，自然是领导更能引起高层的关注和重视。当你有了一些好的建议或者想法，你就可以借助于领导的渠道报告上去，既为领导赢得了荣誉，也证明了自己的价值。而当领导因为你的功劳而飞黄腾达时，他也会牢记你的功劳，帮助你提升职位，并把你作为他的得力干将，以便助他一臂之力。

此外，作为下属不仅需要将功劳尽量地推让给领导，还需要包揽一些过错。比如，在工作中，领导有可能因为估计不准，下达了一些不太恰当的指令，造成下属在实际操作中的错误。按理说，这样的过错责任主要在于领导，但聪明的下属则会主动承担所有的过失，将过错全部揽到自己身上。这样的行为会让领导心生感激，虽然领导嘴里会说："这件事我也有责任。"但他内心还是希望有贴心的下属来为自己分担忧愁，如果你做到了为领导推功揽过，那距离升职加薪的日子就不远了。

金钥匙

当你完成了一件工作，需要拟写一个工作报告并上交给上级领导。其实，在拟写工作报告的过程中，你就可以巧妙地把自己的功劳归功于领导。你不妨把领导和你的名字一起署在上面，当然，这里也要讲究技巧，那就是把领导的名字写在前面，自己的名字紧跟其后。这样既照顾了其面子，给领导的感觉就是自己的功劳，又让领导因为霸功而对你产生一种愧疚感，无形之中就加大了自己在领导心中的地位。而且你还可以借助领导的交际范围，赢得一些接触公司高层的机会，并且利用和公司高层直接对话的机会多提公司发展有价值的建议，从而为自己创造发展的机遇。

作为一名领导，他每天所面临的工作纷繁复杂，比如一些比较棘手的项目、繁杂的工作报告。那么，在这关键时刻，你不妨主动提出为领导分担一部分工作，在你工作之余，给他拟写一个可行性的项目报告，及时送进他办公室。那些对于领导来说很头疼的工作任务，你就主动请缨，并且力争圆满完成工作任务，让领导坐享荣誉。

第八节 巧妙进谏，廉明的领导更会赏识你

作为下属，需要适时向领导进谏，向领导提出某些建议或看法，但进谏也是需要讲究技巧的。许多下属都遇到这样的情况，当自己向领导进谏时，却不能够得到领导的采纳，甚至还有可能被领导冷落。其实，造成这样的情况并不是在于

你所提出的建议和想法不具备可行性，也不是领导平庸无能，而是在于你向领导进谏的方式不对，很多时候你直接地向领导提出一些意见，会让他难以接受。毕竟领导处于位居权威的位置，他的威信不允许他轻易受任何人的摆布和差遣。当你直截了当地提出意见，反而会让他感觉到一种不被尊重的感觉。因此，当你需要向领导提出自己想法时，不妨灵活地采用各种技巧，委婉含蓄地表达出来，让领导轻松接受自己的建议。

邹忌身高八尺多，而且身材魁梧，容貌美丽。有一天早晨他穿戴好衣帽，照着镜子，对他的妻子说："我与城北的徐公相比，谁更美呢？"他的妻子说："您美极了，徐公怎么能比得上您呢？"城北的徐公，是齐国的美男子。邹忌不相信妻子的话，于是又问他的妾说："我与徐公相比，谁更美？"妾说："徐公怎能比得上您呢？"

第二天，一位客人来家里拜访，邹忌问客人："我和徐公相比，谁更美？"客人说："徐公不如您美啊。"第三天，徐公来了，邹忌仔细地端详他，自己觉得不如他美；再照镜子看看自己，更觉得远远比不上人家。晚上，他躺在床上想这件事情，说："我的妻子赞美我的原因，是偏爱我；妾赞美我的原因，是惧怕我；客人赞美我的原因，是对我有所求。"

对此，邹忌上朝拜见齐威王，说："我确实知道自己不如徐公美。但我的妻子偏爱我，我的妾惧怕我，我的客人对我有所求，他们都认为我比徐公美。如今齐国，土地纵横千里，有一百二十座城池，宫中的姬妾和身边的近臣，没有不偏爱大王的；朝廷中的大臣，没有不惧怕大王的；国内的百姓，没有不对大王有所求的。由此看来，大王您受蒙蔽更厉害了！"

齐威王说："好。"于是下了一道命令："所有大臣、官吏、百姓能够当面批评我过错的，可得上等奖赏；能够上书劝谏我的，得中等奖赏；能够在众人聚集的公共场所指着、议论我的过失，并能够传到我耳朵里的，得下等奖赏。"政令刚一下达，许多官员都来进言规劝，宫门庭院就像集市一样；几个月以后，有时偶尔还有人进谏；一年以后，即使想进言，也没有什么可说的了。

在案例中，邹忌向领导进谏，所采用的就是委婉含蓄的方式，先通过讲述自己的经历，以此类推出皇帝所受的蒙蔽更多，最终达到了进谏的目的。在工作中，领导有时也并不是绝对正确的人，受各方面因素的影响，领导在作决策时可能存在着一种偏差或错误。作为下属，千万不要因为领导出了错误就幸灾乐祸，甚至当场提出其不足之处，这样只会使领导陷入极端尴尬的境地。如果遇到心胸狭窄的领导，他还会恼羞成怒，伺机对你进行报复。

对此，下属可以采取顺势引导的办法，比如，当你发现你的领导在管理上还是运用旧的思想和管理模式，也不重视选拔、培养人才，什么事情都事必躬亲，使公司运转效率下降。那你不妨鼓动领导参加MBA学习，接受国内外的先进管理思想，一起讨论公司现在运转中遇到的问题。到时候，就会使领导改变自己的管理模式，促进工作的有效开展。

金钥匙

每一个领导并不是十全十美的人，他们在一些能力、认知方面也会有一些偏差，所以在他们的工作中也会出现一些失当的决定。作为一个下属，就是需要你去发现这些问题，进而有效地解决问题。当你向领导提出一些建议或指出一些问题时，需要讲究一些方法和技巧，寻找一个合适的机会。这样才会容易让领导接受，进而对你信任有加。

第十四章　把握分寸，与领导说话要谨慎开口

在日常工作中，与领导说话，还需要把握分寸，谨慎开口，尽量做到多听少说，避免在领导面前言多必失；应准备充分，与领导说话不能想到哪里说到哪里；在领导面前说话不能太随意，需要把握亲近尺度。

第一节　多听少说，领导面前言多必失

相传，墨子的学生曾经问墨子：“话是说得多好，还是说得少好?”墨子说：“你看田里的青蛙，整天叫个不停，却没有人理会它，而公鸡每天只在天快亮时，才叫一两声，人们却很注意它。可见，话不在说得多而在说得有用。”墨子的话给我们这样的启示：多听少说，避免言多必失。在日常工作中，与领导进行语言交流更需要如此。为了建立良好的交际关系，为了表达或交流思想感情，话不在多，而在于你说得是否有用。多用耳朵听，少用嘴巴说，因为你说得越多，暴露的信息就越多，领导就越容易看清你这个人。即便是需要说话时，有时候，一句话的效果远远比一大串话的效果要好得多。特别是与领导说话，我们在开口之前，需要让自己的脑子里转几个圈，把那些多余的废话转掉，说话简单明了，让领导一听就懂。

在工作中，一个冷静的倾听者，不但受人欢迎，而且会逐渐知道许多事情，而一个喋喋不休的人，像一只漏水的船，每个搭客都会纷纷逃离。俗话说“话多不如话少，话少不如话巧。”少说话固然有好处，但人既然处在职场或官场中，

要与人交流，就应该说话。若要说话，就应该掌握说话的技巧。在领导面前，尽量做到多听少说，一旦开口说话，就需要言之有物，否则就应该少说。若是要说，就说自己经验过的感慨之话，说心灵深处衷心之话。而对于那些自己毫无把握的话不要说，言不由衷的话不要说，无中生有的话不要说，伤感情的话不要说，粗言腐语不要说。与领导进行语言交流，要言简意赅，而不是夸夸其谈，滔滔不绝。

据说朱元璋当皇帝以后，想攀附他的昔日伙伴很多，其中一位来对他说道："我主万岁！当年微臣随驾扫荡庐州府，打破罐州城，汤元帅在逃，拿住斗将军，红孩子当兵，多亏菜将军！"朱元璋没想到此人还算聪明，把话说得得体、含蓄，并没有让自己丢脸，于是心里很高兴，回想起当年大家饥寒交迫时有福同享、有难同当的情形，心情很激动，立即重重封赏了这位老朋友。

当得知那人得到封赏的消息，另一个当年有恩于朱元璋的伙伴心想，自己有恩于他，朱元璋应该会给自己更多的封赏。于是，他也来到京城求见朱元璋，朱元璋还是同样很高兴地接见了他。正当朱元璋要宣布同样重重封赏他时，他不知是紧张还是高兴的原因，于是站起来指手画脚地在金殿上说道："我主万岁！你还记得吗？那时候咱俩在一起放牛，有一次我们在芦苇荡里，把偷来的豆子放在瓦罐里煮着吃，还没等煮熟，咱们就抢着吃，结果把罐子都打破了，将豆子撒了一地，您只顾从地下捡豆子吃，一不小心红草根把您的喉咙卡了，还是我出的主意，叫您用一把青菜吞下，才把那红草根带进肚子里的……"

他还在继续说着，但这时朱元璋的脸色早已变了颜色，心想这人竟敢当着文武百官的面出自己的丑，哭笑不得，又气又恼，为了维护自己的面子，只有喝令道："哪里来的疯子，来人，把他拖出去砍了！"

上面的故事里的两个人，同样的条件，一个人凭借着会说话的三寸不烂之舌而升官发财，原因在于他懂得少说话，多倾听；后面那位不会说话的人却因话太多，遭到灭顶之灾。可见，在领导面前说话，言多必败，言多必失，多听少说显得尤其重要。

金钥匙

对下属来说，多听少说固然是美德，但是我们都身处在职场或官场中，尽量少说却不能不说。既要说话，又要说得妙，说得准，这实在是一门艺术。在领导面前，最好多倾听，少说话，如果到了非说不可时，那就应该注意自己所说的内容、意义、措辞、声音和姿势，说该说的话，不该说的话一句都不要说，以免言多必失。

第二节　准备充分，和领导说话不要想一出说一出

与领导说话，并不像与隔壁的三姑六婆说话那样简单、无拘束，更不像拉家常一样，想到哪里说到哪里。与领导说话，需要事前做好充分的准备，话题的重点是什么，先说什么，后说什么，注意哪些细节部分，这些问题是否都考虑清楚了，而不能到了领导面前，想一出说一出。我们都知道，领导平时的工作已经相当忙了，他只有在工作之余抽出时间与下属交流，这时下属就需要把握好时间，提前作好准备，不能泛泛而谈。比如，领导和你交流十五分钟，那你在这个时间内想阐述什么问题呢，能否完整地阐述完呢？这些都是需要考虑的。相反，如果没有提前做好准备，到时东一句西一句，领导根本没听清楚你说的是什么，结果还白白地浪费了他的时间，这样一来，领导很容易对你产生不满情绪。所以，下属在与领导说话时，一定要准备充分，千万不能想到哪里说到哪里。

在现实工作中，我们经常看到一些准备不充分、表述能力比较差的下属，他们往往是想起一件事就冲进领导办公室，张口就说："领导，我觉得这件事

……”结果，说了两三句话后，忘记了下面该怎么说，忽而想到了另外一个问题，又开始说其他的问题，搞得领导迷糊了：这位下属到底想说什么呢？对于这样的说话方式，领导是极其反感的：一方面浪费了自己的时间；另一方面降低了工作效率。

娜娜来公司一年多了，但工资一直不见长，而她觉得自己工作能力也不错，为什么领导总是不跟自己提加薪的事呢？想了想，干脆自己主动向领导提出加薪的问题。俗话说：“知己知彼，百战不殆。”娜娜在与领导谈加薪之前，她做足了准备工作。她先搞清楚了行业内的基本薪酬水平，清楚地知道自己“值”多少薪水，而且还了解了本公司的实际薪资情况，她想，在了解了公司工资发放的大致情况，合理评估自己身价的情况下，则需要勇敢地维护自己的正当权益。

准备工作都做得差不多了，娜娜还需要考虑什么时候向领导提出加薪的要求合适。前些天，领导忙碌，在为工作事情忙得头昏脑胀时，绝对不可以说加薪的事情，而是需要选择领导心情轻松的时候。

这天领导有事请娜娜去办公室，正在娜娜疑惑的时候，领导竟然破天荒地表扬起娜娜来：“你上次所写的论文竟然发表了，而且荣获了一等奖，这是我们公司的集体荣誉，也是个人的荣誉。”娜娜看着喜笑颜开的领导，心想：机会来了。娜娜半开玩笑地说：“我很高兴我的工作能力被您认可，但如果这种认可能转换成银行卡上的数字，我会更高兴的……”由于准备充分，娜娜说话一点也不紧张，说完了心里话，满脸期待地看着领导。

领导假装咳嗽两声，接着说：“我还以为是什么大事呢？就这个啊，行啊，没问题，你来咱们公司一年多了吧，其实我早就想跟你谈谈加薪的事情了，但一直以来没找到合适的机会……”当然，娜娜的这次加薪要求成功了。

在这个案例中，娜娜向领导提出的加薪要求最后获批了，其实最重要的原因应该得益于她事前做好了充足准备，有条不紊地说话，再加上半认真半开玩笑的语气，这些都让领导无法拒绝。娜娜巧妙地抓住领导表扬自己的最佳时机，向领导提出加薪要求，在整个说话过程中，她只说到了“加薪”这一件事情，而没有说其他的，更不是想到哪里就说到哪里。

金钥匙

通常下属想与领导进行面谈，那肯定所谈论的是一个问题或一件事情，在正式谈话没有开始之前，下属就应该思考谈话的方方面面，做好准备：这个问题或这件事情是什么，如何清楚而简洁地论述出来，自己想要表达的意见是什么，希望领导应该怎么做，或者是预想领导会给出什么样的意见等等。做好了充分的准备，才能促进上下级谈话的顺利进行。

第三节　与领导把握亲近尺度，说话不要太随意

作为下属，在与领导沟通过程中，还需要把握彼此之间的亲近尺度，切忌说话太随意。换句话说，下属说的话应该符合自己的身份。作为下属，不要以为自己的领导很随和，更不要觉得领导的年龄与自己差不多，就可以在他面前说话毫无顾忌，不分职位高低，说话很随意。应该谨记：即便是性格很随和，年龄比自己小的领导，他们内心深处都会有一种强烈的自我意识，因为他们处在领导者这样的特殊位置。因此，下属在言语表达中，就需要注意职位高低之分，即便你私底下与领导关系很密切，说话也不要太随意。与领导说话，认清双方的角色是很重要的，如果你的语言表达太随意，不把领导放在眼里，或者让领导感觉不如你，那你今后的日子就很不好过了。

小琪是一家报社的记者，她平时很喜欢看一些小资的文章和书，特别喜欢工作之外有更多的私人时间。上班第一个月，她感觉还不错，基本上不用加班，她觉得这份工作还真不错。

到了第二个月，报社来了很多新闻素材，领导经常让小琪去现场采访。一开始小琪还觉得很新鲜，后来就感到疲惫了。在连续加了三天班后的一天，她正准

备下班回家，这时领导进来了，说道："小琪，你先别走，公司有一个非常重要的客户来了，你帮忙招待一下。"平时小琪说话随便惯了，尤其是当自己很累的时候，她也顾不上领导的面子了，只感到疲惫和委屈，所以很没好气地说道："凭什么叫我接待啊？我已经下班了，当时招聘我来的时候，你们也没说过要干这么多事啊！"这时旁边的另外一位同事赶紧说："我去接待吧！小琪可能有事。"

回家的路上，小琪觉得自己对领导说话太随意了，不过，她也在为自己辩解：我已经连续加班三天了，很疲惫了，领导应该知道啊。没想到，两个月后，那位代替小琪去接待客户的同事升为主管，这时小琪才醒悟：都是自己说话随意惹的祸。

在日常工作中，许多下属喜欢幽默、风趣地说话，时不时还跟同事开玩笑。本来，几乎是没有人会讨厌这样的说话，因为风趣会让人更容易亲近，我们经常说，幽默是人际关系的润滑剂，其实也就是这个缘故。虽然，风趣说话是一件好事，但若用在与领导说话却是不太好的，其中最关键的就是与领导说话不能太随意，即便是开玩笑也需要符合双方身份。通常下属与领导开玩笑，目的就是赞美他、抬高他、尊重他，玩笑的内容应该是善意的、积极的，让领导觉得中听的。反之，如果太过随意，不懂得把握分寸，就很容易招致领导的反感。

小倩是单位后勤部的行政人员，她性格活泼开朗，经常喜欢开玩笑。上班后不久，她发现后勤部的张主任长相很斯文，对下属也经常是笑嘻嘻的，小倩就很想开开张主任的玩笑。

这天，张主任穿着一身新衣服来上班，黑色西装、黑色衬衫、黑色裤子、黑色领带，正好在走廊上碰到了小倩。小倩马上大声地说："哟，张主任，您今天这是去哪里啊，穿得这么崭新。"张主任听了，咧嘴一笑，可小倩马上说道："瞧你穿着一身黑色的，莫不是参加谁的葬礼吧。"话刚说完，张主任脸色就变了，小倩也意识到自己说错了话，但自己也是经常跟朋友们开这样的玩笑，应该不会怎么样吧。

由于对张主任开这样的玩笑，在后面的工作中，张主任根本不愿意接触小倩，以至于小倩无法与领导进行正常的沟通，工作开展得也很不顺利。

在上面这个案例中，小倩所开的玩笑太过火了，虽然她意识到自己说错了话，但觉得这些玩笑都是平时与朋友说的，应该没什么问题。但她却忽略了，领导就是领导，并不是朋友，与朋友说话可以很随便，但对领导说话却不能这样随意，而是需要谨慎开口，把握好彼此之间的亲近尺度。

金钥匙

在日常工作中，下属与领导的关系，既不能特别亲近，也不能过分疏远，这就决定了说话的技巧。你可以像朋友一样关心领导，但却不可以像朋友一样与领导开玩笑。对领导说话，不能太随意，要时刻记住：他是君，你是臣，彼此之间是有距离的。如果你擅自跨越这样的界线，那领导就会对你心生反感。

第四节　把握真诚，说话直率但也要有分寸

与领导说话，需要把握真诚，即使说话坦率也要掌握分寸。在日常工作中，有不少的下属惧怕领导，看到领导恨不得绕道走，特别是当自己工作中犯了一些小错误时，就更是害怕与领导交流。其实，这就是不够真诚、坦率。不愿意与领导交流，总将问题放在心里，这样会让自己承受巨大的压力，寝食难安。实际上，与领导说话，远不如想象中那么困难。下属只要主动找到领导，真诚地和领导把事情说清楚，领导反而会对你产生好感，他会觉得你是一个值得培养的下属。当然，在与领导说话过程中，说话直率一点是可以的，也要掌握分寸，有些话不能太直接地说给领导听。

在工作中，有的领导为了维护自己的威严和威信，可能会生气，在下属面前要要威风，这就是人之常情。作为下属，应该对领导这样的行为表示理解，

而不是看见领导就害怕，不敢与领导进行交流。下属与领导顺畅沟通的真正秘诀，那就是自信而不张扬，真诚而不过分直率。只有你与领导进行坦诚相待，才能领会领导真正的想法，以此才能促进上下级之间的顺畅交流。此外，我们之所以主张与领导说话不能过分直率，也就是不能在领导面前什么话都说，比如有时候领导让你给他提点意见或指出不足，其实这可能是客气话，但如果你真的很坦率地指出领导的某些缺点，那就会让领导面子很难堪。因此，直率也是需要掌握一定的分寸的。

肖翔是服装公司的业务经理，以前他每次向主管汇报工作方案并征求其意见时，主管领导总是让他自己拿出解决方案。但是，肖翔的方案经常不是主管领导所想要的。更让肖翔感到烦恼的是，别的部门有了意见，主管领导却在会议上大声责怪自己的不是。后来，肖翔的几次工作计划提案都遭到了主管领导的拒绝和否定。在这段时间里，肖翔很苦恼，他真的不知道自己的领导到底在想什么，他感到了无助和恐惧，觉得自己没办法与领导沟通了。

无奈之下，肖翔决定与主管领导进行一次开诚布公的谈话。这天，他观察到主管领导心情比较好，于是，他敲开了领导的门，说道："我最近有一些思路要向主管汇报。"主管领导点点头，并招呼他坐下。肖翔深深地吸了一口气，对领导说："我很喜欢这个工作，很热爱公司，而且很希望在领导的带领和支持下提高自己的能力，为领导多分担一些责任和义务。"主管领导面带微笑地看着他，肖翔继续说道："不过，最近发生了几件事情，让我感到很困惑，有时候不知道您的真实想法，我真心地希望您能帮助我，给我更为明确的指示和指导。"这时主管领导已经明白了肖翔的意思，他回答说："你每次让我给你提建议时总是笼统地问这个计划行不行、那个问题怎么解决，由于我不在第一线，所以没办法给你具体的指导，因此只好叫你自己去找办法了。"

由于这次真诚的交流，将上下级之间的心结化解开了。

在案例中，由于肖翔的真诚说话以及主管领导的回应，让他明白了自己与领导沟通不畅的症结所在。当然，在这个过程中，是他真诚而直率的表达让领导了解了自己，打动了领导。或许，在这次谈话之后，肖翔之前郁积在心中的所有不快都会消失得无影无踪。

金钥匙

若是要问什么样的说话方式才能打动领导？那答案就是：真诚。作为下属，如果发现了与领导沟通存在着一些问题，就需要真诚地向领导说出来。当然，在这个过程中，如果你觉得领导在某些方面有不足的地方，这时不需要太直率，而是将更多的责任归结给自己，这是对领导面子很好的维护。自然，大部分领导都会看透其中的玄机，既然你那么坦率，领导也会真诚地与你展开交流，从而促进上下级之间的畅快交流。

第五节 和领导透露自己的私事要选择时机

领导，顾名思义，也就是工作上的领导，而是因工作关系而形成的一种身份象征。对任何一个下属来说，在工作中应该公私分明，公事找领导说，私事找亲人朋友说，这才是正常的人际交往。在现实工作中，许多下属很容易混淆这种关系，有的下属很坦诚，将自己的一些私事一股脑儿地透露给领导，事后还觉得自己是在向领导“交心”。孰料，这样的举动使得领导对你唯恐避之不及。

老王所在公司的领导班子前不久重新调整了，由于老王是公司的老同事，又是业务上的尖子，公司领导的更替对他来说影响并不大。新领导到任之后，也经常找老王了解一些情况，老王经常抱着坦诚的态度与领导交换意见，将自己的看法、想法，毫无保留地汇报给领导。

当然，在与领导接触的过程中，老王也注意到说话的分寸，他只是简单地介绍了一些业务上的情况，没有涉及到领导的事情。即使有几次，新领导问他对前任领导的看法，老王也没有细说，他知道说这些话是犯忌的。但既然有些公司的事情不能说，老王心想：那就说说我的私事吧，说不定能与领导拉近关系呢。于是，他跟领导说了自己这几年的情况，包括遇到的一些问题和苦恼，因为公司总有几个人对他心怀叵测，前任领导还在的时候就一直在背后使坏。老王觉得既然新领导已经来了，应该让他知道一下，否则，要是那几个同事先入为主，自己岂不是又要遭陷害？

不久，新领导进入了工作状态，开始点起了三把火中的头一把——走马换将。在许多人看来，包括老王自己都觉得肯定能在副处长的位置更上一层楼，顺利地荣升处长。但最终的结果却是让老王很失望，他不但没被提拔，反而连自己副处长的位置都未能保住。随着一纸任命，老王被调到了档案处当副处长。明眼人一看就知道，虽然同是副处长，但从主要业务处室的副处长平调到档案处当副处长，那就相当于被降级使用了。

面对这样的结果，老王百思不得其解，猛然想起自己曾将个人私事透露给了领导，难道是因为这个？

确实，老王的猜测是正确的，正是老王自以为是地将个人私事透露给领导，因此才造成领导对自己的不信任。即便老王的本意是想拉近与领导之间的关系，但给领导的感觉却是：这个人不太可靠。结果，好心办坏事，还害了自己。什么时候和领导说自己的私事，和哪位领导说自己的私事，和领导说自己哪方面的私事，要选准领导，找到时机。

金钥匙

朋友是可以彼此交心的，朋友之间是无话不说的，假设你与领导是朋友，你想对领导说自的私事，也要考虑和领导的亲近程度，以及时间，地点等客观条件。领导者是睿智的，他谨慎地保持着与下属之间不亲不疏的关系，一旦人为地打破了这种关系，那后果是不堪设想的。无论你所遭遇的是哪种类型的领导，你的职场前途将岌岌可危。

第六节　不要随意与领导谈论同事的事情

在日常工作中，作为下属，还需要注意的分寸是：不要随意与领导谈论同事的事情。即便是要说，也一定要说同事的好事，比如赞扬同事的工作能力，这样会让领导觉得你是一个人际关系处理不错的人。反之，如果你在领导面前搬弄同事的是非，或无中生有地谈论同事的缺点和不足，那你给领导留下的印象就是“小人”，在以后的工作中，领导也不会愿意与你过多接触，更不愿意听你说那些乱七八糟的事情。在工作中，我们与同事、领导的亲疏距离是一样的，同事是竞争关系，领导是上下级关系，我们与同事都是直接受领导管理。试想，在这样一种错综复杂的敏感关系中，你若是随意与领导谈论同事的某些事情，那只会给自己的职场前途搬来了一块绊脚石。

对于领导者来说，处于这样的身份，他看什么问题，做什么事情，都是高瞻远瞩的，极有长远目光。他们能够看清楚每个人，眼光比一般的人更长远，更深邃。如果他真的需要了解同事的一些情况，聪明的领导都会自己观察，别人的说法只能作为参考。如果你不讲原则地在领导面前说同事的事情，就是再向领导提供有用的信息，那你也大错特错了。通常来说，领导者并不欣赏那种在工作时间嚼舌头的下属，如果领导想知道某位同事的情况，并想通过你侧面了解，他自然会主动向你询问，但他们一般不赞成你主动找他说起同事的一些事情。作为下属，应该做好下属应该做的事情，说下属应该说的话，领导询问，你就实话实说；若领导没问，那下属也就没有必要主动开口说。

这天中午，小张去办公室向经理递交文件。就在经理正在看文件时，小张随口说了一句：“最近也不知道小李怎么了，工作也没精神，今天早上竟然破天荒地迟到了。”经理头也不抬，应付道：“估计是他自己出什么事情了吧，调整调整情绪，应该很快就会恢复正常的。”

小张听了经理的话，并没有停止说话，而是越说越起劲：“好像听说是跟女朋友闹分手，其实我们一起工作一两年了，我也多多少少了解他跟他女朋友的情况，两人大学就开始好上了，但大学毕业后，现实问题就摆在了面前，房子、车子、钱，这些都是问题。小李跟我一起进的公司，那会跟他女朋友感情还很好呢，结果不到半年，就听说有个富二代在追他女朋友。刚开始，他女朋友坚决拒绝，可后来，兴许是被这个世界迷惑了，竟然决定要和小李分手，这不，小李这两天正痛苦着呢。”

经理已经看完了文件，签了字，但他没有注意到小张所说的话，经理似笑非笑地看着小张：“看来，你在办公室人缘不错嘛，同事的事情你都弄得一清二楚。”听到经理第一句话时小张还笑呵呵的，但听到第二句话，他脸红了，这才意识到自己不该在领导面前说小李的这些事情。

通常情况下，那些随意说同事私事的下属，在领导面前，无非只有两个标签：说三道四、不可靠。如果你连自己的工作都没做好，就去说这些事情，那领导更有理由责怪你：“不好好工作，乱嚼舌头根子。”到时候，只会让领导心生厌恶。

金钥匙

所有关于同事的一切，不管是好事还是坏事，都不需要在领导面前随意说起，即便是领导问起来，作为下属，也不要多说，只是实话实说就行了。因为你所说的都是同事的事情，毕竟你不是同事本人，许多事情你也不清楚其中的内幕，在没有任何根据的情况下，你在领导面前去说这些话，对自己很不利。一方面领导会觉得你不可靠；另一方面同事若是知道了，也会对你失去信任。这样一来，你自己就会陷入两难的境地。

第七节 该沉默时就沉默，不要妄加评论

下属在与领导沟通过程中，需要掌握一定的分寸，该说话时一定要说话，不该说话时绝不开口。特别是领导在场的情况下，对某些问题或一件事情，不要妄加评论，假如你的意见与领导相悖，那就相当于当面给领导难堪。做一个聪明的下属，要适时闭上自己的嘴巴。首先，在领导尚未开口的情况下，如果你擅自评论，那领导会觉得你没把他放在眼里。其次，在领导已经开口的情况下，如果你有相反的意见，那岂不是当面与领导唱反调吗？最后，在没有得到领导允许的情况下，下属妄加评论都是不恰当的。多方面看来，最后的结果都是难堪。

有一次，小李跟着领导去拜见法国老客户，当客户拿出自己的产品时，没见过大场面的小李眼睛都直了，领导还没开口，小李就直称赞："这产品真漂亮，这是我见过最漂亮的东西，这个东西一定很贵吧。"客户用生硬的中文回答说："不贵，只需要人民币五百块。"旁边的领导脸色有点凝重，似乎觉得价格贵了，但小李没注意到领导的脸色，继续说："我觉得价格还可以接受，您要不说，我还以为需要一千块人民币呢，这样便宜啊，张经理，你觉得呢。"兴奋的小李没意识到自己是下属的身份，反而像领导的口吻来询问张经理的看法。这时，领导的脸色已经变了。

后来，张经理有许多公干的机会，但他都带其他的下属一同前去，因为在他看来，小李是一个说话不注意分寸的人，这样的下属在自己身边，会给自己带来不少麻烦，让自己丢面子。

在工作中，有时候领导会面对着你说一些其他下属的问题，这时同作为下属，也不要妄加评论，至少在领导需要你开口之前，你需要保持沉默。如果由于你与那位同事曾经有矛盾或冲突，从而妄自评论，就会在领导脑海中留下这样的

印象：这个人背景很复杂，因为你的对立面很多；这个人不太会处理关系，不是很合群；这个人品质不太好，因为你企图利用领导来肃清你的对立面。所以，该沉默就沉默，不要多说一句话。

金钥匙

在与领导沟通过程中，需要多听少说，尽量保持沉默，反而会让领导觉得你是一个善于言辞的下属。反之，你说话太多，该说不该说都在说，甚至当着领导的面，妄自发表意见，那则是驳了领导的面子，他就会认为你沟通能力有问题。当然，有些下属并不知道自己什么时候该说，什么时候该沉默。如果你实在不知道，那就遵循一个原则：领导要求才开口，此外，多余的话一句也不要说。

第八节 领导的软肋是谈话的禁区

我们都知道，人体有许多要害的部位，这些部位一旦受到了重击就有可能失去性命，被人们形容为软肋。在人际交往中，软肋就是别人的短处，或者是别人最不愿意提到的话题。在生活中，每个人的心里都有那么一些不想被人伤及的软肋，对于领导者来说，也是这样。他在工作或生活中，总会出现一些缺憾。与大多数人一样，领导最不愿意和别人提到的就是自己的缺点和短处，而且，他们这样的心理会更强烈。因此，每个下属都应该记住：领导的软肋就是谈话的禁区。

有一天，小枫在办公室里与同事聊天，他们聊到了“当领导好还是当下属好”这个话题。小枫说道：“如果一定要我选择，我还是选择当下属，当领导太累了。比如我们的领导吧，在他上面还有领导，你们别看他在我们面前表现得很有能力的样子，到了他的上级领导面前，还不是点头哈腰，装得跟孙子一样。在我看来，领导每天都需要装出两副面孔，怎么看着那么别扭呢。”同事笑着说：“不过，当领导还是好啊，起码人家的薪酬福利比咱们好，人家还有权，能指挥咱们，让我们干什么就干什么，他让你向东，你不敢朝西，这些咱们可都没有啊。”

这时，小枫满脸不屑：“那只是暂时的情况而已，我说啊，要是哪天公司垮了，首先遭殃的就是他！如果你要问什么，那就是他比我们拿工资多，但很多东西却一点也不懂，你说公司要垮了，上面是要他这样的庸才领导，还是要我们这样的技术工？”小枫以为自己的话会引来大笑，但却没有，他没看到领导已经站在了他身后，继续说：“我说的可都是真的，尤其是咱们这样的毫无工作能力的领导，公司出了事情，第一个倒霉的就是他。”这时他回过头来，才发现领导站在自己的后面，他顿时感到很尴尬。

领导脸色没怎么变化，只是宣布：“我是来向大家宣布一个消息的：刚才总经理开会时说我们要在两个月之内裁员两名，我一直在想，我们大家都挺努力的，到底让谁走好呢？”领导的眼光一下子看准了小枫，这时小枫什么话也说不出来了。

下属应该记住：无论在哪里，攻击领导的软肋，谈论领导的缺点，那都是致命的错误，可以直接断送自己的职场前途。在办公室里，人多眼杂，如果你不在这里好好工作，而是胡说八道，谈论领导的软肋，那无疑是自毁前程。或许，你会觉得私底下与同事说很安全。错了，跟同事说，你的那些话一样会有机会传到领导耳朵里。

金钥匙

在日常工作中，通过平时与领导的接触，下属都了解领导身上存在着哪些缺点，或是哪些不足。其实，这都是很正常的，因为没有哪一个领导是完美无缺的，领导也是一个普通人。但我们也不能因此就忽视其领导的身份，经常在办公室大说领导的缺点，或取笑，或讥讽，这样的行为都是禁忌的。无论用什么样的方式，也不论你是有心的还是无意的，一旦触及了领导的软肋，说话遭遇了禁区，那最后倒霉的只有你自己。

第十五章 长个心眼，学会婉言保住领导面子

与领导说话，下属要有所顾虑，对于某些话，不能直来直去，要委婉含蓄，否则就会当场驳了领导的面子。在拒绝领导，或是提出领导的不足，或是说出自己的建议时，都要委婉道出心中所想，这样才能很好地保住领导的面子。

第一节 拒绝领导时找个最妥帖委婉的理由

下属经常会遇到这样的情况：领导叫你干一件事，你马上答应了下来，即便这件事本不该你做，或超过了你的负荷，可能是慑于领导的压力，也许是出于其他的某种考虑，你往往不会去拒绝。其实在工作中，我们可以拒绝领导。当然，不同的人，所选择的拒绝方式也会不一样，这也就造成了不同的结果。但是，不管你所选择的是那种回绝方式，都要掌握好分寸和技巧，稍有不慎你就有可能犯了职场大忌。而且，每个拒绝行为的背后都应该有一个理由，作为下属，在拒绝领导时需要找个最妥帖做委婉的理由。一般而言，你的回绝方式既是对领导的一种答复，也是对自己的一种表现。这就需要你掌握一些回绝的技巧和回绝的忌讳，这样才有能使自己在回绝之中处于主导位置。虽然，你在职场生涯中，是有权力说“不”，但是你也要有说“不”的能力。这就需要你所选择的回绝理由必须是客观的，所说的言辞是委婉的，同时还需要有一定实力。除此之外，你还应该避开一些雷区，比如动不动就以辞职威胁，这样都是极为不妥的。

“不论什么事情只要交给小安，我就放心了。”小安进入公司两年，这是领导经常挂在嘴边的一句话。刚开始小安很高兴，但时间一天天过去了，领导交给自己的工作任务越来越多，小安经常听到这样的吩咐“小安，这个方案你负责一下”、“小安，这个客户你去接待一下”、“小安，这个项目人手不够，你也参与一下”。

小安手里的事情多得做不完，他心想，也许自己再忍忍就会有升职加薪的机会。但是，每次到了升职加薪时，那机会总是从小安眼前溜过。后来，小安从人事部的老同事那里得知，关于自己的升职一事，中层主管会已经讨论过很多次了，每次都被领导否决了，说小安虽然业务能力不错，但管理能力不足，需要再锻炼锻炼。这时老同事启发说：“你想想，如果你升职了，他上哪儿去找这么任劳任怨的下属呢？”

小安觉得，自己一定要想办法拒绝领导了，可是，该如何拒绝呢？这天，领导又吩咐：“小安，下班后先别急着走，有一个案子还需要你负责一下。”小安略加思索地说：“不好意思，领导，今天我妈妈从老家过来了，就是五点半的火车，我得去接一下，您也知道，老年人嘛，手脚不太方便，我可不放心她跟那些身强力壮的人在火车站拥挤，而且我妈妈她也不认识路，我必须得去接她。”领导似乎很理解，挥挥手，说道：“行，那你早点回去吧，案子的事情我让别的同事负责。”

在案例中，小安找一个老掉牙的理由——接人，虽然，暂时不会被领导看出来，但下一次再接到领导“加班”的要求怎么办呢？如果领导意识到自己被下属欺骗了，那结果会更糟糕。对此，作为下属，一定要在拒绝领导时，找一个最恰当的理由。

金钥匙

首先，你拒绝领导时所说的理由必须是客观的，只有说出自己拒绝的客观理由，领导才有可能接受。如领导提出的不合理要求，或要求你去做一些违背良心的事情，你可以委婉地拒绝也可以回绝。但是，如果仅仅是正常加班之类的问题，那么你就要学会忍让，毕竟加班也是无可厚非的事情。其次，你回绝领导的要求，并不是基于主观原因，不掺杂个人情感，而是为了更好地工作。对领导进行拒绝，需要说并不是从个人角度出发，而是为了把自己的份内工作做好，这样的理由才更容易被领导接受。

第二节 拿捏分寸，不要当场驳了领导的面子

领导在场的某些场合，说话更需要拿捏好分寸。作为下属，应该随时通过话语展现出自己对领导的尊重，尽量保持领导者本身的威信和权威。我们之所以特别强调公众场合，那是因为越是人多的地方，越是需要保持领导者的尊严。如果当众说话失去了应有的分寸，比如极力与领导争辩，甚至拍案而起，或者随意跟领导者开玩笑，这将会让你的职场之路陷入死胡同，可能你的职场之路就此走到了尽头。我们应该明白，当众给领导难堪，这比你私底下跟领导大吵一架更严重。下属应该时刻牢记自己所处的位置。如果真的需要提出不同的意见，我们也应该选择恰当的时机，以幽默的方式提出来，懂得维护领导的自尊心，保住其面子，诙谐而富于策略地提出反对意见，这样领导才会乐于接受。

杨修是个文学家，才思敏捷，灵巧机智，后来成为曹操的谋士，官居主簿，替曹操典领文书，办理事务。有一次，曹操造了一所后花园。落成时，曹操去观看，在园中转了一圈，临走时什么话也没有说，只在园门上写了一个“活”字。工匠们不了解其意，就去请教杨修。杨修对工匠们说，门内添活字，乃阔字也，丞相嫌你们把园门造得太宽大了。工匠们恍然大悟，于是重新建造园门。完工后再请曹操验收。曹操大喜，问道：“谁领会了我的意思?”左右回答：“多亏杨主簿赐教!”曹操虽表面上称好，而心底却很忌讳。

后来，曹操出兵汉中进攻刘备，被困在了斜谷界口，想要进兵，又被马超拒守，想收兵回朝，又害怕被蜀兵耻笑，心中犹豫不决，正碰上厨师进鸡汤。曹操见碗中有鸡肋，因而有感于怀。正沉吟间，夏侯惇入帐，禀请夜间口号。曹操随口答道：“鸡肋!鸡肋!”惇传令众官，都称“鸡肋!”行军主簿杨修见传“鸡肋”二字，便教随行军士收拾行装，准备归程。

有人报知夏侯惇。夏侯惇大惊，遂请杨修至帐中问道："公何收拾行装?"杨修当众说："从今夜的号令来看，便可以知道魏王不久便要退兵回国，鸡肋，吃起来没有肉，丢了又可惜。现在，进兵不能胜利，退兵恐人耻笑，在这里没有益处，不如早日回去，明日魏王必然班师还朝。所以先行收拾行装，免得临到走时慌乱。"夏侯惇说："您真是明白魏王的心事啊！"他也开始收拾行装，于是军寨中的诸位将领没有不准备回去的事情的。曹操得知这个情况后，传唤杨修问他，杨修用鸡肋的意义回答。曹操大怒："你怎么敢造谣生事，动乱军心！"便喝令刀斧手将杨修推出去斩了，将他的头颅挂于辕门之外。

杨修为人恃才放荡，数犯领导曹操之忌，杨修之死，植根于他的聪明才智。他本是一个绝顶聪明的人，而且才华横溢，但其才盖主，这就是犯了曹操的大忌，屡次在同僚面前驳了曹操的面子。当曹操无意间说了"鸡肋"，本来曹操就在苦闷，不知道该如何解脱，而杨修却故作聪明，道出了其中的原委，这当然引起了曹操的嫉妒，这就是杨修致死的原因之一。

刘备进入蜀地之后，曾经与益州的刘璋在富乐山相会，当时正好碰到了刘璋的部下张裕。刘备见张裕面脸胡须，就开玩笑说："我老家涿县，姓毛的人特别多，县城周围都住满了毛姓人家，县令感到奇怪，就说'诸毛为何皆绕涿而居呢？'"在这里，刘备巧将"涿"借此为"啄"，意在取笑张裕那张被一脸黑毛遮住的嘴巴。

不料张裕回敬道："从前有个人先是任上党郡潞县县长，后来又迁至涿县做县令。有人正好在他上任前回老家探亲时给他写信，于是便在称呼上犯了难，一时不知称他为'潞长'，还是'涿令'，最后只好称他为'潞涿君'。"在这里，张裕也巧妙借此取笑刘备脸上无毛，立即引得满座哄堂大笑。当时，他们两人不过是开开玩笑，张裕并不在意这件事，但刘备却因自己占了下风而一直耿耿于怀。

后来张裕投到刘备麾下，刘备竟找了个借口，要杀张裕。诸葛亮请刘备宣布张裕罪状，刘备说不出什么理由来，竟称："芳兰当门而生，不得不锄去也。"

那么多人的场合，张裕对刘备的玩笑进行回敬，当即给了对方一个小小的难堪，驳了刘备的面子。原以为这不过是和谐气氛时开的玩笑，孰料刘备心眼比较小，一直因自己占了下风而耿耿于怀，于是张裕就这样因为一句玩笑话而掉了脑袋。

金钥匙

在任何场合，下属说话都需要拿捏好分寸，尤其是人多的场合，说话太自满，你所招来的嫉妒对象不仅仅是同事，还有可能是领导。如果你说话处处表现得高人一等，那几乎是驳了所有人的面子。这样一来，领导的面子又在哪里呢？当你骄傲的姿态盖过了领导时，那就是你职场之路陷入泥泞的时刻。

第三节　认可领导，以请教的形式说出自己的建议

在工作中，当你想要在领导面前提出一些建议时，不妨先认可领导的说法，再以请教的形式说出自己的建议，这样领导才容易接受。其实，在很多时候，领导之所以不接受你的建议，不是因为他不讲道理、不近人情。对于很多领导来说，尽管他在心里已经承认了你的建议，但是他嘴上也不会说出来，因为他比较注重自己的面子。因此，我们在向领导进言，应该灵活运用各种方法，或是顺势引导，或是以退为进，或是站在领导的角度，并且你在进言时需要避开领导的忌讳。在实际操作时，先不妨指出领导意见的中肯性，然后说出自己的见解，让领导在不知不觉中接受自己的建议。

在现实工作中，当你辛辛苦苦地拟好了一套工作计划，却得不到领导的赞同。那么，这时候你不要固执己见，你可以采用以退为进的方法来使领导接受你的方案。当领导开始谈他自己的想法时，你不妨认真倾听，并且表示赞同，然后在具体讨论时，你可以在他提出的方案中渗透自己的观点，这样领导就会逐渐被

你的观点所影响，然后你再进一步做详细的解释，巧妙地游说，让领导同意你的方案。

在办公室，小王正在仔细听总经理的一些建议："我觉得最近大家的工作状态不是很好，是不是我们太急功近利了？或者说过于追求产品的数量，而忽视了其质量，最近我看到不少客户投诉说，质量确实不怎么样，我觉得在下个月的工作中，应该平衡一下质量和数量的关系，尽量放慢脚步，提高质量，否则，数量再多，产品也卖不出去啊……"

坐在一旁倾听的小王微笑着点头，不时沉思，不时微笑，等到总经理说完了，小王回应说："我觉得总经理的想法很好，有的地方我也没想到呢，就针对产品的质量和数量方面，我做了一个详细的工作计划，想请您看看，对我的这个计划，提出一些建议。"说着，小王一边将手中的计划书递给了总经理，一边说："我觉得咱们可以一方面保证数量，另一方面提高质量，齐头并进，这样的话，对产品的生产和销售都是没有任何影响的，反而会促进销售……"总经理一边听小王的讲述，一边翻看手中的文件，频频点头，接纳了小王的建议。

我们要善于采纳案例中小王提建议的招数，当我们心中有什么好的想法需要提出来时，不妨以请教的形式开口"我这里写了一份关于本月工作的计划书，希望您能帮忙看一看，提出一些建议"、"我的这些想法可能不太成熟，还需要您指点一二"，这样委婉的方式，领导也不好意思拒绝你，并在看了你的建议书或听了你的想法之后，会适当地采纳你的想法，那我们就达到了进言的目的了。

金钥匙

在提出建议时，先认可领导的意见，站在领导的角度想问题，其实就是给予领导最大的面子。作为下属，了解领导是采用什么样的思考方法，进而再对自己的思路进行调整，以求在表面形式上与领导的想法接近。当你作出了这些改变后，领导也就更容易了解并采纳你的想法和意见了。

第四节 婉拒领导，以和为贵

巧妙拒绝是一种艺术，不会让领导心里产生不快的情绪，这才是高明的拒绝。当然，拒绝并不是以伤害他人为目的，而是以和为贵，尽可能在不影响上下级关系的前提下进行。虽然拒绝是很难堪的，但在不得已时还是会用到拒绝。事实上，只要你能够很好地运用拒绝的艺术，它最终带来的并不是尴尬而是和气。在工作中，对于领导提出的不合理要求，许多人都不懂得该如何去拒绝，往往会碍于情面而违心地说“是”。其实，这样对双方都不好，事情办不好可能会给对方造成一定的损失，而自己也会给领导留下不好的印象。当然，没有人喜欢被拒绝，所以，在工作中拒绝不要急切、直接地表达出自己的立场与观点。我们应该掌握必要的沟通技巧，既不伤领导面子，又能婉转地拒绝，尽量降低拒绝产生的负面效应。

快要下班的时候，经理叫住正要出门的小东，吩咐道：“小东，先别走，客户刚打了电话，说晚一点过来看样品，这个客户很重要，你留在办公室接待一下。”小东有些不耐烦：“怎么又是我啊，每次遇到这种事情都找我，经理啊，下班了我也想多有一点自己的私人时间，你看我都三十岁了，连个女朋友都留不住，她跟我分手的理由就是我太忙了，我就请你高抬贵手，放过我这一次吧。”经理脸色有些阴沉，但还是轻言说道：“毕竟，关于样品的介绍，还是你比较熟悉，不要把自己女朋友走了的事情跟工作扯上关系。”

见总经理还是要求自己去做，小东索性也冷着一张脸，说：“总经理，反正我今天有事情，我真的去不了，你要怎么惩罚我都可以，我走了。”说完，头也不回地走了，只剩下总经理在那里张口结舌地站着。

案例中，小东的拒绝算是比较直白的，可能他是真的有事情，但也不应该以这样的口气与领导说话。这样的拒绝方式，非但不会让领导体谅你，反而会责怪你不服从命令。对每一位领导来说，需要管理的是整个公司，并不只是某一个人，保持自己的权威性对他来说十分重要。这就需要你在拒绝时要特别注意自己的言辞，选择一个合适的场合，用友好的语调与其交谈，这让领导感觉到你的尊重，感觉到你是在为他维护权威和形象，他就会觉得你是一个善解人意的员工，就会对你产生好感。千万不要用一些直白的语气跟领导说话，这样只会造成争吵，而通常争吵的结果都是自己被迫降职、走人或者从此就没有好日子过。

张经理总是喜欢给小李布置很多的工作，这天张经理又在增加工作量时，小李鼓足了勇气说："我手里有三个大的项目，十个小的项目，我担心时间安排不过来。"张经理一听，脸色马上变了，说道："可是，这个项目只有你去做我才放心。"小李只好无奈地表示："那好吧，我赶一赶。"说完这句话，小李就后悔了。

看到张经理的脸，一个大胆的念头在小李脑海中诞生了："不过，要按时保质完成任务，我需要几个帮手。"小李轻描淡写地说，张经理有些惊讶，但马上笑着说："我考虑一下。"原来，小李是这样想的，如果张经理答应给自己派个助手，那就相当于变相给自己晋升，自己的工作也就分担出去了；如果不答应，那他也不好继续给自己增加工作量了。

果然，张经理不仅没有再增加新的工作量，而且还经常跑过来关心小李的工作情况。

在这个案例中，小李的拒绝方式是成功的，向领导表现自己的难处，受到了领导的理解，当然，在拒绝过程中，也很好地照顾到了领导的面子，从而和谐了上下级之间的关系。张经理在遭受小李的拒绝后，他并未对小李产生反感，反而经常询问其有关的工作情况。

金钥匙

在拒绝领导时，我们应做到"以和为贵"，当领导对你提出要求时，不要立即就拒绝。立刻拒绝，会让领导觉得你是一个冷漠无情的人，甚至觉得你对他有某种成见；如果你正在气头上，领导提出了一些要求，你不能气愤地拒绝"我不做"；对于领导所提出的要求，不要轻易地拒绝，有时候领导之所以对你有那么多的要求，那是对你的一种重视；不要傲慢地拒绝，在拒绝领导的时候，切忌盛气凌人，即便你不愿意去做，也需要保持谦虚谨慎的态度。

第五节 酒席应酬，如何回绝领导轮番敬酒

酒桌是一个交际场所，这个场所十分考验人。作为下属，如果你不能喝酒，那么，最好学会拒酒。既然自己的酒量不能让同桌的人痛快，那就凭着三寸不烂之舌让领导们开心。这样一来，你既不会伤了自己的身体，又不会让劝酒者扫兴。在酒桌上，敬酒劝酒是一门学问，拒酒也是一门学问。虽然，在喝酒之前总是提醒自己“喝酒伤身，上个月才做了手术，还是少喝点”，但一上了酒场，领导轮番的敬酒劝酒很快就让自己招架不住了，根本不知道该如何拒酒。说到拒酒，分为硬拒和软拒：硬拒就是直接、不留情面的拒绝，比如“我不喝酒”；软拒就是不伤和气地拒酒，比如“不好意思，我一会还得开车回家，不能喝酒”。实际上，对待领导的轮番敬酒，我们要学会“软拒”，而不是硬拒。

酒桌上，几个领导都喝高了，在那里玩着轮番敬酒的游戏，小张已经感觉到自己不行了，再喝下去胃肯定出血。但是，领导们似乎并没到放手的时候，这时，销售部的张经理又开始敬酒了，小张挡住酒杯：“我可真不行了，再喝，我的胃都要出血了。”谁料，张经理说：“喝！感情铁，喝出血！宁伤身体，不伤感情；宁把肠胃喝个洞，也不让感情裂个缝！”

一听领导说出如此不理性的话，小张笑了，今天真要把这酒给拒了，他回答说：“我们要理性消费，理性喝酒。‘留一半清醒，留一半西醉，至少在梦里有你伴随’，我是身体和感情都不愿伤害的人。没有身体，就不能体现感情；没有感情，就是行尸走肉！为了不伤感情，我喝；为了不伤身体，我喝一点儿。”喝得半醉半醒的领导们听了这话，马上竖起了大拇指，大笑着说：“不愧是小张，我的好兄弟，说得对，干了这杯酒，咱们马上撤退回家。”

一般情况下，领导在敬酒时都会说一些敬酒的话，这时，不妨巧妙顺着领导

的敬酒辞表达自己的拒酒话，以此达到拒酒的目的。有的人拒酒很有一套，遇到熟人硬劝，他就嬉皮笑脸，对劝酒的人不客气；碰到陌生人敬酒，他就说自己酒量不行。这样一来，基本上能混过一次算一次。

金钥匙

从社交关系来说，领导敬酒应该是好事情，作为下属应该先干为敬，但现实情况却是，如果自己真的身体虚弱，酒喝多了肯定会坏事。对此，面对酒桌上热情似火的领导，下属应该想好拒绝的理由，比如“我一会要开车，不能喝酒”、“我上个月才做了手术，你不想我第二次进医院吧”、“我的胃一直不好，喝了酒就会出血”、“我对酒精过敏”、“我前阵子生病了，正在吃药，医生不让喝酒”等等，这些都是司空见惯的理由，而这一切都是为了拒酒，让领导体谅自己的难处。

第六节　面对骚扰，巧妙应对领导对你的不敬

在工作中，尤其是年轻貌美的女下属，很容易受到领导的骚扰，作为下属该如何巧妙应对呢？在平时的工作中，女下属需要保持对领导的尊敬和礼貌。这种尊敬和礼貌要把握火候和度，不要让领导误会你在向他“暗送秋波”，或者有什么格外的意思。除了工作以外的时间里，对于领导的一些额外的邀请，要学会礼貌地拒绝，尽量避免与领导单独出去吃饭，包括和领导一起出去陪客人。面对领导的骚扰，不要顶撞地回绝，而是礼貌地拒绝，维护其领导的面子。

对于任何一位女下属来说，尊严是是最宝贵的财富。现代社会，越来越多的白领女性表示自己曾受到领导的“性骚扰”。这样的场景的确令人难堪，但作为女性来说，礼貌地拒绝才是上上之策。当然，对于一些性格比较好强的女人，她也许将这件事闹得沸沸扬扬，弄得人尽皆知，最后辞职走人。其实，这样的方式

是极不妥当的，虽然你向更多的人宣扬了领导的“恶习”，但与此同时你也将自己的名誉卷入了其中。至于“辞职”这样的方式，除非领导的骚扰真的到了很严重的地步，这个方式是值得采纳的。但还有一种更聪明的女性，那就是礼貌而有分寸地拒绝，让领导再也“不敢”轻易地骚扰自己。

在《杜拉拉升职记》里有这样的情节：

台湾老板阿发对公司年轻貌美的女职员垂涎欲滴，他通常会叫女职员单独留下，先拍拍肩膀做慈爱状，接着送给她一张五星级酒店的常住卡，然后道出自己当过黑社会小弟的历史，并露出自己胸前的刀疤让女职员摸。这是杜拉拉进入职场后，就熟悉的一些情况。曾被骚扰的女同事琳达劝杜拉拉：“这种事你要么忍，要么等，等更年轻漂亮的女职员进公司。”

有一次，杜拉拉的经理出去接个电话，杜拉拉坐下来看一份传真。忽然，她感觉老板阿发拿脚在摩挲自己的脚背。当时正是夏天杜拉拉没有穿袜子光脚穿着凉鞋的时候，她浑身一激灵，就好像有一只又湿又冷的肥老鼠爬过自己的脚背。于是，杜拉拉将自己脚抽回来，假笑道：“胡总，不好意思我乱伸脚碰到您了。”

面对领导的骚扰，是应该听从同事的劝告，保住饭碗，选择沉默吗？选择“忍”和“等”吗？其实，对于女下属来说，逃避以及沉默都不是解决领导骚扰的办法，职场女性杜拉拉表示“这种事情不能忍，更不能等”。当然，也不会采用打耳光或丢饭碗这样的激烈行为来反抗领导的骚扰，她采用了更巧妙的方式来化解这种职场上的尴尬。

金钥匙

面对骚扰，我们应该首先态度明确，心平气和地又巧妙地表达出自己拒绝骚扰的态度，不伤和气，又能让领导知难而退，骚扰到此为止，化解职场上的尴尬。实际上，对于女下属来说，当遭遇领导骚扰时，明确态度很重要。否则，领导会误以为你并不拒绝骚扰，他的行为就会更加大胆。还可以与领导的太太成为朋友，当领导有骚扰行为时，借故说：“您太太……”这样一来，即便领导吃了雄心豹子胆，也不敢轻举妄动了。

第十六章 灵活变通，好口才与领导奏出和谐旋律

在日常工作中，下属说话还需要灵活变通，好口才可以与领导奏出和谐的旋律。在恰当的时机，妙语帮领导解围；当领导与他人争执时，巧言劝解；学会自嘲，化解与领导之间的尴尬。

第一节 看准时机，妙语帮领导金蝉脱壳

在工作中，在某些时候，领导会陷入一个尴尬或难堪的境地，这时作为下属，需要巧用妙语帮领导金蝉脱壳。所谓的金蝉脱壳，也就是在领导身处窘困之境时，下属运用各种富有迷惑性的手法，转移对方的注意力，岔开领导不便回答的问题，使对方不明白领导的虚实和动向，从而让领导及时地摆脱困境，化险为夷。虽然，对于领导者而言，具备着丰富的知识以及灵活的应变能力，但俗话说马也有失蹄的时候，再睿智的领导也会有大脑放松的时候，难免陷入难堪的境地。在领导难堪时，作为下属，就应该挺身而出，用两三句妙语帮助领导金蝉脱壳，那领导对你将是感激不尽。在以后的工作中，他会对你充满信任，也会在工作中帮助你、提携你。

许多下属总是抱怨“升职加薪无望”，在公司工作一年多了，但领导从未正眼看过自己，这样下去，难道自己就一辈子当个小职员吗？其实，这些只知道抱怨的下属不善于抓住亲近领导的机会，比如领导需要帮助的时候，你又在哪里呢？领导只会记住那些在关键场合出现的人。假如领导陷入了窘迫的境地，作为

下属应该抓住这个亲近领导的机会，顺势为领导解围，帮助领导解脱困境，那领导内心对你是莫大的感激。自然，你也给他留下了深刻的印象。有了与领导如此的关系，还愁升职加薪没有希望吗？

早上，公司举办了庆典活动，有一项议程是主要领导讲话，也就是公司里最高领导王董事长讲话。

不料，真正等到王董事长讲话时，话筒出现了问题，只要董事长一开口，那整个大厅就出现一阵刺耳的声音，董事长脸上有点难堪。这时董事长身边的秘书三两步走上台，重新调整了话筒，先试着喊“喂”，验证话筒没有问题了，但他没有急于把话筒递给董事长，而是拿着话筒说了几句话：“看来，咱们董事长太有威严了，连话筒到了他手里都得紧张一下子，一紧张就出现问题了。不过，现在它不紧张了，因为董事长在这里讲话，那是它的荣幸，下面，掌声有请王董事长讲话。”整个大厅爆发出雷鸣般的掌声，刚才出现的小插曲已经消失无影了，而王董事长在接过话筒的那一刻，对秘书投来赞许的目光。

在案例中，前面有人讲话时话筒还好好的，但临到王董事长讲话时，话筒就出现了问题。虽然，这并不是人为造成的难堪场景，但对于讲话者王董事长而言，还是多少有点尴尬。聪明的秘书趁此机会站了出来，他先是帮忙调整了话筒，然后说了几句妙语，轻松就为王董事长解了围。

在实际操作中，我们可以借鉴这样一些方法和技巧：在一些场合，有可能一个敏感的问题让整个场面都僵硬了，甚至妨碍了正常交际的进行，这时候下属就可以通过幽默解说将问题诙谐化，并打破僵局，让交际得以顺利进行；有时候领导可能是某些特定场合做出了不合时宜、不合情理的举动，这让旁人看起来很费解，导致整个局面的僵持。这时候下属需要自己找一个角度或借口，强调对方行为的合理性，这样就能打破僵局，缓解气氛。

金钥匙

在现实工作中，人们常常因固执己见而争论不休，因为一句不适当的话而冷场，或者因为突发情况形成尴尬局面等等，形成了难以缓和的气氛横亘在交流双方之间，整个场面好像凝固了。这时如果当事人就是领导者，那作为局外人的下属，需要适时说几句话来打破僵局，化解尴尬气氛，帮领导解围或金蝉脱壳，从而让交流得以顺利进行。

第二节 如何劝解领导与他人的争执

有时候，我们会亲眼目睹领导与他人发生争执，这时作为下属该如何劝解呢？实际上，争执也是分好几种的，有时是因为客观原因发生的争执，比如两人意见不统一；有时则是纯粹的冲突或矛盾，比如在停车时与另外一个车主发生争执。这两者情况的争执都是可以调和的，但其中的过程就需要看下属的灵活多变的口才了。在劝解过程中，下属应该记住一点：任何时候，在争执现场都需要站在领导这一边。当然，并不是说明明过错在领导这方，还是需要站在领导这边，而是你先站在领导这边，等领导气消了，再慢慢劝解。或许，再愚蠢的领导，事情本身到底是谁对谁错，他自己是明白的，只是在很多时候不愿意承认而已。下属在劝解领导与他人发生争执时，最忌讳的就是站在领导的对立面，本来领导就已经很生气了，如果你还与他作对，那很容易诱发更多的消极情绪，估计到最后，不是领导与他人的争执，而是领导与你的争执。

上午大家都在办公室里工作，突然，传来很大争吵声。员工们都凝神静听，只听见王经理大声说：“这个案子本身是我们部门负责的，凭什么需要调到你们部门，我去争取的时候，你在干嘛，等到我把名额争取下来了，你就想来分一羹了，你到底是怎么想的？”隔壁部门的张经理也不甘示弱：“当初本来就是我提出来的，结果你先向领导申请，那我就只有放弃了。说到底，这个案子本来就是我先提出来的，现在到了你这里，却好像它是你想出来似的？”

两个人的声音越来越大，大家都知道两位部门经理又因为意见不合争吵起来。不一会儿，张经理气得摔门而去，临走前说：“你想想吧，我最后的让步是咱们一起合作，如果你还是执意不肯，那我只有请上级领导来裁决了。”办公室里安静了好一会儿，小松迈着迟疑的脚步走进了经理办公室，看见经理还在那里生气，就安慰道：“王经理，别生气了，气坏了身体，怎么与张经理一较高低呢？”这句轻松的玩笑话，一时之间化解了办公室里的紧张气氛，王经理叹了一口气，瘫坐在沙发上。

小松帮忙倒了一杯水，放在王经理的办公桌上，说道：“我觉得你很有道理，虽说这个案子最先是张经理想出来的，但毕竟是你亲自去申请的，算起来，这应该是咱们部门的。不过，从另外一个角度想，如果张经理真的请示上级领导，那估计事情就很复杂了。”小松偷偷看了王经理一眼，发现他正认真听着，小松继续说道：“如果上级领导知道仅仅因为一个案子就搞成这样，肯定你们两位经理都是逃脱不了干系的，还不如咱们大度一点，与张经理合作，一来可以消了张经理心中的怨气，二来赢得了口碑，而且张经理自己觉得欠你一个人情，以后也不好意思跟你作对啦。”王经理陷入了沉思，虽然他没说什么，但他已经在考虑如何向张经理提合作的事情了。

在整个劝解过程中，小松先是以一句轻松的玩笑话化解了紧张的气氛，让王经理放松了下来。然后，小松指出王经理是对的，这样的说法会让王经理有继续听下去的欲望，也为后面的劝说奠定了基础。后面，小松分析了事情的利弊，觉得如果王经理真的不肯让步，事情就有可能闹大，这样对两个人都是不好的，不如让出一步，既做好了工作，又赢得了口碑。就这样，在小松一步步的劝说下，最后终于说服了王经理。

金钥匙

下属劝解领导与他人之间的矛盾，并不仅仅是安慰一两句就行了，还需要针对这样的争执，想出调和的办法，并努力促成双方达成一致的意见，这才是下属高明的做法。如果你只是安慰“别生气了，不要跟那种人一般见识”，那领导听多了也会生厌，反而会觉得你是一个毫无办法的下属。

第三节　妙言化解与领导间的小误会

有时候，由于工作关系，或无意中所说的几句话，就造成了自己与领导之间的误会，这时该如何是好呢？与领导之间的误会，始终是需要化解的，如果就让它这样一直存在着，那有可能本来只是一个小小的误会，但最终会日积月累，就会成为一个大的隔阂，横隔在你与领导之间，所造成的后果是：你将无法与领导进行正常的沟通，这对于你工作的开展也会带来一些阻碍。而且，有些与领导之间当场形成的误会，需要及时化解，比如，由于随口说出的几句话所造成的误会，或者是由于无心造成的一些行为举动，诸如此类的误会是需要及时化解的。实际上，误会的产生差不多都是无心之说，也就是我们常说的话语失误。

虽然，造成这种情况的原因各不相同，但误会所造成的后果却是极为相似的，与领导之间的隔阂日益扩大，甚至难以挽回。

对此，面对这样的情况，作为下属需要动动脑筋，如何通过几句话就可以化解与领导之间的小误会呢？

有一次，纪晓岚光着膀子与几人在军机处聊天，正巧乾隆带着几个随从突然到访，其他人一见皇帝来了，连忙上前接驾，躲在后面的纪晓岚心想：如果自己就这样光着膀子接驾，岂不是亵渎了万岁之罪？可能，皇帝并没有发现自己，还是先躲一下为好。于是，急忙之下，纪晓岚钻到了桌子底下藏了起来。其实这一举动被乾隆看在眼里，他故意装作没看见，却在椅子上坐了下来。

纪晓岚在桌子底下缩成一团，大汗淋漓，却不敢出声，过去了很长时间，他没听见乾隆说话的声音，以为他走了，就问身边的同僚："老头子走了没有？"这话被乾隆听见了，他厉声问道："纪晓岚，你见驾不接，我且不怪罪于你，你叫我：'老头子'是什么意思？你要一个字、一个字地给我说清楚，否则，别怪我无情！"纪晓岚吓得半死，连称："死罪！死罪！"接着，慢慢解释道："万岁不要动怒，奴才所以称您为'老头子'，的确是出于对您的尊敬。先说'老'字，'万寿无疆'称'老'，我主是当今有道明君，天下臣民皆呼'万岁'，故此称您为'老'。"

乾隆听了点点头，纪晓岚继续说道："'顶天立地'称为'头'，我主是当今伟大人物，是天下万民之首，'首'者，'头'也。故此称您为'头'。至于'子'字嘛，意义更明显。我主乃紫微星下界，紫微星，天之子也，因此天下臣民都称您为天'子'。"乾隆听了，笑了，这事就这样过去了。

由于无心之过，随口所说的几句话，使得纪晓岚与皇帝之间发生了一点小误会。但对象可是皇帝，那可是严重的事情，若不及时化解，弄不好自己的脑袋就要搬家了。幸亏纪晓岚思维敏捷，对待这样的小误会，慢慢解释，仅仅用了几句话就化解了，补救了自己无心造成的过失。在回应皇帝的过程中，纪晓岚言语诚恳，态度谦逊，语言幽默风趣，以灵敏的应变能力巧妙地化解了话语失误带来的危险，而也受到了乾隆皇帝的肯定。

既然是误会，那就是自己所说的一些话或一些行为，让领导产生了误解。这样的情况并不是自己真的做错了什么，而是无心造成的。面对自己与领导之间产生的小误会，作为下属，需要主动去化解或挽回，因为领导每天都会有许多的工作，他是不可能主动找到你化解那些误会的。因此，在这个问题上，下属首先应该拿出的就是主动的姿态。其次，就是谦虚的态度，尽管并不是真的犯下了错误，但在领导面前，应保持谦虚、谨慎、诚恳的态度。

金钥匙

如果是言语或行动造成的失误，我们都依然可以用语言来进行化解。当然，这其中是需要灵敏的思维以及绝妙的技巧的。但只要你懂得随机应变，就能够顺利地化解自己与领导之间的小误会，从而打破上下级之间的隔阂，与领导之间展开顺利的交流与沟通。

第四节 学会自嘲，化解与领导间的尴尬

幽默一直被人们称为只有聪明人才能驾驭的语言艺术，而自嘲又被称为幽默的最高境界。自嘲是缺乏自信者不敢使用的语言艺术，因为它要你自己拿自身的失误、不足甚至生理缺陷来“开涮”，对丑处、羞处不予遮掩、躲避，反而把它放大、夸张、剖析，然后巧妙地引申发挥，自圆其说，博得一笑。由此可见，能自嘲的人必须是智者中的智者、高手中的高手。在工作中，下属与领导相处时，当自己处境尴尬时，若是善用自嘲，不仅可以给自己找个台阶下，而且很容易产生幽默的效果，轻轻松松地就化解了与领导之间的尴尬。当然，下属若是想运用自嘲的艺术，那必须具备豁达、乐观、超脱、调侃的心态和胸怀。如果缺少这些特质，你是无法运用自嘲的语言艺术的，有的下属自以为是、斤斤计较、尖酸刻薄，他们是难以说出自嘲的话的。自嘲的语言艺术是最为安全的，因为它谁也不伤害。你还可以用它来活跃谈话气氛，消除紧张的情绪；在尴尬中找个台阶，保住面子；在公共场合获得人情味；在特别场景中含沙射影，刺一刺无理取闹的小人。

在一个中秋佳节，乾隆在御花园召集群臣赏月。他一时兴起提出要与纪晓岚对句集联，以增雅兴。一向自恃才高八斗、文思敏捷的乾隆先出了上联：玉帝行兵，风刀雨剑云旗雷鼓天为阵。出完了上联，乾隆踌躇满志地望着纪晓岚，看他如何对下联。

纪晓岚沉思片刻，对出了下联：龙王设宴，日灯月烛山肴海酒地作盘。明眼

人都看出，纪晓岚的下联不但工整，而且气势宏大，和乾隆所出的上联简直是过犹不及。可是，乾隆听了下联，脸色开始变了，一时间阴沉着脸。这时纪晓岚当然明白乾隆的心思，俗话说："伴君如伴虎。"一向好胜的乾隆，怎么容得下自己所出的下联呢？看来自己不该一比高低，否则弄不好会引来杀身之祸。

面对这样的情况，纪晓岚心里也很着急，但他并非等闲之辈，只见他灵机一动，巧舌如簧："主人贵为天子，故风雨雷电任凭驱策、傲视天下；微臣乃酒囊饭袋，故视日月山海都在筵席之中，不过肚大贪吃而已。"听到纪晓岚这一番话，乾隆刚刚消失的得意之色再露，笑着对纪晓岚说道："爱卿饭量虽好，如非学富五车之人，实不能有此大肚。"

在案例中，纪晓岚适度的自嘲，不仅仅是一种良好的修养，同时还为自己化解了一场危机。在平时工作中的自嘲，可以制造宽松和谐的交谈气氛，可以让自己活得更轻松洒脱，让领导感受自己的幽默和风趣。同时，还可以有效地维护领导面子，建立沟通双方的心理平衡。

当你置身于难堪境地时，如果过分掩饰自己的失态，反而会弄巧成拙，使自己越发尴尬。相反，如果以漫不经心,自我解嘲的口吻说几句取悦于人的话，却可以活跃气氛、消除尴尬。例如小王是一个大胖子，但他却不以胖为耻。在工作中，他经常自嘲说："我是个比别人亲切三倍的男人，每当我在车上让座给女人时，我的一个座位中可以坐下三个人。"轻松愉快的自嘲，正是小王信心十足的有力表现。

金钥匙

有人说："无论你想笑别人什么，都不妨先笑你自己。"在现实工作中，自嘲简直可以说是治疗尴尬的一剂良药。当自己遭遇尴尬时，不妨拿自己开涮，反而会让领导开怀大笑。有的下属觉得自嘲是一种心理成熟的标志，虽然你损失了面子，但却以真诚的人格魅力赢得了领导的青睐。自嘲最大的作用就是让沟通的场景变得轻松起来，而领导作为工作环境中主要人物，他更不希望看到难堪局面。因此，对于下属来说，自嘲不但给自己解围，而且也间接地帮助了领导。

第五节 善用幽默调节与领导说话的氛围

恩格斯说：“幽默是具有智慧、教养和道德上优越的表现。”下属在与领导沟通过程中，要善于运用幽默的艺术。幽默的作用，不必捧腹大笑，不必脍炙人口，有时一个微笑，一个小小的恶作剧，就会让领导豁然开朗，拨云见日。假若把你的各种优良特质比做钻石的各个侧面，幽默感则是钻石直接面向观众的那一面，可以时时折射出智慧的光芒。你可以在有限的时间和空间内，哪怕是初次见面的一次晚餐上，幽默都能让你一展才华，脱口而出，令人耳目一新，乐不可支，令领导印象深刻。一段精彩的幽默告白，有时会让人一辈子不忘，你的形象会被领导长久地储存在记忆深处。可以说，对于下属来说，幽默是一种优美、健康的品质，那更是每个下属都应该具备的品质。

汉武帝晚年很希望自己能长生不老。有一天，他与一个侍臣闲聊：“相书上说，一个人鼻子下面的人中越长，寿命就越长；人中长一寸，能活一百岁。不知是真是假？”东方朔听了这话，知道皇上又在做长生不老之梦，脸上露出一丝讥讽的笑意。皇上见东方朔似有讥讽之意，喝道：“你居然敢笑话我？”

东方朔毕恭毕敬地回答：“我怎么敢笑话皇上呢？我是在笑彭祖的脸太难看了。”汉武帝问：“你为什么笑彭祖呢？”东方朔说：“据说彭祖活了八百岁，如果真像皇上所说，人中长一寸就活一百岁，彭祖的人中就该有八寸长了，那么，他的脸岂不是太难看了吗？”汉武帝听了，不禁哈哈大笑起来。

在这个故事里，东方朔以幽默的语言，用笑彭祖的办法来劝皇帝。整个批驳言语不多，机智幽默，风趣诙谐，令怒不可遏的皇帝转怒为喜，并且愉快地接受东方朔的看法。由此可见，幽默具有一种特性，一种引发喜悦、以愉快的方式娱人的特性，它更是一种有效的说服方法。

当然，对于下属来说，说话风趣幽默，这也需要自身的一些基础和条件，只有具备了这些基础和条件，才能使自己的说话充满了风趣幽默，也才能有效地营造轻松的气氛。下属在与领导沟通过程中，幽默的说话具有反应迅速的特点，这就要求下属必须是思维敏捷、能言善辩。而这些往往是来自于对生活的深刻体验和对事物的认真观察。下属只有具备了较高的观察力、想象力，才能在说话过程中灵活地运用比喻、夸张的方式说出幽默的话语。

南唐时，苛税繁重，民不聊生。恰逢京师大旱，烈祖问群臣道："外地都下了雨，为什么京城不下？"大臣申渐高说："因为雨怕抽税，所以不敢入京城。"烈祖听后大笑，于是决定减轻赋税。

申渐高巧借话题，把"雨"拟人化，从而幽默而委婉地说出了"税收繁重，令人生畏"的意思，机智地劝说烈祖减轻赋税，最终取得了预期的效果。

通常情况下，幽默的语言是建立在下属有较高的思想境界和较高的修养上的。如果是一位心胸狭窄、思想颓废的下属，他是说不出幽默的话的，就更别说营造愉快的气氛了。此外，一个下属语言修养高、文化知识丰富，对古今中外、天南海北、历史典故、风土人情等各种各样的知识都有所了解和掌握，那再加上丰富的词汇、灵活多样的语言表达形式，这样说起话来才能得心应手，当然就容易活泼、生动有趣了。

金钥匙

幽默在生活中无所不在，幽默的素材在生活中也无处不有。下属那幽默诙谐的语言，将是生动形象的语言，是让领导饶有兴致听下去的语言。对于与领导者之间的沟通与交流，获得领导的好感才是讲话成功的关键之一，而幽默是获得领导好感的有效办法之一。在一般情况下，人们都愿意与幽默的人交往。在严肃的沟通过程中加上幽默生动的语言，往往就会使气氛活跃轻松起来，使你的情绪在笑声中得到松弛。

第六节 如何巧言挽回对领导的得罪

在日常工作中，有时难免会因为说话太随便，或许造成一些行为冲突，结果才发现自己得罪了领导。作为下属，如果察觉到自己得罪了领导，那就需要用语言来挽回自己的过失，求得领导的原谅。在这样的情况下，语言表达是有一定的技巧的，因为下属本身是类似于“负荆请罪”的身份，因此在语言表达上，需要尽量讨得领导欢心，求得领导原谅。自然，下属在态度上应该是谦逊的，而不是倨傲的，如果你明明得罪了领导，竟还一副嚣张的态度，那首先领导就不会给你好脸色。因此，无论是说话语气，还是自身的行为态度，应谦虚谨慎，尽量以赞美的语言打动领导，从而达到自己的目的。

袁世凯窃取了辛亥胜利的革命果实，掌握了中华民国临时大总统权力后，整天做着自己的皇帝梦。一天，袁世凯正在午睡，一位侍婢端来参汤，准备等袁世凯睡醒后喝。谁知这位侍婢在进门的时候，一不小心差点摔了，虽然把自己身子平衡住了，但却将手中珍贵的羊脂玉碗打翻在地，化为碎片。玉碗的破碎声惊醒了袁世凯，他一见自己心爱的羊脂玉碗被打得粉碎，气得满脸颤抖，大声吼道：“今天俺非要你的贱命不可！”

在这关键的时刻，婢女连忙跪着哭诉：“这不是小人之过，婢女有下情不敢上达。”袁世凯大骂道：“快说快说，看你死到临头，还能编出什么鬼话。”侍婢哭着回答：“小人端参汤进来，看见床上躺的不是大总统。”“混账东西，”袁世凯更加生气，“床上不是俺，能是啥？”“小人不敢说，怕人哪！”婢女哭声更大了。袁世凯气得站了起来，咬牙切齿地说：“你再不说，瞧俺不杀了你！”

“我说，我说。床上，床上……床上躺着一条五爪大金龙！婢女一见，吓得跌倒在地……”袁世凯一听，心中不由一阵狂喜了，心想：原来自己真的是真龙转世，一定会登上梦寐以求的皇帝宝座的。顿时，袁世凯怒气全消，还拿出厚厚的一沓钞票为婢女压惊。

虽然，婢女打碎了羊脂玉碗，打翻了参汤，这若是按照袁世凯的脾气，定是会砍头的。婢女自己也明白，如今得罪了袁世凯，肯定会惹来杀身之祸，这该如何挽回自己对主子的得罪呢？聪明的婢女灵机一动，自己整日侍奉主人，当然知道他最想的就是梦想当皇帝。于是，急中生智，编出了“五爪金龙惊落玉碗”的故事。这样的赞赏无疑是满足了袁世凯的心理，顿时他转怒为喜，而那位婢女不仅捡回了一条小命，还得到了意外的赏赐。

明朝建国后的某一天，明太祖朱元璋在大殿上想，江南之地已归己有，便命画工将江南山川画于殿壁之上。画工答道：“臣未遍迹山川，且才识浅薄，不敢奉诏。”朱元璋勃然大怒：“小奴才，胆敢违旨抗命，可否知罪？”于是命刀斧手将画工推出去斩首。

此时画工急中生智道：“陛下息怒。您遍历九州，见多识广，而且是您的江山，您了如指掌，有劳陛下先画个轮廓。”朱元璋一听，果然转怒为喜，然后挥笔画了一个轮廓，让画工开始润色。这时画工却说：“陛下江山已定，岂可动摇。”没想到，这句话说得朱元璋心头大喜，不但免去了画工的死罪，还赏了他三百两银子。

案例中，本来朱元璋要求画师将山川画在殿壁之上，画师却因实有难处而委婉拒绝。不料就这样得罪了朱元璋，眼看自己人头快要落地了，急中生智的画师口舌如簧：“陛下息怒。您遍历九州，见多识广，而且是您的江山，您了如指掌，有劳陛下先画个轮廓”，朱元璋一听，果然转怒为喜，最后，画师不仅捡回了性命，而且还得到了赏赐。

金钥匙

在工作中无意得罪了领导并不可怕，关键是你需要用几句话及时挽回局面，否则将一发不可收拾，说不定就此断送自己的职场生涯。对此，下属需要在平时多磨练口才，让自己练就灵活多变的语言表达能力。这样一来，即使在紧要关头，也可以急中生智，以寥寥数语挽回领导对自己的信任。

第七节 工作失误时，主动向领导“请罪”

美国田纳西银行前总经理L·特里曾说：“承认错误是一个人最大的力量源泉，因为正视错误的人将得到错误以外的东西。”由这句话引申出来的就是著名的心理学法则—特里法则，俗话说：“金无足赤，人无完人。”谁难免都会犯一点小错误，而且，每个人都存在着这样的心理：犯错误的时候，脑子里总是想着隐瞒自己的错误，害怕自己承认错误之后会觉得没有面子。其实，有这样的心理是正常的，但是，为了能够从错误中获得另外一些有用的东西，我们应该克服这样的心理。在日常工作中，如果自己在某些地方犯了一些错误，应该主动向领导“请罪”，请求其原谅，这才是上上之策。

下属必须要意识到，承认错误并不是什么丢面子的事情，相反，在一定程度上，这是一种勇敢的行为。因为，对于每一个犯错的人来说，错误承认得越及时，那么这个错误就越容易得到改正和补救。另外，更为关键的是，自己主动承认错误远比领导提出批评后再承认更容易得到领导的谅解。更何况，一次错误并不会毁掉你的前程，真正会阻碍你的，是那不愿意承担责任，不愿意改正错误的态度。如果我们犯了错误，而又免不了受领导责备，何不先自己承认错误呢？毕竟，自己谴责自己比挨领导的批评好受得多。因此，很多时候，下属需要主动承认错误，这样比领导提出批评后再认错更容易得到领导的谅解。其实，敢于认错本身就具有很大的价值。

布鲁士·哈威是公司财务部的一名员工。有一次，他错误地付给一位请病假的员工全薪。就在他发现这个错误时，他就及时地告诉那位员工，解释说必须要纠正这个错误，他要在下一次的薪水中减去多付的金额。然而，那位员工说这样做会给自己带来严重的财务问题，因此，他请求分期扣回多付的薪水。但是，这样的话，哈威必须首先获得上级的批准。哈威心想：我知道这样做，一定会使老板十分不满。不过，在哈威考虑如何以更好的方式来处理这件事时，他认识到，自己必须首先在老板面前承认错误。

于是，哈威找到了老板，说了事情的详细经过，并承认了错误。老板听了大发脾气，指责人事部门和会计部门的疏忽，然后，开始责怪办公室另外两位同事。哈威反复解释："这是我的错误，跟别人没有关系。"最后，老板看着他说："好吧，这是你的错误，现在把这个问题解决吧。"哈威解决了问题，纠正了错误，没有给任何人带来麻烦。从这以后，老板更加器重哈威了。

哈威敢于承认自己的错误，从而赢得了老板的信任。其实，如果一个人有足够的勇气来承认自己的错误，那么，在认错之后，其内心如释重负。承认错误，不仅可以消除内心的罪恶感，而且，有助于解决错误所带来的问题。

在营救驻伊朗的美国大使馆人质的作战计划失败后，美国总统吉米·卡特在电视里郑重申明："一切责任在我。"当时，仅仅因为这句简单的话，卡特总统的支持率上升了10%。并不是错误了，就永远不能改正；不是失败了，就永远不能成功。如果我们能够勇于承认自己的失败与错误，才能赢得领导的赏识，这会让领导觉得："你还不是最糟糕的"、"你还是有潜力成为一名优秀的员工"。

金钥匙

相比较那些总是为自己的过错寻找借口的下属来说，主动向领导承认错误，这会让领导看到另外一个不一样的你。虽然，有可能你的工作能力并不如其他人，但你主动、勇于承认错误这一点，将会给领导留下很深刻的印象。